瀬名秀明
魔法を召し上がれ
DÉLECTEZ-VOUS
DE MA MAGIE
HIDEAKI SENA
講談社

CONTENTS

装幀
坂野公一＋吉田友美
（welle design）

コラージュアート
Q-TA

魔法を召し上がれ

第一話　魔法を召し上がれ

1

薄く焼けた夕暮れの空が、対岸のコンビナート群の上に広がっている。ぼくは自転車で、この大きな埋め立て地を走り抜ける。荷台に積んでいるのは古いカメラバッグだ。といってもなかに詰まっているのはカメラではなく、ぼくの大切な商売道具だ。

開店の一時間前、ぼくはレストラン《ハーパーズ》の通用口を潜《くぐ》る。入るとすぐそこは倉庫というか食材保管室で、大きな冷蔵庫や棚が並んでいる。厨房《ちゅうぼう》への扉を開けると、すでにスタッフが夜の料理の準備を進めているから、ぼくはそこで足を揃《そろ》え、明るい声で挨拶《あいさつ》をする。

「今日もよろしくお願いします」

「おう、ヒカル」

片手でいつも返事をしてくれるのは第一コックの友成《ともなり》さんだ。《ハーパーズ》名物のクランベリーソース添え七面鳥ローストは、友成さんがつくっている。挨拶の声を上げると他の人たちも振り返ってぼくの顔を見てくれるが、ここ数ヵ月の間に何となく互いの呼吸ができて、友成さんが代表してぼくの名前を呼ぶかたちになった。このテンポがうまくいくと、これからの一日がすべてうまくいきそうな気がする。

実をいえばここでの挨拶は、その日ぼくが発するほとんど最初の言葉だった。この瞬間までぼくは声を忘れている。最初の挨拶からぼくはひとりではなくなって、人と向き合う人間になる。友成さんもそのことには気づいているのかもしれない。出勤したらまず全員に向けて挨拶しろと、初日に諭《さと》してくれたのは友成さんだったのだから。

このタイミングでフロアマネージャーの一井《いちい》さんがやって来る。一井さんには改めて挨拶し、その日のお客様の予約状況を確認する。一井さんは半年前にぼくを面接して、雇ってくれた人だ。眼鏡《めがね》をかけて、少し瘦《や》せていて、その自然体の笑顔はおそらく天性の魅力だ。健康のために毎日歩いて出勤しているというから、ぼくより身体《からだ》は丈夫かもしれない。決して早口にはならず、しかし要点を押さえた打ち合わせを終えると、一井さんは前日のお客様が残したメモのなかから、ぼくに言及した部分のコピーを渡してくれる。

「それでは今日もよろしく頼むよ」

ぼくはコピーを持って狭い更衣室に入り、そこでお客様を迎える服装に着替える。

自分でアイロンをかけた白いシャツに、黒いベスト。左胸から肩にかけて銀色の羽模様の刺繡《ししゅう》が入っている。ぼくが高校を卒業した春、生前のドクから贈られた衣装だ。ドクはぼくを仕立て屋に連れて行き、上下のスーツとベストと三枚のシャツと三本のネクタイの代金を支払ってくれた。ぼくは決して背が高いわけではないから、ともすると子供のように見えてしまう。けれどもこの衣装を身につけると、少しは大人としてお客様に見ていただける。そしてドクはいったのだ、一年の半分は上着をつけずにベストでやってみろと。夏季にはそれが絶大な効果を上げるのだと。

ドクは『バック・トゥ・ザ・フューチャー』に憧れていたが、本人はあの映画に出てくる科学者とはまるで違って、外見はいたってふつうのおじさんだった。サラリーマンふうの髪型と出で立ちなのに、ときどきそれこそマッドサイエンティストのように奇声を上げたり突拍子もない振る舞いをしたりして、一緒に暮らしていたときはいつもそのことに驚かされたものだ。

ドクから贈られたベストは腰の辺りがきゅっと締まって、とても何かが服のなかに隠れるようには見えない。スーツだと袖口や胸ポケットに何かを仕込んでいるのではないかと疑われることもあるが、このベストを着て演技をすると確かにお客様の反応が大きくなるということは、《ハーパーズ》に来て初めて実感した。《ハーパーズ》のホールスタッフはベージュのシャツに深い褐色のストライプ柄のエプロンを合わせた服装なので、ありがたいことに黒い服のぼくは目立つ。ウェイターやウェイトレスとは違う人がやって来たのだと、お客様も気づいてくれる。

ホールスタッフの人たちも続々とやって来て、ぼくはたいていそのころになると倉庫の方に追いやられるが、今日は一井さんからもらったコピーを小机に忘れてしまった。女性スタッフが更衣室から出てくるタイミングを見計らってさっと戻る。コピーをつかんですぐに部屋を出ようとしたとき、美雪《みゆき》さんと鉢合わせをした。

「あら、ごめんなさい」

「いえ、いいんです。これを取りに来ただけなので」

「ふうん。お客様のコメント？　よかったじゃない」

美雪さんはぼくがこの店の存在を知る前から唯一名前を聞いていた人だ。高校時代の同級生のお姉さんに当たる人で、何度か自宅にお邪魔したこともあるが、手料理がとてもうまい。いまの道に進むきっかけをつくってくれたひとりでもあると思っている。

ただ、同級生だった美波《みなみ》は、もうぼくたちの住むこの世界にはいない。

ここは湾岸沿いの遊歩道から一本入った、いくらか高級な商店が並ぶ街路の一角だ。湾岸沿いにもレストランは並んでいて、そちらはどこか懐かしい感じもする対岸の巨大コンビナートや、大きなブリッジが見える夜景を売りにしている。近年この辺りは観光客へ向けて急速に再開発が進み、ブティックやショップも増えて、景観もずいぶんとさま変わりした。この《ハーパーズ》は一本入った場所にあるので湾岸の夜景は見えないが、その代わりにいつからか別のサービスでお客様をもてなす習慣ができた。

店内は落ち着いたウッドハウス調で、広々としたホールには大小のテーブルが並び、高い天井から吊《つる》された空気循環用のファンは、それ自体が芸術品のようだ。夜になるとその影が温かみのある照明やテーブル上の蠟燭《ろうそく》の光を受けて、ゆっくりと水面《みなも》のような動きを見せる。

ちょうどいまの店内のように。

開店前のこの数分間が、ぼくには《ハーパーズ》のいちばんの魔法のように思える。ぼくはホールスタッフの最終ミーティングには加わらない。少し離れた位置に立って、一井さんの声を聞きながら、ホール全体を眺め渡す。

まだこの土地にやって来る前、ぼくは小さかったころ誰もいないホテルのフロアで、可動式のプラネタリウム装置がすべてのシャッターを開けて星を投映するのを見たことがある。なぜ自分がその場に居合わせたのか憶《おぼ》えていないが、親が何かのパーティか披露宴に出席するのについて行ったのかもしれない。まだ準備も整っていない広いフロアの中央にプラネタリウム装置が据《す》えられて、若い技術者が操作していた。

本来プラネタリウムは全方向へ星を投映することができるが、普段は地平線より下の部分をシャッターで隠して、光が漏《も》れないようになっている。それをすべて開いて投映すると、床や足元にまで銀河が広がり、視界のすべてが宇宙になる。目に見えるものすべてに星が映り込み、そればかりかそこに立っているぼく自身の身体さえも、大きな宇宙の一部になった。まるで自分が溶けてしまったかのような体験だった。そのときのことをいまもくっきりと憶えているのは、きっとパーティの本番で投映された星々の光が、フロアに詰めかけた人々の影に遮《さえぎ》られて、思うような効果を発揮《はっき》しなかったからだろう。リハーサルのときはホールにほとんど人がいなかったから、ぼくは本当の宇宙を見ることができたのだ。

　自分の身体にも星が映り込むのは、まるで透明人間になったかのような感覚だった。自分はここにいるはずなのに、その輪郭《りんかく》がはっきり見えなくなるからだ。星はゆっくりと回転してゆく。その動く星々が、ぼくの身体を流れてゆく。ぼくは消えてしまった自分のなかに、やがて小さな鼓動《こどう》と呼吸のリズムだけが残っていることに気づいたのだった。身体はないのに機械として自動的に動いている自分の内部が、驚くほどくっきりと鮮やかな実体として意識に上ってくる。まるで自分というひとつの点だけが宙に浮いて、その動きをじっと見つめているような感じだ。

　開店直前の《ハーパーズ》を眺め渡すとき、ぼくはいつもあのときの奇妙な浮遊感を思い出す。それは浮いているが、真実の瞬間の連続だ。心が一点へと研《と》ぎ澄《す》まされてゆく感じ。いま《ハーパーズ》はすべてが海の底にあって、各テーブルの蠟燭は火を点《とも》しているが、人の影が世界を乱すことはない。

　午後五時半きっかりにフロアマネージャーの一井さんは入口扉を開けて、お客様を招き入れる。

　店内に人が満ちてゆく。ぼくはその様子をひとつひとつ見ているわけではない。そのときには倉庫に引っ込んで、大きな冷蔵庫と向き合いながら、厨房の動きの気配をうかがうのがつねだ。お客様が席に落ち着いてゆき、オーダーが入ってくるまでが、ぼくにとっては待ちの時間となる。以前はこの時間に慣れなかった。どう過ごせばよいのかわからなかった。けれどもいまはさほど不安にならずに済むようになった。ぼくは倉庫から厨房を抜けてフロアを見渡す。美雪さんがメニュー表を下げて戻ってくる。

「そろそろかもね」

「はい」

すれ違ってゆく美雪さんに小さく頷《うなず》き、フロアマネージャーの一井さんと目線を交わす。

そしてぼくは歩き出す。テーブルに着いているお客様の姿は千差万別といえるが、同時に何かの重なりのようにも思える。昨夜のフロアとは違う今夜のフロア。けれども何かが少しずつ似ている。いちばん楽しんでもらえそうだと直感したテーブルは、後に取っておけというのがドクの教えだった。もしおまえが何か失敗をしでかして落ち込んだとしても、そのテーブルに行けば必ず受けて、調子を取り戻せると確信しておくために、そうしたテーブルは取っておけというのだった。ぼくは今夜の〝取っておけ〟を窓際の二番卓の女性四名様に見定め、そして手前のテーブルに着いている四名様のテーブルを目指した。いくらか年配の男女ふたりと、ふた回りほど下の男女ふたり。ご夫婦とその息子さんのご夫妻かもしれないが、テーブルの前に立つときには先入観を取り除いて臨《のぞ》む。お客様の事情を推《お》し量《はか》ることは難しいからだ。

年配の男性がぼくを見上げる。会話がちょうど途切れたところで、穏やかな微笑《ほほえ》みが顔に残っている。グラスの水が半分飲まれている。男性はぼくのベストと胸の刺繍を見て、もう一度ぼくに目を向ける。

ぼくは薄い紙を一枚差し出す。

「………？」

男性は無言でその紙を受け取る。ほとんどの人は差し出されたものをそのまま受け取ってくれる。フロアスタッフがおしぼりを持ってきたのだろうか。けれどもこの若い男はさっきオーダーを頼んだ人とは違う。となるといったいこれは……？　きっとそんなふうに思っているはずだ。微笑みのまま、はて、と手元に目を落とす。ぼくが再び手を差し出すと、ほとんど反射的に紙を返してくれる。

ぼくは火を放った。

明るい光を放ちながらフラッシュペーパーが燃える。男性が驚いているところへ、ぼくは手のなかからコインを弾《はじ》き出してみせる。鈍い銀色のアメリカのコイン。炎から飛び出したそれを手で受け止めて、指の間でくるくると回す。

「こんばんは」

と、ぼくは今夜初めてお客様に声をかける。

「ぼくはこの《ハーパーズ》でお客様にマジックをお見せしているヒカルと申します。いかがでしょう、お食事の前に五分ほどマジックをご覧になりませんか?」

お客様たちは一瞬、理解が追いつかないといった表情を見せる。ここは観光地だから、初めていらっしゃるお客様は多い。ようやく先ほどの年輩の男性が声を出す。

「……マジック?」

「はい」

ぼくはにっこりと頷いてから、右側の女性に手を伸ばす。

「あっ、こんなところにも」

そういって髪留めの後ろから次のコインを取り出す。テーブルを少し回って、奥の若い女性の耳元からも取り出す。

「ここにも」

ご覧になりませんかと声をかけた後は、相手の返事を待つことはない。一気に進めてしまって大丈夫なのだと、ぼくはこの数ヵ月で充分に学んだ。ホール全体が暖まってくれば、そんなひと言を添える必要さえないことも多い。奥の若い男性からはシャツの襟元《えりもと》だけでなく鼻の下にも手を伸ばして出現させてみせる。鼻から何枚もコインが落ちたとき、向かいの女性が笑ってくれた。

他のテーブルのお客様からも視線が集まってくるのがわかる。最初に派手に炎を上げたので、何事が起こったのかと首を伸ばしてこちらをうかがっているのだ。

ぼくはあちこちからコインを取り出してはテーブルの上に示してゆく。最初の立ち位置まで戻ったところで、ぼくはそのコインを手元に集め、なるべくきれいに音を立てて掬《すく》い上げる。

「先ほどはいきなり炎を上げてしまいました。ここは天井が高いので、そんなこともできるんです。小さいお店だとベルが鳴って、消防署の人が飛んできますから」

「びっくりしたよ」

と男性が胸をなで下ろす。ぼくはコインを持つ右手を腰の前に引き寄せ、何もない左手を胸の位置に掲げて、コインを一枚上に弾く。両手の間に重力がなくなったように見えてくれたら嬉しい。さらにさまざまな方法で何度かコインを下から上へと移動させて、すべてのコインを上に掲げた左手に移し、きれいに音を立ててもう一度右手に戻してから、ぼくは天井を見上げて指差す。

「ここの天窓からは月がよく見えます。お食事の間に気をつけて見ていただくと、月が動いてゆくのもわかりますよ」

そしてその左の人差し指をゆっくりと右手へと下ろし、視線を引きつけてからぱっと宙へ向けて放るように開く。

星のかたちに折り畳んだ外国のお札がひらひらと落ちてくる。ぼくはそれをそっと受け取り、折り紙だということを見せてから、テーブルに置いてゆっくりと開いてゆく。最後の段階でお札を縦にして、折り筋をぴんと伸ばし、そして持ち上げて、赤いビリヤードボールをテーブルに落とす。ごとん、という硬質で心地よい音にお客様が目を丸くしてくれたなら嬉しい。

赤いスポンジのボールをお客様の手のなかで消したり増やしたりするマジックは、レストランマジックの定番だ。ぼくはそれを硬いビリヤードボールでできないかと考えた。まずはひとつをふたつにして、左側の男性に、続いて右側の女性に、それぞれ手に取って確かめていただく。ビリヤードボールをマジシャンが手のなかでひとつからふたつ、三つ、四つと増やすステージマジックはやはりよく知られているが、お客様に近い場所でやるのは難しい。だから増やす代わりに手から手へと移動させたり、お客様の手のなかで、色を白く変えたりする。ぼくのてのひらはそれほど大きくはないが、背丈《せたけ》のわりに手脚や指が長いのはありがたい。仕立て屋さんもそのことは褒《ほ》めてくれた。最後にぼくはボールを手のなかで、みかんほどの大きさに変えてみせた。

「あっ、このボール、糸がついていますね」

こんこんとテーブルを叩いて硬さを示す。驚いた表情のお客様に、ぼくは玉から伸びている白い凧糸《たこいと》を披露する。そして糸のついている反対側に、大きな穴まで穿《うが》たれていることを示す。

ぼくはゆっくりと指先で糸の行方を辿《たど》ってみせる。それはベストの背中にまで通じていて、ぼくはけん玉のけんを取り出す。

最後は魔法を締めくくる儀式だ。ぼくはそのけん玉でさっと〝宇宙一周〟の技をおこない、くるくると糸を巻いて玉をけん先に刺し、とんと音を立ててテーブルに置く。ここから先はぐずぐずしてはいけない。ぼくは決してけん玉の競技者ではないからだ。けん玉そのものではなく現象にお客様の気持ちを引き留めておかなければならない。さっとスカーフを取り出して被《かぶ》せ、上から持って前に掲げる。一気に引くとけん玉は宙に消えて、後にはスカーフが残っている。

「月に飛んでいってしまったようです」

天を指差す。お客様たちが上気した顔で仰ぎ見る。ぼくはその数秒間を、静かに溜めた。

「あの、このお店は、拍手してもよろしいの？」

右の女性がそう尋ねてくださったので、ぼくの方が驚いた。雰囲気づくりのために途中で「ここは拍手をいただくところです」と促すマジシャンも多いが、ぼくはそれが苦手だったからだ。最初のお客様からいっていただけるなんて、こんなよい日はなかなかない。

「ありがとうございます。ぜひお願いします」

ぼくはお辞儀をしてテーブルを離れる。壁際のごく控えめな食器棚へと行き、上に載っている空《あ》いたワイングラスに水差しの水を少し注ぎつつ、衣類の皺《しわ》を引っ張るような感じで自分の身なりをリセットする。そしてグラスを持って再び出て行く。

レストランでテーブルからテーブルへとぴょんぴょん跳ねるように動き回りながら手品を披露してゆくことをテーブルホッピングという。これがぼくの仕事だ。食事が出てくるまで待っているお客様に、リゾートの非日常的な雰囲気のなかで、ほんのつかの間の驚きを提供する役割。

「こんばんは」

と、ぼくは新しいテーブルのお客様に声をかける。こちらのお客様は先ほどのテーブルの様子を遠目でうかがっていた。おそらく、この《ハーパーズ》がレストランマジックをおこなうことを知っているお客様だ。自分たちのところにやって来た！　と興味津々の顔で迎えてくださる。

「あの、お金は？」

「サービスのなかに含まれていますから、結構ですよ」

乾杯するかのようにぼくは水の入ったグラスを掲げ、その水を飲み干してからハンカチを取り出す。前から後ろへ、すっと上を撫《な》でるように覆い、そして上から縁《ふち》を持つ。

ぱっと放り投げると、グラスは消えて、ハンカチが残る。

ドクのベストはすごいと思う。ただ着ているだけで、こんなにもお客様の豊かな表情を引き出してくれる。スーツを着て前のボタンを開けていたら、これほどまでに驚いてはもらえない。スーツの内側に入れたと思われてしまうから。

ぼくは笑顔を向けたまま、立ち位置をわずかに整えて周りのテーブルから見えないようにし、魔法がかかって消えたままのグラスをしばし取っておく。

もちろんそのときぼくは、翌日この十二番卓で自分が大失態をやらかすことになるなんて、まったく思いもしなかった。

ぼくはこれから魔法についての話をしようと思う。本当の魔法とは何なのだろうか。ぼくは高校を卒業してからマジシャンを志した。こうしてレストランでテーブルホッピングの仕事にも就けるようになった。料理が運ばれてくるまでの五分間で、小さな魔法を見せるのが仕事だ。

でもレストランで魔法を見せるのはぼくだけじゃない。友成さんの調理する七面鳥ローストの深い味わいもきっと魔法なら、夏祭りで混雑した店内を捌《さば》いてゆく一井マネージャーの手際のよさも魔法であるし、鮮やかな身のこなしでフロアを擦り抜けてゆく美雪さんのステップもやはり魔法といえるはずだ。

でも魔法はそれだけじゃない。魔法とは、それまで見たこともないものだから魔法なのだ。そして同時に、この世界に満ち溢《あふ》れているから魔法なのだとも思う。この世界にそれがあること、本当にここにあるのだということ、それ自体が真の奇跡なんじゃないか。

だからぼくは自分が消える前に、魔法についての話をしよう。

2

「美雪と美波って、あだち充《みつる》の漫画みたいだね」

というのが、美波と初めてふたりで湾岸沿いの遊歩道を帰ったときの率直な感想だった。

もちろん口には出さなかったから、いまのは心のなかの言葉だ。そしてこうつけ加えた。「〝みゆき〟の方が先だからお姉さんで、〝南《みなみ》〟が後だから妹なのか」と。

「光《ヒカル》くんは、あまりしゃべらないね」

遊歩道は洋風の石畳で、一種のデートコースになっている。ところどころに湾内へ張り出すかたちで、しゃれた海上カフェレストランもできている。この辺りは潮《しお》の薫《かお》りはあまりしないが、鷗《かもめ》は空を飛んでいて、風向きに反応するのかときおり啼《な》き声が遠くまで響く。

空は広いが、この町で仰ぐと色も雲もいつもどこかよそよそしい。周りに見える建物や景色が、この空にしっくりしていないように思えるからだ。空で舞っている鷗たちも、陸地で落ち着く場所が見つからず、だから風のなかでわけもなく彷徨《さまよ》っているように見えてしまう。

あの日は夏休みの最後の週末で、ぼくたちは九月におこなわれる高校の文化祭のために、運営委員会の有志で湾岸通りのカフェに集まって会議をしたのだ。文化祭では校舎全体をその年のテーマに沿って装飾するのが恒例になっていて、ぼくは本来あまり関係ないはずだったが、手先が器用そうだからという理由で校内デザイン担当の美波に呼ばれて補佐役のひとりになっていた。風が陽射《ひざ》しに灼《や》けた夕暮れだった。

自分の生まれ育った町がリゾートというのはどんな気持ちなのか、ぼくにはうまく想像ができない。学校は埋め立て地のなかにある中高一貫教育校で、移転や改築を繰り返してきたためか、校舎自体にあまり歴史の重みは感じられない。いつも真新しくぴかぴかで、大きな窓やテラスも開放的ではあるものの、どこかよそ行きで、周囲の視線を気にしている感じだ。帰国生教育に力を入れたり、海外への研修や修学旅行を組んだりして、国際的な校風をアピールしているが、ぼくはそうしたことをとくに楽しいと感じたことはなかった。

多くの生徒はあちこちに林立する高層マンションに住んでいて、それも親の仕事の都合でごく小さいころに越してきた人がほとんどだ。物心ついたときにはこの埋め立て地で暮らしていたということだが、親戚や祖父母がごく身近にいるわけではない。通学はバスや電車を利用する生徒が多いものの、週末に集まるならむしろ気分転換を兼ねて、埠頭《ふとう》の湾岸通りまで出てしまいたい。そういう提案が自然に通る高校だった。

「ヒカルって、いい名前だと思う。〝る〟で終わるのって、現在進行形な感じがするじゃない。梁石日《ヤンソギル》とか、ケン・ソゴルとか」

美波は自転車を押しながらぼくと並んで歩いていた。ぼくは何と答えればよいかわからなかったが、美波もぼくの方を向くわけではなく、暮れかかった空を仰ぎ見ていた。

「それにヒカルだと、未来からやって来たって感じがするじゃない。いきなりスクールバスをカージャックして、〝むなこた〟とかいいそうな雰囲気じゃない。うちのお父さんが昔アニメの原作の小説を持っていて、読んだことがあるよ。アニメもお姉ちゃんと一緒に観た」

お姉さんの名前が美雪だということを、ぼくはその日教わった。写真も見せてもらったが、美波よりも髪が短く、クールビューティの印象だ。そしてぼくは歩きながら、そういえばあだち充も〝る〟で終わる名前だな、などと思っていた。あだち充は現在進行形な感じだろうか？　ぼくにはよくわからなかったが、それより〝むなこた〟の意味はさっぱり見当がつかなかった。

たぶん美波はそれをぼくが尋ねてくるのを待っていたのだ。カードを扇状《おうぎじょう》に広げて、「お好きなものを一枚選んでください」と差し出しているようなものだ。実際は相手の目的のカードを抜き取ることになる。

「未来人だから、いまの時代の日本語がうまくしゃべれないわけ。だからカタコトで最初は話す。抵抗するな、〝無駄なことだ〟といいたいのに、バスに乗っている生徒たちに向かって最初にいう言葉は〝むなこた〟なわけ」

なるほど。ぼくはアニメを観ないのでわからない。けれども、そんな古いアニメやその原作小説を知っている美波もやはり変わっていると思う。あるいは自分の子供に古い漫画の名前をつける父親が、そもそも変わっているのかもしれない。

美波は女子のなかでは高身長で、背丈はほとんどぼくと変わらない。特定の部活動には入っていないようだが、陸上競技は得意らしい。校庭で彼女がハードル走をやっているのを見かけたことがある。コンクリートと鉄骨で固められた人工の風景。まだ雨風で黒ずんでさえいない、浮き足立った感じの校舎。自然の土は小さく囲われた花壇のなかにしかなく、人工芝の校庭に描かれたトラックは、いっそう無機的な雰囲気をつくっている。並んだハードルはどれもぴしりとかたちも向きも揃っていて、それ自体がシンセサイザー用の楽譜のようだ。そのハードルさえ人間がいちいち手で置くのではなく、誰かがスイッチを入れれば自動的に地面から迫《せ》り上がる仕組みになっている。

そのなかを美波は走り抜けてゆく。脚を振り上げ、そして抜く。三歩でインターバルのリズムを取り、縦に振り上げて横に抜き去る。その動きはまるで機械のようだったが、ひとつひとつの動作が正確になればなるほど、彼女が人間らしく見えてきたのだった。後ろで留めた髪がわずかに揺れるのも、腿《もも》の筋肉がぴんと張り詰めるさまも、彼女が生きている証《あかし》のように思えた。そしてゴールまで走り抜けて彼女が速度を落とすとき、その最後の数秒間が、ぼくにははっとするほど人間に見えた。

そして彼女はマジシャンには向いていない。いま自分でつけ加えた言葉でわかる。彼女は相手が戸惑《とまど》っているとじれったくなって、自分からカードを引き抜いて手渡すような性分だった。

「家はどっち?」

「ああ、向こう」

と、ぼくは指差す。そこで自分が言葉を発したことに気がついた。

そうか。なるほど、と驚いた。

彼女は満足げにひとつ頷き、そして立ち止まってぼくとは別の方角を指した。

「じゃあ、案内したいところがある」


初めて《ハーパーズ》に行ったとき、マジックを披露してくれたのがテルさんという人だった。

ぼくはドクに引き取られてこの町にやって来る前から、ごくささやかな趣味としてカードマジックを練習したりしていたが、実際にどこかの同好会に入ったり人前で見せたりすることはなかった。それどころかテレビやネット以外で演技を見たことさえほとんどなかった。ドクはアマチュアの奇術愛好家だとこちらへ越してきて初めて知ったが、やはり舞台に立つわけではなかったから、実際に本物のマジシャンの演技を間近で見たのはその日が初めてのことだったのだ。ぼくにとって、それはとてもよい偶然だったと思う。後でわかったのだが、その日テルさんはたまたま交代要員で店に出ており、別の日だったら会えなかった可能性もあったからだ。

美波のお姉さんであるフロアスタッフの美雪さんとも、そのとき初めて出会ったが、写真よりずっと大人びた感じがした。その印象はいまでも変わらない。ぼくらは大人になりかけの時期だったが、美雪さんは最初から大人の女性だった。そしてぼくらがごく軽い食事で出て行くことを知った上で、ちゃんと他の客と同じように扱ってくれた。

テルさんがテーブルにやって来たときの第一印象は憶えていないが、すぐにマジックが始まって驚いたことは記憶に刻まれている。テルさんという人物そのものの印象は、つまりマジックの後についてて来たのだ。

テルさんはまず十円玉と百円玉を持っているかと尋ね、ぼくが十円を、美波が百円を差し出した。テルさんは美波にふたつを握《にぎ》らせ、十円と百円のどちらがいいかと訊いた。美波が百円と答えたのでテルさんはその握り拳《こぶし》のなかから十円玉を取り出し、ぼくのてのひらに載せて、ペン先でつついた。一瞬にして銅色の十円は銀色の百円玉に変わり、ぼくは心底それにびっくりした。美波の拳には十円玉が残っていた。

テルさんはその後、カード当てのマジックをおこない、ぼくたちに一枚を選ばせてから、フェイスと専門用語で呼ばれる表面《おもて》にサインペンで印を書かせた。美波が〝ヒカル〟とカタカナでサインした。テルさんはデックのなかに差し込んでもいちばん上に戻ってくるという現象をテンポよく繰り返し、そのころにはすっかりぼくはプロの早業《はやわざ》に見とれて、テルさんの視線誘導に塡《は》まりっぱなしの観客になっていた。何度目かのときテルさんはトップのカードを開き、

「あれっ、今度はここにはありませんね」

と呟《つぶや》きながらカードを戻し、

「ほほにありあふ」

とくぐもった声でいうので、慌てて顔を上げると口にカードを咥《くわ》えているという始末だった。

「両手を出してください。ヒカルくん、利《き》き手はどちら？」

「左手です」

「では右手を前へ」

テルさんはぼくの右手にカードのデックを載せると、利き手の左手を取って上から被せた。

「しっかりと押さえていてくださいね」

そういってぼくの手を押さえると、横の隙間から指を入れてぐりぐりとねじり出すように一枚抜き取った。ただしそれは美波がサインしたカードではなく、

「それではヒカルくんの手のなかかな」

といって開けさせると、デックはぼくの手のなかで透明なプラスチックの板に変わっていて、美波がサインしたカードはテルさんのお尻のポケットにあった財布の、しかもジッパーを開けてさらにそのなかの封をされたポチ袋のなかから、四つ折りにされたかたちで出てきたのだった。

タネはおおむね知っている。マジックの教本に書いてあるのだから。でも実際にやって見ろといわれたらとてもできない。タネは知っているつもりでも、隠されたカードはぼくには見えない。財布のなかからカードを取り出すのは定番なのだろうけれど、ポチ袋のなかで四つ折りにするのは、ぼくにはやり方がわからない。

そのときは驚くというより、むしろ爽快な気持ちだった。マジックとはこういうものなのかと、初めて知ったと思ったのだった。

いまでもそのときの折り目がついたスペードの8は、ぼくが小さかったころ初めて父親に買ってもらったバイシクルブランドのカードに、もうよれよれになった当時のカードと一緒に入れて、自室の抽斗《ひきだし》にしまってある。

美波が確かに生きていたことを示す、ぼくにとっての形見でもある。

この《ハーパーズ》では、食事が運ばれてくる前にマジックを披露するのが通常のやり方だ。まずは乾杯というお客様も多いから、会社の仲間や友人同士といったグループだと、ビールか食前酒が入った後にぼくが出て行くことになる。お客様が入れ替わる時間帯はおおむね予想できるので、その辺りを見

計らってホールを巡り、一回当たり四、五卓をホップして、控え室を兼ねた倉庫に戻る。途中で料理が運ばれてきてしまうこともあるが、そういうときはさっと切り上げるか、サーヴが終わるまで静かに待ち、ルーティンを短いものに変更して、料理が冷めないうちにその場を離れるのが鉄則だ。あくまでメインは料理であって、そこはいつまでも変わることがない。マジックは食事を楽しく召し上がっていただくための、ほんの小さなきっかけなのだとわきまえている。

一日三時間で、週に四日。これがぼくの勤務形態だ。この春からの半年間の採用で、もうじき更新の時期を迎えるが、引き続き雇ってもらえるかどうかはフロアマネージャーである一井さんの考え次第だ。

昼の部はベテランマジシャンが担当していて、ゴールデンウィークや夏季の繁忙期には深夜にも別の人が入ることがある。週末は中堅の人気マジシャンが長いこと務めているのだが、その人は他の営業が入ることも多く、そういうときはぼくが代役で入ったりもする。

その日、ぼくが二度目にホールへ出て行って三卓目に回ったのは、三十代半ばの男性三名のグループだった。

いくらか厭《いや》な予感はあった。ぼくがホールに姿を見せた時点で、テーブルの右側に座っていたひとりがあからさまに視線を向けてきたからだ。カジュアルシャツの上にラフな感じでジャケットを着込み、両腕の袖を少し捲《めく》っている。最初の二卓でマジックを披露している間、ときおり椅子の背もたれに片肘を当てて、肩越しに観察するような素振《そぶ》りさえ見せる。他のふたりはそれほど露骨ではなかったが、やはりぼくを見ているのがわかった。三名ともほとんど手ぶらの状態だ。いったんホテルに戻って荷物を置いてきたのかもしれない。そして夕食のために再び湾岸へ繰り出してきたというところだろうか。

美雪さんの姿が見えない。化粧室に行ったのかもしれない。フロアマネージャーの一井さんが、なぜかぼくに神妙な顔で目配せを送ってくる。その理由がわからないまま、ぼくはその男性グループのテーブルに行った。すでにどのグラスもビールは半分ほど消費されていた。

「いらっしゃいませ。ご旅行ですか？」

向かって左側の眼鏡の男性は何かいいかけたが、ずっとぼくを見ていた右側の男性がそれを遮り、

「そう、旅行なんだ」

と朗《ほが》らかに答える。何か事情がありそうな感じではあったが、お客様の構成や出身までむやみに詮索《せんさく》するのはよいことではない。ぼくは炎のなかからカードケースを取り出し、くるりと裏返して剝《む》き出しのデックに変え、箱はもうどこにもないことを示すために、いくらか大ぶりの手つきでカードをシャフルしてみせた。

四枚のエースを出現させるルーティンを進めていたとき、不意に右側の男性がぼくの腕をつかんだ。

「きみ、ハトは出せるかい」

「ハトですか？」

「そう。手品師はたいていハトを出すものじゃないのかい」

男性はぼくの顔を見上げてくる。にやにやと薄笑いを浮かべるのでもなく、決して戦闘的な態度を露《あら》わにするわけでもない。むしろその男性は優しげな笑みをつくり、さあ、きみに晴れ舞台を用意してあげたよ、とでもいうかのようにぼくから手を離してゆく。すらりと面長《おもなが》の顔立ちで、睫毛《まつげ》は長く、実際のところハンサムな部類とさえいえた。

「かしこまりました」

ぼくは手のなかのデックをすぐさまカットしてテーブルに伏せて置いた。

わずかにテーブルから下がり、ひと呼吸置いて背筋を伸ばす。

両手の親指をベストの襟元に当てて胸を張る。お客様全員を見渡しながら、手をひらひらと動かして

みせる。ステージマジックでハトを出すマジシャンがよくやる仕草だ。

リクエストをした男性は意表を衝《つ》かれたといった表情を見せた。まさか本当にやるとは思わなかった、という感じだ。その反応を見てからぼくは手の動きを止め、わざと芝居めかして困り顔をつくった。

「申し訳ありません。よく考えてみたら、ぼくはハトの出し方を知らないのです」

ぽかんとした表情を男性が浮かべる。しかしその人が怒り出す前に、ぼくはすぐさま言葉を添えた。あくまで丁寧に、しかしはっきりと届く口調で。

「お客様の方がご存じかもしれません」

そしてぼくは、静かにテーブルの上のデックを指差す。

男性が息を詰めるのがわかる。ぼくは伏せて置いたデックを指していった。

「ハトは、ここにいるのかも」

あっ、とその男性が声を上げる。ついに素の状態で驚いてくれた。ぼくは裏返したまま置いたデックがゆっくりと反応してくるのを無言で待った。デックの底から光が漏れてくる。テーブルに伏せたカードのいちばん下から、蛍《ほたる》が息づくかのように光が広がる。

「手で取っていただけますか」

ぼくが恭《うやうや》しく促すと、男性は急いでデックをつかんで裏返した。光が消える。デックのいちばん下にあるのはスペードのエースだ。次の行動は予想した通りだった。その人はぼくの顔とスペードのエースを何度か見比べると、もう一度自分の手首を返したのだ。灯《あか》りが点る。それを受けてテーブルの上に光が広がる。男性はまた手首を返す。灯りが消える。

そうか、わかったぞ、と男性は笑みを浮かべて、もう一度デックを下に向けてみせる。

すかさずぼくはその下に両手を滑り込ませていった。

「ハトはここにいました」

ぼくは両方の親指を絡めて手を広げる。残る指先は羽となって、デックに照らし出されたぼくの両手は、テーブルクロスの上にハトの影絵を映し出す。そっと指を動かすと影絵のハトは羽ばたいて飛んだ。テーブルを囲む三名のお客様は、言葉を失ってその影絵を見つめる。そして顔を見合わせ、ぼくの方を仰ぎ見る。ぼくはあくまですまし顔で、子供のころに遊んだ影絵を再現していたが、ハトを出してくれと最初にいったお客様が口をぱくぱくさせてぼくを指差しかけたとき、さっと両手を掬い上げて、その人が持つデックの底へと近づけた。男の人は反射的に手を引っ込める。ぼくは明るく微笑んでいった。

「やっぱり、お客様の方がハトの出し方をご存じでしたね」

ぼくはどうぞとジェスチャーで示し、その人は釣られて同じように手首を返す。あっ、と他の人からも声が漏れた。その人が持っているデックのボトムは変化していた。その人はよくわからないのか何度も瞬《しばたた》いて手元を見つめる。

ぼくはエースのカードの中央を指差す。

「ハトはここに出てきました」

大きなスペードであるはずのマークは、羽ばたくハトのかたちに変化していた。

そのカードを一枚テーブルの上に残して、ぼくはさっと切り上げた。別のテーブルに移動しようとしたとき、男の人が呼び止めた。

「きみ」

その人は椅子から腰を浮かしてぼくを手招きする。明るい喜びの表情になっている。引き返すとその人はぼくの腕を再びつかんで熱っぽくいった。

「いまのはよかったよ。素晴らしい。一杯おごらせてくれないか」

生前のドクから教わって、いまも心に留めていることがある。テーブルホッピングをやるときは、決してノーといってはいけない。

お酒も入る場でマジックをやろうとすると、必ず無理難題をいってくるお客様が出てくる。テレビで見たあの手品をやって。マジシャンならいまここでハトを出して見せろ。いろんなリクエストがあるだろう。だが、タネを教えてという以外は、決してノーといってはいけない。どんなときでも〝かしこまりました〟というんだ。それから方法を考えろ。

いや、本当はそれでもだめだ、とドクは忠告を続けた。どんな無理難題をいわれるか、まずは自分で想像して、紙に書き出してみるがいい。それは五つか、それとも十《とお》か？　案外とこんなものかと思うだろう。だったらあらかじめリストを吟味《ぎんみ》して、それぞれ対応を考えておけばいいだけのことだ。仕事というのはそういうものだよ。

「ありがとうございます。マジックをやっている間は禁酒なので、お気持ちだけありがたく頂戴《ちょうだい》します。よろしければぜひそちらの用紙にご感想をお書きいただいて、お帰りの際にフロアマネージャーへお渡しください。励みになります」

「きみはまだここにいるんだろう？」

男の人は声のトーンを落とし、そっと店内を見回してからいった。

「他のテーブルが終わったらもう一度来てくれないか。ぼくはきみに協力できる。きみにとっても悪くない話だ」

テーブルホッピングから次の仕事へと繋《つな》がる機会はときにある。ぼくの演技を見たお客様が、個人パーティの余興を依頼したいので来てくれないかと、話を持ちかけてくださるのだ。ありがたいことにそうして営業が実を結んだことは何度もあった。店もそうした活動には寛容な態度を示してくれている。

「それでは名刺がございますので……」

名刺入れを取り出そうとすると、その人はぼくの手を制していった。

「そうじゃない。ぼくはきみがもっと営業できるように、その手助けをしようというんだ。どうやらきみはここ数ヵ月の新人だな。あそこにマジシャンの写真が飾ってあるだろう。あれは、ぼくが撮ったものだ。きみの前任者のテルさんも、ぼくが撮った写真で営業をかけていたんだぜ。どうだい、きみのいちばん輝く瞬間を、ぼくが写真に撮ろうじゃないか」


そういえば、テルさんも〝る〟で終わる名前だな、といまになってぼくは思う。テルさんは現在進行形だっただろうか。

いま《ハーパーズ》に雇用されているマジシャンのなかで、ぼくはいちばんの新米だが、この春にぼくを後任者として推薦してくれたのはテルさんだった。

照る、照らす。テルさんは大きな鼻の持ち主で、優しく細い目をして、包容力を備えていた。兄貴分として人望があり、ぼくもテルさんから多くの人を紹介してもらった。ただし決してテルさんは仲間と馴れ合いでつるむことはなかった。実力をちゃんと見て判断してくれた。それがぼくにはありがたく、だからぼくはついて行くことができたのだ。テルさんは自分で照って、そしてぼくを照らしてくれた。

「ヒカルくんは笑うと八重歯が見えるんだね」

あの日、ぼくは美波と《ハーパーズ》の前で別れた。なぜ彼女はぼくが手品を趣味としていることがわかったのだろう。高校では人にそんな話をしたことは一度もなかったはずだった。

ぼくは笑っていただろうか？　テルさんのマジックを見ているとき、ぼくは笑みを浮かべただろうか。ぼくは自分でも気がつかないほどに、彼女の前でわくわくした気持ちを、顔に出していただろうか。

「八重歯はいいと思うよ。ここぞというときに見せるといいんじゃないかな。相手はぐっと来ると思う」

彼女はにっと笑みを浮かべ、自分の白い歯を見せて、自転車に跨《また》がって去って行った。


ぼくに声をかけてくれた男性は、日高《ひだか》さんというカメラマンだった。

「この辺りでぼくはいくつもショップの写真を手がけている。こっちのふたりはぼくの仲間だ。きれいで集客力のある宣伝ページをすぐにつくれる」

その男性は近隣の店の名前をいくつも挙げて、すべて自分が宣伝素材の写真を撮ったのだといった。

ぼくもそうした店の宣伝ページは見たことがある。確かにきれいで、よく撮れていると思った。

男性はぼくに打ち明けるように続けた。店が繁盛している雰囲気をしっかりと捉《とら》えるのは難しい、そこはこちらにノウハウがある。自分は個人営業のアーティストの写真も撮っていて、宣伝用のパンフレットだってきれいにつくれる。実際に売り上げが大幅に伸びた人はたくさんいるんだ。気さくな感じでそう語り、仲間のふたりはそうした販促素材のデザイナーなのだといった。

なるほど。何かをいわれたら心のなかでそう頷くのは、この浮き足立った土地に越してきて身についた習慣だった。確かにぼくは自分の宣伝ページもつくっていなければパンフレットも持っていない。

彼らは上機嫌で食事を楽しんで店を出て行った。ちょうどぼくもいったん下がる頃合いで、倉庫に戻って道具をカメラバッグのなかに片づけていると、美雪さんが入ってきた。

「あら、ごめんなさい」

「いえ、大丈夫です。お店の人に隠すようなものじゃないし」

美雪さんは黙っている。ぼくは雰囲気がおかしいことに気がついて、硬い表情の美雪さんに尋ねた。

「店で何かあったんですか」

美雪さんは背後を振り返り、他のスタッフがやって来ないことを確認してから、声を落としていった。

「ヒカルくん、あの男に話しかけられた？」

「日高さんのことですか？　《ハーパーズ》の写真も撮ったことがあるっていっていました。宣伝ページの写真を撮ったのはあの人だったんですね」

「ヒカルくん、あの人には近づかない方がいい」

そして美雪さんは、ぼくだけに聞こえる声で耳打ちした。

「美波を殺したのは、あいつよ」

3

「ヒカル、そろそろ三番卓のお客様を」

一井さんが呼びに来たので、美雪さんとの会話はそれで途切れた。

美雪さんはフロアに戻ってゆく。混乱した頭で小道具を整理した。美雪さんが根拠もなくあんなことをいうはずはない。ならばなぜあの男は、あんなにも平然と店にやって来たのか。そもそも美雪さんは普段から冷静で落ち着いた人だ。あんなに感情を露わにするのを見るのは珍しい。それほどあの男を憎んでいるのか。美波がこの世から消えたのは——。

ぼくは強く頭を振る。美波の顔を思い出しかけたのだ。いまはそんなときではない。いま想い出に呑《の》み込まれてしまったら、きっと次の演技で失敗する。

ぼくは更衣室に行ってロッカーからスーツの上着を取り出す。これをベストの上に羽織るのは、次のお客様が特別だからだ。《ハーパーズ》は大々的に宣伝していないものの、特別な記念日だからと予約を受けたときは、食前ではなく食後にマジシャンが出て行ってお祝いを盛り上げることがある。今日の主役は小学三年生の恵《めぐみ》ちゃんという女の子で、先ほどのカメラマンたちのテーブルから見て右奥の席に着いていた。女の子は今日のためにおしゃれをして、大人びたこの店の雰囲気にいくらか呑まれながらも、それでもしゃんと背筋を伸ばし、行儀よく食事を楽しんでいた。きっといい子に違いない。すでにメインの皿も下げられて、マネージャーの一井さんはテーブルクロスをそっと直してぼくの演技スペースを確保し、そろそろマジシャンが登場いたしますと告げただろう。恵ちゃんはすでにデザートを注文しているはずで、ジェラートの前に魔法使いがやって来るのを、いまかいまかと待っている。

ぼくは上着の袖に腕を通し、鏡のなかの自分を見つめる。一度倉庫に戻って素早く準備を整え、壁に向かって深く息を吐いた。自分がフロアに出て行くさまを、目を閉じて心のなかで想像する。スーツを着込んだ自分の後ろ姿が見える。歩き方は自然だろうか。近づいてゆくタイミングは正しいだろうか。まずは父親か母親と目を合わせることになるだろう。娘さんのお誕生日を祝う、これは特別な夕食なのだ。そんな場所へぐしゃぐしゃになった気持ちのまま出て行くわけにはいかない。

ぼくは身を翻《ひるがえ》して向かった。フロアへの段差を降りたとき、ぼくの心はもう平常だった。最初に目が合ったのは父親だった。若くて快活な感じの、たくさんの同僚や仕事仲間に好かれそうな顔だ。お任せくださいと自信を持って目配せで伝える。母親もすぐに気づいて女の子の肩を叩く。目が大きくて魅力的な人だ。女の子がぼくを見て、ぱっと顔を輝かせてくれる。お母さんの大きな瞳と、お父さんの明るい表情を兼ね備えている。いまあの子が輝かせた表情以上のものを、これからぼくは引き出すのだ。

ぼくは挨拶をしてから次々とコインを出現させてゆく。火を使わなかったのは、恵ちゃんが驚いてしまうかもしれなかったからだ。その場で子供が真似《まね》をして困るようなマジックはやるべきではないとテルさんから教わった。ただし、とテルさんはつけ加えることも忘れなかった。マジシャンはどんな相手でも、決して子供扱いをしてはいけない。小さな子であっても必ず紳士淑女として接するべきだ。なぜなら子供がいちばん嫌がるのは、マジシャンから子供扱いされるときであるからだと。

ぼくは恭しく恵ちゃんの耳元や肩の先からコインを取り出してみせる。笑いを誘うのではなく、恵ちゃん自身が魔法を持っているのだと感じさせるように。恵ちゃんはきっといままでぼくのテーブルホッピングを遠目で見て、このルーティンは知っていたはずだが、それでも遠くから様子をうかがうのと実際に目の前でおこなわれるのはまるで迫力が違うのだと、どきどきしながら感じ取ってくれたなら嬉しい。

ぼくは中盤からのルーティンを新しいものに変更する。赤いスポンジボールは誰の目にもわかりやすく、恵ちゃんの手のなかで増えてくれる。きれいで小さなそのてのひらから、ボールが溢れ出てくるのは、見ていてこちらも楽しくなる。カードのパケットトリックは控え、代わりにロープマジックで長さや結び目の位置を変えたりする定番の現象で手品の雰囲気を味わってもらいつつ、決して子供向けの手品の教本には載っていない愉快な現象へと畳みかける。恵ちゃんが誕生日プレゼントとして贈られていた真新しい指輪を借りて、それが一瞬でロープを貫通したり、また絡まったりするのを楽しんでもらう。ロープの端《はし》をしっかりつかんでもらったり、指輪が落ちてくるのをてのひらで受け止めてもらったり、このルーティンはテーブルのみんなが参加できるのでぼくも大好きだ。最後にロープと指輪を天井へと向けて放り上げて、指輪だけを消してみせる。

大丈夫、まだこれで終わりじゃないんだよ、とぼくは恵ちゃんに目配せで示し、今日は恵ちゃんのお誕生日だと語り始める。恵ちゃんは少し恥ずかしそうだが、それでも自分がいま輝いていることを知っている。ぼくは準備していた紙袋を取り出す。最初は平らに折り畳まれているが、ぼくは手際よく広げてなかに手を入れ、大きなシャンパンボトルを出現させてテーブルに置いた。

「大丈夫、お酒じゃないシャンパンだからね、恵ちゃんでもおいしく飲めるよ」

一井さんがうまいタイミングでバースデイケーキを運んで来てくれる。ケーキの上に飾られた小さな花火は、ぱちぱちときれいに爆《は》ぜていた。

栓を抜く役目はお父さんにお願いする。コルクが気持ちのよい音で弾け、ぼくは隠し持っていたクラッカーを鳴らして盛り上げて、お父さんから借りたツールで家族全員の記念写真を撮影する。

「あれっ、ほら、ここに何か写っているよ」

ぼくはツールの写真を恵ちゃんに指し示す。そこにはリボンのかかった小箱が写り込んでいて、恵ちゃんは目を丸くして、自分の目の前の光景と写真を何度も見比べる。

「大丈夫、本当はちゃんとここにあるんだよ。まだ見えてないだけなんだ。お父さん、お母さん、このスカーフの四隅を持っていただけますか」

ぼくはそういって赤いスカーフを取り出し、ご両親にカドを持たせる。ふわりとテーブルの上に広げられたそれを、ぼくの合図で引いてもらうと、そこには写真が予言していたきれいな小箱が出現する。ちゃんと小箱を前にして、もう一度本当の記念撮影だ。恵ちゃんの笑顔もさっきよりずっと明るくて、お祝いの楽しさに満ちている。

小箱は恵ちゃんに手渡して、十字にかけられたリボンを解《ほど》いてもらう。なかから出てきたのはシールで封をされた一通の封筒だ。ぼくは恵ちゃんの耳元でそっと振ってみせる。なかに折り畳まれたバースデイカードと一緒に、さらに小さな袋が入っていて、それが少し膨らんでいることを気づかせる。

「指輪！」

と恵ちゃんが最高の表情で声を上げてくれる。

封筒を開けて、まずはそこに入っているポチ袋を、恵ちゃんの手のなかへと滑り落とす。これはぼくからのお祝いの包みだよ、といって、天窓から見える月を示す。三日月のかたちを表面に折り込んだ折り紙のポチ袋で、これはぼくがつくったものだ。恵ちゃんがどきどきしながら折り紙の包みを開けてゆくのが伝わってくる。はたしてなかには指輪が入っていた。ぼくはそっと封筒を差し出し、まだなかに入っているよと促す。

そのバースデイカードを恵ちゃんは開いた。ご両親の直筆で〝誕生日おめでとう〟と書かれたメッセージが現れる。恵ちゃんはカードを胸に抱く。

「パパ、ママ、ありがとう!」

ちゃんとそんなふうにいえるなんて、何ていい家族なんだろう。

「おじさん、ありがとう!」

「お兄さんでしょ」

お母さんがそう囁《ささや》くと、恵ちゃんは素直にいい直して、ぱちぱちと一所懸命に手を叩いてくれた。

「お兄さん、ありがとう!」

「ハッピー・バースデイ」

ぼくの方からも拍手を返す。周りの席からも拍手が湧《わ》いた。このテーブルでの演技を見ていた人たちが、一緒にお祝いをしてくれているのだ。

「その折り紙のポチ袋にはね、魔法の秘密がひとつ書いてあるんだ。家に帰って十円玉か百円玉で擦《こす》ってごらん。指輪が紐を擦り抜ける魔法のやり方が、ひとつだけ浮き上がって見えてくるよ。このリボンを使えば練習できる」

ぼくはさっとお辞儀をして退席した。まだ恵ちゃんが余韻《よいん》に浸《ひた》っている間に離れるのだ。魔法使いは消えて、魔法の余韻だけがいつまでも残る。それがいちばんの演出だ。恵ちゃんが家に戻った後も自分の指輪やご両親のメッセージカードを何度も見て、ぼくのポチ袋も表と裏を見返して、照明に翳《かざ》して、擦って出てきた手順をご両親に披露して、みんなで笑顔になってくれたら嬉しい。一井さんがジェラートを運んでゆく。ぼくはそのまま倉庫まで戻り、充実感に浸りながら後片づけをおこなった。

「ヒカル、もう一度出てくれないかな。ついさっき外国のお客さんが入ったからね。十二番卓だ」

一井さんがぼくを呼びに来る。はい、と快く返事をして、今夜のルーティン用のセッティングを素早く整えてフロアに出て行く。

壁際のテーブルに着いていたのは、一井さんの言葉通り外国の人だった。ご夫婦かもしれない。六十代か、あるいは七十代の前半。子供も成長してずいぶん前に手を離れ、仕事もすでにリタイアして、いまはふたりでゆったりと世界を旅行して回っている。そんな雰囲気のおふたりだった。

食器棚のワイングラスを取って、少量の水を入れて歩み寄る。

「こんばんは」

日本語で話しかけ、水を飲み干してからスカーフでグラスを消した。

「今夜は月が明るくていい天気です。このレストランに勤めているヒカルと申します。お名前をうかがってもよろしいですか？」

「ルイーズよ」

ふくよかで優しげな婦人だった。髪の色は深い茶色。左側の男性は、立派な口髭《くちひげ》と顎髭《あごひげ》を生《は》やしている。薄い色で白髪も混じっていて、まるで西部開拓時代の伝説のガンマンといった印象だ。

「ジェフだ」

「ルイーズさんにジェフさん、ご来店ありがとうございます。ご旅行ですか？」

「そうだね。昨日着いたばかりだよ」

「歌舞伎座に行ってきたの。素晴らしかった！」

相手は英語で答えるが、くっきりとした口調なのでまったく問題はない。ここはリゾートなので外国からの観光客も多い。ちょうどいまは大阪で万国博覧会も開催されており、この東京でも海外からのお客様はふだん以上に多い。相手は自動翻訳機を使用していることもあるので、こちらは日本語で会話を続けてもさほど支障はないことがほとんどだ。

「それでは、もう日本料理もご賞味くださったのでしょうね。この《ハーパーズ》はむしろアメリカ風で、ぼくのような者もテーブルを回らせていただいているんです」

「そのようだね」と男性が微笑む。「小さな子が喜んでいたのがわかったよ」

「いい雰囲気のお店だったから、ホテルへ戻る前に、ちょっとワインでも飲もうと思ったの」

「ありがとうございます。ルイーズさん、読心術は信じますか？」

ぼくはひと揃いのカードを取り出し、無造作《むぞうさ》にシャフルしながらいった。

「ひとつ実験をしてみましょう。ルイーズさんがお選びになったカードを当てるわけですが、ぼくが当てるのではなくて、ジェフさんに当てていただくんです。ジェフさん、ちょっとだけ後ろを向いていていただけますか？　こちらが見えないように」

「ホールスタッフの女性を見ていればいいかな」

男性は自分から冗談を飛ばしてくれる。会話に乗ってきてくれているのがわかる。ぼくもリラックスした雰囲気をつくりながら応じる。

「でもスタッフの心のなかまでは読まないでおいてくださいね！　ルイーズさん、いまからぼくがこうしてカードを弾いていきます。ぼくも見えないように、横を向いています。お好きなところでストップといってください」

「ストップ」

「ここでよろしいですか？　ではカードを憶えて」

「憶えたわ」

「心のなかに刻み込みましたね？」

ぼくはカードの残りを弾き切ってから手元に退《ひ》いた。

「ありがとうございます。それではジェフさん、こちらを向いてください」

「もう四、五人のスタッフの心が読めてしまったよ」

「いま、ルイーズさんがカードを一枚お選びになりました。そのカードをご存じなのはルイーズさんだけです。ではジェフさん、カードをお渡ししますから、どれが選ばれたカードなのか当ててみてください」

ぼくはデックをまとめて手渡す。ジェフさんは苦笑しながらカードを広げる。ぼくはすかさず言葉と身ぶりで伝える。

「両手で広げて。もっと顔に近づけていいですよ。じっと目の前で、頭で考えながら」

ぼくはルイーズさんの方に身を寄せ、自分の頭に手を当てて、ここで考えるんですと彼女にもジェスチャーを送る。ルイーズさんの椅子に片手を添えて、もう片方の手でジェフさんの困った姿を指し示したり、自分の頭に手を当てたりする仕草を繰り返す。

「さあ、ルイーズさんも、いま自分が憶えたカードをしっかりと念じて。これは読心術の実験です。ジェフさんに届くように思い浮かべましょう。思い浮かべていますか？」

「思い浮かべているわ」

「ジェフさんの顔を見て。言葉に出してはだめですよ。念を送るんです。心を投影するように、しっかりと送って」

ぼくはルイーズさんの横に寄り添うように立ち、投影するんだという感じで両手をジェフさんに伸ばす。ルイーズさんはにこにこしながらジェフさんを見ている。ぼくは何度も大きく両手を伸ばすジェスチャーをする。

「さあ、ジェフさん、読み取れましたか？　カードは何でしょう？」

ジェフさんがカードを開く手を止めてぼくに顔を向ける。ジェフさんの顔に笑みが浮かぶ。ぼくはもう一度プッシュする。

「さあ、カードは何でしょう？」

ジェフさんは、デックをテーブルに置くと微笑んでいった。

「ああ、わかるよ」

「それではおっしゃってください」

「彼女が選んだカードはわかる」

「どうぞ」

「この上ないほど明白だ」

その通り。ルイーズさんが選んだカードは、いまぼくのおでこにくっついている。ジェフさんの位置からはそれが見える。ルイーズさんが選んだカードをいい当てた後で、ぼくはデックを受け取って、「何ということでしょう！　成功です！」と大げさに驚き、「どうやってわかったんですか？　このなかからどうやって？」といいながらカードを広げ、その仕草でルイーズさんの視線をぼくのおでこにまで誘導する。そこでみんなで大笑い。これが定番のルーティンだ。

ぼくはそのとき、気がつくべきだった。

彼はテーブルの上で手を組み、紳士的に微笑んだままいったのだ。

「すまない、だが私にはいえないのだよ」

そして静かに瞬《まばた》きをして告げた。

「私は目が見えないのだからね」

4

それはぼくがレストランマジシャンになって初めて体験した、本当に信じがたいほどの失態だった。

「そいつを早いうちに剝がす方が賢明だ、他の客が見ていないうちに」

ジェフさんは静かにそういって、ルイーズさんに指で小さく合図をした。ルイーズさんはそこでようやくぼくの顔を見上げ、そこに恥ずかしい残骸《ざんがい》がこびりついていることを見て取った。

「あら、まあ」

ルイーズさんはそういって驚いてくれる。ぼくは急いで額からカードを取って手にパームした。周りのお客様はまだこちらの状況に気づいていない。遠くの席であの女の子が、おいしそうにジェラートを口に運んでいる。家族団欒《だんらん》の会話が弾んでいるのが見える。シーリングファンがぼくの頭上でゆっくりと、深海の生きもののようにひれを回転させている。

「きみに悪気があるわけではないんだ。私もこういう場は好きだよ。協力したいと思ったんだ。しかしすまない、どうしても自分でカードの名前をいうのだけは苦手でね。表か裏か程度ならわかるんだが」

ジェフさんは手元のデックを再び手に取ると、半分に分けて両手でリフルシャフルをした。その手つきでぼくは取り返しのつかないことをしていたのだと悟った。ジェフさんは両側のパケットを半分まで押し込むと、テーブルの中央から自分の手元へ向けて、すっと線路を敷くように並べてみせた。完全にカードは互い違いに差し込まれている。

「見るがいい。ここにあるカードは奇数だ。五十二枚すべてが揃っているわけじゃない。五十一枚しかないならば、残りの一枚はきみが持っていることになる。何とかうまく収める方法はないかと思ったんだがね、ルーティンとはそういうものさ、いったん走り出してしまうと止まらない。きみは最後の分岐器のレバーも倒してしまったから、もう進路変更を促すことができなかった。それに妻は業界とは無縁の一般人なんだ」

「申し訳ありません。ぼくは浅学《せんがく》で、あなたのお顔を存じ上げませんでした」

「そうだろう。顔は少し変えたんだ」

ジェフさんはカードを手元に集めると、そのまま何度かストリップアウトシャフルをおこなった。彼はずっと穏やかだった。他のテーブルのざわめきが耳に届いてくる。このテーブルでジェフさんがいまカードを捌いていることさえ、周りの人は気づいていないだろう。彼は続いてデックをオーバーハンドシャフルの手つきで持ち、チョップシャフルで右手のパケットを前と後ろに交互に落とす。ぎざぎざに押し込むグリークシャフルの仕草も無造作におこなう。そしてごく自然にカットの動作を重ねてから、今度はテーブルの上にデックを置いて、さらに何度もカットしてゆく。リフルシャフルに戻ったとき、ぼくは男性の手元から立ち現れる、カードのぱらぱらと弾ける音の心地よさに胸を打たれた。

彼は手先の感触を懐かしんでいるようでさえあった。彼は一度も手に視線を落としはしなかった。ずっと自分の妻に目を向けていた。その瞳の向きはまっすぐであったが、焦点だけははるか遠くへ、無限遠にまで開放されているかに思えた。じっと彼の目を見つめて、ようやくぼくはその特徴に気づいたのだ。お客様を見ているつもりで、ぼくは何も見ていなかった。

周りのテーブルからすれば、ぼくたちはマジック後のしゃれた会話を楽しんでいるようにしか見えないだろう。マジシャンは華麗に演技を決め、客は余韻を味わいながら、大人同士のちょっとしたやりとりを求めている。そんな穏やかな空気なのだと読み取るだろう。彼は最後に手元できれいにデックの縁を揃えると、ぼくにそっと返してくれた。ぼくがパームした一枚をその上にさりげなく置けるように。

　ぼくが最初に手渡した状態から、カードの順番は一枚も間違うことなく同じままであることが、デックを改めなくても痛いほどわかった。

「お待たせしました」

　美雪さんがワイングラスとチーズの小皿を持ってやって来る。ぼくは脇へ退き、美雪さんがサーヴするのを無言で見守った。ルイーズさんが明るくありがとうと声をかけ、このテーブルは何も問題がないのだということを伝える。美雪さんが去って行った後、ぼくも思わず後じさりをしてしまった。

「待ちなさい」

　ジェフさんがそっとぼくを呼び止める。そして誰にも見られないようテーブルクロスの下で靴の先を動かしていった。

「きみはまだやり終えていないじゃないか」

　恥ずかしさのあまり、ほとんど何も考えられない状態になった。

　指摘を受けて初めて気づいた。ぼくはこのテーブルに来る前から、気持ちが緩み切っていたのだった。女の子の誕生日をうまく祝えたと安堵して、次のお客様に向けて気を引き締めることを怠《おこた》っていた。確かに一井さんからはすぐにテーブルに就いてくれと指示を受けたが、上着を脱いで更衣室のロッカーに戻し、普段のようなベストの出で立ちに戻る時間はあったはずだった。上着を身につけているのに自分は夏季の手順をそのままやった。ルーティンだからと油断していた。それにこのテーブル席は壁際で、後ろからは誰にも見られることはないと、ぼくはいつしか注意することを忘れていた。

◦4◦

「――ちょうど今夜のこの時間は、あの天窓から月がきれいに見えます」

ぼくは懸命に声を振り絞った。そしてポケットからスカーフを取り出し、月に掲げて持ち替えた。

「月まで飛んでいったワイングラスも、光を受けて戻ってきたようです」

ぼくはワイングラスの柄《え》を持って差し出した。なかには三日月と星のかたちをした小さなチョコレートが半分ほど入っている。ぼくはそれをテーブルの中央に置いて後ろへ下がり、頭を下げた。

消えてしまいたいと、初めて思った。ここから一刻も早く逃げたかった。これまでも本職のマジシャンがふらりと来店して、ぼくの演技を偵察していったことはある。そんなときにどう対処すればよいのか、テルさんからもアドバイスを受けたことはある。そういうときは相手を驚かせようとするのではなく、地味でもよいから自分の技術を見せて認めてもらえばよいのだと教わり、これまでも何度かぼくはそうしてきた。

けれどもいまぼくの目の前にいる人物は、おそらく信じがたいほどの技術の持ち主なのだ。あまりに精密かつ正確に物事をおこなうので、〝メカニック〟とさえ呼ばれるような人たちだ。カードではなくコインのフラリッシュなら？　そんな賭《か》けに出たいとは絶対に思わない。ひょっとしたらこの人は、風船を膨らませて動物をつくる遊園地のバルーンアートでさえ、ぼくよりはるかに見事にやってのけるかもしれない。

「きみはいいマジシャンになれるだろう。まだ若い。これからもっと伸びてゆくさ」

「ありがとうございます」

涙が出そうになった。ぼくは営業スマイルを顔に貼りつかせていた。

「きみはちゃんと気づくことができる。きみには創意工夫の精神もある。おそらく忍耐もあるだろう。いま出てきたワイングラスは、内側にきみがコーティングしたんだろう。いったん水を飲み干しても、ちゃんと菓子を入れてきれいに差し出せるよう、きみはきちんとグラスの縁も拭《ぬぐ》っている。きみの若さは、取りも直さずきみの可能性だ。きみはおそらくそのあたりのマジック愛好会に所属しているわけでもない。本当に信頼できる人だけからこれまで教わって、今日までまっすぐに伸びてきたんじゃないか。そして自分の力で道を切り拓《ひら》こうとしている。私はそういう青年は素晴らしいと思う。私も七歳のときにカードで遊ぶことを始めた。テレビで観たマジシャンがとても洗練されていて、あんなふうになりたいと心から憧れたからさ。九歳のときに網膜剝離《もうまくはくり》を起こし、以来ほとんど見えなくなったがね。後はこの指だけが頼りだった」

ぼくが言葉を発しかけるのを、彼は最小限の手の動きで止めていった。

「きみは左利きだ。そうじゃないかね？」

「その通りです」

ぼくが驚いて答えると、彼はぼくの顔を見上げて笑みを見せた。

「これが私の読心術だよ」

ぼくは何も答えられなかった。つまりぼくの身のこなしやカードマニピュレーションは不自然だったと、宣告されたようなものだった。

「ひとつ私からいうとすれば、きみは左利きであることを怖《おそ》れないことだ。カードというものは右利き用にできている。たいていの人は気づきさえしないが、カードとは右利きが手に取って初めてその性能が充分に発揮できるものになっている。最近のものは何でもそうだ。駅の自動改札も、あのツールという代物でさえ、どれもこれも右利き用にできているじゃないか。ほとんどの左利きマジシャンは、だから右利きに自分を矯正しようとする。本当は左利きなのに、わざと右利きであるかのように振る舞おうとする。右利き用のゴルフセットに無理やり自分を合わせてゆくようにね。自分に正直になることだ。

もっときみ自身の身体を信頼することだ。きみにはそれを理解するだけの、才能も勇気もあるだろう」

そういうと彼はテーブル上の自分のワイングラスを手に取った。ごく自然な動きだった。

「ありがとう。きみには一杯おごらせてくれ。マネージャーに託《ことづ》けておく」


「お疲れさま。今日はそろそろ上がっていいよ」

戻る途中で一井さんにそう告げられ、ぼくはひと言「はい」と答えたが、実際は前へと進むのがやっとの状態だった。途中で厨房の友成さんから声が飛んできた。

「ヒカル！　何だ、その歩き方は。しゃんとして飯でも食え」

倉庫に戻るとまかない飯が用意されていて、ぼくは折り畳み椅子を出して座り、ひとりで黙々とそれを食べた。名物の七面鳥ローストをそのまま出してくれることは珍しい。肉は歯ごたえがあり、クランベリーソースは甘酸っぱくて口のなかを刺激し、呑み込むときはちゃんと喉《のど》が動いて、生きものとして自分が仕事をしているのが感じ取れた。パンをかじると自分の歯が食べものを砕いてゆくのがわかる。水を流し込めば自分が内側から潤《うるお》ってゆくのがわかる。文字通り、腹に沁《し》み入る感じだった。

ソースの最後のこびりつきまでパンでぬぐい取って味わい、トレイを厨房へ持っていって頭を下げた。

「ごちそうさまでした。おいしかったです。いつもありがとうございます」

場所によっては、そういうのはいいから、などといった雰囲気でお礼の言葉を受け流し、すぐさまルーティンの作業に戻ってゆく店もある。人の心遣いに対する感謝の気持ち、これはおいしいと感じる素直な気持ち、そんなものは仕事には余計だといわんばかりに、はぐらかして物事を進める店はある。それでいて先月の成績はどうだとか、表計算ソフトの一覧を前にして会議を延々と続ける店は、この世界に存在する。ぼくにもわずかだがそうした店の経験はある。おいしかったですとひと言添えるような雰囲気であることと、その店が繁盛するかどうかは、もしかするとさほど関係ないのかもしれない。とくにこの町はそういう場所なのかもしれない。けれども少なくともこの《ハーパーズ》がそうではないことは、いまこの瞬間のぼくには嬉しかった。友成さんは仕事の手を休めることなく、しかしその背中で、

「おう」

と、ひと言返してくれる。厨房スタッフが機敏な動きでぼくのトレイを受け取ってくれた。

更衣室で着替えを終えて出てくると、一井さんから呼び止められた。

「きみにワインを一本入れてくださったお客様がいたよ。よほど気に入ってくださったようだね」

「一本、ですか？」

ぼくは驚いて訊き返した。おごるといってもその言葉通り、グラス一杯だと思っていたのだ。一井さんがメモを差し出す。それを見てさすがに一瞬、言葉を失う。

《きみの素敵なジャケットに》

と書かれてあった。

「このお客様は？」

「いま出て行かれたよ」

「すみません、ちょっと失礼します」

ぼくは慌てて倉庫を抜けて通用口を飛び出し、店の表の方へと駆けた。あのご夫妻の後ろ姿が見えた。

「待ってください」

ぼくは声をかけていた。ジェフさんは黒いカウボーイハットを目深《まぶか》に被って、まさに西部の男のようだったが、ルイーズさんに手を添えられて歩いていた。

「お願いです。ぼくを、弟子にしていただけませんか」

ジェフさんは振り返ってぼくを見つめた。目が見えないといっていたのに、その動作は自然だった。ぼくが声を出した背の高さを感じ取ったのだろう。ぼくを足元まで観察するかのようにゆっくりと目線を上下させ、そしていった。

「すまない、私は弟子を取らないいんだ。それにもう現役でさえない」

「どこへでも行きます。お供させてください。何でもお役に立てることをします」

ぼくは頭を下げた。いま自分はとても失礼なことをしているのかもしれない。レストランで働くマジシャンとしての立場を逸脱《いつだつ》して、身勝手な行動に出ているのかもしれない。それをなじられ、非難されても仕方がない。だが、ぼくはこんな行動を取ったことは、これまで一度もなかったのだ。

「ぼくは独り身で、両親もいません。育ててくれた叔父《おじ》も亡くなりました。もうこの町には《ハーパーズ》の仲間くらいしか知り合いはいません。高校を出てから、マジックはずっと独学でした。ちゃんと教わったのはアマチュアの愛好家だった叔父と、ここの前任者だったプロのふたりだけです。前任者も半年前にほかの土地へ移りました。いっそ新しいところに行ってみたい。なんでもやります。きっとお役に立ってみせます。ですから――」

こうして頭を下げるのは日本的で、よい印象は持たれないかもしれない。けれどもぼくはそんなことさえ考えることができなかった。ぼくは店の脇でいったい何をやっていたのか。楽しい気分でこの町にやって来てくださった方々が眉をひそめかねない状況であることも、ぼくにはそのとき見えなかった。

「そんなことよりも、きみがもっと伸びる方法はあるさ」

彼はしかし何も叱ることなくいった。

「明日から私たちは関西に行く。日本を少し見て回りたくてね」

彼はぼくが言葉を発しかけるのを止《とど》めていった。

「一週間後にまたここへ戻ってきて、その翌日に飛行機で発つことになっている。ホテルは同じところを予約してある」

寛大な人だと、ぼくは感じた。寛大であることは厳しさと等価だ。

「後で一週間後の席を予約しておこう。そのとき私を愉《たの》しませてくれないか。きみの仕事をもう一度見せてくれ。どうかね、私は期待してもいいだろうか？」

「かしこまりました」

5

天井が近い自室のベッドに寝転がっていると、上空をジェット機が飛んでゆく音が聞こえてくる。機体は空港を高速で離陸し、湾岸の端で大きく旋回《せんかい》して向きを変えながら、さらに天へと伸びてゆく。そのこだまを聞いていると、空に描かれた見えない航空ルートまで、心のなかで見える気がする。音がぼくのなかで三次元の軌跡となって刻み込まれ、静かに滲《にじ》んで沁みてゆく。

人間の感覚はふしぎだと思う。きっと旅客機は一時間のうちに何十と離発着しているはずだから、ジェットエンジンの音もつねに耳には届いているはずなのに、意識に上るときと上らないときがある。その違いはぼくにはわからない。

ただ、もしかすると、この人間の世界には目に見えない何か複数の層が重なっているのだと心のどこかで気づいているとき、あの空の音は聞こえるのかもしれないと思っている。

翌日、美雪さんは店を欠勤した。日高氏というカメラマンのことを聞きたかったがそれは叶《かな》わず、マネージャーの一井さんにそれとなく尋ねてみたものの、はっきりとしたことはわからなかった。日高氏という男性が三年前に広告展開の売り込みで《ハーパーズ》にやって来たことは事実で、確かにそのとき彼は店内を撮影し、お客様の許可も得て所属マジシャンの演技の様子も収めたようで、実際に当時の店内写真はいまも広報ページを飾っている。

この《ハーパーズ》はあくまでも料理がメインなので、マジックを披露していることは大きく宣伝していない。ただし店内にはごく控えめに、歴代の所属マジシャンの写真が額装されている。少なくともそのうちのひとり、テルさんの写真を撮ったのがあの日高氏であることも事実なようだ。ぼくの写真はそこにないから、新しく撮ってもらうのはいいのではないかと、一井さんは優しい口調でそういってくれた。ぼくは一井さんの表情から、その優しさには二重、三重の意味が内包されているのだと感じ取った。まずはぼくに対しての親身なアドバイス、そしてこの《ハーパーズ》を運営し続けてゆくことへの見通しと配慮、さらに日高氏というカメラマンへの一定の距離感。

それがはっきりとわかったのは、当の日高氏が再び仲間を連れて来店したからだった。彼らは今回ビールと軽食のみを注文して、ホールスタッフにぼくを直接指名して呼び出し、早々に具体的な話を始めた。日高氏は自分がこれまで撮影したという写真もツールで何枚も見せようとした。そこにテルさんの姿もあった。テルさんはその優しい笑顔で若い女性客の手のコインを示しながら、画面には写り込んでいない他の客に目を向けていた。コインが手のなかから出てきた瞬間かもしれない。女性客は画面に入っていない同席者に向けて目を大きく開け、驚きと喜びの笑みに溢れている。確かに、とてもいい写真だ。テルさんの人柄も伝わってくる。

「一井さんとも後で話をつけておくよ。来週でいいだろう？　少し髪を切った方がいいな。きみさえよけりゃ、宣伝ページもすぐにつくる。今月末が契約更新の時期のはずだ。ここだけの話、いまのタイミングでこういうことをやっておけば、向こうも契約解除しようなんて思わないものさ。その辺はきみもわかっているだろう」

前日よりも砕けた調子で、ぼくの懐のなかに入り込んでこようとする。一井さんの名を出して、この店のことは昔から知っているのだとアピールする。素材の買い取り価格はぶっちゃけいくらだと、〝ぶっちゃけ〟という言葉を使ってぼくはもうきみの仲間なんだぜと、爽やかな笑顔も見せつけてくる。周りのお客様のこともあるので、ぼくはなるべく小さな声で、撮影はお願いするが店に飾るだけでまずは結構ですと伝えてその場を切り上げた。

腕のいいカメラマンには違いない。ただし、性根の方は、わからない。

その週の出番はそれで終わり、週末のぼくはずっと自室に籠《こ》もって考えごとをしていた。ドクが亡くなって一年半になる。ロフト、つまり屋根裏部屋であるぼくたちの部屋は、天井の一部が屋根の傾きを受けて斜めになっていて、ぼくのベッドは壁際の、立てば天井に頭がぶつかるような位置にあった。ドクとふたり暮らしだったころからその位置は変わっていない。それでも少し空に近いような気がして、ぼくはこの場所が嫌いではない。

高校二年の夏休みが終わり、ぼくたちは学校に戻りつつも、その月の文化祭へ向けてふわふわとした生活を送るようになった。なぜかぼくは美波の専属アシスタントのようなかたちで校舎の装飾に関わることになり、放課後にはもっぱら美波とふたりで校内のラウンジや教室で膝《ひざ》を突き合わせ、ああだこうだとアイデアを書き出しながら、準備を進めることになっていった。

美波は同じクラスの男子生徒とふたりきりでいることに、何の抵抗もない様子だった。ぼくはあくまで補佐役だと思っていたから、美波のなかに浮かんでくるイメージを書き留め、かたちにしてゆくのが仕事だった。美波は深い海の色を表現したいといった。以前に深海探査艇がゆっくりと海に潜ってゆく映像を観たことがあると語り始めた。そこでは徐々に光が届かなくなって、海がそれまでの積層を受けて、深くてはるかな暗色へと沈んでゆく。そのトワイライトの静かな変化は、きっとこの地球という惑星が持つ体積の色なのだと美波はいった。ぼくにはそうした彼女のイメージが、どこかでハードル走に黙々と取り組んでいる彼女の姿と重なる気がして、その願いは実現させてあげたいと思った。

ふたりで放課後に装飾の材料を買いつけに出かけ、その帰りに《ハーパーズ》へ寄って、美雪さんの給仕を受けつつテルさんのマジックを見ることもあった。とはいっても《ハーパーズ》は高校生が普段から通えるほど安価な店ではないので、いま思えばふたりで行ったのはごく数回というところだ。あのとき、テルさんの写真はすでに店内に飾られていただろうか？　記憶を辿ってもはっきりしない。あのころの店の想い出といえば、美波とただ楽しくテルさんのマジックに浸り、美雪さんがいつも持ってきてくれるレモネードを、細いストローで啜《すす》っていたということだけだ。テルさんはそのストローの細長い包装紙を復元するというマジックも見せてくれて、レストランマジックの奥深さを、ぼくは改めて知り始めていたところだった。

「ヒカルくんも手品を見せてよ」

美波はあるときそういって、テーブルの上にケース入りのカードを置いた。買い出しの合間におもちゃ売り場で購入してきたらしい。まだ包装のフィルムもついたままで、値札が横に貼られていた。

「これはプラスチック製だよ」

「でもトランプでしょ」

「テルさんが使っているのを見ただろ。マジックをやるときは、ああいう紙製のカードを使うんだ。表面がコーティングされていて、滑りもよくて、適度に弾力があって、うまく手に馴染むんだ。テルさんが使っているのはバイシクルというブランドだよ」

「ふうん」

美波は不服そうに口をとがらせ、しかしぱっと気持ちを切り替えたのか、にこにこしながら包装を破ってデックを取り出していった。

「じゃあ七並べをやろうよ。私も久しぶり」

それからぼくたちは《ハーパーズ》で、妙な盛り上がりの雰囲気で七並べに興じた。

「ヒカルくんの家はどこ？」

「向こうの、屋根裏部屋だよ」

「屋根裏？　ひとりで住んでるの？」

「叔父さんとふたりでね」

そこで彼女は初めてぼくが孤児であることを知った様子だった。彼女の方から黙ってしまったのはそれが初めてのことだったので、むしろぼくの方がうろたえた。だから屋根裏とはどのようなところかを、ぼくは初めて積極的に自分からしゃべり続けて説明し、その場が沈黙に支配されないよう懸命になった。

湾岸通り近くのブティックはどれも、外国の運河沿いにあるような共同住宅を模《も》したつくりで、ひとつひとつの建物は三階建てだが、一ブロック分の建物はすべて横に繋がっている。店舗スペースは一階と二階で、入口は狭くても奥は広い構造なので、それがしゃれた雰囲気をつくっている。

誰が発案したのか知らないが、建物の三階部分に事務所や居住用の小部屋をつくって貸し出している区画があり、ぼくの叔父であったドクはそうした屋根裏の一室を借りて、音響制作の個人事務所を営んでいた。２ＤＫのごくささやかな部屋で、ユニットバスも本当に最小限の機能しか持たないほどだったが、小窓から見える夜景は素晴らしい。ドクはその窓をいつも横目で眺めながら、コンピュータに向かっていた。

ドクはテルさんのことを知っていた。ぼくには《ハーパーズ》の存在など何ひとつ話そうとしなかったのに、美波に屋根裏のことを話して帰った日、ドクに《ハーパーズ》へ行ってテルさんという人と会ったと話すと、「テルなら信頼できる」とぽつりといって、しかしそれ以上は語ろうとせず、黙々と仕事に戻っていった。

ドクがぼくに取っておいてくれたのは、この素晴らしい小窓のある部屋と、数え切れないほどの奇術関係の映像ソフトや書物、そして空への近さだ。


あるとき、美波はバイシクルのライダーバックを学校に持ってきて、いきなりぼくの前に突き出していった。

「ヒカルくん、これならいいでしょ。手品を見せて」

ぼくたちは校舎の壁に貼りつけるモザイク模様の壁紙を、教室でつくっているところだった。適当な机を二卓くっつけて、互いに向き合いながら作業する。美波のアイデアである深海の深さとトワイライトの明度の変化を出すために、ぼくたちは何枚もセロハン紙を模造紙の上に貼り、エッシャーのような幾何学《きかがく》模様を描くことにしたのだった。この装飾は一階の入口から始まって、廊下と階段をずっと辿って屋上テラスの扉まで続く。屋上を海面に見立てて、そこまで上がれば光が眩《まぶ》しく目に差し込むデザインにした。

全体としては大がかりなものであるし、文化祭全体の雰囲気を左右する大切な装飾のはずだが、ぼくたちはふしぎと学校のなかで浮いていた。他のイベントとはまるで切り離された、別世界での出来事のような感じだった。ぼくは作業の手を止めて美波の顔を見上げた。学校行事という公的な物事と、美波と自分というごく個人的な関係が、いきなり重なり、交差したように思えた。

ぼくが箱を受け取ると、美波は本当にわくわくという言葉が表現する通りの雰囲気で、頬杖《ほおづえ》をついて見つめてきた。

「何をすればいいかな」

「ほら、《ハーパーズ》で最初に見たやつ。何回もいちばん上にトランプが上ってくるの」

ぼくは箱からカードを取り出し、広告カード二枚とジョーカー二枚を脇へ除けた。美波はそうした動作にもひとつひとつ注目し、へえ、プロっぽい、などと目を丸くした。ぼくは手のなかでカードをしならせて柔らかくしてから、いわれたようにアンビシャスカードをやった。

ぼくはそのとき本当に久しぶりに、他者へマジックを見せたのだ。演技中、美波はぼくを鼓舞し続けた。カードが上昇してくる度《たび》に手を叩いて喜び、そしてやっぱり自分の目に間違いはなかったとでもいうような、まんざらでもないという表情で、ぼくを見つめてきたのだった。

「あれもやってよ。ほら、気がつくと口に咥えているの」

「それよりちゃんとここを見ていてよ。そんなに注文をつけられても」

そこでぼくはわざと咳《せき》をして、美波の視線を引っ張り上げた。

美波はぼくの顔を見て息を呑む。そして前のめりだった姿勢を正し、ぼくを眺めて満足げに頷く。

「できるんじゃない」

いま思えば、観客の無理難題に咄嗟《とっさ》に応じてみせたのも、それが初めてのことだった。

教室のなかでふたり向かい合い、ぼくはカードを口に咥えている。窓から晩夏の風が入り込んで、作業の途中で放っていたセロハン紙がふわりと浮いて飛んだ。慌てて美波はそれを掬い上げて重石《おもし》を置いた。

「ヒカルくん、ここぞというときはもっと笑って、ここの八重歯を見せた方がいいよ」

彼女はそういって、ぼくの頬を人差し指でつついた。唐突だったのでぼくは驚き、思わずカードを口から離してしまった。

彼女はそれも取り上げてぼくの手元に差し出すと、もう一度ぼくの前に座ってにやにやしながらいった。

「そうだ、私にも手品を教えて。私みたいな不器用でもできるの、何かあるでしょ？　ほら、早く」

きみは不器用じゃないと思ったが、ここでもまたぼくは教えられた。マジシャンはノーといってはいけない。ぼくは心を決めるとデックを彼女に渡していった。

「この手品は、マジシャンがいっさいカードを触らなくてもできる。だから手先が器用かどうかは関係ない」

「よさそうじゃない」

「カードを十五枚用意する。何でもいいからここに表を向けて十五枚並べて」

「オーケー」

美波はカードを手元で広げ、あれこれと考える素振りを見せながら十五枚を選び出した。ジョーカーが一枚混じっているのは彼女なりの趣向だろうが、ここではとくに関係はない。

「このなかから一枚、好きなカードを選んで憶えて。それを見つめるとぼくはその目線でわかってしまう。だから悟られないように、心のなかで憶える」

「選んだよ」

「ではカードを纏《まと》めて、裏返す。切り混ぜてしまって構わない」

「どうやってもいいの？」

「どうやってもいい」

彼女は日本人なら誰でも知っているヒンズーシャフルという方法でカードを切った。ぼくはそれを受け取り、ぼく自身もシャフルした。そのことを彼女は不安に思っている様子だったが、ぼくがそのパケットを渡して、さらに身体の後ろで自由に混ぜて構わないというと、驚きながら素直に従った。

「終わったら、ここに三つの山に分ける。一、二、三、一、二、三、と配ってゆく」

ぼくが指差した場所へ、彼女は順番にカードを置いてゆく。ぼくはこの時点で、これから何が起こるのかは伝えていない。五枚ひと山のパケットが三つでき上がる。ここでぼくは自ら手を伸ばし、一番目の山を取り上げて、彼女だけに見えるようにして広げた。

「この動作は、実際は相手にやらせても構わない。このなかに選んだカードは入っている？」

「いいえ」

ぼくは中身を見ずにパケットをもとの位置に戻し、次を手に取って相手に広げる。

「このなかには？」

「ない」

三番目のパケットを彼女に向けて開く。

「ではこのなかにある？」

「ある」

ぼくは三つのパケットをすべて手のなかで重ね、彼女に手渡す。

「もう一度、三つの山に分けるんだ」

ぼくたちは同じことをおこなった。今度はふたつめのパケットのなかにあると彼女は答えた。ここまでぼくはカードの表側を一度も見ていない。三つめの山に選んだカードがないことを念押ししてからパケットを纏めて彼女に渡し、また同じように三つに配ることを指示した。

「この手品では、相手がこのなかにあるといった山を、必ずまんなかに挟んでひとつに纏めることが大切なんだ。気をつけることはそれだけだ。自分がカードを配ろうが、相手が配ろうが、関係ない。同じことを三回続けるだけでいい。今度は自分でカードを開いて。一番目の山に選んだカードはある？」

「ない」

「二番目の山には？」

「ある」

「三番目の山にはない。そうだね？」

ぼくはわかりやすいように、彼女のカードが入っているという二番目のパケットを脇に寄せ、一番目と三番目の山を机の中央へと近づけた。ぼくは二番目の山を手にとって実際に進めた。

「どちらでもいい。どちらかの山の上に、この二番目の五枚のカードを、上下に少しずらして置いてゆく。一枚目はこんなふうに、少し上にはみ出したかたちで置く。二枚目は少し下に。三枚目は上に。こうやって交互に五枚を置いてから、残りの山を中央に重ねる。この状態でそっと片手で両脇を持って相手に向ける。かたちを崩さないように気をつけること。そのためには、こういう紙製のカードでやるのもポイントのひとつだ」

ここまで来ても、ぼくはまだ一度もカードの表を確認していない。

「見ていて」

ぼくはもう一方の人差し指で、ゆっくりと上に飛び出したカードを押し込む。彼女は何も反応しない。

ぼくは静かに指先を移動させ、下に飛び出している残りのカードを押し上げる。

ゆっくりと、一枚のカードが迫り上がる。

あっ、と彼女は声を上げる。ぼくはきれいに音を立ててカードを引き抜く。この段階であってもぼくはこのカードが何であるかを知らない。カードの表側を一度も見てはいないのだから。けれどもぼくは知っている。

「きみの選んだカードは、これだ」

「すごい」

「同じようにやれば誰でもできる。器用か不器用かは関係ない」

「でも、どうして？」

「マジックのなかにはセルフワーキングといって、こうすれば誰でもできるという自動的なタネのものがある。やり方さえ間違わなければ必ずできる。タネ自体がロボットのようなものだよ。機械がやっても同じように当てられる。そういう類《たぐ》いのなかで、ぼくがいちばん好きなのがこれなんだ。作者が誰かは知らないけれど、簡単で、しかもインパクトがある。マジックなんて興味ない、マジックの楽しみなんてもう忘れてしまった、そういう人でも必ずできる。方法がわかっていても楽しめる」

「――いま、ヒカルくん、好きっていったね」

　彼女はにっと笑みをつくり、ぼくの顔を覗き込んだ。

「そういうことは、もっと自分からいっていいと思うよ」

　彼女の唇《くちびる》から白い歯が覗く。何だかぼくの方が一本取られた気がした。

　だからぼくは告白した。

「ぼくが父親から最初に教わった手品がこれだった。一度も外したことはない」

　――次の週になると日高氏は早々に機材を抱えて来店し、ぼくがテーブルホップする姿をぱしゃぱしゃと撮影していった。いかにも手慣れた感じで、無駄なシャッターは切らなかった。お客様には事前に許可を得たが、ぼくがその話を切り出して説明する時間の方が、むしろぎこちなくて長いくらいだった。

「売り出し中なの？　頑張って」

とチップを差し出してくれる年輩のお客様もいて、かえって店内が浮ついた空気になってしまった。

三十分が過ぎると一井さんがさりげなく終了を促し、日高氏はなぜか両手を挙げて〝参った〟というような仕草を見せ、急いでぼくにデジカメの画面を示し、撮影した画像のいくつかを見せてから、荷物を纏めて帰っていった。確かにそれらはいい写真で、ぼくはあたかも一流の若手マジシャンのように写っていた。

撮影の間、美雪さんがフロアに姿を見せていないことは気づいていた。ぼくは美雪さんを倉庫に連れ出し、ふたりで面と向かって話した。

「あの人が美波を殺したというのはどういうことですか」

「ヒカルくんは、あいつの写真を使うのね」

「まだわかりません。写真を撮ってもらった以上、お金は払います。でも美雪さんが嫌がっている人の写真なんて、営業に使いたくはありません」

「いい写真だった？」

「それは、そう思います」

「あいつは三年前も、ああやって店にやって来て、店の写真を撮るといってきたわ。そのときフロアでつき添ったのは私だった」

「待ってください。それは文化祭の前ですか、後ですか？」

「ちょうどいまくらいの時期。遅れて文化祭があったころ」

美雪さんは不意に顔をしかめた。そしてぼくの両肩に手を置き、崩れるようにぼくを抱きしめた。美雪さんがぼくの耳元で嗚咽《おえつ》を漏らした。

「あいつがデジカメをスタンバイするところを見てしまった。一瞬だったけれど、私には見えた。画面に妹が映っていた。親にも私にも見せたことのない姿で」

6

この町には歴史というものがない。その分、人の感情はいつもどこか剝き出しのまま、この町に立ち現れているような気がする。

多くの土地は、土地そのものが感情を持っている。たとえよそ行きの顔で仕事をしていたとしても、いったん仕事場を離れたら、その土地の感情がその人を包んでくれるだろう。けれどもこの町は埋め立て地だ。まだ感情が根づくまでには至らない。人はみんな自分の世代の歴史しか知らない。

人はさまざまな顔と階層を持って生きているが、この町ではちょうどその人のうわべの階層が、電車に乗って別のところへ行こうとも、その階層のままついて回るようなものだ。この地ではそんな無数の階層が、まるで無限に重なったカードのパケットのように、決して同じ平面に溶け合うことなく通り過ぎる。

ぼくはときおりイメージする。この土地に立つひとりの人のシルエットに近づくと、それは踵《かかと》から頭の先まで無数に切断された平面の集合体で、その一枚一枚はまるでカードで、そうした人たちは互いにぶつかってもカードが互いにすれ違うかのように、そのまま何事もなく通り過ぎる。

しかも、その階層には高さがある。空を上昇してゆく旅客機は三次元的に雲を突き抜けてゆくが、ぼくたちの周囲に建つ高層マンションは、どんなに高くても多数の平面の積層に過ぎない。五階に暮らす人と三十階に暮らす人では、明らかに所得が違うだろう。きっと社会的な地位も違う。互いに同じマンションに暮らしていても、決して同じ平面に立つことはない。

そのレイヤーの高さはマンションに越してきた瞬間に決まる。人々はマンションから外へ出たときも、そのレイヤーの高さで生きているのではないか。ちょうど海面から深海まで海の色が変わってゆくのと同じで、人々の身をかたちづくっているカードの色が、それぞれ違うようなものだ。中学や高校にまで、そのレイヤーは入り込んでいるように思える。ぼくたちは同じ教室で同じ授業を受けながら、おそらくは同じ世界を生きてはいなかった。

けれども、とぼくはときおり思う。ぼくたちは多くの層を抱えながら、それでも互いに生身の人間なのだ。この土地では公園も学校も本当の意味で公の場ではなく、無数の階層が重なった交差点だった。厄介なのはそこが整備された立体交差点ではなく、ぼくたちは生身であるがゆえに、どうしてもどこかでぶつかってしまうことだ。踵から頭の先まで無数のカードでできているのに、心だけはぼくたちの胸のなかに拳のかたちで残っていて、それだけはどうしてもぶつかってしまう。

階層は重ならないはずなのに、ぼくたちはどうしても相手のことが見えてしまう。そのとき人は思うのかもしれない。何も見えなければいいのにと。何も見えないはずなのにと。

「ドクはデイヴィッド・カッパーフィールドっていうマジシャンが好きだったんだ。ラスベガスで毎晩ショーをやっていた人で、とてもハンサムでミステリアス。大がかりな装置を使ったイリュージョンが得意だった。昔は日本でもよくテレビの特番に出演していて、ドクは子供のころそれを観ていた」

「ああ、知ってる!　お父さんもその人の話をしていたことがあった」

していた、と美波の言葉が過去形であったのに気づいたのは、文化祭が間近になった日暮れの帰り道でのことだった。

美波もまた、親を失った人間だった。

人のいない公園を、ぼくたちはふたりで横切っていた。日本は土地が狭いはずなのに、この地では人々は誰も彼も重層して暮らし、人工の土地を持て余して、死んだ空間を空へと放り出している。車道はむやみに広く、歩道は小綺麗なのにただひたすら長く、公園の噴水は止まっていて、自然の土はないがタイルの隙間から草は顔を出している。

太陽は遠くの雲に隠れ、あとしばらくすれば地球の向こう側へと沈んでゆく時間帯だった。空の半分ほどには薄雲がかかり、その底は深い影を帯びながら、はるか上空には太陽の光が長く延びて、茜色に焼けている。

美波は誰もいない公園でステップを踏み、そんなふうに父親の録画したテレビ番組の話をする。それはすべて過去形で、彼女はテレビやアニメや本の話を通してしか自分の父親を語らない。

文化祭の日が近づくにつれて、帰路ではいつしかぼくの方が多くしゃべるようになっていた。美波は言葉の代わりにたくさんステップを踏んだ。歩道脇のちょっとした出っ張りに飛び乗ったり、タイルの模様を影踏みのように渡ったり、そうした行為がロボットのようだ。

ぼくはカッパーフィールドのスタイルを説明した。万里の長城の厚い壁を、ノーカットの生番組でくぐり抜ける。広い飛行場に小型ジェット機を停めて、周りをぐるりと布で囲って「ワン、ツー、スリー」といえば、もう飛行機は跡形もなく消えている。自由の女神の前に立って大きなフレームを置き、カーテンで覆って「ワン、ツー、スリー」といって取り去ると、自由の女神は消えている。当時、日本中の子供が熱狂した。小学生だったころのドクはカッパーフィールドに憧れて、デパートの手品グッズ売り

○6○

場に行って、わずかな小遣いでテンヨーの商品をひとつずつ買っては、何度もひとりで練習を重ねたのだそうだ。けれどもカッパーフィールドにはなれなかった。だからせめて映画やウェブのなかで魔法を見せるために、音響技術の専門家になった。

「小さいころ種明かしの番組は観たことがあるよ。あれなら誰だってできるなって思った。ヒカルくんだってできるでしょ」

「テレビで昔の種明かしをやっているのは、いまならもっと改良して洗練された方法があるからじゃないかな。それに何でもできるというわけじゃないし」

「手品だったら、やっぱり〝ワン、ツー、スリー〟だよね。いかにも〝さあ、魔法をかけますよ〟って感じじゃない。やっぱり手品をやる人だったら、どんなものでも〝ワン、ツー、スリー〟で消してほしいな」

そして美波はふと振り返り、立ち止まってぼくを見た。

「ヒカルくん、この世界を消してみせてよ」

美波はぼくの目を見つめていた。

「〝ワン、ツー、スリー〟で、消してみせてよ。ヒカルくんはマジシャンなんでしょ。どんなことでもできるんでしょ」

マジシャンは、どんなときでもノーといってはいけない。

そうぼくに教えてくれたドクは、どこかで人生を踏み誤った人だったのだと思う。

ドクはかつて大手放送局のディレクターだった。辞職して個人事務所を起《た》ち上げた理由はわからない。

それでも遠く離れた土地ではなく、この地を選ばざるを得なかったのは、どうしても避けられない仕事上の制約があったのかもしれない。ドクはほとんど出歩かなかった。この町ではすぐに知り合いと出会ってしまう。人と擦れ違ってプルスルーシャフルされるのを避けるかのように、まるでフォールスシャフルならば自分の手のなかだけで充分だとでもいうかのように、ドクはぼくが高校を卒業する直前に倒れるまで、ほとんど人と会うこともなかった。

ドクがどのような伝手《つて》で仕事を取っていたのか、いまとなってはわからない。ただ、ぼくがこうして生活できているように、孤独なようでいても何かの繋がりはあったのかもしれない。実際、ドクが突然に亡くなったとき、ぼくの見知らぬ人たちが何人か集まり、葬儀を最後まで見守ってくれた。

「世界が消せないなら、じゃあ、この音はどう?」

――あのときぼくが戸惑っていると、美波はじれったそうに空を行く飛行機の影を指していった。

「ほら、車の音も聞こえる。あそこにモノレールが走っている。あの音だってそれなりのものでしょ。たぶん向こうの歩道には人もいるでしょう。耳を澄ませば話し声だって聞こえる。飛んでいる鷗の啼き声はどう?　ふだんはあまり気にしないけれど、こんなに音で溢れている。十秒でもいいから、消してみせてよ。もしできたらヒカルくんを認めてあげる。この世には本当に魔法があるんだって、私は心から信じてあげる」

一気にそうしゃべってから、美波は口を噤《つぐ》んだ。

彼女はぼくを見つめていた。

「かしこまりました」

ぐっと美波が息を呑み込むのがわかった。

「それでは」

ぼくは一度お辞儀をして、彼女に向き直った。

「ワン」

指を差し出す。

「ツー」

彼女はぼくをじっと見ている。

「スリー」

世界が止まる。


文化祭の前日、生徒が総出で準備に取り組むなか、ぼくと美波も校舎を深海の底から空へと繋ぐ作業を進めていった。一階から始めて屋上へと続くその扉まで辿り着き、ほっとして下階へ戻ったときに、ぼくたちは一階の壁紙がすべて破られ、傷つけられているのを見つけた。

美波はその場に立ち尽くしていた。ぼくから顔を背け、拳を震わせていた。ぼくたちの横を同級生のグループが明るく会話しながら通り過ぎてゆき、そこでようやくぼくは、この学校で何が起こっているのかを知った。

なぜ校舎の装飾係が美波だけになったのか、なぜ彼女がぼくひとりを補佐役にしていたのか、その日までぼくは気づかずにいた。

ぼくは廊下のごみ箱を開けていった。

「貼り直そう。破られたところはここに残っている。バットと刷毛《はけ》を教室から取ってきてほしい。いまならまだ皺も伸ばして修繕できる」

美波は動かなかった。ぼくに背を向けて震えていた。ぼくはこの土地に来て初めて怒鳴った。

「早くやるんだ！」

美波はその後の作業中も、ほとんどぼくと目を合わせようとしなかった。ぼくは周囲に注意しながら、破り取られた跡をひとつずつ補修していった。つねに周囲が見える位置に立つ。ひとつを貼り終えたら必ずぼくが階段を上って屋上入口まで様子を見に行き、新しい悪戯《いたずら》が起こるのを防ぐ。

美波はずっと無言だった。ぼくの指示通りに動いていたが、ほとんど機械のようだった。きみはそんな人間じゃないはずだ。ぼくは心のなかでそう思い続けていた。きみが機械であるときは、あの校庭のハードルを越えてゆくときのように、もっときれいであるはずだ。美波の心の声がわかった。こんなことをしても無駄なのだ、明日の朝になればまた同じことが起きている、自分たちは大勢の父兄《ふけい》もやって来ている文化祭の最中に、ただひとり責めを受けて惨めに壁を貼り直し続ける、それが定められた未来なのだと。読心術もないぼくの胸に、ぎりぎりと美波の心の声が刺さってくる。ぼくは刷毛を動かし続けながら心のなかで叫ぼうとする。そんな未来予測は間違っている、そんな未来はぼくが許さない、たとえ傷つけられようと何度でも貼り直せばいい、それは何も惨めなことではない、心がここにあるという証拠なんだ。


ぼくのかけ声の後、世界から音は消えた。

ぼくはそのまま人差し指を立てていた。ぼくと美波の間に、その人差し指があった。美波は息を詰めている。ぼくも唇を閉じていた。

心臓の動きがぼくの内側から起ち上がる。ぼくたちはただの一点となって世界に溶け込む。ぼくは指先を動かさない。美波の目をそのまま見つめている。

何も音は聞こえなかった。モノレールに列車の影はなく、空はただ朱《あか》く、遠く染まり、はるかな東はすでに地球の影へと入ろうとしている。人の声は聞こえない。車の音も聞こえない。風は止まり、街路樹の葉擦れの音さえ聞こえない。

美波の鼻先に、薄く汗が滲んでいる。

ぼくは心のなかで数を唱えている。美波もいまきっとそうしているはずだ。ぼくたちの心の声は重なり合って、過ぎてゆく秒数を刻んでいる。

最初に目を逸《そ》らしたのは美波だ。彼女はぼくの目線を逃れて周りを見回した。それでもまだ音は聞こえない。彼女は車道をうかがい、そして空の飛行機の行方を追って仰いだ。ぼくは指先を立てたまま動かない。彼女の目がぼくに戻ってくる。彼女はぼくを見つめ返す。時は着実に刻まれてゆく。

七秒。

八秒。

そして九秒。

遠くで一羽の鷗が啼いた。

はっ、
と美波が息を吸い込む。その啼き声の方角を探る。

一羽の声に釣られて何羽もの啼き声が続いて聞こえた。モノレールに列車の姿が現れ、車道をトラックが走り去っていった。

ざっと一陣の風がぼくたちの間を過《よぎ》った。

まだ美波の鼻先には、汗が薄く光っていた。

「――ヒカルくんを本物の魔法使いだって、私、信じてしまいそうになった」

美波は微笑み、その場でくるりと回ってみせた。そのステップが公園のタイルと音を立てた。

「さあ、帰るよ」

美波はぼくを置き去りにして歩いて行こうとする。

「私も手品を練習する。今度は私が見せてあげる」

高校時代はもう遠いことのような気がする。違う、それは正確な表現ではない。高校はずっと遠くへと去って行った。けれども美波の存在だけは、いまも遠ざかることはない。

それはきっと、美波はぼくたちの過ごしたあの高校と、別の階層を生きていたからだ。彼女は心があったから、他の心とぶつかってしまった。シャフルされて互いに赤の他人のように通り過ぎてゆくパケットだけの存在とは違って、見えなくてもぼくたちの心はそこにある。ぼくはいまでも思う、そうした心は誰にでもあるのではないか。あの高校で、美波は誰かの心と擦れ合ってしまった。カードは滑らかなようでいて、どこかで引っかかるとそこにあった一枚がたわむ。反り返ったそのカードは、指先で何度も歪《ゆが》みを直そうとしても、どこかに痕跡が残ってしまう。シャフルは次第に乱れてゆく。

時計の針が下校時刻を過ぎて、他の生徒の姿はほとんど見かけなくなった。太陽はすでに西の彼方へと沈み、それでもまだ残照が広がる晩夏の空には、星が現れ始めていた。

ぼくはずっと校舎の階段の踊り場に座り込んで、新たな悪戯の発生を抑止していた。何分かごとに階段を上下して、その度に座る階や場所も変えて、こちらに隙がないことを見せつけた。校舎から人の気配が消えてゆき、明日の文化祭を待つだけの校舎がぽっかりと残る。ぼくはようやく階段を上って教室に戻り、待たせていた美波に声をかけた。

「大丈夫だよ。ぼくらも帰ろう。この後で何かあったら、さすがに先生に報告する」

窓から微風が入り込んでいた。教室のなかも明日のためにいくらか飾りが施されている。ぼくたちは関わらなかったが各クラスも研修旅行の成果をパネル展示するため、部屋の一部は机を除けて、造花や手づくりのオーナメントで装飾されているのだった。クラス展示の準備は早いうちに終わって人もいなくなっていたので、美波はこの場所でひとり安全に待つことができた。

「ヒカルくん、ちょっと待って」

ぼくが端から窓を閉めようとしたとき、美波が立ち上がったのでぼくは振り返った。彼女は教室に残された造花の束をつかみ取って、片手で抱えながらぼくを手招きした。

「どこがいいかな」

彼女はきょろきょろと見回し、展示用に少し大きく場所の取られた窓際へと駆けていった。遠くまで深い紺色の空が広がっているのが見える。夜になる直前の風は、まだ夕暮れの暖かさを孕《はら》んで、それでいて焼けついたような不快さは消えて、ちょうど優しく、肌に馴染んだ。美波はその風を気持ちよさそうに受け止めると、ぼくの方を振り返っていった。

「今度は私が手品を見せるっていったの、憶えてる?」

ぼくが返答する前に、彼女はうふふと微笑んでポケットからハンカチを取り出した。花束を抱えながらそれを広げようとする。

美波は機械のように振る舞っていた。確かに笑顔をつくってはいるが、何かの演技のようだった。なるほど、それは演技だった。マジックをすることを演技するという。美波はハンカチを自分の抱えている花束の上にかけようとしているのだ。けれども折り畳まれているのでうまく広がらない。美波は顔をしかめて、ぼくの方を向いた。

「うん、そうだ。ヒカルくんはハンカチを持ってる?」

「持っているよ」

「出してみて」

ぼくはいわれた通りにポケットから出した。広げて、と彼女は指示する。いわれた通りに広げてカドを摘まんで持つ。

「ほら、前に話してくれたでしょう。マジシャンは前を覆って、ワン、ツー、スリーっていうと、自由の女神でも何でも消してみせるんだって」

「ああ」

「では、ハンカチを目の前に翳してください」

美波は神妙な顔つきになり、ぼくをまっすぐに見据えていった。彼女は両腕で造花を抱え直した。

ぼくは腕を伸ばしてハンカチを掲げた。

「私の全身は隠れている？　花はちゃんと隠れている？」

「隠れているよ」

「だめ。信用できない。私のも重ねて」

美波はぼくのもとに駆け寄ると、自分のハンカチを押しつけた。ぼくが重ねて広げるのを見届けると、充分に満足したといった表情を見せてもとの位置に戻った。

「それでは、もう一度前に翳して」

ぼくは翳した。

「今度は透けてないね？　何も見えない？」

「何も見えない」

「花束も私も隠れているね？」

「隠れている」

「オーケー。では三つ数えて。魔法をかけて」

教室のなかは、静かだった。

ふうっ、と一度、美波が深呼吸するのがわかった。

「ワン、ツー、スリー」

ぼくは一気にハンカチを下げた。


どん、と鈍い音がどこかで響いた。

ばかな。

ぼくは目の前に現れた光景に息を呑んだ。

花は消えていなかった。


造花が教室の床に落ちて転がる。ぱさりとかすかな音がしたのかもしれないが、それはぼくの耳には聞こえなかった。代わりに耳にこびりついたのは鈍い音だ。

全開の窓から風が入り込む。夕闇の涼しく、穏やかな空気。空の色が変わってゆく。ぼくが教室に戻ってきたときよりも、確かに世界は夜へと進み、地表は太陽の裏側へと回ってゆく。教室の蛍光灯の白い光は、ほんの数十秒前よりもずっと明るく、ぺかぺかと人工的な輝きで、この室内を照らしている。先ほどまで遠く窓の向こうに見えていたはずのマンションも、いまは夜の暗さに沈もうとしている。時は止まることはない。決して遡《さかのぼ》ることもない。時計の針は戻らない。

ぼくは咄嗟にハンカチを握りしめ、窓辺へ駆け寄った。ぼくの足元にばらばらに広がった造花が、風を受けて音を立てた。

ぼくはその風を頬に受けた。ぼくは窓枠に手をついて、しかしすぐには見ることができなかった。こんなときこそハンカチは、ぼくたちの視界を覆うべきではないのか。こんなときこそマジシャンは、ものを復元すべきではないのだろうか。予想したものなど見たくもない。ハンカチはそんなことのためにあるのではない。

それなのになぜぼくの目は、何ものにも覆われることなく、その現実を見たのだろうか。

7

「今日もよろしくお願いします」

「おう、ヒカル」

挨拶は友成さんと心地よいテンポで進み、ぼくは一井さんからその日の予約表を見せてもらった。あれから一週間が経っていた。確かにジェフさんの名前が夜七時に入っている。先週と同じ十二番のテーブルだ。ジェフさんは約束を忘れてはいなかった。

しかしその人数は二名ではない。三名になっている。

「今夜はどなたかご一緒なのだろうね。詳しいことはわからないんだ」

「いえ、大丈夫です」

と答えたが、ぼくはいくらか動揺した。未知の変数が入り込んだのだ。

「写真はよく撮れていたじゃないか。いい笑顔だと思うよ」

「ありがとうございます。でも、飾るのは少し待ってください」

「わかっているよ」

穏やかに頷く一井さんに、ぼくは思い切って尋ねた。

「一井さん、あのカメラマンは、これからもこの店のお客であり続けなければなりませんか？」

「ヒカル」

ぼくはその声にはっとした。

「どうかおかしな真似は、しないでくれよ」

一井さんはぼくに前日の感想のコピーを差し出すと、フロアの準備に戻っていった。ぼくはそれを持って更衣室に入った。いつものように脇の小机に置いて衣装に着替える。きりりとネクタイを締め、ドクがぼくに遺したベストを身につける。鏡を見て襟元と髪を整え、両手の表と裏を翳して見え方を確認する。そのとき鏡の隅にコピーが見えて、ぼくはそれを手に取り、目を瞠《みは》った。

そのなかにあったのは、先週お祝いをした恵ちゃんのご両親からのお礼状だった。ぼくの教えたロープマジックを、恵ちゃんが自分の指輪とリボンで演じている動画も添えられている。恵ちゃん自身の手紙もあった。《マジックのお兄ちゃんへ、すてきなプレゼントをありがとう》とあって、あの日ぼくが演じたテーブルのイラストまであった。ぱちぱちと花火が弾けるお祝いのケーキを囲んで、恵ちゃんとご両親とぼくが笑っている。テーブルの上にはリボンで飾られた小箱もある。

ぼくは更衣室のなかでひとり感謝の言葉を呟き、深く息を吸った。

いつものように《ハーパーズ》は、お客様を招き入れる準備を進めてゆく。照明の明るさが調整され、ひとつひとつのテーブルの蠟燭に一井さんが火を点す。シーリングファンが深海の生きもののように揺れる。

フロアスタッフが最後のミーティングをおこなう間、ぼくは厨房脇に退いて店内を広く見渡す。陽が翳《かげ》るのがいくらか早くなった。暑さはまだ空気に籠もっているが、それでも季節は秋へと向かおうとしている。窓の外に人影が見える。オープンを待ちかねたお客様が、入口の前に立っているのだ。

あの男の姿を発見して、ぼくはその場で拳を握りしめた。

ぼくは心のなかで呻《うめ》いた。よりによって、この大切な日にやって来るのか。万全の準備を整えて迎えたいお客様を前に、それでも来るのか。

ぼくはフロアスタッフの美雪さんの表情を見逃さなかった。美雪さんはあの男に気づいた。


あの年、文化祭が中止になることはなかった。

二週間後に多くの父兄や来場者を集めて、何事もなかったかのように盛大に、ぼくの高校は文化祭を執りおこなった。

校舎の装飾はいつの間にか別の担当者が仕切っていて、何の問題もなく成功を収めた。

あの日以来、ぼくは学校で、授業で当てられたとき以外、いっさいしゃべらなくなった。それはとくに生活に支障を来《きた》さなかった。ぼくは言葉を閉ざしたまま、あの高校を卒業した。

その直前、ドクは何の前兆もなく脳溢血《のういっけつ》で倒れ、仕立て屋に注文したぼくの衣装が完成するのを見届けることなく、意識不明のまま病院で亡くなった。生前にドクは臓器提供を希望していた。まるで細胞でもゲノムでも何でもひとつ残らず持って行け、髪一本でも残したら承知しないぞとばかりに、ありったけの項目に丸をつけていた。だからドクはぼくの知らない人々の身体で、あるいはぼくの知らない研究室でいまもなお生き、そしていつか利用される日を待って、静かに凍結保存されている。それはドクが残した最後の魔法だ。

なぜ美波は消えていったのか。なぜぼくに助けを求めてはくれなかったのか。

違う、そうではない、とぼくはこれまで何度も頭を振ってきた。なぜぼくに助けを求めてくれなかったのかなどと考えるのは思い上がっている。それをいうなら誰よりもまず、実の姉であった美雪さんが、そのつらい問いを抱えているはずだ。

美波がどこであのカメラマンと知り合ったのかはわからない。あの男はおそらく多くの高校生に声をかけていたのだろう。何かのきっかけで美波の写真を他の生徒が見たかもしれない。その噂は学校で広まったのかもしれないし、何かの脅迫《きょうはく》の手段に使われたのかもしれない。

あるいは、美波はいっときでもあの男を本当に愛していたのかもしれない。そしてあの男が自分からいとも簡単に離れていったことを、信じることができなかったのかもしれない。この世界を消してみせてよと美波はいった。いま見えているこのぺらぺらの光景が本当に消えるなら、自分が生きている本当の世界を、紛《まぎ》れもない真実の世界というものを、信じてもいいと思ったのかもしれない。それを実現するのが魔法ではないか。それをいまここで示してみせるのが、本当の魔法使いではないのかと、あのとき美波は訴えたのだ。

二週間前、美波の命日にぼくは美雪さんと墓前にお参りをした。そこはこの土地に初めてできた霊園で、他の公園や車道と同じように広く、人工的で、そして頭上の空を持て余していた。

美波は決して高校でひとりきりだったわけではない。葬儀のときは何名かクラスの有志が参列していたし、去年の三回忌もごくわずかではあったが当時の同級生は来ていた。この埋め立て地にも人の心はあった。ただ、彼女が消えてゆくのを止められなかっただけだ。そしてもういまは美波の墓前に来る同級生はいない。

その日ぼくは、それまでずっと預かっていた美波のハンカチを美雪さんに返した。

「どうして?」

「ぼくにはまだ、このハンカチと重ねられる自分がありません」

帰り道でぼくは思った。ずっと思っていたことだ。美波はぼくのワン、ツー、スリーという言葉でこの世から消えた。けれどもマジックでは途中で消した物体も、演技の最後には舞台の上に戻ってくる。それがマジックのセオリーだ。

いつの日かはわからない。けれどもその日まであのときの美波は、ぼくたちのハンカチのなかから消えただけだ。ぼくがいつか魔法の仕組みを取り戻せたとき、美波はこの世界に戻ってくる。

「ヒカルくん、目を覚まさないとね」

美雪さんにそう諭された。美波はいつか戻ってくるような気がする。ぼくがそんなことを呟くと、美雪さんは立ち止まり、年上の女性としてぼくの肩をそっと抱いてそう告げた。

たぶんぼくたちはそうしてそのまま生きていったのだろう。想いを胸に抱きながら、それでも刻々と過ぎてゆく時間を受け入れて、このよそ行きの町で生きてゆくことはできたのだろう。

カードならば何度でも擦れ違うことができる。けれどもぼくたちは人間で、シャフルされるままの人生を送ることはできない。

——開店時刻がやって来て、一井さんがお客様を迎える。ぼくは倉庫で呼吸を整える。

ぼくはフロアへと歩き出す。厨房の脇を抜けて段差を降りる。その動作の間にも、ぼくはフロア全体を見通して今日の〝取っておけ〟を直感し、心のなかにしまっておく。

あの男たちは三番卓にいた。

ぼくは最初のテーブルに就いて、フラッシュペーパーの炎を放った。一気に店内の視線がぼくに集まる。ぼくはコインを出現させてゆく。あの男たちがぼくを見ている。

二番目のテーブルも回って三番目のテーブルへ行こうとしたとき、あの男がぼくを呼び止めた。

「きみ、まだ写真を飾ってくれていないじゃないか」

「申し訳ありません、準備が整っていなくて」

「一井さんにもさっきいったんだ。今日はこいつの誕生日でね」

彼はテーブルにいる仲間のひとりを指してにこやかに微笑んだ。

「そりゃあ、予約はしていなかったよ。でも何かできるだろう？　ぱっとしたやつを、ひとつやってくれないか」

「かしこまりました」

ぼくはテーブルから距離を置いていった。

「それではお食事の後に参ります」


ぼくはプロフェッショナルとして振る舞うことに全力を尽くした。

本当はいままでにないほど心は乱れ切っていた。さらにいくつかのテーブルをホップしてからいったん戻り、倉庫でカメラバッグを開けて道具類を睨《にら》みつけた。

自分は何をするべきだろうか。何度か顔を洗い、両手で頬を叩いた。二度目にフロアへ出て行くときも、本当は胸のなかで心臓は必要以上に強く鼓動し、肩はわずかに震えていた。それでもぼくはフロアに足を踏み入れる前から、お客様の目に触れるその前から、プロフェッショナルな顔になって、堂々と進み出ていった。

エンターテイナーという呼称がぼくは好きだ。眩しくて、きらきらとしていて、いつどんなときでもそれは高き目標であり、しかも地に足のついた本物の呼び名だ。普段ならとても自分からそんなふうには名乗れない。けれども今日はいつにも増して、自分はエンターテイナーでなければならない。

レストランマジックはどんな角度からも見られていると心得るべきだ。それは手先の動きだけでなく、姿勢や振る舞い、表情に至るまで、すべてがその対象だと思わなくてはならない。ぼくはいま後ろのお客様の視線にも応えられているだろうか？　遠くの席からそっとうかがっているお客様にも、ぼくは本当の愉しみを伝えることができているか？

何度かフロアで美雪さんと擦れ違った。ぼくに視線は送ってこない。ぼくもまたあえて何かのサインを送ることもない。ぼくは美雪さんの心が読めずにいる。美雪さんはあの男がいま店内にいることをはっきりとわかっているはずだ。いままではあの男が来たときはフロアに出なかった。けれども今夜は逃げることなく、あの男と同じ場所に立っている。

ぼくは直前まで揺れていた。プロフェッショナルでありたい、エンターテイナーでありたいと願いながら、ぼくの心は定まらずにいた。マジックを使ってあの男に報復することはできるだろう。美波を追い詰めたのはおまえなのかと、演技のなかで誘導して問い質《ただ》し、制裁を加えることはできるだろう。あるいはマジックで相手に恥を掻《か》かせ、笑いものにすることもできる。あの男の自尊心を粉々にすることはできるだろう。倉庫で待機している間にも、ぼくの頭には次々とその方法が浮かんでは弾け、それらは振り払おうとしても消えることはなく、凄《すさ》まじい勢いで互いに繫がり、線を結び、いくつものルーティンとなって自走してゆく。

ぼくはきつく目を瞑《つむ》って歯を食いしばった。いまのぼくはかつて美波を死に追いやった相手を、この手で、いま自分が持つ力で追い込み、晒《さら》し者にできる。だがそれは本当にやってよいことなのか。相手は激昂《げきこう》するだろう。あるいは捨て台詞《ぜりふ》を吐いて店を去った後、ぼくと《ハーパーズ》に復讐するだろう。何よりも美波を晒し者にしようとするだろう。

一井さんは責任を問われることになる。友成さんの七面鳥ローストには何の罪も責任もないはずだが、ぼくの行動によってその価値は台無しになるだろう。

ぼくひとりなら何がどうなろうと構わない。違う、その考えさえもぼくは間違っている。ぼくひとりであろうと他者への報復としてマジックを使ってはならないはずだ。マジックは誰かを叩きのめすためにあるのではない。それはマジックの歴史そのものへの冒瀆《ぼうとく》だ。

「ヒカル、この後、三番卓様だ」

「はい」

一井さんが声をかけてくる。ぼくは更衣室に行って上着に袖を通し、鏡のなかの自分を見つめた。二度、三度と、大きく息を吐いた。そして部屋を出て一井さんに伝えた。

「いつでも大丈夫です」

「ヒカル、わかっているな」

「お任せください」


ぼくは出て行った。

あの男は馴れ合いの雰囲気で手招きをしている。ぼくは目を背けることなく、しかし決して相手を睨むこともなく、着実に歩み寄ってゆく。ぼくの心臓の鼓動は平常か。ぼくの背筋は伸びているか。ぼくはプロフェッショナルとしていま歩いているか。

「いらっしゃいませ。今日はお楽しみいただけましたか？」

「楽しみを最後に取っておいたんだ」

「ありがとうございます。本当に取っておいていただいたのですね」

ぼくは誕生日だという男性の片耳にほとんど触れるほどまで手を寄せ、耳の穴から一輪の薔薇《ばら》の造花を引き出してみせた。その薔薇を男性の胸ポケットに差し入れてからいった。

「どなたか十円玉と百円玉をお持ちではありませんか？」

ぼくは男に静かに尋ねる。男が財布から無造作に二枚取り出したので、ぼくはいったん受け取って相手を誘導する。

「二枚を握ってください。十円玉と百円玉のどちらがいいですか」

「十円玉だな」

「ではそちらを取り出します。そのまま百円玉を握っていてください」

ぼくは十円玉を誕生日の男性の手に載せ、ペン先でつついて入れ替えてみせる。一瞬にして銅色の十円玉は銀色の百円玉に変わる。テーブルの誰もが目を見開く。男はこの現象をいままでにも見たことがあるかもしれない。以前にこの《ハーパーズ》で見たかもしれない。けれどもぼくは堂々と演じる。ぼくはこの男を楽しませることができる。

ぼくは初めてこの《ハーパーズ》に来たときテルさんから見せてもらったルーティンを演じていった。もちろんすべて同じではない。テルさんを受け継いで、その上でぼくの演技としてお客様に示すのだ。主役はぼくではない。主役はお客様であり、この《ハーパーズ》の素晴らしい料理だ。フロアをいつまでも心地よいものに保ち続ける、すべてのスタッフの心意気だ。ぼくはカードを取り出し、何度もお客様の選んだ一枚が上ってくる現象を繰り返してみせる。テルさんがぼくを驚かせたように。かつてのぼくに見せるように。

彼らは驚嘆の声を上げる。ぼくの手元を覗き込んで目を丸くする。カードを開いたときに仲間と顔を見合わせて喜びの笑みを浮かべる。ぼくは冷静だった。同時に楽しんでいた。同時に激しく傷《いた》んでいた。ぼくはこのマジックを美波と見たのだ。これはぼくの想い出なのだ。いまぼくはあのころとてもできないと思った魔法を使っている。ぼくは男から純粋な笑顔を引き出している。

「あれっ、今度はここにありませんね」

と呟きながらカードを戻し、

「ほほにありあふ」

とくぐもった声で告げる。男はあんぐりと口を開けてぼくの顔を見上げる。ぼくはカードを咥えて微笑む。ぼくは美波のいいつけを守っている。そうとも、いまがここぞという瞬間だ。カードを咥えた唇の端から、ぼくの八重歯が見えるだろう。

男がぼくを指差していった。

「それだ。その顔を撮るべきだった」

ぼくは息を呑んで堪《こら》えた。そのとき男の顔は一瞬、プロのカメラマンのものになっていた。

ぼくは八重歯を見せて笑っていた。心は叫び声を上げていた。


予約がなかったにもかかわらず、一井さんは花火のついたケーキを用意し、ぼくはシャンパンボトルを出現させた。男は何度も手を叩いて喜んだ。

ぼくはすべてを終えるとすっと身を退いた。余韻を残してテーブルを去ろうとした。ぼくはプロフェッショナルであっただろうか。ぼくは大人であっただろうか。ぼくの横から美雪さんが現れた。ぼくと入れ違いに水差しを持って、テーブルの男たちに声をかけた。

ぼくは去り際に男の声を聞いた。

「あなた、きれいですね。どうです、宣伝で写真の被写体になってみませんか。ぼくならいい写真を撮ってみせます」

ぼくは息を呑み、振り返った。

美雪さんは男のグラスに水を注ぎ、そして水差しを置くといきなりその手でグラスをつかんだ。

ぼくは信じられないものを見た。

美雪さんの手は素早く男の顔へと向かって動いていったが、その手は直前でぐいと弧を描いて戻ったのだ。グラスに注がれたその水は、一滴たりともこぼれなかった。

ぼくは固まっていた。男もまた固まっていた。男はやがて自分の顔を撫で、何も濡れていないことを確かめて、ははは と短い笑い声を立てた。

「せっかくですが、申し訳ありません。私は今日で退職して、この町を離れることにしたのです」

男は笑みを貼りつかせたまま、美雪さんの顔を見上げていた。


男たちが出て行くのを、美雪さんはフロアスタッフのひとりとして、一井さんとともに丁寧に見送った。ぼくは厨房の脇からその後ろ姿をそっと見ていた。

一井さんが何か話しかけようとするのがわかったが、美雪さんは颯爽《さっそう》とフロアの仕事に戻っていった。

ぼくが倉庫に戻ろうとしたとき、再びドアベルが鳴った。

ジェフさんの姿がそこにあった。ルイーズさんと手を取り合ったジェフさんは、店内に足を踏み入れて帽子を取った。

ぼくは柱の陰からもうひとりの同伴者の姿を見た。

それはまったく想像していないことだった。

ジェフさんは少年を連れていた。

8

「いらっしゃいませ」

ぼくはジェフさんのテーブルの前に立った。

ジェフさんが静かにぼくを見上げてくる。ぼくは上着を脱いで、ベストの姿に戻っていた。

「ヒカル、といったね。この一週間、きみに会いたいとずっと思っていた」

「ぼくも、とても嬉しく思います。ご来店いただき本当にありがとうございます。ご旅行は楽しまれましたか」

「ああ。この子と日本で再会するのが、今回の旅の目的だった。この子は以前、私たちと暮らしていたんだ」

ルイーズさんがその言葉を受けて、隣に座る少年の手を取る。その子はジェフさんとルイーズさんの間でかしこまっている。

「紹介しよう。この子の名はミチルだ」

「初めまして。ミチルです」

きれいなソプラノの声だった。まっすぐなまなざしでぼくを見ている。吸い込まれるような目をしていると思った。聡明で、好奇心豊かで、伸びやかなまなざし。

「この子はとても行儀がいい。私たちを見ていてくれる。それに、この子はマジックが大好きなんだ」

小さな紳士がいるテーブルで、大人向けのルーティンをおこなうのは無理がある。そのことを知っているジェフさんは穏やかに諭した。

「いまはこの子に向けて見せてくれる必要はない。きみが自然にやってくれれば、それがこの子にとっての喜びになるんだ。私たちを楽しませてくれるかな」

「お望みの通りに」

その言葉でジェフさんが微笑む。ぼくは心を決めた。

「ジェフさんはポーカーがお好きですか」

「ああ、大好きだね」

「ブラックジャックは？」

「もちろん好きだ」

「デパートに行くと、さまざまなカードが売られています。しかしちゃんとしたカジノで用いられるカードの種類は、決して多くはありません。しっかりと品質管理された会社のものでなければ、そうした場にふさわしくないからです。ジェフさんはそうした場所で使われるカードがきっとお好きなのではないかと思って、今日は用意して参りました」

ぼくはポケットから二種類のカードを取り出し、箱に入ったままテーブルの上に置いた。包装のフィルムは剝がしてある。

「ジェフさん、失礼ですが教えてください。いまこのふたつの違いはわかりますか？」

「箱がそこにあるということはわかるよ。私の目はいまも年々悪くなっているが、それでもまだ大まかなかたちの影はわかるんだ。実際に見えているというより長年の直感で察しているといえばいいかな。あと数年もすればまったく見えなくなるだろうがね。こちらはバイシクルのライダーバックだ。こちらはビーだろう」

「その通りです。どちらも赤色を用意しました。どうぞお手に取って、ご自身でフラップの封を切って、感触を確かめていただけますか」

ジェフさんは慣れた手つきでビーの方から封を切ってデックを取り出し、自分の手でしならせて全体を馴染ませていった。彼はシャフルもカットもしなかった。代わりにカードの縁に指先を当てて、その精度を確かめた。続いてバイシクルに手を伸ばす。その様子を向かいの席でルイーズさんが見守っている。少年も行儀よくジェフさんの手元を見つめている。

「どちらがお好きですか」

「私ならビーだ」

「お好きなところをお聞かせいただけませんか」

「ビーのこの硬さと弾力だ。大きくしならせても折れることがない。だから片手でファローシャフルさえできる。それに表面のコーティングは滑らかで心地よい。扇状に広げて人を楽しませるならこちらだろう。エッジのささくれも最小限に抑えられている。だから指先に受ける触感は繊細で美しい。この国では寿司を食するとき薬味を使うだろう。あれを擂《す》り下ろす器具は絶妙のきめ細やかさでなければならないはずだ。きみたちは魚の刺身を食するだろう。そのときの包丁は細胞組織の破壊を最小限に抑える切れ味でなければならないはずだ。それと同じことがカードにもいえるのだと私は思うよ。私にとってビーはそんなカードだ」

「はっきりと手触りの違いはわかりますか？」

「ああ、わかるね」

「ありがとうございます」

そういってぼくはいったんデックを受け取った。ゆっくりとそれぞれを箱のなかにしまい入れる。ビーやバイシクルとはカードのブランドの名前で、ビーはジェフさんがいったように世界中のカジノで愛用されており、一方のバイシクルはマジシャンがよく使うカードとして知られている。裏面の模様が特徴的で、ビーは裏に白い細線が斜めの格子状《こうしじょう》に、つまりダイヤモンドのかたちのように入っている。一方のバイシクルは自転車に跨がった天使の姿が、上下対称にふたり描かれている。

どちらも紙製のカードではあるが、マジシャンが一般的にビーよりもバイシクルを好むのは、裏面の周りに白い縁取りがあるためだ。カードの端まで格子模様が入っているビーは、カードを裏返したり上下逆さまにしたりするとパケットを重ねた状態でもそれがわかってしまうので、トリックがばれやすくなってしまう特徴がある。ポーカーゲームの場ではむしろそうした特徴が、いかさまやインチキを防ぐ目印になるということなのだろう。

「本日はさらに別のカードも用意してきました。それではこちらはいかがでしょうか」

ぼくはビーをポケットに戻し、代わりにふたつの新しい箱を取り出して置いた。どちらも赤いバイシクルのライダーバックだ。いまテーブルの上には三つのバイシクルが並んだことになる。しかしこの三つはそれぞれ異なる。

「ほう」

と、ジェフさんが声を上げて微笑んだ。

「どうぞ、手に取ってご確認ください」

「きみはおもしろい」

ジェフさんはそういってひとつを手に取る。ぼくはむしろルイーズさんやミチルくんに説明するつもりで言葉を添える。

「カードを扱うときの心地よさでいえば、ビーの方がお好きだという方はいらっしゃいます。しかしマジックの場ではバイシクルのカードが頻用《ひんよう》されることも事実です。そこであまり一般的ではないのですが、ビーの品質でバイシクルの絵柄を印刷したものが、正規の商品として販売されているんですね。さらにもうひとつ用意したのはプラスチック製のバイシクルカードです。日本だとおもちゃ売り場で売っているのは、たいていプラスチックのカードなんです。ぼくも子供のころは、カードといえばプラスチック製がふつうなんだとばかり思っていました。それであるとき調べてみると、やはり正規の商品として、紙製ではなくプラスチック製のバイシクルも販売されていることを知りました。耐久性があるので、水を使ったマジックで使われることが多いようです。裏はどれも赤色ですから、見た目にはほとんど変わりがありません。しかし手触りは三つとも違う。いかがでしょう、ルイーズさんはご覧になって三つの違いがわかりますか？」

ぼくはジェフさんが持っていないデックをルイーズさんに手渡し、その感触を確かめてもらった。ジェフさんはミチルくんにもデックを差し出す。しばしテーブルを囲んで会話があった。ルイーズさんは率直な驚きを示していった。

「プラスチックなら触ればわかるけれど、こっちのふたつはとても私にはわからないわ。ジェフ、あなたは本当にわかるの？」

「ああ、わかるよ」

「まさにそれが今夜の主題です」

「なるほど、ヒカル、わかってきたよ」

「そのお言葉は最後まで取っておいてください」

そういうと、ジェフさんは実に楽しいといった感じで笑ってくれる。

ぼくはいま、この場の期待値を自分で上げたのだ。ぼくはポケットから再びビーの箱を取り出して横に並べた。これで四種類の赤いカードの箱が並んだことになる。ぼくは四種類のカードをテーブルの上で、表向きにリボンスプレッドのかたちでそれぞれ広げた。

「こんなゲームをやってみましょう。ジェフさんにカードの種類を当てていただくんです。ジョーカーと広告のカードは取り除いておきましょう。残るカードは五十二枚。箱から開けたばかりのときは、スーツが揃った状態になっています。それぞれの種類から同じマークのスーツをひと揃いずつ取り出してみましょう。通常のバイシクルからダイヤのスーツを、エースからキングまで十三枚。ビー品質のバイシクルから、クラブのスーツを十三枚。プラスチック製のバイシクルからハートのスーツを十三枚。そして残るスペードのスーツは、バイシクルではなくビーの赤いデックから取り出します」

ぼくはそれぞれのパケットを、ひとつずつ丁寧に重ねてみせた。

「五十二枚が揃ったデックとなりました。しかし実際は四種類のカードが混じっています。ぼくはジェフさんのようにはカードを扱えないかもしれませんが、それでもトライしてみます」

ぼくはデックをシャフルした。リフルシャフルの後でカットを繰り返し、さらにシャフルを続けていった。ぼくにとってこれは困難な作業だった。このようにして混ぜると、確かにカードの特徴がわかる。とくに紙製とプラスチック製の違いは明白で、プラスチック製は指に貼りつく感じさえする。反り返り具合も表面の滑らかさもまるで違うため、同じデックとして一定の調子でぱらぱらと弾いてゆくのはかえって難しい。どうしてもシャフルの速さに凹凸《おうとつ》ができてしまうのだ。

けれどもこの一週間で発見もあった。同じ紙製であっても確かにビーとバイシクルの違いは指の触感として伝わってくる。このように混ぜていったとき、その違いのリズムの変化が、まるで即興の音楽のように、ぼくの指先に響いてくる。

ぼくは正確に二十六枚ずつのパケットに分け、片方をジェフさんに手渡していった。

「最初は一緒にやりましょう。表を見ずに、指の触感だけで四種類のカードを分けるというゲームです。

いまぼくたちの間に四つの箱が並んでいますから、その手前にそれぞれ置いてゆくということでいかがでしょうか」

「簡単なことだ。悪いが、きみに勝ち目はないな」

ぼくたちは同時に始めた。

ジェフさんの速さに、ぼくは素直に驚きを覚えた。カードをディールする手つきで一枚ずつ取っては、そのわずか一秒ほどの手応えでカードの行く先を決めてゆく。親指を滑らせてカードがデックから離れるその瞬間、おそらくジェフさんはすでに見極めている。そこから目的の場所へと配るときのみ、わずかに判断が遅れて手が泳ぐ。ぼくは自分の呼吸が乱れないよう努めた。ジェフさんの速さに引っ張られて誤ることのないよう自らを律した。

「開けてみましょう」

端からカードを返してゆく。正しく選別されていれば、それぞれのパケットはスーツが統一されているはずだ。まずはぼくの手から開き、ぼく自身がトリックを使わず真に指の触感だけで見極めたことを示した。ジェフさんの結果はぼくに新たな驚きを与えた。ジェフさんはバイシクル柄のビーと通常のビーをわずかに取り違えていたからだ。裏面の模様は明らかに異なるのに、ジェフさんはそれを判断材料にしていなかった。

「興味深い」

ぼくが結果を伝えると、ジェフさんは静かにそう答えた。ぼくは各々のスーツをもう一度揃えると、その四つのパケットを順番に重ね、ジェフさんの前に置いた。

「ご自由に切り混ぜてください」

ジェフさんがそれをおこなうのを、ぼくは見ていた。ジェフさんは楽しげだった。ルイーズさんが向かいの席から、夫の表情を見守っている。ミチルくんがいきいきとした目でジェフさんの手元を見つめている。ぼくは切り混ぜられたデックを受け取ると、さらに自分でもシャフルした。

「ジェフさんは右利きですね。それでは左手を出してください」

ぼくはかつてメカニックと称されたはずの人物の手にデックを置いた。

「確かに混ざっていますか？」

「ああ」

ジェフさんはデックの端を指先で撫でる。ジェフさんがその即興音楽を楽しんでいるのがわかる。ぼくはその手を取り、前へと導き、もう一度そのデックを置き直してから、ジェフさんの利き手を取ってその上に被せた。

「いま、五十二枚のデックはばらばらに混ざった状態で、ジェフさんの両手のなかにあります。ぼくがこれから三つ数えます。ここでこうして支えていますから、そうしたら一緒に手を小さくスナップさせてみましょう。では行きます」

ぼくはジェフさんの両手をさらに自分で包んだまま唱えた。

「ワン、ツー、スリー」

さっ、と上下に手首をスナップさせる。ジェフさんがぼくに顔を向けた。

「どうなりましたか？」

「きみはおもしろい」

ぼくはそっとジェフさんの手を開き、デックを取り出してルイーズさんやミチルくんに見せる。ふたりの耳元でデックの端を弾いて音を聞かせる。ジェフさんの耳にもそれを伝える。さらにぼくはデックをジェフさんの手のなかに戻し、右手を被せてスナップさせる。

ジェフさんの顔に輝きが表れる。ぼくは再びデックを取り、ジェフさんの耳元で弾いて音を聞かせる。三度目にデックを両手のなかでスナップさせたとき、ジェフさんは、ほほう！　と声を上げた。ルイーズさんが身を乗り出した。

「あなた、何が起こっているの？」

「スーツが揃ってきているのさ！」

ジェフさんは自らデックをディーリングポジションに持ち直し、その端を親指や小指で弾いて遊ぶ。ぼくはジェフさんの左の手首にそっと手を添え、デックを静かにてのひらへ置き直し、そして右手を導いて被せた。

「一緒に動かします」

最後のスナップの後、ぼくはその場からゆっくりと自分の手を離した。

ジェフさんが手を開いてゆく。誰よりも精密と謳《うた》われたであろうその両手を、朝顔のように開いてゆく。ぼくは手首を支えるとき、そこに脈打つ血液の流れさえ感じたような気がした。そしてそこに宿る体温と組織のしなやかさを、これまで積み重なってきた確かな歳月を、はっきりと感じた。

ジェフさんがデックを弾く。鍵盤を指先で撫でるかのような、心地よく澄んだ音がそこから生まれる。すべてのカードはビーに変わっていた。

「この一分間、ぼくがワン、ツー、スリーといってから、何かが変わったことに気づきましたか」

ぼくはジェフさんの手のなかにあるデックを静かに指先で示した。そこが宇宙の中心だった。

「いまぼくたちの言葉とカードの音以外、何も聞こえません。このテーブル以外の世界のすべてが消えたのです」

ぼくが指を鳴らすことで、世界は戻った。

フロアスタッフがちょうどよいタイミングで料理を運んでくる。食欲をそそるバーベキューの熱気と匂い、そして肉汁の弾ける音がテーブルに満ちる。賑《にぎ》やかで豊穣《ほうじょう》な《ハーパーズ》がここにある。

「ヒカル」

下がろうとしたぼくをジェフさんが呼び止めた。

「楽しめたよ。後でもう一度ここへ来てくれ。今日はワインではなくて、きみにひとつ頼みがある」

「どのようなことでしょうか」

「きみはミチルを最初に見たときどのように思った？」

ジェフさんはナプキンを広げて自分の襟元に引っかけながらいった。

「きみはこの子を少年だと見て取った。これが私の読心術だ。当たっているかね」

「その通りです」とぼくは驚いていった。

「ミチルという名は、この子の生みの親である博士がつけた。私なら小さいころにテレビで観た、メーテルリンクの『青い鳥』を思い出す。シャーリー・テンプルがモノクロの映画で演じたミティルだ。日本ではチルチル、ミチルと発音するそうだね。ミチルはつまり、女の子の名前だ。しかしきみも、この子の生みの親も、この子を少年だと感じている。ミチルとは日本語で潮が満ちる、月が満ちる、溢れてくるという意味だと聞いた。いい名だ」

ミチルくんがわずかに首を傾《かし》げてぼくたちを見ている。ジェフさんは彼に目を向け、優しく頭を撫でていった。

「ヒカル、きみにこの子を託したいのさ」

彼がレンズの目をぼくに向けた。

ミチルくんは、ロボットだった。

9

「どうしても辞めるつもりなのかね」

「申し訳ありません。ご迷惑をおかけしたのは私ですから」

美雪さんは倉庫で深々と一井さんに頭を下げ、そしてぼくにいった。

「大丈夫、永遠にここへ戻って来ないわけじゃない。妹はこの土地に眠っているのだから」

「だったら、なおさら」

ぼくがいいかけると、美雪さんはそっと人差し指で制した。

「今日は少しでも長く働かせて。お客様のところに行きたい。私は妹がいたから、この《ハーパーズ》と出会うことができたの。ヒカルくんはそろそろ上がる時間でしょう?」

「いいえ。美雪さんが終わるまで、今日は待ちます」

「普段のように終わりたいの。さあ、フロアに戻るわね」

美雪さんにこんな頑固な一面があることを、ぼくは初めて知った。

そして美雪さんがやはり美波と姉妹であったことを、ぼくは改めて知った。


夜風が頬に沁み入ってくる。

ぼくは湾岸通りのベンチに座って世界を見ていた。

ぼくの後ろをスカイウォーカーが走り抜けてゆく。静かに浮遊して滑走してゆくその姿は、ここ数年でこの湾岸にも馴染むようになった。ぼくが店を出て行くとき、ちょうど厨房のロボットスタッフがやって来て、ぼくに明日の昼食の足しにといって、友成さんのメッセージとともに調理品を渡してくれた。ぼくたちはロボットや人工知能が当たり前に溢れるこの世界で、いまなお心をぶつけ合って生きている。ぼくたちはそんな時代にレストランで働いている。ぼくはマジックという古くからの技で、人がともにテーブルを囲む喜びを盛り上げる。

対岸のコンビナート群が夜に浮かび上がっている。そのはるか上空を、ジェット旅客機が飛んで行く。ぼくにはその姿は夜に紛れて見えない。けれども旅客機の翼の先で明滅する赤や緑の小さな光は、ぼくにその機体が向かう方角を伝えてくれる。すべてが人工であるこの町を越えて、三次元の空のなかを、飛行機は直線を描いて飛んで行く。このはるかな世界そのものに、まっすぐ透明な定規を当てて。なるほど、とそのときぼくは思い至った。ミチルという名前は、確かに現在進行形な感じがする。未来へと進んで行く感じがする。

ジェフさんの言葉がぼくのなかに残っている。

「ひと晩考えて、もし心が決まったら、明日空港へ来てくれないか」

ぼくは立ち上がった。

明日の前に、まだ今日がある。

もうすぐ美雪さんも店を出るだろう。ぼくはあのころ美波と店の前で別れていた。これからぼくたちはあの空に直線を描いて、それぞれの道を拓いてゆくのだとしても、今日ぼくはあの場所にいたい。

ぼくは《ハーパーズ》へと駆けた。

第二話　ビー・アワ・ゲスト

1

「おはよう」

「おはよう」

〝ボンジュール〟

〝ボンジュール〟

〝ボンジュール！　ボンジュール！　ボンジュール！〟

ディズニー映画のオープニングソングのように挨拶《あいさつ》を交わして、ぼくたちはいつも新しい一日を始める。ふたりでカーテンをさっと開けて、窓も開放して空気を取り込む。ここはアパートの二階だから、それほど遠くまで見えるわけではない。けれども朝の風を受けるだけで、その日の天気も察せられる。

朝食の仕度を進める間、ミチルは邪魔にならないよう六畳間の方に行って、自分の動きを点検する。ぼくは前日の玉葱《たまねぎ》のコンソメスープを小鍋《こなべ》で温め、目玉焼きをつくりつつ、ミチルが両腕を上げたりその場で小さく歩いて回ったりする様子を、横目でそっとうかがいながら感じ入る。

ミチルには人間にはない独特の美しさがあった。ミチルは男子でもなければ女子でもない。ぼくたち人間ひとりひとりが歩くような歩き方ではなく、すべての人間を重ね合わせて、そこに浮かび上がった括弧つきの〝ヒト〟のように足を振り出し、つま先と踵《かかと》で畳を蹴《け》る。そしてミチルは辺りを見回して、窓から入る光を受け、棚の脇にできた影に目をやり、壁際に置いた姿見に映り込む自分を見つめる。ぼくにはそれがミチルにとって、自分をこの世界に馴染《なじ》ませて今日という一日にアップデートしてゆくための、大切な手順なのだと思えた。ぼくたち人間が顔を洗って朝食で身体《からだ》を温めるのと同じように、ミチルにも目が冴《さ》えてゆく時間が必要なのだ。

トースターが焼けたパンを弾き出すと、ミチルはそれを合図にダイニングに戻って、ぼくの向かいの席に腰を下ろす。

「いただきます」

手を合わせるのはぼくひとりだ。ロボットのミチルはぼくが食パンにマーガリンを塗る手元をいつも見ている。ぼくたちはお互いに話をする。ミチルはこの新しい港町で迎えるクリスマスシーズンに興味を掻《か》き立《た》てられている様子で、ぼくが出ている間にひとりで近くの路地や商店街を歩いたことや、この部屋の窓から見えた空の色や雲のかたちを、自分の言葉で話してくれる。だからぼくたちは決してばらばらではなくて、ふたりで朝食のテーブルを囲んでいるのだ。この二ヵ月近くでつくってきた、ぼくたちなりのスタイルだった。

食器を片づけるとミチルはテーブルにフェルトのクロースアップマットを敷く。ぼくは棚からデックを取り出し、三枚のカードを選んで並べる。ぼくたちは再び向かい合わせに座り、ぼくはミチルの顔を見つめ、ミチルもぼくの顔を見つめて、そして朝のゲームが始まる。

「スリーカードモンテを知っていますか？　モンテというのは、賭《か》けごとでは、見込み、予想、といった意味で使われる言葉です。ここにジョーカーが二枚、ハートのエースが一枚。ジョーカーが私のカードで、ハートのエースがあなたのカード。裏向きに混ぜ合わせて、三枚のなかからエースの在処《ありか》を当てればあなたの勝ちです。一枚、二枚、そして三枚。持ちやすいように、こうしてほんの少しだけ、縦にクセをつけてブリッジ状にしておきましょう。もう一度、一枚、二枚、そして三枚。本当はお金を賭けるのです。まずは練習してみましょう。エースはこちら。そしてこちら。もう一度こちらで、両端の二枚を入れ替えます。エースはどこにありますか？」

「これ」

ミチルは中央の一枚を指差す。ぼくは大きく頷《うなず》いて表を返す。

「その通り、真ん中です。ルールはわかりましたね。私は小さかったころ、両親とミシシッピ川を蒸気船に乗って旅したとき、このスリーカードモンテで生計を立てている早業師に出会ったことがあるのです。その人はトランクに着替えと煙草《たばこ》とカードケースひとつを入れただけで蒸気船に乗り込み、甲板から船内キャビンまで渡り歩いて、それこそあらゆる人に賭けを持ちかけていました。私の父など真っ先にカモにされたので、だから私はテーブルの横に座って、男の早業を間近に見ることになったのです」

両手の人差し指と親指でそれぞれカードを縦に摘まむようにして表を返し、二枚のジョーカーであることを見せる。右手で中央のカードも取り上げ、それがハートのエースであることを見せる。右手を素早く返してエースを落とす。左手で摘まみ上げて表を示して再び落とす。もう一度右手で取って中央へ放《ほう》る。落ちたカードの左右に両手のカードを置き、いったん指を離してからぐるりと両者の位置を替える。

「父は相手が何もいわないうちに真ん中のカードを指差しました。男はおやおやと大げさに憐《あわ》れみの表情を浮かべ、真ん中のカードを開いてそれがジョーカーであることを示し、向かって右側にエースが移っていることを見せて、次こそが本番ですよといったのです。父はううむと唸《うな》りました。男は父に紙幣を用意するよう促し、父は愚直に財布を取り出し、それを握りしめながら相手の手元に集中することになりました。

男はしゃべりながら再び始めます。いいですか、エースはここで、両脇はジョーカー。ここにエース、まだここにエース。ここに置いて、両手のカードをぐるりと回す。父は勢い込んで真ん中を指差し、男が順にカードを開いて、またも正解は右側であることを見せたとき、小さかった私はトリックに気づいたのです。男は父を小馬鹿にするかのように、次はまったく同じ動作をあえて速度を落として見せつけてきました。父が三度真ん中のカードを指差そうとしたとき、私は慌ててそれを止めたのです。父さん、こいつはインチキをしているよ、エースは真ん中じゃない、手首を返すときに掏《す》り替《か》えているんだ」

ぼくは同じ動作を繰り返し、三枚を横一列に並べて静かに手を離す。

「ああ、坊や、残念だな、と男はいいました。私は騙《だま》してなんぞいないよ、ちゃんとここにあるじゃないか。男はそういって真ん中がエースであることを示し、私はそれを見てかっと赤くなったのです。もう私は何も口出しできませんでした。次も、その次も、父はどんどん紙幣を取られていったのです」

ミチルはカードではなく、ずっとぼくの指先と手の甲の動きを見ている。もしぼくがわずかでも不自然に筋肉を緊張させたら、ミチルはその画像認識と深層学習の機能によって、たちまちぼくが仕掛けたかどうかを見抜くはずだ。

「いつしか私たちのテーブルの周りに人だかりができていました。父もこれではまずいと思ったのでしょう、しかしそのとき偶然の出来事が起きたのです。男がまたしても父の紙幣を胸ポケットに押し込んだ際、たまたま袖が当たってジョーカーの一枚が床に落ちました。男が拾い上げようとするその一瞬の隙《すき》を見て、何と父は咄嗟《とっさ》に中央のエースに手を伸ばし、カードの端《はし》をほんの少しだけ曲げて印をつけたのです。そして残ったジョーカーをわずかに重ねて、その印を隠しました。

小さかった私も、周りの乗客も、父のやったことを目撃していました。男は床のジョーカーを拾ってテーブルに戻し、再び手技を始めます。右手に二枚持っては一枚を落とし、左手に二枚持っては一枚を落とす。父の目は折り癖《くせ》のついたカードの行方を必死で追っていました。そしてついに男がその両手をカードから離したとき、私だけでなく周りの誰もが折れ曲がりの跡のある中央のカードを注視していたでしょう。紙幣をつかんでいる父の右手が動こうとしたそのとき、しかし私はあっと思って、心のなかで悲鳴を上げたのです。

あまりにも周りの視線が一点に集まりすぎている。みんなは素知らぬふりをしてくれているが、男がこの気配を察していないはずはない。であれば男もいままで見せなかった技で、父を嵌《は》めようとしているに違いない。あの折れ曲がった真ん中のカードが、ハートのエースであるはずはない。そのとき父は信じられない行動に出たのです。残りの紙幣を真ん中ではなく、向かって右側のカードに差し出しました。周りの人たちがいっせいに息を呑《の》んだのを、私はいまでも忘れることができません。さあ、あなたはどうなったと思いますか」

ぼくは両手をそっと引いた。

そのままミチルを見つめて待つ。昨日も、一昨日も、その前の朝も、十二月に入ってから二週間以上、ぼくたちはこうしてスリーカードモンテをやってきたのだった。ミチルはぼくの手つきを観察している。人間の目ではとうてい認識できないわずかな角度の違いや影の有無さえ、これまで積み重ねてきた学習によって、ミチルは瞬時に判別できる。

だからこそぼくは毎朝新しい手技でミチルと向かい合ってきたのだった。ミチルの目で捉《とら》えられないほどの動きならば、それは世界の誰にも見えないことになるはずだ。ぼくは両手を動かしながら聞かせる物語も、これまで毎日変えてきた。ミシシッピ川の蒸気船という前振りは、ドクも敬愛の念を示して止《や》まなかった伝説のマジシャン、ダイ・ヴァーノンという人がレクチャービデオでスリーカードモンテを演技していた際の口上を拝借したものだ。賭けの席で相手が咄嗟にカードの端を折って印をつけるというくだりも同じだ。ただしそこから先の展開は、毎朝ぼくが独自に改変していた。そして今日、初めてぼくの架空の父は、真ん中以外のエースに全額を賭けたのだ。

ミチルの視線が、ゆっくりとぼくの右手を捉える。

「エースはそこだよ。床に落ちたカードを拾う真似《まね》をしたときに、新しいカードを一枚持ってきたんだ。それで途中で入れ替えた。だからいまテーブルの上にあるカードは、どれもハートのエースじゃない。ヒカルはこれから三枚のカードを順番に裏返して、どこへ賭けても負けだったという話をして、ポケットに紙幣を入れる真似をする。そのとき余分な一枚のカードも一緒に隠す。ハートのエースは残しておいて、最後に全部を開いて見せて、インチキはなかったというつもりだったんだ」

ぼくは深く息をついた。

右手を返し、パームしていたカードを示す。

「うーん、今日も負けだ。どこで見えたんだろう」

「ヒカルはカードをてのひらに隠すとき、ここのところに力が入るんだ。手の甲じゃなくて、手の横の方なんだ。ヒカルは自分でもそれがわかっていて、隠そうとするからちょっとだけいつもより速く動かす。こうやって手前に引いているときよりも、引いてから止めるときに違いがわかる」

「そうか。自分では気がつかないんだよ」

ぼくは右手を何度も動かし、緊張していると指摘された小指球《しょうしきゅう》の辺りをあれこれ眺《なが》めた。どこにも余計な力は入っていないように思えるが、それでもミチルの目には違うのなら、どこかが実際に不自然なのだ。ぼくは何度もカードを持ち直し、どうすればより自然な動きになるかミチルを相手に練習する。

それがぼくたちの日課だった。そしてぼくたちは六畳間へと移動する。窓を閉めて室内の埃《ほこり》が落ち着くのを待ちつつ、ぼくは自分のツールでミチルのシステムにアクセスし、時間をかけて点検をおこなう。

ぼく自身は情報工学のことはわからないから、もっぱら既存の診断アプリに任せるだけだが、それでも他にできることはある。ミチルの軀体《くたい》を清掃するのだ。ぼくの知らないうちに傷はできていないか、関節の動きは鈍《にぶ》っていないか。身体の各部にうまく隠されている防塵《ぼうじん》フィルタも、ひとつずつ取り出してきれいにする。特別な道具は必要ない。一般のクリーナーキットや家庭用品で充分に間に合う。このときは朝食のときと違ってほとんど会話をしない。黙々と今日のミチルを磨《みが》き上《あ》げる。そうすることでぼくの気持ちも透き通ってゆく。

すべてが終わると、ぼくたちはふたりで同時に両手を動かす。ぼくが掲げたところにミチルはぴたりと手を伸ばして自分の手を重ねる。それぞれの指先まで正確に、あちらへ、こちらへ、と重ね合わせる。その遊びを楽しんでから立ち上がり、ミチルはその場でひと回りしてから、清々《すがすが》しく背筋を伸ばしてぼくを見上げる。

「行こうか」

「うん、行こう、ヒカル」

そしてぼくたちは家を出るのだ。鍵《かぎ》を掛けて階段を降り、アパートの外へと足を踏み出す。

左手に向かって個人商店の魚屋の路地を曲がれば、あとはずっと先まで真っ直ぐな小路《こみち》だ。戸建ての住宅と電信柱が続いている。古くから残っている区画らしく、ぼくでさえ昔から通っていたかのような、何だか懐《なつ》かしい気持ちになる道だ。その一本向こうの大きな車道まで出れば、首都高速の高架が大きなカーブを描いているのが見えるだろう。

ぼくたちは反対の右へと歩を進める。目の前は大きな丘で、突き当たりの車両進入禁止のガードを越えて細い階段道へと入り、大きくうねりながら丘を上る。

　こちら側から丘の上の公園まで行ける唯一のルートだ。一歩上るごとに世界と自分が広がってゆく。空には灰色の雲がかかっていた。けれども空気は濁《にご》ることなく、遠くには朝の光も滲《にじ》んでいる。幸いにして道は凍《こお》ることなく、ミチルはぼくよりはるかにきれいな姿勢で、確実に階段を踏みしめてゆく。

　丘の中腹まで辿《たど》り着《つ》くと、さらに高いふたつの丘を繋《つな》ぐように赤煉瓦《あかれんが》の橋が視界に広がり、その向こうには古くて大きな桜の木も見える。いまは冬なので桜はくすんだ裸だ。その幹や四方へ広げた自らの枝の重量を、人の手がつくった支え棒に委《ゆだ》ねている。

　さらに階段を上って《霧笛橋》と小説の名にちなんだ赤煉瓦の橋を渡り、そしてぼくたちは丘の上の展望台から、越してきたこの古くて新しい町と、その先の港を見下ろすのだ。ぼくたちがあのアパートに転居を決めたのは、歩いてわずか十分足らずでこの景色に辿り着くことができるからだった。

　ぼくたちはその日の気分に合わせて公園のなかを巡り、再び公園の中央へと戻って、作家の記念館の前に広がる沈床《ちんしょう》花壇まで散歩するのが日課だった。冬でも公園のガーデンエリアには赤い薔薇《ばら》が咲いている。文学館の佇《たたず》まいは素晴らしく、ぼくはまだ一度も読んだことのない大佛次郎《おさらぎじろう》というこの作家を、いつかきちんと読んでみたいと思う。

「じゃあ、行ってくるよ」

　時間になって、ぼくはいつものようにミチルに告げる。

「うん」

　とミチルは頷いて、手を振ってぼくを送る。

　ぼくはミチルをひとり置いて公園を出るのだ。

　振り返るとミチルは必ず大きく両腕を振ってぼくに応《こた》える。少しでも自分をぼくに届けるため、背を伸ばし、つま先立ちをして、両腕もめいっぱいに伸ばして見送ってくれる。

ぼくはときおり思う。

ミチル。きみはこれから何になってゆくのだろう。

きみにできないどんなことを、いったいぼくはできるだろう。

ミチルと一緒に暮らすようになってから、ずっとそのことを考えていた。

十一月から新しく働き始めた《ル・マニフィック》は、これまでの仕事場とはまったく違う。そこはもとから魔法のかかった場所なのだ。

そこはおとぎ話の『美女と野獣』で呪《のろ》いをかけられた野獣の暮らす城のように、まるで調度品の何もかもが、人から姿を変えてしまったホールなのだ。ただひとつ昔ながらのおとぎ話と違うのは、魔法をかけたのが醜《みにく》いかりそめの老婆ではなく、来賓をもてなす燭台《しょくだい》自身だったことだ。

ぼくはゆるやかにうねる坂を下る。傾斜がぼくの足を自動的に、前へ前へと進めてゆく。心はそれに遅れまいとする。この道を行くとき、ぼくはひとりだ。

もう世界はクリスマスシーズンの真っ最中で、夜になればどこもきらきらと電飾の光が輝き、町には魔法の空気が溢《あふ》れている。そんな輝く世界のなかでぼくがいま仕事をするホールは、それ自体でほとんど信じがたいといわれるほどの魔法を毎晩提供しているのだった。

明日の夜、ぼくはホールにひと組の美女と野獣を再び迎える。野獣は人を愛し、人から愛されることを知りたいと願っている。魔法に満ちた城で晩餐《ばんさん》会をすれば、きっと美女の心を射止めることができると信じている。

いまでもぼくは心のどこかで迷っている。ぼくはどうすれば魔法が使える？　すでに信じがたいほどの魔法にかかった深い森の輝く城で、人間のマジシャンはいったい何ができる？

2

「ヒカルくん、あなたはどうか、すぐに辞めたりはしないで」

レストラン《ル・マニフィック》に初出勤した日、ぼくは直接の上司となったメートル・ドテルの諏《す》訪《わ》さんにそういわれたのだ。十一月初日のことだった。

この《ル・マニフィック》には、フランス語で給仕長を指すメートル・ドテルの役職が十二名いる。〝メートル〟とはマスターの意味だ。諏訪さんはメートルで唯一の女性であり、頬《ほお》は透き通るほど淡い桜色で、きりりとした目元とのコントラストが印象的だった。小柄《こがら》だが黒服に揃《そろ》いのネクタイというその身なりは、他のどの男性スタッフよりも引き立って見えた。

その諏訪さんが最初に語りかけてきたことがそれだ。諏訪さんに連れられてディレクトゥール兼プルミエ・メートル・ドテル、すなわち支配人であり総給仕長である上田昭久《うえだあきひさ》さんにごく短い挨拶をした後、ぼくは準備室へと案内を受けてホールスタッフの人々に紹介された。そこへ行くまでのわずかな間、廊下を進んでいるとき諏訪さんにいわれたのだ。いまでもその静かで、しかしひとつひとつの言葉を置いてゆくかのような声は忘れられずにいる。その後わかったことだが、諏訪さんはぼくの上司として、個人的な助言や忠告をしてくることはめったになかった。いつも完璧《かんぺき》なプロフェッショナルとして振る舞っていた。だからあのときの言葉がとりわけ心に残っている。

「あなたの前任者は二週間で辞めていってしまったのだから。ここでは自分のマジックが何ひとつまともに使えないといってね」

コンピュータは将棋や囲碁で人に勝てるか。

CGで描いたキャラクターは、どんどん本物のようにしてゆけばいつか映画俳優の代替になるか。

ロボットはサッカーでワールドカップのチャンピオンチームに勝てるか。人工知能は小説を書いて文学賞を獲《と》れるか。

ぼくが小さかったころ、テレビや雑誌で盛んにそんな議論があったことを憶《おぼ》えている。人工知能がどんどん発達していったら人間の能力を超えるのではないか。いずれ人間のほとんどの仕事は機械に奪われてしまうかもしれない。

まだツールがいまのようなかたちではなく、スカイウォーカーが舗道を颯爽《さっそう》と走り抜けることもなかった時代だ。ロボットはいつか人間とともに暮らすようになると、多くの人はたぶん漠然と受け入れていたが、本当にロボットがこんなにも近い将来に町を歩くとは、きっと信じられなかったと思う。

——いまぼくが勤めているのは、横浜みなとみらいの《ル・マニフィック》という本格フランス料理店だ。海外資本による巨大ホテルの中庭に位置し、ホテルの本館とは回廊で結ばれている。ただし敷地《しきち》の外からはレストランそれ自体がひとつの建物として見えるため、ホテルレストランというよりは個性のある独立した料理店としてお客様には親しまれているようだ。

ホテル本館のロビー脇に大きな自動扉があり、その扉の上にはレストランのシンボルマークである白馬のレリーフが掲げられ、店への入口であることを示している。もっとも、そのレリーフはあまり目立つ存在ではないので、気づかないお客様も多いかもしれない。レリーフの下に刻まれているフランス語の文章もはっきりとは見えない。

むしろ扉が特徴的で、それは重厚な中世ヨーロッパ風のデザインをしており、いったんその前に立てばまるで魔法のように恭しく開き、ほの暗い灯《あか》りの回廊が目の前に広がる。その瞬間にお客様は近代的ホテルの雰囲気から切り離され、《ル・マニフィック》の空間へと足を踏み入れることになるのだった。

ぼくたち従業員はその回廊からではなく、ホールの隅《すみ》にある通用口から階段を下って、お客様には見えない地下通路を抜けて半地下の厨房《ちゅうぼう》の脇へと入る。この地下通路は狭いが運搬装置を始め最新技術があちこちに取り入れられており、ぼくが毎朝出勤するときも自動コンテナがきびきびと行き交うのに遭遇する。アミューズメントパークの裏側を垣間見《かいまみ》るかのようでもある。

十二月最初の木曜日であるその日は、昼を過ぎても外の気温は上がらず、窓から見える空も凍《こご》えるような鈍い灰色だった。まだ小雪や霙《みぞれ》は降らないが、最低気温は前日よりさらに下がるとの予報にぶるりと肌が震えた。夜の開店まであと三十分と迫った時間に、準備室の一角でぱっとスポットライトが点《つ》き、コミ・ド・レストランのひとりである岸《きし》さんへのメディアのインタビュー取材が始まった。ぼくは自分のロッカーの前で身支度を再び調えながら、聞こえてくる岸さんの言葉に気を惹《ひ》かれて、そちらの方へそっと顔を向けた。

「ムッシュー上田は、レストランサービスの歴史をまったく新しく再構築した人だと思います」

コミの岸さんはカメラの前で照明を浴びながら、背筋を伸ばしてはっきりとした口調で答えてゆく。

〝コミ〟とは見習いの意味で、お客様への直接の配膳はせず、もっぱらチームの上司であるメートル・ドテルやシェフ・ド・ランと呼ばれる給仕担当の人たちのために、料理が的確なタイミングでテーブルに提供できるよう裏方で補佐役として働く役目のことだ。半地下の厨房と地上階の間をいつも忙しく動きまわっている。メディアの人たちが、番組の主役となる取材対象以外にもうひとり、特別に若手の岸さんを選んだのは慧眼《けいがん》だったとぼくは思う。

「ここは決して人間性が否定される場所ではありません。人間の可能性が試されるレストラン、人間の可能性が切り拓《ひら》かれるレストランなのだと思っています。そのきっかけをデザインなさったのがムッシュー上田なのだと思います」

岸さんはぼくよりふたつ上の二十二歳で、専門学校を出てすぐにレストラン業界に就職したそうだから、職歴もぼくより長い。中肉中背、髪を七三に分けた、いかにも実直な感じの笑顔を見せる。少し汗掻きで、いつもきびきびと気持ちよく動き、周りからとても好かれていた。

ぼくが勤め始める前からメディアの人たちは《ル・マニフィック》で撮影を続けていた。彼らのいちばんの目的はディレクトゥールである上田昭久さんの密着取材だ。上田さんと《ル・マニフィック》は四月の新装開店以来電撃のように世間に知れ渡り、フランス料理界を揺さぶった。以来賛否両論さまざまな評価の対象となり、いまでもレストラン専門誌では絶えることなく特集記事が組まれている。その上田さんの人となりをより鮮やかに浮き彫りにするためなのだろう、《ル・マニフィック》に勤める若手がもうひとりの取材対象となり、岸さんにその白羽の矢が立ったのだった。

他のスタッフもカメラが回ることにはもう慣れている。それぞれ手際よく自分の準備を進めて、取材を妨げないよう気をつけながら準備室を出て行く。ぼくも身支度を調えてマジック用具の点検に移る。カードをすぐに使えるようケースごとにプリセットしたり、ジャケットに仕込むギミックの動きを確認したりする。スポットライトの光が消えて、岸さんが一礼するのが見えた。ぼくは目線で挨拶をして岸さんが準備室を出て行くのを見送った。

開店の時間が迫り、ぼくも耳の裏側のところへパッチを貼って、振動を調整して合図のピンを打つ。ぼくが正常にネットワークに連結されたことを示すピンがデデたちから返ってくる。このパッチはメートル、シェフ・ド・ラン、コミの全員が装着しているネットワーク装置で、これによってぼくたちは大きなネットワークのなかに入る。実際に声に出しておこなう指示も届くが、それだけでなくその人の骨に直接伝わる音や振動によって、人工知能がリアルタイムで発信してくる情報を受け取り、ホール全体の動きを客観的に捉えることができる仕組みだ。もちろん人間からデデたちへの指示もこのパッチから送り出される。人間の筋電の微妙な変化を、パッチは見事に機械の言葉へ翻訳してデデたちに伝える。コンマ一秒のタイミングのすり合わせが、多くの場面でお客様への絶妙なサービスへと結実するのだ。

開店前の準備を終えて少し経《た》ったとき、上司の諏訪さんから個人メッセージが入った。

「ヒカル、次の週明けから会議に出席して。ついさっき上田の指示が入った」

この時刻に直接のメッセージを受けたのは初めてだ。あと数分で店の扉が開く。

「会議というのは、全体会議のことですか」

いままで出席したことはなかった。ディレクトゥールである上田さんと、厨房を統括する中内《なかうち》料理長、畠山《はたけやま》主任シェフらが中心となって、その週の運営方針を確認・決定してゆく重要な会議だ。諏訪さんのようなメートル・ドテルや要職に就く人たちが出席するが、若手は特別なことがない限り呼ばれないと聞いている。そこで決まったことが後にスタッフ全員へと通達される指示系統になっているからだ。

「あなたもここへ来て一ヵ月経ったのだから、仕事を評価してもらう段階が来たのだということ。会議の最後にあなたの順番が回ってくる。五分きっかりでプレゼンしなさい。中内料理長に何をいわれようが堂々としていること。それから」

そこで中断があった。通信モードが切り替わり、シェフ・ド・ランの人たちへ向けて、デデの一体が復旧してホールに戻るとの連絡が飛んだ。ぼくにもそれがパッチを通して聞こえる。その後、諏訪さんがシングルモードに戻ってきて、先ほどの話につけ加えた。

「今日のあなたの仕事はすべて記録が月曜の会議に提出される。評価の対象として重視されるということ」

諏訪さんがこんなふうに個人的なアドバイスをしてくれたのは、あの初日のわずかな時間以来のことだ。ぼくは内心驚き、感謝しつつ、努《つと》めて冷静に答えた。

「わかります。いつもと同じように演技します」

開店の時刻となり、諏訪さんからのシングルモードの連絡はそれで途絶えた。無数の連絡がデデたちを含めてホールスタッフの間に飛び交い始める。この《ル・マニフィック》では夕刻の開店を待ちかねて時刻通りにいらっしゃるお客様が多い。岸さんを始めとするコミの人たちも、開店時刻前から半地下の厨房との間で行き来し、準備に余念がないはずだ。

ぼくだけがこの時間、準備室で深く息を吸う。

湾岸町の《ハーパーズ》はアメリカ式レストランだったが、この《ル・マニフィック》はフランス料理の店だ。メイン料理は旬《しゅん》の素材の味を活《い》かした王道のものが主体だが、フランス各地方の郷土料理も偏りなく用意されていて、内外のお客様の要望に幅広く応えられるようになっている。その一方でデセール――デザートのことだ――には季節ごとに大胆な創意工夫が盛り込まれ、そうした新作は常連のお客様にも常に驚きを与えているはずだ。中内料理長や創作メニュー導入の責任者でもある畠山主任シェフの自負が籠《こ》められているのだと思う。

そしてまたそうした姿勢は、料理以外のところで佳《よ》きにせよ悪《あ》しきにせよ派手な話題を振りまいている、現在の《ル・マニフィック》に対する厨房側からの回答であるのかもしれない。

店名の《ル・マニフィック》とはフランス語で〝見事〟〝素晴らしいもの〟の意味だ。その意味は上田さんがディレクトゥールになってリニューアルして以来ずっと、料理とは別の意味で捉えられてきたに違いない。何も知らずに接待などで《ル・マニフィック》を訪れたお客様は、きっとびっくりして目を剝《む》くだろう。

この店名こそ虚仮威《こけおど》しの象徴で、大げさなサービスでお化け屋敷のように客の目を丸くさせているだけだと酷評するレストラン評論家や有名人もいる。そのことはぼくも知っている。けれどもこの店は突然世界に出現したわけではない。ちゃんと辿れば歴史がある。

四年前、レストランサービスマンの間でもっとも注目を集めるコンクールのひとつ、メートル・ド・セルヴィス杯の世界大会で優勝した日本人男性がいた。けれども工学研究者からサービスマンに転身したという異色の経歴の持ち主であるその上田昭久さんが、本当に世界を驚かせたのは二年後だった。彼は自分が優勝したコンクールの日本大会に、何の予告もなくいきなり自分が共同開発したロボットをエントリーしたのだ。

そのとき業界の人々は誰もが肝を潰《つぶ》したと思う。ロボットは予選の筆記試験を軽々とパスし、日本大会の本選に残った。

コンクールの審査課題はテーブルセッティングからオーダーテイク、料理の取り分けやデザートの完成など、サービスマンに必須の技術とされる九種目に及ぶ。ロボットはヒト型ではあったが自分の舌を持っているわけではなく、ワインテイスティングができずに失格となった。しかし世界一流のメートル・ドテルが揃って審査員を務めるその大会で、ロボットは九つの審査項目のうち実に四種目で過去最高得点を叩き出した。業界に激震が走ったことはぼくにも容易に想像できる。その上田さんがこの横浜のアーバンリゾートホテルに破格の待遇でレストラン支配人兼総給仕長として招聘《しょうへい》され、四月に《ル・マニフィック》をリニューアルオープンさせたとき、これではまるでテーマパークではないか、まともなレストランとして許容されるのかと、今度こそ業界を揺るがす大騒ぎになったのだった。

フランス料理のことをほとんど知らなかったぼくは、《ル・マニフィック》に来てすべてを最初から勉強し直した。本格的なフランス料理の世界とテーブルホッピングのレストランマジックの世界は、それほどかけ離れていたからだ。

テーブルホッピングの文化は基本的に大衆食堂のものだ。酒場の余興、いっときの愉しみである。美食追求タイプのレストランでテーブルマジシャンが顧客の前に出て行くことはめったにない。

だからこれは当初のデデたちの導入と同じく、新支配人の上田さんがホテル側の反対を押し切って実現させた第二のサービスだった、と聞いている。上田さんはリニューアルしてからしばらくシャンソン歌手を雇用していたようだが、その人は店の雰囲気とうまく合わなかったらしい。半年も経たずに辞めるとすぐに上田さんは周囲を説得して、今度はマジシャンを雇うと決め、オーディションを断行した。その人がわずか二週間で辞めてしまっても諦《あきら》めずにすぐさま新しい公募を出して、今度は駆け出しであるこのぼくを選んだ。そして毎週月曜から木曜まで四日間、お客様の前に立つことをぼくに命じた。

準備室のすぐ外で、岸さんがデデにシルバー類を渡しているのが見えた。メディアの人たちは邪魔にならないようにうまく位置を変えながら、その様子を撮影している。デデがホールの隅に設置されたコンソールへとそれらを運んで行った。通路口からホール内の様子がうかがえる。接客している上田さんや諏訪さんの姿も見えた。

開店から最初の一時間余りは、ぼくの出番はない。ぼくは耳に貼った小さなパッチから刻々と入ってくる諏訪さんの声や、人工知能からの合図にも聞き入り、各テーブルのコース料理の進み具合を確認してゆくことに神経を払う。何度か鏡の前でルーティンの練習もおこなう。

ここではぼくがお客様に接するタイミングはメートル・ドテルである上司の諏訪さんが決める。《ハーパーズ》のときの〝取っておけ〟は使えない。だがこの一ヵ月で、おおむね諏訪さんが指示を出すタイミングは推し量れるようになっていた。

《ヒカル、出て》

「はい」

諏訪さんの声でぼくはホールに出て行く。すぐさまぼくの後ろにB2型のデデがつき添ってくる。ぼくが進んでゆくこの間にも、刻々と耳にデデからのサポート情報が飛び込む。ホールに出ていたワゴン型のデデA1と擦《す》れ違う。

デデとはこの《ル・マニフィック》で活躍しているさまざまなかたちの半自律型ロボットたちの総称だ。このホールでは配膳台もまるで魔法がかかったかのように自分で動くのだ。先ほどシルバー類を運んでいったのもロボットなら、そのフォークやスプーンを抽斗《ひきだし》のなかに自動的にしまい入れてゆく壁際のコンソールもロボットであり、給仕係と一緒にお客様のテーブルに行き、魚料理や肉料理を取り分ける補佐をするのも、すべてここでは〝デデ〟と呼ばれるロボットなのだ。

それぞれがネットワークで知能を共有しているが、繋がっているのはホール内や通路を行き来するデデたちだけではない。もちろんぼくたち人間もそのネットワークの一部だが、このホール内ではそれだけではなくお客様のテーブルに用意されたシルバー類、すなわち什器《じゅうき》も、このホール内の装飾品も、およそお客様へのサービスに関わる物品のほとんどすべては、何らかのかたちでネットワークの一部だった。

このホールは天井が高いドーム状で、視界を遮《さえぎ》る大きな柱はどこにもない。ここでは照明さえもがネットワークの一部だ。シックで落ち着いた雰囲気が保たれているのは、中庭に面した大窓が最新の照明技術によって深みのある色合いを発し、空間全体を包み込んでいるからだ。

天井や周囲の壁面には無数のセンサが埋め込まれ、各々のテーブルの状況から自動的に空間の陰影を調節し、人の表情や料理を引き立てる。ホール全体が人工知能のようなもので、センサはお客様の顔の動きや関心の方向を刻々と捉え、巧《たく》みに視野の奥行きを演出する。それが大窓からの色彩と相まって、お客様の視界にプライベートな空気感を生み出す。

その時間と空間のなかに、ぼくは出てゆく。


ディズニー映画の『美女と野獣』に、「ひとりぼっちの晩餐会《ビー・アワ・ゲスト》」という曲が流れるミュージカルシーンがある。古城にやって来た美女のベルは、かつて魔法によって調度品や什器類に変身させられてしまった召使いたちから温かで愉快なもてなしを受けるのだ。ナイフやフォークや皿やグラスが、陽気な歌に合わせて踊り出す。

このレストランホールに足を踏み入れた瞬間、お客様はその空間の広さとシャンデリアの大きさにまず目を惹かれることだろう。席に案内されるとそこにはセッティングされたシルバー類とともにナプキンが置かれ、ちょうどそれはほころび始めた薔薇のかたちで迎えている。給仕係が椅子《いす》を引き、お客様が着席をしようとすると、いままで一度も体験したことのないタイミングで椅子そのものが動き、お客様の体重を支える。ネットワークを介して椅子がロボットとして作動するのだ。そしてテーブル上のナプキンはお客様の動きを察し、ゆっくりと目の前で開き始める。

ナプキンに特殊な繊維が織り込まれていて、それらもネットワークの指示を受けて形状を変える仕組みだ。テーブル上の驚きはそれだけではない。中央に飾られた花は生花ではなく、和紙を折って精巧につくられた造花の薔薇で、料理が進むごとに照明の光を受けてその瑞々《みずみず》しさの印象を鮮やかに変えてゆく。《ル・マニフィック》のフロアを彩《いろど》る花は、どれも本物の植物ではない。それは支配人兼総給仕長である上田さん自身が毎日自ら和紙を折って用意した、その日限りの飾りなのだ。テーブルに用意された塩胡椒《こしょう》のカスターセットさえロボットの機構が組み込まれていて、料理が運ばれてくると自在に位置を変え、グラスのために場所を空ける。

給仕がゲリドンと呼ばれるワゴンでテーブル脇に料理を運び、お客様の目前で取り分けて皿を完成させるサービスがある。たとえば七面鳥なら楕円《だえん》の銀皿に、ローストしたものが青菜の飾りとともに運ばれてくる。《ル・マニフィック》では給仕と一緒に精巧な二本の腕を持つゲリドン型のデデが現れ、その機械の腕で肉汁を切ってまな板の上に七面鳥を移す。そしてフォークの先で器用に押さえながら、細身のソールナイフを当ててゆくのだ。デデたちが給仕を補佐する様子は楽しいサービスとなっている。二〇二〇年の東京オリンピックとパラリンピックを境に多くのロボット技術が日本に浸透したが、一般の場所でここまで進んだロボット支援サービスを提供しているレストランは、他にどこにもないはずだ。

七面鳥の胴体と両足のかたちは複雑だが、デデは手首をくるりと返しながらきれいに腿《もも》を引き剝がしてゆく。取り外した片足以外をいったんプラターへ戻し、やはりフォークでうまく腿を押さえながら膝《ひざ》の関節位置で切り離す。デデは鳥の骨格を熟知しているだけでなく、両手で素材の弾性や剛性の状態をリアルタイムに計測し、内部のどの位置に骨があるかを人間よりも正確に把握してナイフを入れ、見事に均等な薄さで切り出してゆく。その後メートル・ドテルによる鮮やかな手つきの盛りつけによって、精密なスライスは皿の上で呼吸を始めるかのように花開く。

クロッシュと呼ばれる釣り鐘形の蓋《ふた》を皿に被《かぶ》せて、厨房から料理が冷めないように運ぶサービスも見応えがある。それぞれの皿がお客様の前に据えられた後、メートル・ドテルとシェフ・ド・ランが一斉にクロッシュを開けて料理を披露するのは、フランス料理のスペクタクルのひとつだ。《ル・マニフィック》ではそのもてなしもデデたちの参加によってさらに際立つ。もしお客様が六人や八人といった大人数で円形テーブルを囲んでいるなら、メートルとともにデデたちが、ほとんどシンクロナイズドスイミングを間近に見るかのような絶妙のタイミングでクロッシュサービスするのを堪能《たんのう》できるだろう。

厨房の人たちが当初どのように感じたのか、ぼくにはわからない。せっかく料理を楽しんでいただいているのにロボットたちの派手なサービスや、しかもテーブルホッピングの余興なんてと、強い反発もあったに違いない。一時は支配人となった上田さんと、このホテルに長年勤めていた中内料理長の間に、強い確執もあったという。

ぼくも以前に噂《うわさ》を聞いたことはあった。リニューアルオープニングスタッフが次々と辞めている。だから実際にマジシャンの求人を見つけたときは信じられない気持ちだった。このようなレストランで一般向けに求人が出ることなどめったにない。けれども上田さんはあくまでもフェアに物事を進めた。メイン料理が下げられた後、フロマージュとデセール——チーズとデザート——の間のひとときに、お客様のもとへ出て行く人間のエンターテイナーが必要だと上田さんは主張して譲らなかった。

だからぼくにできるのは、このホールで毎夜最善を尽くすことだけだ。

それができるかと、自分に問い続けてきた一ヵ月だった。

諏訪さんが立つ窓際のテーブルに行き、紹介を受けて一礼する。迎えてくださったのは男性と女性のカップルだ。男性はとても大柄で、背中を丸めた感じで座っている。反対に女性はとてもスリムで髪が短く、まるで子鹿のバンビのようだ。ふたりはふた回り近くも年齢が離れて見える。男性の方は白髪の混じった髪を丁寧に梳《す》いているが、自分には見えない後ろのところで、わずかに癖毛が撥《は》ねている。男性は笑みをつくっているものの、顔に貼りつかせている感じで、どことなく落ち着きがない。女性の方は穏《おだ》やかにぼくを見てくれている。

小骨のように引っかかる微妙な空気をぼくは感じた。諏訪さんもそのことはわかっていたに違いない。ぼくを紹介するとき、諏訪さんはまず女性に微笑《ほほえ》みかけた。安心してどうぞごゆっくり私たちのもてなしをお楽しみください。女性同士で目配せし合うような一瞬の本音の表情を、そのとき諏訪さんは送ったように思えた。そしてぼくは、はっとした。諏訪さんは男性にも別のサインを送ったのだ。どうぞ私たちをご信頼ください。どうぞ私たちにお任せください。

諏訪さんがそっと退くと、テーブル中央の赤い薔薇が深い翳《かげ》りを湛《たた》えた大人の色合いに変わった。ぼくがテーブル圏内に入ったことで、センサが照明を調節したのだ。

「初めまして、ヒカルと申します。座ってよろしいですか？」

デデが後ろへ回り込んで腰掛けに変形すると、女性はその動きに笑みをつくった。

ふたりの様子は対照的とまではいかないものの、かなり違って見える。女性はなるべく肩の力を抜き、ぼくの登場を受け入れようとしていたが、まだ背筋に緊張が残っていて、全身の気持ちを緩《ゆる》めてはいない。ちょうど子鹿が森のなかで、遠い鳥の声にも耳を欹《そばだ》てながら、そっと芽を食しているときのようだ。一方、男性はもっとゆったりと構えていいはずなのに、相手の女性の気持ちがどこか離れていることを訝《いぶか》り、不安に思っている。男性は諏訪さんが戻って来ないことを知ると、ぼくに懇願《こんがん》するかのように小さな丸い目を向けた。

ぼくはお客様についてあれこれ詮索《せんさく》しないように努めているが、これほど奇妙な感じを受けたことはない。男性は大きく年齢の離れたこの女性を、清水《きよみず》の舞台から飛び降りるくらいの気持ちでデートに誘ってここに来たのだろう。おそらくジャケットは新調したばかりで、着慣れていないことがすぐにわかる。ただ、このテーブルの空気はそれだけではないのだ。いま両人の気持ちは擦れ違って、互いにもどかしく思っている。喧嘩をしたのではなさそうだ。店の装飾やロボットたちの雰囲気に呑まれているわけでもない。決してデートで話が合わずにぎくしゃくして、気まずくて黙り込んでいるのでもないことは、バンビのような女性が男性を気遣い、いたわるような表情を見せていることでもわかる。

けれども一方でこの女性は、何か周囲に対して子鹿のような警戒心を持って、それで緊張しているように見える。張り詰めた感じが女性から抜けないので、男性はその緊張に伝染し、困惑し、おろおろして、自分のどこに問題があるのだろうかと、ぐるぐる考え込んでしまっているようだ。

と、そのとき、ぼくの後方から炎の音が上がった。女性がふっとそちらへ目を向けるのをぼくは見逃さなかった。その視線を追うようにして男性が顔を上げた。

遠くのテーブルでプルミエ・メートル・ドテルである上田さんの手元から火が上がっている。お客様の前でデセールのクレープをフランベしているのだ。ホール内の他のお客様も注意を向けている。デデA3型のワゴンのアームが、炎の立ったフライパンの上へと伸びる。火に触れない絶妙な高さから砂糖を振りかけるのがクライマックスだった。

女性が気持ちを自分たちのテーブルへと戻す。それを敏感に察した男性が場を取《と》り繕《つくろ》おうとしたのか、あるいは無言でいることに耐えられなかったのだろう、ぼくへ頭を下げた。

「ああ、申し訳ない」

「いいえ、あそこは見所ですから」

フランベを見届けるとテーブルの空気はいったん落ち着いた。男性は俯《うつむ》いている。向かいに座る女性は、最後にもう一度上田さんの方へさっと視線を向け、再び戻ってきた。そして先ほどまでと同じように穏やかな眼差《まなざ》しを男性に向けた。

ぼくは何かをいわなければならないような気がした。

男性は上目遣いにぼくを見てくる。大人なのにすがるような思いさえ感じ取れる。

塩と胡椒のカスターセットがテーブル上で動いて場所を空ける。女性はそのユーモラスな動きに微笑むが、男性は笑みをつくろうとして強張《こわば》っている。

どっ、どっ、とその人の心臓の鼓動《こどう》さえ聞こえてくる気がした。

「――お好きなカードはありますか？　ひとつ、頭のなかで思い浮かべてください」

その人の緊張を解《ほぐ》したくて、ぼくは微笑みをつくり、ケースからカードデックを取り出しつつ、あえて男性に尋《たず》ねてみた。

「好きなカード？　ええと……」

男性は首を傾《かし》げ、狼狽《ろうばい》したようにくるくると目線を変える。ぼくの心臓にも緊張が伝わって来た。どっ、どっ、どっ、といまにも胸の内が弾《はじ》けて来そうだ。

もうひとつクッションを置いた方がよかっただろうか、と反省したとき、左側の女性がそっと男性に口添えをした。

「ハートのエースはどう？」

「ハートのエース？」

男性は何かを思い出したらしい。わずかに驚きの表情を見せ、すぐに頷く。

「おふたりともお好きなカードはハートのエースなのですね。いいカードです」

これからぼくはこのテーブルにハッピーエンドを引き寄せる役に徹するのだ。それがぼくのプロフェッショナルとしての仕事だ。

デックを裏向きにまとめて男性に手渡す。

「ハートのエースを抜き出していただけますか」

男性はカードを広げて愚直に点検してゆく。最後まで進めて眉根《まゆね》を寄せる。二度目の往復を終えて困った顔をぼくに向ける。

「おかしいな、見当たらない」

「偶然ですが、ぼくも好きなカードを一枚、今日はこの胸ポケットに用意してきました。先ほどから少しここに見えていましたね。このテーブルに就いてから一度も触れていません。どうぞこのカードをお取りください」

男性がおずおずと身を乗り出して、ぼくのジャケットのポケットからカードを引き抜く。はたしてそれは予言通りのハートのエースだ。

「どなたにも心の奥底に、お好きなカードがあるものです。思い出のカード、勝負時に願を掛けて使うカード、何となくデザインがいちばん自分にしっくりくるカード……。マジシャンはよくそのようなお客様にとって大切なカードを当てます。けれども、ここは魔法の場所です。ぼくではなくてお客様自身に魔法をかけていただき、最後には魔法を解いていただきたいのです。そして魔法の驚きを胸にしまって、最後のデセールをお楽しみください」

「わかりました」

とバンビのような女性は穏やかに微笑む。一方で熊のような男性はまだ信じ切れていない様子だった。ぼくにはわかった。この人は相手の女性よりも、このホールにいるどのお客様よりも、魔法の力を信じたがっている。

それなのにこの人はまさにいま、自分だけが魔法から取り残されて、場違いな衣装を着込んだただの野獣になってしまっていると、信じ込んでいるのだった。

3

採用試験に臨むに当たって、ぼくは上田昭久さんのインタビュー記事をいくつか事前に読んだ。そのなかでとりわけ印象深く感じたことがある。「おもてなしとは技術である」と繰り返し上田さんが語っていたことだ。

　おもてなしというとぼくたちは真心の籠もった相手への思いやり行為だと思いがちだ。一方、技術というと冷たい感じがする。ところが機械のような振る舞いの方がよっぽど、人は他者に対しておもてなしが実現できるのだと、上田さんはインタビューのなかで何度も繰り返し語っていた。

　技術であるとはつまりこういうことだ。女性のためにドアを開ける。椅子を引く。それらは考えなくても誰もができる。心があるかどうかは重要ではない。これらはロボットでもできるもてなしであるはずだ。しかしそうした技術さえ日本では満足に実践できない男性が多い。

　インタビュアーは上田さんの主張をどこかエキセントリックなものとして紹介していたが、初めてそれを読んだとき、ぼくはマジックにおけるルーティンのようなことだろうかと思った。確実な動きの連続性を習得することは、人を楽しませることへと繋がるのだから。

　では本当の心のもてなしとは何か。ビジネス接待の店を決めるとき、会社の秘書に適当に予約させるのではなく、ちゃんと本当に自分が美味《お》しいと思う店を選ぶこと。ワインテイスティングのときに本当に自分が美味しいと思うお酒を相手に振る舞うこと。そのレストランに行って、お薦めの料理が自分でもわからないのでは話にならない。接待する側の責任としてその日にいちばんふさわしい料理が決められること。ホストとしての個性と気持ちをもっともよいかたちで示せること。それが人間のおもてなしなのだと上田さんは説いた。そしてソムリエやメートル・ドテルにできるのは、そうした本当に人間らしいホスト側の想いを最大限に実現させてゆくことなのだと。

　理知的で、システマティックで、論理に適《かな》った意見だと思った。それは情緒や経験が優先されがちなレストランサービスの世界において、逆に新鮮な工学的視点だった。

　十月のオーディションのときに上田昭久さんから求められたのは、ロボットのデデと一緒に出てきて即興でテーブル上の物品を用いてマジックをすることだった。準備室から呼ばれて《ル・マニフィック》のホールに入ったぼくは、開店前のがらんとした広い空間のなかに、上田さんを始めとする二名の給仕長と中内料理長がテーブルに着いているのを認めた。そのテーブルは本番さながらにきちんとクロスを掛けられ、卓上花も飾られて、それぞれの前には水の入ったゴブレットも置かれていた。

ぼくは一時間前に渡されたデデの取扱説明書を懸命に読み、ぼくの腕の動きを見真似させるプログラムを組み込んで、何とか試験に挑んだ。それなりに得手としているルーティンで全体の構成を組み立て、クライマックスの直前でデデとの絡みを入れ、そこでのユーモアを発展させるかたちでフィニッシュへと持ち込んだが、はたして気に入ってもらえているのかどうか、演技中は推し量ることができなかった。

ただ、演技終了後にその場でいわれたことがある。

「きみは、ロボットと一緒に暮らしているな？」

「はい」

どうしてわかったのかとぼくは内心驚いた。提出した履歴書には一切示していないことだったからだ。

上田さんはさらにテーブルの中央からぼくを見据えていった。

「ここはいくらか特殊な――変わったレストランだと思われているかもしれない。しかし私は決してここが特殊だとは考えていないんだ。ここで私が求めているのは、決して大げさなことではないんだよ。いま私が話すことは陳腐《ちんぷ》で類型的だと感じられるかもしれない。だがきみはその本当の意味を、いずれ理解してくれるものと思う」

上田さんがぼくに直接何分も話しかけてくれたのは、思えばそのときが最初で最後のことだった。とても貴重な時間だった。

「私がなぜこのホールでお客様にマジックを見せたいと思っているのか。それはサービスとはいつの時代でも人間の心だと考えているからなんだ。ここには多くのロボットがいる。お客様のご要望の多くは、人工知能が予測する。お客様はそれらに目を瞠《みは》り、その光景を楽しまれるだろう。しかし本当の驚きと歓《よろこ》びは人の心なのだと、最後に人間であるきみが提示するんだ。ロボットにはできないことをきみがやるんだ。私が望んでいるのはそのことだよ。——本当の魔法は人間の心のなかにあるのだということを、お客様に自然と感じさせてほしい。魔法をきみの力で、パリの花売りや歌い手と同じように、一卓ずつテーブルに置いていってほしい。そこに残された一輪の花が、お客様の幸せとなるんだ」

閉店後のある深夜、準備室で岸さんと一緒になり、ふとしたきっかけで上田さんの話題になったことがある。岸さんはいった。

「まだ調理学校の生徒だったころ、ムッシュー上田の著作に出会って感動したんですよ。こう書いてありました。ムッシューはレストランサービスの世界に飛び込んでから、ずっと欠かさず続けていることがひとつある、と」

上田さんの話をするとき、いつも岸さんの顔は輝く。

「寝る前にその日のお客様の顔をひとりひとり思い浮かべて、どのようなサービスができたのかを振り返るのだそうです。それが人間として自分にできるただひとつのことなのだ、と。その言葉に触れて、私はサービスマンとしてこの店を志望しました」

もう終電も出てしまった時間だ。そのことをぼくが質問すると、岸さんは笑って応えた。

「若手向けのレストランサービスの大会があって、それに出たいんですよ。だから仕事の後は、残った食材を厨房から少しもらって、自分で接客の練習をしているんです。カッティングサービスは実物で練習しないと上達しません。それに食材がなくても、テーブルクロスのセッティングにプレートサービス

――この身に憶え込ませることはいくらでもあります。ワインの味もわかるようにならないといけないですしね。少しずつ給料から自分で買って、テイスティングの勉強もします。それで帰ってから私もムッシューと同じように、その日のお客様とフロアのことを振り返るんです」

そういって岸さんは人気《ひとけ》のなくなったホールへと戻って行った。

他の人に聞いた話だと、コンテストを目指す若手サービスマンは午前四時や五時まで店に残って独学を続けることも珍しくないという。

以来、岸さんの言葉はぼくの心に残り、だから後になって一日の終わりにベッドから暗い天井を仰ぎ、ミチルにその日の出来事を声に出して話すようになったのだと思う。そうした就寝前の互いの会話が、やがておとぎ話の語りにも繋がっていった。

あのときの岸さんの眩《まぶ》しい表情があったから、ぼくはその日を振り返り、ミチルに『美女と野獣』を語ったのだと思う。


ぼくはミチルと一緒に暮らしたいと願い、十月のあの日、ジェフさんたちのいる空港へと駆けていった。それでもぼくは自分がどのように生きていけばいいのか、まだ手探りをするばかりだったのだ。

少しずつお互いに話すことで何かが開けてゆくと思った。ミチルはぼくに質問してくれた。ぼくがそれに答え、ミチルはさらに問いかける。ぼくはミチルが理解できるように、ときに身ぶりを交じえて語る。《ル・マニフィック》のオーディションに受かり、急いで引っ越しの準備を進めていたとき、ミチルは床に広げたぼくのマジック用具を見て関心を示した。カードケースを取り上げて、自分はこれを見たことがあるといった。

ぼくは、その場でミチルにカードマジックを披露した。そのときのミチルの澄んだ眼差しは忘れがたい。ロボットに対して〝澄んだ眼差し〟と表現するのは変だろうか。でも、ミチルに対してはこれがいちばんしっくり来る気がするのだ。初めて《ハーパーズ》にミチルがやって来たとき、ジェフさんたちとともにぼくの手つきをじっと好奇心豊かに見つめていたことを改めて思い出した。ジェフさんの声が心に甦《よみがえ》った。

「この子はマジックが大好きなんだ」

ミチルの目はマジックに関心を向けているとき、とてもいきいきとして見える。ミチルはカードをシャフルするぼくの手つきに集中し、そして〝感情〟を見せてくれたように思った。

両親がいなくなって子供のころからドクと暮らしてきた町を離れる前日、ぼくはミチルとふたりで湾岸沿いの舗道を散歩した。高校のころは自転車を押しながら、夕暮れのこの道を美波《みなみ》と一緒に帰ったのだ。自転車は処分することに決めた。新しく住む横浜の町はすぐ近くに丘があり、埋め立て地とは違って自然の起伏があり、交通機関も整備されていると思ったからだ。それに新天地に行ったらミチルと歩く時間をつくりたかった。

空が暗くなるのが早くなっていた。空の下にいると、ミチルの目は刻々と変化する自然光に戸惑っているようにも見えた。本来ロボットのアイカメラは、一定の明度の照明下で画像認識しないと精度が下がるという。雲で翳《かげ》ったり、突然陽射しが溢れたりするとき、あるいは木漏れ日がさらさらと揺れるような街路樹の下にいたりするとき、ミチルは一瞬世界を見失うように思えた。

それでもぼくはミチルが少しずつ、世界に馴染んでいるのも感じていた。それはきっとミチルが〝いい目〟を持っているからだ。ぼくはミチルと舗道を歩き、空いたベンチに並んで座り、遠くのコンビナートや空を行くジェット旅客機の影を眺めたりした。

最近は街でもロボットを見かけるようになったが、多くは介護用かペットとしての愛玩《あいがん》の対象だ。ミチルのようなヒト型ロボットは、富裕層が連れていることが多い。あるいは大道芸人が道行く人の気を惹くために、かなりの借金をしてレンタルしている場合もある。ミチルにも舗道を行く観光客の人たちが目を留めてやって来た。ミチルの前に思わずしゃがんで顔を覗き込み、笑顔でいい子いい子と頭を撫《な》でてくれる。けれどもそういう人たちは屈託のない笑みを浮かべてぼくに訊《き》いた。

「それでこの子は何ができるの？」

それはミチルにとって、残酷な言葉のように思えたのだ。

——その夜、ぼくは荷造りを終えて屋根裏部屋を見渡した。この窓から夜景を見るのもこれが最後だ。

自分の手で持ってゆくカメラバッグのなかに、ぼくは父の形見のバイシクルカードケースを入れた。ミチルがバッグを覗き込んで、《ハーパーズ》でマジックのオープニングの小道具に使っていたけん玉に目を留め、これは何かと尋ねてきた。それで初めてぼくはミチルに、けん玉の動きを披露したのだ。

ミチルは自分で試したいといった。けんの握り方は習得できたが、玉を大皿に載せることはできなかった。その夜はそれで終わったが、ぼくは新しい町でミチルとやるべきことを見つけた。

眠りに就く前に急いでネット注文した。予備のけん玉はカメラバッグにあったが、真新しいものをプレゼントしたかったからだ。最近のネット配達システムはとても優秀で、夜が明けて引っ越しの日を迎えたまさにその朝、新品のけん玉がぼくたちのもとへ届いた。

古典的でシンプルな、競技用にも使われる木製のけん玉だ。袋から取り出し、ミチルの身長に合うように紐《ひも》の長さを調節する。皿胴の向きをどうするかで少し迷った。ぼくは左利きなので大皿の位置が向かって左側になるようセットしている。ミチルに尋ねても答がわかるとは思えない。直感でぼくと同じ向きにセットし、けん先に木工用ボンドをわずかに塗って摩耗防止処理をした。小さかったころに憶えた知識だ。ちょうどそこまで準備をしたところで引っ越し業者が到着した。

ぼくたちは港町のアパートの二階に移り住んだ。

いまは引っ越し作業のほとんどを運送会社のロボットがやってくれる。業者が引き上げてまずぼくたちがやったのは、壁際に据えた姿見の前にふたり並んで立ち、けん玉をする際の足腰の動きを確かめ合うことだった。

けんは皿胴と交差している部分のすぐ下を五本の指で摘まみ、大皿を自分の手前に向ける。けんはなるべく動かさず、玉は膝のバネで操る。

新しい部屋で、初めてミチルは大皿、中皿、小皿に載せ、そしてとめけんで赤い玉を受けたのだ。ぼくが木工用ボンドで補強したけん先に、玉をかすめたときの赤い塗料が真新しくこびりついた。それはほんのわずかなのにぼくの目には鮮やかで、ミチルと時間を共有したかけがえのない証拠に思えた。

4

——すっ、とスプーンの底で撫でると、テーブルクロスがそこだけ半透明になった。

「ちょっと下に行き過ぎてしまったようですね」

デックを脇へ除《の》けた後の、何も載っていないテーブルクロスを指差す。

「ほら、ここに」

まだ雪の降らない十二月第一週の木曜の夜、ぼくはおとぎ話の主役のふたりに出会ったのだった。

テーブルクロスの下からスポットライトが浮かび、そして消えてゆく。光が映し出したのはカードの影だ。ぼくはさらにスプーンの底でテーブルクロスを撫《な》でる。カードはクロスの下にある。机から強いＬＥＤの光が直接照らすので、カードは表の面も透けて見える。

ハートのエースだ。このテーブルでのクライマックスでもある。

お好きなカードを、といっておふたりから指名のあった一枚が、これまでいろいろな手順で何回もテーブル上に現れた。そして最後にぼくはそのカードをデックに混ぜ入れると、フェイス面を上にしてテーブルの中央に置き、お手元のスプーンでデックを叩いてみてくださいと男性にお願いしたのだ。そうすれば叩いた力でお好きなカードはいちばん下に移動します、と。

男性がどんとスプーンで叩き、おふたりは当然ながらカードはデックのいちばん下、つまりボトムに移ったと考える。ところがそこをめくっても目的のカードではない。では〝いちばん下〟とはどこか？実はどんと叩くことで、ハートのエースはデックのボトムを越え、さらにテーブルクロスを貫通して出現したのだ。クロスをさっと引き上げてその一枚を取り出し、改めておふたりの前に示してみせる。カードの表には男性が直にサインペンで描いた絵がちゃんと残っていて、それが世界でたった一枚のものであることがわかる。

この手順はぼくの考案したオリジナルではない。けれども、

「素敵です」と女性はぼくを見ていってくださった。

「この絵にどんな想い出が？」

男性は表の面をサインペンで大きく縁取《ふちど》りし、それを右手が持っているかのように親指を描き添えていた。想い出を描いてくださいとお願いすると多くの人は何かの物品や景色を描くものだが、こういう絵を描いた人はこれまでいない。

「いや、これは、たんに思いつきを描いただけで」

女性が優しく片手を差し出して助け船を出し、ぼくに代理で説明してくれた。

「ハートのエースを手にした絵の装幀《そうてい》の本があって、私たちの共通の想い出なんです」

「そうだったんですね」

ぼくは深く詮索するのは控えて頷く。けれどもこうして会話したことで安心したのか、不意に男性が不思議そうに呟《つぶや》いた。

「どうして透けて見えたんだろう」

「以前はテーブルクロスを水に濡らして透かす演出をしていました。ですが、このテーブルクロスには特殊な繊維素材が編み込まれているんです。それに気づいたのでいまのかたちにしてみました。このクロスの繊維には静電気に反応して透過率を変える性質があって、あらかじめ布にプログラムをしておいてからこうしてスプーンで撫でると、金属スプーンとの摩擦が合図になって、いまの現象を起こす仕掛けがつくれるんですよ。いかがでしたか？」

「なるほど、そうなのか」

男性は感心したようにクロスを撫でて、そして自分の膝元のナプキンも取り上げて女性にいった。

「そう、これもそういうことなんだよ。最初ナプキンが薔薇のかたちになっていたのは、あれは折り紙の原理なんだ。繊維がプログラムされていたからだ」

男性は自分のナプキンをテーブルの上に広げて女性に説明する。

「布に可塑性《かそせい》のある人工繊維がプレスされていて、静電気のエネルギーを使って山折りや谷折りをつくれる。人工知能で全体のかたちをデザインするんだ。正方形を細かいマス目に区切って、方眼紙に山折りと谷折りの線を描き込むようにして設計するんだよ。そんなものを実際に人間が折ると退屈で面白みがないけれど、自動的に折られてかたちになるならコンピュータの設計でいい……」

「熊谷《くまがい》さん」

女性がそっと声をかける。

男性はそこではっとして、相手の女性とぼくを交互に見た。そして気がついたかのように口を噤《つぐ》み、申し訳ないといった手振りを見せた。

周囲に気遣うことなく勝手にしゃべり出してしまった、長々と説明して場の雰囲気を壊してしまった、と悔《く》やむかのようだ。そこでぼくはいった。

「お待ちください。お伝えしたいことがあるんです」

身を乗り出しておふたりに話す。

「お食事の後、お客様はナプキンをテーブルに置きますよね。少し崩したかたちで皆様は置いて行かれます。でも、そのテーブルにはお客様ご自身がかけた魔法の余韻が残っているのをご存じですか。テーブルに残った想いは次のお客様にも受け継がれますし、お客様の心にも残ると思います。それが次の薔薇をつくるんです。ちょうどロボットが真新しいナプキンを持っていますから、試してみましょう」

ぼくはアドリブで話し出していた。

男性はぎこちない手つきで、デデが差し出したナプキンを受け取り、ぼくの示す通りに広げる。ぼくは手を伸ばして男性の片手を支える。

「もう少し、こちらの手を上に……。そうです」

ナプキンの裾《すそ》をぼくの方で整えてから、手振りでナプキンを中央へまとめるように促してゆく。

「こうやって丸めてみてください。一緒にワン、ツー、スリーと唱えましょう」

「ワン、ツー、スリー」

男性の両手のなかで、真新しいナプキンがゆっくりと、薔薇のかたちに盛り上がって整ってゆく。それ自体はそれで楽しいアトラクションだった。

「——いま何か感じましたよね？」

「えっ？　さあ、どうだろう」

「そうですか？　もっとナプキンを両手で包んで……。なかに手を入れてみてください。何かが見つかりませんか？」

男性が手を入れてもぞもぞと動かす。気がついたようだ。手を止め、さっとナプキンを除ける。

薔薇の花びらが一枚、ナプキンの下から出現していた。

男性は自分の魔法に意表を衝《つ》かれる。その花びらはテーブル上の花瓶の造花からはらりと落ちたものなのだ。男性は花瓶の方に目を向ける。そばに落ちていたはずの花びらがナプキンのなかに移動していたと気づく。

そのとき、向かいの女性がはっと目を開くのがぼくにはわかった。女性は目を開いて、ナプキンから現れた花弁ではなく男性の胸元を見つめ、そして驚いた顔でぼくに顔を向けてくる。思った通りのタイミングだ。女性は男性の胸元にくっついているものに気づいたのだ。

でも男性は気づかない。前に座っている女性だけが気づいている。男性は目の前の花弁に気を取られている。ぼくは女性に目配せをして、黙っているように伝えてから男性にいった。

「何かが見つかりましたか？」

「ああ、見つかった」

「ではそれをお持ちのまま、ナプキンを手前に引いて、目の前に掲げてください」

女性がなるほどわかったというように悪戯《いたずら》っぽい目つきを見せる。男性は素直にぼくの指示に従う。

薔薇のかたちのナプキンは、はらりと折り目を解いてふつうの布になった。

「想いはこれだけではありませんよね？　今度はこうして自分の前で広げてみてください。相手の方のことを考えて……。そうです。そして、もう一度ワン、ツー、スリーといって、ナプキンを膝へと落とします」

「ワン、ツー、スリー」

男性は戸惑いの表情を見せながらも、いわれた通りにやってみせる。女性が笑みを嚙《か》み殺している。

「どうなりましたか？」

「何もないが……」

「何かが見つかったはずです。何が見つかりましたか？」

女性の笑顔が弾ける。くすくすと笑って男性の胸元を指差す。男性は訝しげに自分の胸元に目を落とし、あっと声を上げた。

自分のセーターに薔薇の造花が差さっていることに、ようやく気づいた。

場の注意が逸《そ》らせるなら、ナプキンのなかの花びらに目を向けている隙を衝いて、花瓶から一輪取って相手の胸元に差すなど何でもないことだ。

「どうぞ、差し上げてください」

「えっ」

「その薔薇を、こちらの方に。ご自分でナプキンから取り出したお花です」

男性はやっと飲み込めた様子だった。さっと顔が赤くなるのがわかる。女性はにこにことしたままだ。

「ええと、こういうときは何ていえばいいんだ」

男性は胸元から薔薇を抜き取ると、困惑の表情で考え込み、そして相手に向けていった。

「〝いまは、これが精一杯〟」

女性は笑顔を見せた。ぼくが生まれる前につくられた、日本のアニメ映画の名台詞《めいぜりふ》だ。きっと美波だったらよく知っていただろう。

そして女性は優しい顔で答えた。

「あなたは泥棒じゃないでしょう」

「いや、そうなんだが」

女性はたとえそれが借り物の物語の台詞であっても、相手の男性らしい言葉だと判断したのだ。微笑んで手を差し出す。男性はぎこちない手つきで薔薇を渡した。

ふたりの温かな関係がうかがえる。まだ男性は何も言葉をつけ加えられなかった。気の利いたことをいおうとして台詞が見つからず、もどかしそうに顔をしかめた。

ようやく絞り出したのはこんな言葉だった。

「泥棒じゃないが、嘘《うそ》つきだ。何しろ小説を書いているからね」

ふしぎなやりとりだった。ぼくがおこなったことよりも、ふたりの会話の方がこの場をつくり上げている。

これがベストなのかどうか、ぼくにはわからない。スマートなフィニッシュとはいえないかもしれない。けれどもいまは何かが必要だと思ったのだ。ぼくは一礼して立ち上がった。

諏訪さんがタイミングを見計らっているはずだ。すぐにデセールが運ばれてくるだろう。

去り際に女性が薔薇を手にしながら、ぼくに微笑んでいった。

「楽しかったです。ありがとうございました」

続けてふたつのテーブルを回ったところで、急に諏訪さんから指示が入った。

《ヒカル、会計のところへ。お客様からお託けがあったみたい》

会計係のところに行って、メモを渡されて驚いた。あのテーブルの男性からのものだ。急いでいったん下がって再びホールに出ようとしたが、ちょうどあのおふたりが店を出て行くのが見えた。

　その夜、ぼくは店が閉まってから他のホールスタッフの人たちに挨拶をして早めに出て、ホテルのバーへと向かった。思案したが、諏訪さんや岸さんには何もいわずに出向いた。ホテル内の他の飲食店に入るのは初めてだ。窓の向こうに港の夜景が広がっている。

　あの男性はカウンター席でぼくを待っていた。スツールに腰掛けて、大きな背を丸めているので、レストランのときよりもさらに冬眠前の熊のように見える。彼の前にはソルティドッグのグラスが置かれていた。それが何杯目かわからなかったが、少なくともその一杯はぼくを待って節約して飲んでいたのが伝わる。氷はすでに溶けかけて、グラスの縁の塩は半周を越えたところまでなくなっていた。

「ああ、来てもらえないかと思った。ありがとう」

　男性はぼくを隣のスツールに座らせると名刺を取り出した。熊谷裕二《ゆうじ》、と名前が書かれている。住所や連絡先は記載されているものの、肩書きの類《たぐ》いはどこにもない。

「ぼくは小説を書いているんだ。もう作家を始めて二十年になる。近ごろはあまり売れていないから、わからなくても仕方がないんだが」

　とても恐縮しているのが感じ取れる。腰の低い人だった。メディアで活躍する小説家にはまるで見えない。ぼくと同じくらいこういったバーにも慣れていないように見える。そして『美女と野獣』の野獣のように大柄なその人は、再びすがるような目になっていったのだ。

「きみに折り入っての頼みがある。どうやったらあの女性を惹きつけることができるだろうか。ぼくはあの人を、愛している。今日の夕食の何が失敗だったか教えてほしい。次に来るときは必ずきみを指名するから、きみのマジックであの人を振り向かせてほしいんだ」

5

十一月初日からの仕事が木曜でいったん終わり、ぼくは深夜にアパートに戻った。ソファベッドに寝転がって毛布を被《かぶ》り、ミチルに短くお休みと声をかけて電気を消した。予想以上に緊張した第一週だった。

けれども、来週からはコミの岸さんたちと同じように朝から出勤しよう、とぼくは考えた。そしてコミの人たちを手伝って、店内の清掃と準備をするのだ。自分が《ル・マニフィック》で憶えるべきことはたくさんある。明日にも上司の諏訪さんに連絡して許諾をもらおう。暗い部屋のなかで一週間の仕事を振り返りながらぼくはそう決意していた。

朝からぼくはミチルとともに引っ越しの荷解《にほど》きを少しずつ進めて過ごした。新しい仕事の疲れにかまけて、部屋のなかをまだほとんど放《ほ》ったらかしにしていたのだ。

片づけてゆくことで、それぞれの品物が徐々に居場所を見つけ出してゆく。外では丘の木々が一週間で鮮やかに染まり、しかしその週末の木枯《こが》らしで葉はすぐに落ち、季節は一気に秋から冬へと移ってゆくかのように思えた。

次の土曜日も早くから起きてミチルの軀体を清掃した。アパートの部屋は朝方に冷気が残ったが、ミチルの表面素材は硬すぎず、常に細かな空気を含んでいて、決して冷たい金属の感じはしなかった。丁寧に拭《ふ》いてゆくことでミチルの身体はぼくの指先の温度とひとつになる。その温かさはとても大切なことのように思えた。

ぼくはミチルにけん玉を教えた。ミチルは基本中の基本、「大皿」や「とめけん」といった基本の技はすぐに習得した。けれどもそこから先は難しかった。ミチルはあらかじめ静止した玉を正確に足腰のバネで引き上げることはできるのに、振り子のように玉を動かして受け止める「ふりけん」のような技になると力加減が調節できない。「ふりけん」にはコツがあり、ただ玉を振って動かすのではなくて、手元に来たとき玉の穴がこちら側を向くように肘《ひじ》の動きを効かせなければ、けん先に玉は刺さらない。

ロボットであるミチルにも習得可能な技のはずだが、狭い室内でむやみに玉を振り回すのは危険だ。ぼくは窓から昼下がりの陽射しが入ってくるのを見て思いついた。

「ミチル、公園へ行こう」

そしてぼくたちは丘の上の公園へと階段を上り、展望台から港を見下ろし、練習を繰り返した。場所が変わると気分も変わる。鏡はないが、ミチルはぼくの横にぴったりとついて、あるいは真正面に立って、ぼくの足や肘の動きや視線をトレースする。次第にぼくと同じ姿勢へと近づき、赤い玉は同じ軌道を描き始める。ミチルはぼくの似姿になる。

「あー、きみ」

トレーナー姿の男の人が割って入ってきたのはそのときだ。その人は花壇の看板を指した。

《大道芸、音楽活動及び営業活動を禁止します》

ぼくとミチルの練習は大道芸だと思われたのだ。

「申し訳ありません。初めてだったものですから」

「そうだと思ったよ。いままでここで見たことがなかったからね」

男の人が咎《とが》める調子ではなく静かにそういったので、ぼくはそうかと気がついて周りに目を向けた。公園の入口から仔犬《こいぬ》を連れた女性が散歩してくる。花壇のベンチには小さな子を連れたお母さんや高齢のご夫婦が座っている。風は日に日に冷たくなっていたが、コートにマフラー姿で文庫本やツールを片手に自分のひとときを過ごしている。高校の生徒さんと思われる女の子たちが部活動の揃いの練習着で歩いてゆくのも見えた。この土曜の午後に集まり、あるいは擦れ違ってゆくお馴染みの人たちの空間が、ここにはあるのだ。

頭を下げて詫《わ》びると男性はウォーキングに戻っていった。気がつくと三毛猫が一匹、近くの石垣からぼくたちを見ていた。ぼくはその猫にも頭を下げて詫びた。確かに猫にとってもぼくたちは大道芸のコンビだったろう。

ぼくたちはけん玉をポケットにしまってアパートに帰った。

ミチルが本当に自然にできることとは何だろう。部屋を見渡し、ふと思い立ってドクの遺《のこ》したマジック用具の箱からケーンを探し出してミチルに見せた。ケーンというのは専門用語で、一般の人はステッキという。ビビデバビデブーと魔法をかけるときの杖《ウォンド》よりも大きいもので、怪盗紳士アルセーヌ・ルパンやダンスの達人フレッド・アステアが持っていそうな杖のことだ。ぼくは自分の手の上でケーンを垂直に立てる遊びをやってみせた。うまくいって十秒というところだ。

ミチルは自分の掌の上で難なくケーンを直立させてバランスを保った。ケーンはただひたすら真っ直ぐ天井を向いて、まるで時間そのものが消え去ったかのように、まったく揺れ動きはしなかった。

倒立振子という物理の原理だ。ぼくにはどうやってもできない魔法だった。ミチルは一時間も、二時間も、その日が終わるまで、おそらくはエネルギーがある限り永遠に、ケーンを立てていられるだろう。

これでは違う。ミチルは精密な機械になっている。

さらに部屋を見渡す。片づけの終わっていない段ボール箱や、ダイニングの隅に置いたふだん使いのカメラバッグにも目を向けて考える。

「ミチル、マジックをやってみるかい」

「はい。やってみたい」

「〝はい〟だと堅苦しいから、〝うん〟でいいよ」

「うん」

何がいいだろう。曲芸ではなく、本当のマジックを。精密機械がプログラムに従って動作していると感じられるようなものではなく、ミチル自身が本当にやり遂げているように見えるものを。

カメラバッグを持ってきてあれこれ悩みつつ、二組のロープを取り出し、一方をミチルに渡した。ふたりで姿見の前に立った。

「ぼくのやる通りにやってみるんだよ」

長、中、短の三本のロープ。誰もが知っているマジックの定番アイテムだ。ぼくはそれぞれのロープの端を左手で持ち、身体の右側を開いて背筋を伸ばす。ロープの持ち方を改めて教える。ミチルの手と指の構造は、ぼくたち人間とよく似ている。

「ヒカル、対称のかたちでもできるよ」

「対称？」

「何でもない」

すぐにミチルはいって、ぼくと同じように鏡の前で構える。

ぼくたちは姿見のフレームのなかに収まっている。鏡越しにミチルを見ながら、ぼくは演技の際の台詞を唱える。

「三本のロープがあります。長さが少しずつ違いますね。一本、二本、三本」

遅れることなくミチルは動きを真似してゆく。けん玉のときと同じだ。ミチルは人の動きを模倣する能力に長《た》けている。

ぼくはロープの手順を続けていった。長さの異なるロープを片手に三本持ち、観客に見せたところですべてを束《たば》ね、ぐっと両手で引き伸ばす。長さが違っていたはずの三本のロープは、どれも同じ長さになっている。

ミチルの両手の間にも、同じ現象ができていた。

「…………」

鏡のなかのミチルを見つめた。ミチルも鏡越しにぼくを見ていた。

これは、面白いといえるのだろうか。

わからない。けれども、けん玉のときには言葉にできなかった違和感の正体が、わずかに見えたように思った。

カメラバッグからコインを取り出す。ミチルと向かい合って、基本のコインパスをやってみた。五十セント、すなわちアメリカのハーフダラーと呼ばれる古い銀貨で、日本の五百円玉よりも大きくて薄く、ちょうど大人の手で扱いやすいため世界中のマジシャンに愛用されている。鋳造年によっててのひらへの馴染み具合も違うので、特定の年のハーフダラーはとりわけ重宝されている。

右手でコインを摘まみ、左のてのひらに渡す。左手を開くとコインは消えていて、実際は右手に残っている。

ミチルは鏡のなかでぼくの動作を見事に真似たが、途中でコインを取り落とした。拾い上げてミチルに渡し、今度はミチルの隣に立ち、手技がよく見えるようゆっくりとおこなう。右の指先でコインを摘まみ、左手に渡す。握った左の拳《こぶし》を指し、ゆっくり開くとコインは消えて、右手のなかに戻っている。左手に渡したように見せかけて、右手の指のつけ根に隠してしまう動きだ。

「これならどうかな？」

パームという基本のセッティングをミチルに見せる。てのひらの中央の凹《へこ》みでコインを挟み、自然な状態で手首を返して観客から隠すやり方だ。いかにも何も持っていないと思わせる自然さが求められる。ぼくはそのままゆっくりと手を持ち上げ、ミチルにコインの状態を示した。親指のつけ根の肉が把持しているのでコインは動かない。

ミチルはコインをこぼした。ミチルの手はぼくのかたちをよく再現していた。それでもコインは乾いた音を立てて畳に落ちた。

ミチルとの違いは、もう明らかだった。

ミチルの手を取る。精巧な指先だ。材質や表面加工もよく考えられていて、たいていのものは把持できるほどだ。小さなものを摘まめるし、薄い紙をめくることもできる。それでも人間の肌の質感と異なっている。人の手が生来的に持つ一種の〝粘《ねば》り〟がミチルの手には欠落していて、それがコインを保持することを阻《はば》んでいる。

現実に直面したと思った。マジックは魔法であるという。けれどもミチルは人間と同じようには魔法を使えないのだ。それならば魔法とは人間に特化された技術に過ぎないのではないか。

ぼくはハーフダラーを握りしめた。特定の鋳造年のハーフダラーは銀の含有率が高く、まるで人間の手に吸いつくような効果を見せる。けれどもそれはぼくたちが、このような手と肉体を持つ人間であるからだ。人間の手のなかでは魔法を見せるコインであっても、ミチルのようなロボットにとって扱いやすいとは限らない。ミチルの手からは離れてしまう。

ミチルは寂しげな表情を浮かべることもない。真っ直ぐな瞳《ひとみ》でぼくの顔を見上げている。押し寄せてきそうになる自分の気持ちを振り払う。ここからぼくたちの新しい生活が始まるはずだ。いまぼくたちはようやく互いの違いを知って、スタートラインに立ったのだ。

ジェフさんがぼくにミチルを託したのは、ひょっとするとそのことを気づかせるためだったのかもしれない。

「よし、わかったぞ、ミチル」

ミチルの取り落としたコインをバッグに戻し、代わりにカードケースを取り出してミチルをダイニングテーブルへと促した。

向かい合わせに座り、ぼくは選んだカードが何度もトップに上がってくるという定番のルーティンをやった。ミチルが澄んだ目で見つめてくるのがわかる。〝ルーティン〟とは人がロボットになることだ。決められた手順を効果的に進めることだ。ぼくがいまこの瞬間はロボットになろう。新しい生活の始まりの週末に、ぼくはきみを楽しませたい。ミチルに心があるかどうかはわからなくても、きみの瞳を楽しませたい。

ミチルができることは何か。一歩ずつ確かめていけばよい。ぼくたちにはこれから時間がある。

その夜、ぼくはソファベッドで掛け布団を被って呼びかけた。

「ミチル」

「うん、ここにいるよ」

「ミチル、もっとマジックをやってみよう」

「うん、やってみたい」

「きみにぴったりのものをきっと探してみせる」

次の日の朝、ぼくたちは再びふたりで丘を上った。朝に公園へふたりで上ったのは、それが初めてのことだった。展望台から港を見た。

今日は何も手に持ってはいない。けん玉もなければ、マジック用具を手にしているわけでもない。

それでもぼくたちには目があり、互いの身体があった。ミチルは機械の身体だが、やはり体温を持っていると思う。動くとぼくたち人間と同じように、かすかに温まるように思えるからだ。

空は遠く、澄んでいた。秋から冬になろうとしていた。

午後にぼくたちは遠くまで一緒に散歩した。住宅の並ぶ小路を抜けて歩道橋を渡り、地下鉄の駅をふたつ分も歩いた。

月曜日から新しい一週間が始まる。諏訪さんには朝から出勤することをすでに伝え、承諾を得ていた。ぼくはまだ《ル・マニフィック》を知らない。なぜあのホールとあの店の料理に魔法がかかっているのかわかっていない。ぼくはホールスタッフの人やデデたちのことだけでなく、厨房のことさえ何も知らない。ぼくはなぜそこに魔法があるのか、どうすれば自分と馴染ませてゆけるのか、その手掛かりさえつかんでいない。明日からそれをきちんと知ってゆくのだ。

ミチルと暮らすことも、きっとそれと同じだろう。

いまでもこうしてミチルと並んで歩いてゆくと、ここに魔法があると思える。海に面した大きな公園が、車道の向こう側にずっと続く。車通りは激しくて、何十、何百もの自動車は、人工知能の恩恵を受けながら、高速でぼくたちを追い越してゆく。けれども対面の公園は、ぼくたちが歩いた分だけともに未来へと進んでゆく。

古い趣《おもむき》のある建物に突き当たってから駅の方角へと進む。道は途中からぐっと細くなり、両側の歩道に赤煉瓦を敷き詰めた「馬車道《ばしゃみち》」と呼ばれる道に入る。ちょうど週末のお祭りで、たくさんの人で賑《にぎ》わっていた。最新の拡張現実装置や交通整理用センサを内蔵したガス灯が、冬の裸の街路樹とともに、とんとん、とんとんと遠くまでリズムをつけて続いている。道沿いの店ではすでにハロウィンを終えて、クリスマス用のオーナメントが売られていた。道のあちこちには彫像やモニュメントがあって、その脇では大道芸人がロボットと一緒に立ち、ジャグリングやパントマイムを披露していた。

ときおり本物の馬車が現れて、かっ、かっ、と蹄《ひづめ》の音を響かせながら観光客を乗せて進む。馬の背の高さが新鮮だ。東京オリンピックとパラリンピックが開催されたのはぼくがまだ中学生のときだった。あれ以来この港町も変わっただろう。それでもこの土地はぼくがずっと暮らしていたあの湾岸の埋め立て地と同じように平らなのに、たくさんの歴史を交差させている。

「馬車が面白いね。いまはどこへでも行けるんだね」

人混みのなかを歩きながら、ミチルが自分からそんなふうに呟いたことに、ぼくは少し驚いたのだった。ミチルの目が好奇心を湛えているのがわかる。《ル・マニフィック》のデデたちとは違うミチルの個性だ。

ミチルを馬車に乗せてあげたかったが、あいにく予約はすでに満杯だ。

ちょうど途中で小さな和紙店を見つけて、折り紙のようにつくられたクリスマス用の小さな窓飾りがディスプレイされていた。ミチルの目がそれに惹きつけられる。

そうだ、折り紙をやってみるのはいいかもしれない。

ぼくも以前に《ハーパーズ》では千円札を三日月や星のかたちに折って、オープニングの途中で天窓の夜空とテーブルの間を結ぶ小道具にしていたことがある。アメリカの一ドル札を使って折り紙のようにさまざまなかたちをつくる芸は昔からあって、ぼくもそうした海外の教本を見ながら自分でアレンジしていたのだ。ミチルの指先なら薄い紙でも扱えるはずだ。

ぼくたちはその店に入った。清潔で整った店内の手前にはさまざまな小物が並び、奥の方には棚に何百もの和紙や千代紙が重ねて置いてある。ミチルがそうしたなかから特徴のある包装の折り紙セットを見つけた。

深くて落ち着いた色合いの紙が詰まった地元のオリジナル商品だ。赤煉瓦色や海の色など、この横浜の町にちなんだ色が選ばれているらしい。

「いいのを見つけたね。よし、これを買おう」

ぼくたちはセンスのよいデザインの紙袋を手にして店を出た。紙袋はミチルが持った。ぼくにはミチルが嬉しそうに見えた。たとえ折り紙は軽くて小さくても、大きな収穫だとぼくには思えた。

馬車道の人通りは絶えることがない。たくさんの人がぼくたちの周りを過ぎてゆく。再び馬がやって来て、ミチルは目の前を行くその美しい毛並みを見上げた。

「きれいだね」

とぼくに振り返っていった。

ミチルが心を躍らせているように思えるのは、ぼくが勝手にそのまなざしに感情移入しているからだろうか。そうではない、とぼくは思ったのだった。なぜならミチルはいままでよりもずっと自然に、ずっとミチルらしさを湛えた言葉で、ぼくに語りかけているように聞こえたのだ。

感嘆の声を上げてぼくを仰ぐきみが、きみ自身であると思えたのだ。

家に戻り、さっそく紙袋を開けて折り紙を取り出し、ダイニングテーブルに座ってミチルと折り紙を試してみた。

子供のころ以来、久しぶりに〝兜《かぶと》〟をつくった。〝鶴《つる》〟よりも簡単なものをと考えて、思い出したのだ。幸いにして折り方は指先が憶えていた。

ミチルは紙を折ることはできる。手つきはぎこちないが、それでも指先で紙を押さえ、机に固定して、すっときれいな折り筋をつけることはできる。カドを器用に合わせて折ることも問題はなかった。何度かの練習の後、ミチルはちゃんと兜をつくり上げた。

お互いその小さな折り紙を頭の上に載せた。ぼくは立ち上がる途中で落としてしまったが、ミチルはずっとうまく椅子から離れて、難なく歩き回って見せた。

その夜、ぼくは部屋の灯りを消してソファベッドに横になり、掛け布団を引き上げてこの週末にミチルと過ごしたすべてのことを思い出し、そして明日のことを思った。暖房のファンが低く唸りを立てていた。

「ミチル、朝早く起きて公園に行くのはいいかもしれないな。出勤時間は前より早くなるけど、その前にふたりで公園をひと回りすることはできるよ。明日から公園に行って毎日散歩しよう。散歩したらまたここに戻ってくればいいよ。それからぼくは出かけるから」

「大丈夫だよ。自分だけでここに帰れる」

「よし、それだ」

と、ぼくはソファベッドのなかで強く頷いた。

新しい生活が、もうひとつ明日から生まれるのだと思った。

「ねえ、ヒカル」

「何だい？」

「前に〝ワン、ツー、スリー〟といって、魔法を見せてくれたよね。ヒカルは最後にジェフさんの手のなかを指差していったね、この一分間、〝世界のすべてが消えたのです〟」

「そうだね」

「魔法をかけたら世界が変わるんだってことが、わかるようになってきたよ。それに魔法はずっと長いこと続くんだね」

ミチルは暗がりの向こうでいったのだ。

「なぜって最初のころからヒカルは少しずつ、しゃべる時間が増えているよ」

6

熊谷裕二さんというその男性は、ホテルのバーでぼくにも飲み物を勧めて話し始めた。

「あの人は桜井一美《さくらいかずみ》さんといって、デザインの仕事をしているんだ。イラストも描く。去年事務所から独立して、ぼくの本の装幀を担当してくれて、それで知り合った」

「装幀家の方とはよく打ち合わせをなさるんですか?」

「いや、ほとんどしないかな。しないことの方が多い。たいていそこは編集者の領分だからね。本が出来上がったとき、ありがとうございますと編集部経由で感想を伝えてもらうくらいかな。他の作家さんはどうかわからない。ぼくだけかもしれない」

すらすらと言葉が出てくるのはさすが作家だと思えるが、全体的に余計な部分が多い。決しておしゃべりという感じではないのに、どこまでも言葉が繋がっていってしまう。

さらに話が茫洋《ぼうよう》と広がっていきそうな気配だったので、ぼくは慎重に言葉を挟んだ。

「それで、ひと目惚《めぼ》れだったのですね」

「そう、そうなんだ」

熊谷さんは話を戻す。

「見本刷りができて出版社に行ったとき、編集部で紹介されたんだ。ちょうど向こうも別件の打ち合わせで来ていて、名刺交換して、そのときにはもう〝この人だ〟と思っていたわけなんだ」

「素敵ですね」

「ええと、おいくつですか」

いきなり丁寧語になったので、後ろに別の誰かがいるのかと思わず振り返りそうになった。どうやらぼくとの距離感を測りかねている様子で、視線もなかなか一ヵ所に落ち着かない。

「二十歳です」

「大学生？」

「いえ、大学には行っていません」

「素晴らしい」

どの辺りが素晴らしいのかわからなかったが、嫌みな言葉の感じはまったくなく、むしろ心にぱっと浮かんだ率直な思いが出た言葉のように聞こえた。

これまでの経歴を訊かれて、少しずつ説明する。湾岸町の《ハーパーズ》に勤めていたことを話すと、ほう、と驚いた顔を見せた。

高校を出てマジシャンになったこと、先日こちらに移ってきたこと――気がつくといままでお客様に話したことはない詳しいところまで語っていた。うんうんと熊谷さんは頷きながら聞いている。意外だったのは、この人が聞き上手だと思えたことだ。最初はひとりで勝手にしゃべるタイプの人かと思われたのに、いったんぼく自身が話し始めるとしっかり自分の言葉を控えて、うまく相槌《あいづち》を打ちながら《ハーパーズ》時代の話を引き出してくれる。

「さっきレストランで薔薇を出してくれた。あれはルーティンではなかったね。ありがたかった」

ルーティン、という単語を一般のお客様が使うのを初めて聞いた。この人はマジックをいくらか知っているに違いない。

「ありがとうございます。ただ、あれはぼくのオリジナルと呼べるようなものではないです」

「有名なフランスの給仕長の自伝を読んだことがある。《ル・マニフィック》の上田昭久氏の師匠筋に当たる人だ。美食の世界を楽しむには、上質のシェフと、客と、サービスが三位一体《さんみいったい》になることが大切だ、とあった。マジックの世界もきっとそうなんだろうね。ぼくは客として世界づくりに貢献できなかった。だからきみが助けてくれた」

作家なのでたくさんの本や資料を読んでいるのだろうか。人の名前に〝氏〟とつけるあたりはやはりぎこちない。ぼくは恐縮していた。もし過大な期待を持っているのなら、かえって迷惑をかけてしまうことになるかもしれないからだ。

「こういうことは、初めてなんだ」

「ひと目惚れが、ですか？」

「人に相談することもだよ。助けてほしいなんて相談できる知人がいない。このくらいの歳になれば、業界で仲間内の繋がりもできるものだけどね。業界でつるむのは好きじゃない。そう思っていたが、気がついたらこの歳でひとりきりだ」

「そんなことはないと思いますが……。小説を書くのがお仕事なら、たとえば心の籠もったお手紙を差し上げるというのはいかがですか」

「手紙は苦手なんだ。でも送ったよ。だから今回、一緒に食事ができた」

「それなら大丈夫じゃないですか。何も問題ないように思えます」

「あの人はレストランを出るとき、こういったんだ。『ご馳走《ちそう》になって申し訳ありませんでした。美味しかったです』」

「はい」

「食事が本当に楽しければ、楽しかったというものじゃないか。小説も同じだよ。本当に面白いと思った小説なら、読んで開口一番に『面白かった』と言葉が出る。それがなければ、どんなに取り繕われても、ぼくの小説は相手の心に届かなかったんだよ」

「…………」

ぼくはうまく答えられなかった。核心を衝き過ぎているというか、あまりに正論で、次の言葉が見つからない。

小さな目が寂しげだ。嘘をつけない人なのだな、とは感じた。自分から何かを話すときは、ひとつとして嘘がいえない人なのだ。《ル・マニフィック》の席では自分のことを作家だから嘘つきだといっていたのに、正反対だ。そのために会話は空回りしている。

「あの店は毀誉褒貶《きよほうへん》があるんだろうね。いろいろとネットで批判も見たんだ」

「《ル・マニフィック》のことですね。残念ですが厳しいお声もあるようです」

「一年でスタッフの人もあれこれ入れ替わっているとか。上田氏はいろいろな声に晒《さら》されて大変だと思うよ。今日ぼくらはキャンセル待ちで入れたんだ。ずっと予約で塞《ふさ》がっていると思っていたから意外だった」

「そうだったのですか。申し訳ありません」

「いや、違うんだ。ただ、世間に誤解されているのかなと思っただけだよ。飾りつけのひとつひとつも、本当はすごく手が込んでいると思った。テーブルの花びらをもらってきたよ」

熊谷さんはスーツの内ポケットにもぞもぞと手を入れて、小さな赤い花弁を一枚取り出した。和紙で折られた、薔薇の花弁だ。

「これは毎朝、プルミエ・メートル・ドテルの上田が自ら折って準備するのです」

「うん。そうらしいね。後でこれも桜井さんに渡そうと思っていたんだが忘れてしまった。きれいなかたちだ」

《ル・マニフィック》では豊かな物語性を感じさせる豪華な薔薇の折り紙がすべてのテーブルに飾られているが、その色合いや花弁の開き具合は一輪ごとにすべて異なる。大小何枚かの紙が複雑に折り重なってできているのだが、どのテーブルの薔薇もお客様の食事中に、一枚だけひらりと花びらが落ちる仕組みになっている。

一瞬、それは時間の経過をお客様に感じさせるのだが、そのとき各種のセンサが敏感に反応して、薔薇の花は内側からまるで光るかのように深い発色をする。テーブルに落ちた花弁も照明効果によって、まるで再び浮き上がって、息を吹き返すかのような動きを見せる。生花以上に生命を想起させる仕掛けなのだ。落ちた花弁は記念にお持ち帰りになるお客様も多いが、その場で薔薇の花に戻そうとするお客様もいらっしゃる。その際はやはりセンサが反応して、紙は見事に萼《がく》に収まる。

ただ、こうした演出を過剰だとおっしゃるお客様もいることは事実だった。

「さっきのハートのエースだけれどね、あれは今年ぼくが出した本のカバージャケットについている図柄なんだよ。カードをこうやって手にしている絵が本の裏にワンポイントで入っていてね。桜井さんがデザインしてくれた。それで、好きなカードを一枚といわれて、桜井さんが気を利かせてくれたんだと思う」

「出会いの一枚だったのですね。素敵なお話だと思います」

「料理も美味しかった。あの店は、見かけは華やかでも、実際はすごく自然の風味が活かされている気がした。世評は給仕ロボットみたいな表面的なことに引っ張られていて、ちょっと気の毒だ」

「ありがとうございます。《ル・マニフィック》は、まだ世のなかに馴染んでいないのかもしれません」

「馴染む、か。そうだね。この世のなかでは、それは大事だ」

何気なくいった言葉だったが、熊谷さんは深く頷いた。

今度は店の話になり、ぼくはまだ前後の脈絡がつかめずにいた。この人の正直な心持ちがかえって会話を迷走させているように思える。

だが熊谷さんは花弁をポケットにしまうとまた話の方向を変えて、不意に打ち明けてきた。

「ぼくは三年前、何度か《ハーパーズ》に行ったことがある。テルさんに会ったよ。きみにとってお兄さんのような人だったんじゃないかな」

「テルさんをご存じなんですか」

「あのころ、マジックを題材に小説を書きたいと思っていてね。日本だとあまりマジックを間近で見る場所がないだろう。あそこはひとりでも手軽にランチが食べられる。ぼくみたいな人間がマジックに接するにはうってつけだった」

「そのころだったら、ぼくはもう《ハーパーズ》を知っていました」

「そうか。店のどこかで擦れ違っていたかもしれないね」

その言葉に、ぼくは息が詰まった。不意に美波のことを思い出したからだ。

美波と初めて《ハーパーズ》に行った、あの夕暮れ。ふたりでテルさんのマジックを間近に見た夏の終わり。

「《ル・マニフィック》できみがテーブルにやって来たとき、ぼくはあっと思ったんだ。黒いベストに銀色の刺繍《ししゅう》があったろう。この胸のところだ。テルさんとはその後も何度かメールをやりとりしたことがあってね。きみの話題が出たこともあった。高校を卒業したばかりの若手が正式に店の一員になった、きみが立派な衣装をつくったのを見て自分も誇らしく思った、といっていたよ」

ドクが亡くなった後、確かにぼくはあの衣装を持って《ハーパーズ》へ行き、テルさんにその姿を見せたことがあった。あのときテルさんはぼくの全身を長い間見つめていった。さあ、背筋を伸ばして、ちゃんと立ってみるんだ。ドクやお客様の前に立つつもりで。

ようやくテルさんはぼくの姿勢に頷くと、いつもの優しい顔に戻り、胸元の刺繡を指していった。うん、この刺繡は、ヒカルがちゃんと背筋を伸ばしているときに映える。マジシャンの姿勢になっているとき、この刺繡はヒカルの胸で、未来を描いているように見える。これが本当のドクの贈りものだ、と。

「テルさんが見出した人なら、こんな話も頼めると思ったんだ」

「ありがとうございます」

ぼくは頭を下げていた。

熊谷さんが慌ててぼくよりも深く頭を下げた。そのためにぼくはさらに頭を下げた。互いに顔を上げたとき、熊谷さんはようやく自然な表情になっていた。


——その夜、ぼくは熊谷さんと一時間近く話した。

「このごろ、いま書いている小説で自分は最後なのではないか、と思うことがある。重刷されるほどの本を出せなくなって何年にもなる。各社の編集者がどんどん自分から遠のいてゆくのがわかる。今回はいい小説が書けた。今度こそ読者に楽しんでもらえる。そう心を奮い立たせても、いったんうまくいかなくなると難しいものだよ。もう次のチャンスはないのではないか。二十年も作家をやってきて、この歳になって、そんな毎日を過ごすようになるとは思わなかった。人と人の関係は何でも同じだな。だがね、こんな気持ちでは好きになった相手に失礼だ」

　こんな話は同業者の間でもできないのかもしれない。熊谷さんはとても自己分析的で、まるで世のなかを観察するかのように自分自身を観察している。自分のことに話は戻りがちなのだが、それでもぼくにはその向こうに、桜井さんという相手の女性への想いが見える気がして、決して嫌な感じはしなかった。ぼくにあれこれと自分の話をしているのは、その女性のことを伝えたいという想いが溢れているからだ。

「あの店の入口に白馬がいるね。廊下の大扉のところだ。あれは『美女と野獣』に出てくる馬だろう。《ル・マニフィック》は『美女と野獣』の世界をモチーフにしている」

「そう思われるお客様もいらっしゃいます」

「最初のアニメはいまも有名だから、たぶん客の多くはあの世界を連想しながらホールの雰囲気を楽しんでいるんじゃないかな。でも上田氏はジャン・コクトーの『美女と野獣』にも敬意を払ったと思う。白馬のモチーフはコクトーの映画に出てくる。もともとあのお話は、ベルという娘のお父さんが事業に失敗して財産を失い、世間から追われるように子供たちと田舎《いなか》に隠居するところから始まるんだ。原作のベルは、本当はひとり娘じゃない。きょうだいがいる。ベル以外の娘たちは、家が貧乏になっても昔の華やかな暮らしが忘れられない」

「はい」

「そんなとき、連絡のつかなかった商船が港に戻ってきたとの知らせがあった。父親は急いで駆けつけたが積み荷はもう盗《と》られてしまった後だった。悲嘆に暮れた帰り道で、父親は野獣の城に迷い込む。そこで末娘のベルが欲しがっていた薔薇の花を手折《たお》ってしまったところ野獣が怒って現れ、おまえの娘のいのちを引き替えに寄越せと迫る。そして少しだけ猶予をやるといって、父親を家に戻らせるんだ。そのとき父親が乗るのが、野獣の城にいる白馬なんだ。白馬は呪文を唱えれば望みの場所へ必ず連れて行ってくれる。そうして父親は家に帰ることができたし、ベルもその馬に乗って野獣の城へと行くことができた」

「そんなお話だったのですか」

「大扉の上にあるレリーフは、つまりコクトーの映画に出てくる白馬だろう。《ル・マニフィック》という名前もたぶんそこから来ている」

「――名前の由来は知りませんでした」

「ぼくらは今日、美女と野獣みたいだったろう。こんな男とあの人の取り合わせなんて、まるでアニメみたいだと思ったんじゃないかな。二十年前に、ぼくは作家としてデビューした。幸運にも最初の小説は映画になった。それからいろいろ書いてきた。まだ学生だったころ、ある作家のエッセイでこんな話を読んだことがある。自分は若いころからフランスの小説や映画に憧れて、ひとりで誰にも見せることなくこつこつと物語を書いていた。現実の恋愛経験も何もないのに、好きな古い映画を思い浮かべながら、そんなシーンを書いていた。けれどもあるとき本当の恋をしてびっくりした。なぜならあまりに自分の書いていた小説の通りだったから。当時はそれを読んでなるほどそういうものかと感動したよ。自分もいつか作家になれたら、そんなことがあるかもしれないと思った。だがそれから二十年、一度もそんな体験をしたことはない。――いや、そうじゃないな、〝なかった〟というべきか。いまわかったよ。今日は映画の台詞をいったからね」

ぼくはわかり始めていた。この人の話は回りくどいが、最後には必ず焦点を結ぶ。話がひとつひとつ細かいのは、この人なりの誠実さなのだ。

「今日、ぼくは《ル・マニフィック》に行って、あそこはある種の人にとって、いわば物語を取り戻す場所なんだと思った。いまぼくは次の書き下ろしを書いている。ぼくはまだ自分を取り戻せていないかもしれない。決して無理やりの演出がほしいわけじゃないんだ。いくら豪華な舞踏場がお城にあったとしても、人の心はそれで動くわけじゃない。だが、ぼくはまだ物語の力を信じたいんだよ」


熊谷さんと別れてから、ぼくはいったん《ル・マニフィック》へと戻った。

明日の準備を終えたホールにコミの岸さんの姿があった。見えないお客様の前に立って、時間を計りながらフルーツカッティングの練習をしている。レストランサービス技能のコンテストが近いのだ。

その姿を見ていたら自分も無性に仕事をしたくなった。準備室でデデたちを磨くことにしばらく没頭する。ロボットの点検整備作業はぼくのような新人の仕事にふさわしい。午前二時過ぎに店を出た。岸さんは笑顔で挨拶を返してくれたが、明け方まで練習を続ける様子だった。

熊谷さんの申し出にどう応えればよいだろう。そのことを思いながら凍った夜の空気を吸い込み、アパートまで黙々と歩いて帰った。

翌朝、カーテンを開けて陽射しを取り込み、ミチルとの新しい一日を始める。ぼくはまだもやもやとした気持ちから抜け出せずにいた。週明けの会議に出席しろと諏訪さんにいわれたことも忘れるわけにはいかない。朝食を終えてミチルと向かい合ったときも、集中力を欠いていたかもしれない。

ぼくたちは毎日さまざまなマジック用具を試してきた。手のなかでビリヤード玉が次々と増えてゆく「シカゴの四つ玉」も、金属の輪が次々と繋がってゆく「チャイナリング」もやった。しかしどうしてもしっくりこない。それがなぜなのかぼくにはつかめずにいた。

そのなかでカードマジックの「スリーカードモンテ」は、ぼくたちが見出した道筋だった。

定番のルーティンを試すうちにわかったことがある。ミチルの指先は〝ダブルリフト〟や〝ブレイク〟

といった基本のマニピュレーションに必ずしも向いているわけではない。コインと同じで取り落としてしまう。もともと人間の手に合わせて発達したカードマニピュレーションは、ぼくたちが生きものとして持つ手の湿り気や粘り気に多くの部分が支えられている。指先が滑《すべ》ってしまうとうまく扱えない。

むしろミチルはカードを物体として扱う方が得意だった。数十枚を重ねたパケットから指先の感覚だけでぴたりと目的の枚数を取り上げる技は、まさにミチルを育てた〝メカニック〟の異名を持つジェフさんの十八番《おはこ》だったはずだ。ミチルはそれを難なくやってのける。スリーカードモンテは反《そ》ったカードのエッジ部分を指先で挟んで扱う動きが主体なので、ミチルの指でも充分に対応できる。

ただ、あまりに素早く、しかも正確だと、マジックというよりむしろ工場の機械のように見えてしまう。ぼくは決してそうさせたくはなかった。ミチルはマジックがとても好きだ。ミチルにふさわしい本当の魔法を見つけたいと思っていた。

ぼくはまだほんの少し上の空だったかもしれない。練習を終え、朝の陽射しのなかでミチルの整備点検をして、いつものように互いに手と手を合わせる遊びをした後でさえ、ぼくはまだルーティンに嵌まり込んでいたかもしれない。人はぼんやりしていると機械のようになってしまう。ルーティンという言葉がマジックの概念ではなく、たんに繰り返しの作業という粗雑な意味に陥ってしまう。そのとき人はミチルのようなロボットであるよりもはるかに、単純機械そのものへと近づいてしまう。

「行こうか、ミチル」

だからそういった後、ミチルがいつもと違う反応を示したので、ぼくは胸を衝かれたのだ。

「ヒカル、見てほしいものがあるんだ」

馬車道の和紙店の紙袋を持ってきて、ミチルは折り紙のセットを取り出す。ビニールの包みを開けるのに難儀している。ミチルの指先はこうした小さなビニール包装を扱うのが苦手だ。手助けして一枚抜き出すとミチルは受け取り、両手で持ってぼくの前に立った。

その手が動き出した。

ぼくは息を呑んだ。ミチルは立ったまま紙を操り始めたのだ。

素早く対角線の折り筋を二度入れる。指先から紙の擦れる鋭い音が立つ。紙を開き、一気にすぼめると、そこにはもう四つの角を二等辺三角形の底角とするピラミッドのかたちが出現していた。

さらに指先は動く。上下反転して両側から底角のフラップ部分を上げ、全体を半分に折りながらくるくると回す。全体を折るようにして摘まむと、左手の甲でそれを隠した。そしてぴたりと動きを止めた。

「ヒカルは呪文を教えてくれたよね。だからその呪文を唱えるよ」

ゆっくりと手の向きを変える。手のなかのものを隠したまま、五本の指を真っ直ぐに上へと向けてゆく。

「ワン、ツー、スリー」

ミチルはてのひらを上へと滑らせていった。覆《おお》いの布を取り除くかのように。

そこに現れたのは、蝶《ちょう》だった。

ぼくは目を瞠った。息をするのを忘れた。

左右に羽が開いている。小さな頭部もあれば前翅《ぜんし》と後翅《こうし》もちゃんとある。中心部は凹んで胴体のようになっていて、羽の上には小さな頭部も見える。紙を持ってから十秒と経っていない。いったいどうやってこんな短時間で折れるのか。一度もテーブルに置くことさえせずに？

「ミチル、それをどこで習った？」

ぼくはようやく声を発した。生まれたばかりの蝶を手に取り、笑みを浮かべ、心から喜びの声を上げた。

「きみはいま、手品で人を驚かせたんだ！」

7

ぼくはミチルを連れて、急いで丘の上の公園へと向かった。

白い息が朝の空気に立ち上る。ミチルを引き回すようにあちこちを捜した。

ローズガーデン。展望台。フランス山と名前のついた方角にもいつものように足を運んでみる。

小さな橋を渡って戻り、展望広場から派出所のある丁字路まで出て行く。ふだんならここでミチルと別れる時刻だ。毎朝ぼくたちは公園前派出所のところで別れ、ミチルは公園に残り、ぼくは坂を下って《ル・マニフィック》へと出勤する。

だが今日は丁字路から一緒に引き返し、煉瓦造りの記念館の手前にある沈床花壇まで戻った。

階段を降りかけたときに、ぼくは気づいた。

隅のベンチに、ベージュのコートを着た小柄な人が腰掛けていた。細いフレームの丸眼鏡をして、どこか遠くへと目を向けている。その横顔がまるで拳くらいに小さく見えた。脇に読みさしの文庫本が置かれている。

いつもあと十分、ぼくの出勤時間が遅かったなら、毎日この場所で擦れ違っていたかもしれない。この公園では、それぞれに人にそれぞれの時間と空間がある。偶然の悪戯でいままでのぼくとは重ならない公園を生きている人だった。

その人の姿は、ちょうど子鹿が、森の木陰《こかげ》でそっと聞き耳を立てているかのようだった。

やがてその人は小さなバッグから一枚の正方形の紙を取り出すと、背筋を伸ばしたまま両手のなかで折り始めた。

その人は昨夜レストランに来た桜井一美さんだった。

桜井さんの手のなかで、正方形の折り紙がくるくると立体パズルのように回る。その横に座るミチルの手のなかでも、同じように紙が動く。ぼくはベンチに向かい合うかたちで立ってふたりを見ていた。

「この折り紙セットは、私が商店街の皆さんと協力し合って開発したものなんですよ」

と桜井さんは手を動かし始める前に教えてくれた。

「この横浜で四季を通じて感じ取れる十二の色を再現したものなんです。これはちょうどいまの季節の薄く透き通った空色。他にもローズガーデンの薔薇色、中華街の焼売《シュウマイ》の皮みたいな淡い白色、夕陽を浴びる赤煉瓦倉庫の色もあります」

桜井さんの丸眼鏡がデバイスであることはもう気がついていた。これまでもミチルは桜井さんからデータのパスコードを譲り受けてきたに違いない。ミチルは桜井さんの眼鏡を介して、桜井さん自身の視界も見ている。

ミチルはリアルタイムで桜井さんの動作の意味を学習し、予測していた。動きそのもののコピーではなく、「対角線に折る」「三角形のかたちにすぼめる」といったタスクを、自分の指で実現している。

ぼくはふたりが手を動かし始めた瞬間から心のなかで、一、二、と時を数えていた。高校二年の夕暮れ時に美波と一緒に数えたあの十秒を、心のなかで繰り返していた。
十、と数え終わったとき、ふたりの手のなかには秋の空色をした新しい蝶が、左右対称に羽を広げて生まれていた。
「平らなところに置かないで折るんですね。ぼくにはとてもできません」

ぼくはミチルといちばん最初に〝兜〟を折ったときのことを振り返りつつ感心していった。

「折り紙をやる人は、こうやって折り筋を自分の指先と爪《つめ》だけでつけて、自分の手のなかだけで折るんです。私の母がそうでした。その方がずっと自由だから。紙と遊びながら新しいかたちを見つけてゆくときはとくに」

「創作もなさるんですね」

「紙も私たちと同じように呼吸をしているんです。こんな冷たい冬の日はね、最初のうち繊維のなかまで冴えて透き通っていた紙が、折ってゆくうちに自分の体温とひとつになってゆくのがわかります。でもね、ミチルくんにも温《ぬく》もりはあるんですよ」

「そうなんです！　ミチルにも温もりがあります」

「ミチルくんの折り紙を手にすると、それがわかるんですよ」

ぼくはミチルから折り紙の蝶を受け取った。てのひらに集中する。どうだろう、ミチルの温もりはいまぼくに感じられるか？　はっきりとはわからないかもしれないが、以前にふたりで〝兜〟を折ったときとは明らかに違う紙の存在感がそこにはあった。

ミチルの蝶は折り筋に無駄がなく、羽もぴんと左右に張っている。桜井さんの蝶と同じかたちだが、その折り筋にはやはりミチルの指先が持つ独特のしなりが籠められているように見える。ぼくたちが指先と爪で折ったときとはやはり違った表情が残っている気がする。

「あなたがミチルくんの相棒だったんですね。昨日はありがとうございました」

「お食事はお楽しみいただけましたか？」

「本当はあの人、意気込んで最初は二十三日の予約を取ったらしいんですよ。その後になって、昨日もキャンセルが出たとわかって急に予定を追加したんです。だから私を驚かせるよりも前に、自分の心の準備ができていなかったみたい」

桜井さんは相手の熊谷さんのことを「あの人」と親しみを込めて呼んだ。

「だから今月、もう一度お邪魔します。またお目にかかれますね。ひと月に二度もレストランでフランス料理なんて、こんな贅沢《ぜいたく》は初めてです。それまで頑張って仕事をしないと、ばちが当たりそう」

そういって桜井さんが微笑んだとき、ちょうどベビーカーを押す若いご夫婦が、桜井さんとミチルに話しかけてきた。二歳くらいの女の子が、ベビーカーから笑顔でミチルの差し出す指先をつかんで遊ぶ。すでに顔なじみの仲なのだろう。いつもここでミチルと桜井さんが折り紙を折っていることも知っているようだ。

通りかかった年輩のご夫婦がミチルに会釈をしてくださる。展望台の方で遊んでいた子供たちが声を上げて駆け寄って来た。ミチルがひとりひとりの名を呼ぶと、誰もがにこにこするのがぼくには驚きだった。子供たちはミチルがちゃんと名前を正確に憶えていることを知っているのだ。

女の子がミチルの手を引いて立ち上がらせた。

「かくれんぼをするよ。最初はグー！」

男の子がそう宣言して、ミチルもみんなの輪のなかに入る。ミチルがじゃんけんするところをぼくは初めて見たが、それは本当に見事だった。周りの子たちにまったく遅れることなく、リズムに合わせてグー、チョキ、パーを差し出したのだ。もしも手の動きのシルエットだけを見たなら、人間の子供と何も変わらないと思えたほどだった。

だからミチルが鬼になったのは本当に偶然で、それはむしろみんなと同じ条件で勝負をしたということなのだった。みんなは一斉に公園の隅々《すみずみ》まで広がってゆくが、ひとり残されたミチルはまったく寂しそうではない。まだミチルは輪のなかに入っている。

いつの間にか、ミチルはこんなにも町の子供たちの輪に溶け込んでいたのか。ぼくは花壇のベンチで桜井さんの隣に座りながら、桜井さんと一緒にミチルたちを見ていた。

子供たちはミチルのヴィジョンセンサの正確さを充分に知っていて、何とか人工知能を出し抜こうと枝葉のかたちを懸命に戻して生け垣の裏に隠れる。絶対に視界に入らない場所を見つけ出して、靴音も立てないよう気をつけて建物の後ろへと回る。ミチルはちゃんと鬼の役目を果たした。鬼が替わると今度は女の子がミチルの手を引いて、一緒に柱の向こうへと飛び込む。ミチルはまだ人の気配を察することはできないかもしれない。それでも女の子がしーっと唇《くちびる》に指を立てるとき、ミチルは頷いて、まるで人間が息を詰めるかのように身を縮めてみせる。

ぼくは感嘆して呟く。

「こんなミチルを、ぼくはいままで知りませんでした」

ヒト型ロボットがいまのように普及するまで長い試行錯誤の時期が続いてきたことは、多くの人が報道だけでなく実体験を通して知っている。ぼくがこの子たちよりもずっと小さかったころ、まだ世界はロボットを受け容れていなかった。当時海外で自律ロボットをひとりで旅行させて、ちゃんと目的地に到着できるかという実験が何度もおこなわれたのだそうだ。結果は同じで、すぐにロボットは悪戯され、暴行を受けて、ほとんど行程を進むこともなく壊れたという。いまでも一部の海外の大都市では、無防備にロボットを連れて歩くことは危険だとされている。

その流れを変えたのは東日本大震災の後、初めて東北の地をひとりで歩いたロボットがいたからだったと聞いている。

ぼくはいまの時代とこの場所に感謝した。ロボットはひとりであってもいきなり誰かに破壊されることなく、こうして人とともに時を重ねることができる。ロボットはその時間を決して忘れることなく、自分のなかに育《はぐく》むことができる。それはロボットとともに生きるすべての人に影響を与えてゆくだろう。

この一ヵ月間、ぼくはいままで知らなかったその時間に、ずっと助けられていたのかもしれない。


桜井さんが赤煉瓦色の紙で新しい折り紙をつくり上げてゆく。すっ、すっ、とときおり気持ちのよい折り筋の音が指先から立ち上がる。大きな部分と、小さな先端部分。桜井さんは完成形を最初から心に描きながら、迷うことなく折り進めてゆく。

ふっ、と太陽の光が明るくなった。薄雲が流れて空に輝きが溢れたのだ。その一瞬、公園が生気に満ちた気がした。桜井さんは顔を上げて、その光を受け止める花壇を見渡していった。

「小さかったころ、父や母とこの公園によく花を見に来ました。——上田昭久は、私の父です」

その告白にぼくは驚いたが、桜井さんはぼくににっこりと笑みを見せた。そしてほどなくして手元に一匹の動物のかたちを出現させた。ちょこんとした鼻先と口元。そして四つの脚をさらに細かく折って表情をつけてゆく。その指先の動きは陽に照らされて温かそうだ。決して紙と格闘するのではなく、そっと爪の先で押して凹ませたり、指の腹で摘まんで丸めたりと、その手つきは工芸品を仕上げる様に似ていた。

「いつか私の家にもミチルくんと遊びにいらしてください。小さな家に母と住んでいます。折り紙はもともと母の趣味でした。母はナプキンを折ったり、小さな和紙から食卓の小物をつくったりするのも好きでした。白い兎《うさぎ》がお皿の上に載っていたり、紙の紫陽花《あじさい》が箸袋の隅に小さく咲いていたりして、子供のころはご飯の時間が待ち遠しかった。私も一緒につくりました」

「上田さんは、毎朝ご自分で花を折ります」

「薔薇の折り紙は難しいです。母がこの公園の花が好きで、いろいろと試していたのを憶えています。

父もそのことを忘れられなかったのでしょう。ただ、あのレストランの薔薇はコンピュータで折り図を設計したものですね。最近の複雑な折り紙はそうやってできているものが多いです。ベンチに座りながらではつくれません」

「レストランにいらっしゃったのは昨日が初めてだったのですか」

「実はそうです。気にしないつもりでいても、心のどこかでずっと避けていたんですね。母はまだ一度も訪ねたことはありません」

その言葉で、これまで事情があったのだということは察せられた。

「でも、昨夜初めて行って思いました。あのレストランは父の宇宙そのものですね。こんなふうにいってていいかどうか……。人の心に触れるのが難しいと感じる人ほど、人の心を研究したいと思うものなのでしょう。自分にないものを、人間は追い求めます。自分が見たいと願うものを、鏡を通して見つけようとします。父にとっては、それがロボットであり人工知能であったのでしょう。ただ、いつかうまくいかなくなるときもあるでしょう。そのとき父は空っぽになってしまうんじゃないか。そのことだけが気がかりです。父にも翼を持ってほしい。あのレストランでいちばん人間らしくないのは、父自身だと思うんです」

桜井さんの手のなかで出来上がりつつあるのは、背中を丸めている一匹の熊だった。冬眠から起こされてぼんやりしているのか、それとも自分に自信がなくて屈《かが》んでいるのか。桜井さんの創作のひとつに違いない。背中は大きいのに顔や手足は小さくて、少しばかり内側に向いていて、まるでそれは昨日の熊谷さんのようだった。

「後でミチルくんにあげてください」

桜井さんはベンチの上でちょんちょんと人形のように動かして見せてからぼくに手渡してくれた。

「ミチルくんにだけは、昨日あのお店に行くことを話していたんです。あの人の予約したお店が父のところだと知ったときはびっくりしました。でもミチルくんのお友達の方がいらっしゃることは知りませんでした。ごめんなさい、ミチルくんは相談相手だったんです」

「いいえ、いまそのことをうかがえてよかったです。次にいらっしゃるのは二十三日ですね？　熊谷さんは、桜井さんにお食事を楽しんでいただきたいと心から願っているんだと思います。ぼくの気持ちも同じです」

「私はあの人がもっと自信を取り戻してくれたらいいと思っています。もっと自然になってくれたら、ちゃんと素敵な人になるのに」

「きっとぼくにもできることがあります」

視界が晴れた気がした。熊谷さんから相談を受けていることは口にしなかったが、おふたりの気持ちがわかったからだ。

昨夜は誰もが小さな居心地の悪さを感じていたのだ。その引っかかりはどれも小さなものだったかもしれないが、どの人にとってもそれぞれ大切な想いだった。

ミチルが再びかくれんぼで鬼の番になる。子供たちが文学館の前から散ってゆく。桜井さんはにこにこしながらそうした光景を眺め、そしてミチルが数え終わってちょうどこちらに顔を向けたとき、わざと素知らぬふりをして、笑みを堪《こら》えながらそっぽを向いて見せる。

意外と桜井さんは悪戯が好きなのかもしれない。ミチルが子供たちを捜し始めるのを見届けながら、最後にこうつけ加えたのだ。

「お薦めのお料理は何ですか？　私たち、ふたりともフランス料理は何も知らなくて。冬のジビエを一度食べてみたいんです」

「それなら蝦夷鹿《えぞしか》がお薦めです。料理長が自分で北海道まで狩りに行くこともあるんですよ」

「美味しそう」

「それから、ぜひデセールにはクロカンブッシュのピエスモンテをご注文ください。ご存じですか？　カスタードクリームが入ったシューをクリスマスツリーのように積み上げた、お祝い用のお菓子です。色とりどりのシューがきれいで、クリスマスシーズンの名物です」

　桜井さんは微笑み、そしていった。

「わかりました。これからもミチルくんと会っていいですか？　それまでにミチルくんと、今度は鹿の折り紙を練習します」

8

　それからぼくは、いくらか慌ただしい毎日を過ごした。年末は後戻りできない速さで真っしぐらに進んでいた。

　十一月の終わりにショッピングモールのアルバイト急募を見つけて応募し、幸いにも合格していたのだ。初出勤は桜井さんと公園で話した翌日の土曜で、開店直後からセールに賑わう室内噴水脇の小さなスペースに立った。

　大きな帽子をかぶり、何もないところからお菓子の包みやギフトカードを取り出して子供たちに配る。わいわいがやがやとした場所でマジックをやるのは久しぶりだ。湾岸の《ハーパーズ》にいたときも毎年夏祭りやクリスマスの時期はこんな感じに、たくさんの人が街から華やかな空気を運んできてくれていた。

何もない空間から何かを取り出してみせるのはいつだって楽しい。世界が踊っている時期には、人はみんな幸せで、マジシャンが存在しなくてもすでに魔法はかかっている。それでもぼくのような者が立つことで、今日この日に魔法が確かにあるのだと、通りかかった人が気づいてくれるなら嬉しい。いまここに目に見える魔法があるのなら、この噴水を通り過ぎた後もきっと世界に魔法は存在するだろう。少しでもそんなふうに感じてくれるなら、これ以上素敵なことはない。

「はい、どうぞ」

と、ぼくに飴玉を差し出してくれた女の子がいて嬉しくなった。ぎゅっと握ったてのひらを開いて、目に見えない気持ちをかたちにしてくれたのだ。一時休憩で控え室に戻ると、真っ先にそのレモン味の飴を味わった。すっぱくて口をすぼめたが、姿見に映っている自分の顔つきを見て思わず苦笑した。こんな顔はもう何年ぶりかわからない。つまりあの子はぼくに魔法を見せてくれた。

たくさんの人の前で演技をすると身体に熱が残る。《ハーパーズ》を離れてから、ぼくは知らず知らずのうちに気を張って、身体が凝《こ》るようになっていたかもしれない。なるべく深く息をして、バッグから折り紙を取り出して姿見の前に立つ。ミチルが購入した折り紙を、少し譲り受けてきたのだ。

正方形の紙を両手でハンカチのように広げ、小さく四つに折り畳んでくるりと向きを変える。その一瞬で折り紙は、ぴんと耳を立てた兎のかたちにもう変わっている。

どうもしっくりこない感じがある。手の甲で兎を隠すことはできるし、紙をスイッチすることもできる。それでも桜井さんが見せたあの十秒間の驚きには、まるで到達していないように思える。

マジックではお客様が見ているものが途中で別のものに掏り替わることで驚きが生まれる。ただ、なぜか折り紙でそれをやると、嘘が入り込む感じがするのだ。折り紙はカードやロープなどと違ってぼくたち日本人の指先に馴染んでいるからだろうか。

もっと考える必要がある。モールの仕事を終えてから馬車道に足を運び、あの和紙店で桜井さんの折り紙をさらに数セット買い求めた。

週明けには中内料理長らの前でプレゼンをしなければならない。そのこともずっと頭の隅で考え続けていたが、ようやくできたわずかな隙間だ。ぼくは近くの書店に入り、実用書の棚で折り紙の本をあれこれ手に取り、イメージを膨《ふく》らませようと試みてみた。けれども、やはりいまひとつぴんとこない。店を出て少し歩くと小さな古書店が見えたのでそちらにも入った。嬉しいことに実用書の棚が充実している。花の折り紙の本を一冊見つけた。ごく簡素な表紙で、もとの価格の表示がない。地元の印刷所でつくられた私家版のようだ。

著者名を見てあっと思った。奥付を確かめ、モノクロの著者近影を見てわかった。

桜井さんのお母様だ、と確信した。お母様が折り紙をつくっていたことは公園でうかがっている。この花の折り紙集は、記録を兼ねてご自身の創作をまとめて、ごく親しいご友人などに贈られたのだろう。十数種類の花の折り紙が載っている。一枚から折り出すだけでなく、何枚かの紙を組み合わせて花のかたちを整えているものもあるようだ。

これも縁に違いない。きっとここから新しい何かが開けると感じて、ぼくはその本を買い求めた。

月曜日の会議は誰よりも早く部屋に行って準備を整えた。諏訪さんはとくにぼくへと目を向けることなく自分の席に座る。中内料理長を筆頭にベテランの先輩方がずらりと並ぶのはなかなかの迫力だが、ぼくは気後れしないよう努めた。週末を挟むという時間の余裕さえもらったのだ。下手な話をするわけにはいかない。

余興のマジックなんて不要だと考える人が、レストラン評論家だけでなくこの《ル・マニフィック》にもいることは知っている。ぼくは自己主張は苦手だ。けれどもこの場に並んで初めてわかったのだ。この店にはたくさんのプロの人たちがいる。だがこのレストランでマジックのプロは、ぼくひとりだけだったのだ。

多忙のためか、上田さんの姿はない。恰幅《かっぷく》のよい中内料理長が、会議の最後にぼくへと目を向けた。

「それで、きみは何を話してくれるのかな」

「マジシャンとしての提案を持って参りました」

ぼくが発表している間、ずっと諏訪さんはぼくを見ていた。

勤務初日の諏訪さんの言葉を、もちろんぼくは忘れたりなどしない。もしもぼくが辞めれば、この《ル・マニフィック》はおそらくささやかな余興の時間を取り止めてしまうだろう。本格的なフランス料理専門店にそんなものは必要ないからだ。そんなものは馴染まない。デデたちのようなロボットだって、本来のフランス料理店には馴染まない。

しかし日本に最初からフランス料理があったわけでないように、ロボットもぼくたちの世界にはもともと存在しなかった。昔からそこにあったのは、みんなで美味しい食事を囲めばいつだって楽しいという、ただそのひとつのことだった。

「きみは、季節に合わせた手品ができるか」

ぼくが発表を終えると中内料理長は唐突に質問してきた。ぼくは急いで答えた。

「はい。冬のメニューに合うマジックをいくつも提案できます」

「では、なぜそれをやらなかった？」

はっとした。

「それこそがきみの提案ではないのか」

「リストを整えてお持ちします」

「明日だ。きみの上の者に渡しておくように」

中内料理長はそのひと言で会議を終わらせて出て行った。諏訪さんが小さく頷いて、ぼくに合図を送ってきた。まずは合格だといわれた気がして、その小さなことが嬉しかった。


さらに日は進む。ぼくは毎朝早く《ル・マニフィック》へ出て、開店へ向けての下準備をコミの人たちと進めた。不在がちな上田さんの代役、といえるほど大それた仕事ではないが、その日テーブルひとつひとつに添える花の折り紙をすべて手で折り、花瓶に整えるのだ。ナプキンも一枚ずつ専用の機械で電子暗号をプレスしてその日のかたちを記憶させ、いつでもきれいに折り畳まれるようにしておく。

岸さんたちがデデと一緒にホールの準備を進める間、ぼくは隅のテーブルで黙々とその作業をおこなうのだ。お客様が直接触れるテーブルクロスはデデたちが自動で交換できて、その素早く鮮やかな動きはそれ自体がひとつの魔法のようだったが、その下のアンダークロスをピンで留めるのはロボットだけではできない。岸さんを含めたコミの人たちの颯爽とした手さばきを間近で知るいい機会だ。

《ル・マニフィック》は昼食の時間にも店を開けているが、そこでのぼくの役割はない。そこで午前から昼過ぎまでは準備室と情報制御室を行ったり来たりして、専門のエンジニアの人たちによるデデたちの調整作業を手伝う。そしていったん店の扉が閉まり、夜の部の準備が始まったところでホールスタッフに混じって動き、清掃と飾りつけを手伝い、午後五時過ぎからその日の演技の最終調整に入る。

夜の閉店時間を過ぎても厨房は全員で清掃をおこない、ホールスタッフも翌日の準備をして、デデたちの調整をおこなう。ようやく深夜に《ル・マニフィック》は翌朝までの短い休息時間に入るが、コミの岸さんは真夜中を過ぎてもホールでフルーツカットやオーダーテイクの独学をしているのが常だった。

サービスマンの審査大会では母国語以外でもオーダーを取る技能が求められる。いっさいネットワークや人工知能の支援を受けてはならない。人のいないテーブルで岸さんが何度もフランス語のいい回しを練習している後ろ姿も見た。本格的なフランス料理店ではオーダーテイクもフランス語が常識として不可欠で、サービスマンは料理やワインの説明もフランス語でこなせる実力がなければならない。

ぼくにはとてもフランス語はわからない。その難しい分野に岸さんはいまチャレンジしている。フランス料理の店なら「ウイ、ムッシュー！」とかけ声が飛ぶのがふつうだ。この《ル・マニフィック》でも厨房でフランス語が飛び交っているのを垣間見たことはある。岸さんは自分の将来を見据え、それだけでなくメディアの取材にもいまなお誠実に受け答えを続けて、この《ル・マニフィック》の未来も見据えようとしているのだった。

ぼくは《ル・マニフィック》でのルーティンを変えた。

諏訪さんの合図で、デデとフロアへと出て行く。目の前に《ル・マニフィック》が広がる。大きな天井、四方からぐるりとぼくたちを囲む大窓、誰もが主役となる照明技術がそこにある。

この場所にはすでに魔法が溢れている。だからぼくの役目はそこからひとつずつ目に見えるかたちで魔法を取り出して、お客様に思い出していただくことだ。ぼくは思うのだが、マジシャンが世界をつくるのではなくて、本当は世界がマジシャンをつくるのだ。

限られた持ち時間のなかで、ぼくは盛り込むマジックの数を減らし、その分をお客様との会話の時間に当てた。ご注文の料理にまつわる演技をひとつ入れるようにした。お客様の手のなかで増えるスポンジボールのルーティンは、途中からぴんと耳の立った野兎のかたちのスポンジに変わる。野兎は二匹になり、そしてたくさんの子供を産む。アパートでミチルが手元を覗き込むなかで、ぼくは数日かけてドクの工具箱のカッターナイフを使って兎のかたちにスポンジを切ったのだ。ちゃんとテーブルに兎が立っているように見える。

同じスポンジを使ったマジックなのに、お客様の反応がはっきりと違った。子兎が自分の手のなかから溢れると、お客様は笑顔を見せてくれる。

「――あなたがヒカルさん？　岸がお世話になっております」

その夜、ぼくが担当したテーブルに、予想もしていなかったお客様がいらっしゃった。親子ほど年齢の離れた女性のおふたりだったが、自己紹介されてぼくの方が驚いた。

「私は母で、こちらは息子の婚約者なんです。今日は奮発して、女ふたりで偵察に来たのよ」

「ヒカルさんのことはうかがっています。ロボットの点検作業でいつも最後まで一緒に残ってくださるそうですね」

信じられない気持ちだった。岸さんは来年、結婚するのだ！　お相手の女性はホテルウーマンで、コンシェルジュの仕事を目指して研修中なのだといった。

耳のパッチに連絡が入り、岸さんが照れながらテーブルにやって来て挨拶をする。ぼくは三人の手のなかをそれぞれ野兎が一瞬で移動するというルーティンを最後に入れた。

控え室へ戻ったとき、初めて諏訪さんが擦れ違いざまに笑顔で目配せをしてきてぼくは心底驚いた。

《ヒカル、あと何ができる？》

《何でもできます》

さらにパッチに連絡が飛び交う。諏訪さんが機転を利かし、最後のフルーツのサービスで岸さんを伴って出て行くのが見える。ぼくは別のテーブルに行く際に、岸さんがお母様たちのテーブルでカットオレンジを兎のかたちに盛りつけているのを見て、心のなかで快哉《かいさい》を叫んだ。珍しいことに後で諏訪さんから耳に言葉が届いた。
《この店が少し好きになってきたでしょう？》
《はい》とぼくは応えていた。

十二月も中旬に入り、初めて横浜の町に霙《みぞれ》が降った。ぼくは深夜にアパートへ帰り、その日あったことをミチルと話し合うのが日常になっていたが、それだけでなく就寝前にミチルに物語を話すようになった。ぼくの心の隅にはいつもプルミエ・メートル・ドテルの上田さんという人物の大きな姿があった。その人は多忙でほとんどぼくのような下っ端の人間が顔を合わせることはなかったが、熊谷さんと桜井さんというふたりのお客様の存在が、いつでもぼくの心に上田さんの考えるサービスの本質を思い起こさせてくれた。毎夜コミの岸さんがコンテストの練習に励んでいるその後ろ姿にも、感じるところはたくさんあった。何より毎朝お客様のためにテーブルセッティングの作業を分担し、薔薇の花をこの指先で折るたびに、ぼくは夜の《ル・マニフィック》のホールが醸《かも》し出《だ》す物語の世界を思わずにはいられなかった。

週末にショッピングモールでアルバイトをこなし、帰宅の途上で不意に思った。ミチルに新しい物語を聞かせたい。熊谷さんから聞いた話が心に浮かんだ。ル・マニフィックという名のついた白馬が出てくる『美女と野獣』は、いったいどのような物語だろう？

ぼくは書店でジャン・コクトーの『美女と野獣』の文庫本を見つけて買い求めた。ページをめくると、その物語は「昔、昔、その昔……」で始まっていた。子供のころに観《み》たディズニーのアニメ映画とは違う、ぼくの知らない始まり方だった。

その夜から、ぼくは就寝前にソファベッドでその本を開き、ミチルに朗読した。

最初にジャン・コクトーの序文がついている。

「どうか皆さんも、子供の昔に帰って、いますこし無邪気になってください。そして、われらに幸運がもたらされるよう、子供の頃によく使った、あの呪文を、わたしに唱えさせてください……」

いつの間にかぼくは、上田さんに自分自身を重ね合わせていたのかもしれない。

どこかで何かが自分の腑《ふ》に落ちたように思った。ぼくはこれからもっと自然に、もっと馴染みながらこの町で暮らし、《ル・マニフィック》で働き、ミチルと暮らしてゆけるのではないか。

ミチルは夜のなかで聴いている。ミチルもぼくもジャン・コクトーの『美女と野獣』に浸《ひた》ってゆく。

手元の照明用に点けたツールがわずかにアパートのなかを照らすので、ミチルが部屋の向こうでじっと耳を傾けていることがわかる。きっとミチルのなかではたくさんの情報が飛び交っていることだろう。自らネットワークでこのおとぎ話を検索して一緒に読み込みながら、ぼくの抑揚《よくよう》や息継ぎのリズムを受け止めている。それはミチルがロボットだからだ。人間にはできないことがミチルにはできる。

でもそれを引き出すのは、いまこの瞬間に読んでいるコクトーの物語だ。

だからぼくは思った。魔法はすでに、この物語のなかにある。

この何気ない瞬間のすべてが、ミチルのなかで唯一無二のものになるといい。

9

仕事休みの金曜日、昼下がりのファミリーレストランで熊谷さんと再び会った。テーブルに着くなりお互いにバイシクルのカードを取り出したので、熊谷さんは苦笑した。

「なんだ、きみも持ってきたのか」

しかし続けてクロースアップマットもテーブルに広げたので、なるほどとぼくは感じ入った。使い込まれたマットではないが、ちゃんとマジック専門店で販売されているプロ向けのものだ。作家としての熊谷さんの姿勢を見た気がした。ぼくも小さなマットは持参していたが、ありがたく使わせてもらうことにした。

「熊谷さんご自身でマジックをしていただくのがいいのではないかと思います。いくつか考えてきました」

熊谷さんがマジックに関心を持っていることは、バーで話したときにわかっていた。ぼくはカードを三枚抜き出し、スリーカードモンテの基本の手順をやってみせる。二枚を片手で持って手首を返す際にカードが入れ替わる。赤いエースは最終的に中央に収まるように見えるが、実際は左側に来ている。

このルーティンならきっと熊谷さんも知っているのではないかとぼくは踏んだのだ。熊谷さんは最後までじっと見ていたが、何か考え込むと、自分のケースから同じく三枚のカードを抜き出した。そのまま片手に広げて裏向きに持つ。

エースは中央にある。左手に二枚、右手に一枚と持ち替え、ぼくにしっかりと表を見せてから手首を返して伏せる。一枚、二枚、三枚とトップから順にボトムへ回し、そのままマット上に裏向きに並べる。中央を開くとそれはジョーカーになっている。向かって左でもない。エースは右側に移動している。

テーブルに置かないスリーカードモンテだ。

「ぼくができるのは、このくらいだ」

「いえ、お上手と思います。本か何かでご覧になったのですか」

「マジックについて書こうと思っていたとき、少し読んだ程度なんだ。作家にできることなんて限られている。プロの人から見れば、なんだこのくらいで、と思うだろう。ぼくら作家はいつもそういわれる運命だ。でも少しでも自分でやってみれば違うと思ってね」

「熊谷さんは、お話を書くプロです。それは、ぼくたちにはできないことです」

「そういってくれる人は、なかなかいないよ」

「ぼくは作家ではありませんが、実際にやってみることで書けることがあると思います」

それからぼくたちはスリーカードモンテの練習をした。熊谷さんが自分の演技をまず見せてくれたことで、マジックのタネと動きの関係をどこまで知っているのか早い段階でわかったのは有益だった。

コップやサラダバーの器を持って行き来する人たちが、ちらちらとこちらをうかがってくる。熊谷さんの気が散ることが明らかだったので、立ち止まった人にはぼくの方からにっこりと会釈をすることにした。つられて熊谷さんも頭を下げる。一度挨拶しておけば気にならなくなるものだ。

人にカードマジックを教えるのは、ミチル以外だと高校時代の美波以来のことだ。けれどもあのときとは違う。いま熊谷さんに教えているのはセルフワーキングではなく、自分の手先で現象をつくり出すタイプの、よりマジックらしいマジックなのだ。

何度か熊谷さんの真横へと移動し、同じ方向から見える位置で手本を示す。男がふたり並んで座るのは滑稽《こっけい》かもしれないが、徐々に熊谷さんも集中してくれるのがわかった。演技を確認するときは向かいの席に戻る。

カードの動きがリズムに乗り始めたところでぼくはいった。

「では、実際の台詞を口に出しながら進めてみましょう。ぼくに初めて現象を見せるつもりで進めてみるんです。背筋を伸ばして、ぼくを見てください。カードを混ぜるときは手元に視線を落として構いません。でも大切な場面では必ず相手の顔を見て、それからカードへと視線を誘導します」

「わかるよ。講演をするときと同じだ。演壇に向かうときは会場に満遍なく目を向ける。いざ話すときはお客さんのなかから何人か決めて、その人たちを見るようにする」

最初はぼそぼそとした棒読みの台詞で、しかも言葉に引っ張られて手の動きが鈍る。大きな声である必要はなくて、向かいにいるぼくに聞こえる程度でいい。そう伝えると少しずつ声が整っていった。肩の力が抜けて、背筋も真っ直ぐになってゆくのがわかる。

「いい感じです。ひと息入れましょう」

「やっと落ち着いてきたよ。少しずつ、先のことが見えるようになってきた。次に自分が何をするのかわかってくる。きみの教え方は、テルさんの仕込みかな」

「はい。でもその前にマジックを教えてくれたのは叔父《おじ》です。ずっとひとりでぼくを育ててくれました」

過去形になったのは無意識のうちだったのだが、熊谷さんは聞き逃さなかったようだ。作家の顔つきに戻るのがわかった。

「《ハーパーズ》から横浜に移って来たのは、何か出会いやきっかけがあったんだろうね」

「――いまは、ロボットと暮らしています」

「そうか。何となくそうなんじゃないかと思っていた。あのレストランで、きみがいちばんロボットを真っ直ぐに見ている気がしたよ」

どこでいったいそんなふうに思われたのだろう。作家というのは不思議だ。

いや、プルミエ・メートル・ドテルの上田さんも、面接のときそのことをひと目で見抜いたのだった。

「きみはとても真っ直ぐだ。ぼくもきみのようでありたいと思う。ぼくたちはふつう、誰しもおかしなクセに搦《から》め捕《と》られて、身動きが不自由になってしまうものだよ。それが嫌だから作家になったが、作家もまた人間であることから逃れられないものでね。いつも自由になりたいともがいているが、それでも気がつくと型に嵌まってしまっている。きみに今回のことを頼んだのは、ぼくもきみのようになりたいと思ったからかもしれないいな」

「それは、買いかぶりすぎです」

「そうは思わないよ」

熊谷さんは躊躇《ためら》う素振りも見せずそういった。

ジェフさんにも似たようにいわれたことを思い出す。

「きっといいロボットだろうね。名前は?」

「ミチル、とぼくは呼んでいます」

「ミチルだって?」

熊谷さんが驚きの表情を見せ、いままでとは違う口調になった。

「きみはそのロボットを、誰から譲り受けた?」

「譲り受けたのではありません。いま一緒にいるだけです」

「つまり、きみは知らないわけだ、ロボットの素性を」

「ミチルをご存じなのですか」

「いや、直接は知らない。だが何年か前に、取材で名前を聞いたことがある。ヒト型のロボットだろう? 少年の姿でも少女の姿でもない。〝ぼく〟とも〝わたし〟ともいわない。――そうか、きみのところにいるのか」

指摘されて初めてぼくは、ミチルがこれまで一度も一人称を発していなかったことに気がついたのだった。それは大きな驚きだった。いままでそれが不自然だと感じたことさえなかったのだから。

「ひとつ知っていることがある。その子には兄貴分のロボットがいたんだ。ケンイチといってね、もうずっと行方がわからない伝説のロボットだ。ミチルくんはそのロボットのすべてを受け継いでいるはずだ」

さらにぼくたちは練習を続けた。リズムに乗って手首を返し、二枚持っているうち見かけとは違うカードを翻《ひるがえ》して落とす。〝ハイプ〟と英語で呼ぶ人もいる動きだが、その意味は〝わざとらしい〟だから、いかにもマジックのようなわざとらしさから抜け出さない限り本当の演技にはならない。自分でさえ気がつかないくらい緊張をほぐしてカードを掏り替えられるかどうかが鍵となる。熊谷さんは手首を返す動作を何度も繰り返した。

何度目かの休憩で顔を上げると、すでに外が暗くなり始めていた。

「今日はこのくらいにしておきましょう。また練習しますか？　夜中になってしまいますが、うかがうことはできます」

「いや、きみも大変だろう。あとは自分で何とかするよ。ありがとう。気持ちを切り替えることができたのはよかった。でも無心になるにはまだまだかな。カードだけじゃなくて、桜井さんと会うときもだ」

熊谷さんはそういって微笑む。

「何でもそうだが、何かに馴染もうと〝努力〟したり、自分を〝取り戻したい〟と願ったりしているようじゃ本当はだめなんだ。小説だってそうだよ。いまはただ無心に声を出して、手を動かしたい。そういう自分を取り戻したいと思う毎日さえ忘れて生きたい。そうなって初めて、いまのぼくは人から受け容れてもらえるような気がする」

「――ぼくからひとつお伝えすることがあります」

最後になって、ようやくぼくは決心がついた。

「桜井さんと会いました。ミチルと一緒に」

そう切り出すと、熊谷さんは静かにぼくを見つめ返した。

「でも、熊谷さんからご相談を受けたことは話していません」

ぼくは《ル・マニフィック》の上田さんが、桜井さんのお父様であったことを伝えた。

「これはぼくからのご相談です。桜井さんが《ル・マニフィック》で硬くなっていたのは熊谷さんのせいじゃありません。プルミエ・メートル・ドテルの上田が、桜井さんのお父様だったからだと思うのです」

熊谷さんの顔が引き締まってゆくのがわかる。ぼくは一気に続けた。

「熊谷さんに、桜井さんと上田の仲介役になっていただきたいのです。次にお店にいらっしゃるとき、ぼくはおふたりのテーブルに行きます。熊谷さんがマジックを披露なさることを桜井さんは知りません。桜井さんに楽しんでいただくその時間で、ぼくは熊谷さんのお力で、桜井さん親子を引き寄せていただきたいと思っているのです」

「しかし、上田氏は最近《ル・マニフィック》にいないと聞いたよ」

「上田のスケジュールは確認しました。二十三日は夕方のうちにメディアのインタビュー取材がすべて終わって、夜は店に出ているはずです」

熊谷さんは不意に紙ナプキンを取ると、ボールペンで何かを書きつけていった。素早い動きだった。考え込むかのようにいったん脇へ視線を向けてから、さらに手元に目を落とし、ぐいぐいと文章を綴《つづ》ってゆく。

あまりに速くてぼくには文字が読み取れない。熊谷さんは紙ナプキンを裏返し、さらに箇条書きで何かを書き込んでゆく。

「ヒカルくん」

熊谷さんはついに顔を上げた。

「ぼくからもひとつ訊きたい。教えてくれないか。きみはレストランマジックをやっているね。客から無茶なリクエストをされることもきっとあるだろう。そんなときマジシャンはどうする？」

「どんなときでもこう答えるのだと、ぼくは叔父から教わりました。――〝かしこまりました〟」

「どんなときでも相手の好きなカードを引かせることはできる？」

「答は同じです。〝かしこまりました〟」

「よし。それだ」

熊谷さんは頷き、ボールペンと紙ナプキンを脇へ退けた。そしてカードを再び手に取っていった。

「もう少しやりたい。まだ時間は大丈夫かな？」

＊

ミチルはその後も桜井さんと公園で会っていて、ある夜ぼくに新しい折り紙作品を見せてくれた。見事な角《つの》を左右に広げた凜々《りり》しい蝦夷鹿だ。角の分岐まできちんとつくり込まれている。手元で細かな作業が必要だったに違いない。

窓辺に飾ると、ミチルも喜んでくれた。ディズニーアニメに出てくるような子鹿の折り紙も見てみたいと思った。きっと桜井さんに似ているだろう。

「そうか、桜井さんはこの折り紙を店に持ってくるのかな？　あの熊の折り紙と一緒に熊谷さんに見せたら驚きそうだ」

「うん。でもきっと、もっと驚かせることを考えていると思うよ」

きっとそうだろうと思った。桜井さんには悪戯好きなところがある。ぼくたちはお互いに少しずつ隠し玉を持ちながら、みんなで協力しようとしているのだ。《ル・マニフィック》で再会する夜へ向けて、誰もが少しずつ準備をしている。

二度目の雪が港町に降って、初めて舗道にもうっすらと積もった。ぼくとミチルはまだ朝の早いうちにアパートの前に出て、きれいな雪に足跡をつけて遊んだ。

最初はミチルが転ばないよう注意して手を握っていたが、ミチルの全身制御と足の機構はぼくの想像をはるかに超えていた。ミチルはまるで初めてのマジックを見るときのように好奇心一杯に雪を踏みしめて、ときにはジャンプして楽しんでいた。ぼくはロボットのそんな仕草を生まれて初めて間近に見た。

ぼくは《ル・マニフィック》での日々を続けていた。そこではチームの人たちだけでなく、ロボットのデデたちとの呼吸も大切だった。お互いにうまく間合いが取れたとき、ようやく気持ちのよいサービスになる。

ぼくたちは〝馴染んでゆく〟のだ。

ぼくがこの町に、そして《ル・マニフィック》に馴染もうとするのと同じように、ミチルもこの世界と少しずつ馴染んでゆく。

ホールの演技でルーティンを減らしてゆったりと時間を取るようにしたのは正解だった。少しずつお客様が話しかけてくださるようになったのだ。

「このロボットは私をちゃんと憶えているんだな。私が来たことを憶えているんじゃない、私がお得意様を連れて来たんだということを憶えているんだ」

「ふしぎなものだね。ロボットが野生の食材を運んでくれる。では温かみが消えて自然の風味が失われるかというとそうではないんだ。人間の舌は意外なほど柔軟で、確かなものなんだと初めて知ったよ」

どれも《ハーパーズ》のときとは違うお客様たちの反応だ。既存のレストランマジックの指南書にはどこにも書かれていないことだった。

人をもてなすことはルーティンでもできると、《ル・マニフィック》を生んだ上田さんはかつていった。

先にドアを開ける、相手の椅子を引く——それらは何も考えなくても機械のようにできることだ。しかし多くの人は機械にできることさえ実行しない。おもてなしとは技術であるのに、人はその技術を使うことさえ忘れてしまう、と。

ぼくは毎夜、ホールに出て行く前に鏡の前で上田さんの言葉の意味を考える。この《ル・マニフィック》は無数のルーティンが集まった場所だ。たくさんのデデも、メートル・ドテルの諏訪さんやコミの岸さんも、そしてきっとこのフロアからは直接うかがうことのできない厨房の大勢の人たちも、誰もがルーティンをこなしている。そのルーティンがどれもかけがえのないものなのだと、この《ル・マニフィック》に集う人たちは誰もが考えている。それは当たり前のことなのだが、大きくひと回りしないとわからないときもあるのだ。

この《ル・マニフィック》は奇をてらった店に思える。最初のうちお客様はそこについ目が行って、遊園地のようなわくわく感を期待する。さあ、お金を出すんだから楽しませてくれよ。あるいは世間のレストラン批評の言葉に釣られて、食事の途中で厳しい言葉をおっしゃるお客様もいる。

メートル・ドテルの諏訪さんはそんなとき、マジシャンであるぼくの出番をあえて遅らせて、ゆっくりとお客様に寄り添って、会話を交わすのが常だった。そうしてぼくの出番が来たとき、温かな雰囲気で演技できたことも何度かある。

この《ル・マニフィック》はこの世でいちばん魔法に近い店のようでありながら、実は違う。ドクがいっぱい遺してくれたどんなマジック教本や映像ソフトに出てくるレストランとも違う。ここは世界でただひとつの場所なのだ。それでもなお、ここはルーティンの場だ。ぼくたち人間が人間に戻るもてなしの場なのだ。

ある月曜の全体会議で諏訪さんが発言した。

「料理長、メニューの表記を少し変えてみるのはいかがでしょうか」

「その話は聞いている」

中内料理長が末席のぼくに目を向けた。

「面白いじゃないか。私と上田の意見が一致するのは珍しい」

諏訪さんの提案はぼくの想像もしなかったことだったが、翌日からそれは採用された。すでに上の人たちの間ですべて調整済みの案件だったのだとようやく知った。

お客様が来店すると、諏訪さんが手渡す冬のメニューのいちばん最後に、

《お好きな魔法をお選びいただけます。――万華鏡、はるかな大地、未来の産声《うぶごえ》》

との一文が載っている。お客様は訝って、これは何かと諏訪さんに尋ねる。諏訪さんは微笑んで説明する。

「お好きな主菜やフロマージュをお選びいただくのと同じように、どうぞお好みをお申しつけください」

《ハーパーズ》に勤めていたとき、ぼくはまずテーブルに近づいていきなり手のなかから炎を上げ、それでお客様を惹きつけていた。けれどもそれは《ル・マニフィック》のスタイルではない。ぼくは新しいレストランマジックのかたちを、ここにいるすべての人たちとともに見つけてゆくのだ。

それは無理やりにつくるのではない。魔法はもともとこのホールにある。

クリスマスシーズンが佳境を迎えたことで、ぼくも毎晩閉店時間のぎりぎりまでホールへと出た。まだ上田さんに対するメディアの取材は続いていたが、そちらも大詰めへと近づいている様子で、誰もが時間と闘っていた。

店を閉めて片づけと翌日の準備が進むなかで、やはり岸さんに対する最後のインタビュー取材が準備室内でおこなわれ、ぼくもデデたちを磨きながらその様子をうかがうことができた。岸さんは自分のことを脇へ置いて、上田さんのことを熱心に語っていた。

「ホールでのムッシュー上田の表情をご覧になりましたね？　お客様おひとりおひとりに合わせて、違った表情を見せていたはずです。映像を分析してみてください。和やかな表情、穏やかな表情、そうしてひと括《くく》りに言葉で表せてしまう表情でも、どれも必ずわずかに違っているはずです。ムッシューの微笑みには、それぞれのお客様との時間が積み重なっているのです。私もそのようでありたいのです。当店にはさまざまなご批判はあるかもしれません。ただ、私はまだ若輩者ですが、スタッフのひとりとして、当店には常にかけがえのない時間があると信じたいのです」

インタビューが終わって岸さんがぼくの近くへ戻ってきたとき、岸さんはしきりに照れていた。

「慣れないことはもうこりごりです」

「いえ、きっとご婚約者の方も放送を喜びますよ」

「彼女が喜ぶのは、私が一人前のサービスマンになったときでしょう」

岸さんは屈託のない笑顔でそう応え、自分の作業に向かっていった。ぼくは素直に胸を打たれた。ジェフさんや熊谷さんはぼくを真っ直ぐといってくれたが、その言葉は岸さんにこそふさわしいのではないだろうか？　ぼくにはこれほど真っ直ぐな受け答えはできない。そしてぼくは、いまの岸さんのよう

だろうか。

ジェフさんがミチルをぼくに託したのは、その問いにぼくが答えられるようになるためではなかったな表情ができるだろうか？　ぼくも岸さんのような若きプロフェッショナルになることができているか？


「――ミチル！　聞いてほしいことがあるんだ！」

ぼくはわかったのだった。その夜、急いでアパートに戻ってミチルに報告した。

「おかえり、ヒカル」

ミチルをダイニングテーブルに座らせる。もう真夜中をとうに過ぎていたが、ぼくはマットを広げ、カードケースを取り出す。寒さで手がかじかんでいた。ストーブの前で手の甲をごしごしと擦《こす》り、息を吹きかけ、指を曲げ伸ばしして、ケースのフラップを開けた。

「まだ練習の時間じゃないのに」

「ミチル、わかったんだ。ぼくは間違っていた」

「何を？」

「いままでやってきたスリーカードモンテだよ。ぼくはいつも同じ口上をしていた。ミシシッピで早業師に会ったと話してきたね。本当は、ミチル、きみだってぼくが川下りなんてしたことがないのはわかるだろう？　ぼくは外国にも行ったことがないんだ。でもぼくはルーティンで話してしまっていた。ドクが尊敬していたダイ・ヴァーノンという人がいつもそうやって話していたから、ぼくもただ真似していただけだった。だから手首だけじゃなくて言葉にも余計な力が入っていた」

ぼくはいままでやってきたルーティンを繰り返して見せる。そして初めて、自分の言葉でやってみた。うまくいかずに途中で何度もまごつく。まるで生まれたての子供に戻ったようだ。それでも以前よりずっと可能性を感じていた。

「ねえ、ヒカル、対称でもできるよ」

ミチルはそういってぼくのカードを受け取る。

あっ、とぼくは思った。ミチルは鏡に映ったように左右反対の動作で始めたからだ。自分が鏡に映っているのを見るのと、実体を持つミチルの動きでは、目に飛び込んでくるものの鮮やかさがまるで違っていた。ミチルはまた左右を逆にして同じ動きをやった。ぼく自身のクセがありありとわかる。利き手ではない右手をカバーしようとして、無意識のうちに堅い演技で取り繕っている。

ミチルはもっときれいに、もっと自然に動けるはずだった。それを教えられるのは、ぼく以外にいない。

「ミチル、明日からまた新しい練習をしたいんだ。きみと一緒に」

「うん。新しい練習をしたい。それでね、ヒカル、お願いがあるんだ」

「なんだい？」

「昨日、ヒカルのお話が終わったでしょう？　今夜はこっちからお話をしてもいいかな」

その夜、ぼくはミチルの語る『美女と野獣』を聴いた。

部屋の灯りを消してぼくがソファベッドに入ると、ミチルは「ここから遠く離れたある町に、ひとりの商人がおりました」と始めた。

ミチルの語る『美女と野獣』は、やはり少し違っていた。これもまたおとぎ話のバリエーションのひとつなのだった。ミチルはネットワークを検索して、遠くのどこかからこの物語を掬い上げてきていた。

そのおとぎ話では、野獣の住む城で給仕や身の回りの世話をしてくれるのは家具や燭台ではなく、たくさんの器用な猿たちだった。食事の際に歌うのは色も鮮やかな何羽ものオウムで、小鳥もその囀《さえず》りで伴奏に加わる。屋敷の窓はひとりぼっちのベルを慰めるかのように、光学装置の反射を駆使してはるか遠くのオペラ座やサン＝ジェルマンの大道芸を映し出す。そして美しいベルが野獣の城にやって来たのも、すべては事の発端となった魔法に関わる妖精の、深遠な計らいなのだった。

ミチルの声に聴き入っていると、次々と連想が浮かんでは消えていった。この猿たちに心はあるのだろうか？　燭台のルミエールたちがいつか人間に戻りたいと思ったように、猿や鳥たちも人間になりたいと思うのだろうか？　いまミチルが語っているおとぎ話は、ぼくがいままで知っていた『美女と野獣』よりずっと古い原型のように思えたが、いちばん科学的で、未来的であるようにさえ感じた。

ミチルをつくった人のことにまで想いを馳《は》せていた。ぼくはその人たちのことをまだ知らない。ジェフさんもその人たちのことは何も話さなかったが、ぼくの知らないことを含めて、ミチルをここまでつくったすべての時間が、いまのぼくにも降り積もる。

＊

そして二十三日がやって来た。熊谷さんと桜井さんが《ル・マニフィック》を再び訪れる日だ。さっと朝のカーテンを開いた。心のなかで自然とディズニーアニメのかけ声が湧《わ》き起こる。

「おはよう」
「おはよう」
〝ボンジュール〟
〝ボンジュール〟
〝ボンジュール！　ボンジュール！　ボンジュール！〟

澄んだ青空が窓の外に広がっている。雪はほとんど溶けていた。

ぼくたちは最後までしっかりと練習の時間を重ねた。準備万端整えてアパートを出る。そしてふたりで細い坂道を上る。

空が広い。風はほとんどなく、陽射しは明るい。ぼくの吐く息は白くならなかった。ミチルの足は滑らなかった。このクリスマスはきっと暖かくなるだろう。

ぼくは思い切っていった。ずっと考えていたことだった。

「ミチル、今日はぼくと一緒に《ル・マニフィック》に行こうか？　ホールの袖から様子を見せてあげることはできると思う」

「うん、でも大丈夫だよ、ヒカル。だってもう呪文を知っているから」

「呪文？」

「野獣のお城にいる白馬は、呪文を唱えたらどこへでも連れて行ってくれる。ヒカルが魔法を見せている場所は野獣のお城だよね？　それならいつだって大切なときは呪文を唱えて行けるはずだから」

なるほど。ミチルはぼくよりはるかに言葉を知っている、と思う。いつもこんなふうに大切なときには、ぼくよりずっと確かな言葉を連れてくる。

ぼくはミチルを抱きしめたい気持ちに駆られた。子供ができたらこんな気持ちになるのだろうか？たったいまこの瞬間に胸に贈り届けられたこの想いに対して、精一杯の愛を返したいという気持ち。

「これで魔法の呪文をふたつ憶えたよ。ひとつは〝ワン、ツー、スリー〟っていう、どんなものでも消せる呪文。それからもうひとつ、どこへでも好きなところへ行ける呪文」

「そうか。そうだね」

それはとても大きな一歩のことのような気がした。

ぼくたちはいつものように、丘の上の公園で手を振って別れた。

そのときぼくはまだ、上田さんのメディア取材の予定が押して、その夜のスケジュールが大きく変わってしまうことを知らなかった。

　ミチルはいつまでも背筋を伸ばして手を振り続けていた。

10

《ヒカル、大丈夫ね?》

　ぼくはいつも大事なときに、上司からこの言葉を投げかけられている気がする。

《お任せください》

　そう答えることで準備が整う。デデとともに広いホールへと出た。熊谷さんと桜井さんが大窓のそばのテーブルでぼくを待っている。席へ行くまでにおふたりと目が合った。そのことがぼくを鼓舞した。

「いらっしゃいませ。今夜のお食事はお楽しみいただけましたか?」

　ふたりがぼくを見返してくる。

「もちろん。事前にお願いしたら、この前と全部違うメニューでコースを組んでくれた。ふたりで鹿を頼んだんだ」

　桜井さんはそれを聞いて、微笑みながら肩をすくめる。

　テーブルに就く。おふたりはどちらも以前よりカジュアルな服装だった。熊谷さんは気取らない厚手の黒褐色のウールジャケットで、その色だとまるで本当に熊のようだが、前回のスーツ姿よりずっと落ち着いて見える。桜井さんも上品な乳白色のニットを着て、控えめなネックレスをつけている。

　いまの言葉から、熊谷さんが前回よりはるかにリラックスして今回のデートに臨み、《ル・マニフィック》の料理を楽しんでくださったことがわかる。桜井さんにはわずかに硬さが残って見えるが、それはプルミエである上田さんの姿が見えないためかもしれない。上田さんはまだメディアのインタビュー取材が終わらず、予定の時間を過ぎても店に到着していないのだった。

熊谷さんにはそのことを伝えてある。桜井さんの気持ちを明るくリードしたはずで、ここまではうまくいっているように思えた。

「ありがとうございます。今夜はこのカードひと箱だけを用意してきました。これからひとつのことをやってみたいと思います」

赤のバイシクルデックをケースから取り出す。今回、ぼくはゆっくりと間合いを取りながら、桜井さんに向けて尋ねた。

「お好きなカードはありますか？」

「それは、難しい質問ですね」

「おっしゃらなくて大丈夫です。一枚指してみてください」

裏向きに広げたデックから選び取ってもらう。

ハートのエースだ。ぼくはそこに心の重石《おもし》を置くようなつもりで指先でそっと示していった。

「このカードが、これから桜井さんの、いちばんお好きなカードになります」

桜井さんはぼくを見つめ返した。

さらに二枚、今度は熊谷さんに選び出してもらう。だがそこで早くも予想外のことが起こった。カードの裏を確かめてもらおうとしたとき、桜井さんが不意にいったのだ。

「待ってください。眼鏡をかけてもいいですか」

熊谷さんが怪訝な顔をするのがはっきりと見えた。桜井さんは丸眼鏡をつけてぼくたちに微笑み、そしてさらにバッグから小さなものを取り出してテーブルの隅に置いた。

白馬の折り紙だった。

四つの脚が細く引き締まり、たったいまここへ到着したかのように、前脚の片方を上げている。

「前にお食事をした後、ヒカルさんと会ったんです。ヒカルさんは、ミチルくんという私のお友達の親友でした。ミチルくんはロボットで、いつかここに来たいといっていたの。この眼鏡に映るものはミチルくんのもとに届きます。ミチルくんも一緒に見ていいですか？」

ミチルが眼鏡の先で見ているなら、ほんのわずかな手先の緊張もすぐさま見破られることになる。

ぼくは熊谷さんに目線で伝えた。この展開はぼくが用意したものじゃない。

おかしな小細工はしないでほしい、真っ直ぐな気持ちで楽しみたい。私たちが人を好きになるとき、それは真っ直ぐなものだから。そんな桜井さんの気持ちの表れなのだとぼくは感じ取った。

「もちろんです。それでは始めましょう。熊谷さん、その二枚のカードをめくっていただけますか」

二枚の白札がテーブルの上に開かれる。表の面に何も印刷されていない特殊なカードだ。ぼくは自分の手元にあるデックを無造作に広げ、残りのカードがちゃんと印刷されたものであることを示す。白札二枚をデックに戻し、シャフルしながらぼくはいった。

「実は熊谷さんがどのカードを選んでも、結果は同じでした。もう一度、二枚を選んでいただけますか。今度こそ集中して、お好きなカードを」

熊谷さんが再び抜き出したカードは、どちらも白札になった。

「実は、こういう仕掛けなのです」

ぼくもにっこりと笑ってみせる。デックの表を返してスプレッドすると、カードはすべて白札になっているのだった。それらをまとめて脇へ退けると、テーブル中央のカードは白札二枚、そして赤色が鮮やかなハートのエース一枚になった。

「これで見分けがつきやすくなりました。印刷されているカードは桜井さんがお好きなカード、一枚のみです」

熊谷さんの表情が引き締まる。

ここからだ。かけがえのないルーティンが始まる。

「スリーカードモンテをご存じですか？」

「いいえ」

「名称はご存じなくても、どこかでご覧になったことはあるかもしれません。西部劇によく出てくる有名なゲームで、三枚のカードを裏向きに混ぜて、相手がそのなかから当たりのカードを推測するというものです」

ぼくは両手のなかで三枚のカードを混ぜてみせる。まだここでは目で追える動きに留める。

「この町に来てから、ぼくとミチルは毎日向かい合って、この練習をしてきました。人間とロボットが、お互いに楽しくなれるように。スリーカードモンテにはたくさんのバリエーションがあります。テーブルに置いて混ぜるスタイルもあれば、こうして手に持ったまま進めることもあります。手に持ってやってみましょう。エースを真ん中に差し入れてから、一枚ずつ下に送って数えます。一枚、二枚、そして三枚。手首を返すと、このようにエースは二枚目でなくいちばん下に来ています」

これは基本のルーティンだ。楽器を演奏するようにぼくは進めてゆく。

「もう一度やりましょう。裏向きに、真ん中に挟みます。表を返してカウントします。いちばん上は白、二番目も白、三番目のカードも白になります。もう一度やります。いちばん上がエース。二枚目もエース、三枚目もエースです。ではは本物のエースはどれでしょうか。エースの数が変わったのではありません。もう一度手首を返すと、このようにやはりエースは一枚だけです。では何が変わったでしょうか」

ぼくはカードの裏面を見せる。模様はバイシクルではなく、すべて赤い格子模様のビーというブランドに変わっている。

「ぼくの父は、ぼくが小学生のときに亡くなりました。でも、ぼくがマジックを好きになったのは、父のおかげです。父は初めてぼくに本格的なカードを買ってくれました。初めてセルフワーキングのカードマジックを教えてくれました。手順の通りに進めれば誰でもうまくいくというマジックです。もうひとつ感謝していることがあります。それは、初めて手先の技だけでおこなうカードマジックを見せてくれたことです」

そう、いちばん最初にマジックを習ったのは父からだった。ぼくはいまここで話し始めながら、そのことをようやく思い出して言葉にしたのだった。

「子供向けのマジック教本には、セルフワーキングかタネをあらかじめ仕込んでおくタイプのものがよく載っています。でもその場で臨機応変に、相手の反応に合わせて手先だけで現象をつくり上げる。そういうやり方があるのだと教えてくれたのが父でした」

カードを混ぜながら続ける。行ったことのないミシシッピ川の話ではなく、ぼくは生まれて初めて本当の自分の物語を口にしていた。

「スリーカードモンテはギャンブルの世界で始まりました。早業師のいかさまをいかに見破るか。ニューヨークシティ、ミシガン、ヴァージニア。ギャンブルが盛んだったいろいろな町や州の名前が、ニックネームについています。ですが、ここはギャンブルの場ではありません。詐欺師がいかさまをする必要はないのです。ぼくの役目は皆さんを迷わせることではありません」

ぼくは三枚のカードを、熊谷さんの前に差し出した。

「このテーブルには本当の魔法があると、お伝えしたいのです」

ここからだ。

ここから先にシナリオはない。ぼくの役目は、これから何があっても熊谷さんに〝かしこまりました〟ということだ。ぼくたちはそう取り決めたのだ。

熊谷さんはカードを受け取る。そして桜井さんの顔をはっきりと見て打ち明けた。

「桜井さん、隠し立てはしない。ぼくは彼と事前に話したんだ。この五分間は本来、彼が手品を見せる時間だ。その五分をこれから借りる」

熊谷さんは三枚のカードをいくらかしならせて手に馴染ませ、両手でスリーカードモンテの基本ポジションを取った。真ん中にハートのエースがあることをはっきりと示す。

カードを動かし始める。熊谷さんのなかでリズムが生まれてくる。ぼくはそれを見守っていた。ファミリーレストランで会ったときから、さらに練習を重ねたことがわかる。何度かフェイントを仕掛けつつ最後まで堂々とやり遂げ、三枚を裏向きのまま並べて両手をゆっくりと離した。

「熊谷さん、ごめんなさい」

桜井さんが困ったような顔でいった。

「私にはわかります。この眼鏡が教えてくれるから」

桜井さんの目が左端のカードを捉える。ぼくは息が詰まった。あの眼鏡のデバイスは、レンズに映る視界をロボットに送信するだけでなく、ロボットがこれまで記憶してきた視界を映し出す機能もあるのだ。ミチルはぼくと一緒に何度もスリーカードモンテを練習してきた。そこから抽出された記憶が還元されるのだ。眼鏡をかけた桜井さんは、はっきりとハイプを見抜いている。

だが熊谷さんはいった。

「そう、わかるはずだ。これからふつうとは違うスリーカードモンテを見せたい。ぼくはこれを贈りものにしたいと思ったんだ」

熊谷さんは目を逸らさない。

「これからきみは必ず自分のカードを指差す。どんなに混ぜても、きみは必ずカードを当てる。だからこれだというのを指差してほしい。必ずそれはきみのカードになる。そんなのは信じられないというかもしれない。でもぼくは作家だ。きみがどれを指しても、ぼくがそこまでのストーリーをつくってみせる」

そして熊谷さんはカードを一枚ずつ開けた。

右と中央のカードは白札だ。エースは桜井さんが視線を向けたように、左側に移っている。

「きみがこれを指すことを、ぼくは予想していた」


この宣言には、ぼくも意表を衝かれた。

「もう一度やろう。三枚のカードを混ぜる」

熊谷さんはカードを持ち上げてはテーブルに裏返して投げる動作を再び繰り返す。両手にそれぞれ一枚を持ち、どちらかの手でさらに残りのカードを取り上げて落とす。裏返しの三枚がテーブルに並ぶ。

「スリーカードモンテは、もともと賭けて遊ぶものだ。もちろんここでは賭けない。賭けごととしても成り立たない。これからの五分間、必ずきみを勝たせるからだ。さあ、きみのカードは？」

桜井さんも驚きの目で熊谷さんを見ていたが、ちらりとぼくに目を向け、これが仕込みではないことを知ると、

「大丈夫なの？」

と口に出した。

「もちろん」

熊谷さんは目を背けない。桜井さんはカードを指差そうとしたが、以前と反対に桜井さんの方が迷って目が泳いだ。

ぼくは息を詰める。桜井さんが選んだのは右側のカードだ。それがエースでないことがぼくにはわかる。しかし熊谷さんは逃げなかった。

「きみはぼくの手つきを見抜いた。エースは見かけの正解の真ん中ではない。本当はまた左側にある。だがきみはいま、ぼくを試したいと思った。だから真ん中でも左でもない、第三のカードを選んだ。きみは必ず自分のカードを当てる」

熊谷さんは左から片手で一気にすべてのカードを掬い上げる。そしてゆっくりと一枚ずつ表を示してテーブルに置いてゆく。一枚、二枚、そして最後の一枚。

「当たりだ」

ぼくは目を瞠った。カードのカウントを幻惑させる古典的な手法だ。桜井さんも口を開きかけたが、熊谷さんは指を立ててその言葉を呑み込ませる。

「きみはいま、ぼくが小手先の機転で乗り切ったと思ったかもしれない。このやり方ならどれを指しても同じではないかと。でも違うんだ。どんな混ぜ方でも、どんな開き方でも、きみは必ず当てる。次はヒカルくんに混ぜてもらおう。しかも、ぼくにさえ見えないように、身体の後ろで。それでもきみはエースを見つけ出す」

指名されてぼくはさすがに驚いた。熊谷さんがカードの反りグセを戻してぼくに手渡してくる。桜井さんも驚きの目をぼくに向ける。熊谷さんは動じない。

ぼくはいわれた通り後ろ手で三枚のカードを混ぜた。熊谷さんは何も合図を送ってこない。ぼくは桜井さんに目で訴える。この展開は打ち合わせなんてしていない。

慎重に、三枚のカードをテーブルに並べる。いまエースの在処がわかるのはこの世界でぼくだけだ。後ろ手で混ぜてもどのカードがどこにあるかは頭でわかるからだ。けれども熊谷さんはぼくの顔を見ようともしない。ぼくは何のサインも送ることができない。わざとフェアであることを示しているのだ。

熊谷さんは真っ直ぐに桜井さんを見つめて語り始める。

「昔々、ひとりの女性が三つの扉の前に連れて来られて、妖精から謎かけをされた。おまえがいま見ている三つの扉のうち、ひとつの向こう側には前へ進める道が開かれている。けれども残りのふたつの向こうは底なし沼だ。おまえはひとつの扉を選ばなくてはならない。さあ、娘よ、選びなさい」

桜井さんは眼鏡を外した。蔓《つる》を開いたままテーブルに置き、自分の目で熊谷さんを見つめ、そしてぼくの前のカードを見た。

「これを」

桜井さんが素早く左端のカードを指す。ぼくの顔色もうかがわずに度胸よく決めた。

桜井さんが楽しみ始めているのがわかった。好奇心を見せ始めている。このテーブルでいまいちばん心臓がどきどきと脈打っているのはぼくかもしれない。このゲームの行方がわからないのだ。どうすれば桜井さんが当たるのかがわからない。熊谷さんはいった。

「すると妖精はこう提案した。娘よ、おまえは賢いから機会をやろう。妖精は残りの扉のうちひとつを開けて、それが底なし沼への道だったことを見せた。さあ、これであとはふたつにひとつだ。おまえは一度だけ考え直すことができる」

初めて熊谷さんがぼくを促した。ぼくは心のなかであっと叫び、右端の一枚をめくった。わかったのだ。白札が一枚示される。残りは二枚だ。熊谷さんが妖精に成り代わっていう。

「さあ、娘よ、考えを変えるかね、それともそのままかね？」

桜井さんも目を瞠っている。この数学問題を知っているのだ！

「――変えます。真ん中に」

「よろしい。そういって妖精は、扉を開けた」

驚きだった。熊谷さんはこの場をモンティ・ホール問題に変えたのだ！　三枚のカードから最初にどれかを指差した後、それ以外のなかからハズレを一枚開示して見せたとき、残された二枚の当確率は五分五分ではない。人間の直感に反しているが、数学的には選択肢を変えると当たる確率が二倍に上がる。

ぼくは左端のカードを開く。白札だ。そして中央のカードを開く。

熊谷さんの予言通り、桜井さんはエースの在処を当てた。

熊谷さんは表情を変えない。桜井さんは目を開き、そして半ば戸惑っている。

ぼくはふたりを見ながら必死で頭を回転させていた。いまいったい何が起こったのか？　もしぼくが直接このゲームを仕掛けた立場なら、これがモンティ・ホール問題の応用だったことがわかる。仮に桜井さんが最初に当たりのカードを指したなら、そのままカードを開けばいい。もし間違ったカードを指したとき、相手の桜井さんもモンティ・ホール問題を知っているとぼくが確信できるなら、これがモンティ・ホール問題であると仄めかして、ハズレの一枚を開けばいい。そうすれば桜井さんは必ず残りのもう一枚へと選択を変更してくれる。そうやってぼくは桜井さんを百パーセント確実に、当たりのカードへと導くことができる！

でも、いま桜井さんの相手をしているのは熊谷さんなのだ！　熊谷さんはどうやって、桜井さんだけでなくこのぼくもモンティ・ホール問題を知っていると見抜いたのか？　どうして最初に桜井さんが指したカードがハズレだとわかったのか？　すべては熊谷さんのたぐいまれなる直感、あるいは賭けだったということなのだろうか？

桜井さんがいいかけた。

「ねえ、待って。これは手品じゃなくて……」

「どれを選んでも、それがきみのカードになる」

「待って。私が混ぜてもいいの？」

「もちろん。誰がどんなふうに混ぜてもいい」

熊谷さんは一枚を残して他の二枚をぼくに託すと、思いもよらない行動に出た。

裏返して手元で切り混ぜる真似を始めたのだ。目に見えるカードは一枚しかないのに、透明な二枚のカードと混ぜようとしている。桜井さんが再びぼくに目を向けてくる。今度こそぼくははっきりと首を振る。

「彼にも混ぜさせよう」

熊谷さんは手元の一枚をぼくに手渡す。ぼくが切り混ぜる仕草を終えると受け取り、今度は桜井さんに渡す。

熊谷さんが仕草でカードを混ぜるよう促す。桜井さんはゆっくりと混ぜ始めた。手を動かしながら熊谷さんを見つめている。次に何が起こるのか待っているのだ。

「そうして野獣はその人と出会った。野獣はその人と夕食を楽しみたいと願っていた。そうすれば相手は自分に好意を寄せて、自分も周りの召使いたちも人間に戻れるからだった。だが無理に豪華な食事に誘ったところで、人は心が動かされるわけじゃない。野獣はそのことをたぶんわかっていただろう。それでもどうすればいいのかわからない。野獣がいちばん人間に戻らなければならないのは、その姿では

ている。

充分に混ざったその奇妙なパケットを、熊谷さんは受け取ってテーブルに置いた。桜井さんは見つめなくて心なんだ」

そして熊谷さんは突拍子もない動きに出た。

残りの見えない二枚を手で持ち、そしてそれを左右に投げたのだ。

左隣のテーブルへ。そして右の奥のテーブルへ。

「どれを選んでも、それがきみの好きなカードになる。どれかひとつ選んでほしい」

「どういうことなの？」

「きみのカードは？」

「これだといったら？」

桜井さんはテーブルの上の一枚を指す。熊谷さんは大きく頷く。

「もちろん、これがきみの好きなカードだ」

桜井さんは目をぱちぱちさせて左のテーブルを指した。

「あのカードだといったら？」

「それを選んでもきみの好きなカードになる」

桜井さんは右側を指す。

「あっちだったら？」

「それもきみの好きなカードになる」

「どうして？」

熊谷さんはテーブルの一点を指差した。

「これがある」

熊谷さんの指の先に卓上花があった。《ル・マニフィック》のすべてのテーブルに飾られている、折り紙の薔薇だ。

違う。そこではない。熊谷さんはさらに指先を近づける。

ガラスの花瓶の脇に、赤い花弁が一枚落ちていた。

熊谷さんはもぞもぞとジャケットの胸ポケットを探り、小さなものを取り出してそれを並べる。わずかに紙の風合いが異なる、もうひとつの薔薇の花弁だった。

「前に来たときのものを取っておいた。小さい紙で丁寧に折られている。ずっと眺めているうちに気がついたんだ。これは、あるものに似ている」

熊谷さんはテーブルの上のカードを手に取り、花弁とともに表を返した。

白札の上に赤い花弁が載っていた。

「あなたの好きなカードはここにある」

熊谷さんは桜井さんを見つめていった。

「つまり、この店はどこのテーブルにも、このハートのエースを置いている。どのテーブルにも必ず一枚花びらが散る。白いクロスのテーブルに、赤いハートがひとつ落ちる」

桜井さんが、息を呑んだように見えた。

ふたりは見つめ合っている。熊谷さんはテーブル上のカードに指で触れたまま、真っ直ぐ桜井さんに目で応えている。

ぼくも思わず周りのテーブルを見回そうとしてしまった。確かに熊谷さんのいう通り、どのテーブルにも上田さんの折った薔薇がある。テーブルクロスという大きな白札の上に、ハートのエースが咲いている。見えないカードは熊谷さんの手から飛んで、ホールのどのテーブルからも出現できる。

「これが、いまのぼくの精一杯だ」

熊谷さんに目線を戻す。そして何かが起こったように感じた。熊谷さんがわずかに震えるのがわかったのだ。

熊谷さんは語り始めた。決して声高ではない、静かに訴えるような言葉遣いだった。テーブル上のカードに触れている指先に力が籠もる。

「ぼくは前回ここに来てわかった。みんな誰もが心というものを持っている。けれども、その心というものがうまく動かない。だから周りにあるお話のかけらをいくつもいくつも掻き集めて、それを翼のかたちに仕立てて、何とかそれに乗って飛び立ちたいと思う。その力を借りて好きな人を笑わせて、楽しませて、遠くへ連れて行けると思う。

ただ、ぼくは自分でもずっと話を書いてきたからこんなふうにも思う。『美女と野獣』で大切なのはこういうことなんじゃないか。あの野獣は外見が獣でも、心は人間だった。彼は人間の心を持っていても、もとからどこかに獣の心を抱えていた。野獣の心は最後に変わる。つまり、人の心が、人の心に変わる。目の前にいる人のことが大切だから、人の心は、人の心に変わる。——お話というのはいつの時代でも、たったそれだけのことを書いている。ぼくもたったそれだけのことを書く作家でありたい」

桜井さんは相手を見つめていった。

「それはつまり？」

「つまり」

熊谷さんは、初めていい淀《よど》んだ。

「つまり、ぼくは一美さんを、愛しています」

桜井さんは熊谷さんを見つめている。

そのときだった。

熊谷さんが、ふっと相手から目を逸らしたのだ。

ぼくは思わず叫びそうになった。どうしたのだろう。だめだ、ここで弱気を見せるなんて！

熊谷さんの視線は上がらない。自分の手元に目を落としている。自分から逃げたかのように俯いている。それを見た桜井さんがたちまち悲しげな顔になった。

「ね、それは悪いクセだと思うの。大事なときに目を逸らすのは」

桜井さんは熊谷さんに語りかける。熊谷さんは視線を逸らしたまま、顔を赤くしている。

「いまのはぼくが悪かった。一瞬、迷ってしまったんだ。どこで話すべきだろうかと。タイミングを間違った」

「タイミングって。こんなときに」

痛々しい沈黙が生まれる。一転してテーブルはおかしな雰囲気になってしまった。どうしてこうなったのだろう。ついいましがたまで、うまくいっていたはずではなかったか。ぼくはふたりの間に割って入ろうとしたが、熊谷さんが制した。

「この話を、もっとしたかったんだ」

桜井さんがその指の先に目を向ける。

ぼくは気づいた。

熊谷さんは自分から逃げ出して視線を彷徨《さまよ》わせたのではなかった。

いま指差しているその先を見たのだ。

熊谷さんは白札を斜めにして花弁をテーブルに滑らせ、白札をぼくの方へと除けた。花瓶から薔薇を取って花弁の脇へ添え、持参した花弁と並べた。まるで三枚のカードのようになった。

「この薔薇の花は、ぼくがつくったものじゃない。これを使ったらきっと驚いてくれると思ったけれど、最後の瞬間に迷ってしまった。押し切ってしまうのは、それは本当の物語だろうか。自分は余計なところまで立ち入ってしまうんじゃないか、それを告白に使うのはどうなのかと思ってしまった」

熊谷さんはもう目を伏せてはいなかった。桜井さんを見ていたが、何か自分の限界を受け容れてしまったかのように見えた。それでも、その先の口調は、いままでのどの言葉よりも強張《こわば》りや力みがなく、熊谷さん本来のものに聞こえた。

「本当はもっと先まで押し切ろうかと思っていた。もっときみにカードを当てさせることができる。ぼくはこうやって、今度は見えない三つのカードを切り混ぜる。そして、さっきよりもっと遠くへ投げるんだ。隣のテーブルに飛んでゆく程度じゃない。もっと遠くへ。このレストランを越えて、もっと遠いところへ。ここが野獣の城のなかなら、城から風に乗って、歩いては行けないほど遥か遠くへ。

でもそこが光の届く場所である限り、その人はカードの行方を見ることができる。城にある魔法の窓や鏡はどんな場所でも映し出すことができるからだ。その人はカードがどこにあろうとも、だからそれが好きなカードかどうかを見抜ける──」

熊谷さんは相手を見つめたまま、ふっと苦笑した。

「これをちゃんとやりたかった」

「馬鹿ね。どうしてそこまでやらないの?」

「はったりになってしまう」

「あなたはいったでしょ、どんなカードを指しても、そうなるようにしてみせるって。そのカードはどこまで飛んでいったの？」

「きみのお父様の胸元へ。そういおうと思っていた。ぼくの胸にも、きみの胸にも、そこに心臓が、ハートのエースがあるといって、きみにカードを当ててもらおうと思っていた。これが物語の翼に乗せて、ぼくにできる精一杯のことだ」

言葉が途切れた。桜井さんは泣きそうな笑顔をしていたが、それを見ている熊谷さんは、同じくらいに自分の気持ちを痛切に顔に滲ませているように見えた。

ぼくは初めて割って入った。

「いいえ、熊谷さんの魔法はまだ終わっていません」


側《そば》にいるデデにも声をかける。

「デデ、そうだよね？」

デデがアームを動かして、頷く仕草をつくる。ぼくはテーブルの隅に置かれた丸眼鏡を指した。

「桜井さん、その眼鏡をもう一度おかけになってください」

桜井さんはそこでようやく、ぼくに目を向けた。自分が眼鏡を置いたことを忘れてしまっていたかのようだった。眼鏡のレンズはずっとこのテーブルの成り行きを見守っていた。

桜井さんはその優しい指先で蔓を取る。そっと自分の耳にかけて、瞬《まばた》きをした。

「何が見えますか？」

「このお店が」

そのとき、熊谷さんが立ち上がった。彼の視線の向きを見て、桜井さんが振り返った。

「ヒカル、呪文はちゃんと間に合ったよ」

ぼくたちの前に、ミチルが立っていた。

その隣にいるのは、上田さんだった。

「お父さん」

桜井さんが声を上げる。プルミエの上田さんがテーブル上の白馬を指していった。

「きっと、一美がつくったそれのおかげだ」

「廊下で一緒になったんだよ」

「きみと暮らしているロボットだそうだね」

「はい。ミチルです。どうぞ胸元のポケットをご覧ください。桜井さんのお好きなカードがそこにあるはずです」

上田さんは訝しげにポケットを探る。そして驚きの表情になった。

「仕込んだつもりはない」

ポケットからビーのハートのエースが現れる。

「きみのロボットが入れたんだな？　それともこのデデか」

桜井さんが、ようやく笑った。

熊谷さんもほっとした表情を見せた。はにかむように笑い、桜井さんと目を見合わせ、そしてふたりで一緒に笑った。

ぼくも笑い、そしてデックに戻していた二枚のビーのカードを再び取り出して、裏向きにふたりに手渡し、テーブル上の二枚の花弁の上にそれぞれ重ねて置いてもらった。熊谷さんに続きを促す。しかし桜井さんは微笑んで肩をすくめた。

「みんなで開けましょう」

　おふたりがそれぞれカードを取り上げる。

「ほらね」

　桜井さんはにっこりする。カードは薔薇の花弁を写し取ったかのように、どちらもハートのエースになっていた。

「ここからです。皆さん、カードを左のてのひらに載せて、差し出してください。エースが見えるように、表向きに」

　三人の準備が整ったところで、ぼくは側にいるデデの肩にそっと手を置いていった。

「きみの出番だ」

　デデの合図で、テーブルの照明が絞られる。深い赤色の光が天井からぼくたちに降り注ぐ。

「あっ」

　熊谷さんが声を上げた。ぼくは拳を掲げていた。行け、と心のなかで力を込めた。これがぼくの役目だ。

　魔法よ、行け。

　それぞれの手のなかで、カードは生きもののように動き出す。四方の角がぐっと立ち上がってすぼまり、呼吸しながら身をよじる。まるで蝶が蛹《さなぎ》のなかへと還《かえ》るかのように。

　この一週間近く、ナプキンの準備に携われたことは幸運だった。折り筋のプログラムをプレスできるのは布や和紙だけではない。そして折り紙は正方形の紙だけでつくられるわけでもない。たとえ長方形の千円札でも、長方形のカードでも、立体のかたちになれる。

　デデがさらに照明を絞り、深紅の光はもうほとんど三人だけに注がれていた。カードはねじれて深い襞《ひだ》を折り上げる。テーブルからも光が満ちて、手のなかのカードはゆっくりと空へ浮かぶかのような影をつくる。

　熊谷さんが目を瞠っている。蛹のかけらのようにも見えるだろう。流線形にねじれた現代彫刻のトルソのようであるかもしれない。ハートのエースは自らの赤いマントに半ば包まれている。裏面が縁まで赤いビーのカードは、裏側に包まれたときその色が映える。

「皆さん、カードをミチルに渡していただけますか。完成させるのはミチルです。熊谷さんは魔法の呪文を唱えてください」

　ミチルは三つの蛹のかけらを受け取ると、両手で包むように持った。

「ミチル、いいかな?」

「はい」

「ではいきます。熊谷さん、どうぞ」

それまで戸惑いを隠せなかった熊谷さんは、そこではっと目を開いた。そして桜井さんを見た。

最後の熊谷さんの声は、クリアだった。背筋を伸ばしたその姿は素敵だった。

「ワン、ツー」

「スリー」

最後はミチルも一緒に唱えた。

ミチルは両手首をぐるりと回す。そして覆いを除けるように、ゆっくりと片手を開く。

その三秒で、三つのカードはそれぞれぴたりとピースが組み合わさって、赤い薔薇のかたちになっていた。

幾重にも花弁が折り重なった豊かな薔薇だ。素早く正確に折り紙ユニットを組み上げる、ミチルの指先だけが実現できる魔法だ。ぼくたちは今朝、この動きを何度も練習したのだ。ぼくができるどんなマジックよりも、それは本当に生きているように見える。出来上がった薔薇はいのちを宿しているように見える。

ミチルは片手をすっと下げてゆく。すでに薔薇の花には茎と一枚の葉もついていた。どちらもカードを切ったり丸めたりしてつくったものだ。ミチルは茎をそっと持って、桜井さんの前に差し出した。

上田さんが驚いている。もちろんぼくはその理由を知っている。この薔薇の折り紙は、桜井さんのお母様がかつて創作したものだ。ぼくはこの折り方をお母様の著書で知った。正方形の紙だけでなく、便《びん》箋《せん》のようなさまざまな大きさの紙を活用していたお母様だからこそ、長方形の紙から組み上げる花の作品も創作していた。

「実は、ぼくは今日、最初にひとつだけタネを仕込みました。桜井さんがハートのエースを選ぶようにしたんです」

ぼくがそう打ち明けると、熊谷さんは事前の打ち合わせ事項をばらされたので慌てた。けれどもこの場ではぼくも正直者になりたい気持ちだった。

「でも、ハートのエースを使いたいと決めたのは、熊谷さんです」

一輪の薔薇を抱いた桜井さんは、それを聞いて、うふふ、と微笑む。ぼくはそっと言葉を添えた。

「今日は初めに、これがお好きなカードになる。といいました。そうなっていると、思います」

「はい」

そして桜井さんは真っ直ぐに熊谷さんを見つめていった。

「もう一度、いってください」

もちろん、何が？　などと熊谷さんは問い返さなかった。

熊谷さんは目を逸らさなかった。だがそこで不意に人差し指を立てて桜井さんと自分の視線の間で止め、もう一方の手を自分の後ろへと持っていった。

何ということだ、ぼくでさえずっと気がつかなかった。

熊谷さんはベルトの腰に挿して隠していた薔薇の小さな花束を差し出した。

「このタイミングを考えていた」

桜井さんが思わず笑い、目を潤《うる》ませる。

やはり熊谷さんの話は最後に焦点を結ぶ。それは素朴で、生花店に行けば誰でも買える花束なのかもしれない。それでもそれは、いまこの場所にある他のどんな薔薇よりも個性的で、熊谷さんにしか取り出せないものだった。

目を逸らさずに、真っ直ぐに応えた。

「ぼくは一美さんを、愛しています」

桜井さんが受け取ると、デデが気を利かせた。《ル・マニフィック》の大窓が一斉に輝き、薔薇色に染まった。気がつくと周りのテーブルの人たちも、ふたりに祝福の笑顔を向けて拍手していた。

上田さんを取材していたメディアの人たちがようやくやって来て、店内の様子に驚いている。残念だが彼らはタイミングを逃してしまった。けれども、ここにいる人たちはみんな、テレビがなくても何が起こったかよく知っているのだった。

11

ぼくは仕事を終えて、デデたちも眠って静けさが戻った地下通路を抜け、ミチルとともにホテルのロビーへと出て行く。

長い廊下を抜けてぼくたちは大扉の上を振り仰いだ。白馬のレリーフがそこにあった。

桜井さんが折ったように、その馬は前脚の片方を上げている。レリーフを下から包むように小さな文字が書き込まれている。

「ミチル、読めるかい？　ぼくは暗くてわからないんだ」


——Va où je vais, le Magnifique, va, va, va...!


「ヴァ、ウジュヴェ、ル・マニフィック、ヴァ、ヴァ、ヴァ……！」

ミチルが白馬を仰ぎ見て読んだ。

「映画に出てきた言葉だね」

そうか、とぼくは頷いた。レリーフに刻まれていたのは、どこへでも好きなところへ行ける魔法の呪文だった。ジャン・コクトーの『美女と野獣』で、野獣からおまえの命はおまえの娘と引き替えだと脅された商人の父親が、慌てて娘のもとへ戻るときに乗る白馬への呪文だ。

呪文はもう一度使われる。いったんは野獣と心を通わせかけた娘のベルが、一週間だけ父のいる自宅に戻りたいと懇願して望みを叶えてもらう。しかし周囲の計略によって城へ戻るのが遅れてしまったベルは、遣わされてやって来た白馬にこの魔法の言葉を囁《ささや》き、急いで跨《また》がって駆けるのだ。

ミチルがその言葉を日本語にして読んだ。

「私の望むところへ連れて行け、マニフィック、行け、行け、行け……！」

連れて行け、白馬よ。ぼくたちがいま望むところへ。ぼくたちがいま行きたいと願っている遥かな場所へ。

ぼくたちの行くところへ行け、マニフィック。

行け、行け、行け——！

「行こう、ミチル」

ぼくたちは頷き合った。

「うん。行こう。ヒカル」

ぼくたちはロビーを抜けて、夜へと歩んでいった。

まだ冬は続く。夜空は晴れ、街の灯りを反射する雲は見えず、遠い星々がぼくたちの頭上にあった。

*

マジックに関わる者なら誰でもダイ・ヴァーノンという伝説の人物の名前を知っている。その人の有名な言葉をぼくは思い出す。

——Be natural. What I mean by this is "be yourself."

ドクが生前に教えてくれた。そのときのドクの声はいまでもこの耳に残っているが、声の抑揚も、ソファベッドに座りながらぼくを見ていたその眼差しも、いま思えばどこにも力みのない、ドクそのもののようだった。

「ヒカルの父さんも、この言葉をヒカルに教えたことがあると思う。一度その話をしてくれた」

ぼくは憶えていなかった。それどころか父がドクとそんなことを話していた事実さえ知らなかった。

ぼくが首を振るとドクは重石を置くかのようにゆっくりと、静かな言葉でぼくに教えてくれた。

「自然であれ。つまりそれは、『きみ自身であれ』ということだ」

ドクの向こうに、ぼくは父の声を聞いた気がした。

ぼくは自然だろうか。ぼくは自然でありたいと思う。

そしてミチルも自然であればいい。

人間でも、ロボットでも、きっとそのもの自身になることはできる。それを目指すことは必ずできる。太陽が東から昇るように。おとぎ話が古いリズムを湛えるように。

そして自然であったとき、彼がヒトであるかロボットであるか、その人が美女であるか野獣であるかは、たぶん些細《ささい》なことなのだ。

第三話 折れた魔法の杖

1

夜明けにデイパックをつかんでアパートを飛び出し、新宿南口のターミナルから高速バスで東北を目指した。乗り込んだのは発車時刻ぎりぎりで、座席で息を整えながら窓越しに朝の街並みを眺めていた。四月も半ばに差し掛かっていた。舗道の生け垣にも白や黄色の春の花が咲いているが、しばらくバスが走ったところで桜の並木がビルの隙間から目に入った。

満開を過ぎて花が散り、いったん赤みがかって見える時期だ。それでも残った淡い桜色の間から今年の葉が芽吹き始めていて、それは朝日を浴びながらそこかしこで瑞々《みずみず》しく混じり合い、内側から枝先を潤《うるお》そうとしている。明日にはさらに葉が広がり、枝葉の色を変えてゆくのだろう。いまこの瞬間にしかない、二度と戻ることのない色合いだ。その瞬間を湛《たた》えたまま、桜はビルの向こう側へと消えていった。

空が青い。後方の座席で誰かがさっと窓のカーテンを閉める音がする。すぐにこの座席にも朝の光が低い角度で射し込んできた。バスが交差点を左折し、陽射しも回転してぼくの目に入り込んだ。

肩まで毛布を掛けて目を瞑《つぶ》る。身体はじっとしたままなのに、まだ頭のなかはぐるぐると回っている。しばらく同じ姿勢でしかめ面をしていたが、バスが高速道路に乗ったところでカーテンを引いた。その翳《かげ》りのなかで毛布をさらに首元まで引き寄せて、蛹《さなぎ》のように座席で小さくなった。

目的地の街の仙台には、午後の中途半端な時間に着いた。移動中もずっと陽射しは明るかったが、バスを降りてみるとやはり肌寒い。少し道に迷ってから地下鉄東西線に乗って、五つ先の駅を目指す。四両の小さな列車だ。わずか十分の道のりが遠く感じられる。途中で不意に、窓の外に河原の景色が広がった。列車は水量の少ない川を渡るとすぐに再び地下に入った。地下鉄を降りて改札口を抜けても、今度は省スペース型のエスカレーターが地上まで何度も折り返して続いている。前の人たちを追い抜くことはできない。途中から階段を駆け上がった。

山の上を切り拓《ひら》いてつくられた大学のキャンパス区域が広がる。東北に来るのは初めてだったが、もうあの大震災から十五年も経っているのだ。どの建物もすっかり空や周りの林と馴染んで見える。大きな丁字路まで出ると、そこから山の起伏を越えてゆくかのように、真っ直ぐな車道がずっと先まで続いていた。地図と照らし合わせると、ここが工学研究科のメインストリートだった。

ぼくが目指す研究棟は、ちょうど地下鉄の駅から研究区域の反対側にある。食堂や購買部の建物の前には大きな交差点があって、ぼくよりも少し年上の学生さんたちが、買い物袋を手に提げて談笑しながら信号を待っている。その姿がぼくには眩《まぶ》しい。大学のキャンパスは未知の世界だ。ぼくが通っていた埋め立て地の高校で、大学進学を目指さなかったのはぼくひとりだけだった。

ようやくメインストリートの端へと辿《たど》り着き、そこからさらに奥へと入る。自転車やバイク置き場の脇を過ぎ、屋根が錆《さ》びついたプレハブ倉庫の横を抜け、半導体とかナノテクノロジーといったものを研究すると書かれたぴかぴかの施設の前を曲がると、ようやく大学らしい落ち着きのある建物が見えた。

個人認証も求められずに目的階まですんなり入れたのは驚きだった。見取り図を頼りに人影のない廊下を進んだ。壁にたくさんのスクリーンが掲示されている。研究成果の図表や写真が鮮明に浮かび上がっては消えてゆく。そのさまだけは何だかとても未来的だ。

人の声も、雑音さえも聞こえてこない。機械工学の研究施設といったら、金槌やドリルの音が四六時中響いていると、ぼくは以前から勝手に想像していたのだ。大阪大学に行ったときも似たようなふしぎな感じを覚えたことを思い出す。

セーター姿の男性が研究室から出てきて、うろうろと戸惑っているぼくに気づいた。手にタブレットを抱えている。

「ご用ですか？」

「奥村侑《おくむらすすむ》先生にお目にかかりたいのです」

「レポートか何か？」

ぼくは背が高くないので、実年齢よりも若く見られがちだ。けれどもキャンパスの学生さんたちとは雰囲気が違うとわかったのだろう、優しく対応してくださった。

「この時間だと、奥村先生はいません。申し訳ありませんね」

「突然のことで申し訳ありません。いつごろお戻りでしょうか」

「金曜日だからね、今日はもう戻らないですよ」

ぼくは自分の名前と住んでいる場所を伝え、そしてデイパックを開けた。

「このことで、どうしても助けていただきたいのです」

その人は眉根を寄せた。なかを見つめ、そしてぼくの顔を見た。

なかから取り出して、真剣な目つきで検分してくれる。そして研究室の扉を開けると、なかにいる人に向かっていった。

「奥村先生はどこだろう？」

「もういないんじゃないか」

ぼくの見えない位置から声が上がる。その人は頷《うなず》き、再びぼくに向き直っていった。

「これをどこで？」

「一ヵ月前に見つけました。本当はずっと前からあったと思います。ぼくが気づかなかったのです」

そして伝えた。

「今朝、初めてこれが目の前で動きました」

それは、ミチルの片腕だった。

肩の関節からもがれた、一本の右腕だ。

「このロボットのことは知っている。ただ、ちゃんとわかる人間はうちの研究室にいないんだ。機構と制御の担当はうちではなかったからね。ぼくも実際に見たのはこれが初めてだ」

「大阪にはうかがいました。ミチルを実際につくった方にもお目にかかりました。ただ、向こうでもロボットの本体がなければどうしようもないというお話だったのです」

「それはそうだろうね。どうしてここへ？　奥村先生だって最初から関わったわけじゃないはずだ」

「ぼくは、マジシャンなのです」

そう答えると、その人は言葉を呑《の》み込んでくれたのか、ゆっくりと頷いた。

「わかった。ぼくは関口《せきぐち》という。ここの助教だ。お手伝いできることがあるかどうかわからないが……」

その人は手にしていたタブレットを操作し、ぼくのツールにメモを送信してくれた。

「今日は金曜だ。奥村先生はここにいると思う。取っつきにくい感じの人に見えるかもしれないが、訪ねていけば相談に乗ってくれるはずだ。先生がここで飲んでいることはみんな知っているからね、学生も訪ねに行くことがあるから、店の女将《おかみ》さんも承知している」

「ありがとうございます」

「土日もぼくは大学に来ている。ぼくでなくても誰かがいるはずだ。何かあったら気軽に声をかけてくれないか。ご覧のように、この大学は門戸開放の精神なんだ。単にセキュリティが甘いともいう」

深く頭を下げてお礼の言葉を述べ、ぼくはその場を後にした。

地下鉄の駅まで戻り、来た路線を逆に辿って繁華街へと出た。

空には夕暮れ時の光が残っている。まだしばらく夜は遠い。飲食店も時間を持て余していた。けれどもその中途半端にエアポケットへ落ち込んだような感覚は、気が急《せ》くばかりで何もできずにいる、いまのぼく自身そのもののようだ。

夜になればもっと人通りが増えるのだろう、まだよそよそしい感じの飲食店街を抜けて、青果店の脇から路地を入ってさらに進む。この辺りの区画は、古くからの雰囲気がいくらか残っているのかもしれない。ひとつひとつの道は細く、雑居ビルが並ぶその向こうには平屋建ての飲食店も見える。

ちょうど大きなパチンコ店の裏手に、関口さんから教えられたその居酒屋があった。

《小春《こはる》》――という暖簾《のれん》が出ていた。

「いらっしゃいませ」

がらがらと戸を引いて、ぼくは入った。こぢんまりとした店内で、カウンター席の他には手前に小さなテーブルが一卓あるだけだ。

和服姿の女将さんがぼくに目を向けて微笑《ほほえ》む。カウンター席にひとり、背広姿の男性が座っていた。

扉を閉めると、異世界に入り込んだように感じた。女将さんの他にもうひとり、やはり和服と白い割烹着《かっぽうぎ》姿の小柄《こがら》なお婆《ばあ》さんがいるのが見えた。こちらに背を向けて、ことことと小鍋で徳利《とっくり》を温めている。

こういうお店にはいままで入ったことがない。

「すみません、奥村先生はいらっしゃいますか」

「あら。こちらよ」

助教の関口さんが教えてくれた通り、女将さんは警戒もせずに教えてくれた。関口さんが事前に連絡を入れてくれたのかもしれない。あるいは、やはりここでも学生だと思われたからだろうか。きっとこんなふうに悩み事を相談しに来る学生が、ときおり暖簾を潜《くぐ》って来るのだ。それをさらりと受け入れてくれるのは、このお店の雰囲気と女将さんの人柄ゆえだろうか。

女将さんは素肌の綺麗な人だった。ほっそりと白い指先でカウンターのお客様を示してくれる。ぼくはおずおずと隣の席に腰掛け、女将さんのおしぼりを恐縮して受け取り、その人に尋ねた。

「奥村先生でいらっしゃいますか」

「そうだよ」

ぼくに目を向けることはなかったが、取っつきにくい感じとは思えない。目が細くて、ほとんど瞑っているかのようだ。目尻の皺《しわ》がむしろ優しげに見える。

「ヒカルと申します。お願いがあってうかがいました。ぼくは昨年の秋から、ミチルというロボットと暮らしていました。先生はミチルのことをご存じですね」

先生は応えない。ぼくは思い切って続けた。

「二ヵ月前にミチルがいなくなりました。先生のところにいるのではないかと思い、うかがったのです」

ポケットから一枚のカードを取り出す。赤色のバイシクルのカードで、もともと四つに折り畳まれていたものを広げたため、折り筋が残っている。

安価だがマジック用にコーティングが施された特殊なカードで、あらかじめプログラムされた文字や図形が表の面――フェイスに浮かび上がる仕掛けになっている。鳩を出してほしいといったお客様の急なご希望に応えるために、演技のなかでふだんから使っているものだ。

ダイヤの2だったが、フェイスの空白部分に言葉が刻まれてあった。

《ヒカルへ。

先生と、最初の空を見つけに行く。》

「ここにある《先生》とは、奥村先生のことではありませんか。先生がミチルを開発なさったのですよね」

ぼくはいった。

「先生はミチルの行方をご存じですか」

デイパックからミチルの右腕を取り出して訴えようとしたが、先生はぼくを穏やかに制していった。

「まあ待ちなさい。急ぐことはない。お春《はる》ちゃんだって、きみにお通しを出せずに困っている」

お春ちゃんと呼ばれた女将さんが、少し首を傾げて微笑んだ。カウンター越しにお浸《ひた》しの入った小鉢を差し出してくれる。どうやって振る舞えばよいのか、ぼくは戸惑った。

そのとき、先ほどまでカウンターの後ろにいたお婆さんが、奥の通路からお盆に徳利とお猪口《ちょこ》を載せてやって来た。ずっと微笑んでいるかのような穏やかな顔立ちだ。

「いらっしゃい」

「お婆ちゃん、彼にもお猪口をひとつ頼むよ。きみはもう成人だね？」

お婆さんは奥村先生の前に徳利を置く。とてもきれいな指だ、と思った。皺はあってもしなやかで細く、水気を湛えた肌の色は桜の花のようだ。女将さんとは母娘《おやこ》なのかもしれない。お婆さんは続いてお猪口を手に取る。

何気なく見ていたぼくは、息を呑んだ。

何が起こったのか、理解が一瞬追いつかなかった。

お婆さんの指先で、お猪口がふたつに分裂したように見えたのだ。

お婆さんはお猪口を先生の前に置いた。ことりとテーブルが音を立てた。それでもまだお婆さんの指先には、もうひとつのお猪口があった。

お婆さんはそれをぼくの前に置くと、何でもないといった感じでお盆を持って下がっていった。

ぼくは唖然《あぜん》としていた。お婆さんはぐるりと通路を回ってカウンターの奥へと戻る。女将さんも次の料理をこしらえていて、ただ穏やかに微笑んでいる。ぼくたちの前には新しい徳利だけでなく、確かにお猪口がふたつある。

いまあのお婆さんは、マジックを披露したのではないのか。

「まずは一杯やってからだ」

奥村先生はぼくのお猪口に日本酒を注ぐ。そして自分にも手酌し、乾杯の印に掲げた。ぬる燗《かん》というのだろうか。その温度がじわりと喉《のど》に沁《し》みた。

2

マジックの世界に「ブロークン・ウォンド」という言葉がある。「折れた魔法の杖」だ。マジシャンが亡くなってこの世を去り、その人の杖から魔法の力が消えることを意味する。英語で書くとwandだから「ワンド」というのが正しいのかもしれないが、ふしぎとマジックの世界では昔から「ウォンド」と表記する人が多いようだ。

脱出マジックを得意としたハリー・フーディーニが一九二六年に亡くなったとき、アメリカのマジック協会が初めて「ブロークン・ウォンド・セレモニー」という葬儀を執りおこなった。

いまも海外ではマジシャンの葬儀でその伝統が受け継がれている。故人が愛用していた杖をあえて折ることで、参列者全員でその魂を供養するのだ。そしてこのように唱える。

「彼の為《な》した魔法は終わった。彼が共有した魔法と神秘は、彼が生きた記念として、われわれの記憶に刻まれた」と。

ぼくはドクが亡くなったとき、そうした伝統の儀式があることを知らなかった。ドクは無宗教だったから、キリスト教の考え方がいくらか入っている「ブロークン・ウォンド・セレモニー」は好まなかったかもしれない。ドクの葬儀は特別な趣向を凝らすこともなく、ごくささやかにおこなわれた。それでもドクは心安らかに旅立ってくれたのではないかと思っている。

ただ、あるときから気になっていたことがあった。ドクは生前、確かに自分のマジック・ウォンドを所持していたはずだった。「ワン、ツー、スリー」と呪文を唱えるとき、マジシャンが手にしているあの小さな杖を、ドクもまた持っていたはずなのだ。

ところがあるときふと思い出し、探してみたのだが、どうしてもドクの杖が見当たらない。ぼくはドクがマジック用具を入れていた衣装ケースや段ボール箱をいくつも開けて探してみたが、どこにも杖は入っていない。最後にドクがどこで杖を使ったのか、記憶を辿ったが思い出せなかった。杖は残された人々の手によってふたつに折られることさえなく、まるでドクと一緒にこの世から消えてしまったかのようだった。

そのためではないが、ぼくはいまでも自分の杖を持っていない。レストランのように狭い場所では棒を振り回すのが危険だったということもあるが、考えてみるとそれ以外の舞台でもウォンドを使ったことは一度もなかった。「ワン、ツー、スリー」のかけ声は、いつも自分の指先でやってきた。もちろんマジックショップに行けば立派なウォンドを売っている。たまたまぼくは自分の杖を見繕う機会がなかっただけだ。

なぜそんなことを思い出したかといえば、その日《ル・マニフィック》のお客様から尋ねられたからだった。

「魔法の杖をお持ちではないんですか？　ほら、ハリー・ポッターが持っているようなのです。映画で観ました。専門のお店があって、天井まで届くくらいたくさんの箱が保管されていて、自分にぴったりの杖が選べるんですよね？」

「はい、実はそうなんです」と、ぼくは答えた。「皆様にもご自分にぴったりの杖が、必ずこの世界にあるんですよ」

「本当ですか？」

「この《ル・マニフィック》なら、こんなふうに手を翳《かざ》せばいつでも現れます」

ぼくはそういって片手を前に出した。「ワン、ツー、スリー」と神妙に呪文を唱えると、すっ、と一瞬にして金属の杖がてのひらに吸いついた。ちょうどハリー・ポッターの最初の映画で、魔法の箒《ほうき》がそうだったように。

お客様が目を瞠《みは》る。ぼくはにっこり笑ってタネ明かしをする。それは実際の杖ではなくて、側《そば》に控えているデデの細いアームなのだった。関節の角度を調節すると、お客様の席から長い腕の部分だけが見える。

「でも、これは本物の魔法の杖なんです。オレンジだって、キウィだって、みるみるうちに切って飾りつけてしまいます。それだけじゃなくて、こんなこともできます。お客様もてのひらを下にして、さっきのようにどうぞ手を翳してみてください。一緒に唱えます。ワン、ツー、スリー」

ぼくがアームをひと振りすると、卓上のカスターセットが跳ねるように動いてお客様たちの手元にあるスプーンを弾《はじ》いた。反動でスプーンは柄《え》の方から飛び上がり、すっとお客様の手のなかに吸いつく。タイミングが肝心で、なかなか綺麗に動きを揃えるのは難しい。数週間にわたるデデたちの人工知能の学習で、ようやくここまでできるようになった。

「そのスプーンは内側に最新の温度センサがついているんです。当店の上田《うえだ》が開発した専用のスプーンです。それでデザートをお召し上がりになると、きっとどこよりもおいしくジェラートがお口のなかで溶けることと思います」

テーブル上で什器《じゅうき》が踊っているように見えるのは楽しい。どんなものだって魔法の杖の代わりになる。しかしいまは、自分が杖を持ってなかったことを寂しく思う。

ひと振りすれば、どんなものでも取り出せる。どんなものでも戻ってくる。そんな杖があったなら、どんなによかったことだろう。

二月も半ばを過ぎて気温が上がり、春一番が吹いたとニュースが伝えたその日、ぼくはいつものように《ル・マニフィック》から帰宅したのだ。

閉店後もデデたちの点検や翌日の準備は欠かせないので、アパートに戻るのは深夜になる。魔法の杖のことをミチルに話そう、そう思いながら急ぎ足で路地を曲がった。そしていつものようにアパートの窓を仰いだとき、部屋の灯《あか》りが見えないことに気づいた。

階段を駆け上がり、玄関扉の鍵を開ける。

異変があったことをはっきりと察した。室内は暗いままだった。

「ミチル」

ぼくは照明を点《つ》けた。やはりミチルの姿がない。急いで靴を脱いでダイニングに上がり、どこかに倒れているのではないかとあちこちへ目線を巡らせた。奥の畳敷きの部屋にも姿は見えない。部屋は今朝ふたりで出たときから何も変わっていないように思える。ダイニングテーブルにも、ソファベッドにも、部屋に積み上げた衣装ケースや段ボール箱の上にも、ミチルが何かを残していった形跡はない。

こんなことは初めてだった。

自分のツールを確認した。やはり今日一日、ミチルからの連絡は何も入っていない。ぼくたちは互いの居場所を常に通信し合っていたわけではなかった。最初のころにぼくたちはそう決めたのだ。

ぼくの考えは、間違っていたのかもしれない。

部屋を飛び出してアパートの前で辺りを見回す。丘の影が暗く張り出している。いま曲がってきたばかりの路地まで戻り、真っ直ぐに続く細い小路《こみち》を走る。この辺りにはまだ電信柱が残っている。時代に取り残されたコンクリート柱の列が、どれもよそよそしく凍《こご》えている。

「ミチル！」

一度だけ大声で呼んだ。周りの住民は寝入っている。幹線道路を走る自動車の音だけが聞こえてくる。

ミチルは高度なロボットだ。解体すればかなりの金額で売れるのかもしれない。ロボットが実社会に浸透することを嫌う人は昔から絶えない。もしも誰かがいきなり道端で鉄槌《てっつい》を振り翳してきたら、ミチルのように小柄なロボットはほとんど逃れる手立てがない。ぼくたちがいきなり襲われたときと同じだ。

アパートに戻ったが、何をするべきかわからない。急いでツールからこれまでのミチルの基礎データを呼び出す。常時接続はしていなくても、毎朝の点検でミチルの状態は理解していたつもりだ。

相談すべき人は誰だろうか。他に何ができるだろうか。

ほとんど眠れないまま翌日を迎え、ぼくは少しでもミチルの足取りをつかみたくて早朝の《港の見える丘公園》へと向かった。

園内のいつもの散歩コースを往復する。破壊されたミチルがどこかに倒れているのではないかと気が気ではなかった。朝の時間帯によく顔を合わせるご夫婦がいたので尋ねてみたが、何もわからないという。沈床花壇《ちんしょう》まで戻ってベンチに座る。ここで待っていればミチルがひょっこりと顔を見せるのではないか。そんな気持ちを捨て切れなかった。

「桜井《さくらい》さん」

ぼくはその姿を見つけて立ち上がった。夜明け前に送ったメッセージを読んでくれたのだ。ぼくの方から駆け寄ると、桜井さんもまた焦燥の色を浮かべていた。

「やっぱりミチルくんに何かあったのね」

「ミチルはどこにいるんですか」

「私は二日前に会ったきりなの。いつもと同じ、あのベンチに座って、それから一緒に散歩をして」

「ミチルは昨日もここに来たんです。ぼくと別れて、そこから先の行方がわかりません」

昨年十二月二十三日の後も、ミチルはこの公園でときおり桜井さんと会っていたのだ。折り紙や文庫本の朗読を楽しんだりしていたらしい。ジビエの蝦夷鹿《えぞしか》をモチーフにした折り紙は、いまもアパートの窓辺に飾ってある。桜井さんと熊谷《くまがい》さんの恋の進展については詮索《せんさく》していなかったが、順調なのだということは毎晩のミチルとの会話から伝わってきていた。

「私が知っているのは、これだけ」

桜井さんがバッグから丸眼鏡を取り出す。ぼくははっとした。

この眼鏡は、ミチルの視界情報がシェアされていたはずだ。

借り受けて眼鏡をかけた途端、ぐらりと大きく自分が揺れた。ぼくはその場に倒れそうになり、片膝をついて上体を支えた。

青い空があった。それが大波に攫《さら》われるかのように回転し、そして光を浴びて、すべてが眩《くら》んだ。

驚いて眼鏡を外し、ぼくは訊《き》いた。

「これは、いつから見えるようになったのですか」

「わからないの。いままでも一瞬、似た光景が見えることがあったから」

「前から見えたということですか」

「でもここまで続けて見えるようになったのは昨日が初めてだった。ミチルくんに何かあったんじゃないかと思って」

「この映像は」

ぼくは喘《あえ》いで、ようやくいった。

「どこからか飛び降りたときの空のように見えます」


次に連絡を取ったのは熊谷さんだ。なかなか電話が繋《つな》がらず、メッセージで事情を伝えた。

前夜からずっと思っていたのは、もしかするとミチルはジェフさんのもとへ帰ったのではないかという可能性だった。ミチルは誰かに連れ去られたのではなく、自分の意思でぼくのもとから去ったのではないか。

ジェフさんに伝えるべきだろうか。ぼくは迷っていた。この四ヵ月で、ぼくにとってミチルが近くにいるのは当たり前のことになっていた。ぼくたちは確かに馴染みつつあった。確かにぼくたちは一歩ずつ、ともに新しい生活をつくり始めていたはずだった。

ぼくはミチルの〝オーナー〟ではない。ミチルは市販のロボットではなく、ジェフさんが個人でともに暮らしているロボットだと聞いていた。ミチルはいわば〝実証実験機〟の位置づけなのだと、ぼくは空港で説明を受けていた。

そうしたロボットに対してここ数年でずいぶんと法整備が進んだという話は、ぼくもニュースで見聞きしている。二〇二〇年の東京オリンピック・パラリンピック開催のころ、まずは自動車の世界で人工知能アシストによる自動運転技術が社会に普及し始めた。それに続くかたちでスカイウォーカーやヒト型ロボットについても舗道で利用の幅が広がっていった。

いまはぼくのような一般人でも、所定の手続きを踏めば社会実証実験の協力者としてパートナーロボットと生活することができる。しかも実験の内容によっては必ずしも二十四時間態勢でロボットの動向を把握しなくてもよい、というのがここ数年の決まりだ。

なぜならロボットや人工知能の性能が格段に向上してきたからだ。パートナーロボットの重量や大きさの規格が法律できちんと定められたことも大きい。仮に人工知能を搭載したロボットが実社会で何かの事故を起こしたとしても、ちゃんとした初期管理のもとで国際指針に則《のっと》って設計された実験機ならば、そのすべての責任は製造者と所有者に帰《き》されるのではない、一部はぼくたちの社会そのものが負う、という先進的な考え方も広まってきている。

昔もいまも先端技術の実証実験の場として〝特区〟はあちこちに設けられているが、ミチルのように知能を育むタイプの自律型ロボットには、いつでも広くて豊かな環境が求められる。だからそうしたロボットを育てて技術を発展させてゆくために制約もできる限り抑えて、いわばぼくたちの生活しているこの社会全体を特区と見なして、恐れることなくその未来を見守ってゆくのだという考え方が専門家たちの間にある。その思想はここ数年、とくに大阪・関西万国博覧会が開催されたことでいっそう社会に浸透してきた。

ジェフさんからミチルを託されるとき、ぼくはそうした背景を初歩から教わった。ジェフさんの思いもちゃんと受け止めてきたつもりだった。

だが実際にミチルがいなくなる、という事態を、ぼくは本気で想像していなかったのかもしれない。

夜になって熊谷さんの方から電話があった。熊谷さんは小説家で、ロボットに関する取材もおこなっていたことがある。

「遅くなってすまない。いま大阪にいてね」

「ご心配をおかけして申し訳ありません」

「いや、いいんだ。いまもミチルくんの行方はわからないのかな」

「捜しましたが、お伝えした通りです。桜井さんから眼鏡はお借りしてきました」

「よし。いますぐできることは、その映像をネットワーク上の地図データと照合してみることだ。何か映像に映り込んでいるものはないかな。もしあれば既存の地図データとマッチングさせて、簡単に場所は特定できる」

熊谷さんは国際標準の解析ソフトを教えてくれた。ぼくのような素人だと単独で扱うのは難しそうだが、幸いなことにふだんから利用していたミチルの健康診断ソフトと連動している。

熊谷さんとあれこれ話しながら、ぼくの方で解析プログラムを走らせてみる。少し時間がかかった。しかし期待に反して、マッチする場所は引っかかってこない。通話の向こうで結果を見た熊谷さんが渋い感じで唸《うな》った。

「ミチルくんの残した映像に、はっきりとすぐわかるような特徴はないな。建物や人工物で見つからなければ、空の映像そのもので探索するしかない。空が映っているのだから、雲が見えるだろう。その雲のかたちと光の加減でも過去の気象データと照合できる。いまは世界中のあらゆる場所の気象データが記録されている。日本のように起伏のある陸地なら、どんなに似た天気であっても、雲のかたちや陽射しがまったく別の場所で完全に一致することはないはずだ」

「そんな解析ができるのですか」

「専門家に頼む必要がある。ぼくらにできるのは真似事くらいだ。さっきの解析ソフトでもサンプルデータとの照合はできる」

ツールにめまぐるしく映像が起《た》ち上がっては消えてゆく。こういうとき、機械の持つパワーは凄《すさ》まじいと感じる。大量のデータを捌《さば》いてゆく能力は、ぼくたち人間の手先が生むマジックとはまったく別次元のものだ。

結果は半ば予想した通りのものだった。マッチングするデータはない。だがそれは仕方のないことだ。無料提供されているサンプルは一ヵ月前の東京上空を捉えたわずか数日間分に過ぎないからだ。ミチルの残した空は少なくともこの期間のものではない、ということがわかっただけだ。

「ぼくの方でデータを預からせてくれないか。伝手《つて》がある。大阪に来ていたのはよかったかもしれない」

そして熊谷さんはしばらく思案していたが、やがて教えてくれた。

「伝手というのはね。実は今日、きみの知らせを受けてから、ぼくの方で少し動いた。ミチルくんの開発メンバーの研究者と連絡がついたんだ。週明けに会う」

ぼくは驚いていった。

「ミチルは大阪でつくられたのですか」

「そうだ。ファミレスで少し話したことがあったね。ミチルくんのことは前に別の取材で聞いた。正確にいうと、ミチルくんはこちらに研究拠点を置く産官学連携のベンチャー企業が、実証実験の一環としてジェフさんと共同開発したロボットなんだ」

思い出した。《ハーパーズ》で会ったときにジェフさんは、関西を見て回りたいと話していたのだ。

「待ってください。ひょっとしてミチルは、その研究施設のところに行っているのではないでしょうか」

「いや、行っていないようだ。そこだけは確認した。企業側もミチルくんの行動についてはいっさい把握していない。それがこの実証実験の一番大切なポイントだったからだよ。ジェフさんは長期実験の協力者として名乗り出て、ご自身も資金を一部提供しながらミチルくんを育てていた。ミチルくんの心を育てるための研究だ」

「はい」

「ミチルくんは真に自由で、真に自律的な体験の積み重ねで育ってゆく。ミチルくんの心——人工知能の学習経過に影響を与えるのは、ぼくたちと接する外部コミュニケーション体験の蓄積と、さらに加えて既存の物語を咀嚼《そしゃく》して内省的にテーマを発見してゆく創造性だ。重篤なダメージが生じない限り、彼らの研究室にもきみのツールにもアラームは鳴らない。ミチルくんは最良の機能を備えたロボットだが、ぼくら人間の子供たちと同じように、ごく限られたセンシング能力でしか世界を感じることはできないし、また自分のいわば〝意図〟のようなものを、直截的《ちょくせつてき》に発することもしないんだ」

熊谷さんは一気に難しい話を進めてゆく。作家としての熊谷さんが溢《あふ》れ出してきたかのように感じた。

「まだぼくもちゃんと聞いていないが、ミチルくんのなかに時々刻々と蓄えられてゆく情報には、第三者がむやみにアクセスできないような覆いが掛かっていると思ったほうがいい。ミチルくん自身のプライバシー、つまり防御手段のようなものだね。だからマスキングを外して解析するには、専門の開発チームに頼む必要がある」

「わかります。その研究施設が大阪にあるのですか。ミチルの居場所がわかるなら、どんなことでも協力します」

「もし解析がうまくいかないときは、ふたつの可能性がある。まずはミチルくんがある種〝意図〟的に、自分のデータを通常以上に保護しようとしていた可能性だ。擬人化したようないい方で申し訳ないが、ミチルくん自身の判断でそうなっていたということだよ。余計なタグづけ情報は消去されている可能性がある。ただ、それだとミチルくん自身も、記憶の有機的なネットワークをつくれなくなるだろう」

咄嗟《とっさ》にはうまく呑み込めない説明だ。記憶がばらばらに断片化されていってしまうということだろうか。

「でもミチルは、昨日の朝まで何も変わったところはなかったんです」

「もうひとつは、本当に合致するデータがないという可能性だ。つまりミチルくんはどこかで、ぼくらがまったく知らない景色を見ていたことになる」

それから一週間、ぼくはミチルのいない日々を過ごした。

何もしなかったわけではない。それどころかミチルがいなくなったその週末は、馬車道《ばしゃみち》や中華街にまで足を延ばして懸命に捜した。横浜の中華街は早くからさまざまなロボットを売り子として採用し、客を楽しませてきた場所だ。いまも《ル・マニフィック》のデデたちに劣《おと》らないほどのロボットが、鯛焼きや肉まんをつくって人々を惹《ひ》きつけている。パートナーロボットを連れて訪れる人もいるから、どこの舗道も人とロボットで大賑《おおにぎ》わいだ。夕暮れ時には人も機械も建物もうねりとなって、光も匂いも喧噪も混じり合い、すべてが混沌とした景色になる。それでもミチルの姿はない。そんな世界であってもきっとミチルの姿は見つけ出せると信じて彷徨《さまよ》ってみたこともあった。けれどもくらくらと眩暈《めまい》が残るばかりだった。

警察と役所にミチルの行方不明届は出したが、有益な情報は何もなかった。ぼくはミチルと別れたあの木曜の朝の行動を思い出して、何度もトレースを試みたりもした。

公園内は起伏が多く、橋の架かっている場所もある。何かの事故で転落して、下の藪《やぶ》にでも入り込んだのではないか。大破したミチルの姿など想像したくない。何度も橋から身を乗り出して手掛かりはないかと探ったが、どんなに目を凝らしてもミチルの姿は見つからない。公園を管理する役所からも、ミチルと思《おぼ》しきロボットやその一部などは、破損や事故の痕跡《こんせき》さえいっさい見当たらないとの報告しか来ない。

あの日、ミチルはぼくと別れてからどんな行動を取ったのだろうか？　いつまでぼくに手を振っていただろう？　あの朝ぼくは一度しか振り返らなかった。ミチルは丘の上でいつものように背筋を伸ばして手を振り続けていた。ぼくの姿が見えなくなるまで、ミチルは見送っていたのだろうか。

ミチルが消えてからの一週間、実際のところぼくは混乱し、また分裂していたに違いない。朝にミチルの姿がない部屋でカーテンを開け、トーストしたパンをひとりで齧《かじ》る。マジックの練習はひとりで姿見の前でおこなう。自分ひとりだけのアパートが好きになれず、ふだんよりもさらに早めに《ル・マニフィック》へ出向いて、開店準備の手伝いに専心した。念入りにデデたちを磨き上げ、動きのタイミングをコンマ数秒の単位で調整する。それでも余った時間はレストランサービスの参考書をコミの岸《きし》さんから借り受けて文字を目で追った。

深夜にアパートに戻ると、疲れてすぐに消灯してしまう。アパートのなかで一度も言葉を発することがない。ルーティンに嵌《は》まりつつあった。ぼくはまた無口になっていた。職場に行ってようやくその日の第一声を発し、終わればまた口を噤《つぐ》んで一度も喉を鳴らさず翌日を迎えるような、そんな人間に。

ミチルのことはずっと頭から離れなかったが、職場にいるときでさえ思い出してしまいかねなかったのだからプロフェッショナルとして危険な兆候だったと思う。ともあれ月曜の全体会議で新しい仕事の機会が訪れたとき、正直なところ戸惑ったことは事実だ。職場ではむしろぼくは以前より声を出し、未来へ向けて前進しようと努めていた。しかしそれはきっとミチルがいなくなったことへの反動だったのだから、実際に自分が未知の仕事へと一歩踏み出すことになったとき、やはりぼくは混乱したのだった。

その全体会議で、初めてぼくはスイーツ担当のシェフである立花由理《たちばなゆり》さんという女性と顔を合わせたのだ。会議に出ている誰よりも小柄で、白いコックコート姿だった。ぼくや岸さんとほとんど同じ年齢に見えた。つまりとても若かったのだ。ぼくと同じように部屋の隅に座り、中内《なかうち》料理長や畠山《はたけやま》主任シェフの話を熱心にノートに取っていた。最後に畠山主任シェフから紹介があり、その立花さんが菓子製造職人《パティシエール》で、《ル・マニフィック》の半地下の厨房ではスイーツを主に扱う第二厨房の一員であることを知った。そして畠山主任シェフは、三月半ばまでに春の新作料理のメニュー案が纏《まと》まる旨を述べた後、不意にぼくの名を呼び、立花さんにマジックのレパートリーを見せておくようにと命じた。

立花さんというその女性は、鼻筋が通り、顎《あご》はすっと細く整ったかたちをしていた。瞳は大きく、きれいなアーモンド型だった。どこか中東の人を連想させるエキゾチックな顔立ちで、会議の際に畠山主任シェフの言葉を受けて見つめられたときは、その目の力強さに思わずどきりとしたほどだった。

立花さんは実際、ぼくと二歳しか違わなかった。つまり岸さんと同い歳で、シェフとして大抜擢《だいばってき》された人だといっていい。ぼくがそれまで顔を知らなかったのは、デセール――つまりデザート担当の第二厨房にほとんど足を踏み入れたことがなかったからだ。会議が終わった後に改めて挨拶を交わし、立花さんというその女性がとても真面目で口数の少ない人だとわかった。立花さんは毎日ほとんど空いた時間がなく、ようやくそれからの数日間で深夜に二度顔を合わせた。ぼくはふだんホールで披露している演目を見せた。

立花さんは最小限の質問しかせず、代わりに熱心にノートを取っていた。略図を素早くボールペンで描き、そこから線を引いて短い言葉をひとつかふたつ書き込む。ぼくたちマジシャンのメモとは体裁が違って、それがまるで料理のレシピのアイデアメモのようだと気づいたとき、立花さんが何を見出そうとしているのかぼくにもわかり始めた。それは全体会議の畠山主任シェフや隣に座っていた中内料理長の顔つきを思い出せばいっそう明らかだった。

——ミチルがいなくなってちょうど一週間経った木曜、ぼくは夕方の開店前に諏訪《すわ》さんの言伝《ことづ》てを受けて厨房に向かい、そこでコックコート姿の中内料理長と立花さんに会って、中内料理長から改めて言い渡されたのだ。厨房は開店を間近に控えて誰もがきびきびと準備を進め、気迫の空気に満ちていた。

「きみたちふたりで春の新作を準備して、試食の日に提案するんだ。ホールで見せている手品だけじゃない、使えそうなものは全部彼女に見せて検討しろ。この《ル・マニフィック》は伝統と同じく革新を追求する。ことに第二厨房は先端実験の場だ。科学とアイデアと実践の場だ。そのためにあそこの厨房をわざわざ切り分けて設計したんだぞ。きみたちで私と上田を驚かせて見せろ」

その夜、東京に戻っていた熊谷さんから連絡が入った。近いうちにまた大阪へ赴く予定があるという。

「ヒカルくん、きみも大阪に行けるかな」

「どこへでも行きます。ミチルの開発者の方にお目にかかることはできないでしょうか」

「ミチルくんの居場所の特定はできないかもしれない。ただ、開発者の人と会うのはいいと思う。来週末に時間をつくろう。仕事は大丈夫かな？　代表して日下部《くさかべ》さんという准教授の先生が会ってくれる」

そして以前と同じように、熊谷さんの声は回線の向こうで考え込んだ。熊谷さんの話はいつも遥か遠くで焦点を結ぶ。次に出てきた名前は意外だった。

「ヒカルくん、きみはテルさんと連絡を取っているかな」

「テルさんですか?」

ぼくが湾岸町の《ハーパーズ》に勤める前、そこでテーブルホッピングのマジックを担当していた、ぼくの恩人だ。初めてぼくが高校の同級生の美波《みなみ》と一緒に間近でプロのマジシャンの演技を見たその相手の人であり、ぼくを《ハーパーズ》のマネージャーに紹介してくれた人でもある。熊谷さんは作家として《ハーパーズ》を以前に取材し、テルさんのことを知っていたのだった。

「テルさんは《ハーパーズ》の後、関西方面に移ったと聞いていたんだ。そのことを思い出して、連絡してみようと思ったんだよ。久しぶりに会いたかったしね。でもテルさんはいま、ひょっとしてマジシャンをやっていないんじゃないかな。連絡がつかないんだ」

3

人はいきなりいなくなる。美波もこの世界から突然に消えた。

ミチルがいなくなったことに対する衝撃や焦燥といった当初のショックこそ退いていったが、代わりにぼくは、いまこの港町にいる意味を見失いかけていたかもしれない。《ル・マニフィック》で声を出し、忙しく動きまわり、お客様の笑顔に応え、そして立花さんにも一日に一度は必ず連絡を入れる。仕事はそれまでになく充実していたといっていい。しかし深夜にアパートに戻ったとき、なぜ自分がここに暮らしているのかわからなくなることがあった。

アパートで抽斗《ひきだし》の奥から古いカードケースを取り出す。ぼくが初めて父親に買ってもらったバイシクルのカードだ。ミチルにも一度、このカードケースの話をしたことがあった。スリーカードモンテの練習をしていたころ、ミチルが見つけて持ってきたのだ。

「ごめん、ミチル、これは大切なカードなんだ。練習には使えないんだよ」

「うん、大切なカードなんだね」

ミチルは真っ直ぐに繰り返した。あのときぼくは中身を取り出して、どのくらい古いものかミチルに見せたのだ。小学生のころ毎日触っていたから手の脂も染《し》み込《こ》んでいるし、カードの縁は汚れている。

そのなかに一枚だけ、四つ折りの跡が残るカードが添えられている。フェイスにサインペンで〝ヒカル〟と名前が書き込まれた、スペードの8だ。

「ヒカルの字じゃないね」

「美波という人が、ぼくの名前を書いたんだ」

と、ぼくは教えた。

「昔、ワン、ツー、スリーと魔法がかかって、そのままになってしまって、だからいまこの人は消えているんだよ。ぼくたちの目には見えないところにいる」

「いつか戻ってくるの？」

「魔法の仕組みを取り戻せたらね」

そんな会話をミチルと交わした。

美波が書いた文字はまだ掠《かす》れもせずにちゃんと残っている。テルさんは《ハーパーズ》で、このスペードの8を何度もデックのなかから出現させた。最後にポケットの財布のなかにあるポチ袋から取り出してみせた。マジシャンはいつだって、どこからだって、お望みのカードを取り出せるものだ。カードに限らず、ワン、ツー、スリーといえばどんなものでも消すことができるし、ショーの最後には軽々とそれらを呼び出せる。

けれどもミチルはマジックのそんなセオリーを踏襲せずにぼくのもとから消えた。ぼくにワン、ツー、スリーと唱えさせてもくれず、いつの間にかいなくなった。どこでぼくは間違ったのだろうか。こんな終わり方は魔法でさえない。

熊谷さんと何度か連絡を取り合い、大阪へ行く日を決めた。初めて《ル・マニフィック》に二日間の休暇届を出した。直接の上司であるメートル・ドテルの諏訪さんが、心配したのかぼくを呼び出して事情を聴いてくれた。努めて明るく話し、ミチルのことは最小限に触れるに留《とど》めて、そのミチルのメンテナンスで研究協力に行くのだと伝えた。諏訪さんはミチルの存在を昨年の十二月二十三日に《ル・マニフィック》のホールで見て知っている。

「立花シェフとの開発のことも忘れてはいません。戻り次第、ちゃんと進めます。少しだけ個人的な時間を下さい」

諏訪さんにそういって頭を下げた。

その日、ぼくにとって新しい体験があった。初めて厨房のメニュー検討会議に出席したのだ。諏訪さんからの伝言で、畠山主任シェフからの指示だった。

この《ル・マニフィック》では季節ごとにメニューを細かく見直して、常にリフレッシュした新作を含めてお客様に提供している。中内料理長や創作担当の畠山主任シェフが中心となって研究が重ねられ、そこから厳選されたものがメニュー検討会議に提示されて、さらにコンセプトが練り込まれてゆく。

会議は夜の開店に向けた仕込みが一段落した後、全員に賄いが振る舞われる前のわずかな時間を縫ってホールでおこなわれた。畠山主任シェフが厨房スタッフの人たちの前に出て、実際の試作品を取り上げながらひとつひとつ説明する。

精悍《せいかん》な顔立ちの畠山さんは、これまで十四年もこのホテルで働き、そのうち半分の年月は中内料理長の右腕として活躍してきたベテランシェフだ。この《ル・マニフィック》が上田さんのもとでリニューアルしたときも、現場の人たちを纏める要の役割を果たしてきたと聞いている。《ル・マニフィック》の特長である自然本来の味を、つねにあっと驚かせながら、お客様の心を暖かくするかたちで提供するために、ずっと最先端技術を導入し続けてきた人なのだとも聞く。テレビや映画によく登場するようなわかりやすい天才の振る舞いなどひとつも見せない。会議のときはいつも的確な司会進行で、しかし相手の話を聞くべきときには口を一文字に結び、必要なことだけをくっきりと述べる。

そして中内料理長が畠山主任シェフの隣に座る。3Dスクリーンが設置されて、実際の皿がそこにも映し出される。次々と登場する試作料理は、どれも春野菜をふんだんに使い、ぱっとテーブルが明るくなるようなものばかりだ。

ぼくにとって初めて見る春の《ル・マニフィック》でもあった。中内料理長は自らフォークやスプーンで試作品を掬《すく》って口に運んでみせる。その仕草と表情がいままで見たこともないほど細やかで、的確で、いきいきとしていたので、ぼくは圧倒された。その検討会議の席には後方に立花さんもいた。やはり熱心にノートを取っているのが見えた。

とりわけ前菜とスイーツはお客様のご要望に応じて、伝統から一歩も二歩も進んだ作品を提供するのが《ル・マニフィック》の特長のひとつだ。目を惹いたのは赤いマーブル模様が全面に広がる直径五センチほどの氷砂糖菓子のボールだった。しかも拡大映像を見るとマーブル模様は内側へと向かって何層にも重なっており、さらに内部には鮮やかな色の苺《いちご》がひと粒まるごと入っている。

春といえば苺だ。畠山主任がつくり方を解説してくれる。まず風船を膨らませて苺を入れ、内部にクリームを慎重に注入していきながら、瞬間冷凍で内面に薄皮を張らせることを繰り返す。最後に風船を割って中身だけ取り出すのだという。食べやすいように中央が凹《へこ》んだ小皿に載せて提供する。スプーンでそっと薄氷のようなボールを割ると、なかから冷たい苺の粒が出てくる。ほどよくクリームも絡んで甘酸っぱい。こんな技法があることをぼくは初めて知った。立花さんを始めとする第二厨房の人たちが周りの人たちの反応をうかがっている。スイーツ担当の人たちの新作に違いない。実際に説明役を担う畠山主任の声にも力が籠《こ》もっていて、これが挑戦的な作品であることがわかる。

そしてその夜、ぼくは終業後に翌日の準備を終えてから、立花さんに会うため厨房へと降りた。

第二厨房へ足を踏み入れるのは初めてだった。すでに厨房全体は明日を迎えるために清掃・洗浄とコンロの磨きも終わり、人は少なくなっていた。

近年の調理場は昔ながらのキッチンテーブルやコンロもあれば、ぼくのような者が一見すると何に使うのかもよくわからない最新機器も揃っている。いちばんわかりやすく進歩したのは皿洗いのような什器類の洗浄と整理整頓の作業だろう。調理場でロボットが活用されるようになったのはここ最近のことだが、まず食器洗浄がほぼ自動化され、タイムスケジュール管理にも人工知能が使われるようになって、さらにはスタッフの周りをワゴンがぶつからずに自動で動き回る時代になった。

それでも第二厨房に足を踏み入れたぼくは、そこが中内料理長のいった通り、《ル・マニフィック》の科学技術の最先端なのだと悟った。小さな部屋にぎっしりと冷蔵庫や棚が備えつけられ、壁際のテーブルには顕微鏡のようなものや、内部でごとごとと音を立てている何かの攪拌《かくはん》装置のようなものまである。

「化学の実験室のようでしょう」

と、立花さんはぼくの心を見透かすようにいった。立花さんはもともと夜間の料理学校だけでなく大学にも進学して農芸化学を学んでいたらしい。料理の世界に進むため学位を取得しただけですぐさま職に就いたものの、科学者の卵だった時期もあったのだ。

「実際に、ここは実験室です。あれは細胞やウイルスの遺伝子を増幅させる機械からの応用でできた装置。もともとの仕組みの発明者はノーベル化学賞を獲ったくらい。あのシーリング装置は放射性物質を袋のなかに密封するための機械と原理が同じ。機器自体や周囲が汚染されないように細心の注意を払って設計されている。それは食材の清潔さを保つことでもある――」

岸さんから借りた本のなかで「分子美食学《ガストロノミー》」という言葉は見て知っていたが、ここではまさに細胞や遺伝子や分子といった微小なレベルまで考え抜いてスイーツがつくられているのだった。しかも立花さんの説明に拠《よ》れば、料理はこの部屋だけで完結するのではない。

少しばかり見学させてもらった。液体窒素タンクや3Dフードプリンターはまだわかりやすい。だが秒単位で赤外線の照射量を変えて食材のタンパク質変成効果をきめ細かく編集するというグリルなど、ぼくには使い方さえよくわからなかったし、素材を密封する真空包装機《バキュームシーラー》がいまは数十種類もの食用フィルムで応用可能であることさえ知らなかった。

「こうした機械ができたから、調理現場だけでなく給仕の方々の役割も進歩したのです」

確かに立花さんがいう通り、これらのさまざまな機器を使って入念に料理の温度や固さ、圧縮の度合いといったものを調整し、化学反応のきっかけを仕込んでおけば、お客様のテーブルに供するその瞬間に料理が完成するよう計算しておくことさえできる。

厨房で料理人が料理を盛りつけてテーブルに差し出す。岸さんのようなコミとロボットがそれを受けてフロアへと運び、シェフ・ド・ランやメートル・ドテルの人たちへと繋ぐ。だが立花さんのようなシェフの人たちにしてみれば、その過程でも調理は進んでいることになる。給仕人がお客様のテーブル脇で最後の仕上げをおこなって取り分ける。お客様がナイフを入れるその刺激で、料理が完成することもあるだろう。命は何度でも吹き込まれる。それをいかに自然に見せるか。料理の科学技術が進歩すればするほど、調理はお客様の手元まで持続するのだ。

つまりそれはぼくたちマジシャンの仕掛けと同じで、あらゆる機会にタネを仕込めることを意味する。

スイーツもお客様のもとへ運ばれるその途中で、給仕係が魔法のタネを仕込むことができる。お客様がスプーンを手に取り、デザートにその先端を当てた瞬間、魔法が働くようにも調整できるだろう。

立花さんはこの部屋で、特にそうした先端的かつ先鋭的な作品の開発を請け負っているのだった。メニュー検討会議に出てきたあのボール状の苺のスイーツは、きっと立花さんの作品に違いない。常に挑戦的でありたいという中内料理長や畠山主任、それにプルミエ・メートル・ドテルの上田さんの思惑があったからこそ、年齢の低い立花さんが抜擢されたのだろう。この場所を見学できたのは幸いだった。おかげでわずかではあったがスイーツを調理することの意味が理解できたからだ。

「ヒカルさん、ボールか風船を使ったマジックを見せていただけませんか」

中内料理長もテレビかどこかでそうしたマジックを見て、立花さんに話したことがあるという。立花さんが考えようとしていることはわかった。ボール状のスイーツに関連した仕掛けができないかと探しているのだ。しかしすぐにはいいアイデアが出てこない。

「とりあえずお目にかけます。ご覧いただければ何か思いつけるかもしれません」

ぼくは控え室からマジック用具一式の入ったカメラバッグを取って、立花さんと上階のホールへと向かった。

「マジックの基本とは、何でしょうか」

途中の廊下で立花さんは訊《たず》ねてきた。立花さんの頭のなかでは、ずっと思考が忙しく回転しているようだ。ぼくは答えた。

「そうですね、いろいろな定義や分類がありますが、煎じ詰めればマジックの基本は〝消失〟と〝出現〟だという人もいます。ここにあるものがあちらから現れる。これは〝移動〟ですが、目の前のものが消えて向こうから出てきたともいえます。拳《こぶし》のなかに赤いシルクを入れたら、青いシルクになって出てきたとします。これは〝変化〟ですが、やっぱり赤いシルクが消えて青いシルクが現れたのだといい換えることができます。〝増加〟と〝減少〟をここに加える人もいるでしょう。手のなかでスポンジボールがいつの間にか増えていたとか、そういう現象のことです。でも、これも〝出現〟と〝消失〟のバリエーションかもしれません。ぼくたちはいつだって何かを消したり出したりしてお客様をびっくりさせているんです」

「昔からいい継がれてきた規律のようなものはありますか。レストランサービスの世界にもそうしたものはあります」

「いまから百年くらい前のハワード・サーストンというマジシャンが、『サーストンの三原則』を提唱しました。一、これからおこなうマジックの内容をあらかじめ観客に説明してはいけない。二、同じマジックを繰り返し演じてはいけない。三、マジックのタネ明かしをしてはいけない。有名な三原則です」

立花さんは心のなかにノートしている様子だった。

深夜のホールの一角を借りて、ぼくは風船のマジックを立花さんに演じて見せた。ゴム風船は《ル・マニフィック》の雰囲気に合わないのでこれまで演じたことはなかったが、昨年のクリスマスシーズンにはアルバイトでショッピングモールのお客様を相手によくおこなったし、《ハーパーズ》にいたときにもときおり演目に入れていた。ゴム風船は基本のマジック用具なので、いつもバッグに入れてある。

立花さんにテーブル席についてもらい、まずは風船の演技で必要な小道具である十円玉に、サインペンで印をつけてもらう。ここでマジシャンがふうっと息を吹きかけてインクを乾かすのが常套《じょうとう》だ。これをやるといかにもマジックっぽい感じがする。

ゴム風船を膨らませ、口を指先でつまんで保持しておく。十円玉を風船の表面に当てて、指先で押さえてもらう。その状態でぼくはさらに息を吹き込む。立花さんは十円玉を押さえたままだ。

「指先に集中してください。感触が変わります」

さらに風船を膨らませる。あっ、と立花さんは声を上げる。十円玉は風船のなかに入っている。

「どんな感じがしました？」

「なかに吸い込まれて行く感じがしました」

「もっと大きなものでやりましょう。ツールを出してください」

そのゴム風船をさらに膨らませる。ツールは片手で持って操作するデバイスだから、十円玉とは比較にならないほど大きい。風船の膨らみ具合と比較してみせる。

ぐるりと手首を返し、おもむろに空気を少しずつ抜いてゆくと、一瞬前まで風船の外側に密着していたはずのツールはすでにゴムの皮膜の内側にある。十円玉とツールが同じくゴム風船のなかに閉じ込められているのがはっきりと見える。

そして再びおもむろにぐるりと手首を回し、ツールの先端の色がわずかに変化していることを示す。風船のなかで十円玉はまだころころと転がっているが、ぼくが手で摘まみ取ったツールの先端は、すでにゴム風船の皮膜から外に出ている。ゆるやかにそれを引っ張り出し、完全にツールだけが外に貫通したことを見せる。なかには印のついた十円玉が残っている。

ぼくは少しばかり風船に息を吹き込んで丸くかたちを整え、口を縛って立花さんに差し出した。

「この風船は、お客様のお土産にもなります」

立花さんは驚きの表情でぼくを見つめながら風船を受け取った。初めてぼくは、立花さんの素の表情を見たと思った。

ゴム風船は中空の飴玉ボールの代わりになり、内部に残った十円玉は苺の粒に見立てられる。だがぼくはこのマジックがうまくスイーツに応用できるのかどうかわからなかった。

事実、このマジックの基本的なタネを説明すると、立花さんは失望の表情を見せてパティシエールの顔つきに戻った。やはりそのままではとても使えないのだ。

「見え方の角度なんですね」

「すみません、マジックというのはタネがわかると大抵がっかりするものなんです」

「いえ、ヒカルさんのせいではありません。いまは私の方が『サーストンの三原則』を破るようお願いしたのです」

「マジックの定番演目には、食べ物や飲み物を小道具に使うものも確かにあります。パンのなかにお客様の腕時計がいつの間にか挟まっているとか、レモンのなかに一ドル札が入っていて、ナイフで切り出すと出てくるとか、コーラの空き缶が一瞬で封をした新品に戻るといったようなものです。ただ、そういったものがすぐに料理として応用できるとは思えないんです。清潔さの問題もありますよね。実際にお客様に召し上がっていただくのですから」

「私もそう思います。でもムッシュー中内の直感のように、私もここから何か新しいものが拓ける気がするんです」

同感だった。立花さんは自分のノートをめくり、さらに思案を巡らせていた。ぼくも何か手掛かりがほしいと思い始めていた。ぼくは立花さんとは逆に、料理やスイーツのことを何も知らない。自分の見知っていることの何が立花さんたちの役に立つのかがわからないのだ。

「ヒカルさんがマジックをする際にとりわけ気をつけていることはありますか。効果を最大のものにするために何を心がけていますか」

「いまの風船の演技でも同じです。マジックは科学だと提唱した、やはり百年ほど前のマジシャンがいます。ハーラン・ターベル博士という人で、常に肝《きも》に銘じておくべき三つの要素を繰り返し教本で初心者に説きました。その三つとは、〝視線に対する角度《アングル・オブ・ビジビリティ》〟、〝暗示の力《パワー・オブ・サジェスチョン》〟、それに〝誤誘導を引き出す技術《アート・オブ・ミスディレクション》〟。マジックをやる人なら誰もが読んで心に刻みつけている教えです」

「マジックは科学……」

立花さんはノートを見つめていた。ぼくにはまだわからない何かが、立花さんの心に少しでも芽生えてくれたなら嬉しい。立花さんは呟《つぶや》いた。

「――料理も科学です」

そしてふっと立花さんはツールに目を向けた。もうかなり遅い時間になっていることに気づいたのか、恐縮の表情を見せて急いでぼくにいった。

「ありがとうございます。他にも新作はあります。もう少し別の日にお時間をいただいて、考えさせてもらえませんか」

「もちろんです。ぼくもスイーツについて勉強させてください」

大阪へは深夜発の夜行バスで向かうことに決めた。

出発当日はオフ日だったが、ぼくは丘の上の公園で、もう一度ミチルとの行動を振り返った。

一歩ずつ、何度もミチルと一緒に上った細い坂道をまた踏みしめて上る。その坂道は丘の上にあるふたつの文学記念館の狭間《はざま》へと繋がっている。赤煉瓦造りの《霧笛橋》が丘と丘の間に架かり、坂道を上り切るとちょうどモダンな橋脚の向こうに「芸亭《うんてい》の桜」と名づけられた古い桜の木が見える。きっともう少しすれば花が咲いて、園内でも人の目を惹きつける場所になるのだろう。

園内の人たちに声をかけ、ミチルについて尋ねてみる。思いがけないことにミチルを知っている人もいた。ぼくがいないときにミチルを見かけていたのだ。ぼくたちが一緒に散歩しているときに擦れ違っていた人もいて、そうした人たちとも初めて言葉を交わした。ひとりひとりにお礼を述べて頭を下げた。

ミチルがいなくなったばかりのころ、ぼくは焦燥に駆られ過ぎていたのかもしれない。一瞬の時間さえ惜しいとでもいうかのように慌てて人々のもとへ駆け寄り、不用意に相手を驚かせて、貴重な機会を逃していたのかもしれない。最初の数日で誰に尋ねてもミチルの行方がわからなかったから、ぼくは人に声をかけることをやめて、いつしか自分の目だけで周囲を見て回るようになってしまっていたのだ。

ぼくは待って聞き出すということをしていなかった。相手からミチルの日常をゆっくりと聞くことなど思いもつかなかった。だがそれは可能なのだ。その証拠に、いま初めて知ったミチルの姿がある。ぼく自身の余裕のなさが、ぼく自身の声を奪っていたのだ。

公園入口のところへ出て周囲を見渡す。毎朝ぼくたちはこの信号のところで別れていた。あの日、ミチルと別れたときと同じように、ぼくは右手へと折れて坂を下りた。何十回この行動を繰り返したかわからない。いったん暖かい日が続いていたのにまた寒さがぶり返していて、ぼくは思わず身を縮めて歩いた。

そのとき、ぼくは思い出したのだ。

公園の人たちと話したことで刺激を受けたのかもしれない。はっきりとぼくは思い出した。

あの日は春一番が吹いたのではなかったか。

足を止めて振り返る。ぼくは急いで取って返した。ミチルと別れたまさにその場所まで行き、そして一歩踏み出し、向きを変えた。

ぼく自身の視点からではなく、あのときミチルが立って目を向けていたその場所から、ぼくは坂道を見渡した。

風は冷たい。しかしあの日はもう少し暖かかった。わずかに顔を上げるだけで、ぼくの前には空が広がっている。電線で邪魔されることもない大きな空が。

ミチルは手を振ってぼくの背中を見送った後、春が訪れる空を見たのだ。


ぼくはアパートに戻ってしばらくぼんやりとしていた。

じっとしていると、いろいろなことが頭に浮かんでくる。ミチルと暮らした四ヵ月間、この部屋でぼくがいつも会話を交わしていたことは、思えば奇跡的なことだった。

のろのろと起き上がり、カーテンを閉めて、ダイニングキッチンへと向かった。

深夜には大阪への夜行バスに乗るのだ。その前に何か食べておかなくてはならない。明朝向こうに着いてから腹に入れるものも何かつくっておいた方がいいだろう。ぼくは冷蔵庫を開けた。まずは夕食のために、つくり置きをしていたきんぴらごぼうの小鉢を取り出してテーブルに置き、さらに焼きそばの麺《めん》とキャベツを手にした。

そのときだった。

いまでもその音は忘れられない。

ごとり、と背後で大きな音がしたのだ。


驚いて振り返ると、ダイニングテーブルの上に見慣れないものがあった。

違う。それは〝見慣れないもの〟ではなかった。テーブルの上にあること自体が見慣れないのだ。

それは、ミチルの片腕だった。

「どうして」

声が震えた。そこにあるものの正体が何であるのか理解できるまでに時間がかかったが、いったん頭のなかで焦点を結んだとき、ぼくは息が止まりそうになった。

信じられない。ぼくが目を離したのはほんの数秒だったはずだ。

そのわずか二、三秒で、この腕はテーブルの上に出現した。

「ミチル！」

ぼくは部屋を見渡して叫んだ。あちこちを動き回り、あまりのことでテーブルの角に足をぶつけた。反動でミチルの腕がテーブルの上でごろりと動いた。

ぼくはおずおずと手を伸ばした。間違いなくミチルの右腕だ。こんなにも腕は軽かったのか。こんなにも細く、精密で、頼りないものだったのか。

肘の関節はうまく曲がらない。指先の関節も伸びたままだ。ぼくが手で包むと何とか油圧の音を立てて指は曲がるが、いつものようなしなやかさはない。あれほどカードを素早く扱っていた指先だとは、とても思えないほどだ。

ミチルの動きは高度な制御プログラムや学習機能があってこそのものだったに違いない。どれほどミチルが自分のなかにあった力で、あの雪の上ではしゃいだときのようないきいきとした動きをつくっていたのか、どれほどたくさんの先端技術とともに、ぼくと歩調を合わせながら丘を上っていったあの伸びやかな足取りを実現していたのか、そのときぼくには痛いほどわかった。

ここにあるものは、まるで折れた魔法の杖だ。

ミチルの身体からもぎ取られて折れた杖だ。ミチルが好奇心一杯の目でワン、ツー、スリーと魔法をかけるとき、この世界にいる他の誰でもない、ミチルだけにしっくりと馴染んでいたかけがえのない杖だ。

ぼくはミチルの腕を抱え、その場に座り込んで歯を食いしばった。目をきつく瞑って涙を堪えた。

――長い時間が過ぎて、ぼくはミチルの片腕を抱えて立ち上がった。あと数時間で大阪行きの夜行バスに乗らなければならない。ミチルの開発者に会わなければならなかった。どのようにしてミチルはつくられたのか。ミチルはどのようなロボットなのか。まだぼくには知らないことがたくさんあるはずだ。

そしてミチルの腕を見つめて、ようやく気づいた。

「……違う。折れてなんかいない」

ぼくは腕のつけ根を確かめた。肩からもぎ取られたかのように見えるが、関節の部分は決して壊れてはいない。パーツがねじ曲がったり、剝がれたりということはない。この腕はきっとそのまま、いまもミチルの肩に繋がるのではないか。

誰もワン、ツー、スリーと唱えていないなら、まだ魔法はかかっていないはずだ。魔法で消えたのでないのなら、ミチルの腕は魔法で出現したのでもない。

ぼくは確信した。ミチルはまだ必ずこの世のどこかにいる。

4

大阪では熊谷さんがモノレールの駅の改札口前で会うなり、ぼくの顔を指差していった。

「寝ていたんだな」

自分で頰《ほお》を撫でて、初めて芝生の跡がついていたことに気づく。背中にも草がついていたのは不覚だった。

明け方に大阪に到着して、手製のサンドイッチを腹に収めてから、早いうちに地下鉄とモノレールを乗り継いでここまで来ていたのだ。キャンパスをぐるりと囲う舗道を歩いているとちょうど芝生が見えて、立ち入り禁止ではない場所を確かめて横になっていた。

「まあね、夜行バスは疲れるよ。人間というのは動いていないと調子が悪くなるようにできているんだなとわかる。ロボットといちばん違うのはそこかもしれない」

「ありがとうございます。でも、熊谷さんも寝癖がついています」

「ぼくはいいのさ。むしろ寝癖のついていない作家なんて胡散臭《うさんくさ》い。あの手塚治虫《てづかおさむ》だって寝癖から鉄腕アトムの髪型を思いついたともいわれている」

いつものように話は脱線しかけるが、この日の熊谷さんはすぐに自分で軌道修正した。

「メッセージは読んだ。その腕は持ってきたね？」

「はい」

「よし。ぼくも後で一緒に見る。行こう」

駅前には立派な大学病院が建っている。あまりにもきれいな外観で、堂々としていて、庶民感覚から隔たっているため、まるで外国の町に来たかのようだ。ぼくたちは芝生の見える舗道に沿って進んだ。すでに太陽は高く、陽射しが明るい。大きな講堂や図書館の前を過ぎ、芝生の脇を抜けてキャンパスへ分け入ると、たちまち建物が林立する入り組んだ景色になった。

丘を切り拓いてつくったキャンパスなのだ。大小さまざまな起伏があって、人工物の大きさも不揃いなので、全体像がわかりにくい。訪れたことがあるはずの熊谷さんでさえ途中で何度も地図を確認するほどで、スカイウォーカーに乗った学生さんがするするとバスの停留所まで降りてゆくのを見て、すでに息を切らしつつある熊谷さんは申し訳なさそうにいった。

「レンズを塡《は》めていれば迷うこともないんだがね」

レンズとはコンタクトレンズのことで、ぼくたちの目に拡張現実感を直接投射してくれる装置だ。桜井さんの丸眼鏡と同じ原理で、いまはスカイウォーカーと同じく最先端の技術でさえないが、ガジェット好きの人たちやぼくよりも若い世代の間ではよく使われている。レンズを通して地図や目的地への矢印が目に飛び込んでくるので、道に迷うこともない。

科学技術を題材に小説を書く熊谷さんが文明の利器を使いこなせないのは何だかおかしいが、ほっとする。ぼくも似たようなものだからだ。

基礎工学研究科の建物は、どれもまるで分身の術のように背後へ別の建物を隠していた。手前から見えるのは一号棟だけで、案内図を見ると後ろに渡り廊下で二号棟や三号棟が連なっている。春休み中なのかほとんど人の姿はなく、ぼくたちは建物を突っ切って奥へと分け入り、そこからさらに外へ出て階段を上り、小さな記念館のような建物へと到達した。受付には誰もいない。勝手に三階へと上がって廊下を進み、研究室と表示されたドアを古典的にノックした。

室内の景色は、想像したものと違った。

広いフロアに七、八体のロボットが並んでいる。灰色のカーペットが人工芝のように敷き詰められており、隙間からコードが顔を出して伸びている。一見すっきりとした室内だが、床下に無数のコードが這《は》っているのだとわかる。

学生さんのようにも見える女性が、セーターとジーンズという私服姿でカーペットの中央に座り、自分を囲む二体のロボットに、本を朗読して聴かせている。

新書サイズの本のカバージャケットが見えた。ぼくも小さいころに読んだC・S・ルイスの『ナルニア国ものがたり』だ。

ふと見ると、部屋には他にも男性がいた。こちらに背を向けて壁際の机に座り、モニタの映し出すグラフに集中している。朗読の声に合わせてグラフは変化している様子だが、詳しいことは見て取れない。

その人は腰から両足にかけて障碍者《しょうがい》向けのアシストスーツを装着していた。

不思議な場所だった。穏やかで、整頓されていて、落ち着いている。ひとつひとつの佇《たたず》まいは何も目新しくないのに、ここは昔の映画『2001年宇宙の旅』に出てきた部屋のように、まるで未来だ。

「——なぜ『ナルニア国』を?」

熊谷さんがそう尋ねるのが聞こえてぼくは振り返り、扉の陰にもうひとり男性がいることに気づいた。茶色のセーターを着て、この部屋の雰囲気そのままといった感じの人だった。

「ときどき訊かれます。あれはケンイチをつくった人が最後に読んだ本なんですよ。盛岡の病院に残っていたんです」

「東日本大震災の前に?」

「はい。すでに尾形祐介《おがたゆうすけ》先生は事故で目が見えなくなっていて、人工視覚システムを導入していました。ヴィジョンセンサの信号を直接生体に送る技術です。まだ1024ピクセルの時代で、そのシステムを開発していたのが東北大でした。当時ぼくが所属していた研究室の隣の先生方だったんです」

「たったの1024ピクセルで、本の活字が追えたのですか」

「それでも先生方はトライしたんです。カメラで画像を取り込むだけではなくて、朗読の声を一緒に聴かせることで、文章を推測させるということをやったようです。まだ人工知能の深層学習《ディープラーニング》なんて言葉が流行《はや》るずっと前のことでした」

「それで、読めたんでしょうか」

「どうでしょう。ただ、面白い習慣ができました。それ以来、ロボットにお話を読んで聴かせて理解を促す試みは、日本の認知発達ロボティクス研究の伝統になったんです。いつか人工知能がぼくたちと同じように物語を理解できたとき、機械にも本当の心が育まれるのだという考え方はそこから生まれました。——だからきみが一緒に暮らしていたミチルも、お話を聴くのは好きだった。違うかな？」

「はい、そうです」

不意に顔を向けられて、ぼくは咄嗟に答えた。その人は微笑んで頷いた。

「別の部屋に行きましょう。あの子たちはミチルの後輩です。邪魔をしちゃ悪い」


案内された共同研究室は雑然としていたが、時が止まっているようでもあった。

日下部先生は学生がそのまま教員になったような風貌の人だったが、それでもやはり専門家の目を持っている。ミチルの片腕を差し出すと引き締まった表情になり、慣れた手つきで表面の傷や関節部分を検分してくれた。コの字を立てたようなかたちの特殊な台座を持ち出してきて机に設置し、ミチルの腕の肩関節部分を上の出っ張りに嵌め込んで固定すると、ケーブルに繋いですぐさまデータを呼び出し始めた。

「思ったよりもずっといい状態だ。毎日丁寧に接してくれたんだね。この腕は壊れてなんかいないよ」

「もぎ取られたのではないのですね。誰かがミチルの腕を外して置いていったのですか」

「あるいは、ミチルは自分自身でも腕を外すことができる。どちらにせよ無理にねじ切ったわけじゃない。ログを見てもそれはわかる」

身を乗り出してモニタを見つめる。ぼくにはよくわからない記号の羅列だが、少なくとも暴行を加えられたのではないのだとわかったことで、ぼくは心から安堵した。

「この腕にはね、独自の記憶があるんだ。ミチルは身体の各部にいわばサブブレインがついていて、それぞれが協調して動く仕組みになっている。各部にはサブバッテリーもついている。指先や腕の知覚は、その場だけでフィードバックされるものもあれば、ひとつの大きな知覚体験として処理されてゆくものもある。そうした何層にも重なった体験が、ミチル自身の個性をつくってゆくんだよ」

日下部先生が何かコマンドを送ると、ミチルの右腕が、ぐん、という感じでいきなり動いた。

これまで一本の枯れ枝のように固まっていた腕が息を吹き返したのだ。五本の指はぴんと伸びたが、すぐさま緊張を解いてゆく。それはこれまでずっと見てきたふだんのミチルの右手そのものだった。

「ミチルの腕は、まだ動くのですね」

「こうして外部から単純に命令すれば動く。いくらかは運動記憶の断片も取り出せる。たとえば——これは何だろう？」

日下部先生がコマンドを送ると、ミチルの手は何かを指先で持つように軽く全体を丸めた。そしてぱっと手を広げると、そこから自然の波に乗るかのように腕全体をすっと動かした。

何度か日下部先生が動作を繰り返させる。あっとぼくは気づいた。

「けん玉です！」

「けん玉？　けんを持っているようには見えないな。もっと小さい物を持っているようだよ」

「いえ、間違いありません」

マジック用具の入ったカメラバッグを持参しなかったことを悔やんだ。もしここにけん玉があったなら、日下部先生にすぐさまミチルの仕草を再現して見せることができただろう。

「ふりけんで玉を振り出すときの動きです。ミチルは左利きのぼくから習ったこともあって、ぼくと同じように左手でけんを持って練習していました。ここでもう一方の左手でけんを持ったまま、玉をいまこの右手で持って構えているんです。玉を放して重力に乗せて、左手で肘を使って玉を引き寄せてけん先で刺す。そのときの右腕の動きです！」

「なるほど。そういわれるとよくわかるよ。ちょうどぼくたちの身体性を象徴しているともいえるね。

きっとミチルは、左腕だけではけん玉をうまく振れないだろう。足腰のバネも大切だ。いまヒカルくんがいったように玉の軌道を定める右手との連動も無視できない。ぼくらは手先だけじゃなくて、全身を使って玉をコントロールする。見てごらん。この右腕の動きは全身のバランスづくりに貢献しているのがわかる。それが身体性ということなんだ」

ミチルの腕に深層意識下のけん玉のコツが残っていたことは素晴らしいことだ、と日下部先生はつけ加えた。そしてさらにミチルの腕から記憶を掘り起こしていった。

ぼくの知っているミチルが次々と起ち現れる。ダイニングの椅子を引くときの、ちょっと持ち上げて床を引きずらないようにする仕草。カードデックを取り上げるときの素早く正確な動き。毎朝ぼくが点検をしているときにそっと膝の上に置いて待つ手首の角度。

どれも何気ない動きだったが、ミチルの生活そのものだ。

すべてが鮮やかにぼくの目に飛び込んでくる。すぐにはわからなくても、見ているとそのときの光景がぱっと蘇《よみがえ》って、ぼくの胸に迫ってくる。ぼくは自分でも気づかないほど饒舌《じょうぜつ》に、懸命に先生たちに説明していた。やがてミチルの片腕は背伸びをするかのように高く手を掲げ、その手を振り始めて、胸が詰まった。

いつも公園の交差点で別れるときの、ミチルだった。

「先生、この腕にはいつまでの記憶が残っているのでしょうか。ミチルがいなくなった日のことまで憶えていますか」

「残念ながら原理的にそこまでは回復できない。そうだな、この腕が記憶しているのはエピソード記憶ではなくて一種の運動記憶なんだ。または暗黙知の記憶だね」

ぼくにはよくわからない。先生はいったんミチルの腕の動きを止める。

「ミチルは全身でマジックの技を憶《おぼ》える。ちょうどぼくたちが全身で自転車の乗り方を憶えるようにね。そうした運動記憶はまず身体のモジュールごとに処理され、その場で運動へと反映される。全体的な統合処理は、また別の上位システムが担っている。ミチルの各モジュールに内蔵されているサブバッテリーが、その働きを助けている。腕だけでも数時間は動けるくらいのエネルギーをふだんから蓄えているんだ。こうしたシステムのおかげでミチルはぼくたち人間により近い身体感覚を持って、腕も指先も常にフレッシュでいられる。認知記憶と運動記憶の双方を、ひとつの身体性を持つロボットのなかで育んでゆくことが、あのころ尾形さんの目標のひとつでもあった」

聴き馴れない言葉ばかりだ。説明は難しかったが、それ以上にわからないことがあった。

「その尾形先生というのは、どのような方でしょう。ミチルをつくったのも尾形先生なのですか」

「尾形先生は、もういないんだよ」

「いないというのは——」

「もう何年も行方がわからないんだ」

熊谷さんは事情を知っているらしい。日下部先生の言葉を継いで、ぼくに解説してくれる。

「尾形氏は当時ケンイチという先駆的なヒト型ロボットをつくった東京大学の研究者でね。そのロボットは子供のような姿で、人間社会のなかでたくさんの体験を通じて認知機能を発達させてゆく能力を備えていた。人とパートナーであるとはどのようなことかを、ロボット自身が見つけ出してゆくんだ。尾形氏はいま多くのロボットで実証実験されているような社会発達スキームの基盤をデザインしたひとりだったといっていい。もう十数年も前のことになる。彼は不幸な事故で大怪我をして、休職を余儀なくされて盛岡の病院で手術を受けた。ところがある日突然、病院から姿を消してしまった。日下部先生は東大時代の尾形氏の後輩だったんだよ」

日下部先生も当時を振り返って静かに語り始めた。

「ケンイチというロボットはね、尾形さんの行方を追った。そして足取りが途絶えたんだ。東日本大震災後に盛岡の病院を出て東北の各地を彷徨っていたことはわかっている。当時の研究グループはケンイチを保護するのではなくて、その自律的な行動に任せる選択肢を採った。尾形さんを捜すケンイチが、その体験から何を学んで、どのようなロボットになってゆくのか、それを見届けることが尾形さんの研究に適《かな》うことだと判断したんだね。結果的にケンイチを見失ってしまったことで、研究は続けられなくなった。行方がわからなくなって、研究はすべて凍結された。そんな高額なロボットを野放しにするとは何事か、悪用されたらどうするのかと、当時は世論の批判も強かった。でも、すぐに人々はそのことを忘れて、研究者の間でさえ語られなくなってしまった。まるでタブー視されるようにね。もういまでは尾形さんのことを話題にする人はほとんどいない。ぼくたち後輩が尾形さんのテーマを継いで、もう一度あのころのようなヒト型ロボットをやり始めたのはここ数年のことだ。当時に比べれば技術も各段に進歩した。ただ、この大阪にベンチャーを起ち上げて、研究の進め方も組織の枠組みも昔とはすべて変えて再出発するには、それなりの時間と調整も必要だったんだ」

「最後にケンイチを見たのは東北大のチームでね。そこの教授はもともと東大で尾形氏の指導教官だった奥村侑という人で、日下部先生の師匠にも当たる人だ。尾形氏が姿を消してから、一時期大阪に来ていたんだ。それで日下部先生たちのベンチャーの特別顧問をやっていた。いまは顧問の任期を終えて東北大に戻っている。ミチルが開発されるきっかけをつくったのはその人で、昔からジェフ氏を知っていたらしい」

芝生でひと眠りして頭を休めておいたのは正解だった。何とか咀嚼《そしゃく》することができたからだ。日下部先生はモニタに映像を呼び出した。まだ画質も粗かった時代のデジタルムービーだった。

「これは尾形さんがまだケンイチをつくる前の、本当にごく初期の実験記録だ。この車椅子に乗っているのが学生時代の尾形さんだ。十代のころから足に障碍があったと聞いている」

先ほどの実験室にも、アシストスーツをつけた人がいたことを思い出す。ミチルをぼくに預けたジェフさんも視力を失っていた。

ロボットの開発現場はたくさんの人に開かれているのかもしれない、と感じた。あるいは、それもまた尾形さんという人がつくり上げた伝統なのかもしれないが、そのときのぼくにはまだわからなかった。

「人間の赤ちゃんは、いないいないばあをすると喜んで笑うよね。なぜだと思う？　Aという表情を見せてからいったん顔を覆って、次にBという表情を見せる。赤ちゃんはAとBのふたつの表情の間の繋がりがわからない。いきなり表情が変わったように見えるから、驚いて笑う」

映像は無音だ。尾形先生というその人は車椅子に乗っていて、画面の外の誰かに笑顔で語りかけているが、その声は聞こえない。やがてボールを持って画面の隅にスタンバイする。

「これはロボットの目から見た映像だ。いま、たくさんの赤いドットがボールに集中しているのがわかるだろう。つまりロボットの人工知能はボールをちゃんと認識している。これから尾形さんが画面を横切って、中央に設置された衝立《ついたて》の向こうに姿を隠す。ボールもほんの数秒見えなくなる。衝立のこちら側から尾形さんとボールが出てくる。ロボットの目はそのボールを再び捉えるが、数秒前のボールと同じものだとは認識できない。ぼくたち人間なら尾形さんとボールが横へ動いたことは明らかなので整合性をつけて認識できるが、その当たり前のことがつい数十年前まで人工知能には難しかった。因果関係が予測できないと、このふたつのボールを同じものだとは認識できない」

「わかります」

「こうした実験を何回もおこなう。これが後日の結果だ。赤いドットが衝立のこちら側に、先回り予測をして事前に動いているのがわかるだろう。そしてボールが出てくると、すぐさま先ほどまでのボールだと認識する。面白いのはここから先だ。尾形さんは途中でボールを取り替えるということをした。衝立の向こうでボールを四角いブロックに替えてみる。テレビのどっきり番組のようにね。すると見てごらん。ロボットは、あれっと驚くかのように混乱する」

先生のいう通り、予測と違うブロックが出てきた瞬間、赤いドットは一斉に拡散して、消えてしまったボールを捜そうとしていた。

「ぼくたち人間は、生まれたての赤ちゃんのころから世界をたくさん見て、物事の因果関係の原理原則を学習する。マジックはそうした思い込みを逆手にとって人を驚かせるパフォーマンスだよね。ボールを持ってハンカチを掛ける。ハンカチを取ると花束になっている。観客の予想を裏切る現象が起きるから面白いわけだ。では、ロボットにそれができるだろうか。ロボットがマジックで人を驚かせるためには、何が常識的な現象で、何がそこから外れた現象なのか、それが理解できていなくてはならない。ロボット自身はマジックで驚くことができるだろうか。ロボットはマジックで人を楽しませることができるか。もしそれができたとき、ロボットは世界を理解したといえるかもしれない」

ぼくは頷いた。まさにそれはこの四ヵ月間、ミチルとずっと暮らして考えていたことだった。

「奥村先生は、手品が好きだったんだ」

と、日下部先生は静かにいった。

――その後、ぼくはさらに詳細な説明を受けた。ミチルは日下部先生たちのベンチャー企業でいくつか製作されたヒト型実証実験機のひとつであり、ケンイチというその先駆的ロボットの特徴を発展的に受け継いだ、最新機種であったという。

ボールがブロックに変化したとき赤いドットがぱっと広がったあの瞬間の〝驚き〟と、その無数のドットが再びブロックへと収束してゆくときの不思議さに対する真っ直ぐな〝好奇心〟。その個性こそがたくさんの研究者のバトンリレーによってミチルに届けられた、いちばんの贈り物なのだった。

ぼくのほんのちょっとした仕草を見抜いて再現し、桜井さんの折り紙からいつだってきちんと意味を取り出していたミチルの観察眼と判断力は、まるで未来そのものを託すかのように、ケンイチというロボットからずっと伝えられてきたものだったのだ。

「ジェフさんには目の疾患があった。目の見えないジェフさんと暮らすよりよい方法を、最後まで考えてミチルと向き合っていたのは奥村先生だったよ。世のなかには多くの偏見があるよね。十年前にはロボットに対してもたくさんの偏見があった。いつか人工知能が人間を超えたら、人を支配するんじゃないか。そんな物語が昔たくさんあったおかげで、経済界の人も一般の人も、物語のイメージから抜け出せなかった。ぼくたちは物語を読む限り、差別からは抜け出せないかもしれない。でもそれは人間らしさと表裏一体だ。大切なのはふしぎをちゃんとふしぎなものとして驚くこと、それを楽しむ心だよ。ロボットが自分を育んでゆくとはそういうことなんだ。それはぼくたち人間以上の試練かもしれない。でもジェフさんは目に疾患のある自分さえも越えて、ミチルがそんなふうに育つことを願ったのかもしれないね」

「――先生、ミチルはもしかしたら、そのケンイチというロボットと同じように、ジェフさんを捜しに行ったのではないでしょうか」

「そうだね。あるいは、ケンイチを」

その言葉に、ぼくははっとした。

意味することはわからないのに、それはとても重要な呟きのように思えた。うまくいえないが、何かの真理を含んでいるように感じたのだ。

「先生、それは――」

ぼくがそういいかけると、日下部先生はかしこまった雰囲気を和らげるかのように苦笑した。

「〝先生〟と呼ばれるのはどうも慣れないんだ。ミチルも、ジェフさんも、〝先生〟と親しみを込めて呼んでいたのは奥村先生ひとりだけだったよ。奥村先生はミチルをジェフさんに預けるとき、最後まで手を振って見送ったんだ」

日下部先生は話題を変えて、あの空の映像を呼び出した。青い空と、薄く広がる雲。視界はゆっくりと揺れて、どこかへと落ちてゆく。その最後の顚末《てんまつ》までは映っていない。

「基準にできる物体が映り込んでいないから、はっきりとシミュレートできないかもしれないけれど、いくつかの推測はできる。まずレンズだ。少なくともこれはミチルのアイカメラではないね。ミチル自身が見た空じゃない。おそらくはネットワークを経由して、他のロボットのデータを取得している」

「本当ですか」

「最近のヒト型ロボットは人間に近い目を持っていてね、いくつもレンズを組み合わせて、あえて人間に似た視界で周囲を見ている。視界の中心がよりよく見えて、周辺部分はあえてぼやけて知覚する。これも尾形さんの時代からの伝統なんだ。けれどもミチルはこの映像より本来はもっと高性能の目を持っている。つまりこれは古いタイプのアイカメラのデータを、加工している可能性がある。もうひとつ、この視界の主体は落下しているようだ。主体の重量が推測できるかもしれない。直感だが、この主体はミチルより少し重いように感じる」

「別のロボットだということでしょうか」

「あるいは、別の誰かだね。たとえばコンタクトを塡めている誰かだ」

「でも、どうしてミチルがそんな映像を？」

「何ともいえない。ヒカルくん、このアームだけれど、月曜まで預かっていいかな？　記憶の断片がどのくらい残っているのかをきちんと調べる。ただしクリアには出てこないことはあらかじめ了解してほしい。もともとモジュール内の記憶の中身はうまく取り出せないんだよ。ぼくたちの記憶をそのまま脳や全身の神経ネットワークから取り出せないようにね。それが記憶の宿命なんだ」

そして日下部先生——日下部さんは、空の映像を閉じるとぼくに向き直っていった。

「ミチルはこの腕をきみの部屋に残していった。この腕はいきなりきみの部屋に現れたのだったね。それまでどこにもなかったのに、ほんの少し目を離した隙に出現した」

「そうです」

「ぼくにはわからないんだが、どうやったらそんなことができるんだろう？　ミチルの腕は小学生サイズだ。それでもこれだけの大きさがある。本当に誰も部屋にはいなかったんだろうか」

「いませんでした」

「ヒカルくん、きみならこの腕を出せるかい？」

ぼくは言葉に詰まった。日下部さんの目を見つめ返しながら、しかしぼくは答えがひとつしかないことを知っていた。

その答えは日下部さん自身がいった。

「つまりこれは、ミチル自身がきみの部屋に置いていったんだ。ミチルはきみに手品を見せたんだ」

「ミチルは、ぼくを驚かせようと思ったのでしょうか。それがミチルのメッセージだったのでしょうか」

「ロボットが何を〝思って〟いたかを明示するのは難しい。でもミチルには、ぼくらにそう考えさせるだけの自律性がある」

「ミチルはぼくを驚かせて、何をしようとしたのでしょうか」

「わからない。でもひょっとしたら、それはぼくら人間が手品をする理由かもしれないね」

5

その夜、ぼくは熊谷さんとふたりで地下鉄を乗り継ぎ、夢洲《ゆめしま》という人工島まで出向いた。昨年の十一月まで大阪・関西万国博覧会がおこなわれていた場所だ。

大学のキャンパスからはずいぶんと遠く感じられた。移動中、ぼくはずっと旅行用のバックパックを抱えていて、それはミチルの片腕の分だけ軽かったが、心のどこかで狼狽《うろた》えてしまうほど大きな重量差だと、ずっと車内で思っていた。

地上に出ると、見晴らすほどの広場が目の前にあった。ドクと暮らしてきたあの湾岸よりもさらに無個性な、真っ平らなタイル張りの土地がずっと続いている。あちこちにたくさん立てられた照明灯が眩しい。

それでも周りをよく見ると、岸の向こうに黒い湾が広がっているのはわかる。その遥か彼方に明石海峡大橋が浮かび上がっていて、さすがに驚いて目を瞠る。

「あれは本物じゃない。拡張現実で、ぼくらの目に見えるように投影されているのさ」

熊谷さんはそういって近くの照明灯を指した。

「通信装置がついているだろう。あれでイメージを送っているわけだ。レンズを嵌めている人なら、もっとくっきり見えるはずだ」

つまり島全体が人工現実感と拡張現実感の放送塔だということだ。

「実際、明石海峡大橋はあの辺りにある。昔は晴天だと本当に橋の影が見えたそうだよ。だがいまはもう昼間でも見えない。晴れているときも通信機がぼくらの目に映すようになってしまったからね」

広場を突っ切って、大きな複合施設へと向かう。建物はかつて統合型リゾートやIR施設などと呼ばれ、カジノとホテルが併設された巨大エンターテインメントモールだ。大阪が何年もかけて人工島に築いた夢の跡地だった。夢が現実になるころにはすでに世界のありさまも変わっていたが、物事にはすべて表裏がある。ギャンブルの場はマジシャンに新たな居場所を提供した。

カジノには入らず、通路をぐるぐると廻《まわ》って、飲食店区域の小さなバーへと足を運ぶ。英国風の落ち着いた内装で、カウンターのスツールに腰掛けるのは心地いい。ちょうどぼくたちの斜め向こうの席で、マジシャンがカウンター越しにカップルの客へクロースアップを披露しているのが見えた。

マジシャンは三十代半ばくらいの男性だ。短く顎髭を刈り整えていて、シリコンバレーで自転車通勤をする凄腕の日系人ハッカーを思わせる容貌だ。客はすでに何杯か楽しんだ後らしい。チェイサーの冷水が傍《かたわ》らに残っている。

マジシャンは客から紙ナプキンを譲り受ける。女性のナプキンはきれいなままで、折り目がまだちゃんと残っている。マジシャンは客に語りかけながらそれを小さく破いて丸めてゆく。

マジシャンはカウンターから古風な扇子を取り出した。こんな雰囲気のバーだと、かえっていいアクセントになる。えい、と魔法の杖の代わりにおまじないをかけて、そして再び広げると、ナプキンはもとの一枚に戻っていた。

〝トーン&レストアド・ペーパー〟と呼ばれる百年以上前からの人気演目だ。破って復活する紙、という意味で、もともとは中国人や日本人の奇術師が欧米に伝えたともいわれている。

熊谷さんとともに何気なく見ていたぼくは、しかしそこから先の展開にあっと思った。

「タネを知りたいですよね？　今日は特別にお教えします」

マジシャンの男性はそういって、手のなかにタネとなるもう一枚の紙ナプキンを隠し持っておく方法を教え始めた。

客の前で、いまの手順をもう一度わかりやすく演じ始める。まずは真新しい紙ナプキンをあらかじめくしゃくしゃに丸めて片手に潜ませておく。そのセッティングをした上で、マジシャンは何食わぬ顔で客の紙ナプキンを預かり、目の前で細かく破いてみせる。

「ここで扇子を取ってきます。まあ、意味はないんですが、魔法の杖みたいなものです。何となくそれっぽく見えますからね。お客様が右手の杖に気を取られているうちに、左手のなかでこっそり紙玉を掏り替えるわけです。後はこうして広げれば、ナプキンがもとに戻ったように見えます」

「なるほどね」

と、カップルの客は頷く。

「これでマジックは終わりなんですが、実は問題がひとつあるんですよ。この手のなかに残った紙を処理するのが難しいのですね。どうしたらいいでしょう」

「そっとどこかに落とすとか？」

「そんなときはこうします」

マジシャンの男性は、そのまま左手に残った紙玉を広げる。

それもまたもとに戻っていた。

細かく千切ったはずのナプキンは、もう両手のどこにもない。カップルの客は、ここではっきりと驚きの表情を浮かべた。

ぼくは目を瞠る。さらにマジシャンは畳み掛けたのだ。広げた紙ナプキンを両のてのひらでプレスするように挟む。しわくちゃになったはずのナプキンは、四つ折りの真新しいものに復活していた。この手順はなかなか見たことがない。女性は受け取って目を丸くする。

しかもまだ手順は終わらない。マジシャンはさらにカップルの男性へ、自分の紙ナプキンを破って丸めるように指示する。そしてチェイサーのグラスがあるのにいま気づいたかのように、なるほど水だといった顔つきをする。新しくショットグラスを取り出し、冷水を注ぎ入れた。男性に破って丸めた紙玉をそこに浸すよう促す。

男性が半信半疑の面持ちで指示に従う。水に入れると紙玉は少し解《ほぐ》れたが、細かく破れていることに変わりはない。マジシャンは濡れた紙玉を自信たっぷりに取り出し、見た目の清潔さをきちんと保ちながら、水滴がこれ以上落ちないほどまできつく絞った。そして女性の手に渡した。

「手のなかで握っていてください。湿っているのがわかりますか」

「はい」

「では扇子の出番です」

男性の客に手渡して扇子を広げてもらい、合図をしたらそっと女性の拳の下から扇《あお》ぐよう伝える。

「まだ水気がありますか?」

「はい」

「でもさっきまでとはちょっと違っていませんか?」

「えっ?」

「いまの時期、そのほんのりとした瑞々しさは、まさに春の風物です。こちらの方が扇ぎ始めたら、ゆっくりと少しずつ拳を開いていってください。ワン、ツー、スリー」

女性の拳から、細かな紙片が拡散して舞い上がった。

濡れていたはずのナプキンがひらひらと舞った。いや、それはナプキンではなくて、桜の花びらなのだった。客たちは今度こそ、表情を変えるだけでなく驚きの声を上げた。近くにいる他の客たちでさえ振り返って、その春の景色に目を瞠っていた。けれども扇子を扇ぐその男性と、自分の手のなかから桜吹雪を出しているその女性が、誰よりもいちばん驚きと喜びの表情を浮かべている。

ぼくは驚きながら思い出す。《ハーパーズ》に通っていたころ、テルさんがぼくに話してくれたことがあった。本当のマジシャンを目指すならターベルシステムを決しておろそかにしてはいけない。一度は時間を惜しむことなく愚直にひとつずつレッスンを自分の手で消化してみることだ。そうして初めて百年前のマジシャン志望者と同じスタートラインに立てるのだ、と。

この手順はハーラン・ターベル博士が古い昔に纏めた『ターベル・コース・イン・マジック』という有名なマジック教本で解説している演目の応用だ。マジックを演じる者なら誰もが知るあの分厚い全八巻の百科全書に載っている、しかしいまとなっては多くの愛好家がぱっと見て、百年前の古臭いマジックだと敬遠してしまうような技法だ。

はっきりとぼくはわかった。あの人もまた、テルさんの笑顔に接したマジシャンのひとりだ。

「テルさんは先月までここにいたよ。きみのことはちょっとだけ聞いていた。ヒカルくんだね」

トキヤさんというその人は、気軽にぼくたちの質問に答えてくれた。

「テルさんは若いころ関西を拠点にしていて、仲間もいたからね。ぼくもきみと同じ年齢のころに知り合ったんだ。その後、テルさんは一時期離れていたけれど、みんなとは連絡を欠かさなかった。あれほど温厚で面倒見のいい人はいない。みんなずっと忘れずに慕っていた。ぼくもいまテルさんの替わりに、ここで留守番をしているようなものだよ。テルさんはきみが来ることを予想していた。もしきみが来たら、自分のことを何も隠すことなく話して構わないといってね」

「テルさんは辞めたわけではないのですね」

「テルさんには結婚を決めていた女性がいたんだ。学生時代からのつき合いだったんじゃないかな。ぼくも紹介された。とても可憐な人でね。ただ、重い病気を患っていて、テルさんがこっちに来たのは看病のためだったんじゃないかと思う。去年に亡くなってね、その後もご遺族のお母様の面倒を見ていた。こっちに根を下ろすつもりだったはずだ」

　ぼくの知らなかったことだ。テルさんは一度もそんな気配を見せたことはなかった。

「二月になって、急の営業が入ったといって、一週間ぼくがシフトでピンチヒッターに入った。途中で連絡があった。別の事情ができて、しばらく戻れなくなるという。東京の昔の仲間を助けたいからといってね。ぼくらの世界はいつも不意にいろんなことが起こる。だから助け合いの精神だ。ぼくも詳しくは訊かずに、留守は任せてくださいと返信した」

「東京の仲間というのは……」

　そう尋ねると、トキヤさんはぼくを見つめていった。

「ぼくは、きみのことだと思っていたよ」


　ぼくたちは一杯のお酒で長い時間を過ごしたと思う。

　それがわかったのは、最後にもう一度トキヤさんがマジックを披露しにやって来たとき、熊谷さんが思い出したかのように時計を見たからだった。

　それまでぼくは何もミチルのことは話さず、ほとんどずっと熊谷さんの昔話を聞いていた。作家になってからの二十数年間のこと、学生時代に海外のホラー作家のようになりたくて夢中で小説を書いて新人賞に応募したことを、ぼくは聞いた。最初の小説が映画化されたときの、ちょっと笑ってしまうようなエピソードも。

そして本当は熊谷さんが聞き上手な人であることは、あのころから少しも変わってはいなかった。熊谷さんはずっと自分語りをしているようでいて、実際はぼくから相槌や反応を引き出し、ときにごく自然に言葉を止めて、ぼく自身のなかで湧《わ》き起こった連想を話すよう促していたのだ。

いま熊谷さんは自分がたくさん話すことで、声に出さないぼくにずっと耳を傾けていた。ぼくがいま見失っている言葉を、ぼく自身の胸のなかで、こだまさせるのを手助けしてくれているのだと思った。

トキヤさんはカードケースを持ってきて、カウンター越しにぼくたちの前に立った。

「さあ、最後はヒカルくんのリクエストに応えよう。何をやろうか？」

ぼくは努めて明るく答えた。

「トキヤさんがテルさんから教わったものを」

「いいとも」

そしてトキヤさんは定番のルーティンのひとつ、何度も同じカードがトップに上がってくるアンビシャスカードを披露してくれた。

最初のうちはポップスのスタンダードナンバーを歌い上げるかのように軽快にぼくたちの心を解していたが、どんどん新しい技法を組み込んでくる。ぼくが選んだダイヤの3は、ぼくと熊谷さんがデックのどんなところに差し入れても、たちまちのうちにトップに上がってくるのだった。そうかと思うと不意にまた古典的な技法でこちらの視線を巧みに誘導する。オリジナルの技法がテンポよく繰り出された後、あっと気づいたときにはダイヤの3のカードがコースターの下にそっと差し挟まれている。

「ヒカルくんは、カードがいつの間にかマジシャンの口元に上がるのを見たことがあるね？　テルさんのお気に入りのルーティンだ。それをやってみよう。さあ、デックを自分で持って、自分の選んだカードを口に咥《くわ》えて」

ぼくはいつしかのめり込みながらトキヤさんの指示に従っていた。

「カードを口に咥えるときは、もっと〝どうだ、こんなところにあるぞ〟と驚かせるように口角を広げるんだ。そう、こんな感じに」

トキヤさんはぼくの両頰を指でぐいと広げる。

「ほうほう、ほほにありあふ」

あっと目を上げると、ダイヤの3はぼくの目の前でトキヤさんの口に咥えられているのだった。慌てて自分のカードを見るとジョーカーだった。熊谷さんが隣で大笑いをして、思わずぼくも笑ってしまう。

「いい笑顔だ。ヒカルくんは八重歯があるね。テルさんがそのことを話していたよ、アンビシャスカードをやるとき八重歯を見せるってね」

トキヤさんは自分もにっと笑ってみせる。八重歯はなかったが、笑窪《えくぼ》ができた。

「昔はこの笑窪が幼く見えて、嫌いだった。最初にこれがいいといってくれたのがテルさんの彼女だった。横でほろ酔いのテルさんが、そりゃずるい、おれは頑張っても笑窪ができないんだといった。彼女さんはにこにこしながらテルさんの鼻を指差して、あなたはその鼻のかたちがいいのだといった。まだ酒の飲めなかったぼくは、そんなふたりの会話が可笑《おか》しかった」

トキヤさんはそこから扇子をさらなる小道具に使った展開でぼくたちを楽しませてくれた。小気味よくフィニッシュを決めて、ぼくたちから笑顔を引き出すと、扇子をゆっくりと閉じて微笑んでいった。

「ぼくはメンタルマジックがいちばんの専門なんだ。ヒカルくんに三つ予言をしておくよ。ひとつ目。きみは今日、いい知らせを受ける」

「いい知らせ、ですか?」

「そうだ。時計を見てごらん。今日が終わるまで、まだ半時間ほどあるからね。ふたつ目。きみは近いうちに、きみ自身の魔法の杖を見つける」

何だかメンタルマジックとは別種の、手相占いのお告げのようだ。それでもトキヤさんは笑窪をつくり、迷いのない声でいった。

「三つ目。きみの人生は、ハッピーエンドだ」


建物の外に出たとき、ぼくは少し酔っていた。

風は冷たくはない。地下鉄の駅まで戻りながら熊谷さんに呟く。

「テルさんがいなくなったのは、ぼくと関係があるということでしょうか」

「何ともいえないな」

「ひょっとしてミチルは、いまテルさんと一緒にいるのではありませんか」

熊谷さんが以前に電話口でテルさんの名前を出したことを、ぼくは思い出していた。あのときから熊谷さんは何かがどこかで繋がっていると直感していたのではないか。

「ぼくは必ずミチルを捜し出します。テルさんも」

ぼくは酔うと言葉が出るようだ。

「これ以上、何かがなくなってしまうのはいやです」

「きみは何もなくしてはいないよ。まだ何もなくしていない。きみの周りは羨ましいほどいい人たちばかりじゃないか。きみみたいな若者は珍しい」

「熊谷さんもいい人です。桜井さんも」

熊谷さんは苦笑する。

「ありがとう。まあ、いい人よりも、いい作家だといわれる方がいいな」

「すみません」

「忘れているかもしれないがね、ぼくはこう見えて物書きなんだ。次の本が出ることが決まったよ。去年まで書いていたものは箪笥《たんす》の肥やしにして、この二ヵ月で一気に新しく書いた」

「読みます。どんなお話ですか」

「悪についての話だ。意外だろう。机に向かっている間はずっと別人になっていた。翌日の分まで一ページだけ余計に書いてその日を終える。そうするともうすっぱりと自分に戻ってぐっすり寝られるんだ。そいつの出版が一発で決まってから憑《つ》きものが落ちた。いまぼくは本当に自分の書きたいものを書いている。体中の細胞が入れ替わった気分だ。それなのにぼくは以前よりもぼくなんだよ」

確かに意外な話だった。いまこうして熊谷さんの顔を見ていても想像がつかない。

「本当になくなるというのは、以前は友達だと思っていた人が、友達なんかじゃないとわかるときだ。きみはまだ何もなくしちゃいない。だがきみも、いつか〝悪〟に出会うときがある。そのときが本当に、きみが何かを失うときだ」

真っ直ぐ前を見て歩きながらも、熊谷さんもまた酔っているかのようだ。

「もしも機械が悪になるとしたら、ぼくは機械が正義を知ったそのときだと思っている。鉄腕アトムのような正義の味方のロボットができたなら、そのとき悪のロボットも生まれるだろう」

熊谷さんの言葉の真意はわからなかった。それでも、熊谷さんのなかからこれほどの言葉が溢れるのを見て、ぼくは作家という者の本性を知った気がした。

「ぼくはこう見えても物書きだからね」

「はい、いま聞きました」

「ぼくの直感では、ヒカルくんには特別な才能がある」

「マジックではなくて?」

「うーん、関係はあるんだが、ちょっと違う。いまはいえない」

「マジックの才能がないのは困りました」

「そうじゃないよ」

そして熊谷さんは足を止め、釣り上がっていた眉尻をふっと戻すと、ぼくを見下ろしていった。

「ヒカルくん。きみ、自分のことを書いてみたらどうかな」

「ぼくが、ですか? とてもそんなことはできません」

いまだにソーシャルネットワーキングサービスの利用には関心がなかったし、自分の仕事を世界に向けて宣伝・発信しようと思ったことさえ一度もない。

「いや、みんなに見せようと考えなくていいんだ。そうだな、たとえばぼくだけに見せるつもりで。あるいはミチルくんに読ませるつもりでね。うん、ミチルくんだと思えばいい。きみは何かを書いておくのがいいと思う。日記よりも小説のようなものがいい」

「書いたことがありません」

「最初のうちは難しいだろう。だがすぐに慣れる」

「ミチルを見つけたときのために、ですか?」

「そうだ。だがそれだけじゃない。それ以上の意味がある」

「才能というのは、そのことでしょうか」

「いや、関係しているが違う。だが、たぶんぼくの直感は外れていないよ」

ぼくたちは深夜の地下鉄に乗り込んだ。宿泊は別々の場所だ。ホテルには連絡を入れていたが、ぼくはまだチェックインさえしていない。がたごとと列車に揺られながら、ぼくは向かいの窓に反射する自分と熊谷さんの姿を眺めて呟いた。

「書き方もわからないです」

「起こったことをそのまま書くんじゃないんだ。そうだなあ、タネは最後まで隠しておくんだ。マジックと似ている。最後に何が起こるかわからない、だから人は惹きつけられる。大切なことはとっておくんだよ」

「そうですね。もしぼくが死んで消えたら、お話は途中で終わりますね」

「誰だって同じさ。だが物語は残る。それになあ、ぼくはその見解に与《くみ》しないね。さっき、きみはハッピーエンドの人生だといわれたばかりだ」

列車は深夜の深い地下を進んでゆく。熊谷さんもまた、窓に映る自分の姿を見ていた。そしていった。

「年賀状に書き添えてあったきみの言葉を思い出したよ。スリーカードモンテをやるときは、人様から借りたストーリーじゃなくて自分自身の話をするのがいいとわかりました、とあったね。ぼく自身、いま同じような気持ちでいる」

「同じような……?」

「いまきみといるこの瞬間の、この会話のことさ。ぼくはいままでひとりきりで小説を書いてきた。いつも言葉をアウトプットするときは、自分の物語に託すだけだった。これからは桜井さんと一緒だ。その違いかな」

なるほど。こうして熊谷さんの話は最後に焦点を結ぶのだ。

「桜井さんとご結婚なさるのですね」

「正確には、婚約する、だ」

「おめでとうございます！」

ぼくは声を上げた。他の乗客が何事かと目を向けてくる。熊谷さんは慌ててぼくを静めて、周囲にしきりに頭を下げる。ぼくはそっと自分のツールで時刻を確かめた。

トキヤさんの第一の予言は、当たった。

6

大阪から戻ってその週末の金曜、ぼくは朝から休日出勤をした。新作料理の試食検討会の日がやって来たのだ。立花さんとぼくはホールで中内料理長を迎えた。新作として検討される皿は多岐にわたるため、それぞれ小皿に少しずつ取り分けられて次々と中内料理長の座る席へと運ばれる。立花さんとぼくたちの出番はスイーツ担当ということもあって終盤だった。畠山主任やメートル・ドテルの人たちの立ち会いのもと、立花さんがデデを自ら押してテーブルへ苺のデザートを運ぶ。ぼくは後方から見つめた。

立花さんはパティシエールなのでホールスタッフの人たちのような手捌きではないが、それでも自分の創作したスイーツを取り分けてゆくさまはきれいだ。スプーンを使ってデデの器からシャーベットボールを掬い上げ、くるりと回転させて小皿へと移す。軽快なその動作をお客様に目で楽しんでいただいてから、最後に苺の粒をボールの上に載せて差し出す。

コックスーツ姿の中内料理長はどの試作に対してもつっけんどんで性急な表情のままで、このときも皿を指差してすぐさま訊いてきた。

「どうするんだ？　手で触っていいのか？」

立花さんが丁寧に説明を加える。実際はスプーンやフォークで触れるのでも構わない。すでにここでタネは仕込まれているからだ。中内料理長は自分の指先で苺に触れた。

途端に苺は白く凍り始める。物理的な刺激を受けることで霜が降《お》り、冷却が視覚化されてゆく。ぼくはそっと息を詰めてその瞬間を見つめていた。料理長が確かに一瞬、眉根を寄せて反応したのがはっきりとわかった。

さらに指先で押すと、苺はボールの内部へと溶け込むようにして消えた。

これが今回の作品の新しさだ。外から置いた苺は完全に内部へと入り込み、それでもボールのかたちは崩れない。

料理長はその様子を黙って見つめていたが、そこでスプーンを取って、さくさくとシャーベットボールを崩して中身の確認を始めた。凍った苺の粒は内部でクリームに包まれている。スプーンで苺とボールの欠片《かけら》を掬って一緒に口に含み、その冷たさの加減や舌触り、甘味と酸味の調和を査定してゆく。

「ふん」

料理長は三分の一ほどに手をつけてスプーンを置いた。周りに立つシェフたちを見回し、その途中でぼくの姿を認めた。

ぼくは緊張した。どこかのタイミングで一歩前に進み出て、立花さんの横に立つことを考えていたからだ。このデセールを召し上がっていただいたお客様に、もう一度その驚きと味を思い出して楽しんでいただくため、ぼくはビードロ玉を使う新しいマジックを準備していた。道具もすべてポケットのなかに入っている。料理長の関心が向けば、この場ですぐさまぼくが続けて本番さながらにマジックを披露する。立花さんと事前に話し合っていたことだった。

しかし中内料理長はぼくたちから目を離すと、側についていた畠山主任に告げた。

「こいつは保留だ」

畠山主任はぐっと息を呑み込む。ぼくたちの開発の過程を知っているので料理長に言葉を添えてくれる。

「よくできている手順だと思いますが。苺が入るところは給仕が一回転させるのがタネです。あそこで素早く上からA330のコーティングを被せることでようやく成功しました。実際に苺が外殻を割らずになかへ入っているのです」

「いや、苺がなかに入るのがそれなりの技術だというのはわかる。だが、技術が斬新だからいいというものではない。考えてみれば、風船のなかに物が入る手品は私だってテレビで見ている。同じことをやってもだめだ」

中内料理長はようやくそこで若い立花さんを見上げ、大きな身振りで伝えた。

「あそこで回転させるのはいい。目で見て華があるからな。ただ、その後で苺を載せるのは野暮だ。回転させるなら、もうすでに苺が入っていることをそこで見せればいい」

そして皿を押しやって審判を下した。

「これでは驚きが足りない。次の皿を」


ミチルの片腕はずっとぼくの部屋にあった。

月曜までデータ分析をしてもらってから、日下部先生のベンチャー施設を訪れてぼくは腕を持ち帰ったのだ。

アパートの窓辺に据えた低い棚の上に置き、ミチルが折った鹿の折り紙や、ミチルの使っていたけん玉と並べた。朝はカーテンを開けるとまずミチルの腕に光が当たる。深夜に家に戻って灯りを点けるとき、ぼくは棚へと目を向ける。いままで通りミチルの腕は一日の地球の自転とともにあり、ぼくの生活とともにあったが、すでにミチルは静物だった。

ぼくは指で触れて、ミチルと一緒だったときのことを思い出す。朝日を浴びるミチルの腕を見て思いを巡らせ、帰宅して夜に再び腕に触れ、あのころミチルの身体にあった温もりについて考える。いまもミチルはこの片腕を残したままどこかで必ず動いているはずだ。ぼくは以前よりもそう信じられるようになったが、だからこそぼくが触れるこの片腕が受動的で、それがまるで窓辺に飾る小石と変わらず、朝にはただ陽射しの温もりを受け入れ、また夜になれば再び熱を手放すことが、いくらか辛くも感じた。

いくつか生活上の変化があった。《ル・マニフィック》でメートル・ドテルの諏訪さんから提案が上がり、「美女と野獣」という新しいマジックのメニューを試験的に始めるようになったのだ。熊谷さんと桜井さんのテーブルで展開したあのストーリーを、他のカップルのお客様にも楽しんでいただけるよう再構成したものだ。

通常のメニューには掲載しない。事前の予約時に「特別な記念日だからサプライズがほしい」とお申し出のあったお客様に限って、店の側がプレゼントの選択のひとつとして提案する仕組みだ。《ル・マニフィック》に『美女と野獣』の世界観を期待して足を運んでくださるお客様は少なくない。諏訪さんはディレクトゥールの上田さんを説き伏せて、卓上の薔薇が食事の最後に復活するシークエンスを秘密のメニューに託したのだった。

昨年のクリスマスに起こったことをそのまま再現するわけにはいかないが、ハートのエースのフェイス面からお客様の告白メッセージが浮かび上がるクライマックスを組み込むことで、とびきりのサプライズも演出できる。

立花さんとのスイーツ開発はまだ実を結んでいなかったが、一歩ずつレストランマジシャンとして前に進みつつあった。ぼくはやっと昨年二十歳になった人間だったが、そのぼくはいま少しずつキャリアを積み始めているのだった。

　メニューが春の新作へとリフレッシュされ、ホール内の照明の色調も明るく爽やかなものへと変更された。しかしそれで終わりではない。厨房もホールスタッフもお客様の反応を見ながら、毎日微調整を加えてゆく。ぼくも春に向けて自分のルーティンを見直し、諏訪さんや海外出張から戻ったばかりの上田さんに直接見てもらうことで取捨選択をし、メニュー上の文言《もんごん》にも頭を絞った。

　マジシャンとして閉店三十分前までホールに出て、控え室に戻って着替えを済ませると、その後はデデたちの帰還を迎える準備だ。フロアで長時間働くデデたちには終業後のメンテナンスが欠かせない。

　厨房の人たちが一日の終わりに調理場をごしごしと磨き上げるように、デデたちのその日の汚れを落とし、故障の有無を調べ、データをバックアップして所定のドックに戻す必要がある。技術的サポートは専門家がおこなうが、そうした人たちがいつでもスムーズに作業に取りかかれるようデデたちを整えておくことなら、特別な資格を持たないぼくにもできる。

　デデたちにも温もりはある。ぼくはデデたちを磨きながらそう感じる。ミチルが温もりを持っていたように、この《ル・マニフィック》でスタッフの人たちが汗を流して働くその熱量と似たものを持っているとぼくは感じている。

　それは単にバッテリーが放熱しているということではなくて、体温を持つぼくたちスタッフとお客様と温かな料理がつくる《ル・マニフィック》の空気が、デデたちにも伝わるのだと感じている。

「スイーツの開発はどんな様子ですか」

　岸さんが終業後に控え室で声をかけてきてくれたことがあった。岸さんはこの春にレストランサービスの技術を競うコンテストの関東大会で入賞を果たし、まさに次の日本大会への出場権を手にしたばかりだった。きっと婚約者の人も喜んでいるに違いない。だがそれはきっとおふたりの会う時間を減らすことでもあって、岸さんは再び深夜の独学に励むようになっていた。

誰もが少しの時間も貴重で、ぼくも立花さんとの開発は取りやめることなく、さらなるアイデアを求めて週に二、三度は深夜に顔を合わせ、第二厨房ないしはホールで話し合いを続けた。立花さんはいつも話し合いの最後の一秒まで、プロフェッショナルとしての姿勢を崩しはしなかった。ぼくも自分がプロフェッショナルであることを願ってともにアイデアを出し合った。ぼくと立花さんが話し合っているホールの席の遠くで、岸さんはひとりテーブルに向かい、コンテストの種目の技術を磨いていた。

ぼくたちは遅くとも夜の一時半までにはすべてを切り上げるが、岸さんはいつもそこからさらに独学を続ける。ホールを引き上げる際に岸さんへ挨拶をすると、岸さんはそのとき初めてぼくたちの方を向いて、白い歯を見せて笑顔を返してくれる。

立花さんと別れて控え室に戻るとき、ぼくの頭にいつも蘇るのは中内料理長の言葉だ。

——これでは驚きが足りない。次の皿を。

驚き。

マフラーを首に巻きつけ、コートを着込み、バッグを提げて地下通路を抜け、ホテルのロビーへと出て行くと、ぼくは《ル・マニフィック》への入口である自動扉のエンブレムのところで足を止め、ミチルと『美女と野獣』の呪文を仰ぎ見た日のことを思い出す。

人気《ひとけ》のないロビーで、ぼくは頭上のエンブレムに書かれているフランス語を見つめる。

行け、行け、と心で叫んでみる。

このフレーズは昨年の冬と同じようにぼくを鼓舞してくれる。けれども一方で、いまぼくはそのかけ声を本当の言葉として出せずにいる。一歩店を出ると、いまだにぼくはともすれば声を失うのだ。ほんの直前までぼくは立花さんや岸さんと会話を交わしていたというのに。ぼくはプロフェッショナルとして発言していたはずなのに、孤独になるともうぼくには声がない。この心の叫びの先へと行きたいのに。この胸にいまある言葉を空気に乗せて届けたいのに。

それは誰に？　ミチルに。ふだんは気づかなくてもぼくの周りにちゃんと暮らしている多くの人たちに。そして他ならないこの自分に。

行け、行け。自然であれ。ぼく自身であれ。

ぼくは自問する。この心の叫びは本物になっているか？　この先いつか本当に声として外へと飛び出してゆく原動力になり得ているか？

ミチルだけでなく言葉までも失った空っぽの人間に、ぼくはいつまでもなってはいまいか？


翌日の昼下がり、ぼくはアパートの横に続く住宅街の小路へと向かった。この路地はミチルがいなくなったとわかった夜、ぼくが思わず駆け出してミチルの名を呼んだ場所だ。ミチルはぼくの帰宅後にときどきここで見た風景のことを話してくれた。

路地を曲がる角には古くから続いているらしい魚屋がある。意を決して店に入り、若い男性にミチルのことを尋ねてみた。小路をさらに進んで、個人経営の薬局にも入って、同じように尋ねてみた。

「ああ、ミチルくんは、よくその辺りでうちの姪《めい》っ子たちとけんけんをやっていたね。お客がいないときはそこで座って姪っ子と遊んでくれた。ずいずいずっころばしとか、あやとりとかね。店のなかは暖かいからね。なに、迷惑なんかじゃなかった。かえってあの子がいると、お客が来るんだよ」

ぼくはご主人の話を聞いた。商店の人たちはぼくよりもふだんのミチルを知っていた。

「あの子は器用だね。だから子供たちには好かれていたね。けんけんも、だるまさんが転んだもできる。

『だるまさんが転んだ』といって、ぱっと姪っ子が振り返るだろう。するとあの子はぴたっと止まるんだよ。ロボットだからまあ当たり前なんだろうが、止まっても倒れないんだな。いまのロボットはよくできていると思ったねえ」

もう少し先にある寝具店にも入った。さらにその先には青果店がある。以前に訪ねたときにも思ったが、青果店の女将さんは、まるで山田洋次《やまだようじ》監督の映画に出てくる吉永小百合《よしながさゆり》のような美人で、名字も偶然に同じ吉永なのだった。

吉永小百合さんは教えてくれた。ミチルはこの辺りの人たちに好かれて、よく店の軒先で休ませてもらっていた。そんなときは近所のお年寄りの話にもよく耳を傾けていた。

おつりの計算はお手のもので、吉永さんのお母様が店先で困っていると、よく助け船を出した。

軒先のベンチで小さな子たちと絵本を広げ、お互いに読み聞かせをしていた。

そして午後の静かなひとときは、ずっと青果店の軒先のベンチで空を仰ぎ見ていた。何をしているのと吉永さんのお母様が尋ねると、『指輪物語』を読んでいるんだと答えた。本もないのに？　とさらに訊くと、お話を捕まえてくるんだと答えた。ミチルはネットワークからその長大な物語のテキストを掬い上げて、黙々と咀嚼していたのだった。

「ベンチに座っていてもいいですか」

「ええ、どうぞ。ちょうどそこがミチルくんの特等席よ」

ぼくはお礼をいい、そしてベンチから空を見上げる。まるでこの小路が、山田洋次監督の映画に出てくる景色に思えた。ほんの数百メートルも先へ行けば高架道路があり、自動車が絶えず音を立てて往来する大通りがあり、そして港があるというのに、ここはミチルがいちばんぼくたち人間の本来の時間と馴染める場所だったのだと思える。

春が近づき、陽は長くなっている。ただし夕暮れ時であっても空は茜色に染まりはしない。ゆっくりと、ただゆっくりと翳ってゆき、そして気がつくと自分とこの世界は夜の陰に入っているのだ。ここに座っていれば空の色の変化がわかるだろう。ミチルがいなくなったと知った夜、ぼくは息を切らして懸命にここまで駆けた。

ぼくはいまマフラーを巻き、コートを着込んでいる。心を研ぎ澄ましてみる。あのころの空気と違うことを感じてみる。

空の見えないところでジェット機が飛んで行き、そのエンジン音の残響がこの小路を抜けてゆく。

翌朝、ぼくは丘の上へと階段を駆け上がる。赤煉瓦の《霧笛橋》が視界に広がる。橋脚の向こうに立つ大きな桜の木がついに薄桃色にほころんだその日、ぼくは久しぶりの休日の朝を公園のベンチからこの港町を見下ろして過ごし、そして桜井さんの自宅を初めて訪ねた。

地下鉄を乗り継いで、ツールの地図を頼りに細道の入り組んだ古い住宅街を進む。この辺りはまだ電柱が多く残り、道は狭くて車が擦れ違うのもやっとというところだ。その代わりひとつひとつの住宅は時間を重ねながらもモダンな感じで、あと数十年もこの穏やかな空気は残っていそうな気がする。

桜井さんの家は赤い瓦屋根が印象的な二階建ての一軒家だった。玄関先には装飾用の流木やプランターが置かれ、石垣の向こうにもガーデニングの緑が見える。玄関先まで出迎えに来てくださった桜井さんはジーンズにトレーナー姿で、鼈甲縁《べっこうぶち》の眼鏡をかけていた。

「いらっしゃい。仕事をしていたところだったの」

そういって上を指差す。二階に自室とアトリエを兼ねた部屋があるようだ。一階の南向きの居間へと案内されて、ぼくはカーテンが大きく開かれた掃き出し窓の前に立ち、手入れの行き届いた菜園のある豊かな庭先を眺めた。

太陽の光は外を歩いていたときよりもずっとこの部屋の方が明るく感じられる。大きなペルシャ絨毯《じゅうたん》はたっぷりと午前の陽射しを受け止め、壁際のアップライトピアノを覆う埃《ほこり》よけのレース生地《きじ》も、嬉しそうに光を浴びている。戸棚はどれもアンティーク調で、ガラス戸の奥に見えるさまざまな本の背表紙は、どれも長い歳月をかけてゆっくりと色を変えてきたことがわかる。けれどもそれは褪せて価値を失ったのではなく、むしろずっとこの家とともに日向《ひなた》ぼっこを楽しんできた証《あかし》のように、ゆったりと寛《くつろ》いだ表情なのだった。

後ろの壁には大きな油彩の肖像画が掛かっていて、栗色の髪の上品なご婦人が、膝元に薔薇の花束を持って微笑んでいる。小柄で、花を持つ指先が細くて、その目元は桜井さんに似ている。

「母です」

桜井さんが女性を連れて部屋に入ってきた。車椅子に乗った女性はぼくを見上げて微笑んでいた。細く痩《や》せた手は少し捻《ねじ》れて肘当てをつかみ、そしてサングラスの奥の目は両方とも開いていたが、どちらもプラスチック製の義眼であることがわかった。

もう何年も前からこの人は、折り紙を折ることができなくなっていたのだと、ぼくは悟った。

7

少し前までは屋内の移動や生活を楽にするためバリアフリー住宅に改築する人が多かった。いまは車椅子もかなり小回りが利くようになり、家の構造や障害物の在処《ありか》を精緻《せいち》に地図化する人工知能が進歩したおかげで、馴染みのある間取りのままで暮らす人が増えている。

桜井さんたちの家も、日々のケアに必要なセンサ類は、ほとんどが壁の内側や床下に慎《つつ》ましく隠れているように思えた。だからどこを見ても、とても自然体だ。お母様の車椅子もごくシンプルで身軽なものに見える。けれどもそのシンプルなデザインのなかに、実際は生活段差を滑《なめ》らかに乗り越える機構が巧みに搭載されているのだった。

桜井さんは春にふさわしく花の香りのする紅茶を出してくれた。お母様は車椅子に装着されたロボットアームの介助で自らの腕を動かし、そっとカップを口元へと持ってゆく。カップはやはり一見ふつうのかたちで、上品な外国製のものだが、アシストアームが把持しやすい構造をしている。つくり手の心遣いが伝わってくる。ぼくと桜井さんもお揃いのカップで一緒に紅茶を楽しんだ。

桜井さんは戸棚からお母様が書いた折り紙の私家本を取り出す。実はぼくもその本を持ってきていた。テーブルの上で互いにページを開いて、昨年の十二月二十三日にミチルと試みた薔薇《ばら》のマジックの話をした。三枚の長方形の紙からなる折り紙ユニットを組むことで、一輪の薔薇の花が咲く。

桜井さんはそのときの薔薇をちゃんと保管してあった。お母様の手元にその薔薇を置いた。

「ええ、ええ、聞きましたよ。トランプのカードなんて、とても私には思いつかなかったもの。ちょうど紙の厚みもぴったり」

「ミチルだったから、素早く組めたんです」

と、ぼくは打ち明けた。

「実はぼくも事前に練習していました。でもぼくひとりではとても組めませんでした」

「この薔薇はね、ひとりでは咲かせられないの。一美《かずみ》とふたりでつくったのよ。一美が二片、私が一片。お互いにこうして器のようにてのひらをすぼめてね、お互いの手を包むように動かして初めてできるの」

お母様は自らの手に目線を落とし、そっと見えない折り紙を包んだ。指先は固まっていたが、そのてのひらにできた窪みは清楚で、窓越しの陽射しを受けて、花のようだった。

いまは網膜に直接レーザーで刺激を与えてヴァーチャルな視力を知覚させる医工学技術もある。再生医療も進歩している。ただ、どれも決して万能ではない。お母様の目にはどんな先端技術も適合しなかったのかもしれない。

「今朝は桜が咲き始めていました。このご本に桜の折り紙はないのですね」

「桜は毎日違うでしょう。今日と明日では、まるで違って見えるでしょう？　毎日姿は違うのに、見ているそのときはまるで時が止まっているように思えるでしょう。けれども風で花が散っていると、ずっと永遠に散ってゆくような気がするでしょう。それを折り紙で折るのはとても難しいわ」

「だから私に描けというのよ」と、桜井さんは微笑む。

「ヒカルさん、どうぞお昼ご飯を食べていってね。この子は絵を描くときはエプロンをするのに、キッチンではどうしてもエプロンを着けようとしないの。油が跳ねても気にしないのよ」

お母様の声の節回しは桜井さんに似ている。そしていまお母様は車椅子に身体を預けているが、以前はきっと桜井さんと同じように、座るときもすっと背筋を伸ばして、森の子鹿のような雰囲気を湛えていたに違いない。声の佇まいとその息継ぎの感じに、そのころの面影《おもかげ》が残っている気がした。

ぼくはありがたくダイニングで昼食を一緒にいただき、会話を楽しんだ。箸袋は白と桜色の二色の和紙を重ねて折ったもので、手間がかかっていた。その箸袋をちょっと広げて何度か折ると、今度はワンポイントの模様がついた箸置きに変身する。桜井さんからその場で折り方を教わって自分で使った。

お母様は車椅子に装着した食事用ロボットアームの助けを借りながら、けれども自分の固まった手でスティックを操作して、ぼくたちと顔を向き合わせて食卓の輪のなかに入っていた。ロボットアームは目の見えないお母様の代わりに重箱の端からきちんとひと口ずつスプーンとフォークでご飯を掬い上げて、お母様の口元の直前でそっとフォークを後ろへ下げて、スプーンだけを安全に前へ差し出すのだった。旧式のもののようだが、とても自然な感じでこの家にフィットしている。ロボットアームの人工知能が、ちょうどお母様と二人羽織をしているかのようだった。

「ヒカルさんはどの道でいらっしゃったの？　近道があるのよ。一美、駅の入口まで送って差し上げて」

外へ出ると、空が青く澄んでいた。

近道というのは、まるで猫の通り道のような細い小路の連続だった。きっと桜井さんには子供のころから馴染みの道なのだ。影のなかへと入ってはまた陽の下へと出る。影踏みのように排水溝のコンクリートの蓋を駆ける。桜井さんの悪戯《いたずら》好きは、こんな道で育まれたのかもしれない。家々の軒先はどれも手が届きそうなほど近いが、ちゃんとそれぞれ石垣で生活空間が保たれている。

「事故の後、父は機械工学や医工学の技術で母の幸せを取り戻せると、本気で信じていたと思います。でも父は挫折しました。母は自分を受け入れたのに、父はそのことを受け入れられなくて、自分が幸せになれなかったのですから」

桜井さんは馴染みの小路を案内しながら、不意にほとんどぼくを振り返ることなくいった。わずかに見えたその横顔は大人のもので、隙間から見える空を仰いでいた。

「おもてなしの心や気遣いの心を考える人が、いちばん身近で自分の愛する人を幸せにすることができないのは、つらいことだと思います。私があのお店にずっと行けなかったのは、行けば父にその痛みを突きつけてしまうんじゃないかと思ったから。父はあの店で徹底的に機械にサービスさせようとしていたでしょう。心の在処を誰よりも強く探し求めているのは父なのにね」

「でもあのクリスマスのとき、上田さんはとてもいい笑顔をなさっていました」

「そうね」

と、桜井さんはぼくの前を歩きながら頷く。「ヒカルくんとミチルくんがいたから、私はあのお店にもう一度行けたのよ」

「熊谷さんのエスコートがあったからです」

「そうね」と桜井さんはもう一度答える。さっきよりも春の微風《そよかぜ》に馴染んでいるように思える。

「大阪で熊谷さんからうかがいました。ご婚約おめでとうございます」

「ありがとう。ヒカルくんとミチルくんのおかげね」

「きっとミチルに伝えます。熊谷さんはこちらにもよくいらっしゃるのですか」

「今年に入ってから、週に一度は来てくれます。自分は作家だから、時間なんて自分でどうにでもなるのだといってね。母とずっとあの居間で日向ぼっこをしながら、折り紙を習っているのよ。あの人はああ見えて手先が器用なの」

「はい」とぼくは頷く。

「母は運命を受け入れる人です。受け入れたら昔のことは忘れてしまうみたい」

ぼくたちは陽の下に出た。道が開けた。

「母はいまでも聡明な人です。もてなそうとする人以上に、どこまでも利他的な人なんです。自分では何もできない、ひとりで着替えをするのも難しい身体なのに、心は果てしなく利他的なの。父とまったく同じなのに、ふたりはどうしても一緒にいることができなかったんです」

確かに駅はもうすぐ近くだった。そのとき不意にぼくは、まったくいままでの会話とは異なることを理解したのだ。

いや、そうではない、ずっと会話をしてきたからこそ連想が働いて、わかったのだ。

本来あの三片の薔薇の花弁は、桜井さんとご両親の三人を象徴していたのだと。

桜井さんと、お母様と、そしてお父様であるプルミエ・メートル・ドテルの上田さん。お母様が薔薇の折り紙を創作したのはまだ三人が一緒だったときであったはずだ。あの薔薇は家族三人が集まり、お互いの手を組み合わせて、初めて人間がつくることのできる折り紙だとわかったのだった。

ぼくの気づかなかった魔法が、去年の十二月二十三日の席にはあったのだ。

あのときぼくに見えなかったものが、桜井さんと上田さんには見えていた。

「桜井さん、《ル・マニフィック》で『美女と野獣』の手順を使わせていただいていること、本当に感謝しています。上田さんも少しずつ心が変わってきた証拠だと思います。いま、ぼくはわかりました。ここにミチルはいません。《ル・マニフィック》にもミチルのようなロボットはいません。でもあの最後に薔薇を咲かせる手順を、これからはお客様たちと再現してもいいでしょうか？」

ぼくはイメージを伝えたくて、思わず両手を前に出して、薔薇をつくる動きを再現していた。あのお母様の手のように。

「人間の手でも、三人いればできるんです。おふたりのお客様にぼくの手を添えれば、それで三人になります。いえ、ぼくでなくてもいいんです。テーブルの上で魔法がかかっている塩や胡椒のカスターセットだって、ちゃんとカードを保持できます。カードをうまく持てないお客様だって、いまの時代なら必ず一緒にあの薔薇をつくれます。これからはテーブルでお客様たちと薔薇を咲かせてもいいですか？」

桜井さんはにっこりと笑ってくれた。ぼくは続けて願い出た。

「いつかお母様と一緒に《ル・マニフィック》にお越しください。これからきっと、いろいろと変わることもあると思います。お母様の前で薔薇を咲かせて見せます。お客様がいらっしゃる限り、《ル・マニフィック》では薔薇は決して枯れません」

四月に入って、大阪の日下部さんから新しい報告が届いた。週末に熊谷さんも交えてツールで話すことができた。

「眼鏡に残された映像と一致する記録は、国内のアーカイヴからは見つからなかった。ただ、いろいろと確認できたことはある。ここのHZという数値を見てほしい」

日下部さんは研究者の表情だった。ぼくも説明を聞き漏らさないよう集中する。

「撮影された大気中にどのくらい微粒子が漂っているかをシミュレートした結果だ。これは重要な指標でね。排気ガスの多い都会は空が濁っている。沙漠なら砂塵《さじん》が舞っているし、日本の山でも杉があれば春先に花粉が飛ぶだろう。低い場所と山頂では星の見え方も違う。気圧や湿度も空の美しさや〝抜け感〟には大きく影響する。湿度が高ければ霧や靄《もや》がかかるだろう。

面白いことに、人が感じる大気の透明度はかなり印象によって左右されていて、過去の体験や固定化されたイメージで騙《だま》されやすい。ビデオや写真でもかなり錯覚を起こすし、没入感のあるVRやAR仕様の映像ならなおさらだ。ヒカルくんはここに映っている空を透き通っていると感じたかな？　実はぼくも初見はそう感じた。けれども実際にシミュレートしてみると結果は違った」

日下部さんはミチルが見た空の映像に解析結果を重ね合わせながら話す。

「細かな粉塵が意外と多く大気中に残っている。けれども、その分布は一様ではない。風がこちらに吹いている。確実にいえることは、ヒカルくん、少なくともこの空はきみが住んでいた場所じゃないということだ。これは夕方の空でもない。おそらく午後一時過ぎ、四月ころだ。濁っているのに空が遥か遠く宇宙まで届いているかのように見えるのは、HZの指標が特徴的で、ぼくたちの心的イメージを喚起しやすいからだろう。たぶんこの場所は広い空き地だ。とはいっても平面ではなく、おそらくは付近に大きな構造物が不規則に建っている。風が鳴るような場所だ。飛行機の残響音は検出できなかったが、心象イメージとは結びつきやすい。実はパラメータをあれこれいじりながら調べて、ここだと思える空があった」

同時回線で説明を聞いていた熊谷さんが、ぼくよりも先に指摘した。

「東北の沿岸部だな」

「そうです」

日下部さんは頷き、手持ちの画像をいくつもサンプルとして示してゆく。津波に呑まれた町の写真だ。どれも大きな空が映り込んでいる。

息が詰まった。ぼくがまだ小さかったときに起こった災害だが、いま見ても胸が苦しくなる。どんよりと暗い雲が立ち籠めている写真もあれば、どこまでも空が青く照り輝いているものもある。ひとつひとつの写真はまったく別の天候なのに、どれも昔の自分と繋がっていると強く思える。ぼくは確かにこれらの空を知っていた。まったく同じ映像ではないはずなのに、何度も、何度も、幼いころからこれらの空を報道で見たからだ。現場に一度も行ったことはなくとも、ぼくはこの空を胸のなかで知っていた。

「震災後、東北各地の大気の動きはかなり調べられていてね。HZの推移もシミュレートできる。ミチルが見ていたこの空は、東日本大震災発生から一ヵ月後、ないしは一年後の春の空に近い。当時まだビッグデータサイエンスは成熟していなかった。日本全国の空をただ撮影して記録に残すなんて作業をやる人間はいなかった。だから直接参照できるデータは存在しない。けれども当時の人たちは、写真や携帯電話やビデオでたくさんの風景を記録していた。だからそれを手掛かりに当時の大気状態をシミュレートできる」

「どうしてミチルはそんな昔の空を見ていたのですか？　ミチルはまだ生まれてさえいないころです」

「それだよ。もうひとつわかったのは、この空を見ていたカメラアイの特徴だ。このカメラアイを装備していたロボットは、当時おそらく日本に十体もなかった。そのうちの一体は――」

　すでに大阪でも聞いていた推測だ。ぼくは今度は自分から答えた。

「――ケンイチというロボットなのですね？」

「ヒカルくん、その通りだ」

「ミチルはどこかでそのロボットに会っていたのでしょうか」

「いや、そうではないと思うよ。ミチルはケンイチの記憶を辿っていたのかもしれない。自分のルーツとなったロボットの記憶を、広いネットワークのなかから探し当てては〝見ていた〟のかもしれない」

「何のためにでしょうか」

「わからない。ただ――」

　日下部さんは回線の向こうからぼくを見つめていった。

「ケンイチも、物語が好きだった」

「物語――」

　息が詰まった。

「そう、お話を聴くのが好きだった」

「ミチルがそうでした」

「そこに接点がある」

　ぼくは身を乗り出していた。

「マジックはどうですか？　ケンイチというそのロボットも、ミチルと同じようにマジックが好きだったのでしょうか？」

　物語が人とロボットを繋ぐのなら、マジックもきっと同じだ。マジックには物語がある。それだけではなくマジックには身体がある。なぜならマジックはパフォーマンスであるからだ。

日下部さんはわからないといって首を振る。そのような逸話は伝わっていないということだ。けれども、もしミチルがケンイチという伝説のロボットから何かを学ぼうとしていたのなら、それは物語そのもの以上に耳で聞いて、目で捉えて、人と繋がる何かの手掛かりを、ケンイチというロボットが持っていて、それはミチルと何らかの共通点があったはずだ。

「ケンイチというロボットが好きだった物語は何ですか？　ミチルはいつもお話をネットワークから探し出して読んでいたのです。『ナルニア国ものがたり』の他に、ケンイチというロボットはどんな本を読んだのですか？」

「『指輪物語』だよ」

ぼくはその物語の名を知っていた。

ミチルはその物語を読みながら、この町の小路で空を見ていたはずだ。

ネットワークから『指輪物語』の邦訳版の全文をダウンロードし、次の日の早朝にアパートを出て、公園とは逆方向の辻《つじ》を曲がり、いつもの細い小路を駆けた。

電柱の列が遠くまで続いている。鮮魚店はすでにシャッターを開けていたが、ほとんどの住宅はまだ眠っている。

青果店まで辿り着くと、軒先にある古いベンチの前から振り返って空を見上げた。

ミチルがここから仰ぎ見ていた夕暮れの景色を思い浮かべる。いまは幹線道路の車の音しか聞こえないが、ジェット機の轟音がときに頭上を駆け抜けていただろう。ぼくは空を眺め渡す。機体の影はここからは見えないだろう。その想像はぼく自身の過去の記憶と重なり合う。この場所からは音は聞こえても飛行機の影は見えないのだ。いつも不意に音は耳に届き、この町へと染み渡り、遠くへと尾を引いて薄れてゆく。

ここでミチルは物語を読んでいたのだ。伝説のロボット、ケンイチと重なり合うかのように。

その夜、ぼくはアパートで寝支度をして消灯し、ソファベッドに潜り込んで布団を被り、ツールを手に取って『指輪物語』を声に出して読んだ。

ぼくの知らない世界が扉を開ける。テキストの分量からも、いまぼくが旅立ち始めたのはとても長い物語なのだとわかる。寝床からいつもミチルが座っていた充電装置の場所へと目を向ける。呼吸するように灯《とも》っていたあの小さな光もいまは見えない。そこにはただ暗い夜があるだけだ。それでもぼくは自分にとって初めての物語を、人間と妖精がともに暮らしていた遠い遥かな時代の歴史を、自分の声で初めて読み進めた。

ゆっくりと朗読してゆく。ミチルがここにいればその場所まで届くほどの声でいい。自分以外の見えないもうひとりと時間を共有できるように、けれどもぼくたちの部屋のなかで透き通ってゆくくらいの、静かな声で。

あるとき温かな雨が夜通し降って、散った桜の花は地面や舗道に貼りついて儚《はかな》いカーペットをつくった。《ル・マニフィック》ではフランスの復活祭《イースター》に合わせた特別期間の準備が始まっていた。

ぼくと立花さんの提案したデザートの演出はいまなお保留のままだったが、それでも立花さんが創作した苺入りのボール状ソルベそのものは採用となって、お客様を楽しませた。デセールを配膳する際にはメートルと一緒に出て行くデデがそのアームで器用にボールを掬い上げ、スプーンでくるりと回してお客様の皿に盛りつける。中内料理長が指摘した通り、それだけでもテーブルは華やかになって、お客様は驚きの表情と笑みを浮かべた。

ぼくは初めて店で赤いカードから薔薇の花を復活させるルーティンまでを演じた。ちょうど一組目は若いご夫婦で、それはおふたりの結婚記念日だった。旦那様は当日メニューを見ながらすまし顔で奥様に「美女と野獣」を勧め、ぼくはクライマックスでカードのフェイス面を旦那様からのメッセージカードへと変えた。ところが実は奥様もサプライズプレゼントを用意していて、さらなる一枚のカードには奥様から旦那様へのメッセージが浮かび上がり、その場で旦那様を驚かせたのだった。それら二枚を含む三枚のカードでぼくたちは一緒に薔薇をつくり、その赤い薔薇は奥様の胸元に飾られた。

——その日からぼくは夜の『指輪物語』の朗読の声に、いくらか生気が戻ったかもしれない。ぼくは姿のないミチルと共有しながら毎夜少しずつ『指輪物語』を読み進めていた。

新しい週が始まり、朝になればひとりで身支度をして公園に上る。そこから坂を下りて《ル・マニフィック》へと出勤する。ホールで演技し、お客様の記念日を彩って薔薇の花を咲かせ、終業後はデデたちを丹念に磨き、そして深夜には立花さんと話し合う。

ぼくは《ル・マニフィック》の一員になっただろうか。

ここにミチルはいない。それでもぼくは日々を進んでゆく。

そう思い始めていたときにぼくのもとへ、事態を変える知らせが届いたのだ。

8

開店前の準備中だった。控え室で着替えを済ませ、デデたちとのネットワーク環境を確認しようとしていたその矢先に、ぼくのツールが鳴ったのだ。

相手の名を見て、息が止まりかけた。

「もしもし！」

モードを変更しようとしたが、うまく相手に繋がらない。

「もしもし！　テルさんですね！」

回線が切れる。そんな馬鹿な、とぼくは心のなかで叫んでいた。テルさんが湾岸の町を離れてから、いままで一度だってメッセージを受け取ったことはなかった！

諏訪さんに断りを入れ、地下通路への出入り口まで走って、すぐさまメッセージを再生した。

「ヒカル、いろいろと心配をかけてすまない。会えるまでもうしばらくかかる。きみにとって大切な人のことを、いま捜しているところなんだ。ただ、ミチルくんとはもうすぐ再会できるはずだよ。——いつかまた《ハーパーズ》で会おう」

震えが身体に走った。間違いなくその声はテルさんのものだった。

懐《なつ》かしかった。穏やかな語り口も、聞く人を安心させるその声色も、その呼吸とリズムも、そして強い芯を持つ確かなテンポも、それらはすべてテルさんのものだった。

メッセージから発信位置は確認できない。地下通路を急いで抜け、お客様のいるホテルロビーまで出て周囲を見回した。《ル・マニフィック》へと通じる大扉も開けて回廊へと入り、奥まで見渡した。もう一度ロビーに戻って隅々まで回った。ひょっとするとすぐこの近くにテルさんがいて、いまもぼくを見ているのではないか。そう思ったからだ。

テルさんはこの場所にはいない。その事実を受け入れて、初めて次々と疑問が湧き起こった。テルさんがミチルの名前を出したということは、やはりテルさんはミチルを知っているのだ。ふたりはいま一緒にいるのだろうか。いつからテルさんはミチルの存在を知っていたのか。

握り続けていたそのツールで、相手を呼び出してみる。だが信じられないことに、使用されていないアカウントだとの通知が戻ってきた。慌てて二度、三度と呼び出したが結果は同じだった。テルさんはメッセージだけをぼくの手元に残して、ほんの数秒で姿を消してしまったのだ。

ぼくは叫び出したくなった。三年半前、美波もハンカチを残して消えていった。二ヵ月前にミチルも片腕を残していなくなった。なぜみんな消えて行くのか。テルさんまでもが同じなのか。

大阪のトキヤさんは何かを知っているかもしれない。あるいは日下部先生や熊谷さんに連絡をするべきか。このままじっとしていることはできない。だがそのとき、こめかみに貼りつけたばかりのパッチから諏訪さんの連絡が届いて我に返った。ぼくは頭を強く振った。何よりもぼくは《ル・マニフィック》のチームの一員なのだ。いきなり現場を投げ出してどこかへと行ってしまうことなどできないのだ。

ぼくはツールをしまって持ち場へと戻った。けれども心の隅ではまだ考えを振り払うことができずにいた。

ぼくがこの港町にいる間に、やはりどこかで事態は動いていたのかもしれない。ぼくの知らないところで何かが起こっていたのかもしれない。

いまこの瞬間にも、必ずどこかで。

すぐにぼくは知ることになる。その予感は、当たっていた。


深夜にアパートに戻って部屋の灯りを点けたとき、何かが違うと直感した。

咄嗟に息を詰めて固まったのは、室内の空気がまだ動いていると感じたからだ。じっとしたまま、視線だけで周囲を見渡す。ミチルの片腕はいつもと同じように窓際の棚の上にある。

ゆっくりと、靴を脱いで部屋に上がる。一歩、二歩と進みながら、あちこちの棚や家具へと視線を向ける。和室の中央に立ち、ぐるりと四方を観察する。

「ミチル、ただいま。『指輪物語』の続きを読もう」

あえて声を出した。

何も起こらない。

これまでも部屋のなかでミチルの面影が動いていたと感じることがあった。電気を点けるその直前まで何かが生きていて、その名残《なごり》が見えない小さな空気の渦となって、まだそこにあるかのように感じていた。すべては錯覚に過ぎないのに、ぼくは過去の想いを断ち切ることができずにいた。

荷物を床に置いてツールを取り出す。まだ不安は収まらない。今日のことはまだ熊谷さんたちに伝えていない。連絡を取りたかった。そして顔を上げたそのとき、ぼくは気づいた。

ミチルの指先が、何かを摘まんでいた。

信じられない。ミチルの右手の人差し指と中指が、赤いバイシクルカードを挟んでいる。カードは四つに折り畳まれている。

ぼくは駆け寄ってカードを手に取った。そのときわずかにミチルの指先が動いた。はっとして立ち止まる。いまミチルはぼくにカードを差し出したのだ。

その指先からカードを取り上げる。四つ折りを開こうとするが、手が震えてしまう。

ダイヤの2だ。しかしぼくはわずかな手触りの違いから、このカードが電子コーティングを施した特殊なカードだとすでに気づいていた。あらかじめ入力しておいた図形や文字が浮かび上がる仕組みのものだ。テーブルホッピングでいきなり鳩を出してほしいとお客様に頼まれたときのためにいつも用意しているカードで、ふだんは抽斗のなかにしまってある。今日も記念日のお客様にメッセージカードとして一枚使ったばかりだ。

ダイヤの2のフェイス面に浮かび上がっている文字をぼくは読んだ。

《ヒカルへ。

先生と、最初の空を見つけに行く。》

「ミチル！」

ぼくはカードを持ったまま声を上げた。部屋をぐるりと見渡してもう一度叫んだ。

どこからこのカードは出てきたのか。ぼくがいま立っている後ろの抽斗から取り出されたとしか考えられない。その抽斗は大切だが身近に置いておきたいマジック用具だけを入れている場所で、初めて父に買ってもらったバイシクルのカードもそこにある。そこには美波が遺したサインカードも入っている。

ミチルはふだんぼくがその抽斗を開けたり閉めたりするのを見ていた。そこに美波のカードがあることや、この電子コーティングデックがあることも知っていた。どうやってこのカードを使うのかも知っていたはずだ。

はっとして、ミチルの右腕へと目を戻す。腕は先ほどと姿勢を変えて、ぼくに再び手を差し伸べていた。抽斗の方へと目を向けたほんのわずかな間に、ミチルの手はその表情を変えて、ぼくへと優しく伸びているのだった。

ぼくはミチルの右腕を取り上げた。抱いたまま室内を再び見渡し、そしてはっきりとわかったのだった。

窓際の棚に手をつき、畳までの高さを目で見て取る。間違いない。途中の棚の端をうまくつかんで腕を振れば、片腕だけでも支障なく棚の上から床へと移動できる。反対によじ登ることも可能だろう。

ぼくは部屋のあちこちに重ねて置いてあるマジック用具の段ボール箱や衣装箱へと目を向け、その背後へと首を伸ばして覗き込んだ。この狭い隙間に隠れたなら、ぼくのベッドからも台所からも見えなくなる。箱は無造作に積み上げてあるので、その間にある出っ張りを利用して右腕がよじ登ることは可能だ。あるいは振り子の要領で飛び跳ねて、棚や段ボール箱を伝って台所の食器棚まで行くこともできるだろう。ぼくがこの部屋にいたとしても、ぼくがぼんやりと世界を見ていたなら、ミチルの腕は常に死角へと移動することができる。

ようやくぼくは、はっきりと悟った。

ミチルの腕は最初からこの部屋にあったのだ。ぼくがただ世界を見慣れすぎて、本当の景色を見失っていただけだった。

百年前の著名なマジック指導者、ハーラン・ターベル博士が書き残した大切な忠告を、ぼくは思い出した。《ル・マニフィック》の立花さんにも伝えたというのに、ぼくは自分でターベル博士の教えを軽んじていたのだ。

原理原則を復習しなさい。「マジックの科学」を読み返しなさい。

視線に対する角度《アングル・オブ・ビジビリティ》。

暗示の力《パワー・オブ・サジェスチョン》。

誤誘導を引き出す技術《アート・オブ・ミスディレクション》。

ぼくはミチルの右腕を強く抱きしめた。初めて見つけたあの夜のように強く。

身体が震える。かっと熱くなる。

だが、もうあのときのように、悲嘆で叫んだりはしなかった。

「日下部さん、熊谷さん、画面から目を離さないでください」

ぼくは自分のツールの前に立ち、両手に何も持っていないことを示した。ツールはダイニングテーブルの上に立て掛けてある。そのレンズにはぼくの膝から上が映り込んでいるはずだ。

掌と手の甲をそれぞれ見せ、両袖を捲《まく》り上げた。そして右手に四つ折りのカードを出現させた。スライト・オブ・ハンド、略してスライハンドと総称されるカード捌きの技術の基本だ。手先の動きだけでカードを観客の見えない位置に隠し、一瞬で目の前に出現させる。

折り目を開き、カメラに近づけて、そこにミチルのメッセージが浮かび上がっていることを示す。そしていったんカードを左手に持ち替え、再び右手に戻して、そのままぐっと手を引く。

カードを持つ機械の右手がぼくの手元から一気に伸びる。カードを摘まんでいるのはもはやぼくではない。ミチルの右手だ。

ぼくは自分の右手のなかから、長いミチルの片腕を引き抜いてゆく。手首から肘の関節へ、そして肩のつけ根へ。五十センチ近いミチルの片腕を手のなかから完全に取り出し、ぼくはそれが最初から堅く、関節も曲がっていなかったことをはっきりと示す。

「……いったい、それはどこから出てきたんだい？」

日下部さんが回線の向こうで驚いている。マジックをいくらか知っているはずの熊谷さんでさえ、いまのテンポには意表を衝かれたといった顔つきをする。ぼくは説明した。

「もとは長いマジック・ウォンドを小さな蝦蟇口《がまぐち》から出現させるマジックで、百年前の有名なハーラン・ターベル博士の教本にも載っています。同じ要領で、野球のバットでも、ビリヤードのキューでも取り出せます。どこにも隠せそうにないこんなに長い物体も、マジシャンなら錯覚を利用して目の前に出せるんです」

ベルトの脇を指して、そこにタネを仕込んでいたことを示す。

「最初はここに挟んでいただけです。お客様からは見えません。最初にミチルのカードを出現させました。これは服の袖に仕込んでいただけです。袖を捲るときに持ってきて、手の後ろ側に隠しておいて、手を動かす瞬間に持ち方を変えたに過ぎません。その後、カードの文字を画面に差し出しました。そのときの死角を利用して、ミチルの腕を腰から引き抜いてきたわけです」

ぼくは自分のツールを手に取って、部屋のなかを映し出した。

「ミチルの腕はこのテーブルの上に出現しました。二秒あれば、あの食器棚の上から飛び出して姿を現すことができます。ぼくはあの日、ずっとぼんやりベッドに寝ていました。帰宅する前に腕があそこに上っていたとしても、冷蔵庫を開けるそのときも、ぼくには気がつかなかったと思います。それまで何度も棚の上は確認していたからです。棚の下も、棚の脇も、部屋中あらゆるところを探しました。でもぼくの視界は限られていたんです」

部屋のあちこちを指差して示す。

「あっちを見ているときは、こっちの隅は見えなかった。こっちに顔を向けたときは、そこの段ボール箱の後ろは見えなかった。この腕にはバッテリーが残っていたのですよね。ミチルの腕はこのテーブルの上に出てくるまで、ずっとぼくの動きを察知して、ぼくの前から姿を消していたんです。ぼくはこのアパートに来てからも、何度かドクのウォンドを探そうとしたことがありました。ミチルはちゃんとぼくの目線を読んで、ぼくがふだんどんなふうにものを探すか、どんなふうに部屋のなかを移動して、どこに目を向けて、どこに注意を払うか、しっかりと見抜いていたんです」

思わず言葉に力が入る。日下部さんが回線の向こうで感嘆の声を上げた。

「ヒカルくん。つまりミチルは——、きみにマジックを見せたんだ」

「そうです」

ぼくは強く頷く。ミチルは消えたのではなかった。ぼくに魔法をかけていただけだった。

自分の右腕という魔法の杖を振っただけだった。

「でも、ぼくがわからないのは、なぜいまミチルがこのカードを伝えてきたのかということなんです。どうしてずっと待っていたのか。なぜミチルには時間が必要だったのでしょう」

画面の向こうで熊谷さんがいった。

「ヒカル、何かここ数日で、新しいことをしたか」

「朗読を始めました。『指輪物語』を、昔のように。ミチルと互いに読み聞かせをしていたときのように」

そう答えてから、ぼくは自分ではっと気づいた。

画面の向こうで熊谷さんが頷く。

ぼくも目を丸くして頷き返す。そうだ。そうに違いない。

ぼくの『指輪物語』の朗読を、腕に仕込まれた小型マイクで聴いて、初めて応じたのだ。

ぼくがこの部屋で言葉を取り戻すのを、ずっとミチルは待っていたのかもしれない。

「日下部さん、熊谷さん、ぼくは仙台に行きます」

その瞬間にぼくは決意していた。

「この〝先生〟という人に会いに行きます。朝いちばんの高速バスに乗ります」

9

小料理店《小春》のカウンター席で、眼鏡をかけた奥村侑先生と並んで座り、先生から二杯目の日本酒を注がれてぐっと呑み干したときには、すでにぼくは頬が赤くなっていたはずだ。顔から喉元と胸が内側から温かい。ぼくはもともとそんなに酒が強い方ではないのだった。

ぼくの横にいる人こそ、ミチルがメッセージのなかで《先生》と呼び、またミチルの開発現場でただひとり周りから《先生》といわれた研究者だった。

お春《はる》ちゃんと先生から呼ばれた女将さんが、カウンター越しにいくつか小鉢を出してくれる。先生は無造作にぼくを促し、自分でも箸をつけ始める。葉山葵《はわさび》の醬油漬けと春掘りの長芋の煮物を美味《おい》しくいただいてから、ようやくぼくは思い出して首を伸ばし、カウンターの奥へと目を向けた。お酒を運んできてくれたお婆さんの姿はない。ぼくは奥村先生に慌てていった。

「先ほど、このお猪口が、ここでふたつになったように見えました」

「そうかい。そう見えたかね」

「あの方はマジックをなさったのではありませんか」

「そう見えたのならマジックだろう。お春お婆ちゃんは昔、マジック芸能一門の門下だったんだよ。芸名も持っていた」

いくつもの疑問が一気に湧き起こって、とてもひとつに絞りきれない。情けないことに最初に口をついて出てきたのは、いちばん身近で小さな疑問だった。

「あの、こちらの女将さんも、春さんとおっしゃったように聞こえました」

「そう。こちらもお春ちゃん。あっちはお春お婆ちゃん。そうだよな？」

「ええ、先生。そうですわね」

女将さんがお燗のお替わりを小鍋で用意しながら微笑んで答える。ぼくは言葉を挟む。

「暖簾には《小春》とありました」

「小春は母の名です。お客様は母も私も〝春ちゃん〟と呼んでくださいます。先生がずっとそう呼んでくださって、他のお客様にも広まったのかしら。母が小春、それで私が娘の千春《ちはる》です」

「先生はあの小春さんがマジックをなさることをご存じだったのですか。先生はマジックがお好きだとうかがいました」

「まあ急ぐなよ。お春お婆ちゃんだ」

「えっ」

「呼び方だよ」

「ああ、はい、お春お婆ちゃん――ですね」

「そう。これできみもいい分けができるようになった。人間の言葉というのはよくできている。たとえ〝お婆ちゃん〟をつけなくてもね、ちょっとしたイントネーションの違い、そのときの視線、ほんの小さな仕草、そういったものでこの店では区別がつくのさ。人間はそれができる」

千春さんが言葉を添える。

「先生はよくそちらの席で、若い学生さんたちと難しい話をなさるんです。ロボットだとか、人工知能だとか、脳の神経だとか赤ちゃんの発達だとか」

「いや、そんなものは難しくないよ。難しいのは、人間どう生きるか、といったようなことさ。ここで学生が聞いてくるのは、そういう話の方が多い。進路はどうすればいいか、将来の目標をどう考えればいいか。うちの学生は、大学での生き方を大学で訊かずに、この小さな店まで来て訊いてくる」

先生のお猪口はちょうど空になった。

「だがきみは手品の話をしてくれる。いいことだ。ここで手品の話をするのは久しぶりだな。お春ちゃんがああやって目の前でときどき見せてくれても、私たちはその手技を感じ入るだけのことが多くなったからね。いいかい、あのお春ちゃんは初代引田天功《ひきたてんこう》の後見もやっていた。きみはプロだから、〝後見〟というのは知っているか。アシスタントのことだ。引田天功の鳩出しをいちばん間近で見ていた」

「お春お婆ちゃんは、いつもここで皆さんにマジックを披露なさっているのですか？」

「お春ちゃんの手先を、どう思った」

「鮮やかで驚きました。それに手がとてもきれいで、指が白くて、透き通っているように思えました」

「そうかね。――そいつがお春ちゃんの若いころからの売りだった。白魚のような指なんて言葉はもう流行らないが、本当にそう思っただろう。誰もがあの指には惚《ほ》れぼれするんだ」

「本当に母の手は、私よりも綺麗です」

千春さんがカウンター越しに新しい徳利を差し出した。その手も充分にぼくには白くてきれいに見えた。最初にこの店に入ったとき、まだお婆ちゃんを間近で見ていなかったとき、最初に目を惹かれたのが女将さんの手だったのだ。

女将さんは小さく笑っていった。

「ごめんなさい、私は手品はできませんよ。ですから先生にこうやってふつうにお渡しします」

「では、私ならできるかな」

先生は手酌で自分のお猪口に注ぐ。なみなみと満たしてから、ぼくにも注ぐ。そして先生は徳利を振ってみせる。

「あとどれくらい入っていると思うかね」

「――半分くらいでしょうか」

「古い日本の手妻《てづま》で、いくら注いでも空にならない徳利というのがある。私にそれができると思うかい」

先生は真面目な顔でぼくを見つめる。ぼくは言葉に詰まった。先生は堂々としていて、その手に持った徳利には、本当にお酒がいっぱいまで復活しているように思えた。

ふっ、と先生は笑い、徳利を置いて自分のお猪口に口をつける。

「お春ちゃんはときどき私らへのサービスで、最後の一本の酒を増やしてくれる。私たちのところへ静かにやって来て、空になった徳利を持って、もう一滴も出ないはずの徳利の口から最後の一杯を注いでくれる」

技能のある人なのだとぼくは思った。先ほどのお猪口がふたつになる手技も、よほど練習していなければ相手にタネが見えてしまうに違いない。お酒を増やすトリックも、まさか本当に徳利のなかで液体が増えるはずはない。どこかで客の気を逸らしながら擦り替えているはずだ。見事というほかない技を、あのお春お婆ちゃんという人は何の気負いも見せずにおこなっているのだ。

こんな小料理屋でそんなことがおこなわれているのが、ふしぎでならなかった。

先生は、そのお春お婆ちゃんの手技を見るために、ここへ通っているのだろうか。

奇妙な時間だった。ぼくはミチルのことを話したいのに、ミチルの名は出さず自分の仕事のことやこれまで見てきたマジックのことを話し続けている。先生は眼鏡の奥で目を細めながらそれを聞き、ときおりお春さんにお酒をお願いしては、お春さんとの見えない繋がりを保ち続けて、しかし手品についての昔話をぼくに語って聞かせる。マジックというより手品といった方がしっくりくる時代の逸話の数々。

ぼくがまだ生まれる前の、お茶の間で家族みんながテレビに釘づけになり、手品師のスペシャル番組を観ていた時代。そんな話をぼくたちはふたり並んで話していたが、お春お婆ちゃんは奥へ引っ込んだきり姿を見せなかった。客はぼくたち以外に誰もおらず、いつしかお春さんもぼくたちの会話に入って相槌を打ち始める。

「母は若かったころ、『ヨーロッパの夜』という映画に出てきた鳩出しの手品師に恋をしたのだといっていました。そのころは手品好きの人ならみんなその人の手つきに惚れぼれして、その人が出てくるたった数分間を観るために、何度も劇場に足を運んだのですって」

「チャニング・ポロックだ」

お春さんの話を受け継いで、奥村先生がいった。

「鳩出しの名手だ。燕尾服《えんびふく》姿で、クールに表情を少しも崩さずに、こうやって両手でシルクを揉《も》むと、いくらでも手のなかから鳩が羽ばたいて出てきた。当時は手品好きがこぞって真似をして、鳩出しはそれからチャニング・ポロックが世界のスタンダードになった」

お春さんの話題に出た『ヨーロッパの夜』という映画は、ぼくも名前だけは知っていた。一九六〇年ころヨーロッパの劇場にかかっていた歌や踊りといったさまざまなエンターテインメントを撮影した記録映画で、チャニング・ポロックというマジシャンはそのなかにほんの数分間登場するに過ぎない。けれどもその演技があまりに自然で、優雅で、流れるように何羽もの鳩が手のなかから現れるので、いったいどんなタネが使われているのかと、日本でもマジックのプロや愛好家がその数分間のために何度も映画館に足を運んで演技を学んだという。

ぼくはチャニング・ポロックの衝撃をマジシャンの回想録や解説本で読んで間接的に知っているに過ぎない。ドクでさえポロックの話をしたことはなく後年の世代で、当時の直接の目撃者ではなかった。

だが当時その衝撃が相当なものだったことはこれまで読んできた書物からも想像がつく。チャニング・ポロックの鳩出しは、ドクの世代でいえばデイヴィッド・カッパーフィールドが自由の女神を消したりピーターパンのようにラスベガスの劇場内で空中を飛んだりしたのと同じくらい人々を魅了したに違いない。

奥村先生もいまから六十年以上前の映画をリアルタイムで観たわけではないだろう。それでもきっと先生は、この店でいつかお春お婆ちゃんの手技を間近で見て、お婆ちゃんがチャニング・ポロックを好きだったという話をこのカウンター席で聞いて、お婆ちゃんの思い出を心のなかで共有したのだ。

そしてぼくは話の繋がりを理解した。当時ポロックの演技を見て、実際に日本で鳩出しを演じて有名になっていったマジシャンがいる。初代の引田天功だ。日本の舞台で日本人がポロックのように白い鳩を次々と取り出す。まさにクールで格好良く見えただろう。

若いころのお春お婆ちゃんは、きっとそこからマジックの世界へと足を踏み入れたのに違いなかった。

「母はフーディーニという手品師にも憧れていました。『ヨーロッパの夜』よりも前に、その手品師を主人公にした映画が封切られたのですって。母はもともとそれが好きだったの。何という映画だったかしら、前に題名を聞いたのだけれど」

「『魔術の恋』だな。トニー・カーティスとジャネット・リー。ふたりは実生活でも夫婦だった。私だってまだ生まれていないころの映画だよ。映画のなかで実際にふたりは脱出マジックを見せたんだ」

そんなふうに話は進む。先生はお酒とともに静かに時間を味わい、愉《たの》しんでいるようだった。

やがて会話が初めて途切れたと感じたとき、先生はふっと息をつくと、お猪口に残っていたわずかなお酒を呑み干して、短く「今日はこれで終わりだ」といった。お春さんが意外といっていいほどの少額を口にする。先生はさっと財布からお札と硬貨を出して置き、立ち上がった。

ぼくの分はどうなっているのだろうか。さっきの分にぼくの代金も含まれていたのだろうか。あまりに安くて、勝手もわからず戸惑っているうちに、奥村先生はコートを着込んでお春さんに挨拶し、戸を開けて出て行く。

「何をしているんだ、きみの分も払ったよ」

そういって先生は暖簾をくぐり抜けてゆく。ぼくも急いで一礼してデイパックをつかみ、先生の後を追った。ぼくはまだ本来お願いすべきことを何も果たしていなかった。

先生は繁華街から外れた方角へと歩いて行く。ツールで時間を確かめて、まだ意外と早い時間であることがわかった。飲み屋はこれからが混雑する時間だろう。

先生は次の一軒へと向かうわけでもなさそうだ。少しずつ通りに店は少なくなってゆき、代わりに車が行き交う音が聞こえてきた。路地の向こうには大きな車道が走っているようだ。

その暗い道を行きながら、先生は後ろについて行くぼくにいった。

「お春ちゃんの手からお猪口がふたつ出た。ひとつがふたつになった。きみはそれを見たね？」

「はい、とても驚きました」

「きみは《小春》で、それを鮮やかだといった。本当にそう思ったかな」

先生の質問の意図がわからずにいると、先生は歩きながらそっとつけ足した。

「私が最初に見たときのお春ちゃんは、本当に素晴らしかった」

「今日はいくらか震えがあったということでしょうか」

「私が大阪に行く前は、それは見事に、誰に対しても手捌きを披露してくれたよ。こちらに戻って来てお春ちゃんの背丈が以前より小さくなったのを感じた。いまはあまり店にも立たない。きみに見せたのは久しぶりだったんじゃないかな。もちろん手つきの速さは変わらない。それでもお春ちゃんの指先の肌が、昔より乾いているのがわかる。徳利もお猪口も以前よりは手のなかでつるりと滑りやすくなっているだろう」

　ぼくは考え込んだ。あの瞬間は現象の方に気を取られていたが、いまじっくり思い返せば、確かに先生の指摘する通り、わずかな震えがあったようだった。

「きみはプロだから、どこかでこんな話を聞いたことがあるだろう。コインを次々と取り出すマジックで有名な海外のマジシャンがいた。高齢だったが、ずっと現役で舞台に立っていた。多くのファンがいたし、業界の人たちも彼を尊敬していた」

「はい」

「あるとき、彼はいつものように舞台に立って演技を披露した。片手を掲げていつものようにコインを取り出そうとしたときのことだ。ちゃりん、と舞台で音がして、コインが彼の足下に落ちた。観客席の業界人はみんな息を吞んだ。彼がコインを取り落とすところなんて、いままで一度も見たことがなかったのだから」

　ぼくは先生の一歩後ろを歩き続けながら黙っていた。先生は想像していた通りに結末をつけた。

「彼はそのまま演技を続けて、その場は拍手で終わった。けれども半年後、彼は亡くなった」

　やはり路地を抜けると大きな車道に出た。先生はタクシーを拾おうとしている様子だ。自宅に戻るのだろう。

　車の来る方角を見ている先生に向けて、ぼくは思い切って尋ねた。

「お春お婆ちゃんにも、取り落とすような日が来るかもしれないとおっしゃるのですか」

「わからんよ。だが、あるいは、近いうちにな」

「確かにマジシャンにはジンクスを気にする人が多いかもしれません。ですがそれ以上に、失敗してもまたいきいきと復活する人もいます」

「ヒカルくんといったね。きみはどこに泊まるんだ？」

先生は店を出て初めてぼくに振り返る。そう質問されてあっと思った。こちらに来て何とかすればいいと思って、ホテルはまだ予約もしていなかったからだ。

先生は眼鏡の向こうから静かな目でぼくを見ていった。

「明日の朝九時に私の研究室へ来なさい。きみは今日、大学へ寄ってきたんだろう？　それなら場所はわかるね」

「はい。必ずうかがいます」

先生はタクシーに手を上げる。その車はすでに乗客があった。仙台のタクシーは通り過ぎてゆく。

「先生はミチルの居場所をご存じなのですか。それをいま教えていただくことはできませんか」

「話は明日だ。きみを明日、ミチルのところへ連れて行こう」

「本当ですか」

思わずぼくは聞き返していた。酔って欲が出たらしい。勢い込んで、ぼくはさらに尋ねた。

「すみません、ひとつだけいま教えてください。ミチルはぼくへ向けたメッセージカードに、《先生と、最初の空を見つけに行く。》と表示させました。最初にお目にかけた通りです。〝空〟とはいったい何のことですか。〝最初の空〟とは何ですか。ミチルは先生と、その〝空〟を見つけたのですか」

「それも明日にわかる。きみはすでに阪大へ行ったんだったな？　ならば事情はわかるはずだ」

奥村先生の前にタクシーが停《と》まった。乗り込む前に先生はいった。

「明日は晴れる。きみにも〝空〟を見せよう」

朝の廊下を進んでゆくと研究室の扉が開いて、セーターを着た男の人とばったり顔を合わせた。昨日お世話になった関口先生だった。

「きみか。奥村先生と会えたんだね？」

「はい。ありがとうございます。九時に来るようにといわれました」

「聞いているよ。教授室はその突き当たりの右だ」

指示された扉をノックすると、なかから声があった。

奥村先生は個室の奥に据えられた事務机で、コンピュータに向かっていた。窓からキャンパスの建物と山の木々が見渡せる。ブラインドはすべて開けられており、朝の陽射しが心地よく室内に入り込んできている。

先生は素早くキーボードで何事かをタイプしてからリターンキーを叩き、そして顔を上げた。

「時間通りだな。出かけよう」

先生はワイシャツにジャケット姿だった。眼鏡の奥の目は昨日と同じく穏やかだが、それでも行動はきびきびとして、職場に身を置くプロフェッショナルになっていた。

先生はコートを着込んでぼくの前を通り過ぎ、扉を開ける。振り返ってぼくのデイパックを指す。

「アームは持ってきたね？」

「はい。ここにあります」

「よろしい。出しなさい」

ふたりで部屋を出る。扉は自動施錠装置つきだった。先生はそのまま研究室へと向かって扉を叩き、なかから助教の関口先生を呼び出した。

「アームを彼に預けるんだ」

奥村先生と関口先生の間では、すでに話し合いができている様子だった。ぼくの知らないうちにも物事は進んでいたらしい。

「関口くんの方から、阪大の日下部くんにも連絡してもらっている。私たちが外へ出ている間にもここでできることはある。戻ってくるころにはきみにもその内容がわかるだろう」

関口先生は優しくぼくに手を差し出した。

「きみは運転ができるかね」

「すみません、免許を取っていないのです」

ぼくは高校を出てすぐマジシャンになったので、教習所に通う余裕がなかったのだ。

「構わないさ、私はいつも自分で運転席に座る。近ごろの自動車は本当に利口だ。私のような年寄りがあれこれやるより、ずっと安全に運転してくれるよ」

奥村先生はその言葉通り自ら運転席でシートベルトを締め、ぼくは隣の助手席に座った。考えてみるとふだんはタクシーにさえほとんど乗らないから、運転補助装置が搭載された最近の車に乗るのは久しぶりだ。軽快な音を立ててエンジンがかかり、奥村先生はスムーズに車を発進させた。

「若いころはバイクにも乗っていた。十年前は自動車の自動運転・AI化がこれから普及すると、毎日のように省庁や政府の会議で企業や大学の仲間と膝をつき合わせて話し合ったものさ。何事も発展の時期には法整備が大切だからね。だが、自動車がここまで来たのは、それまで絶えずロボティクスとの連関があったからだ。うちの工学研究科の学生は、ロボット・人工知能系のかなりの者が、昔もいまも自動車会社に就職する。もはや自動車会社は総合ロボットサービス企業だ。技術というものは何かひとつが突出して進歩するのではない。ヒト型ロボットの研究は、ちゃんと自動車とも繋がっている」

ぼくは阪大で日下部先生に見せてもらったビデオを思い出しながらいった。

「先生はマジックがお好きですよね。いまのお話は、マジックとも繋がっているということでしょうか。ぼくのような職業の人間にも」

「きみは筋がいいな。顧客との会話で鍛えているのかね。まさに私がいいたいのはそういうことだ」

「ケンイチというロボットの開発にも、先生は関わったそうですね」

「東大時代に私の研究室の尾形准教授が進めた。彼は震災直後に消えてしまった。いまも消息はわからない。ロボット学にはね、人間を知るための研究というものがある。私たち人間の人間らしさを知るために、私たちとよく似たロボットをつくって確かめるという方法だ。私の少し下の世代がそうした認知発達ロボティクスに燃えた。ケンイチというロボットは、そうした時代の希望だったよ」

「そのケンイチというロボットもいなくなったのですね。なぜですか」

「東北大に移ってから東日本大震災があった。あのころ、うちの学生が飛行ロボットの研究をしていた。いわゆるドローンのようなものじゃない、翼があって、小鳥のように飛ぶ軽量のロボットでね、子供たちに人気があって、それを持って被災地の慰問をやっていた。そこであるときケンイチに出会った。ケンイチは生みの親の行方を捜して東北を巡っていた。行く先々でバッテリーを充電してもらったりしていたんだろう、多くの人の親切でケンイチは旅をすることができていた」

「ロボットが自分から人を捜しに出て行くということがあるのですか」

「ロボットに〝意志〟はあるか、という質問なら、当時の答えはノーだ。いまの時代でさえ〝イエス〟

とはいえない。なぜ生みの親を捜す旅に出たのか。それは、そのように誰かが教えたからだとしかいいようがない。尾形くん自身が姿を消す前にケンイチへそのように学習させたのかもしれないし、あるいは尾形くんがいなくなった後に誰かがそうさせたのかもしれない。だが、きみがいま質問したのは大切なことだ。ロボットと人間の本質に関わることだよ。私たちはケンイチを発見した後、そのことを確かめようとした。だがわからなかったんだ」

「わからなかった……」

ぼくは奥村先生の言葉をただ繰り返すほかなかった。ロボットや人工知能の素養のない自分は、先生のいっていることの意味が正確に理解できていないのではないかと感じた。研究者の人が、わからないという言葉を簡単に口にするものなのだろうか。それとも研究者だからこそ、わからないと率直すぎるほどの簡明な言葉で答えるのだろうか。

「私たちがさらに解析をしようとする前に、ケンイチは私たちの前から旅立って消えた。前日、ケンイチはある被災地の避難所に行っていた。ふだんならうちの大学のチームが誰かついているんだが、その夜はケンイチと小鳥のロボットを置いて戻ってきていた。小さい子たちが懐いていて、チームも翌日また戻ることになっていたから、つい気を許したんだ。しかし朝になって避難所の人たちが起きてみるとケンイチの姿がなかった。その後の行方はわからない。小鳥のロボットだけが残っていた」

「——その小鳥のロボットは、ケンイチの行方を知らなかったのでしょうか」

「こんな小さなロボットだよ。飛んで、小鳥のような仕草をして、人とコミュニケートするだけだ。あのころの技術ではそれが精いっぱいだ」

奥村先生は片手で大きさを示す。

「しかし、きみの疑問に答えられることがひとつある」

「何でしょうか」

「〝空〟だよ。ミチルが探していた〝空〟だ。私とケンイチはその空を見た」

　車は海岸沿いと思われる高速の自動車道へと入っていて、走行はとても快適だった。アスファルトの車道が、まるで先月つくられたかのようにいまもきれいだ。先生が昨夜いった通り、フロントガラスの向こうに広がる空は晴れていて、雲はわずかに遠くに見えるだけだった。

「ケンイチが私たちの前から姿を消す二週間ほど前のことだ。慰問先で事故があった」

　奥村先生は前の車を追い越しながら続ける。

「津波でやられた海岸沿いの地域だ。震災から一ヵ月ほど経っていたが、まだ岬への細い道路が回復しただけで、堤防も破壊されたまま、瓦礫《がれき》や流木もそこらにちらばったままで泥だらけだった。そうした瓦礫を片づけるボランティアの若者が十数人集まって、残ったビルの脇に広場をつくってテントを張り、時間があるとギターを鳴らしていた。朝から夕方まで近くの人や他のボランティアに混じって作業をおこなう。だが昼休みと夜にはそこへ戻って、若者同士で気ままに音楽を鳴らす。歌のうまい若者がいて、近くの人が聴きに来ることもあった。それに横のビルはその近くでただひとつ、骨格が残って屋上まで上れた建物で、波で流された近隣の様子を見渡せる場所だった。周囲に背の高い建物は何もない。すべては空と直接繋がった、瓦礫と泥の土地になっていた」

　この自動車道から海は見えない。ときには車道脇の塀が迫り出し、それがなくなったかと思えば見えるものは山や畑や民家で、空の高さに比べて横への視界は決して広くない。

　それでもぼくは、その向こうに海の気配をずっと感じていた。

「四月の週末のことだ。私も研究室の若手と一緒に海岸の町を見て回った。学生が小鳥のロボットを持って来ていて、その実証実験の現場を私も見ておきたかったからだが、我々はケンイチも連れて行った。

学生の話だと、小鳥とケンイチを両方連れて行った方が、子供たちの関心度も格段に上がるというんだ。午前中は比較的被害の少なかった小学校で子供たちと交流した。そこで教員から、崩れずに残った海岸際のビルのことを聞いた。私たちは次にそちらへ移動することにした。一部の避難住民は昼時にそこに集まって休んでいると聞いたので、小学生だけでなく広い年代から反応が期待できると考えたからだ。

——もう察しはつくだろう」

「——そのビルが、ミチルの見たあの映像の場所だったんですね」

「小さな子供たちや高齢者もいた。ビルの脇に設営されたテントの幕が風ではためいていた。本当に周りには何もなく、人間らしさと時の流れがそのビルの周辺にだけ活動しているように見えた。ビルはほとんど外壁も剝がれて廃墟のようだったが、それでもしっかりと建って、ガラスやコンクリートの破片は撤去され、なかに入れるようになっていた。子供たちに誘われて、私たちは屋上に上って交流した。学生が小鳥のロボットを放って、舞い上がったり降りてきたりするのを子供たちに見せた。小鳥は相手の言葉のイントネーションを聞き取って、それに応じた簡単なフレーズを発声できる。子供たちはそこに自ら情動を読み取って感情移入してくれる。我々の研究室にはテーマがふたつあってね、ひとつは人体に接触して作動するケアロボットの開発。つまりアシストスーツや義手のようなものだね。そしてもうひとつがロボットコミュニケーションだ。いまの若者にはこちらのテーマの方が人気がある」

「そのケンイチというロボットは、ビルの屋上から落ちたのですね」

「そうだ。五階建てのビルから」

五階建てであっても、その周囲で残った一番高いビルだったのか。

それからしばらく奥村先生は口を噤み、車を運転し続けた。ぼくも黙って空を見ていた。やがて料金所を抜けて、景色が抜けた川沿いの道に入った。車道は小綺麗だが、その代わり周りに目を惹くものはほとんどなかった。

　四方はわずかな田畑、あるいは雑草の生えた平地だ。建物の姿さえほとんどない。海岸沿いの堤防が目に入ってきたが、そのコンクリート壁は雨ざらしの汚れもほとんど見受けられず、ぼくは震災後の時間の流れがこれほど土地によって違うのかと改めて知った。震災から十五年が経っていることを考えると、驚くほどの遠さだ。

　先生がいう通り、時間とは人間の生活の積み重なりであって、それでも草木が生える地面があれば時の流れがわかるだろうが、草木さえ居場所として選ばなかった近代の土木作業の跡地には、時間という概念さえなくなってしまうのだと思った。それはぼくが湾岸の町に暮らしていた中学や高校生のころ、ときおり思っていたことによく似ていた。

　一本道の向こうに、廃墟のビルがついに見えた。それは鉄骨が一部剝き出しになっており、話で聞いて想像していたよりもずっと大きなダメージを被っていて、ぼくは胸が詰まった。

　奥村先生はビルの脇の空き地で車を停めた。

「降りてみるかね」

　先生はそう訊ねてきたが、ぼくの選択は始めからわかっているかのようだった。

　風が強く、そこに立っているだけでビルの内部を抜けるうなりが耳に届いた。周囲の雑草がざわざわと鳴っていた。だがここにあるのはそれだけだった。津波の被害を直接連想させるものは、このビル以外に何もない。周りは人のいない空き地で、何も活用されていない。人の関心から取り残された空間で、車でなければ訪れることができない場所だった。

「当時はそこの風下にテントが張られていた。この辺りで人々が昼休みを取っていた」

　先生はビルへと入っていった。誰にも断りを入れる必要はなかった。ぼくも続いて入った。電気系統は生きておらず、ガラスのない窓枠から風が吹き込んでいる。壁に《がんばろう、東北！》と落書きがあった。

ぼくたちは黙って階段を上った。風の音が大きかった。屋上の扉は開いていて、ぼくたちは再び外へと出た。

「時間は午後一時過ぎだった。学生たちがケンイチとともにそこへ行き、子供たちを集めた。ケンイチの肩に小鳥のロボットが乗り、腕をちょんちょんと歩いててのひらの上に留まる。ケンイチとロボットが〝会話〟をして、子供たちにも同じように促す。小鳥は子供たちのてのひらの上にも乗る。まだ拡張現実感のレンズなど出回っていなかった時代だ。小鳥が羽ばたいて空へ舞い上がっても、そのカメラの映像を子供たちは共有できなかった。それでも子供たちは自分の想像力で、小鳥の目に見える光景を頭に浮かべただろう。ここから見える景色は荒涼としている。自分の目で見れば気が滅入ることもあるだろう。だが小鳥の目を通してみれば違う。風に乗って上昇する浮遊感があり、自由な視点だとわかる開放感がある。想像力のなかで小鳥と自分が一体になれる。私たち人間とはそういうものだ。そのようにして飛んで舞い降りてくる小鳥には、自然と親しみの心が芽生えてくる。その小鳥が自分のてのひらの上で囀《さえず》るんだ。実際、震災後ほとんど喋らなかった子が、その小鳥だけには言葉をかけるようになったこともある」

風が暴れた。一方から吹き荒れるというよりも、渦を巻いているように思えた。ぼくは向こう岸のさらに先に見える海岸線を見た。海は眩しく光っていた。

「私もここで、その瞬間を目撃したよ。小鳥がある子のてのひらに乗っていたとき突風が吹いた。小鳥はちょうど羽ばたこうとしていたところで、風に煽《あお》られて横へ強く流された。子供の手から離れて、海の方へ飛ばされ、きりもみをしながら柵を越えて行こうとした」

「――ケンイチというロボットは、それを助けようとしたのですね」

「さあ、〝助ける〟という表現が適切かどうかはわからない。ただ、ケンイチが私たち人間の誰よりも早く小鳥を追ったことは事実だ。ケンイチは柵を過ぎたところで間に合った。片手を伸ばし、その手で小鳥を捉え、連れ戻そうとした。そしてバランスを崩した。ケンイチはそのまま落ちていった。小鳥は寸前に彼の手から離れて、柵へと駆け寄った私たちの足下に降り立った」

「ケンイチは壊れたのですか」

「落ちた場所はここだ。向こうに海が見える。子供たちの間からは悲鳴が上がった。その声は忘れられないよ。この真下にテントがあった。ケンイチはその屋根に落ちた。幕がクッションになって、幸いにもケンイチは無事だった」

ぼくたちはケンイチが落ちたその場所から海を見渡し、そして柵の下を見下ろした。いまは広場の乾いた土が見えるだけだ。ここからテントへと落ちるまでの数秒間をぼくは思い描き、そして柵を握って、振り返って空を見上げた。

太陽の位置。光の方向。耳に届く風の音。ひょっとしたらそのときケンイチに届いたかもしれない、子供たちの悲鳴。

建物も、テントも、何も見えない方向を探る。ただ空が映るだけの数秒間の目線。

「気をつけなさい。眩暈《めまい》を起こされたら困る」

先生の忠告で、ぼくは柵から離れた。しばらく屋上にそのまま寝そべって、空を見ていたい衝動に駆られた。ケンイチというロボットはこの空を記録したのだ。今度はミチルがその記憶をネットワークのなかから掘り起こし、あたかも自分のものであるかのように見た。

「ミチルの置き手紙には、《先生と、最初の空を見つけに行く》と書かれてありました。先生はミチルとこの空を見たのですか」

「二度見た。最初は、きみの知っているマジシャンがミチルを連れて来て一週間ほど経ってからだ。それまで私自身にも《最初の空》の意味がわからなかったのでね。もう一度はつい先月のことだよ。どちらも私の方からミチルを誘ってここへ来た」

「マジシャンというのは、テルさんのことですね」

「そう、彼はそう自己紹介していた。——行こうか。後のことはまた車で話す」

先生はそういって扉を跨《また》ぎ、階段を降りていった。ぼくはもう一度空を仰ぎ見てから先生に続いた。まだ先生には行くところがあるのだ。

車はいったんいま来た道を戻り、高速の自動車道へと入る。どこへ向かおうとしているのかぼくにはわからなかったが、先生の様子からして目的地はさほど遠くなさそうだった。

「私たちが最初に会ったのは、ここからさらに北へ行った沿岸部の町だ。震災の時にはやはり津波でやられたが、町の復興は早かった。我々の実証実験フィールドのひとつでもある。そのときはきみの知り合いのマジシャンから連絡を受けて、私の方からひとりで出向いた。マジシャンの彼とミチルは、そこの小さなアーケード商店街にいたよ。震災後にできた横町が土地に馴染んで、そのまま残ったような場所だ」

「テルさんは東京で何かに巻き込まれたんです。たぶん、それでぼくのところへ一度やって来たのかもしれません。そのときにミチルと出会った。ミチルの要望に応えてテルさんはこの東北までミチルを連れて来たのだと思います」

「彼は自分のことはあまり話さなかったよ。ただ、旅の途中でミチルからいくらかのことは聞き出していたようだ。ミチルがこの土地を目指していることは早いうちに理解した。だが《先生》というのが誰のことなのかはしばらくわからなかったようだね。無理もない、ミチルも大阪の研究所の皆も私の名を呼びはしなかった」

なぜテルさんはぼくに連絡してくれなかったのだろうか？　ミチルがこの東北の地を求めたのだとしても、なぜここまで一緒に旅をしてきたのだろうか？　いまどこにいるのだろう？　ぼくにはわからなかったが、先生もそうした事情については知らない様子だった。ぼくが次の質問をしようと口を開きかけたとき、先生は眼鏡の奥から前の車道を見たまま、隣のぼくに呟くようにいった。

「きみはこう質問したいだろう。ミチルの手紙には《最初の空》と書かれていた。その《最初》とは何だろうかと」

「はい」

「それに答えるのは簡単ではない」

そしていったん息を溜めてから、先生はそれまでとは別の角度から話を始めた。

「人間の脳には記憶をするという働きがある。何が長期記憶に残るのかは、ひと筋縄では行かない問題だ。生死に関わるほどの体験をしたとき、その衝撃は記憶に残りやすいだろう。しかしロボットに生や死の概念はない——何が強烈な記憶として残り、何が曖昧な記憶として消え去ってゆくかは自明ではない。私のところで働いていた尾形くんは、そうした人間と機械の違いについて、ひとつひとつ愚直に考える男だった。彼は不幸な事故で目をやられた。研究職を続けることも難しくなった。そのとき彼に人工の視力を与えようとしたのは、私が古くから知っている研究仲間だった。尾形くんは盛岡の病院にいたが、東北の空をもはや自分の目で見ることは叶わなかった。そのことはケンイチの〝記憶〟の在り方に、影響を与えたのかもしれない」

先生の言葉遣いは難しいが、細波《さざなみ》のように静かなリズムを伴って、ぼくのなかへと沁み入ってくる。

ぼくはケンイチというロボットを知らない。だがそれがミチルの基礎を築いた先駆的なロボットであったことは教わった。ミチルはそのケンイチが見た空の記憶を探すためにこの東北へ来たのだ。

ケンイチというロボットもまた、震災のとき、自分の生みの親である研究者を捜してこの東北を歩き続けた。

ケンイチというロボットは、生みの親を見つけられたのだろうか？　その記録が残っていないのなら、だめだったのかもしれない。あるいは他の人が知らないだけで、どこかでついに巡り会って、ふたりで姿を消したのかもしれない。

「《最初の空》というミチルの言葉の真意は、残念ながら正確には量りかねる。だが私はこう思っている。《最初の空》とは、ミチルにとってだけではなく、ミチルが〝記憶〟を探して辿り着いた先のケンイチが見た最初の空——つまりそれは尾形くんが〝最初に〟見た空であったのではないか、と」

「尾形さんが最初に見た——？」

「きみは阪大の日下部くんに聞いて知っているはずだ。尾形くんは事故で視力を失い、機械の刺激で直接視覚野に電気信号を与えられてものを見る被験者となった。彼はその後、デジタル信号でしか、ものを見ることはできなくなった。ケンイチは尾形くんを捜して旅を続けている間、自分の見聞きした映像と音声の記録をすべてクラウドに残していた。だからミチルもその痕跡を見つけることができたわけだが、当時ケンイチの映像を何度も繰り返し〝見て〟いたアクセス記録が残っている。誰が見ていたのかはわからなかった。それにケンイチも、姿を消した日から記録を更新することをいっさい止めてしまった。だが屋上から落ちる事故があってその二週間後にケンイチが姿を消すまで、その落ちる映像を繰り返し〝見て〟いた人物がいたことはわかっている。私はそれが、尾形くんだったのではないかと考えている」

　はっとして、ぼくは先生の横顔を見つめた。

「きみが見た映像は、私も見たよ。胸に迫ってくるような気がしなかったかね。何か自分と繋がっているような気はしなかったか。あれは初めてケンイチが、尾形くんに向けて送り届けようとしたこの東北の空であるように思えるんだ。そしてあれは初めて尾形くんが、自分の目ではなく機械の視覚を通して見た、この東北の空であったように思えるのだよ」

「――ミチルと」

　ぼくはいった。

「ケンイチというロボットと、その尾形さんという研究者は――あの空の〝記憶〟で繋がっていたということですか。いえ、繋がったから〝記憶〟として残って、ミチルは自分のルーツがそこにあると、自分が生まれてくるための《最初の空》が、あの屋上から落下してゆくときの空だったと考えて――」

　途中まで発してから、ぼくは次の言葉が不意に見つからなくなって声に詰まった。だが押し出すように強引に先生に尋ねた。

「でも、どうしてミチルはそれを実際に見に行きたがったんでしょう？」

「きみは、ミチルの好きなことが何か知っているね？」

　先生は運転を続けたまま、ちらりとぼくに目を向けた。ぼくはまだ自分でもよくわからないまま答えた。

「本を読むことです」

「そうだ。本を読むこと、物語を聞くことだ。ケンイチもそうだったよ。物語には始まりと終わりがあり、しかし物語が始まるときには、いつでもそれ以前に別の物語がある。終わった後もそうだ。ひとつの話が終わっても、そこから先はまた別の物語だ。きみは自分がどうやっていまここにいるのかと考えたことがあるだろう？　人生とは行きて帰りし物語さ。尾形くんはいつかロボットが物語を理解するようになると考えていた。そのとき本当の〝人間らしさ〟と〝ロボットらしさ〟がわかるようになるのだと考えていた。ケンイチはそうして生まれ育ったロボットだった。ケンイチの後を継いで育ち学習してきたミチルの人工知能が、そのことを知りたいと願わないはずはないだろう？」

そして先生は、ぼくが言葉にできずにいるうちに、もうひとついったのだった。

「つまり、すべては人生であり——ロボットの生涯を人生というのはおかしいが——人生というのは縦だけでなく横にも繋がっているものだよ、織物のようにね。そしてきみだ。きみはミチルも見たあの空の映像に、何か特別な想いを抱いたはずだ。それはきみ自身にも繋がっていると感じたからだ」

息を呑んだ。

ようやくぼくは自覚したのだった。なぜミチルが見たあの空の映像に取り憑かれたのか。なぜ先生がいうように、この胸に迫ってくる気がしたのか。

ぼくはジェット機の音がそこに込められていたからだと大阪で思った。自分の懐かしい生活風景がそこに込められていたからではないかと。だがそうではなかった。

ぼくは声を詰まらせながらいった。

「——ぼくの知り合いで、高いところから落ちたことのある人がいます」

「そうか」

「ぼくの——友達でした」

涙が溢れてきそうだった。

「昼ではなくて、夕方でした。けれども、あの空と同じように、広い空を見たかもしれません」

「辛い体験だったな。ミチルはそのことを知っていたか」

「詳しくは知らなかったはずです。すべてを話したことはありませんでした」

「だが察していた？」

「そうかもしれません」

「では、ミチルはきみにとっても《最初の空》となり得る空を、見つけ出そうとしていたのだろう」

　奥村先生はカーラジオをつけ、それからぼくたちはしばらくともに口を噤んで、ラジオの生放送が流れるのに任せていた。車が高速道を降りて町の一般道に入ったところで、先生が不意に訊ねてきた。

「きみはいつまでこちらにいる？」

「決めていません。今朝はチェックアウトしてきました。月曜は仕事日です。帰りのバスはまだ予約していません」

「大学も週末だけでは多くのことはできない。きみが少しでも早く今後について見届けたいなら、月曜までいる方がいいだろう。それと、《小春》が開くのも月曜だ。きみも帰る前に《小春》へ来てくれないか。頼みがある」

　ぼくは昨夜の先生の話を思い出していった。

「お春お婆ちゃんのことですか」

「そうだ。きみから見て、何か我々にサポートできるところがないか、アドバイスしてほしい」

「お婆ちゃんがお猪口を落とさないようにするサポートですか？　それは――」

「私はちょっと前まで、お春ちゃんが舞台に立っている姿は写真でしか見たことがなかった。二十代、三十代のころのものかな。お春ちゃんのいっていた通り、それは可愛くて、舞台映えしていた」

　最初の〝お春ちゃん〟は小春お婆ちゃんで、次の〝お春ちゃん〟は千春さんのことだ。確かに先生のいう通り人間とはふしぎだ。同じ言葉でもちゃんと文意で聞き分けができる。

「私は、お春ちゃんのファンなんだ」

「わかります」

先生の率直な告白に、ぼくは頷いた。

「だから私が店に通っている間に、お春ちゃんが食器を落とすのを見たくはない」

「ですがジンクスは、その人の気の持ちようでしかありません。先生ご自身がお気持ちを入れ替えて、お春お婆ちゃんを見守り続けるなら——」

「いや、私のいいたいことはちょっと違うんだ。昨日、お春ちゃんは、酒を出した後に引っ込んでしまっただろう。だからといってお春ちゃんが自分の衰えを自覚しているということではない。恥ずかしがって披露するのを抑えているわけでもない。お春ちゃんは、これからもずっと舞台に立てる。だから、あの場のお猪口というのは、そのためにできることの象徴といえばいいかな。私の研究室ではケアロボットとコミュニケーションロボットをやっているといったね。たとえば片麻痺《かたまひ》の人へのアシストスーツも手掛けている」

「お春お婆ちゃんに、先生のご研究の成果を使ってもらいたいということでしょうか」

「私にはまだうまくイメージが固まらない。だが私たちにはもっと可能性があるはずだ。きみにもそのことがわかるはずだ。きみを今日ここへ連れて来たのも、そこに理由がある。観ればわかる——それに、きみが探しているものも見つかるだろう」

ちょうどその話を聞き終えたところで、前方の小高い丘の上に、何かの施設が建っているのが見えた。奥村先生がハンドルを切って、その坂道を上った。

「さあ、着いたぞ。ちょうど昼時だ」

施設の正面玄関には《地域支援センター・地域健康増進センター》との表示がある。先生は脇の駐車場へ車を停めた。

「震災後に各地にできたネットワーク施設だ。ここは割と大きな方で、保健所とリハビリ施設が併設されている。リハビリ施設には通いの人だけでなく、個室に泊まってケアを受けている人たちもいる」

そのとき、ぼくの視界の隅で、何か小さな影が飛んでいった。はっとして顔を上げる。屋根の上に小鳥がいる。

「先生、あれは——」

「二世代目の小鳥だ。いまの学生たちが面倒を見ている」

驚いてぼくは車を降り、屋根を見上げた。

小鳥箱が屋根の上に据えられている。その側《そば》で小さな鳥がちょんちょんと歩いている。そして再び翼を広げるとぼくたちの頭上へと舞い上がった。

「いまでは、この施設でリハビリをしている人たちのマスコットだ」

「あれがロボットなのですか」

「いや、正確には、いまマスコットはもうひとりいる。行こう」

先生は施設の窓からなかをうかがい、そして正面玄関から入っていった。ふたりでスリッパに履き替えて、ロビーから真っ直ぐに廊下を進む。人の声が聞こえてきた。角を曲がるとそこは明るい食堂で、男女を問わず高齢の人たちが四、五十人もテーブルについて昼食を取っている。

先生は馴染みの様子でなかに入ると、食券機に紙幣を差し入れた。ぼくに日替わりランチの券を一枚渡して、トレイを指差す。ここにいるお爺さんやお婆さんたちのほとんどは、この施設で暮らしている人たちのようだ。食券がなくてもカウンターに並んでお皿を受け取っている。何人かは支えの杖を持ったりしていたが、穏やかな笑顔が共通していた。

「こんにちは」

と、ぼくの前にいる小さなお婆さんが声をかけてきたので、ぼくも反射的に、

「こんにちは」

と返した。

まだ事情がうまく飲み込めないまま、ぼくは先生とともにトレイを持って、窓側の空いた席につく。慌ててぼくはコップを探して、先生と自分の二杯分の水を取ってくる。魚のフライ二尾に、ひじきの煮物。味噌汁には野菜がちゃんと入っている。

「これでひとり五百円だ」

先生はそういって、穏やかな顔で味噌汁を啜《すす》る。

食事は健康的で美味しかったが、先生がこの後何をしたいのかわからない。

ところが周りのあちこちで高齢者の皆さんが食事を摂《と》り、お茶の一服の時間も終わると、動きが始まった。ぼくたちの昼食が終わってトレイを下げるのを見計らうようにして、入居者の人たちはみんなで手分けしてテーブルと椅子を片づけ始めたのだ。

扉を閉め、陽射しの入っていた窓のカーテンを閉める。テーブルを厨房の前にふたつ置き、残りはすべて隅に寄せる。そして椅子だけを厨房側に向けて並べてゆく。

どうやら毎週土曜日の午後には恒例のイベントがあるらしい。ふたつのテーブルは左右に据えられてきれいなクロスが掛けられ、その間にいくらか広い空間が設けられて、厨房の前に即席の舞台が出来上がった。

男性のひとりが「梅組」と書かれた飾りものを壁に掲げる。そしてぼくは息を呑んだ。さらに厨房の

軒から墨痕《ぼっこん》鮮やかに書かれた二枚の紙が吊《つ》されたのだ。

そこには「松旭亭甚一《しょうきょくていじんいち》」「けん玉斎ミチル」とあった。

観客席の人たちはそれぞれ席に着くと、準備万端整ったというように頷き合い、そして一斉に盛大な拍手を始めた。

食堂の扉が開き、ごま塩頭のひとりの男性が、扉を開けて現れる。

「よっ、じんちゃん！」

と歓声が飛ぶ。次の瞬間、ぼくは心のなかであっと声を上げた。

甚一さんとおぼしき男性に続いて入ってきたのは、片腕のミチルだったのだ。

さらにその後ろに続いて、《小春》のお春お婆ちゃんが現れた。

11

ミチルと高齢の男性は、揃いのエプロンを身につけている。その後ろからやって来たお春お婆ちゃんも、やはり和服にエプロンの姿で入場してくる。

お春お婆ちゃんは手に羽織のような衣類を持っている。ぼくは隣にいる奥村先生に思わず顔を向け、先生が頷くのを見た。施設のケアスタッフさんらしき女性が最後に出てきて扉を閉め、舞台の袖に立った。「梅組」の入居者を担当している人のようだ。ネームプレートが胸元に縫いつけられている。

拍手はまだ鳴っている。観客席に座っている入居者の人たちは、誰もがミチルのことをすでに充分に知って、受け容れているようだ。ミチルの存在に驚きの素振りを見せる人はひとりもいない。そのことにぼくは驚いていた。

ごま塩頭の甚一さんとミチルはどちらも昔懐かしい木製の救急箱を手に持っていた。ふたりは舞台の中央に並んで立つと、箱をそれぞれ自分の脇のテーブルに置いてから深々とお辞儀をした。お春お婆ちゃんはミチルの後方で同じように頭を下げる。

入居者の皆さんの拍手が止むと、中央の甚一さんは照れ隠しにひとつ咳払いをし、口上を述べた。

「えー、それではまず、小手調べ」

ケアスタッフさんが甚一さん側のテーブルの後ろに立ち、お春お婆ちゃんがミチル側のテーブルにつく。ふたりは救急箱の蓋を開ける。蓋の上面がちょうどこちらの観客席の方を向くので、中身は見えない。甚一さんたちは救急箱をマジックの小道具入れにしたのだ。甚一さんは箱のなかから一メートル半ほどのロープを取り出した。

「ロープです」

練習したのだろう、甚一さんは右足を半歩前に出し、全体を少し斜めに開くような姿勢を保って、空いた左手を観客に見せた。マジシャンの立ち方だ。その手に右手で持っているロープを掛け、一度、二度、三度とロープをしごくような動作をした。

そのころにはぼくもわかり始めていた。この人は身体の左側にわずかな麻痺があるのだ。ここはリハビリセンターを兼ねていて、通院者や入居者は身体のどこかに支障を抱えている。甚一さんというこの男性は、おそらく脳卒中か何かを過去に患い、片麻痺が残ったのに違いない。手先や身体全体を使うステージマジックは、このような介護施設でリハビリテーションに応用できる。運動能力や認知能力の訓練になるし、周りの人とのコミュニケーションの活性化にも繋がるからだ。

「真ん中はこの辺り」

松旭亭甚一さんは——この名前は有名なマジック一門のもじりだ——確かにロープをふたつに折り、

真ん中の辺りを輪のように曲げて持つ。後見役のケアスタッフさんが救急箱のなかから鋏《はさみ》を取り、柄《え》の方を差し出した。甚一さんはそれを受け取って、みんなを見回しながらひと呼吸溜めると、おもむろに輪の部分に鋏を入れてきっぱりと切った。

「さらに切ってしまいます」

ちょきん、ちょきんと、指先から出ている端の部分を何度か切って、床に切り屑をそのまま落としてゆく。後ろでケアスタッフさんが緊張気味に見つめている。甚一さんは動きのままならない左手でロープを押さえているが、その手を右手の鋏で傷つけてしまわないか心配なのだ。見えるところまですべて鋏を入れ終わったとき、ケアスタッフさんはほっと息をついた。

甚一さんはぱっとロープを広げて見せる。真ん中で切ったはずのロープは一本に復活している。温かな拍手が起きた。甚一さんはひとまず笑みを浮かべる。基本の演目だが、高齢者のリハビリにはぴったりだ。けれども甚一さんが小手調べといったように、もちろんそれで終わりではなかった。甚一さんは隣にいる片腕のミチルを促したのだ。

お春お婆ちゃんがやはり薬箱から一本のロープを取り出してミチルに与える。ミチルは左手でそれを受け取るが、一本の腕でロープを保持し、さらに鋏を扱うことは不可能だ。いったいどうするのかと思っていると、お春お婆ちゃんは何も問題はないという風にやはり鋏を取り出し、それから驚いたことに手元の羽織をぱっと着込んだ。

ミチルの後方へと回る。ミチルがその左腕をお婆ちゃんの羽織に通す。あっとぼくは思った。ふたりは二人羽織の姿になって、右手は鋏を持つお婆ちゃん、左手はロープを持つミチルになった。

ふたりは両手を連係させてロープの改めをおこなう。そして中央でふたつに折り曲げてミチルが持つと、

「真ん中はこの辺り」

お春お婆ちゃんの声が通った。甚一さんのときと同じように、お婆ちゃんは輪になった真ん中の部分を躊躇《ためら》いなく切る。さらに二度、三度と鋏で端を切ってゆく。

「はい、この通り」

お婆ちゃんとミチルがふたりでロープを広げ、一本に戻ったことを示す。甚一さんも隣で拍手し、施設の人たちも称賛の拍手を送る。

同じマジックを続けて二度おこなうのは本来御法度《ごはっと》だが、甚一さんひとりの場合とミチルたちふたりのコンビでは雰囲気も細かな動きも異なり、新鮮味が薄れない。観客席の皆さんも惹きつけられている。いいオープニングだ。

ここまでは確かに小手調べだった。続いてケアスタッフの女性が、厨房からミキサーと小鍋を持ってきてテーブル上に準備する。甚一さんが救急箱から黄色いシルクのハンカチーフを取り出す。

「シルクです」

ミチルとお春お婆ちゃんも同じことを始めた。黄色いシルクを取り出して、二人羽織の姿のままお婆ちゃんが右手で持つ。

ふたりは同時に演技を始めた。まずはロープのときと同じように身体を左側に開いて、空いた左手を観客に示し、右手で持っているシルクを左手で二度、三度としごく。さらに持ち替えて右手でしごく。シルクの黄色が鮮やかだ。シルクを再び右手に持ち、軽く丸めた左手のなかに指先で押し込んでゆく。シルクがすべてふたりの左手に押し込められる。

「卵になりました」

甚一さんの声とともに、ふたりは揃って左手から白い卵を取り出してみせる。黄色いシルクはもうどこにもない。ぱちぱちと拍手が湧く。やはり古典ともいえる〝卵になるハンカチ〟の演技だが、今回はそれだけでは終わらなかった。

「これは、生卵でしょうか。茹《ゆ》で卵でしょうか」

不意に甚一さんがそんなことをいい始めたのだ。

「生卵！」

「茹で卵！」

「どっちでもない。そりゃ偽物ださあ」

観客席から声が飛ぶ。甚一さんは施設の人たちの感想を聞いて、うんうんと頷くと、おもむろに説明し始めた。

「簡単に確かめる方法があるのであります」

甚一さんはゆっくりと卵をテーブル上に寝かせる。そして弾みをつけて回転させた。くいっ、くいっ、と不器用な感じで卵は回る。ミチルも同じように卵を回す。そして甚一さんとふたりで呼吸を合わせるように、指先でそっと卵を押さえ、それからまた離した。ふたつの卵は再び不器用に、慣性で最後の二、三回転をした。

「そりゃ生卵だねえ！」

観客の女性が声を上げる。甚一さんが深く頷く。

「茹で卵は中身が固まっているので、回すと勢いよく回りますが、いったん止めるとそれで止まります。ですが生卵は中身が動くので、最初はうまく回らないのですが、少し指で止めてもまだ中身が動いているので、また回るのであります。はい、この通り」

甚一さんは卵を割って、ミキサーのなかに白身と黄身を落とした。片手がうまく使えない甚一さんが両手でうまく卵を割ったことは、小さいことだけれども胸を衝いた。この場面もきっと何度か練習したに違いない。

それと同時にぼくは感じ入っていた。シルクを卵に変えてから〝本物の卵〟にスイッチする方法はいろいろと考えられる。いま甚一さんたちは簡単な方法で生卵に変えたのだが、途中で茹で卵との違いを説明する手順は初めて見た。

この生卵はどんな伏線になるのだろう。ようやくぼくは、ふたりがエプロンをしている意味を理解し始めていた。ミキサーはそこに置かれたまま、甚一さんとミチルは救急箱から新しい小道具を取り出す。今度は意外なことに新聞紙だ。ふたりとも今日の朝刊を広げる。

「一枚だけ使います」

甚一さんはそういって、ミチルと同時にいちばん上の一枚だけを残して残りを脇へ置いた。甚一さんは紙の折り目の部分に右手を差し込んで縦に裂いてゆく。ミチルもお春お婆ちゃんの助けを借りながら半分に破く。お婆ちゃんが助手となって、その新聞紙を半分に折る。甚一さんも同じように折って、その折り目で再び破く。ミチルも甚一さんも同じくらいのペースで、それぞれ紙が半分の大きさになるよう何度も折り畳んでゆく。

ケアスタッフの人が厨房から水の入ったピッチャーを持ち出して来ていた。なるほど、とぼくが思っているうちに、甚一さんが最初からずっと変わらないペースで口上を述べた。

「水を入れます」

後見役のケアスタッフの女性が、ふたつの新聞紙のなかにそれぞれ水を注ぎ入れてゆく。

「はいっ」

甚一さんとミチルたちが同時に新聞紙を広げる。もちろん水は一滴たりともこぼれ落ちない。拍手をもらった後、ふたりは再び新聞紙を畳み始める。おもちゃ屋でも売っている有名なマジックのタネだが、やはり目を逸らすことができない。ひとりは施設のご高齢者、もう片方はお婆ちゃんとミチルの二人羽織と、ここでも両者に変化がついて見える。いつの間にかぼくも観客席の人たちも両者の違いを比較して、そこに興趣を見出し、さらにはわくわくしながら次に起こることを待っている。この演出は最初に思っていた以上にうまく計算されていた。

ケアスタッフさんが小鍋を持って甚一さんの横に立つ。新聞紙を傾けると、水が見事に溢れ出した。ミチル側の新聞紙からも同じように水が出てきて、ほっとするような温かい拍手が起こる。

「それではこの水で湯を沸かしてもらいます。卵を茹でます」

なるほど、ミチル側の生卵がひとつテーブルに残っている。ケアスタッフさんがそれを取り上げて皆に掲げて見せ、小鍋のなかに入れて厨房へと向かう。その間にも甚一さんとミチルたちは次の準備に取りかかっていた。今度は甚一さんが透明なグラスを取り出して左手に持ち、テーブル上のピッチャーから半分ほどまで水を注ぎ入れた。

「水です」

ひとつひとつ言葉に出して確認するのが、うまいリズムになってきている。救急箱から新しいシルクが取り出される。甚一さんは左手でしっかりとグラスをつかんで前に差し出し、その手にシルクを掛けて隠した。

「ワン、ツー、スリー」

ぱっとシルクが取り外される。施設の人たちが誰もが身を乗り出してその手元を見つめていた。グラスのなかはまだ透明な液体のままだ。

「水に変わりました」

「変わってないよ、じんちゃん！」

甚一さんは悠然とグラスを口に持っていって、唇を湿らせてひと口飲む。そしてぶるりと震える演技をするといった。

「冷たい水に変わりました」

「なんだい、そりゃあ！」

施設の人たちは受けて笑う。ぼく以上に観客席は演技に引き込まれているのだ。けれども温かな苦笑が終わらないうちに、今度はお春お婆ちゃんとミチルが同じ手順を進め始める。ミチルの持った水のコップに、お婆ちゃんがシルクを掛ける。

「皆さんでおまじないをかけてくださいな」

「ワン、ツー、スリー！」

観客席が一体になってカウントする。素早くシルクが取り除かれたとき、あっと何人かが息を呑むのがわかった。グラスの中身が何か変化している。よくわからないが透明度が違う。後ろに座っていた人が何人か立ち上がって覗き込んだ。グラスの中身は氷の浮かんだ水に変化していた。

「冷たい水になりました」

「あはは、お春ちゃんらしいな」

施設の人たちが驚きの声を上げるなか、ぼくの隣で奥村先生が笑いを噛み殺している。お春お婆ちゃんはシルクを持った手で人差し指を皆に掲げ、まだ終わりではないことを示した。今度は甚一さんとお婆ちゃんが同時に左手のグラスへとシルクを掛ける。

「ワン、ツー、スリー」

今度はグラスのなかがどちらも白い液体に変わっていた。

「ミルクです」

拍手が湧いた。ぼくも笑顔で手を叩いた。そして甚一さんとミチルがコップのなかのミルクを順番にミキサーのなかへと注ぎ入れたとき、なるほどそうかと感心した。ストーリーが繋がろうとしている。生卵にミルクにミキサー。だから三人はエプロンをしているのだ！

甚一さんとミチルたちは空になったグラスを再び前に差し出し、シルクで覆ってぱっと取り除いた。あっとぼくも声を上げた。

「ミルクです」

早業だ。ふたつのグラスにはさらなるミルクが出現していた。

新たな二杯のミルクがさらにミキサーへ注がれる間、意表を衝かれた観客席の人たちは、さらに熱い拍手を送り続けていた。お春お婆ちゃんとミチルが定位置に戻り、羽織を脱ぐ。まだ拍手は鳴っている。

「サキさん、卵の追加！」

甚一さんが呼ぶと、ケアスタッフの女の人が湯気の立つ小鍋と鍋敷きを持ってやって来た。ミチルの立つテーブルの上に置く。お春お婆ちゃんが柄を持って少し傾け、お湯のなかに卵がひとつ入っていることを示す。先ほどミチルが黄色いシルクから変化させた卵なのだ。

ミチルは小鍋から素早く片手で卵を取り出してテーブルに置くと、それを勢いよく回転させた。白い卵はくるくると軽快に回る。そして指先でちょんと押さえた。一秒経ってミチルが離すと、卵はそのまま動きを止めてテーブル上に残った。

「ご覧ください。茹で卵になっています」

甚一さんの言葉をきっかけに、ミチルは卵を持って自分のエプロンで水気を拭く。そしてぼくは再びあっと驚かされた。ミチルは自らミキサーのところへ歩いて行き、もう一度テーブルの上で卵を回したのだ。今度はうまく回らない。指先で止めても、まだ卵はゆらゆらと回り続ける。どういうことだろう。ぼくでさえ擦り替えを見抜けなかった。そればかりかミチルは左手で卵を取り上げると、そのままこんこんとミキサーの縁で殻を叩いて、器用に片手で割ったのだ。

「生卵に戻りました」

甚一さんの言葉とともに、生の白身と黄身がするりとミキサーのなかに流れ落ちた。茹で卵はいつの間にか生卵に変わっていた。それは本当に鮮やかだった。同じ卵の回転がこんなにも顕著に変わるはずはない。ほんの一瞬の間にミチルはどこかで入れ替えたに違いないのに、それがどこだったのかぼくにもわからない。

クライマックスが終わった後のこのマジックに、施設の皆さんも呆気《あっけ》に取られていた。

サキさんと呼ばれたケアスタッフの女性が、厨房から何かを手に隠し持って出てくる。両手で何かを包みながらミキサーの前に立つ。魔法をかけるかのように手で揉み込む。

甚一さんがいった。

「秘密の調味料であります」

サキさんは両手に持っていた小皿のなかの粉末をミキサーのなかに入れた。そして蓋をしてミキサーのスイッチを入れた。すぐに飲み物は出来上がった。サキさんは完成品を甚一さんとミチルが使ったグラスに注ぎ入れる。

「砂糖とバニラエッセンスなる秘密の調味料を加えまして、はい、ミルクシェーキの出来上がりであります」

甚一さんが乾杯をして、自らごくごくと飲んだ。ミチルはグラスを口に持っていったがロボットなので飲めない。初めてミチルが声を出した。

「今日は充電したからお腹《なか》いっぱい。大丈夫だよ」

観客席から明るい笑い声が上がる。お春お婆ちゃんが穏やかな表情でミチルのグラスを受け取り、ミチルの頭を撫でる。甚一さんが促して、お春お婆ちゃんは後見役のサキさんにグラスを渡した。サキさんもひと口飲んで、美味しいと満足げに力強く頷く。

「まだ数人分ありますので、欲しい方はどうぞ。松旭亭甚一とけん玉斎ミチルの演《だ》し物《もの》、これにておしまい」

甚一さんが最後に口上を述べて一同頭を下げると、わっと拍手が起こった。

ぼくも拍手をしていた。部屋のなかは温かかった。

ミチルはロボットだから表情を変えることはない。拍手を受けて笑顔になったり、嬉しさのあまり顔を紅潮させたりすることもない。それでもミチルは最後に一礼した。一本の左腕を上げて歓声に応えた。隣でお春お婆ちゃんもミチルと合わせて慎ましくお辞儀をしていた。あくまで主役はミチルだという風に、お婆ちゃんは一歩後ろへ退いていた。

「お春ちゃん、さすがだ。惚れ直すね」

ぼくの横で奥村先生が目を細めながら拍手をしていた。

マジックのステージに対して、こんなふうに優しくて温かな拍手の現場に、ぼくは久しぶりに出会ったように思った。


——演し物が終わって、ミチルやお婆ちゃんたちが食堂を出て行くと、他の人たちは手分けをしてテーブルや椅子をもとの位置に戻し始める。ぼくはすぐにでもミチルを追いかけたかったが、奥村先生の「まあ待ちなさい」とでもいうような顔に促されて作業を手伝い、カーテンを開けた。

「奥村先生」

そうしているうちに戸口から声があった。甚一さんの後見役をやっていた女性が呼んでいる。先生はこの施設に何度も来ているのだろう、スタッフの人と顔馴染みなのだ。

「お婆ちゃんとミチルくんは、いまお庭で休んでいますよ」

「ありがとう」

食堂の片づけと整頓も終わり、奥村先生は礼をいって、ぼくを連れて廊下を戻る。ロビーから別の通路へと進むと、窓越しに中庭が見えた。ベンチにお春お婆ちゃんとミチルが並んで座っている。

ぼくたちが中庭に出たとき、ミチルは残った一方の腕に、あの小鳥を乗せていた。お春お婆ちゃんが隣でそっとミチルに目を向けている。

ミチルは小鳥とコミュニケーションをしているように見えた。小鳥のロボットはとても繊細で、精巧に思えた。くるっ、くるっ、と首を回し、ミチルの肘から掌へと跳ねてゆく。何かをついばむような動きも見せるが、それは鳥の動作を真似ているだけで、実際に餌を食べているのではなかった。小鳥は顔を上げてミチルに向けて囀る。その声はリズムとメロディのついた音楽のようだ。

近づいてゆくと、小鳥はぼくたちに気づいて、ぱっと屋根へ飛び立ってしまった。ミチルはその行方を目線で追った。

「ミチル」

と、ぼくは声をかけた。

ミチルはぼくを見て、その場で立ち上がった。ぼくの顔を見上げた。ミチルに表情を示す機能はない。だからぼくの方が思いがけず、込み上げてきた感情を露《あら》わにしそうになった。

頭上でロボットの小鳥の囀りが聞こえ、ミチルがそちらに目を向ける。残った片手を挙げて小鳥に手を振り、こっちへ招くような仕草をする。

「初めての人の手にも乗るんだよ」

そういって、ミチルは再びぼくを見上げてぼくの名を呼んでくれた。

「ヒカル、『指輪物語』を読んでくれてありがとう」

そうか、ミチルはここにいても、もう一方の腕がぼくの朗読を聞いたことを知っていたのか。ぼくはミチルに手を伸ばしかけた。右腕のないミチルは、しかし傾きもよろめきもせずに立っていた。その振る舞いは、まるで最初から一方の腕がなかったかのようだった。そして実際、この施設やこの東北の地では、ミチルはこの姿で人々に馴染んでいたに違いなかった。

ぼくがミチルに触れようとする直前、ロボットの小鳥が舞い戻り、ミチルのてのひらの上に留まった。ミチルはぼくの手へ、そっと小鳥を預けた。小鳥は嘴《くちばし》でぼくの手をつつく。その小さな両足で跳ねて向きを変える。ぼくの顔を見上げて五つの音からなるメロディを二度発した。

そのメロディに返すように、ぼくは五つの音で小鳥に挨拶した。

「こんにちは」

小鳥は五つの音を繰り返した。

「ぼくと友達になってくれたんだ」

と、ミチルが説明してくれた。小鳥は本当に軽くて、ロボットであるとは思えないほどだった。この施設や付近の住民のマスコットであることに納得がゆく。ぼくはミチルに尋ねた。

「きみを連れて帰ったら、この小鳥と会えなくなってしまうね。寂しいかい？」

思わずそう話していたが、ぼくの感覚はちょっとずれていたかもしれない。ミチルはロボットだ。寂しいか、寂しくないかなどという感情はないはずだし、それを口に出したとしても擬似的なものであるはずだ。つまり質問の内容には意味がない。

「わからないよ」

「そうだね」

とぼくは応じたが、ミチルはさらに言葉を続けたのだ。

「でも、この腕に憶えているよ」

と。

ミチルはいま肩についている片腕を掲げて見せた。小鳥はぼくのてのひらからそちらへと移った。ぼくの手にはほんのわずかな重みの感覚が残されたように思った。

「お春ちゃん、久しぶりに見せてもらったよ」

奥村先生がお婆ちゃんにいう。お婆ちゃんは微笑んで答える。

「奥にいることは、見えていましたよ」

そのとき、先ほどまで観客だった皆さんが中庭に出てきた。まだ休憩時間が残っているのだろう、ちょっとした散歩や運動のときなのだ。そのなかに甚一さんがいて、ベンチのミチルやお春お婆ちゃんを見つけると声をかけて握手を求めてきた。それをきっかけにして三人の周りに人の輪ができる。ぼくと先生は後ろへ下がり、その様子を見ていた。小鳥のロボットは、再び屋根へと飛んでいった。

「お越しいただいてありがとうございます」

戸口から声をかけてくださった早紀《さき》さん——ネームプレートにはその漢字で書かれていた——が靴を履いてやって来て、丁寧にぼくたちに挨拶してくれた。

「本当はすぐにでもご一緒にお帰りになりたかったでしょう。明日、必ずうちの職員が、ミチルくんをお送りします。今晩は甚一さんのお誕生日会なんですよ。夕食のときにもう一度、皆さんで集まるんです。そのときにミチルくんがいないのは困ると皆さんおっしゃるものですから」

「いや、いいのです。私もお春ちゃんたちの演し物が見られてよかった」

「ちょうど組のお披露目会と日にちが重なってしまったのですけれど、本人はかえって張り切って練習していましたから、きっとよい記念になったと思います。お春さんとミチルくんのおかげです」

「誕生日会でもミチルは何かを見せるのですかね」

「今度は手品じゃなくて、けん玉です。ミチルくんのけん玉は、それはもういつも大人気です」

そこまでの先生と早紀さんのやりとりでぼくは悟った。ミチルは今夜までこの施設に留まるのだ。ここにはもうぼくの知らないミチルの生活が、すでに積み重なっているのだった。

すぐにぼくたちが連れて行けるわけではない日々が。

ミチルがその左腕に小鳥の重みを憶えたように。


施設を出発してから、ぼくは先生に車中で尋ねた。

「お春お婆ちゃんもあそこへ泊まるんですか」

「いや、しばらくすれば帰るだろう。何度か送っていこうかと誘ったことがあるが、いつもバスと電車でひとりで帰るから大丈夫だというんだ。自由にさせてあげるのがいい」

ぼくたちは再びふたりきりだった。先生は今日ミチルを連れて帰れないことがわかっていても、ビルの屋上の空をぼくに見せるために、そしてあの施設でお春お婆ちゃんとミチルが被災地の高齢者の人たちを楽しませている事実を知らせるために、時間を割《さ》いてぼくを案内してくれたのだった。

「戻ってからもやることはある。ミチルの右腕の解析データについては、もういまごろ阪大から関口くんのところに返事が来ているはずだ。関口くんにまずそれを見てもらうよう話してある。我々はここでいったんミチルの行動データを見ることにした。この二ヵ月分の右腕と左腕の違いも比較する。実証実験をしているヒト型ロボットでこうしたケースは稀《まれ》だからね。解析に一、二週間はかかるだろう。その間、我々の研究室でミチルを預かることになるが、それでいいかね？　きみは明日と明後日もミチルと会える。研究室に来てくれれば、我々が調べているところを見ることもできる」

「はい、ぜひお願いします」

車は町のなかの狭い車道を抜けて、駅の前を通り過ぎた。来る途中では駅があることに気がつかなかった。手前のバスプールに二台バスが停まっている。お婆ちゃんはここまでバスで出て、それから仙台駅まで戻るのだろう。

「先生。先生は、ミチルにあの屋上からの空を見せたのですね」

ぼくは最後に残った疑問を確かめたかった。

「ああ、見せた。私が連れて行った。今日のように晴れた日の午後、私とミチルのふたりだけだった」

ミチルを施設に紹介したのは奥村先生だった。ミチルをテルさんから個人的に預かり、ミチルの希望である〝あの空〟の意味に気づき、ビルの屋上へ連れて行った後のことだ。ミチルは空を見た後もこの東北の地を歩いて回ろうとしたという。スタッフの早紀さんもそのことは知っていて、自ら進んでぼくに教えてくれた。ミチルと先生が一緒に被災地の沿岸を歩いていたところに偶然車で通りかかった職員がいて、その人がミチルを施設へと連れて行った。片腕のロボットであるミチルは、地域ケアをおこなう支援センターの活動を連想させたのだろう。しかし片腕のミチルが器用に手を動かし、けん玉や手品が得意であることに最初に気づいたのは、職員よりもむしろ入居者の人たちだった。

「そのとき、ミチルは何か話しましたか？　始まりの空を見て、どんな感想をいったのですか？　――」

そういい終えた、そのときのことだった。

視界の隅を、まったく予想もしていなかった人影が過ぎて行ったのだ。

ぼくは振り返り、息を呑んだ。先生へ向けた最後の言葉は、ほとんど途切れるようになったかもしれない。ぼくは叫んでいた。

「──美雪《みゆき》さん！」

それは《ハーパーズ》の美雪さんだった！

先生の運転する車はそのまま走り過ぎてゆく。その姿は駅の壁の向こうに隠れて見えなくなる。

「先生、停めてください。いま知り合いの人がいたんです！」

「どこだ？」

「駅の向こうです！」

先生はすぐさま周りを見回してくれたが、横に入ってＵターンできそうな場所はない。先生は道の脇に車を停止させた。

ぼくはシートベルトを外して外に出た。走って駅のところまで戻り、美雪さんのいた場所から四方を見渡した。

この一分間で、すでに出てしまったバスがある。残っているバスの車窓へと駆け寄ったが姿は見えない。思い切って駅の階段を上がり、改札口まで行って息を切らして駅員にも訊ねる。

首を振られて、ぼくはその場で呆然とした。

美雪さんが去年の秋に《ハーパーズ》を辞めたことは知っている。それから湾岸の町を出て行ったことも知っている。具体的にどこへ行くのかは聞かなかったが、決して連絡が取れなくなるわけではないと信じていた。決してずっと離ればなれになるわけではない、美波の思い出はこれからも共有されてゆくのだと思っていた。

なぜここにいたのだろう？　どうしてこんなところで姿を見たのだろう？

美雪さんの姿は、どこにもなかった。

12

その日の夜、新しくホテルを取り直して部屋に入ってから、ぼくは上司である諏訪さんに連絡して、月曜に欠勤する許可をもらった。月曜の夜までこちらにいて、深夜にバスで帰れば、翌日の午前から仕事に出ることができる。

そしてぼくは立花さんにもツールでメッセージを送った。本来なら月曜にぼくたちは中内料理長へ提案するための新しいデザートについて意見交換することになっていたからだ。

ちょうどシャワーを浴びて髪を乾かし終えたとき、立花さんから返信があった。映像でのメッセージでやりとりをしてもいいかという。ぼくが承知すると立花さんの顔がツールの画面に現れた。もうすぐ深夜だ。

「ヒカルさん、お時間を取らせてごめんなさい」

立花さんはホールの客席にツールを置いて、座った自分の上半身が映るように角度を調節していた。このテーブルの辺りにだけ照明が点いており、画面に見える限り他に人影はない。そういえば岸さんはレストランサービスの日本大会に出場するため、この週末は東京へ出て、休みを取っているはずだ。いまこの瞬間にも岸さんは東京のホテルで準備に打ち込んでいるのだと思った。

コックコート姿の立花さんが、正面のツールに向けて取り出したのはふたつの輪ゴムだった。きっと厨房で使われているものだろう、どこにでもあるふつうの輪ゴムで、着色されてはいない。

「見ていてください」

立花さんはそのひとつを左手の人差し指と親指で輪をつくって伸ばす。ツール越しにぼくの顔を見てから、もうひとつの輪ゴムをおもむろに取って、左手の輪ゴムと手の間に通すようにして持つ。両手の二本の指でそれぞれふたつの輪ゴムを引き伸ばし、絡ませたことになる。

ぐいっ、ぐいっ、と立花さんは両手の間を引き伸ばす動作をして、輪ゴムが確かに交差していることを示す。そして再びぼくを見て、両手を掲げる。

静かに両手の間隔を広げてゆくと、ふたつの輪ゴムは離れていた。

立花さんの両手には、人差し指と親指で輪になったままの輪ゴムが残っていた。

「上手です。かなり練習したんですね」

ぼくは本心から称賛した。

「今度は相手の人に輪ゴムをひとつ持ってもらいます。本当はヒカルさんが明日いらっしゃるなら、やっていただこうと思っていたのですけど」

代わりに立花さんは横の椅子を二脚持ってきて、背もたれの両端にある出っ張り部分に引っ掛け、椅子と椅子の間に輪ゴムが伸びて掛かるようにした。ぼくには立花さんのやりたいことがわかった。本来なら相手の人に両手の人差し指で引っ掛けて輪をつくり、横に広げてもらうのだ。

立花さんは横に広がったその輪ゴムの手前側を通すようにして、自分の輪ゴムを人差し指と親指に掛ける。立花さんは仮想のぼくが持つ輪ゴムの右側へと自分の輪ゴムを持って行っては引っ張り、反対側の左側へ持って行ってはまた引っ張って、輪ゴムがちゃんと交差していることを見せる。

「もうちょっと、こちらの手を上に」

立花さんが空いた手で右側の椅子の出っ張り部分に触れ、少しばかりゴムを上に寄せる。本来ならぼく自身の指先に触れることになる。立花さんの手は小さかった。ツールのこちら側にいるぼくに立花さんの手の感触はなかったが、ツールに映っている角度はホールで横に座っているぼくの視界そのままだった。

「もう溶けています」

立花さんは中央で自分の輪ゴムをゆっくりと、ぼくの輪ゴムの表面で撫でるようにして回す。そしてそのつむじをそっと止めて、ぼくの目の前で格子状の十字をつくり、輪ゴム越しにぼくを見つめる。

「息を吹きかけてください」

そういって、目の前の格子を目線で指した。

ふっ、とぼくはツールに息をかけた。

わからないほどゆっくりとした動きで、立花さんは自分の右手を離してゆく。ある時点になったときにようやく目に見えてくる。立花さんの輪ゴムは溶けて、擦り抜けている。

完全にふたつの輪ゴムは分離していた。

余韻が残る。輪ゴムと輪ゴムが離れたその場所には、何の形跡も残っていない。けれども息をかけたぼくの輪ゴムは、その中央にまだ微熱が残っているかのようでもある。

手捌きを学びたいという立花さんの希望に応えて、ぼくはドクの遺品のなかからいくつか身近な道具で演技可能なマジック教材ＤＶＤを選び出して、立花さんに貸していたのだ。そのうちのひとつに輪ゴムの連結と分離を扱った教材があった。

そう、相手に輪ゴムの一方を持ってもらうときは、途中で相手の手に触れることが大切だ。もうちょっと上に、といって相手の片手に触れることで、相手の注意を逸らすことができる。

立花さんはぼくに尋ねた。

「私はサーストンの三原則を守っていましたか？」

「はい、充分に」

「ハーラン・ターベル博士の教えを身につけていましたか？」

「いい線を行っていたと思います」

「よかった」

立花さんが笑顔を見せた。

素顔の立花さんだった。

「ヒカルさん、戻ってきたら、ぜひお話ししたいことがあります」

聞きようによってはどきりとする言葉だったかもしれない。けれども立花さんの言葉はどんなものにも染まっていない純粋なものに聞こえた。一瞬の素顔の後、立花さんはシェフに戻っていった。

「ツール越しではなく、直接見ていただきたいものがあるんです。私は新作をつくったと思います」


日曜日の朝、ぼくはまた奥村先生の研究室へと出向いた。ミチルは昼過ぎに地域支援センターの人に連れられて車でやって来るという。それまでぼくは関口さんの横について、ミチルの右腕やケンイチと呼ばれたかつてのロボットが残した映像の解析を見守った。

――ミチルは午後二時過ぎにスリープモードで大学に到着した。

ぼくも関口さんたちと一緒になって、地域支援センターのバンからミチルを下ろし、研究室へ運ぶ。センターの人が去って行くのを見送った後、奥村先生も交えてぼくたちは、眠っている片腕のミチルの前に立った。

ミチルはロボットを直立させたまま安定させておくハンガーにフックで留められ、バッテリーに繋がれた。関口さんがまず確認したのは、離ればなれになった右腕のつけ根の部分だった。ぼくはロボット学の専門家である関口さんが慎重にミチルの全身を点検してゆく様子を一歩離れて見守りながら、込み上げてくるもどかしいような切ないようなうまく表現できない思いを抱えて、いますぐにでも手を伸ばしてミチルに触れたい気持ちを抑えていた。

ぼくが持ってきたミチルの右腕は作業台の上にある――二ヵ月ぶりにミチルの身体と右腕はひとつの場所に戻ったのだ。

ミチルはケーブルに繋がれて、その内部に蓄積された〝記録〟と〝記憶〟がバックアップされてゆく。

「通常モードで起動します」

と、関口さんがいった。「ヒカルくん、ミチルはきみのことを認識するよ。いいね?」

「はい」

冷却ファンの音が鳴り、ミチルが顔を上げる。

それは二ヵ月前まで毎朝見ていた光景だった。ミチルは定時にスリープモードから目を醒《さ》まし、自己点検をおこなう。そしてぼくたちはどちらからともなく声をかけ合う――。

「――おはよう」

「おはよう、ミチル」

「ヒカル。先生」

ミチルはぼくたちの顔を認識し、そして周囲を見回していった。

「大学に着いたんだね」

その何気ないいい方が、かえってぼくの胸に迫った。ひととびにかつての日常に戻ったような感じだった――それでもいまぼくの前に立つミチルはまだ片腕がない。その片腕でお春お婆ちゃんとコンビを組みながら、見事にマジックを披露して見せた昨日の施設での姿が脳裏に浮かぶ。

「ヒカル、『指輪物語』を読んでくれてありがとう」

ミチルはそういった。奥村先生が小声で解説してくれる。

「ミチルはまだ右腕の行動を知らない。きみがここにいることでそれを知ったわけだ」

ぼくは頷いてミチルに答える。

「腕がいきなり出てきたときは驚いたよ。カードを手に持っていたときも。ミチル、きみはぼくが『指輪物語』を読むのを待っていたんだね。きみに朗読するときを」

こうしてミチルと対面したら訊きたいと思っていたことがたくさんあった。これまでひとりで暮らしてきた二ヵ月の間のことを、いくつでも話して聞かせたい気持ちに今朝までは駆られていた。それでもミチルは昔と変わらない調子でぼくに語りかけてくる。

「先生、ヒカルにぼくたちのことを少し話してもいいかな？」

「いいとも。きみたちは二ヵ月ぶりの再会だ」

「ずっと前から、ぼくには空が見えることがあった。どこか遠くの、誰かが見ていた空。きっとぼくに繋がっているはずの空。ぼくが生まれてくるために誰かが見た空だとわかったよ。ぼくはその断片を少しずつ集めたんだ」

桜井さんの眼鏡にも映った空のことだ。

「ヒカルにそのことを伝えたかった。ぼくはまだ生まれてから今日までのことで、ヒカルに話していない話がたくさんある。本当はもっとたくさん、これまでのことをヒカルに話したかった。いつも夜にヒカルが聞かせてくれるお話には、たくさんの昔といまのことが出てくるよね。いまの物語は昔のお話と繋がっていて、だから明日聞けるお話に繋がってゆくんだ。ぼくは『指輪物語』と『ホビットの冒険』

を読んだよ。ビルボが指輪を持っていたのは、以前にある冒険をしたからなんだ。だからビルボと一緒に暮らしていた養子のフロドは、その指輪を捨てる新しい冒険の旅に出るんだよ。ぼくは先生のもとで生まれた。その研究施設とジェフおじさんのアメリカの家で育てられた。先生もジェフおじさんもマジックが大好きだったから、ぼくもマジックを見るのが好きになった。でもね、ヒカル、ぼくはヒカルに会うまで、自分でマジックをやったことはなかったんだ。ヒカルが毎朝ぼくに教えてくれたから、ぼくはマジックをすることも好きになった。フロドのように冒険に出かけることができたのはヒカルと一緒に暮らしたからで、それはジェフおじさんと一緒に過ごした昔があって、先生たちに研究施設のなかでたくさんのことを教わった昔があったからなんだ。ぼくが冒険に出るまでのことを、いつかヒカルにも伝えたかった」

「ミチル」

ミチルの言葉がいったん途切れたとき、ぼくは驚いてようやく声に出した。

「きみは、いま……、ずっと〝ぼく〟といっていたね」

ミチルは何をいわれたのかわからない様子だった。だから続けていった。

「この二ヵ月で、きみは〝ぼく〟になったんだね」

以前に熊谷さんから指摘されて初めて気がついたことだったが、ずっとミチルは自分のことを一人称では呼ばなかった。〝ぼく〟とも〝わたし〟ともいわなかった。ミチルというその名前が、男の子にも女の子にも受け取れるのと同じように。それがミチルの特徴だった。ミチルにはずっと主語がなく、そのことをぼくは不自然だとさえ思わずに過ごしてきた。

でもいまミチルの話を聞いている間に気づいたのだ。

「うん」

とミチルは曖昧に答えた。ぼくはふしぎと可笑しくなった。そんな受け答えは、なんだかミチルが機械ではないみたいだったからだ。

「どうして〝ぼく〟というようになったんだい？」

「テルさんと旅をしたから。施設の人たちみんなと話したから」

そう語りながら、ミチルはかすかに首を傾げる。

「ううん、本当はね、いまいったみたいに、ヒカルにまた会ったら、たくさん自分のことを話したいと思ったからなんだ。〝ぼく〟といわないと、ヒカルにぼく自身のことが話せないもの。ぼくが生まれる前にここにいた、あの空を見た誰かと、ぼくを区別することができないから」

「そうか、きみのもとになったケンイチは、自分のことを〝ぼく〟と呼んでいたんだね」

ぼくは思い出した。ミチルはいま初めて〝ぼく〟といったのではない。つい聞き流してしまっていたが、昨日も確かにミチルは自分のことを〝ぼく〟といっていた。あの小鳥のロボットに対して、「ぼくと友達になってくれたんだ」と。

小鳥と友達になったのは、他でもないミチル自身だ。

いや、それだけではない。あの地域支援センターの早紀さんも、ミチルのことを「ミチルくん」と呼んでいたではないか。「ミチルちゃん」や「ミチルさん」ではなく、「ミチルくん」だった。きっとセンターの人たちみんなが、いつしか「ミチルくん」と呼ぶようになっていたのではないか。

「ぼくもスリーカードモンテで自分の話をしてみたかったんだ。ヒカルのように」

「他の人の話ではなくて、自分の話を？」

「うん、ヒカルが話したように、自分の話を」

「きみは〝わたし〟じゃなくて〝ぼく〟なんだね？」

「わからない。でもそっちのほうが近いような気がしたんだ」

「いいと思うよ。うん、〝ぼく〟でいい。ミチルは〝ぼく〟だ」

ミチルのいう〝ぼく〟という言葉はとても無垢《むく》で純粋なものに聞こえた。ぼく自身が口にする〝ぼく〟とも違っていて、それは確かにミチルの個性のように思えたのだ。

「ミチル、きみに解析を手伝ってもらう」

そして奥村先生はぼくの方にも振り返っていった。

「きみにもお願いしたいことがある。我々は明日、ちょっとした外出をする。そのときのために、きみに少しばかりうちのアシストアームの体験をしてもらいたい。いいかな？」

13

それから日曜と翌日の月曜にかけて、ぼくとミチルは部屋の間仕切りを挟み、両側でそれぞれロボット学の前線に接した。

ぼくについてくれたのは関口さんの下で学んでいる博士課程在学の、おっとりとした男性の学生だった。その人が持ってきてくれたアシストアームは、ぼくが大阪大学の日下部さんの研究室で見た、スタッフの人が装着していたスーツの一部によく似ていた。

説明を聞くと、このアシストアームをつけることで、ぼくの動きをお春お婆ちゃんのような高齢者にも伝えて、日々をサポートすることもできるという。

アームを装着してもらって立ち上がり、右腕を肩回りから動かしてみた。それに合わせてモニタで色彩鮮やかなグラフのかたちが刻々と変化する。

「これは逆に、ぼくがアームから学習することもできるのですか？」

「可能です。ミチルの腕のデータをここに反映させれば、ミチルの動きを体験できますよ」

間仕切りの向こう側から関口さんとミチルの声が聞こえる。ミチルはまだ自分の右腕を取りつけてもらうまでには至らない。その前に左腕だけの身体で全身の動きがどのように変化したか、徹底的に調べ上げられるのだ。左腕に残った〝記録〟と〝記憶〟は、離ればなれになった右腕のそれと比較されることになる。

ぼくは自分の右腕につけられたアシストアームを動かしながら思う。ミチルは左腕だけでもけん玉ができたように、おそらく左の半身だけでもマジックができただろう。ぼくが見せたいくつかのカードマジックも実現できた可能性があり、実際に支援センターで周りの人たちに試したかもしれない。そのことは関口さんや奥村先生にも伝えてあった。調査の対象になり得ると思ったからだ。

世界のマジシャンのなかには片腕だけで見事なマジックを披露する人がいる。完全に片手だけでカードをシャフルし、片手だけで演技し、通常のマジシャンよりも遥かにふしぎな現象を見せて喝采を浴びる人もいる。あるいは両腕の手首が切断されて失われているのに、その両腕で巧みにカードを捌き、通常の人と同じようにカードマジックをおこなって、目を瞠るような驚きを提供するマジシャンさえいる。マジックはぼくたち人間の身体が生み出す驚きのドラマだ。たとえ何かが失われても、たとえ何かが衰えても、そこにはその人にしか生み出せない驚きがある。そうした驚きはぼくたちの無意識の先入観を砕く。アシスト機械はそうした驚きばかりではなく、人がリハビリで回復してゆくのと同じように、いままで人類が経験したことのなかった驚きと喜びを、きっと生み出すことができるのに違いない。

ぼくの作業の方が先に終わり、ぼくはミチルの調査をしばらく見学した。ミチルは安全確保のためにいまもハンガーのフックと繋がっていたが、ミチルは左腕だけでぼくたちの前でけん玉をこなした。

玉をもう一方の手で支えることはできないから、玉のふり出しからの技は難しい。どんなにミチルが精巧であっても、揺れ動く玉を自在に振り上げてけん先で刺すのはまだ学習が追いつかないのだ。ぼくはミチルの全身の動きに見入った。両腕がついていたときと、いつしか頭のどこかで見比べている自分がいる。完全には重なり合わない。それがふしぎでもあり新鮮でもある。それでもいま目の前でけん玉を披露しているミチルには、片腕ならではの滑らかさと美しさがある。

ミチルは糸の中央を持って構える。玉とけんが指先の糸から吊り下がった状態だ。ゆっくりと膝を深く曲げてゆく。

膝を伸ばすと同時に、糸を真上に引き上げて離す。「つるし灯台」という技だ。上がってきた玉とけんのうち玉を素早く左手でつかみ、けんが灯台のかたちに立つように中皿の下へと滑り込ませる。再び膝が深く沈むとき、けんはミチルが持つ球の上に立っている。

「ミチルは上がってくる物体や落下する物体を受け止めることができる」

いつしかぼくの後ろで実験を見ていた奥村先生がそっといった。

「あの玉がお猪口だったら、ということだ」

「アシストアームの助けだけでつかめるのでしょうか？　お春お婆ちゃんにつけてもらって、いざというときには落ちるお猪口をつかまえてもらうのですか？」

「違う。アームをつけている手は、そもそもお猪口を取り落とすことがない。正確にマジックをおこなえるだろう。それはお春ちゃんを誘導したり束縛したりすることではないんだ。わずかに痙攣《けいれん》したり、筋肉の動きが遅れたりするときに、その不調をアームが察してフィードバックする。それでも万が一に落ちたとき、隣にミチルが座っていれば、それが床に届く前につかむことはできるだろう——あとはお春ちゃんがそれをどう思うかだ。あの《小春》を実証実験の場として受け容れてくれるかどうか……」

ぼくは、ぐっと息を呑んだ。

奥村先生は、高齢のお春お婆ちゃんに、アシストアームを勧めようとしているのだ。世界で初めて、小料理屋でアームを装着しながらお客様にさりげなくマジックを披露する大女将さんが誕生する——。

「さて、五時だ。そろそろ行こうじゃないか」

奥村先生は関口さんに静かにいった。窓の外は春で、まだ明るかった。


「いらっしゃいませ。あら、今日はお揃いですのね」

女将さんのお春さんは、そういってぼくたちを迎えてくれた。

お春さんはミチルを見て驚いた様子だった。小さな居酒屋に、子供型のロボットが入り込む。まだ片腕はついていないが、二本の足で歩いてぼくたち大人を見上げ、

「こんばんは」

と挨拶をする。

「まあ、いらっしゃい」

「お春ちゃん、この子はミチルだ。お婆ちゃんが通っている施設の人気者だよ」

「そうだったんですね。母はいま奥にいます。呼んで来ましょうか？」

「うん、後でいいんだ。この子は好奇心旺盛《おうせい》でね、お婆ちゃんがここで面白いことを見せてくれるといったらとても興味を持っていた。燗をつけてくれるかな？　この子は飲めないが、同じように見せてやってほしい」

ぼくたちはカウンターに並んで座る。右の奥から、奥村先生、ぼく、ミチル、そして関口さんの順だ。この順番も先生はあらかじめ決めていた。お春お婆ちゃんはお燗を持って来るとき、まず関口さんとミ

チルの間に立って、お猪口と徳利を差し出すだろう。ミチルはそこでお婆ちゃんの手捌きを初めて見ることになる。

しばらくして和服に割烹着姿のお婆ちゃんが出てきた。最初に会ったときの格好と同じなのに、地域支援センターでの立ち振る舞いをすでに見たぼくにとっては、このゆっくりとしたお婆ちゃんもまた人生の一側面なのだと思えてくる。小柄だが背筋は曲がっていない。カウンター越しに覗いてもその手は白くきれいで、徳利を小鍋に入れる様子には何も危なげなところはない。

ぼくはお婆ちゃんの手をうかがっていた。奥村先生のいうような震えは感じ取れないが、長年見てきた奥村先生には違いがわかるのかもしれない。

お婆ちゃんが徳利ふたつとお猪口三つをお盆に載せて、奥の通路を回ってこちらに出てきた。ぼくは緊張していた。奥村先生は戸口側に座る関口さんとミチルを指してさりげなくいった。

「お春ちゃん、ミチルが来たよ。この子にもお猪口をくれないか。乾杯の真似だけでも皆でやりたいのでね」

予想していた通り、まずお春お婆ちゃんは関口さんとミチルの間に立った。そして徳利を置くと、お盆に載っている三つのお猪口に目を落として、小首を傾げる素振りをした。関口さんとぼくと先生の分だ。ミチルのお猪口はない。

お婆ちゃんは右手でそのうちのひとつを取り上げ、カウンターに差し出した。ミチルはじっとその手を見ている。ぼくもミチルの肩越しにお婆ちゃんを見ていた。お婆ちゃんの手は震えてはいない。手の甲にも強張《こわば》りは感じられない。お婆ちゃんは関口さんとミチルを交互に見て、再び自分が持っているひとつのお猪口を見て、わずかに左手のお盆を上げ、そこに載っているふたつのお猪口と見比べる。もうひとつお猪口を取ってこようか、それともお盆からもうひとつ足そうか。その前にいま右手にあるお猪口をカウンターに置こうか、どうしようか。

お婆ちゃんは右手のお猪口に視線を戻す。

そして、さっと右手を小さく振った。

関口さんがあっと息を呑むのが最初にわかった。関口さんもこの手技を初めて見たのだ。お婆ちゃんの右手にはすでにお猪口がふたつあった。人差し指と親指で挟むようにしてひとつ、そしてそのお猪口の側面と中指で支えるようにして、新しいお猪口がもうひとつ。ぼくにとっては二度目だったが、この角度からでもやはりタネは見えなかった。お猪口は陶器の堅い音をかちりと小さく立てて、まずひとつが関口さんの前に置かれた。

完璧だった。ほっとしたそのとき、ぼくは異変に気づいた。

お婆ちゃんの右手が不意に固まったのだ。

「あっ」

とぼくは関口さんと同時に声を上げていた。しかしぼくの声は悲鳴のようになってしまったかもしれない。新しく現れたそのお猪口は、お婆ちゃんの人差し指と中指の間から斜めの姿勢で滑り落ちて、不安定にカウンターの角に当たった。

お猪口がカウンターから落ちていった。

床に落ちたらお猪口は割れる。割れて破片が四方に飛び散る。その音は小さいかもしれないが、取り返しのつかないものとなって皆の耳にこだまする。ぼくは割れる音を頭のなかで想像し、瞬間的に顔をしかめた。お婆ちゃんの指先はカウンターの上で止まったままだ。白くて滑らかなその指は、何も間違いを起こしていなかったように見える。

ミチルが動いた。

瞬発的に椅子を降り、腰を屈めて、落ちてゆくお猪口を片腕で追った。ミチルの左手が差し出される。お猪口はけん玉の赤い玉と同じだ。落ちてゆく玉をけんで受け止められるならお猪口も受け止められる。しかしいまは体勢がまるで違う。それでもロボットのミチルはぼくが見たこともないほどの素早さで動き、足下に手を差し伸ばす。

割れる音は聞こえなかった。

ぼくは立ち上がり、ミチルの肩越しに現場を覗き込んだ。そして今度は驚きで息を呑んだ。

ミチルの手は途中で止まっていた。お猪口はそのミチルの手から十センチほど上の空中で浮いていた。ゆっくりとお猪口は回転している。浮いたまま、その場で自らの落下の運動を受け止めて発散するかのように回っている。

「うふふ」

と、お春お婆ちゃんが微笑んだ。お猪口はするすると上がってゆく。そしてお婆ちゃんの手のなかに戻った。

お婆ちゃんはお猪口の一部を指差して見せた。細い糸が胴を縛っている。

「ほつれ毛も強いものね、このくらいじゃあ切れませんよ」

そしてお春お婆ちゃんは、いちばん奥に座っていた先生の方を向いて、どう？　とでもいうように微笑んで見せたのだ。

先生は意表を衝かれていた。

そして、やがて幸せそうに笑い出した。

不意に、がらっと音を立てて、玄関扉が開いた。

ぼくたちは振り返った。そこにはぼくたちに見つめられてびっくりした顔の男性が立っていた。デイパックを肩に提げている。背が高く、眼鏡をかけて、ぼくよりいくらか年上という感じだ。その男性はまだ驚きの表情で店内を見回し、そしておずおずといった。

「あの……、奥村先生が今日こちらにいるとうかがって、お目にかかりに来たのですが……」

「あら、こちらよ」

と女将のお春さんが笑顔で応える。その人はようやくぼくたちのなかから奥村先生の顔を見つけたようだった。いったんほっと息をつくのがわかったが、しかしこの場の奇妙な雰囲気をどう受け止めていいかわからないといった様子だ。

「いや、ここのぼくたちはもう帰るので大丈夫です。先生とゆっくりするといい」

関口さんが素早くそういって立ち上がった。ぼくも理解した。

ぼくも立ち上がって、カウンター席を空けた。

人生をどう生きてゆくか相談したい人が、また《小春》に訪れたのだった。

14

ぼくはその夜、いったんひとりで横浜に戻った。

《小春》で先生やミチルたちと別れた後、深夜の高速バスに乗って帰り、自宅でシャワーを浴びてからすぐに出勤した。コミの岸さんはすでに《ル・マニフィック》に戻っており、ぼくはそこでコンテスト入賞という素晴らしい結果を聞いた。ぼくは我がことのように喜んだが、昨日ミーティングで紹介していただいただけですと岸さんは謙虚に語り、実際火曜になったその日の《ル・マニフィック》はいつもと変わらず忙しい朝で、岸さんの快挙に触れる人はもういなかった。

それでもホールスタッフ全員の顔つきはぼくには明るく見えた。そして岸さんはいつものようにぴしりと髪を七三に分けて、早々に汗を掻きながら、いつも以上に厨房とホールの間をきびきびと動くのだった。途中で擦れ違うときにぼくは短くいった。

「今度お祝いをしましょう」

「ありがとうございます。何人かそういってくれています。ぼくがワインを選びますよ。ぜひ一緒に」

月曜日に休んだ代わりというわけではないが、ぼくは週末の金曜に出勤して厨房の試食会を見学した。立花さんの新しいプレゼンテーションを間近で見た。それはとても印象的な数分間で、ぼくは《ル・マニフィック》の真髄を見た気がした。

次の週末、高速バスに乗ってもう一度仙台へ向かうその前日の晩、ちょうどぼくはツールで熊谷さんと話す機会があった。これまでの経緯を報告するとともに、終始サポートしてくれたことへの感謝の気持ちを伝えたかったからだ。

そのとき最近の《ル・マニフィック》のことに話が及んだ。デザートの担当シェフの女性と組んで開発を試みたことや、そのシェフが輪ゴムのマジックをツール越しに見せてくれたこと、そして春から初夏にかけての新しいデザートメニューにその人の新作が採用されたことなどを話すと、回線の向こうで熊谷さんがいった。

「そうか、それはよかった。なあ、ヒカルくん、きみはわかったかい」

「何がですか?」

「以前に話しただろう。きみには特別な才能がある」

大阪でそのような話があったことを、ぼくはすっかり忘れていた。そもそもぼくは自分に何か特別なものがあるとは思わなかった。

「それはいったい何ですか」

ぼくが遠慮がちに訊ねると、熊谷さんは落ち着いた声で返してきた。

「ヒカルくん、手品のうまい人なら世のなかにたくさんいると思う。もちろん、きみにはマジックの素質がある。ぼくなんかがいうまでもないくらい、もっとこれから羽ばたけるだけの素質がある。だがその他にもきみは才能があるんだ。きみにあるその才能は、ぼくにいわせればそちらの方が重要で、他の者にはなかなか持てない特別なものだ」

「ええ、でも、それは……」

「それはね、ヒカルくん。きみだけでなく、周りの人をマジシャンにする才能だよ」

と、熊谷さんはいった。

「たとえば、ぼくがそうだった。きみと知り合ったことで、ぼくは一美さんに魔法を見せることができた。《ル・マニフィック》でのきみの同僚もそうだろう。きみと出会うことで自分の仕事に魔法をかけることができた。何よりミチルくんが魔法をかけられるようになったのは、ジェフさんの次にきみと出会うことができたからじゃないかな？　きみのいっていたお春お婆ちゃんは、ミチルくんに触発されてマジックの新しいアイデアを出すようになったという。きみが間接的にお婆ちゃんをいい方向に刺激したんじゃないかな？　きっとお婆ちゃんはきみにも感謝しているはずだ。――これからも同じことが起こると思う。きみは周りの人に魔法をかけられるんだ。魔法使いになれるという魔法をね。そんなマジックができるマジシャンを、ぼくは他にほとんど知らない」

「いいえ」

ぼくは胸が熱くなるのを覚えながら咄嗟にそういい、

「いいえ、たくさんいます」

と、回線の向こうの熊谷さんに伝えた。

「そうです。たくさんいます。ぼくは湾岸の町でドクに育てられました。ドクがぼくに魔法をかけてくれたから、ぼくはマジシャンという職業に就けたんです。その前には父がいました。父がバイシクルのカードを買ってくれて、ぼくに初めて手品のやり方を教えてくれたから、ぼくはマジックへの興味をなくさずにずっと生きて来られました。テレビやインターネットでたくさんのマジシャンの演技を見ました。ドクも子供のときデイヴィッド・カッパーフィールドに憧れたそうです。お春お婆ちゃんの憧れの対象はチャニング・ポロックでした。誰もがみんな、魔法にかかってマジシャンになるのです。魔法にかかるから自分の杖を持つようになるのです。もし、ぼくにその才能があるなら、嬉しいことです。ぼくはドクのように、父のように、お春お婆ちゃんのように、いつかなれるかもしれないからです」

「ミチルくんもきっと、いつかきみのようになってゆくさ」

「ありがとうございます、熊谷さん」

「ぼくは嘘をつくのが商売だ。だが憶えておいてほしい、ぼくはどうも嘘が苦手なんだよ、嘘をつきたくてもきみの本当の部分が見えるんだ——ああ、これは作家のぼくがいったら嘘になるのか？　クレタ人のパラドクスだな」

「いいえ、大丈夫です。仰《おっしゃ》ることはちゃんとわかります。——ぼくもいつかその自分が見えるようになりたい。そう思います」

するとと最後に、熊谷さんはつけ加えたのだった。

「いや、きみはちゃんと見えているよ。そう答えるのがきみらしいところなんだ。それで、ぼくにはわかる。きみが持っているような思いは、いつでもずっと続いてゆくのさ。きみのお話は、誰かに続いてゆくんだよ。うん、ケンイチというロボットの物語が、ちょうどミチルくんになったようにね」

　立花さんの新作は、早くも試食会の翌週から正式にメニューに取り入れられた。中内料理長の決断は早かった。試食会のその場で畠山主任シェフに指示したのだ。

　つまりミチルに会いに行くまでの一週間はこんな具合だった。《ル・マニフィック》のホールは午後十時を過ぎるとご家族連れのお客様も減って、すっかり大人の雰囲気に落ち着いてくる。その時間帯もぼくはテーブルを回るが、動きの派手なルーティンは避けて、カップルのお客様の場合はこの穏やかなホールの空気に浸って愉しんでいただくために、なるべくしっとりとした演技を心がけて、声も低く穏やかな調子にする。

　テーブルの上で、三枚の赤いバイシクルカードから薔薇の花が咲く。ぼくはお客様たちの驚きが一点に集まっている間に紙製の茎を裏側から指し、すっと手を引く仕草であたかもいまその場で茎が生まれて伸びたかのように見せる。お客様たちおふたりと仲介役のぼくの手で生まれた花だ。男性のお客様を促して、相手の女性の胸につけていただく。クライマックスの手順でおふたりに驚きの笑顔になっていただくことができた。

「今日、私は魔法の杖を使いませんでした」

　と、最後にぼくは両側のおふたりに向けていう。

「マジシャンはいつも魔法の杖を持っていると、多くの人に思われているのです。おまじないをかけるときに使う小振りの杖です。でも、最後に誤解を解いてマジックをお終《しま》いにしたいと思います。実はお客様の見えないところで魔法の杖を使っていたのです。どこにあったのかといいますと――この通り」

　ぼくが前へ差し伸べた右手へ、すっ、と吸いつくように金属の棒が現れる。お客様は驚くが、これはデデのアームの一部なのだった。お客様たちの席から見てアームの一部がちょうど手の陰に隠れることで、あたかも棒が出現したように見える。本当はアームがデデの本体に繋がっているわけだ。ぼくはそのことをすぐに種明かししてからいう。テーブルは薔薇のクライマックスを終えて、いくらかリラックスした状態だ。

「これだけではありません。このテーブルの上には、他にもずっと魔法の杖があったのですよ。これから皆様がお使いになる魔法の杖です」

お客様はテーブルを見渡す。そこにあるのは上田さんが毎日つくり上げる、まるで生花のように瑞々《みずみず》しい折り紙の薔薇と花瓶、塩や胡椒の入ったカスターセット、それにこれから出てくるデザートのためのスプーンだ。ぼくは小道具類を片づけてポケットにしまい入れたので、白いテーブルクロスは無風の湖面のように、まったく皺を寄せることなくぼくたちの前に広がっている。

「これからデザートが参ります。皿が置かれたら、先ほど私がやったように、自分の前にこうして手を翳《かざ》してみていただけませんか。信じることが大切です。一度翳したら、決して動かしてはいけません。自分の魔法の杖が現れる、そう信じて、おふたりでぜひ〝ワン、ツー、スリー〟と唱えてみてください。奇跡が訪れます」

ぼくが一礼して立ち上がったタイミングで、諏訪さんがお客様たちへデザートを運んでくる。直径五センチほどの、赤と緑のマーブル模様のボールがふたつ。食べている間にころころと転がらないように、皿は中央が丸く凹《へこ》んだ特製のものだ。ぼくはその場から離れるが、こめかみのパッチには諏訪さんから労《ねぎら》いの合図が送られてくる。

「〝ワン、ツー、スリー〟」

と、ぼくのパッチを通して、半信半疑のお客様の声が伝わってくる。その次の瞬間が、ぼくは大好きだ。はっと息を呑む人、あっと思わず驚きの声を上げる人、わあっと喜びを表現する人、あるいは何が起こったのかわからず息を止めて、それから少し経ってうふふとむず痒《がゆ》そうに声を漏らす人……。この世界に生きている人がひとりひとり違うように、後方へ下がったぼくに届くそのときの反応は、ぼくが実際にテーブルでマジックをしているどんな瞬間よりもバラエティに富んでいる。お客様の魔法の呪文とともに、カスターセットの底面に仕掛けられたバネが作動してデザートスプーンを弾き、お客様の手元へとまるで吸いつくかのように飛び上がらせるのだ。お客様はびっくりして思わずスプーンをつかむ。その瞬間にデザートスプーンは、お客様の魔法の杖になるのだった。

誰にでも魔法の杖はある。誰でも魔法が使えるように、ワン、ツー、スリーと唱えれば、誰の手にもウォンドが現れる。そして魔法はさらに続くのだ。諏訪さんの簡単な説明を受けて、お客様がそのスプーンでマーブル模様のシャーベットのボールに触れるとき、その魔法は目の前に起ち現れる。ざくざくとシャーベットを割って食べようとしたはずなのに、すうっ、とデザートスプーンはボールのなかに溶け込んでゆくのだ。

ボールは割れない。ただスプーンの先端だけはなかへと入ってゆく。幾重にもマーブル模様が重なった繊細なシャーベットボールのなかには、小さな塊《かたまり》が入っているのがお客様にも見えるだろう。赤いボールの中身は苺、そして緑のボールのなかには初夏のフルーツの代表であるメロンの果肉をカットしたものが入っている。もうすぐ五月だ。季節は巡り行く。お客様はボールのなかへと溶け込んだスプーンの先端が、クリームをよく絡めたその苺の粒やメロンの果肉に触れるのに気づくだろう。

このころになるとお客様は息を詰めている。不用意にスプーンを動かすと、脆《もろ》いシャーベットボールは崩れてしまうのではないか。なかの果肉を掬い上げるとき、取り落としてしまったらすべてが台無しになってしまうのではないか。無意識のうちにそう考える。あのテーブルのお客様たちも、いまはそれぞれの皿とスプーンに集中している。そっと苺とメロンを掬い、震えないように慎重に持ち上げてゆく。ボールのてっぺんが変形し始める。苺やメロンが内側からボールの皮膜を押しているのだ。そしてあるところでまさに溶けるように、マーブル模様を押し広げて、スプーンの上の果肉は迫《せ》り出してくる。ぐいとかたちを変えて膨れ上がったてっぺんの皮膜は、ある瞬間ふうっと息をするようにそのマーブル模様を滲ませ、そして動いて、次の瞬間には再び模様を取り戻している。果肉はスプーンとともに皮膜を擦り抜けて、いまお客様たちの目の前に出たのだ。

驚きとともにお客様はスプーンを口に運ぶ。甘く濃厚な味が口に広がる。ひと口嚙み、ふた口嚙むと、なかに閉じ込められていた新鮮な果汁が弾ける。その自然本来の味がクリームの甘さと溶け合う。そしてお客様は心地よい冷たさも口のなかを刺激していることに気がつくだろう。これは冷たいシャーベットボールのなかに入っていたのだ。取り出して口に入れたのなら、それは甘くて冷たい果物なのだと気づく。

二回目にお客様がスプーンでボールに触れるとき、ボールはさくりと小さな音を立てて、まるで春の訪れを告げる小池の薄氷のように割れて、雛《ひな》が孵《かえ》る卵のように、穴を開けるのがわかるだろう。それでもボールの内部にはまだ甘いクリームが残っており、そしてお客様は想像していなかっただろうが、ボールの皮膜に描かれたマーブル模様の色は、まさに苺やメロンを使った果汁で、そのシャーベット自体にも春や初夏の味わいが込められているのだった。さくさくと氷の上を歩くようにお客様はボールを割って、皿の上のデザートを自分の好みのかたちに崩し、ひと口ずつその冷たさと甘酸っぱさを味わってゆく。ボールの底には果汁が少しばかり溜まっていて、それを掬って口に運ぶと、最初に果肉を食べたときの感覚が蘇る。

立花さんの作品だった。試食会の前日に見せられたときの驚きは忘れられない。立花さんは深夜のホールのテーブルにひとり座るぼくに、試作品を給仕してくれた。

このデザートは中内料理長の心を射止めた。金曜日の試食会で料理長が心底から驚いた顔を見せたのは、たくさんの試食皿のなかでこれがただひとつだった。

かつて料理長に保留された最初の作品では、給仕の手で最後に添えられた苺が外側からボールの内側へと入っていった。今回は最初から内側に込められた果肉が、お客様の手によってスプーンで取り出されるという逆転の発想だ。けれどもたったその違いだけで中内料理長の反応は変わり、お客様の驚きは何倍にもなった。

お客様の手にあるスプーンそれ自身が、本当の魔法を持ったからだった。

それはつまりすべてのお客様が、この《ル・マニフィック》ではお食事を通して、最後に本当の魔法を持つということなのだった。


そしてぼくはその週末、バスに乗って仙台へと向かった。

ミチルは右腕をつけた姿で待っていた。

すでに調整も終わって通常モードになり、転倒防止のフックも外されて、ミチルはぼくたちふつうの人間と同じように、何ものにも抑制されずに椅子に座っていた。ミチルは何もかも自由だった。そしてぼくを認めると立ち上がり、二歩、三歩と進んできた。

ぼくはミチルを抱きしめた。

ロボットを抱きしめるなんておかしいと思うだろうか？　けれどもぼくはそうしたかったのだ。ついにこの全身でミチルと再会し、ミチルを受け止めた。

後で思い返せば、本当にミチルをこのように両腕で抱いたのは、ぼくたちが知り合ってからそれが初めてのことだった。ミチルもおずおずとぼくの背に両腕を回した。ロボットと人間が当たり前のようにこうして家族同然に抱き合い、どちらも怪我を負わない時代が、ぼくたちの生きているこの瞬間には周囲に拓けているのだった。

　ぼくたちは夕方の高速バスで東京へと戻った。その時間だったので《小春》には挨拶に行けなかった。ミチルがお世話になっていた地域支援センターにも行くことはできなかった。代わりにミチルは今夜《小春》へ行く奥村先生に、お春お婆ちゃんを始めとするみんなへ言伝《ことづて》を託したと教えてくれた。

　ふたりで一緒の、初めての旅だ。

夕方の陽射しが窓から差し込んでくる。後方の席ではカーテンを閉める人もいるようだ。窓側に座っているミチルがぼくにいった。

「眠ってもいいのかな？」

「もちろん。眠りたければ眠っていいんだ。自由なんだよ」

「うん、わかった」

　とミチルは答え、そしていった。

「でも、夜になるまでは起きているよ。窓の外を見ていたいんだ」

15

　忘れないようにちゃんと書いておこう。後日、ぼくはドクの遺品であるマジック用具入れのなかから、ドクの魔法の杖を見つけた。

　いや、正確にいえば、ドクのウォンドの〝仕掛け〟を見つけたのだ。

ある衣装箱のなかに何十枚かの色紙が纏めて入っていた。赤や黄色、そして黒色。どこかの量販店で購入したのだろう、どれも少し大きめの紙で、四つ折りに畳んであるものもあれば紙テープで留めて筒状に丸めたままのものもあった。その脇にいろいろな小物が詰め込まれたビニール袋があり、なかを開けるとそれは小さな鉤《かぎ》だったり仕掛けで伸びるバネだったりと、どれもマジックのタネに使うものだったのだ。ふと思い立って中身を畳の上に広げ、ぼくはそこに銀色のキャップがふたつ入っているのを見つけたのだ。

直径が二センチ弱の小さな円筒のキャップで、軽い金属でできている。それでも何かを叩けばこつこつと硬い音が出る。つまりは新聞紙に包んで消えてなくなるマジック・ウォンドのタネだ。黒い紙と、ふたつの円筒のキャップ。ぼくはドクが実際に舞台に立っているのを見たことはなかったが、これを使って生前に演技したことはあったに違いない。そのときのウォンドの正体を、ぼくは探し当てたということなのだった。

ほっとした気持ちと可笑しさが込み上げてきて、しかしすぐにぼくは思い至った。タネの杖をつくるには本物の杖がなくてはならない。本物の杖をまさに写し取るように、タネの杖は準備されるのだから。では本物の杖はどこだろう。ぼくはその衣装箱をひっくり返して、なかに入っているすべてのものを改めたが、やはり本物の杖はそこにはなかった。ならばドクは最初から、本物のウォンドを持っていなかったのだろうか。いつでもくしゃっと潰して消せる魔法のウォンドしか、持っていなかったということだろうか。

そんなはずはないと思っても、やはりドクはウォンドとともに消えてしまった。ぼくは衣装箱のなかの黒い紙を抜き出して広げ、鋏を取り出してきて三十センチほどの長さに切った。そして起ち上がってぐるりと部屋を見渡した。ミチルがぼくに声をかけた。

「何を探しているの」

「魔法のウォンドをつくる鋳型《いがた》さ」

　そしてぼくはぽんと手を叩いて閃《ひらめ》いたことを自らに示し、キッチンに行って戸棚を開け、パスタの麺を取り出した。我ながらいいアイデアだ。ぼくはパスタの束を縦にふたつ並べて杖に見立て、黒い紙を慎重に巻きつけて、テープで留めた。両端に丁寧に折り目をつけてからパスタの束を取り除く。両端を丁寧に絞って余分な紙を切って整え、銀色のキャップを塡《は》めた。

　手のなかでくるりと一回転させてみる。遠目なら木製の杖と変わらずに見えるだろう。杖の先を持てば多少振り回しても胴体の紙のかたちは崩れない。こんこんと杖の先で衣装箱を叩けば、ほらこの通り、硬い音を立ててくれる。

　ぼくの手のなかで、ドクのウォンドは蘇った。中身は空洞の、身代わりの杖だ。

　ぼくはハリー・ポッターのように杖をミチルに差し向けた。ハリーが習った呪文はどんなだっただろうか？　映画は小さいころに観たきりだから忘れてしまった。

　だが代わりにぼくは思い出したのだ。ハリー・ポッターの映画を家で観たとき、両隣に父と母がいたことを。

「――それがヒカルの新しい魔法の杖？」

　ミチルが訊ねてくる。

「――いや、これは杖の仕掛けなんだ。本物じゃない」

　ぼくは腕を下ろし、首を振った。手のなかでいまつくったばかりのウォンドを見つめ、その軽さを改めて実感した。

「ぼくの杖じゃない。ドクの杖でもない。ドクの杖に似せた、トリックの杖なんだ。でも本物みたいに見えるだろう？　本物みたいに見えたら、それはお客様にとって本物なんだ。だから魔法をかけたら消える」

ぼくはキッチンから不要な包装紙を持ち出してきて、ドクがいつか実際に演じたであろう手順をミチルの前でやって見せた。ウォンドで近くの衣装箱をこつこつと叩き、本物の杖であるように見せかけてから、くるくると紙で包んで全体を隠す。そして魔法の呪文を唱える。

「ワン、ツー、スリー」

一気にウォンドをくしゃっと潰す。さらに両手のなかで丸めて紙くず玉にする。ぽいと床に落として、両手を広げる。もうドクのウォンドはこの世界から消えてしまった。

「いつかもう一度魔法の呪文を唱えたら、ウォンドは戻ってくるよ」

ぼくはドクを思い出しながらいった。

「ヒカルは自分の杖も呪文で消してしまったの？」

「さあ、どうかな。憶えていないんだ。ずっと昔にはあったのかもしれない」

そう答えて肩をすくめて見せたが、心のなかで思った。ぼくはひょっとしたらいま、ぼく自身の魔法の杖を見つけたのかもしれない。

大阪でトキヤさんにいわれた第二の予言は、もしかしたら当たったのかもしれない。

「ぼくの杖は、このぼくの右腕なんだよね。ヒカルがそう教えてくれた」

ミチルがそういって右手を持ち上げて示す。不意のことで、ぼくは胸を衝かれた。

「そうだよ。それがきみの魔法の杖だ」

「壊れても、外れても、ぼくの魔法の杖なんだね」

ミチルはぼくに右手を向けていった。

「いまここで呪文をかけたらどうなるかな？　この腕は消えちゃうのかな？」

ぼくは胸がいっぱいになるのを感じた。うまくいえないが、以前にも同じような感情に駆られたことがあった。ミチルをこの場で抱きしめて、ぼくたちは友達なんだといって、ぼくにはわかるミチルの温もりを共有したかった。

「いや、腕はきっと消えないよ。だってその腕がミチルの杖だからね。その代わり、ぼくに魔法がかかるんじゃないかな。ミチルに魔法をかけられて、きっとぼくは何かが変わると思う」

「ぼくがまた呪文を唱えるまで、ずっと？」

「解かなくてもいい魔法だってあるよ。それが思い出というものなんだ」

「ヒカル、今日はぼくがやってみてもいいかな。ぼくもスリーカードモンテをヒカルに見せてみたいんだ」

ある朝、ミチルがそういった。ぼくはミチルを見つめて、カードデックを渡した。

「ありがとう」

ミチルは器用に両手でフェイスの面を自分に向けて広げる。そしてハートのエースとジョーカー二枚を取り出してゆく。

ミチルが残りのデックを脇へ置き、三枚のカードをマット上に並べるさまを見ながら、ぼくはいった。

「ミチル、きみは——」

「——いま、〝ぼく〟といったね」

ミチルはそう指摘されて初めて気がついた様子だった。カードを裏返して行く手を止めて顔を上げ、少し首を傾げた。

た。

「うん、そうだね」

仙台での会話を思い出す。ミチルはあのとき、「ぼくもスリーカードモンテで自分の話をしてみたかったんだ。ヒカルのように」といった。その願いをミチルはいま、ごく自然に叶えようとしているのだった。

「おかしいかな？」

「いや、そんなことはないよ。ミチルは〝ぼく〟だ」

ぼく自身も馴染んできているのを感じた。ミチルが〝ぼく〟といったとき、これからはもっと自然に受け止められるようになるといい。そう願いながらぼくは微笑みをつくった。

ミチルの輪郭《りんかく》がすっとかたちを成して、クリアになってゆくような気がする。ミチルはぼくの言葉を待って手を止めている。ぼくはそれに気づき、心を躍らせて急いで促す。

「素敵だ。さあ、ミチル、スリーカードモンテの話を聞かせてよ」


きっとこの生活は、永遠ではないだろう。

いつか終わりが来る。それは案外と近いことのような気もしている。

それが立花さんのいうストーリーということなのではないか。ミチルが教えてくれたように、『指輪物語』には『ホビットの冒険』という姉妹編がある。どちらも〝行きて帰りし物語〟で、壮大な旅の物語はどちらも最初の場所へと戻ってゆく。それでも主人公やそれぞれの人たちのなかに時間は積み重なり、その想い出は誰にとっても決して消えることはないだろう。

ぼくはふと思って呟いた。

「いつかこうしてぼくたちが一緒にいることも、ミチルにとっては思い出になるのかな」

ミチルはカードを捌く手を止めて、ぼくを見上げた。そしていった。

「いまから話すことも、みんな思い出になるよ。ヒカルもそう？」

「そうとも。きっとそうだ。きみとぼくの思い出になる」

ミチルも再び手を動かしながら、頷いていった。

「うん。ヒカルとぼくの、思い出になる」

第四話　スリー、ツー、ワン

1

いまぼくたちは結婚披露宴会場の外に出て準備を済ませ、身なりを整え直して係の人に合図し、扉の前に立ったところだ。

ぼくは白ネクタイの礼服姿で、つまり衣服に仕掛けはない。ミチルはよそ行き用のオーダージャケットを着ている。これはロボットとしてミチルの動きが制限されないよう肩周りや袖口をうまく誂《あつら》え、身体からの放熱も妨げないよう通気性に注意して素材を選んだ特別仕立てのものだ。ぼくと並んで立ったとき、ミチルが〝裸〟のままだと可哀想だとお客様から感想をいただいたことがあり、ぼくたちは一ヵ月前に思い切って洋服店へ行ったのだ。

ミチルはこのシックな色合いのジャケットを気に入っていると思う。もちろんロボットが何を実際に〝思っている〟か、それは誰にもわからない。人工知能に自我や自意識が存在するかどうか、それはいまなお科学の大いなる謎なのだと、ぼくはこれまで阪大の日下部《くさかべ》さんや東北大の奥村《おくむら》先生から教わってきた。それでもぼくにはミチルが今朝、このジャケットに袖を通すことを待ち焦がれていたように思えた。

「よし、魔法をかけに行くよ。ミチル」

「うん、魔法をかけに行く。ヒカル」

「それではどうぞ、お入り下さい」

会場の進行係の人が促し、扉を開けた。会場の歓談のざわめきが耳に届く。

円形テーブルは会場内に八つ。その向こうの壇上に新郎の岸《きし》さんと新婦の瑞枝《みずえ》さんの姿が見える。岸さんの頭髪の七三分けは、これまで見たなかでいちばんの整い振りで、それが晴ればれとした感じで、何だかぼくには嬉しい。

ぼくたちは会場の動線を進み、新郎新婦にいちばん近い最前列のテーブルまで辿《たど》り着く。ひな壇の上の岸さんたちと目で合図を交わし、そしてぼくはテーブルへと身体を向け直して、間《ま》を置かずに右手を差し出す。

ぱっ、と閃光《せんこう》が放たれて炎が上がる。そうしてぼくたちのマジックが始まる。

このテーブルに着いているのは《ル・マニフィック》の人たちだ。岸さんと同世代のコミの人たちは二列目のテーブルに集まっているが、この最前席にはもっと偉い人たち、つまりディレクトゥール兼プルミエ・メートル・ドテルである上田昭久《うえだあきひさ》さんや、厨房から畠山《はたけやま》主任シェフ、そしてフロアスタッフからぼくたちの上司である諏訪《すわ》さんらがいる。上田さんがそれまでの会話を止《や》めてぼくの方に振り返った。畠山さんや諏訪さんも一瞬びくりとして、食事の手を止《と》めて顔を上げた。上司の人たちのこんな顔を見るのは、岸さんでさえ初めてだろう。

そしてこのテーブルだけでなく、ホール内の人たちが一斉にぼくたちの方へと顔を向けるのがわかる。それはぼくの視界に広がる景色が明るくなったことで感じ取れる。それまでテーブルで歓談していた人たちも、何事が起こったのかとこちらに振り返って、黒い髪ではなく明るい顔色を向けるからだ。

閃光と炎のなかからぼくはすでにひと組のバイシクルデックを取り出している。上田さんたちの角度から見れば、このホールなら炎は天井まで上がったように思えただろう。上田さんたちは今日初めてぼくのフラッシュペーパーを見たのだ。

「本日は新郎新婦おふたりからのリクエストで、私たちがこれから皆様おひとりずつにメッセージをお届けいたします」

壇上の岸さんと瑞枝さんを指してから、タイミングを逃さず隣のミチルを示してテーブルの人たちへと語りかける。

「こちらは私の友人、ミチルです。私たちは新郎新婦の想いを伝えるためにいまここへ参りました。そのご両人の皆様に対する感謝の想いは、いまこのカードのなかにあります。そしてご両人の想いは皆様おひとりおひとりに向けて伝わります。どんなにカードがばらばらに切り混ぜられても、決して間違うことはありません。さあ、《ル・マニフィック》ではやったことのないことをやりますよ。まずはミチルがカードをよく切るのをご覧ください」

ミチルにカードデックを渡す。ジャケットを着込んだミチルはマジシャンの手つきで受け取り、その場でカードを操り始める。

虹を架けるように片手から片手へと弾き、くるくると両手で素早いカットを重ねる。両手の間をカードのパケットが行き来する。そして今度は通常のオーバーハンドシャフル。西洋風にカードを横向きにして片手から片手へ少しずつ固まりを落とすように混ぜてゆくやり方で、これだけでぐっとマジックの雰囲気が高まる。ミチルの左右十本の指は決してカードを取りこぼすことはない。続いて両手のなかに包んだままのリフルシャフル。ふたつのパケットを交互にぱらぱらと弾いて落としてゆく混ぜ方だ。ミチルは完璧に左右交互にカードを落としてゆくことができる。それは単にカードを混ぜるというだけではなくて、ちょうど正確にけん玉を操ったとき、その動きが芸術のように見えるのと同じように、シャフル自体がお客様の目を楽しませる動きとなる。

片手だけでおこなうレボリューション・カットから、いくつかのフラリッシュの組み合わせ。フラリッシュとはカードデックやコインのような小道具を、華やかな手つきで混ぜて操ってゆく手法のことだ。大道芸やサーカスの曲芸のようなパケットの動きが、ロボットであるミチルの手のなかだと美しく、しかも自然に見えることにぼくは気づいたのだった。精密な機械が目の前で動くと人は見入り、そこに機械以上の温かみさえ覚える。人間が機械のように曲芸すると現実離れしてしまうが、ミチルのカード・フラリッシュにはふしぎと〝人間的〟な奥行きが生まれる。ミチルがCGやVRの存在ではなく、しっかりと重量を持つロボットだからだろうか。あるいはミチル自身の身のこなしが、硬直した産業用ロボットのようなマシンそのものではなく、わずかな揺らぎを備えているためかもしれない。

フラリッシュの後にはさらにカットとシャフルを繰り返し、最後にミチルはテーブルに着いている人たちの顔をアイカメラで見渡してから、テーブル上の空いた場所にリボンスプレッドしてみせる。端の一枚を翻《ひるがえ》して、その一枚を手にしてカードでできた波のかたちを左右に行ったり来たりさせてみせる。リボンスプレッド・ターンオーバーだ。これは実際のところいちばん簡単な操作だが、動きが面白いので、ときに拍手が起こることがある。ミチルに見入っていた諏訪さんと畠山さんが、まさに同時にぱちぱちと手を叩いてくれる。

ミチルはスプレッドしたデックをさっと纏《まと》めて片手に持つ。そして動きを止めて注目を集める。

「これからすべてのテーブルを回って、皆様にお届けします！」

ぼくは声を上げて、ミチルと一緒にホール全体を見渡し、言葉を届ける。披露宴に集まった人たちの視線はぼくたちに向けられている。そして間合いを取ってから、ぼくは目の前のテーブルにいる十名の招待客に向けていった。

「このようにカードは充分に混ざりました。実は新郎新婦はカードの一枚一枚に、ご来席の皆様へ向けて手書きの感謝のメッセージを記しました。そのメッセージカードは、いますべてこのなかに入っています」

ミチルからカードを受け取り、さっとホール全体に見えるように掲げてみせる。それからぼくはこのテーブルに向けて話し始める。ここで周りのテーブルの人たちの視線が離れ始めるのは計算通りだ。ぼくたちはまだお客様の心をコントロールできている。他のテーブルにもこれから回ると事前に宣言したことで、他のお客様はいったんこちらに目を向けるのを止めて、安心して歓談や食事に戻ったのだ。そしていまこのテーブルにいる《ル・マニフィック》の人たちは、集中が途切れることなくぼくたちを見てくれている。

ぼく自身も素早くデックをカットし、さらに全体が混じり合ったことを示す。それから裏面を上にして持ち、おもむろに呪文をかけ、手にスナップを効かせる。

「ワン、ツー、スリー」

ゆっくりと扇状に広げて、このテーブルでいちばんの上司である上田さんに差し出す。

「魔法の絆《きずな》は結ばれました。これぞと思う一枚をお選び下さい。引いたらまだ見ずに、手元に持っていて下さい」

上田さんに直接マジックを披露するのは今月で二度目だ。ちょうど二週間前、作家の熊谷《くまがい》さんとデザイナーの桜井《さくらい》さんが結婚し、その披露宴の席にもぼくたちは招かれて、やはり今日のようにミチルとふたりでテーブルを回ってマジックをおこなった。上田さんはそのときは新婦の父親で、ぼくたちは新郎新婦とともに昨冬の十二月二十三日の魔法を再現したのだ。——三枚の赤いカードが新郎新婦と上田さんの三人の手によって薔薇の花へと生まれ変わる。その一本はぼくとミチルの呪文で数十本もの花束へとさらに変わる。桜井さんのお母様は車椅子に座りながらその瞬間を横で見守り、目を潤ませて薔薇のひとつを受け取った。

今日の上田さんは少し油断しているかもしれない。先月下旬から今月十四日まで《ル・マニフィック》はフランスの建国記念日であるパリ祭に合わせて特別メニューを準備し、ぼくたちの生活はとても慌ただしく、かつ充実していた。パリ祭を終えていまはほっとひと息つくよい時期だが、もちろん油断させるつもりはない。

上田さんがデックの中央辺りから一枚を選び出して抜き取る。ぼくは充分に満足し、さらにカットしてから今度は畠山主任の前にデックを置き、好きなところで持ち上げて、その境目の一枚を取ってもらう。その次はぼくたちの上司の諏訪さんだ。ぱらぱらとカードを落としながら、好きなところでストップをかけてもらう。

「これは新郎新婦からの感謝のメッセージです。五十二枚のカードのなかから特定の一枚を選び出す確率は五十二分の一ですが、このホールでは私たちの絆は間違いのないものです。それではカードを開いて下さい」

上田さんたちが同時に開く。それぞれのカードの表面には、油性ペンで新郎新婦のメッセージが宛名つきで書かれている。上田さん、畠山主任、諏訪さんの名前が、しっかりとそこに記されており、文面も新郎新婦がひとりひとりに向けて書いたオリジナルなものになっていた。

上田さんたちの顔に温かな驚きの表情が生まれる。思わずあっと声を上げるほどの驚きではない。魔法は始まったばかりで、ささやかだからだ。それはぼくが特定のカードを手先のマジックで選ばせた可能性を思わせるからだ。

「すべてのカードには、ちゃんとおひとりおひとりに届く魔法がかかっています。ですから私がカードを持っていなくても、必ず皆様のお手元に届きます」

ぼくはミチルにカードデックを渡す。今度はミチルがテーブルを回って、さらに三名の上司の人たちにカードを運ぶ。ロボットの手のなかからカードを選び取るのは、きっと人生で初めてであるはずだ。

「どうぞ、一斉に開いて下さい」

またしても三人の宛名はどんぴしゃりだった。それを見ていた畠山主任が、初めてぼくたちの前で驚きの声を上げた。

場は温まってくる。魔法はじわじわとテーブルに広がって効いてくる。ミチルの横に小さな子がふたり立って、ぼくたちの演技を見つめている。小学四年生くらいの女の子と、一年生くらいの男の子。新婦のご親族のお子さんたちだ。好奇心を抑えられなくなって、自分の席を飛び出してやって来たのだ。

「きみたち、いまの魔法を見ていたよね？」

「うん」

「このカードには魔法がかかっている。魔法を消さないようにそっと持って、こちらのおじさんたちに一枚ずつ引いてもらってごらん」

そしてウインクしてつけ加えた。

「おじさんじゃなかった。〝お兄さん〟だ」

まずは女の子がデックを受け取る。ぼくは〝カードを一回カットしてごらん〟と手振りで示す。女の子はその場でおずおずとカードを切った。そして両手で扇の形に広げて、最初の〝お兄さん〟に向けた。最初のふたりは女の子から、そして最後のふたりは男の子から、それぞれカードを受け取った。

「さあ、一緒にいおう。〝ワン、ツー、スリー〟」

「ワン、ツー、スリー」

四人のカードはすべて当たっていた。今度こそテーブルの誰もが身を乗り出してそれぞれのカードに見入る。ぼくも心のなかで快哉《かいさい》を叫ぶ。この難しい技がきれいに決まった。

諏訪さんが真っ先に拍手をしてくれた。拍手の輪が広がってゆき、それこそがぼくの期待していたことだった。女の子と男の子は思いがけない名誉を受けて、やがて嬉しそうに笑みを浮かべる。ミチルがふたりと握手する。そして人差し指を立てて身ぶりで示す。その通り、この子たちの席にもぼくたちは後で行くのだ。そして新郎新婦からのメッセージを自分自身で引き当ててもらう。魔法の舞台は続くのだ。女の子と男の子はミチルの手の繊細さに目を丸くしてから、誉《ほま》れの拍手の音を抱いて、明るい笑顔で自分たちの席へと駆け戻ってゆく。

ぼくたちは一礼をして上田さんたちのもとから離れ、続いて隣のテーブルへと向かう。拍手がここでも生まれてぼくたちを迎えてくれる。今度は新婦の瑞枝さんが勤めるホテルの皆様だ。ぼくは移動の間にそっとカードデックをセットし直し、新しいテーブルに届けるメッセージカードを準備する。

カードを選んでいただく手順はすべて異なったものを用意した。ひとりとして同じようにカードを引いていただくことはない。あるときは上から何枚目かと数字をいってもらう。あるときは何回カットしたときトップに来るカードかを当てていただく。ミチルのシャフルとフラリッシュはどこのテーブルでも注目の的で、そしてカードをおひとりずつ選んで開いていただく度《たび》に、そのテーブル内での温度は上がる。

エンターテインメントとは何だろうか？　ぼくは以前にドクの遺したたくさんのマジック教本のなかで、こんな記述を見つけたことがある。

エンターテインメントの定義とは、「意識的に、人の心を別の世界に誘《いざな》うもの」であると。

エンターテインメントであると思えることを端的に定義すれば、それは「そこに気持ちを集中させられる」ということなのだと。

ぼくはミチルと過ごしてもう一度この本を開いたとき、ここに書かれている定義は人間であろうとロボットであろうと関係ない、ぼくたちのマジックの日常概念をひっくり返すような論理的な定義だと気づいたのだ。

「もう七、八年前のことだ。人工知能の専門家たちが集まる研究会に参加したことがある」

と、あるときぼくは、作家の熊谷さんから聞いた。

「そのとき深層学習《ディープラーニング》の研究でよく知られていた大学の先生が、発表の後でこんなことをいったんだ。ディープラーニングというのはわかるかな？　基本的には画像解析の機械学習なんだ。いろいろな猫の写真をたくさん人工知能に見せてやることによって、猫のパターンが学習できるようになる。そうすると、新しい写真を見せたとき、それが猫であるかどうか、かなりの高確率で判断できるようになる。やがて人間の専門家以上に猫の写真を正確に見分けることができるようになるんだ」

例によって横道に逸《そ》れたかのような話し振りだったが、実際はそうではなかった。

「大学の先生曰《いわ》く、このディープラーニングを使ってもっと面白いことができないかと考えている。たとえばサッカーの試合を見せたなら、それがファインプレーかどうか、人工知能は画像を見ただけで判断できるようになる、と。周りの研究者の人たちは、ふうん、そんな応用もあるかもねえ、という顔をしていたが、ぼくはその場ですぐにいったよ。『いや、ファインプレーかどうかを見分けるのは簡単ですよ。競技場の観客が沸いているかどうかを見ればいい』――ディープラーニングの先生は黙り込んでしまったが、議事進行役の先生は、なるほどその通りだと深く頷《うなず》いていた」

熊谷さんの話はつまり、専門家同士では常識に囚《とら》われて見えないものがあるのだということだった。

ぼくはそのマジック教本を再び開いたとき、熊谷さんの話を思い出したのだ。

エンターテインメントとはつまり、お客様が愉《たの》しんでくれるかどうかという一点に集約されるに違いない。ぼくたちマジシャンはそれを身体で感じ取る。自分の演技をお客様が喜んで下さっているかどうか、その場の雰囲気で知り、その場を少しでも楽しい雰囲気にしようと力を注ぐ。

それは計測不可能なことだと思っていた。マジシャンひとりひとりが舞台の場数を踏んで体得するニュアンスなのだと考えていた。けれどもそのマジック教本には、エンターテインメントは測定できると書いてあるのだ。お客様が集中しているかどうか、それこそがエンターテインメントの成功を測るものならば、こちらを向いている目線の数を数えればわかる。

演者が人間であろうとロボットであろうと関係ない。むしろロボットのアイカメラと人工知能ならば、ぼくたち人間よりも素早く、正確に、お客様の目線が集まっているかどうかを計測できるのではないか？

目線が集中しているならば、それはお客様が他でもなくこの瞬間を愉しんでいるということではないだろうか？

一般論としてエンターテインメントの概念を機械であるロボットが〝理解〟できるのかどうか、ぼくにはわからない。機械であるロボットが〝本当の〟エンターテイナーになれるのかどうかもぼくにはわからない。それでもミチルはいまこの瞬間の場が〝集中〟したものであるかどうか、数値として判定できる。人々の目がこちらを向いているか。あるいは開いたカードのフェイスに皆が視線を集中させているるか。表情は明るいか。目は大きく見開いているか。それらはすべてロボットのミチルには得意な解析分野だ。ファインプレーはサッカーボールと選手の仕草を分析して判断する必要はない。競技場が沸いているかどうかを見ればいい。

いまミチルはファインプレーをしている。

観客はミチルに心を奪われている。

ぼくたちは《ル・マニフィック》の若手が集うテーブルで熱烈な歓迎を受け、そして新婦のご親戚が集う最後列のテーブルへと向かった。岸さんと瑞枝さんの披露宴は、決して大規模で派手なものではない。それでもおふたりの誠実な人柄を反映して、きちんとしたホテルで、温かく華やかに、おもてなしの心いっぱいに開催されていた。ホテル仕事のご両人だから、テーブルに出される食事だけでなくワインの選定から飾りつけのひとつひとつに至るまで、すべてふたりで選んだのだという。

先日の熊谷さんと桜井さんの披露宴はこれよりもずっと少人数で、ごく親しい知人だけを招いてのガーデンパーティだったが、七月でも暑すぎることなく微風の薫《かお》る素晴らしい一日となった。ぼくたちはそちらでもテーブルを回ってマジックを演じたが、どのテーブルも落ち着いた幸せな雰囲気が満ちていて、ぼくたちはフラッシュペーパーで人目を集めたりはせず、会話を重視したクロースアップマジックで慶《よろこ》びを分かち合った。新婦の父親である上田さんは、久しぶりにそのときかつての奥様とテーブルをともにし、静かな幸福を胸に抱いているように思えた。

先ほど最前列までやって来た小さな女の子と男の子がふたり、隣同士の椅子に座っている。自分たちのテーブルに来るのをわくわくして待っていたに違いない。

「お母さん！　さっきも手品を見たの！」

と女の子が誇らしげに声を上げる。

ぼくはまず二十枚ほど残ったカードを開いて表面をちらりと見せ、確かに半分ほどのカードに何かメッセージが書かれていることを示す。つまりちゃんとそれぞれひとりひとりに向けたメッセージカードがあるということだ。それからミチルにお願いして、女の子と男の子の両方にカードデックを半分ずつ手渡してもらった。

「よし、このテーブルではきみたちに最初から魔法をやってもらおう。大丈夫、きみたちもミチルと同じようにきっとできる。まずはトランプをよく切ってみて」

奥の席に瑞枝さんのご両親と弟さんがいた。この女の子と男の子は、瑞枝さんのいとこなのだ。ぼくたちが会場でマジックをすることをあらかじめ聞いていたのかもしれない。ぼくが手振りで教えたように、ふたりは懸命にカードを混ぜ始める。自分の不注意で一枚でも落としてしまったら魔法が解けてしまうのではないかと、慎重に、慎重に、進めているのだ。途中で男の子はお姉さんの手元を覗き込み、お姉さんは肘でつついて早くやりなさいと窘《たしな》める。存分に切り混ぜてからふたりはミチルにパケットを戻そうとした。ぼくはそれを制して、自分の前に置くようにいった。

「人差し指を出して、トランプの裏面に触ってごらん。それから〝ワン、ツー、スリー〟というんだ。そうそう、誰のカードを当てるか、まず指名しないといけないよ」

「じゃあ、お母さん！」と女の子はいう。

「お父さん！」と男の子も声を上げる。

「よし、一緒にいおう」

「ワン、ツー、スリー！」

すると各パケットのなかほどから、ゆっくりと一枚のカードが迫《せ》り出してくる。女の子も男の子も目を輝かせる。それだけではない、このテーブルにいるすべての人が、動き出したカードに見入っている。

「抜き出して、カードを確かめてみて」

ふたりはおそるおそるカードを手に取る。そして好奇心を抑えられないといった様子ですぐさま表面を開いた。きらきらとした目で確認し、わっと歓声を上げる。まさにそれら二枚は女の子と男の子のご両親に宛てたカードだった。

「では残ったカードを、もう一度ミチルに渡して。ミチルが混ぜたら、もう一度いまと同じようにまたふたりで混ぜるんだ。今度はテーブルに置く必要はないよ。左手をこうやって出して、その上に裏向きでカードを全部載せておくんだ」

　子供たちはミチルからパケットを受け取ると、すぐに自分たちでもカードを混ぜ合わせる。ミチルが次の席のところへとふたりをそれぞれ連れて行く。もうぼくがいわなくてもやり方がわかったらしい。ミチルに促されたふたりの子は、その席に着いている人の名前をいった後、人差し指で魔法の呪文を唱える。

「ワン、ツー、スリー！」

「ワン、ツー、スリー！」

　ふたりの声はどんどん元気になってゆく。リズムがついて、誰もが楽しくなってくる。もうぼくがいなくても大丈夫だった。そしてもうこれ以上切り混ぜる手間はいらないのだ。ぼく自身、この魔法がうまくいくことを心のなかでどきどきしながら見守っていた。カードの動き方は毎回すこしずつ違う。カードの上の方に迫り出すときもあれば、小さく震えて横にはみ出すときもある。ぴょこりと勢いよく出てくるときもあり、その場所でパケットがふたつにずれて分かれるときもある。

　ふたりの子はさらに次の人たちへ、そしてさらに次の席の人たちへと、立て続けに魔法でカードを迫り出させて渡してゆく。最後に残ったのが瑞枝さんのご両親だ。

「ワン、ツー、スリー！」

　もう子供たちはプロフェッショナルだった。ご両親は確かに新郎新婦からのメッセージを受け取ると、ふたりの子供たちを抱き寄せ、頭を撫でて、その魔法の力を祝福した。

　ご両親がカードの表面のメッセージをちゃんと読んだのは、女の子と男の子が誇らしげに自分の席に戻る際のことだ。何が書かれているのか、ぼくは見ていない。ただ新郎新婦から預かったに過ぎない。けれどもご両親がほぼ同時に目を潤ませるのがわかった。

「ありがとうございます」

おふたりがそういって立ち上がり、ぼくにお辞儀をしてくれた。

岸さんのご両親の座るテーブルが最後だ。ぼくはそこへ辿り着くと、手に十枚だけカードを持って、裏面を広げて見せた。

「新郎新婦のメッセージの入ったカードです」

ぼくは半分の五枚をミチルに託し、そしてふたりで逆方向にテーブルをゆっくりと回っていった。

「皆様は、もうカードをお選びにならなくても、新郎新婦のお気持ちと繋《つな》がっていらっしゃることと思います。ですから皆様へお願いします。いまからおひとりずつ回りますから、カードを引く真似だけをして下さい。そうすればカードは一枚ずつ消えてゆきます」

ぼくは最初のおひとりの横に立つ。目の前でカードを一枚ずつカウントし、その途中で自由に手を伸ばしてもらう。見えないカードが摘まみ取られたところで、ぼくはもう一度カウントする。一枚、二枚、三枚。四枚。カードは一枚消えている。

その次の方へ、そして岸さんのお父様とお母様へ。ぼくはこの最後のテーブルの魔法をゆっくりと進めてゆく。それはミチルも同じだ。ぼくたちは同じペースでそれぞれテーブルを半周し、そして擦れ違ってもとの位置まで戻った。ぼくたちの後方には岸さんと瑞枝さんの座るひな壇が遠くにある。ぼくたちは両手を見せ、何も残っていないことを示す。

「メッセージは、もう皆様がお持ちです。では、ミチル」

ぼくの言葉を受けて、ミチルが唱えた。

「ワン、ツー、スリー」

「どうぞ、お探し下さい」

岸さんのお母様が最初に気づいて膝元に目を落とした。昨冬のクリスマスシーズンに、瑞枝さんとおふたりで《ル・マニフィック》を訪れて下さったときのことは、いまもちゃんと憶《おぼ》えている。

「いつの間に」と、岸さんのお父様が呟《つぶや》いた。

「うふふ」と、お母様が微笑んだ。

テーブルに着いている全員が、自分の膝に掛けてある白いナプキンの上からカードを取り出す。いつそんな場所にカードが置かれたのか？　もちろんぼくは微笑むのみだ。岸さんのお父様が、しんみりとした笑顔でぼくたちにいって下さった。

「素敵なものを見させていただきました」

ぼくたちの持ち時間は終わった。

会場から温かな拍手があった。ぼくたちはひな壇の新郎新婦に手を振って合図し、そして一礼をしてホールを出た。

ぼくは額の汗を拭《ふ》く仕草をミチルに見せる。実際、一週間分のマジックをやり遂げたような気分だ。それだけ多様で複雑な手順をこの十数分間に仕込んだのだ。

ミチルの両手の指をハンカチで丁寧に拭《ぬぐ》ってあげる。最高の演技ができるように、滑り止めのクリームをあらかじめぼくは塗っておいたのだ。この十数分間、ミチルはぼくの単なるアシスタントではなく、ぼくと同じようにプロフェッショナルなマジシャンだった。いや、むしろぼく以上に、会場の人々の視線を集めていたに違いない。ただ奇異なロボットが登場したことによる好奇の目ではなく、マジックをおこなうひとりのエンターテイナーとして、ミチルを認識してくれたはずだ。そのことはぼくにとって歓《よろこ》びだった。

余分なカードデックを内ポケットにしまって、再び身なりを整える。これからは会場でゆっくりと過ごすつもりだった。岸さんはぼくたちのために、《ル・マニフィック》の若手のテーブルに席をふたつ用意してくれたのだ。食事ができないミチルにも、ちゃんと一席が設えられていた。

そのとき、ぼくのツールが電話を受信した。

発信者の名前を見る。少し驚いてぼくは応答した。

「熊谷さん。帰っていらしたんですね」

「ヒカルくん。テルさんの足取りがわかった」

熊谷さんはふだんのような前置きの説明もなく、いきなり切り出した。

熊谷さんたちは結婚式の翌日にハネムーンへと出発し、しばらく日本を離れていた。行き先はタヒチだった。太平洋の楽園は熊谷さんにまるで似合わない気がしたが、なに、ヨーロッパやアメリカならこれからもふたりで行く機会はある、タヒチなら飛行機でついでにイースター島にも行ける、イースター島だぞ、遺跡と畑と荒れ地以外に何もないらしい、しかも飛行機はたったの一日一便だ、などといって、なるほどそういう場所なら熊谷さんと桜井さんらしいと思ったものだ。

「本当ですか。どこです?」

「《ハーパーズ》だよ」

「――はい」

一度深く息をして、ぼくは答えた。自分でも感じたが、その声は落ち着いていた。

ずっと前からそんな予感があった。テルさんは《ハーパーズ》に戻るために大阪を離れたのだと。

それは、東北の地で美雪《みゆき》さんの姿を見たからだった。テルさんと美雪さんの足取りはどこかで繋がっているとぼくは思った。

《ハーパーズ》――実際にその響きを聞くと心が疼《うず》く。ぼくが去年まで勤めていた場所。

「それでヒカルくん、きみは《ハーパーズ》を辞めてから、後任に誰が就いたか知っているか」

「いえ」

「きみの後を継いだマジシャンは二月に姿を消した。テルさんがいなくなる直前だ」

「それは——知りませんでした」

ぼくは熊谷さんの早口につられて、自分も口調が速くなるのを感じながらいった。

「それで、テルさんは最近になって《ハーパーズ》に戻ったのですね？」

「きみが知っている美雪さんというもとホールスタッフの女性を連れて戻ったのだそうだ。その人を残して、また出て行ったらしい。——きみは《ハーパーズ》に行くか」

「行きます。明日にでもすぐに」

「美雪さんという女性はまだ向こうにいるようだ。だがテルさんの居場所がわからない。ヒカルくん、ぼくはね、テルさんが伝言で残した〝昔の友人〟というのは、やはりきみのことではないかと思っている。後継のマジシャンが姿を消したのは、おそらくきみと関係があった。テルさんはそのマジシャンを通じて、何らかのトラブルに巻き込まれたのかもしれない。——あるいは、きみ自身をトラブルに巻き込ませないために、後継のマジシャンを追って姿を消した」

熊谷さんはさらに早口でつけ加えた。やはり熊谷さんはいつものままだ。どんどん話は繋がってゆく。

「《ハーパーズ》はマジシャンが集うレストランだ。ヒカルくん、きみがいたころも複数のマジシャンがシフト制で働いていたはずだね。当時テルさんの人望がメンバーを集めるのに役立っただろう。テルさんが辞めて、きみがいなくなってから、《ハーパーズ》はいくらかスタッフが入れ替わったらしい。きみの後継者以外にも辞めたマジシャンがいる。ヒカルくん、きみはミチルを連れて行くか」

「《ハーパーズ》へ、ですか？」

「ぼくも今日、地図を調べて初めて知った。ヒカルくん、きみが育った町は、いまロボットの手品師で日本一有名になっている」

《ル・マニフィック》の若手の人たちが揃うテーブルに戻ると、空いたぼくたちの席の前に、それぞれ一枚ずつバイシクルカードが裏向きに置かれていた。

「きみたちの引いたトランプだよ」

と、隣のコミの人が教えてくれた。それは、ちょっとしたサプライズだった。ぼくは披露宴出席者の全員に滞りなくメッセージカードが届くことだけを考えていて、自分たちのことをすっかり忘れていたからだ。

カードをめくる。岸さんと瑞枝さんによる直筆の感謝の言葉が、そこに丁寧に綴られていて、ぼくはひな壇の方へと顔を上げた。友人に囲まれた岸さんと瑞枝さんが、人だかりの一瞬の隙間からぼくたちへ向けて笑顔で手を振ってくれるのが見えた。

テーブルの人たちが口々に、

「よかったよ」

「ヒカルさんの手品、初めて間近で見ました」

「ミチルくんはすごいね」

と声をかけてくる。ミチルは表情を変えることはできない。照れたり、誇らしげに笑顔をつくったりすることはできない。しかしぼくよりも先に、

「ありがとう」

といった。

新婦の友人たちによる歌の披露が始まった。ぼくは美味《おい》しい食事を堪能し、ワインにも口をつけた。ミチルは人気者だった。他のテーブルからも人がやって来てミチルに挨拶をしてくれる。ミチルに握手を求め、一緒に写真に収まってもらいたいと願う。ミチルはひとりひとりにきちんと返答する。ミチルが表情を持っていたなら、きっと終始にこにことしていたことだろう。

そうして幸せな一日は過ぎて行こうとしていた。

いま、ぼくはこの文章を、いわば現在進行形のようなかたちで書いている。実際に体験したときからほとんど間を置かずに書き留めているという意味だ。

そしてこれからぼくは、消えようとしている。

ぼくは再び美波《みなみ》に会うのだ。

――ヒカルくん、目を覚まさないとね。

と、一年前にぼくは美雪さんからそう諭《さと》された。美波の命日で墓前に赴き、その帰り道で美波のハンカチを渡し、美波はいつか戻ってくるような気がすると呟いたときのことだ。

高校二年の晩夏、同級生だった美波はぼくのワン、ツー、スリーという言葉でこの世から消えた。けれどもショーの途中でマジシャンが消したものは、最後には舞台の上に戻ってくるのがセオリーだ。いつの日かわからないが、ぼくがいつかワン、ツー、スリーと唱えてかけた魔法の仕組みを取り戻せたとき、美波はこの世に戻ってくるといったのだ。年上の美雪さんは穏やかな声で、しかしきっぱりとした口調で、ぼくを諭そうとした。その声はいまも忘れてはいない。

ぼくはいまだに美波を消した魔法の解き方を知らない。けれどもこう思うのだ。美波はこの世から消えた。しかしマジシャン自身も舞台の上から消えることはできるのではないか。

ぼくも消えたなら、ぼくは美波にまた会えるのではないか。

ぼくはいま、おかしなことを書いていると思われたかもしれない。間違った考えに取り憑かれているといわれるかもしれない。いまから百年以上も前、脱出王と呼ばれたアメリカの有名なマジシャン、ハリー・フーディーニは、自分の母親が亡くなった後、当時流行していた降霊術にのめり込んだ。本当に霊界と交信できるのなら亡くなった母親と再会できるはずだと固く信じた。そして著名な霊媒師のもとを訪ねては降霊会に参加したが、ついにひとりとして真の霊媒師に出会うことはできなかった。誰もがインチキだったのだ。子供だましの奇術で人々を騙《だま》している、マジシャンとも呼べないような人たちに過ぎなかった。

——人々のミチルへの挨拶がちょうど途切れたとき、ぼくはミチルに囁《ささや》いた。

「明日は前の街に戻るよ」

ミチルはちゃんと機械の耳で、豊かにざわめく大きいこの会場でぼくの声を聞き取っていた。

「きみと最初に出会った場所に行くんだ」

「うん」

そしてまた人が来て、ミチルは応対する。ぼくもおしゃべりの輪に入り、このすてきな披露宴の場を楽しむ。

ぼくはフーディーニの一時の過ちと同じ轍《てつ》を踏もうとしているのではない。

ぼくはちゃんと目を醒ましている。

ワン、ツー、スリー——他の誰でもないまさにこのぼく自身が美波にかけた魔法の呪文が、ぼく自身にもかかることを証明したいだけだ。

それを実行するのは遠い未来のことではない。

2

フロアマネージャーの一井《いちい》さんは少しも変わっていなかった。

「すみません、お昼の開店直後にお邪魔してしまって」

「いや、大丈夫だよ。ピークはまだ先だ。それより久しぶりだね。こちらがミチルくんか。憶えているよ。こんにちは」

昨日のうちに連絡を入れておいたのだ。ぼくたちはいったん厨房の奥の倉庫まで案内され、一井さんの手が空くのを待った。途中で第一コックの友成《ともなり》さんが驚いた顔で、

「よう、ヒカルじゃないか！」

と挨拶《あいさつ》してくれて、ぼくも返事をして頭を下げた。

あのころは友成さんと挨拶を交わすのが一日の始まりだった。あのころのぼくはずっと無口で、ひとりでカメラバッグを荷台に括りつけて自転車を漕《こ》いで《ハーパーズ》に出勤し、厨房に顔を出して「よろしくお願いします」と挨拶の声を上げることで、ようやくその日ひとりの人間になっていたのだった。友成さんはやはりフランス語の〝シェフ〟より〝コック〟と呼ぶのがしっくりくる。

披露宴から一日経ち、ぼくたちは地下鉄とモノレールを乗り継ぎ、この東京の湾岸町に来たのだ。曇り空だがかえって暑すぎず、過ごしやすい夏の日曜だった。

モノレールから見えたのは、横浜とは違う海の光景だ。この辺りはぼくたちが住んでいたときと変わらず綺麗だが人工的で、人間も草木も浮き足立っているように思える。ぼくたちは駅を降りてから平坦《へいたん》な舗道を進み、そして海岸から一本奥へと入り、《ハーパーズ》の前に立ったのだ。

しばらく倉庫部屋でミチルと一緒に待つ。懐かしい場所だ。昨年の秋までぼくは週に四日ここへ来て、ひとりでカードやロープの手技を練習し、厨房から分けてもらう賄いを食べていた。

一井さんはタオルで手を拭きながら戻ってきた。

「新しいお店はどうだい?」

「はい、大変なこともありますが、おかげさまで少しずつ馴染んでいます」

「きみはいい顔をしているよ。私が教えられなかったことを、きっと新しいところで吸収したんだね。すべてきみの努力の賜物《たまもの》だよ」

一井さんはいつだってこのように、相手を思いやる人なのだった。

「せっかくだったが、美雪くんは今日は来ていないんだ。ここでもう一度働くことになるかどうかも決まっていないんだよ。こちらとしては復帰してくれるのは大歓迎なんだが」

美雪さんは以前に住んでいたマンションも立ち退いてしまい、いまは近くのビジネスホテルに泊まっているのだという。ぼくはホテルの連絡先を教えてもらった。

「テルさんと一緒にここへやって来たのはどういう経緯だったのでしょうか」

「美雪くんはうちを辞めてから東北の被災地に移ったんだ。復興する町の商店街で働きたかったようだね。過去のことはあまり話さずに、ごく小さな大衆食堂で働いていたようだよ。彼女の居場所をテルくんが見つけて、それで連れ戻してきたんだ。どうもこちらで差し迫った事情ができたようでね、ただテルくんも理由をいいたがらない。いずれにせよしばらくこちらに滞在するので、それなら美雪くんも《ハーパーズ》に復帰したらどうかとテルくんが勧めたらしい」

「差し迫った事情というのはいったい何でしょう」

「わからない。警察絡みのことではないことを祈っているよ」

「警察絡みかもしれないのですか」

一井さんは申し訳ないといった風に首を振った。見当もつかないのだ。しかし少なくとも美雪さんたちは、そのような雰囲気を湛《たた》えていたということになる。

「テルくんはいずれきみに、詳しいことを話すつもりだったんだと思う。まだ時期が来ていないと考えているだけじゃないかな。彼は人を裏切るような真似はしないよ」

「はい、ぼくもそう思っています」

さらにふた言三言、ぼくたちは話し合ったが、長い間一井さんを引き留めるわけにはいかない。まだ整理して考えたいことはある。一井さんが優しい表情でいってくれた。

「せっかくだからランチを食べていったらどうかな。ささやかだけれども店からのおごりだ。きみも《ハーパーズ》へ来るのは久しぶりだろう」


頭を下げて感謝の気持ちを伝え、いったん通用口を出て、店の正面扉から入り直す。ぼくの知らないフロアスタッフの女性が、壁際のテーブルに案内してくれた。十二番テーブルと呼ばれていた場所だ。かつてジェフさんと奥様を迎え、そしてミチルと初めて出会ったテーブルの隣に当たる。ふたり用の小さなテーブルだが、壁に近い席からは店内全体が広く見渡せる。担当のフロアスタッフの女性は昨日電話をしたときに応対してくれた人だとわかり、その人はぼくたちを身内というよりもかけがえのないお客のひとりとして、フレッシュな笑顔を向けてくれた。

太陽が出てきたのだろう、ホールは天井窓から射し込む光で明るい。それは蠟燭《ろうそく》の火で浮かび上がる夜の《ハーパーズ》とは表情が異なり、天井でゆっくりと回る大きなファンは、深海の生物ではなく古き佳《よ》き時代のプロペラ飛行機を思わせる。

ぼくは平日の夜のシフトだったから、昼間の《ハーパーズ》の姿はほとんど知らない。高校時代に美波と一緒にテーブルの上で七並べをして、レモネードを啜っていた記憶のなかにしかない。だからぼくは《ハーパーズ》のランチセットさえ、いままで食べたことはなかったのだった。

ごちそうになったクラブサンドイッチは名物の七面鳥の肉を使っていて、腹に沁み渡るように美味しかった。かぶりついて格闘するぼくを、ミチルは見ていた。

ミチルの向こうに、店内が見える。夜間に比べて家族連れのお客様が多い。しかも小さなお子さんがたくさんいて、店内は活気づいている。

「ほら、ミチル。あそこに歴代のマジシャンの写真が飾ってある。あの左から三番目がテルさんだよ」

ぼくの写真はない。あのとき撮影してもらった写真は、結果的に使わなかったからだ。

代わりに、いちばん右の端には、ぼくの知らない細身の男性の写真が飾ってあった。ひょっとするとぼくより年下かもしれない。他のマジシャンはテーブルで演技をしているときの風景を撮った写真がほとんどだが、その人物だけ胸から上のポートレイト写真で、しかも片手で顔の半分を隠すような謎めいたポーズで額縁に収まっている。

ぼくがここで働いていた歴史はどこにも残っていない。けれども、それはそれですっきりする気もした。ぼくはこの《ハーパーズ》でテーブルホッピングの基礎を学んだ。いまでもぼくにとってかけがえのない場所だ。それでも着実に年月は経ってゆく。ぼくはいま《ル・マニフィック》の一員なのだ。

ベージュのシャツに褐色のストライプ柄のエプロンという、ホールスタッフの制服は変わっていない。だがこの九ヵ月で新しい採用者やアルバイトが増えたのだろう、ぼくの知らないスタッフが何名もいる。そのほとんどはぼくと同じくらいの年齢か、もっと若い学生だ。ぼくがいたときはぼくがいちばん低年齢のスタッフだったことを思うと、熊谷さんが電話でいっていた通り、スタッフの入れ替わりがあったことがわかる。

こうして席に座って店内を眺め渡すのは新鮮だった。ショートヘアの美雪さんが颯爽《さっそう》と動いてゆく姿を思い浮かべる。あの辺りでぼくと美雪さんはよく目線の合図を交換していた。厨房へと続くあの段差の奥で、ぼくはホールを見渡して息を整え、これから演技を見て愉しんでくださるお客様の笑顔を心に浮かべていた。

「ヒカル」

と、ミチルがぼくに声をかけた直後だった。

ぼっ、とすぐ近くで目映《まばゆ》い光が放たれ、ぼくはびっくりして身をすくめた。続いてじゃらじゃらとコインがテーブルの上に振ってくる。顔を上げると、そこには黒いスーツの衣装に身を包んだとても若い男性が立って、にこにこと微笑んでいた。ハーフダラーのコインは彼の右手から溢《あふ》れ出ていた。

「こんにちは、タクミといいます。大野拓海《おおのたくみ》です」

朗《ほが》らかで、はきはきとした声。ぼくよりもずっと若い。きっと高校生だ。

「ヒカルさんとミチルさんですね。初めまして。お目にかかれて光栄です」

壁に掛かっていたいちばん新しいポートレイトの子だ。ようやくぼくは、拓海くんというその子がフラッシュペーパーを使い、コインマジックのオープニングを披露したことが呑《の》み込めた。

「きみは――」

「はい、マジシャンです」

彼はテーブルにコインを広げ、ひとつまたひとつと摘まみ、次々と手順を見せていった。

コインが手から手へ移るコインズ・アクロス。

コインをテーブルに押しつけると溶けてなくなり、テーブルの下からちゃりんと音を立てて落ちてくるコイン・スルー・ザ・テーブル。

　四つのコインを四角に配置して、四枚のカードでそれぞれを隠したり開いて見せたりすると、コインがどんどん一ヵ所に集まってゆくコイン・アセンブリー。

　どれも慣れた手つきだ。ぼくが高校生だったころよりもはるかに巧《うま》い。テンポよく、しなやかに指先が動いている。コインが何度もグラス内やテーブル上で気持ちのいい音を立てる。

　こうやって《ハーパーズ》の席に座って他の人のマジックを見るのは何年ぶりだろう。高校生のとき以来だろうか。あのころの純粋な気持ちが蘇《よみがえ》るが、一方でぼくは巧みな彼の演技を見ながら、どこかで客観的なままでいる自分にも気づいていた。そっと向かいの席のミチルを見たのもそのためだ。ミチルはいつものように好奇心豊かに彼の手元を見つめているが、演技が後半からクライマックスに入ってくると彼の動きを予測して、ときおり彼の手つきよりも先に、次に動く場所へと注意を向けるのがわかる。

　彼は巧みに演技を続けてゆくが、同時にそつのないものだった。いずれも彼のオリジナルではなく、世界に知られたスタンダードなルーティンの連続だった。彼はぼくたちの顔を儀礼的に見るのみで、本当に心の内をうかがってはいない。

　だが、高校生のころのぼくは、もっとずっと見えていなかったのだ。

　彼は最後に手のなかのコインを一瞬にして、煎餅《せんべい》よりも巨大なジャンボコインにしてみせた。それがフィナーレだった。ぼくは心を込めて賞賛の拍手をした。ミチルも同じだった。拓海くんは演技をやり切ったといった充実感を表情に示し、ぼくたちの拍手に応えて一礼した。

「いま高校二年生です。高校はヒカルさんと同じ。つまりぼくは後輩です」

　ぼくのことを知っているのに驚いた。彼は屈託なく目を細めて答えた。

「はい、もちろん知っていますから。この《ハーパーズ》の先輩でもありますから」

「いつからここで？」

「この春からです。何人か前の方がお辞めになって、それで思い切って応募したら、一井マネージャーに雇っていただけました。平日は学校があるので、シフトは週末の日中だけです」

その言葉でぼくは彼に訊《き》いてみた。

「前の人はどうして辞めたの」

「夜の担当の方ですか？　わかりません。二月にお辞めになりました。いまは昼のシフトをなさっている方が、夜の部も続けて出ています」

なるほど、そちらの人なら知っている。ぼくがいたころから昼の部を受け持っていた人だ。

「辞めた人は、あそこの写真にいないようだけれど……」

拓海くんは振り返ってカウンターの壁を見た。

「ああ、そうですね。短い期間だったので、写真がなかったのかもしれません」

「他にも辞めた人がいたんだね？」

「あ、はい。休日担当だったNOBU《ノブ》さんという方です」

「NOBUさんが？」

意外だった。NOBUさんのことはやはり知っている。ぼくのいたころから週末のシフトを担当していたベテランマジシャンで、もう四十歳に近かったはずだ。もともと俳優出身だった方で、渋みのある顔立ちで、声も深くてよく通り、存在感があった。《ハーパーズ》のマジシャンのなかでも固定ファンが多かった人だ。

何度もTVに出たことがあり、それでも週末はこの《ハーパーズ》が自分のステージだからと、他の営業に差し障りのない範囲でずっと出演を続けてきたのだ。テルさんとは違うタイプの人だったが、

《ハーパーズ》のマジシャン陣の、いわば重石《おもし》になる人でもあった。

「NOBUさんはよその舞台に引き抜かれたんです。それでこの時間の担当が空いたんですね。マチネにも出演されていますから」

「マチネ?」

「はい、ここから歩いて五分のところでやっていますよ。昼の部と夜の部の一日二回公演で、NOBUさんが出ています。そのおかげで、公演が終わると《ハーパーズ》にお客様がかなり流れてくるんです。以前とは忙しい時間帯がすっかり変わってしまったそうですよ。ぼくのシフトも二時にいったん上がってから、また五時まであるんです」

ぼくは店内をもう一度見渡した。これからがちょうど昼食時だが、この時間帯とは違う観劇後の客が、ひと休みするためにやって来るということだ。

「その舞台というのは、ロボットが出てくる……?」

「やっぱりご存じなんですね。人気がありますよ」

熊谷さんのいっていたのはこのことだ。NOBUさんが出ているとなると、いま起きていることとの経緯を知るためにも観ておきたい。

「マチネはいまから間に合うかな」

「そうですね。開演は一時半ですから、充分に間に合いますよ。当日券も出ています」

開演までにはまだ余裕がある。その前に美雪さんのホテルへ行けるかもしれない。

「きみは、観たことがあるの?」

「いえ」

拓海くんは初めて顔を曇らせ、肩をすくめた。

「どうもぼくは、苦手です。次のテーブルに行きますね。――ヒカルさん、マチネをご覧になってからお時間はありますか？」

彼は周囲を見回すと、不意にぐっと顔を近づけて囁いた。

「ヒカルさんが今日いらっしゃったのは、最近の《ハーパーズ》について知りたかったからではありませんか？」

「えっ？」

「ぼくの方からいくらかお伝えできる情報があります」

彼は思いも寄らない言葉を残して去って行った。

「夕方、一緒に高校へ行きませんか」


《ハーパーズ》を出たのは正午前で、空には晴れ間が広がり、陽射しが強くなっていた。ぼくは一井さんに教えてもらった美雪さんの滞在するホテルへ電話をかけてみた。

自分の名を伝えてフロントの人に用件を話すと、美雪さんは外出中だという答が返ってきた。それでも美雪さんがそのホテルに宿泊していることは間違いない。そこまでわかっただけでもありがたいことだ。メッセージを書き置きしてもらおうと願い出たところ、意外な返事が来た。

「ヒカル様ですね。こちらも伝言を承《うけたまわ》っております。ご連絡があったらお伝えするようにと」

「ぼくにですか？」

「はい。ただ、口頭ではなく、いらっしゃったときにお手紙をお渡ししたいとのことでした」

ぼくはツールで地図を確かめ、これから三十分で伺いますといって切った。

ミチルと顔を見合わせる。モノレールの駅へと舗道を進みかけたが、思い直して時計を確認した。

「ミチル、まず劇場に行ってみよう」

逆の方向へと取って返す。ここはかつてぼくが通った場所だから、周りの景色はよく憶えている。

教えられた通り、五分と歩かないうちに、見慣れない色の建物を見つけた。壁の色を淡いピンクに塗り替えた一角があり、その建物の前で何人か女の人たちが集まっている。

『ＭＡＧＩＣ』とデザイン文字で書かれたポスターが掲げられていた。

ブティックが入居する建物の一部を改造して小劇場に仕立てているらしい。表側の壁はすべて塗り固められていて、なかの様子をうかがうことはできない。正面に小さな扉がひとつあるだけだ。その手前でスタッフと思《おぼ》しき若い人たちがテーブルを出してチケットを売っている。そこに人だかりができているので道が狭くなっているのだった。

改めて建物の全体を見渡したが、目立った広告は『ＭＡＧＩＣ』と書かれたそのポスターだけだ。公演の内容はまったく想像がつかない。

チケット販売コーナーには高校生らしき女の子たちや、ぼくと同世代の女性が集まっている。この場所が明るく感じられる。ぼくが暮らしていたころにはなかった風と光だ。ぼくたちも並んでふたり分の席を願い出た。

「すみません、空いているお席が少なくて、梁《はり》で少し陰になってしまいますが、よろしいですか？」

当日券には二階席の奥が割り当てられているらしい。それを購入する。

「レンズはお使いですか？」

と、係の人に訊かれて、何のことだかわからなかった。女性はにこやかに自分の瞳を指した。

「拡張現実《AR》感用のレンズです。舞台効果を最大限お楽しみいただくために、おつけいただくことをお勧めしているんです。使い捨てのコンタクトも販売していますが、いかがですか」

ぼくはポスターを見上げた。なるほど、レンズを通すとあのポスターの文字は鮮やかに浮かび上がって見えるのに違いない。熊谷さんと一緒に大阪の夢洲《ゆめしま》へ行ったときのことを思い出す。

時代に取り残されているぼくは、いままで一度もARレンズを嵌《は》めたことがなかった。

「ご入り用でしたら入場のときに案内の者へお申しつけ下さい。ロボットさんにご覧いただくのは嬉しいですね。きっとキスメットを気に入っていただけますよ」

係の女の人はそういって、最後にミチルへ笑顔で手を振ってくれた。

キスメット。それが劇中に出てくるロボットの名前なのだろう。

チケットを確かめたが、やはりタイトルが文字で書かれているだけで、予備知識になりそうなことは何も記されていない。熊谷さんはロボットが出てくるといっていたが、その情報すら書かれていない。

「キスメットは〝運命〟や〝宿命〟という意味だね。〝運勢を伝える者〟の意味もあるよ」

列から離れたところでミチルが呟いて、初めて舞台への手掛かりが見つかった気がした。名前の由来がわかると、そっけないタイトルやポスターのデザインも意味深長に思えてくる。

ぼくたちは駅に戻ってモノレールに乗った。途中で窓からあの劇場の壁と屋根が、掠《かす》めるように何秒か目に入った。

《ハーパーズ》からこれほど近くの場所で、しかもマジックという名で、新しい風が生まれていたのだ。

ぼくの知らない湾岸町の貌《かお》だ。

この町にはさまざまな公演やイベント企画がやって来る。千人も収容できる大きな舞台が、空き地に設営されることもある。そして数ヵ月の公演を終えると、仮設テントや劇場の建物さえ再び跡形もなくなってしまう。子供のころからそうした光景を何度も見てきた。この舞台がこれからずっと定着してゆくのかどうかはわからない。しかし熊谷さんはあの劇場がいま日本中でよく知られた場所になりつつあると話していたのだ。それはこの町らしいあり方なのかもしれない。いずれにせよあの劇場は舗道の光景を変えようとしている。

ぼくたちはターミナルでモノレールを降り、美雪さんの泊まるホテルへと向かった。

ホテルはビジネスマンがよく出張で使うような、コンパクトで清潔な感じのところだった。美雪さんは四日前から滞在しているという。

「こちらが、お預かりしていたお手紙です」

「ありがとうございます」

ぼくはフロントの男性から封筒を受け取り、ロビーのソファに座って手紙を取り出した。

〈ヒカルくんへ

一井さんからご連絡をもらいました。あなたが訪ねてくるかもしれないと思い、伝言を残しておきます。

《ハーパーズ》を辞めてから、私は被災地に行って仕事をしていました。四月にテルさんが見えて、いま起こっていることを聞きました。

これは妹の死に関わることです。私はもうすべて終わったと思っていました。しかし、そうではなかったということです。私にはいまの状況を受け入れることはできません。

近いうちに会って話す機会があると思います。そんなに遠いことではないでしょう。それまでヒカルくんは、自分のお仕事をしっかりしていてください。

あなたが素晴らしいマジシャンであることを、私はいつも願っています。

どうか本当のマジシャンであり続けて下さい。〉

封筒を逆さにすると、もうひとつのものが手に滑り落ちてきた。

「それは何？」

とミチルが覗き込んでくる。ぼくは言葉に詰まり、すぐには答えられなかった。

綺麗に折り畳まれたそれは、軽くて、柔らかな感触で、儚《はかな》かった。

それは忘れもしない、美波が遺したものだった。

ぼくが魔法をかけたあのときに美波から借り、この視界を遮り、そしてぼくの手元に残った、

——一枚のハンカチ。

3

ぼくたちは開演五分前に劇場へと戻り、チケットと引き替えに入口で何枚かのチラシをもらって、急いで二階席まで狭い階段を上がった。実際には中二階にショップと小さなカフェバーが設けられており、二階はほとんど屋根裏部屋を改造した張り出しのような場所だった。

身を乗り出すと転げ落ちてしまいそうなほど窮屈な席だが、かえって舞台全体を眺め下ろせる。すでに会場は満員で、とりわけ若い女性の姿が多い。舞台セットは黒を基調としたシンプルなつくりだ。スタッフの男性が前に出てきて、レンズをお持ちの方はご準備下さいとアナウンスする。いまは十代や二十代の人なら四割近くがプライベートの時間にレンズをつけているという。観客席に詰めている人の何割かはきっとリピーターで、そういう人たちはすでにレンズの効果を知って、あらかじめ嵌めてきているだろう。

二階席にも誘導係の女性がやって来て、ぼくの隣に座るミチルに声をかけてくれた。

「お客様、チャンネルをチケット記載の番号に合わせていただきますと、レンズと同様の効果が体験できます」

ロボットの眼《め》はレンズを塡めることはできないが、ちょうどラジオの周波数を合わせるようにチャンネルモードを設定することで、ARの効果がヴィジョンセンサと連動して、内部で作動する仕組みになっているのだという。つまりレンズをつけている人と同じ視界を享受《きょうじゅ》できるわけだ。

「ミチル、使ってもいいいし、使わなくてもいい。自由にしていいんだ」

ぼく自身は使い捨てレンズを購入せず、そのまま裸眼で鑑賞することにした。ステージが暗くなり、そしてスポットライトが灯ると、そこには早くも一体のロボットと、そしてぼくが知るNOBUさんの姿が浮かび上がっていた。

〘なあ、聞けよ。昔おれの友達にファッツってやつがいたんだよ〙

スポットライトを浴びて舞台の中央に現れたのは、椅子に座るひとりの男性と、その男が抱える小さな一体のヒト型ロボットだった。

〘そのファッツがおれにしてくれた話を教えようじゃないか〙

眩しい白い照明の下で、ロボットは太い眉と目玉と口を動かしている。奇妙なロボットだった。黒い服を着て、それは舞台に上がるマジシャンの正装のようでもあったが、頭でっかちで小柄なため、子役がちょこんと成人の膝の上に座っているように見える。ロボットの肌は銀色の金属の光沢を放ち、そして眉や目や口のパーツはまるで粘土細工をくっつけたかのように鮮やかで、大げさなつくりで、その顔つきはむしろ憎たらしい感じでさえあった。

両耳が長くぴんと伸びていて、言葉を発するたびに動く。見ようによっては少し不気味でもある。つまりかわいいが、居心地も悪い。ロボットは口元に皮肉の表情を浮かべ、目玉をぐりぐりと動かして、男性に向けて語り続けた。

〖ファッツというのは人形なんだ。わかるかい、腹話術の人形だよ。相棒の男の名はコーキーといった。場末の酒場で客から罵声《ばせい》を浴びるような、うだつの上がらない三流手品師さ。だがコーキーはおれの友達のファッツと出会ってから変わったんだ〗

音楽は何も流れていない。ロボットの声だけがマイクに乗って劇場内に響いている。

〖なあ、聞いているか？〗

「聞いているよ」

初めて人間の方が言葉を発した。ぼくの記憶にあるNOBUさんの声だ。恐れるような顔つきでロボットの声に聞き入っている。

〖そりゃあ聞いているよな。おれは腹話術人形だからな。おれは自分ひとりでは話せないんだ〗

「そうだよ、キスメット、きみひとりでは何も話せないはずだ」

〖そうとも、おれひとりでは何も話せない。ただ、おれは心配なんだ。おまえの耳がどうかしてしまったんじゃないかってな。耳の鼓膜がわんわん鳴って、おれの声が本当の声だと思えないかもしれない。だから、ゆっくりと、ゆっくりと、試してみようぜ。腹話術師ってのは、ゆっくり話すのが苦手なんだ〗

「ゆっくりと、話すのが――？」

〖そうさ――〗

ロボットは腹話術師であるNOBUさんを見つめて口を動かした。

〖――ゆっくりと――こんなふうにさ――〗

息を呑んだ。劇場内の音声マイクがすっと遠ざかってゆくように感じられたからだ。

違う。ように、ではない。本当にマイクが消えていったのだ。

「こんなふうに――」

「そうだ、いい感じだよ、相棒」

「キスメット、きみはぼくの声が聞こえるのかい？」

「ああ、聞こえるよ、相棒」

「きみの声が澄んで聞こえるようになった。でも、きみは自分の口で話しているじゃないか」

「そうかな？」

「きみはロボットだろう。きみの顔の裏側にはスピーカーがついているんじゃないのか」

「そう思うなら顔を外してみればいい。顔だけじゃない、どこなりとも分解して、そんなものがあるかどうか、いくらでも気の済むまで確かめればいいさ。おれにはそんなものはない」

観客の誰ひとりとして咳《せき》をする者はいない。ふたりの声以外に物音ひとつ聞こえない。みんな息を詰めて舞台上の会話に集中している。

ＮＯＢＵさんとロボットの声はもはやマイクを通してではなく、地声で劇場に響いている。ＮＯＢＵさんだけでなく、ロボットの声にもスピーカー特有のくぐもった感じはまるでない。

ロボットならばいくらでも小型スピーカーを取りつけて発声させることができるはずだ。木製の腹話術人形と違って、いま舞台の上にいるのは金属製のロボットなのだ。眉も目玉も口元も、すべて機械制御で動いているのだ。それなのにＮＯＢＵさんだけでなく、ロボットの方まで地声に聞こえる。人間の声のように聞こえるのだ。

ＮＯＢＵさんがおずおずとロボットに手を伸ばす。顔面の蓋が外れた。その瞬間、表面に張りついていたロボットの目や口元の動きは止まった。ゆっくりとNOBUさんは蓋を持ったまま手を下げてゆく。内部の機械仕掛けが露《あら》わになり、それはいくらか悪趣味な感じさえ与えた。金属骨格の周囲に張り巡らされた無数のワイヤや、車軸のような細工が、なおも動き続けている。長い両耳だけがまだ顔の両側に残っていて、その耳を動かす機構がはっきりと見える。

「どうだ、スピーカーはあるかい？」

ロボットの声が機械から聞こえてくる。しかしそれに合わせて動く機構はない。ワイヤや車軸は人間の自律神経のように、意思と無関係に動いているかのようだ。NOBUさんはロボットの身体を起こし、右手に顔面を持ったまま、ロボットを抱えて舞台を歩き回り始める。NOBUさんはロボットの含み笑いがそれに合わせてついてゆく。NOBUさんはついにロボットを手放し、舞台の脇へ置いて離れる。笑い声はなおもロボットの身体から聞こえてくる。どう耳を澄ましてもロボットの声はNOBUさんの口からではなく、機械から発せられているように思える。ロボットの笑い声が高まり、NOBUさんは舞台上で頭を掻《か》きむしり、そしてロボットの身体を再び抱えて椅子に戻り、顔面を塡めた。そのとたんにロボットは眉や目玉をぐりぐりと動かして、口を大きく広げ、おどけてみせた。

「わかっただろう？　おれはただの腹話術人形だ。おまえがしゃべらせているのさ」

NOBUさんは信じがたいといった感じで頭を振る。

「いや、待ってくれ。腹話術なら言葉にできない音があるはずだ。口を動かさないでしゃべるときは、上下の唇同士がくっつく破裂音や、唇を閉じて息が鼻に抜ける鼻音は再現できない。だからその音をいわなくても済むように、言葉をいい換えないといけないんだ」

「おれの言葉はいい換えられているかい？」

「いや、わからない――」

「おい、しっかりしてくれよ、相棒。ははは、ここで発声練習をしようか？」

「いや、ただぼくは――」

「おれの名前がいい例じゃないか。おれの名前は何だ？」

「キスメット」

「そうとも、鼻音が入った、おれはキスメットだ。ちゃんと発音できているじゃないか！　コーキーとファッツの話はまた今度にしようぜ。おれは踊りたくなってきた。おまえの技量が冴えているからさ」

「ぼくの技量が――？」

「相棒、おまえの職業は何だ？　ファッツと出会ってからコーキーというやつは人生が変わったんだぜ。場末の手品師から一流の人気者へと変わったんだ。おまえも同じさ。おまえはもう十年来、押しも押されもせぬ有名人じゃないか！　おれはおまえのために踊りたくなった！　おまえと出会ったころのことを思い出したよ！　――十年前のあの夜のことを！」

音声マイクの響きが戻り、ロボットの大声が劇場内でびりびりと震える。そのとたん、一斉に音楽が鳴り響き、一条のスポットライトは消えて、ステージ全体が鮮やかな七色の光に照らし出された。


ぼくは最初にＮＯＢＵさんたちがスポットライトの下に現れてからの約三十分間、とりわけキスメットと呼ばれるそのロボットの声が地声に聞こえてから物語上の第一の山場を越えるまでの間、ほとんど我を忘れて次々と繰り出されてくる現象に見入った。隣にミチルがいることさえ忘れていたかもしれない。この『マジック』という舞台は随所にマジック現象を取り入れた迫真のサスペンス劇だった。

後でチラシを読んで知ったが、この舞台劇はウィリアム・ゴールドマンというアメリカの作家が一九七〇年代に書いたスリラー小説がもとになっていて、その原作を日本の演出家と脚本家が現代風にアレンジし、新作として発表したものだった。劇中に腹話術だけでなくいくつものステージマジックやクロースアップマジックが盛り込まれ、奇術と心理サスペンス物語の両方が楽しめるようになっている。プロのマジシャンであるNOBUさんが出演しているのはそのためだが、物語は現在と過去を行き来する構成になっており、NOBUさんが演じるマジシャンの青年時代を受け持つ別の役者が、やはり華麗な演出の下にカードやコインのマニピュレーションを披露し、それが観客の女性たちには人気だった。ぼくはその若い役者を知らなかったが、本業はあくまで役者であって、マジシャンではないらしい。この舞台のために猛特訓をしたのに違いなかった。その点でいえばNOBUさんも腹話術は今回が初めてのはずで、まさに息もつかせぬといった舞台進行が、入念な準備によって支えられていることが察せられ、出演者たちだけでなく舞台裏の演出を含めてプロフェッショナルなショーマン・シップが伝わってくるのは素晴らしかった。

　何度も足を運んでいるリピーターの観客はとうに気づいているかもしれないが、ぼくは途中でキスメットの台詞《せりふ》がどんどんと〝自然なもの〟へと変わってゆくことに驚きを覚えた。オープニングでNOBUさんがいっていた通り、腹話術では使用できる発声に制限がある。腹話術とは自分の唇を動かさずにしゃべることで、あたかも隣の人形がしゃべっているように見せたり、遠くから声が聞こえてくるように錯覚させたりする技術だ。唇を動かさずにすべての音を出すのは難しい。

　昔、本を読んで勉強したことがある。日本語の場合だと、マ行、バ行、パ行は腹話術で扱うのが難しく、通常はそれぞれナ行、ガ行、カ行で置き換えられる。動唇音の含まれた台詞を極力排しておくのも工夫のひとつだ。「ムスメサン」は「オジョウサン」に、「ボクト　トモダチニ　ナッテネ」は「ワタシト　ナカヨシニ　ナッテネ」という具合にするのだ。

　ところがこの舞台では、キスメットに命が吹き込まれてゆく度に少しずつそうした音の制限が解除されてゆくように聞こえる。最初のうちは「話す」といっていたのが、中盤からは動唇音を含む「しゃべる」が自然に使われ始める。「キスメット」の「メ」もはっきりと耳に届くようになる。そしてそれらに関してあえて観客に注意を促すこともない。いったいどうやっているのだろう。それ自体がマジックではないか。わかる人だけがわかって、背筋がぞっとする仕掛けだ。

物語は中盤に入り、さらに不可解で謎めいた方向へと入り込んでゆき、演出にも大胆さが加わってくる。役者の演技だけでなく、ヒト型ロボットのキスメットは大いなる存在感を発揮して観客を終始惹《ひ》きつける。序盤までは腹話術人形として、つねに誰かに抱かれたかたちで出てくるのに、中盤からはその二本の足で立って、舞台を歩き回るのだ。しかも最初に立ったときは、そのシーンから続けてタップダンスへと移行する。BGMのない舞台上で、ロボットが本当にその足で床を叩いてその音が響く。これは演出上の何かのトリックなのか、それとも実際のタップなのか、観客にはわからなくなる。もし本物のタップなら、キスメットはかなり精巧なロボットといわなければならない。そしてキスメットの表情はこの舞台のなかで何よりも豊かで、感情が籠《こ》もっているのだ。

キスメットが名演技を披露する段になると、観客の女性たちからいち早く歓声と拍手が上がる。音楽に乗って踊る場面では、呼吸を合わせたように人々が手を叩く。いくらかグロテスクなキスメットが高校生や若い女の人たちに大人気なのだということを、ぼくは二階席から思い知らされた。このロボットは物語のなかでずっと棘《とげ》のある皮肉の効いた口ぶりなのだが、ときおりはっとするほどの愛らしい仕草や表情を見せるのは見事な演出だった。そして物語の中盤で、キスメットは観客席に直接語りかけて、指差した人物を物語のなかに引き込み、その人の運勢を告げる。このシーンは緊迫感に溢れて、この場面で指名されることを望んで前列の席に座る観客もいるに違いないと思った。

「おまえの未来を占ってやることもできるよ。おれはジプシー人形にもなれるんだ」

若い時代のマジシャンに抱かれたキスメットは嘯《うそぶ》く。

「カーニヴァルに行ったことはないのかい。テントのなかにフォーチュンテラーのジプシー人形がいるだろう。コインを入れてレバーを引くと、運命の予言が書かれたカードが出てくるのさ。やってみるかい？　おれの頭に布を巻きなよ、ジプシーみたいに」

若い俳優は近くにあったシルクのスカーフを持ってきて、ぐるぐるとターバンのようにロボットの頭に巻きつける。含み笑いをするキスメットの声色が変わる。

「気分が出てきた。コインを出せよ。マジシャンだろう？」

俳優は空中から一枚のコインを取り出す。そしていくらか怖《お》じ気《け》づく素振りを見せながら、ロボットの口に押し込む真似をする。キスメットの口に穴は空いていない。だがキスメットはコインをごくりと呑み込む動きを見せて、俳優の手からコインが消える。

キスメットはゆっくりと、代わりに空中からお告げのカードを取り出すのだ。キスメット自身もここで手品師のひとりになる。小さく精巧な手先がカードを操る。

主人公の若者マジシャンは、ひとりの女性に思いを寄せている。彼はその女性との未来を知りたがっていたのだ。キスメットの予言に背を押されるようにして、マジシャンの男は山のコテージに女性を連れて行き、ふたりだけで一夜を過ごす。そのとき彼は脇へ置いたキスメットに見守られながら、「私と同じことをして下さい《ドゥ・アズ・アイ・ドゥ》」と呼ばれるカードマジックを女性相手に演じ、自分と相手の心がひとつであることを示そうとする。息詰まる場面だった。若いマジシャン役の男性はＮＯＢＵさんと違って本職のマジシャンではないのに、その彼が観客の目の前でルーティンを演じて見せるのだ。

ややぎこちない手つきが、彼がこの若き時代にまだ駆け出しのマジシャンであることを強調させる。ときおり彼はカードを取りこぼしそうになる。キスメットは横から彼の手技をじっと見つめているだけだ。それがひりひりとした緊迫感を増強させる。彼は失敗しかけるが、それはフェイントだった。彼は女性の心を摑《つか》み、いったんは幸せが訪れる。しかしここで仕掛けた彼のトリックは強引なもので、その騙しの見返りが、徐々に彼と女性との間に亀裂《きれつ》を生む皮肉な展開となってゆく。

レンズの効果は物語の後半になって発揮された。成功への階段を上がっていった若き主人公が、舞台上で鏡の効果を使って幾度も姿を変える場面がある。舞台上に設置された大きな透明のガラスを衝立《ついたて》にして、その後ろに回り込んで照明の向きを変えると、ガラスに別の像が映り込んで、あたかもマジシャン自身が変身したように見える、という古典的なトリックの場面だ。この鏡の効果を使えば、暗い舞台のなかに幽霊が現れるようにも見える。二十世紀初頭よりもさらに前、一八六〇年代のマジック黎明期《れいめいき》から盛んに用いられたトリックで、〝ペッパーの幽霊〟とかゴースト・マジックと呼ばれ、降霊術の現場でもタネを隠して使われることがあった。

その場面は舞台の三方も黒い幕で覆われた、実際の百年前の劇場に似せた背景のなかで進んだ。BGMや効果音も意図的に消されて、主役の若者とキスメットが地の声で語り合うだけだった。主役の若者はわざと古めかしいガラスの大道具を呼び寄せて舞台に設置する。そして自ら照明のスイッチを切る。

あっ、とホール内に観客の驚きの声が響き、ぼくはその場面の意図を知った。レンズを塡めていないぼくにも鏡効果のマジックは迫ってくる。だがレンズを塡めている観客には、何かもっと別の亡霊が、おそらくはすぐ目の前に見えるのだ。そしてさらにぼくは息を詰めた。主役の若者の姿が本当に変わってゆく。ガラスの衝立の向こうで、溶けるようにＮＯＢＵさんの姿へと変化してゆくのだ。これは映像の仕掛けではない。古典的なトリックに見せかけた新作のイリュージョンで、そして舞台にはもとの若い俳優が隠れられる場所などどこにもないのだ。

終盤のどんでん返しには目を瞠《みは》らされた。なぜＮＯＢＵさんが出演しているのか、その意味がわかった。キスメットは舞台の上で破壊され、床に叩きつけられてばらばらになった。本当にロボットを壊すはずはないから、一瞬の早業による掏《す》り替えに違いなかったが、物語に集中していたぼくは、その意外なイリュージョンに肝を冷やした。そして最後にキスメットは、光とレンズ効果が乱舞する渦のなかで、ゆっくりと再生を遂げるのだった。そこまで辿り着いたときには誰もがキスメットに感情移入していた。

キスメットが再生すると、主人公のマジシャンの人格は統合されてゆく。若い時代の主人公を演じた男性が舞台の中央の椅子に座る。その上から白いシーツが掛けられる。観客からは人のかたちがシーツ越しに見えるだけだ。やがて狂気の淵《ふち》から帰還したNOBUさんがぱっとシーツを取り去ると、若者時代のもうひとりの自分はもはや消えている。キスメットは一体の腹話術人形に戻っている。

フィナーレは観客全員の熱い拍手で迎えられた。

この舞台劇は湾岸町の景色を変える。その意味がわかったのは、客席から熱心なアンコールが響き、NOBUさんを始めとする出演者が再び現れてお辞儀をし、そして最後に舞台の奥のカーテンが開いて、椅子に座ったキスメットが拍手に応えたときだった。圧倒的な拍手が湧《わ》いた。女性の観客が何人も歓声を上げていた。最後の最後までキスメットがただの腹話術人形なのか、それともミチルに匹敵するほど精密につくられた実際のロボットなのか、あるいはマジックのために何らかの仕掛けが施された小道具なのか、ぼくには判断ができなかった。

ホールに灯《とも》りが点り、興奮冷めやらぬといった感じの観客がめいめい立ち上がって出口へと向かう。ぼくとミチルも人の流れの最後尾についたが、狭い階段は人でいっぱいだった。

なかなか前へ進まなかった理由は、踊り場を曲がり、視界が開けてわかった。中二階のフロアに人が集まっている。先ほどまで舞台にいたキスメットが、若い俳優と一緒に客と交流しているのだ。どちらも大変な人気だった。ときおり人だかりのなかから歓声が上がる。キスメットは舞台上でやった空中からのカードの取り出しを実際にそこで再現して、集まってきたファンの人たちに渡しているのだった。受け取った幸運な人は、急いでカードの表を見つめる。周りの人たちがその手元を覗き込む。物語の設定と同じように、カードにはその人の運勢が書かれているらしい。まさにキスメットは〝運勢を伝える者〟なのだ。やがて若い俳優は感謝の言葉を述べ、キスメットとともに奥へと姿を消していった。

公演後に直接運勢を告げてもらえるのは、わずかに五、六人というところなのだろう。しかしキスメットたちがいなくなった後も観客の興奮は冷めず、受け取った人たちの周囲では盛んに喜びの言葉が交わされていた。カードの運勢には今日これからの予言が記されているのかもしれない。あるいは明日か明後日か、とにかく近い未来がそこにあるのだ。カードを受け取った女の人たちは、大切に秘密を抱えながら次の行動へと移り始める。友人とこれからの行動を話し合い、きっとこの建物を出て予言された未来へと行くのだ。

ぼくとミチルもようやく一階の扉まで降り、建物の外へ出て、新鮮な空気を吸った。ミチルは空気を吸うことはできないが、きっと冷却ファンのセンサが敏感に温度や風を察知して、ぼくと同じように解放感を覚えただろう。建物の前はまだ混雑している。舞台に感激した観客たちはなかなか立ち去ろうとせず、その場で語り合っている。

観光客がほとんど通らない細道を抜けて人混みから離れ、海岸の散歩道へ出てミチルとふたりで歩く。こちらの道はぼくが暮らしていたときのままだ。空いていたベンチに腰掛けて、対岸のコンビナート群を眺める。空港から飛び立ったジェット旅客機が、雲を長く曳《ひ》いて、ぼくたちの頭上を飛んで行く。

ツールに美雪さんからの連絡はない。ぼくたちは大野拓海くんのシフトが終わるまで、そのベンチで一時間ほど過ごした。ときおり、『マジック』を観劇した帰りと思しき女の人たちや女子高校生たちが、日曜を満喫しているといった感じでおしゃべりをしながら通り過ぎていった。

ぼくは何かひとつをうまく考えることができず、ミチルと目の前の景色にただ浸っていた。

五時十分過ぎに大野くんは店を出てきた。彼は自転車ではなくスカイウォーカーを持っていた。

「ヒカルさんたちもレンタルしてはいかがですか？　すぐそこで借りられますよ」

舗道の脇に設置されている貸出返却所《ポート》を指差す。この湾岸町のなかなら、どこへ行って返却しようとも、一回の使用でわずか百円だ。モノレールの運賃よりも安い。ぼくは硬貨を投入して、がしゃんとロックが外れて底面から空気を吹き出し始めたスカイウォーカーを引き出した。

ぼくたちはまだ陽が明るい夕方の町を、大野くんに続いてスカイウォーカーで走った。

スカイウォーカーは空中に浮かぶキックボードのようなものだ。東京オリンピック・パラリンピックの時代にいくつかの観光地で試験的に導入されていまに至っている。スケートボードのような縦に細長い踏み台があり、片手か両手でつかんでバランスを取るハンドルがついている。キックボードと違うのは車輪が小さく、しかも使用中は地面から数センチ浮くことで、ほとんど映画『バック・トゥ・ザ・フューチャー』に出てきたホバーボードのように操ることができる。

ぼくとミチルはふたりで一台のスカイウォーカーに乗った。ミチルはぼくの後ろで腰に摑まった。

ぐうん、とボードが浮力で持ち上がる。ハンドルの重心を前に倒すと、滑るように進んでゆく。内蔵された人工知能とGPS機能は安全性を確保しており、自動運転の乗用車と同じく、周囲の障害物を自動的に検知して、事前にブレーキをかけたり迂回《うかい》したりする。欠点はずっと狭いボードの上に立つ姿勢を維持しなければならないので、長時間乗っていると太ももがぱんぱんに張ってくることだ。そのためこの湾岸町をスカイウォーカーで颯爽と走るのは、もっぱら若い人たちだ。

高校時代から《ハーパーズ》のときまでずっと自転車を使っていたぼくには、未来の乗り物だった。

自転車を漕ぐぼくの横を、スカイウォーカーに乗った小中学生が走ってゆくのを眩しく眺めていたものだ。ぼくたちの前を行く大野くんは、先導のため早い段階でウィンカーを点滅させて道筋を教えてくれる。彼の滑《なめ》らかな滑《すべ》りは、レンズで道路情報を得ている人の走り方だとわかった。《ハーパーズ》では気づかなかったが、彼もまた最近の若い人たちと同じようにARレンズをふだんから装着しているのだろう。

レンズはスカイウォーカーの動きや街角に設置されたセンサ類に同期して、リアルタイムで網膜に安全情報を映し出す。それによって操縦者は車や歩行者やぼくが乗っていたような自転車の飛び出しをいち早く察知して、衝突を防ぐことができるのだ。ひとつの技術を自分の身に纏うと、それに応じて新しい世界が拓け、その新しい技術の恩恵も日常に溶け込んでゆくよい一例だった。

十分もしないうちに、ぼくたちは目的の場所へ着いた。ぼくたちはボードから降りて、校門の前に立ち、桜の木の向こうにある建物を見上げた。

ぼくが通っていた高校。

後半の一年半、同級生とひと言もしゃべらないまま卒業した学校だった。

「入りましょう。いまは夏休み期間です。日曜日ですから補習もありません。部活で残っている生徒以外はいませんよ」

スカイウォーカーを壁に立て掛け、ぼくたちは大野くんの後に続いて校内へと入った。

吹奏楽部の練習の音が聞こえてくる。この場所からは二棟の校舎が見えるのみで、テニスコートや校庭をうかがうには建物の向こう側へと回らなければならない。大野くんは躊躇《ためら》うことなく玄関口へと向かってゆく。

卒業以来、ここを訪れるのは初めてのことだ。あのころから変わっている光景と、変わらない光景がある。もう自分の場所ではなくなったという思いも過《よ》ぎる。それを察したのだろう、大野くんが途中で振り返っていった。

「ヒカル先輩が二年のときに使っていた教室は、いまぼくらのホームルームです。ご案内します」

そして彼は校舎のロビーに入っていった。ぼくはまだ少しの間、迷っていた。後を追ったのは、ミチルがぼくよりも一瞬先に、一歩前へ出たためだ。ミチルは好奇心を持つロボットなのだ。ぼくはわずかに駆け足で続き、来客用のスリッパに履き替えた。ミチルの足にはいつも持参している丈夫なビニール袋をかぶせて廊下が汚れないようにする。ロビーを抜けて階段へと向かった。ぼくのスリッパだけがぺたぺたと薄く頼りない音を立てた。

ぼくは口を利かなかった。この校舎に入るといまも言葉が見つからなくなる。あのころと同じように無口で階段を上った。きれいに塗り替えられた壁に目をやる。高校二年の夏の終わり、この壁に美波は深海の色を再現しようとしたのだ。

それは叶《かな》うことなく終わり、夏は過ぎた。いまはまだ夏が始まったところであり、まだ文化祭の準備の時期ではなく、階段の壁には何も貼られてはいない。校舎は静かだった。あのときぼくは美波を教室にひとり残して、何度もこの階段を上下して、新たな悪戯《いたずら》が起こらないか、陽が落ちるまでずっと見張っていたのだった。あのときよりもいまは日照時間が長い。午後の熱気が残った校舎は、いつまでも空の明るさに引きずられて、夜など永遠に訪れないかのような顔をしている。自分がいまこの階段を上っていることがふしぎだった。それもあのころにはまだこの世に誕生してさえいなかったミチルと一緒に、ぼくはいま一歩ずつ段を踏みしめているのだった。

「――ヒカルさん」

不意に先を行く大野くんが立ち止まり、こちらを振り返った。

いいや、違う。ぼくたちの方を見たのではなかった。彼は踊り場から下階へと続く階段をゆっくりと目で追い、そしてはっと我に返り、ぼくにいった。

「――すみません。ヒカルさんは、レンズを嵌めていらっしゃらなかったですね」

そういう彼の両眼には、やはりレンズが装着されていた。彼の眼はわずかに薄い茶色を帯び、瞳孔《どうこう》の周縁が明るく見える。ARレンズの特徴だ。

ぼくは階段を振り返った。ぼくには何も見えない。彼は口ごもり、そして短くいった。

「いま、通り過ぎて行かれたんです」

何が、と尋ねようとして、ぼくは彼の顔を見て知った。

彼はいった。

「ぼくらは、幽霊と呼んでいます。ヒカルさんがよくご存じの方です――」


四階まで上がり、廊下を左へと進み、大野くんはその教室の後ろの扉を開けた。

「ぼくの席は窓際の後ろ、あそこです」

教室のなかは、いまの高校生たちの生活で塗り重ねられていた。白板や机や椅子はぼくがいたころと変わらなかった。けれども白板に書かれた予定表はぼくの知らないいまの学校行事で、机の脇に吊《つる》されている小物やバッグはどれも新しく、あのころのものよりずっと洗練されていた。

少しも変わらないものがひとつあった。扉の正面に見える、校庭を向いたガラス窓だ。

「ヒカルさんはご存じのはずです。あの窓で何があったのか」

彼は静かにいった。

「ここで美波さんという人が亡くなったことは、高校の誰もが知っています」

ぼくは一瞬、この光景をミチルに見せたくないと思った。この扉の向こうが自分にとってあまりにも個人的な場所で、ミチルの好奇心がこの世でもっとも純粋なものであったとしても、触れさせたくないという気持ちが湧き起こったのだ。

しかし大野くんはぼくがミチルに目を向ける前に教室の扉を閉めた。

「ぼくたちにとって、幽霊は一種の伝説になっています。この高校でその人が亡くなったことは噂話でみんな知っている。その人がレンズを塡めた者には見える。幽霊はこの学校で見えることもあれば、湾岸の街のどこかに現れることもあります。めったなことでは会えません。ぼくも先ほど見たのが二回目です。見たら幸運が訪れるという人もいれば、呪われるという人もいます。つまり、伝説なんです。美波さんだけが亡くなったときの姿のまま、歳を取らずに、この世界に溶け込んでいるんです」

彼は階段の方へと戻り始める。

「もちろん、自然に幽霊が見えるようになるはずはありません。誰かがそういうプログラムをつくったわけです。幽霊が見えるような仕組みを、大人の誰かが。噂話をさらに広めて、人の興味をこの街に惹きつけて、実際にはどうなのかわかりませんが、おそらくはそれで金儲けか何かをしようとしている大人たちが」

まだぼくの口は言葉が出せずにいる。大野くんの足取りはあくまでも穏やかで、ぼくを気遣っているようでもある。ぼくたちは一階へと降りてロビーを戻り、校庭へと向かった。サッカー部が練習試合をしており、互いに呼びかけ合う声が空に響いていた。

大野くんは校舎の前から運動場を見渡す。

ぼくの靴は、コンクリートで固められた地面を踏んでいた。

美波が重力に引かれてぶつかった堅い地面。

「《ハーパーズ》の客層は最近ずいぶん変わったそうです。『マジック』をご覧になりましたよね。あの公演は今年から始まりました。舞台を見終わったお客様が、興奮を抱えたままもう少し友達と話したくて、喫茶店やレストランに入るんです。歩いて五分の場所にある《ハーパーズ》もその受け皿のひとつになりました。あの舞台は平日もやっています。二月までいた前任の人は、そうしたお客様を相手にすることになったわけです」

大野くんの言葉には淀みがなかった。この高校には昔から帰国子女が多い。彼らはいつも颯爽として、自信に溢れ、毎日の生活を満喫していた。すべての面でぼくとは正反対だった。大野くんは帰国子女ではないようだが、彼らと通じるものを持っている。彼の身長と同じように、その自信はてらいもなくいまも健やかに伸びているように思える。

彼に嫌みなところは微塵《みじん》も感じられない。若いときの自信は伸びやかさに繋がる。臆することなく世間に知られたマジックのルーティンを客に見せられるその大胆さこそ、眩しい若さの証拠だとさえいえる。ぼくは高校のころ、その眩しさを避けて歩いていた。恋や友情といった単語は恥ずかしいもので、自分とは無縁のものだと感じていた。だがいま思えば「自信」とは「自分を信じる」と書く。ぼくはあのころ自分を信じていなかったのだった。

「美波さんという人が亡くなったのは、誰かに弱みを握られたからだとぼくは聞きました。暴露されては困る写真を撮られたからです。そうですね？」

ぼくが答えられずにいると彼は続けた。

「ぼくが知っているということは、ぼくだけでなく他の人も知っているということです。噂は人知れず広まるものです」

ようやく、ぼくは声を発した。

「――なぜ、いまその話を？」

「先輩であるヒカルさんに、ぼくが知っていることをお伝えしたかっただけです。美波さんは幽霊となって現れる。なぜその幽霊はレンズの空間に見えるのでしょうか。美波さんの姿をしたものが、なぜ見えるのでしょうか。美波さんが生前に撮られた映像が悪用されたと考えるほかありません。そして重要なのは、いまも問題は終わっていない、続いているということです」

彼はぼくを見つめ返して言葉を続けた。

「ヒカルさん、美波さんの死の原因をつくった大人たちは、美波さんだけを相手にしていたとお思いですか？　そんなはずはないでしょう。他にも被害者がいるのだとぼくは思います。この高校だけじゃなく、他の高校や、ひょっとしたら高校生以外にも。このことはぼくたち高校生の間でも都市伝説のように噂になっていることなんです。そこで使われる映像は、不法なものかもしれません。幽霊に仕立て上げられる人たちは被害者かもしれません。でも、問題はそれだけじゃないんです。——自分からそうした幽霊になりたがっている人たちが、現実の世のなかにいるんですよ。つまり自分から志願して美波さんのようになりたがっている人たちです。ある手順を踏めば自分もこの世と重なった別のレイヤーの世界で幽霊になって、まったく別の生き方ができると信じている人たちがいるんです」

とても納得できない話だった。ネットワーク上にもうひとつの自分の人格をつくって、それを解き放とうと願う若い人たちがいるということだろうか。それでその人の心が何か満たされるのだろうか。

「いま都市伝説だといいました。こんな話があるんです。『マジック』の舞台でロボットが予言をする場面をご覧になりましたね？　あのロボットは公演が終わった後、観客の人たちの前に姿を見せて、予言のカードを配っていたはずです。いまいった都市伝説がぼくの耳にも入るようになったのは、あの舞台が街に来て少し経ってからのことです。あのロボットから予言を受け取って、《ハーパーズ》でその一部を成就させた人は、望み通り幽霊になることができる——と」

ぼくはさらに混乱した。ぼく自身も若いつもりだったが、いったいいまの高校生たちの間で何が起こっているのか飲み込めない。彼はさらに躊躇うことなくいった。

「ぼくも《ハーパーズ》で仕事をさせていただくようになってから、それとなくいろいろ察することができました。だから思い切っていいます。美波さんの死の原因をつくった人は、かつて《ハーパーズ》に現れたことがあるのでしょう？　そのストレスこそ、ヒカルさんが退職なさった理由のひとつだったとぼくは考えています。美波さんの死の原因は《ハーパーズ》の客にあった。でも、いまもそうだとお考えですか？　いま狙われる人たちがいるとしたら、それは誰でしょう？　この町にやって来るようになった新しい人たちです。あの舞台を観劇にやって来る人たちです。その人たちを罠にかけるとしたら、どこで網を張るのがいいとお思いになりますか？　二月まで《ハーパーズ》にいた前任者は、その役得を最大限に利用した可能性があると、ぼくは考えています」

「そんな、まさか」

「前任者はいなくなりました。何か事情がばれそうになって逃げたのか、それとも単なる偶然なのか、真実を知る人はいません。その後に入ったのがぼくです」

「前の人のことはぼくも知らない。けれども、その人はテルさんの知り合いで――」

そこまでいって、ぼくは気づいた。テルさんは二月に姿を消した。友人を助けるためだといい残して。テルさんの〝友人〟が、犯罪めいたことに関わっていたということだろうか。

「ぼくにはこれ以上踏み込むことはできません。しかしヒカルさん、第二、第三の美波さんを今後出さないよう努力することはできます。――ぼくはこの四ヵ月、《ハーパーズ》で働いて、少しずつお客様に接してきました。ぼくはヒカルさんの力になりたいと思っています。高校の後輩だからだということじゃありません。それがぼくにできることだと思っているからです。ぼくもマジックの魅力に取り憑かれました。ぼくはまだ高校二年ですが、ヒカルさんの後ろを追っている人間なんです」

　そして言葉を切ると、少し俯《うつむ》いてから、表情を変えて再び顔を上げた。彼は等身大の高校生の顔に戻ろうとしていた。

「ぼくからお伝えできる話はここまでです。──これからは別のことでヒカルさんとお話をさせていただいてもいいですか？　いつかぼくもヒカルさんのマジックを間近で見てみたい。ぜひ参考にさせて下さい。ぼくにとってヒカルさんは師匠だと勝手に考えています。ヒカルさんがいたレストランでいま自分が仕事できていること、それはぼくにとって誇りです」

　そしてミチルへと顔を向け、ふしぎそうに尋ねた。

「このロボットもマジックをやるんですか？」

「そうだよ」

「すごいですね。本当の『マジック』だ。──ヒカルさん、もしご迷惑でなければ、これからもときどき会ってお話ししていただくことはできませんか？　先輩としてぼくのマジックを見てアドバイスしていただきたいんです。きっとぼくにとって勉強になると思うんです」

「ぼくでよければ、いつでも」

「よかった」

　と彼は笑みを浮かべた。心からほっとした様子だった。

「行きましょう」

　彼はスカイウォーカーへと戻っていった。

4

引っ越して初めての夏がやって来ていた。真夜中近くまで観光客が舗道を歩き、港の風を満喫している。浴衣《ゆかた》姿の人も多く、夜には花火が上がり、その時間になると《ル・マニフィック》も大窓にVR投映するのをいったん止めて、近くの空で鮮やかな光が弾けるのを見渡せるようにしていた。胸の高鳴るような花火の音はレストランのなかにまで響き、その最中にはぼくもホールへ出るのを控えて、お客様たちが夏の風情に浸るのを後方で見届けた。

ありきたりないい方かもしれないが、《ル・マニフィック》での仕事は忙しく、そして充実していた。人気のデザートはやはり透明感のある冷たい氷菓子で、立花《たちばな》さんたちのつくったソルベはたくさんのお客様に愛されていた。ぼくはといえば、ドクからかつてアドバイスされたようにジャケットを身につけず、シャツとベストだけでこの夏を乗り切ろうとしていた。この出で立ちで、ぼくはソルベのデザートに合わせて、液体窒素で瞬間冷凍させた花飾りを取り出す現象を新しく演じていた。

霜が降りるほど冷たくなっている花を、カードデックの間から出現させる。花弁の霜をきれいに保つためには、わずかな間でも手に隠し持つわけにはいかない。マジックのクライマックスまで、その冷たさを保持しておかなくてはならない。花のかたちが崩れてしまうから、ベストのなかにさえ隠すこともできない。ぼくにとっては挑戦だった。ロボットであるデデたちの協力によって初めて可能になったルーティンだ。お客様に心から驚いていただけているると感じられることが嬉しかった。

自分なりのマジックができるようになってきたのではないか——。この《ル・マニフィック》に来て十ヵ月経ち、ようやくそんな風に思えるようになっていた。

毎日の演技の積み重ねは次の未来の仕事を届けてくれる。あるとき主任シェフの畠山さんが、開店前にぼくのところへやって来ていった。

「ヒカル、お願いがあるんだが、九月になったらうちの姪《めい》の子供が通っている小学校で、手品の特別授業を一度やってくれないか。ＰＴＡの人たちからたっての願いなんだ。きみと一緒に、ミチルくんも行ってくれるとありがたい。子供たちが喜ぶと思うんだ」

いつかミチルとともに舞台に立つことを、これまでまったく夢想しなかったわけではない。そういう日がやって来るかもしれないと思っていたし、熊谷さんたちや岸さんたちの披露宴でぼくたちが経験させてもらったことは、きっといつか次の舞台にも繋がると思っていた。それでもこんなかたちでその機会が巡って来ようとは考えていなかった。

その依頼があった日の夜、ぼくはひとり思い出し笑いを浮かべて、スキップをするように夏の深夜をアパートへと戻ったと思う。

つまりぼくはそのころ幸せだったのだ。

ただひとつ、美雪さんやテルさんのことが何か自分を決定的に変えてしまうのではないかと予感していた以外には。

大野拓海くんから聞いた話は、ぼくの心から離れなくなった。むろん仕事に没頭しているときは思い出したりはしない。家に帰ってミチルと話しているときも、いきなり囚われることはない。しかしひとりで《ル・マニフィック》へと通勤するとき、深夜にひとり帰路に就いているとき、あるいは賄いの休憩時間に、不意にぼくは胸を摑まれ、《ハーパーズ》のことをどうしても思い出してしまうのだった。

自分を落ち着かせるために何か行動を起こすことはできるだろうか。ちょうど次の週に入ってからも一井さんとはメッセージと電話をやりとりしたので、ぼくの後任者だったマジシャンのプロフィールを教えてもらうことができた。

その人は譲原高《ゆずはらこう》さんという三十歳代半ばの男性だった。名前は聞いたことがある。一井さんはぼくがいなくなるとき、以前《ハーパーズ》に勤めていたテルさんに連絡を取って紹介をもらった。譲原高さんはふだん都内のマジックバーに出演しており、穏やかな性格の人だったという。マジシャン仲間からはコウさんと呼ばれていた。

一井さんはさらに親切に教えてくれた。

「きみとは違うタイプのマジックが得意だったね。読心術というのか、トランプを開く前に当てたり、相手の引くトランプを予言したりといったものをよくやっていたよ。星占いのようなもので、若い女性のグループに特に人気があった」

メンタルマジックと呼ばれる分野だ。古い時代には超能力や心霊術として舞台で披露されたマジックで、手先の器用さよりも人間の心理を衝いたトリックが主体だ。《ハーパーズ》ではそれまで演じる人があまりいなかったから、新しい客を開拓して惹きつけたことだろう。

ただ、《ハーパーズ》に来店した『マジック』の観客に何か心理的バイアスを植えつけるには、メンタルマジシャンは適任だともいえる。

少なくともぼくの後任者とテルさんは繋がった。テルさんが二月に大阪を離れたのは、自分が《ハーパーズ》に紹介したコウさんが辞めると聞いて、詳しい事情を聞くために東京に出てきたためかもしれない。ふたりが湾岸町で会った可能性は高い。

その後テルさんは横浜へやって来る。テルさんは舞台『マジック』と《ハーパーズ》が何らかの事件に関わっていることを知ったのだろうか。それがぼくの同級生だった美波と遠く関連していたことも。

それを伝えるのが目的でぼくに会おうとしたのだろうか。

けれどもテルさんは結局そうすることなく、代わりにミチルと出会い、ミチルを東北の被災地へと連れて行った。そしてミチルを信頼の置ける施設に預け、自分は美雪さんの行方を追った。

もしコウさんの退職に、かつての美波の死が関わっていたのなら、テルさんが美波の姉の美雪さんを捜しに行った理由にも説明がつく。テルさんが姿を消したこと、いったんはぼくに会おうとしたこと、美雪さんを《ハーパーズ》に連れ戻したこと——。一連の行動は繋がるが、まだ肝心な部分がわからない。

作家の熊谷さんにはお礼と報告を兼ねて連絡を取った。ただ、大野くんから聞いたことについては自分からいい出せなかった。熊谷さんがどこまで把握しているのかわからなかったからだ。

「『マジック』を観たのかい。ぼくも近々行くつもりだ。新しい知らせがある。大阪の夢洲で会ったトキヤさんを憶えているね。彼から連絡があって、この週末にテルさんが大阪に戻るそうだ。ぼくはテルさんと直接話せていないが、きみの方は？」

「まだです」

「これまでのことがある程度片づいたんじゃないかな、あるいは」

それは確かに新しい情報だった。同時にぼくは寂しさも覚えた。テルさんは最後までぼくに何も伝えずに行ってしまうのだろうか。ぼくから連絡を取ることはできないのだろうか。

大野くんから聞いた話は、何度も反芻してみたものの、ぼくにはにわかに信じられないものだ。ぼくはあのころの美波があくまで個人的に悩みを抱え込んでいたのだと思っていたし、姉の美雪さんもそう考えていたはずだ。日高《ひだか》と名乗ったあのカメラマンとのつき合いは一対一のものだったと思っていたのだが、それさえ間違いだったのだろうか。

美雪さんには何度かツールでコンタクトを図ったが、まだ返信はなかった。ただし一井さんからは新しい電話があった。

「美雪くんが、この週末からまたうちで働いてくれることになったよ」

「本当ですか？　もう一度お邪魔してもいいでしょうか」

「美雪くんに訊いておくよ。ただ、あまり個人的なことは話したがらないかもしれないね」

それはぼくにも了解できた。美雪さんと会うだけでいい。会って顔を合わせれば、きっと糸口が見つかる。

「テルさんとはその後会いましたか？」

「いや、来ていないな。来たらまた伝えるよ」

岸さんの結婚披露宴から六日が過ぎようとしていた。台風がやって来て関東の端を掠め、夕方からは雲も飛び去って、再び夏らしい広い空が蘇りつつあった。

夜のテーブルホッピングの途中で、こめかみの後ろにつけたパッチ越しにメートル・ドテルの諏訪さんから声がかかった。

《ヒカル、受付にあなたについての問い合わせが来たそうよ。ここでマジックをやっている青年はいるか、何曜日に出ているかって》

意外だった。ぼくのことを事前に尋ねてくるお客様はめったにいない。この《ル・マニフィック》は本格フレンチレストランであり、それにロボットのデデたちが給仕を手伝っていることや「美女と野獣」のような雰囲気が楽しめるといったことがむしろ初回のお客様にはよく知られており、食後にマジックを提供していることは決して積極的な宣伝材料ではないからだ。多くのお客様はテーブル席に着いてメニューを開き、諏訪さんたちメートルの人々から説明を受けて、そこで初めてマジックがあることを知るのである。ぼくにもこの十ヵ月で馴染みのお客様はできたが、最初からマジックを見ることを目的としてレストランにやって来るお客様は皆無といっていい。

《外国の方だったそうよ》

その言葉を聞いても、ぼくにはそのとき察しがつかなかった。むしろテルさんか美雪さんだろうかと考えていたほどだ。

多くのことが同時に起こっていることを、ぼくはそのときまだ知らなかった。

仕事が終わって控え室に戻り、ツールを見たとき、大野くんからメッセージが入っていることに気づいた。

大野くんはあれからいくつものメッセージを送ってきていた。美波の件については触れず、代わりにどの文面にもマジックについての話題が溢れていた。

それは彼がいちばん語りたいトピックだったのだと思う。彼はふだんの生活でマジックについて誰かと話す機会がなかったのだ。

ぼくが返事を送ると、数時間もしないうちに彼からの新しいメッセージが届く。

《あっ、ぼくは送りすぎていますね。すみません！》

と、幾度目かのメッセージには書かれてあった。ぼくが《ハーパーズ》でどんなマジックをおこなっていたのか、一井さんやフロアスタッフの人たちから聞いたらしい。〝シカゴの四つ玉〟のシリコンボールにけん玉を組み合わせる手順のことを、自分ではとても思いつかないと褒めてくれていた。

ぼくには初めての経験だった。彼はいままできちんとプロマジシャンと接したこともなかったに違いない。そうでなければぼくのような若造を目標などにするわけがない。だがぼくは自分のことを若造だと思っていたのに、気がつけば自分より若手のマジシャンが、こうして《ハーパーズ》で客と接している。このぼくにさえいくらか歳月の積み重ねができていたのだ。

再度《ハーパーズ》を訪れる際にはぜひ声をかけてほしい、と彼の最新のメッセージにはあった。

明日行きます、とぼくはその場でメッセージを返した。

ぼくは時刻を確認した。立花さんとの打ち合わせの日だ。帰宅の準備をしてフロアへ戻ろうと決めたそのとき、先ほどから一分も経たないうちに彼の返答があった。

《お知らせありがとうございます！　ぜひお目にかかりたいです！》

「ヒカルさん。今日はお伝えすることがあるんです」

立花さんはいつもと同じ時刻にフロアへとやって来たが、ふだんのように着替えは済んでおらず、白い料理服のままだった。ぼくの顔を見ると少しぎこちなく微笑んでそう切り出した。

ぼくはいまなお立花さんと週二回、お互いにアイデアを出し合う勉強会を続けていた。デザートとマジックの新鮮な組み合わせは、プルミエの上田さんや中内《なかうち》料理長も歓迎してくれている。これから残暑が厳しくなる時期に向けて、さらにお客様に爽やかなひとときを味わっていただくおもてなしができないかと、ぼくたちは掛け値なしに無心で話し合っていたと思う。

「この秋にパリへ行くことになりました」

立花さんはコック帽を取り、ぼくの向かいの椅子に座った。

「二つ星のレストランで働きます。主任と料理長に願書を出していて、今日ようやく紹介先からお返事がもらえました」

「それは……、おめでとうございます」

後で考えるとぼくは間の抜けた返事をしてしまったかもしれない。立花さんはその応えを受けて、ひとつ息を継いでから、決意したように微笑みをつくった。

「二年間は向こうで働きます。その後ここへ戻れるかどうかはわかりません。そのときの運任せ、風任せです」

「でも、憧れの修業先なんですよね」

「はい。急いでフランス語の学校にも通わないと。これからの三ヵ月で特訓です。語学学校にはパティシエ向けの講座もあるんですよ」

　そして頭を下げた。

「だから、ごめんなさい。ヒカルさんにマジックを教えてもらう時間は少なくなってしまうかもしれません」

「いえ、むしろお祝いごとですから、気になさらないで下さい」

「秋までのメニューづくりはちゃんとやります」

「《ル・マニフィック》のデザートマジックのスタイルは、立花さんがつくったものだと思っています。ぼくはそのお手伝いをさせていただきました。ぼくの方がお礼をいう立場です」

「新しい職場では、マジックなしにデザートをお客様にお出しすることになるでしょうね。それが寂しくもあります。いつもヒカルさんとお話しさせていただくのは、私にとって本当に勉強になりました。貴重な経験だったと思います」

　立花さんは帽子を膝の上に持ち、両手をテーブルの下に置いていた。何回もぼくたちはテーブルを挟んで両手を動かし、カードを扱い、互いの手を見てきた。それがいまは隠されていた。

「岸さんの披露宴でもミチルくんとマジックをしたそうですね」

「はい。おかげさまで皆さんに楽しんでいただけたようで、ほっとしています」

「まだ私、ミチルくんとは会っていませんね。ヒカルさんのお話から聞くだけです」

「とてもいい子です」

「そう思います」

少し沈黙があった。立花さんは微笑みを浮かべたままだったが、独り言のように呟いた。

「パリに行ったら、マジックのことを忘れてしまいそう」

そしていった。

「ヒカルさんも、ずっとこの店にいるわけではないのでしょう?」

「どうでしょう、わかりません」

ぼくはこのような会話をするのが初めてで、うまい返し方がわからなかった。

「このお店でマジシャンはヒカルさんひとりだけです。大変だったでしょうね。この店の体制は上田ディレクトゥールがつくり上げたものですが。ヒカルさんもご存じの通り、人の出入りはいまも落ち着いていません。それでも《ル・マニフィック》はようやく新しいスタイルを定着させてきたのかもしれません。ただ、いつそれが変わるのかは上田ディレクトゥールにもわからないでしょう。誰にもわかりません」

「そうやって、未来はできてゆくんだと、ぼくは思います」

ぼくは答えた。

「いまは少数の人にしかわからないこと、ほんのわずかな人にしか馴染《なじ》んでいないこと、それがいつか大多数になったとき、ぼくたちは未来に立つんだと思います。その途中はぼくたちには見えないんです」

いままでこんな話を誰かとしたことはなかった。けれども気がつくとぼくは、自分でもくっきりとかたちのわからなかった自分の思いを言葉にしていた。

立花さんはぼくを見ていた。

ぼくは未来に立てるだろうか？　ぼくはむしろ未来に置き去りにされた人間だ。たとえばレンズにも馴染みはなく、ロボットであるミチルとの正しいつき合い方もわからないまま過ごしてきた。未来の象徴ともいえるようなミチルと暮らしていても、日々の生活で未来のことを考えたことはなく、デデたちが人と一緒に働くこの未来的な《ル・マニフィック》にいてさえ、未来というものをはっきりと見据えたことはなかった。

ぼくなりに一歩ずつ進んできただけだ。

ぼくは立花さんの思いとはまったく見当違いの返答をしたように感じたが、それでも立花さんはぼくを見つめた後、明るく笑った。

「ヒカルさんがこの店にいらっしゃってよかったと思います」

立花さんは立ち上がり、右手を差し出した。

握手を求めているのだった。

ぼくは立花さんと握手をした。ふしぎだった。この店を離れるのは三ヵ月後の秋だといっていたのに、まるで明日別れるかのような素振りなのだ。

立花さんの手はぼくよりも小さく、少しばかり冷たくて、そのてのひらは多くのマジシャンが用いるポーカーサイズのカードを持つと一杯で、いつも懸命であったことが思い出された。


そしてぼくは夜道を歩いてアパートまで帰った。

ミチルがいつものように部屋で待っていた。精密なロボットであるミチルにとって、夏の暑さは大敵だ。躯体に取りつけられているファンだけでは内部のコンピュータや駆動系を冷却し切れない。エアコンのクーラーが効いた名残のある部屋に戻るのも、この一ヵ月ほどでぼくには馴染みのことになってきていた。

「ミチル、『はてしない物語』はどこまで読んだっけ」

ぼくたちは長い長い『指輪物語』を読み終えて、新しい小説作品へと進んでいた。ぼくたちが選んだのはドイツの作家ミヒャエル・エンデの『はてしない物語』で、それは題名に物語という言葉が入っているからだったが、子供のころにこの本が原作の映画を観たこともあって、名前を憶えていたのだった。

「十四章までだよ」

「そうだ。ライオンに会ったんだ。これからどうなるんだろう。ぼくもこの話の終わりは知らないんだよ。映画でやったのは話の前半までだったんだ」

なにしろ映画版は、最後に「それはまた別の物語だ」とナレーションが入って終わってしまうのだ。けれども実際にミチルと読んでみると、映画は全体の半分までしか届いていない。いったい空想上の国ファンタージエンの王になった少年バスチアンがこの後どうなるのか、ぼくには未知の物語だったのだ。

ぼくはまだ『はてしない物語』というこの題名の意味を知らない。それとなく想像はつくが、それは確かなものではない。

ぼくはソファベッドに入り、そして思った。

ぼくとミチルはこの後も永遠に、こうして物語を読み続けるだろうか。

ぼくたちのこの生活は果てしない物語だろうか。あるいはいつかどこかで終わるのだろうか。

5

翌日、ぼくたちは再び《ハーパーズ》を訪れて美雪さんと会うつもりだった。その朝、不意に玄関のチャイムが鳴った。

また出かける時間には早く、ダイニングテーブルを挟んでミチルとカードの練習をしていたぼくは顔を上げ、チャイムが鳴ったのはここへ越してきてから初めてのことだと気づいた。思わずミチルと見つめ合い、そして扉を開けたとき、そこに立っている人を見てぼくは一瞬、時間が飛んだような気がした。

「久しぶりだね。いままでずっと連絡できず、すまなかった」

ミチルがダイニングの椅子から立ち上がり、こちらへと振り向くのがわかった。

「ミチルくんとも久しぶりだ。こちらに戻ってきたことは聞いていたよ」

「……テルさん！」

「いきなりやって来てすまない。今週から美雪さんが《ハーパーズ》に復帰するんだ。一井さんと話し合いがついたそうだよ」

「そのことはうかがっています。今日、美雪さんに会いに行くつもりだったんです」

「うん。だからその前にきみに会えればと思ってやって来たんだ。——突然のことですまないが、少し話をする時間をもらえるかな？」

咄嗟《とっさ》に振り返り、部屋を見回す。もともとひとり暮らし向けのアパートだ。それよりも、とぼくはミチルと目線を交わし、そしていった。

「公園に行きませんか。ベンチもあります」

テルさんは頷いた。

「ミチルくんと会った場所だ」


ミチルがけん玉の技を組み合わせて披露する。その後ろには横浜の港が広がっている。ぼくたちは《港の見える丘公園》の展望台のベンチに座り、ミチルは持参したけん玉を手にぼくたちの前に立っていた。

「やっぱりうまいもんだなあ。温かみがあるのがいい。ミチルくんならではの味わいだよ」

テルさんは手を叩いて賞賛した。テルさんは以前にもミチルのけん玉を見たことがあるのだ。懐かしそうな目をしている。会話が始まる前のささやかなひとときだった。

「あの日もぼくは朝に来たんだ。アパートに行ったらきみはもう出た後でね、どうしようかと思って周りを見たら、横手の丘から階段が続いていたから、何とはなしに上ってこの公園に来た。ミチルくんが地元の子供たちと遊んでいるのを見かけたんだ。きみの友人だとすぐにわかったよ」

ミチルもぼくの隣に座ってテルさんの話に耳を傾ける。

「最初はミチルくんに、きみのことを尋ねようと思って声をかけたんだ。きみが新しい職場で頑張っていることがよく理解できた——オリジナルの手順もいろいろ考え出して演技したそうだね——ミチルくんと話し込んでしまった」

「旅に出たいと最初に申し出たのはミチルですか」

「そうだ。ミチルくんは青い空のことを話してくれた——ヒカルくん、ぼくがきみと親しかったことを知って、ミチルくんはきみにも語らなかったことを話し始めたんだよ。ぼくにはロボットのことはよくわからないが、むしろミチルくんはきみに心配をかけたくないと考えていたんじゃないかと、そのとき感じたんだ。きみを煩わせることなく、自分の見ているものの正体と、その意味を探したいといった。

自分のルーツを辿りたいと考えている様子だった。だから昔のヒカルくんを知っているぼくに、ミチルくんは話したんだと思ったんだ。物事の源、ルーツへと遡るという点で同じだと考えたのだろうね」

ミチルは何もいわずに聞いていた。ミチルには表情がない。テルさんの話を聞きながら、何を〝考えて〟いるのか、その外観から察することはできない。それでも、いまミチルはあの落ちてゆく空を思い出しているのではないか、ぼくと一緒ではなかった数ヵ月をその胸の内で振り返っているのではないか、と感じた。

「ぼくはそのとき迷ったんだ。少なくともきみに伝えておくべきだ、なぜぼくがきみを訪ねてきたのか、なぜミチルくんの思いを叶えたいと感じたのか、少なくとも書き残してゆくべきだと思った。ミチルくんはぼくをアパートへと連れて行った。ミチルくんが鍵を開けて、初めてぼくはきみの部屋を見たよ。ミチルくんは突然にいったんだ、自分の右腕をもぎ取ってくれないかとね。自分の右肩を示して、ここを捻《ねじ》れば外れるはずだと差し出したんだ。そして自分はこの右腕をきみのために置いてゆくつもりだといったんだよ」

「テルさんがそれをなさったことは初めて知りました。ミチルが自分だけで腕を外せるとは思えなかったんです」

「ただ、ぼくが承諾したのは、ミチルくんがそのとき気がかりなことをいったからなんだ。ヒカルくん、きみの過去の欠片《かけら》も自分は見えてしまう気がする、それがいちばん心配なことだと、ミチルくんはいったんだよ」

初めて聞く話だった。驚いてぼくは隣のミチルに目を向けた。ミチルは答えた。

「あの高校生の人は〝幽霊〟だといっていたよ」

「美波のことを知っていたのか！」

「名前は知らなかったよ。でもたくさんの人がその〝幽霊〟の話をしているのがわかったんだ。ヒカルはときどき高校のときの話をしてくれたよね。大切なカードの話をしてくれたよね。先週行ったレストランでずっと仕事をしていたことも。ヒカルの大事な人が別の世界で彷徨《さまよ》っているのは、ぼくにはなぜなのかわからなかった」

「待ってくれ。その〝幽霊〟というのは？」

ぼくはテルさんに、先週後輩の大野くんから母校の校舎で聞いた話を伝えた。テルさんは深く頷いて、

「では話そう」

といった。

「まさに二月、きみを訪ねたのは、その件をきみに伝えようと考えていたからなんだ。ただそのときはぼく自身もまだ事態の詳細を摑めていなかった。ぼくはミチルくんの話を聞いて、自分は浅慮だったんじゃないかとあのとき考えたんだよ。まだきみには話さない方がいい。きみを必要以上に不安にしてしまう可能性がある。ぼく自身はきみの友人の美波さんを直接知っているわけではなかったが、その話は《ハーパーズ》できみの後任だった譲原高氏と繫がるんだ。譲原氏から話を聞いて、きみの大切な友達だった人が過酷な目に遭っていることを知ったんだよ」


——久しぶりに会ったテルさんと、こんな話をして過ごすのはふしぎな気持ちだった。

テルさんは二月に《ハーパーズ》を辞めたコウさん——マジシャンの譲原高さんについても話してくれた。「譲原氏」とテルさんは呼んだ。懐かしい響きだ。テルさんは他の人を呼ぶとき「氏」をつける特徴があったのだ。ただし昔からぼくだけは「くん」づけか、あるいは「きみ」と呼んでいた。いまテルさんはミチルにも「くん」をつけて語っている。ぼくたちはふたり揃ってテルさんの後輩になったよう

に思えた。

「譲原氏とは昨日も会ってね、話をした。彼もこの週末から前に勤めていたマジックバーに復帰するんだ。きみたちと一度は話をしておきたい気持ちもあったようだけれど、彼の言葉は託《ことづ》かって、今日はぼくひとりで来たんだよ」

テルさんが伝えた話はこうだった。ぼくが昨年《ハーパーズ》を辞めた後、テルさんは後任として知人のコウさんを一井さんに紹介し、しばらくはそれで問題なく物事は回っていた。今年になって《ハーパーズ》の近くに劇場が新設され、『マジック』が上演されるようになった。こけら落とし以来ずっと主役のひとりを務めたのは、かつて《ハーパーズ》でも働いたことのあるNOBUさんだ。舞台はすぐに評判を集めて、連日満員の人気作となった。決してかわいいわけではないがふしぎな吸引力を持つロボットのキスメットは、十代や二十代の若い女性から好感を得ていたが、それだけで物事が終わらないことに《ハーパーズ》のコウさんが気づいたのは、上演開始から一ヵ月ほど経ってからのことだったという。

自分の未来を占ってほしい、とコウさんに願い出る《ハーパーズ》の客が増えたのだという。メンタルマジックを得意とするコウさんは、初めのうちそうしたリクエストに快く応えて、ただしあくまでもマジックの範疇《はんちゅう》内で、予言や心理テストをおこなっていた。

しかしどうも様子がおかしいとコウさんは気づき始めた。

幽霊になりたい、という少女がときおりやって来る。

高い窓から飛び降りて重力に引きつけられることで、自分は幽霊となって生き続けることができる。幽霊同士は話もできるし触れ合えるから決して寂しくはない。幽霊になったとき自分は孤独から解放される。どの場所で自分は飛ぶのがいいのだろうか、と。

奇妙に思ったコウさんは、それとなく顧客から聞いて事情を知った。かつてこの町の高校で飛び降り自殺をした女子がいた。彼女は生前に自分の姿を写真に撮られていたことで、自らの分身を遺すことができた。ヴァーチャルリアリティの世界では、かつてそれはアバターと呼ばれていた。人工現実の時空間に存在しうる身代わり、もうひとつの人格のことだ。

昔からゲーム業界でもよく使われていた概念だ。何度かの流行《はや》り廃《すた》りがあり、いまとなってはアバターという言葉自体が手垢にまみれたものとなり、そのように呼ぶ人はほとんどいない。レンズを通して見える異世界空間は、すでに異世界という異和の感覚さえも希薄化して、この世とは別レイヤーとして社会に浸透しつつある。

若い世代に特有の、一種の神秘的な憧れの感覚があるのかもしれない。いまではごく数枚の写真から簡単に自分の3Dモデルを作製できる。自分の写真をネットワーク上に掲げて友達と喜びを共有する人は昔から多い。そうした画像データからしかるべき人工知能プログラムが的確に特徴を抽出すれば、すぐさまその人の3Dモデルは出来上がり、ゲーム世界のキャラクターやIDスタンプとして利用できる。ただしそれだけでは〝幽霊〟にはならない。他の人々に噂されるほどの〝伝説〟にはならない。

自分の力の届かない何者かによって自分の画像が発見され、掬《すく》い上げられ、再生されて、初めてそれは〝幽霊〟となる——というのだ。それは決して自分の思い通りになるものではない。よって何者かによって再生されるためには秘蹟《ひせき》めいた手続きが必要であり、それを経て初めて人は次の世界へ行けるのだという。

それが魔法なのだと、彼女たちはいった。

ミナミと呼ばれるその幽霊は特別な魔法を授けられ、それによってこの世から消えることができた。それは決して消滅ではなかった。なぜなら彼女は魔法をかけられたのだから。それは転生であり命の新生であった。ネットワーク上の人智を超えた宿命が、彼女の画像を救い出して幽霊として新しい生を与えた。彼女はいまも魔法をかけられた母校の校舎と、そして彼女が暮らした湾岸の町に生きている。もしあなたが魔法を信じないならレンズを嵌めて彼女の姿を追ってみればいい。あなたは彼女と擦れ違うことがあるだろう。それは陳腐なアバターではなく、ゲーム世界のキャラクターでもない。もうひとつの世界で生きるということなのだ。そこでは周囲のほとんどすべては幻影だが、幽霊であるその人だけは真実の存在だ。真実の者同士は話し、触れ合うことができる。そうして生きるためには、魔法によって向こうの世界へと渡らなければならない。

舞台劇『マジック』に登場するキスメットというロボットは、劇中でカーニヴァルのジプシー人形の真似をして、主人公である若いマジシャンの未来を予言する。おまえはやがていつか消えて、別の世界で恋人と一緒になるだろうと、キスメットは予言の書かれたカードを取り出して若きマジシャンに差し出す。劇の最後で物語はある種の悲劇的な展開を迎えるのだが、そこで若き日のマジシャンは椅子に座り、シーツを頭から被《かぶ》せられる。〝ワン、ツー、スリー〟と古典的なかけ声の後、さっとシーツが取り払われると、すでに彼の姿はない。一瞬前まで彼の頭や肩や腕のかたちがシーツ越しに見えていたのに、そこには無の空間しか残されていない。彼は老いたマジシャンの心のなかへ還っていったのだが、あるいは彼は別の世界へと旅立っていったのだとも解釈できる。その証拠に劇場では、その後にわずか一瞬、若きマジシャンの幽霊が、幸せそうな微笑みを湛えて、レンズをつけた観客には見えるからだ。そのシーンが人々の間でミナミの幽霊の伝説と結びついた。

コウさんは《ハーパーズ》を訪れる若い人たちが奇妙なカードを持っていることに気づいた。カーニヴァルのジプシー人形が差し出す運命のカードの体裁で、そこには抽象的な予言が書かれている。舞台劇『マジック』を観た客が、上演後にキスメットからもらい受けたカードなのだ。それは一部の人にとって、自分が魔法をかけられるためのいわば通行手形であるらしい。ミナミという幽霊はかつて《ハーパーズ》に通ったという。彼女はそこでマジシャンに接し、この世に魔法があることを知った。いまこの時代を生きる自分たちもミナミと同じ手続きを踏むことによって、彼女と同じようにもうひとつの世界へと新生できるのではないか。

私の魔法は何でしょう。私に魔法をかけて下さい。一日にふたり、三人、そして後にはそれ以上の若者が、そっとコウさんに囁くのだった。あるいはもっとはっきりと懇願してくる女性もいた。あなたは幽霊になる方法を知っていますね。どうして教えて下さらないのですか。そしてあるとき、コウさんは湾岸町のあるマンションから若い女性が飛び降り自殺をしたとのニュースを見て愕然《がくぜん》とした。その女性の顔写真に見憶えがあった。ほんの数日前に《ハーパーズ》へやって来て、何の反応もせず黙ってコウさんのマジックを見て、ひとりで帰っていった女性だった。

自分のしている仕事は自殺の幇助《ほうじょ》ではない。彼女たちは真剣に思い詰めているのかもしれないが、それは妄想でしかない。マジックは決して魔法ではない。エンターテインメントと現実を混同してはならない。歴史が何度も証明しているが、人はそれを取り違えたとき、誤った道を進んでしまう。だが《ハーパーズ》のテーブル席で客にそれを伝えることは不可能だ。

コウさんは《ハーパーズ》を辞める決心をした。そしてテルさんに連絡した。

「もちろん都合よく自分の画像を美しい〝幽霊〟にしてくれるものなんて存在しない。もしレンズの世界にアップされるとしたら、それは誰かがそうなるように仕向けたわけだ。そこには大人の論理が働いていると思う。つまり若い人たちの画像を〝幽霊〟にすることで、儲けが生まれる仕組みをつくって、利用している者たちがいる。表面上は神秘的な噂話を広めることによって、誰かが得をするようなシステムが働いている。きみの友達だった子はそうしたビジネスに悪用されているのだと思う」

「美雪さんはそのことを知らなかったのですか」

「知らなかった。きみの友達は、いつからか勝手にレンズの世界にアップロードされていた。ぼくは譲原氏からこの話を聞いて、初めてきみの友達が若い人の間で話題になっていることを知った。その時点ではまだぼくと譲原氏の間だけでの理解だ。美雪さんのことは《ハーパーズ》で仕事をしていたから知っているが、きみと同時期に店を辞めていて、マネージャーの一井氏も連絡先を聞いていない。東北の被災地へ行ったということしかわからなかった。まずぼくは美雪さんへの確認が必要だと思った。そして、誰がこの噂を裏で流しているのか知る必要があると思った。警察にも届ける必要がある。ただ、そのときはまだ噂話もごく狭い世界で熱心に支持されているだけで、ぼくらは警察に話してみたが、本格的な捜査とまでは至らなかった。ネットワーク上には人工知能のウイルスのようなものが拡散していて、そうしたプログラムが勝手に個人情報や個人画像からヴァーチャルリアリティの人格をつくって、レンズの世界にばらまいてゆくものがあるんだそうだ。そうしたウイルスの痕跡が若い人たちの間で自然と〝幽霊〟の噂話になって拡散したんじゃないか、と警察の人はいっていた」

「美波の幽霊も、そうしたウイルスがつくったということですか。でも、もともとの画像がなければ、ウイルスも感染できないんじゃないですか。誰かが美波の画像をネットワークに……」

そこまでいって、ぼくは思い至った。美波はカメラマンに写真を撮られていた。その写真がネットワーク上にアップロードされていたということだろうか。

あるいは、そのカメラマンが故意に美波の画像をアップしていたなら。

テルさんは頷いていった。

「後に美雪さんと会って、きみの友達の事情は聞いた。きみの友達が幽霊になるとしたら、きみたちが

《ハーパーズ》で会ったカメラマンが撮影した写真からデータが取り込まれたとしか考えられないんだ。そんな経緯の写真がネットワーク上で人工知能ウイルスに感染するなどということは偶然が過ぎる。そのカメラマンか、あるいはその仲間の誰かが、意図して幽霊につくり上げたと考える方が自然なんだ」

テルさんの言葉は論理的だったが、その口調はぼくの心を落ち着かせるよう一貫して低く穏やかなものだった。テルさんの声はいつも心地よい。おかげでぼくは自分の言葉を暴走させることなく済んだと思う。

「美雪さんは津波被害のあった町の小さな食堂で働いていた。近くの小中学校にもボランティアでときどき行っていたらしい。そこで幽霊の噂話を聞いた。春休みの間でもクラブ活動や補習はあって、生徒たちの間で急速に話は広まっていたようだ。ぼくがミチルくんを連れて東北に行ったときには、そのくらい若い人たちの間で拡散していたんだよ。ぼくが美雪さんと会ったときには、彼女はもう知っていた。表には出さなかったが心の内ではかなり動揺していたのがわかったよ」

「美雪さんはレンズを使っていなかったはずです。美波を見たのですか」

「見ていない。一度もレンズで確かめてはいない、自分の知らないところで噂が広まっていると考えるだけで、どうしたらいいかわからなくなるといっていた。ぼくは一ヵ月間、美雪さんをケアするためにつき添った。ヒカルくん、きみに一度連絡をしたことがあったね。あのときぼくは美雪さんと一緒に被災地にいたんだ」

「テルさんは、あのときはまだ事情を話せないとおっしゃいました」

「きみはミチルくんが見たものを知っていたはずだ。この件がさらに加わったら、それはきみにとって耐えがたいものになるだろう。だから話さずにきみの自律心と賢明さに賭けた。わかってほしい、あの孤立した状況ではひとりずつケアしてゆくことが必要だった」

「それは――」
「きみを動揺させたくなかった。ぼくはあのとき思っていたんだ。ミチルくんが見たという空の景色――それは人が落ちてゆくときの景色のようじゃないか」

テルさんは美雪さんを連れて東京へ戻った後、『マジック』の舞台に立っているNOBUさんにも会い、話を聞いたという。NOBUさんはこの件をまったく知らなかった。自分の出ている舞台劇がそんなかたちで噂になり、しかも新しい自殺者まで誘発していたことなど、寝耳に水の話だったという。少なくともテルさんが会ったときにはそう語った。そしてもうひとりの主役であるマジシャン役の俳優や、舞台裏でキスメットの操作をしている技術スタッフも、そうした噂話やそれに関わる悪事にはいっさい関わっていないはずだと断言した。

しかしNOBUさんはその場で演出家に尋ね、その演出家が幽霊の噂話を知っていたことを聞いて愕然とする。少なくともその時点で演出家や舞台プロデューサー、広報担当者など、ごく少数の関係者は、キスメットが観客に渡す予言カードにそのような因縁話が発生していることに気づいていた。しかし積極的に否定することはせず、事態の自然な収束を期待して口を噤《つぐ》んでいたという。NOBUさんはそのことを初めて知ってテルさんに謝罪した。だが舞台『マジック』の上演が中止されるわけではなく、また上演後のキスメットによるパフォーマンスサービスが取り止めになるわけでもなかった。テルさんもそのことは理解した。

ぼくが調べたいと思っていたことのほとんどすべては、すでにテルさんが個人的におこなっていたのだ。

そこから先は警察の仕事だった。テルさんは美雪さんを《ハーパーズ》の一井さんのもとへ連れて行き、美雪さんの今後をサポートした。今日、自分もこれから大阪へ戻るのだとテルさんは最後にいった。その前にきみに話しておかなければならなかった、その役目は自分がいちばん適切な人間だと考えるからだよ、と穏やかなその声でテルさんはいった。

大野くんから聞いた話とはいくらか異なる部分がある。いちばん違うのはコウさんという人が幽霊の伝説づくりに関与していたかどうかという点だ。だがテルさんはいった。

「譲原氏は信頼できる人間だよ。それはぼくが保証する。いままで彼と話してきた限り、彼が嘘をついているとは思えない」

ぼくは自分の考えを纏めようと、しばらく黙り込んだ。

冷静な自分と、不安に駆られて迷っている自分がいた。高校生だったころの自分と、あれから四年も経って思い出が遠くなっている自分がいた。どちらも生々しいようでいて、いまこの瞬間の自分は心臓を打ち、その鼓動も感じられるのに、高校生のころの自分は美波と教室の窓越しに見た夕暮れ時の空の色に溶け込んでしまっているようにも思えた。

「お話をうかがうことができたのはよかったです。二月の段階で教えていただかなかったのもよかったのかもしれません。うまくいえませんが、いまだからそのときのミチルの気持ちがわかる気がするんです。ミチルがぼくを思いやってくれたことは——ぼくたちが毎晩、ずっと本を朗読してきたからかもしれません」

その思いはテルさんにはうまく伝わらなかったかもしれない。もどかしさを覚えた。ミチルを見つめたが、ミチルはぼくがひとりで話すのに任せていた。ぼくのまだうまく摑み取ることのできない想像に信頼を寄せるかのようだった。ロボットに〝思いやり〟の感情はあるのだろうか？　人を心配させないよう、その人のためを思いながら黙って行動するということがあるのだろうか？　ぼくにはわからなかったが、ミチルといったん離れ、そして再び一緒になっているいま、ロボットには思いやりを育む能力があるのだと感じられた。

そして当時のミチルは、それを育んでいる途上だったのだと。

自分自身の物語を探す途上であり、そしてまたぼくの物語も探そうとする途上だったのだと。

「迷ったんだが、これを買ってきた」

テルさんは小さな袋を取り出してぼくに渡した。なかを開けてみると、それは市販されている使い捨てレンズのセットだった。通常のコンタクトレンズと使用法はほとんど同じで、両眼につけてから自分のツールを介して初期設定をすればいい。医師の診断書や処方箋も必要ない。

「たぶんきみは自分で買うこともないだろうと思ってね。ただ、ぼく自身もレンズは塡めない。――ヒカルくん、もしきみが見たいと思うなら……」

「見たいと思うなら、塡めることができる。確かに、そうです。ぼく自身の意志の問題です」

ぼくはセットを袋のなかに戻した。テルさんはそのまま持っておけと諭すように、ぼくの手を押さえる仕草で応えた。

「美波を見てみたい、という気持ちは確かにあります。これを塡めてあの町を歩けば、どこかで美波に会えるかもしれない。美波をこの世から消したのはぼくでした。でも本当は消えてなんかいなかったのかもしれない、そう思うだけで気持ちが乱れます。いまも正直なところ、どうしたらいいかわからないんです。何か宙ぶらりんになってしまった気もするし、こんな現状は不自然で、おっしゃるように残された美雪さんの心を傷つける悪いことで、たとえ会いたいと感じても決して会ってはいけないのだとも思います」

そう言葉に出しながら、ぼくは不意に、今週《ル・マニフィック》で立花さんにいったことを思い出した。いまは少数派だった人たちが多数派になったとき、ぼくたちは未来に足を踏み入れたのだとぼくはいった。つまり未来とは倫理観が変わったときのことなのだ。ぼくのいまの感情は、過去に取り残されているのかもしれない。本当は世界はすでにぼくとは別の人たちによる考えが多数派になっていて、もう人々は未来に悠々と入り込んでいるのに、ぼくだけがまだ過去のまま足踏みをして、美波と再会するのを怖《おそ》れているのかもしれない。

だがぼくの周りでは、まだいまこの渦を巻くような感情が現在なのだ。

「……でも」

ぼくにはよくわからなかった。レンズを塡めてもうひとつの世界を見る――そんなことだけで本当に美波と会えるのだろうか？　それは会うといえるのだろうか？　こちらから美波の姿は見えたとしても、どうやら美波はぼくのことが見えないか、あるいは見えたとしても干渉できるわけではないらしい。それが科学技術ということであり、それが未来だということなのだろうか？　それが豊かさであるのだろうか？

だから幽霊になりたい人たちは、自分も死ぬことを考えるのだろうか？

「もし、美波と会えるなら――」

ぼんやりといった。

「それはレンズのなかの世界ではなくて、ぼくが本当に死んだときだと思います」

「ヒカル」

テルさんが鋭くぼくの名を呼んだ。

「――すみません、おかしなことをいって。大丈夫です」

「いま美雪さんは警察に届け出て、弁護士にも相談している。ＡＲの世界から美波さんの姿を消してもらえるよう手を尽くしているんだ。故人そっくりな人格を第三者が勝手に扱っていいという法はない。遠からず解決されることをぼくたちは願っているし、そうなるはずだ」

テルさんと公園で別れてから、ぼくはミチルをアパートに残してひとりで湾岸町へと向かった。ミチルを置いてきた理由は自分でもうまく説明できない。物事はぼくの個人的な部分へと入り込みつつあり、ミチルに同席してもらうことが落ち着かない気持ちだったからかもしれない。ミチルの前で美雪さんと美波のことを話すのは躊躇われた。

一週間前と同じルートで、故郷のひとつと呼べる湾岸町へ行く。高校二年の夏、まだ美波から文化祭について声をかけられる前、ぼくは何をして暮らしていただろうか。父と母が死んでからぼくは、対岸にコンビナートが見え、そしてまるで未来の風景から切り取られたようなフォルムの大橋が架かるその人工の土地で十年を暮らした。人生の半分にあたる期間だ。空を行くジェット旅客機の響きは、その土地から出て行かないぼくの、出て行く勇気を持たないぼく自身の象徴だったが、いつも空に近い屋根裏部屋でPCとキーボードに向かって音の魔法をつくり続けていたドクの、優しさの化身でもある気がしていた。

父と母が亡くなるまで、ぼくは世界にこのような湾岸町があることを、単なる情報としてしか知らなかった。そこに暮らす人々にも父や母と同じように生と死があり、人工の土地にも身を埋《うず》めるという感覚が宿り、また死を悼んでその土地に立てられた墓前へ生花を献ずる気持ちが生まれることも、幼かったころのぼくはまったく知らなかった。湾岸の町へ越してきてさえ、ずっとそのことは知らずに生きていたかもしれない。

楽しかった思い出もあるはずなのに、いまのぼくはPCの前に座って仕事をしていたドクの背中と、ベッドを置いていた小さな部屋の斜めに傾いた白い天井、そして窓から見えた湾岸の夜景ばかりが心に浮かぶ。高校二年の八月、美波と言葉を交わすようになる前に、いったい何をしていたのかさえ思い出せない。

モノレールの座席に着いていたとき不意に、美波の墓へ行きたい気持ちに駆られた。息を詰め、数秒目を閉じ、呼吸を整える。

ツールで時刻を確認し、その場では思い留まった。予定の駅で下車し、改札を抜けた。陽射しは先週よりも眩しく、暑かった。

これから《ハーパーズ》に行けば、先週末と同じように一井さんと会い、そしてフロアには大野くんもいるだろう。美雪さんが以前のように軽やかなステップでフロアを歩いているといい。そうして初めて《ハーパーズ》ではマジシャンも心置きなく自分の力を発揮できるのだ。皆が魔法を使っていて初めて、マジシャンは魔法が使えるのだ。

——そしてぼくは、息を呑んで立ち止まった。

急いで振り返ろうとして、そうした動きが相手を警戒させてしまうかもしれないと思い立ち、息を詰めたまままゆっくりと身体を捻った。

半袖の青いシャツの裾を無造作に出し、チノパンを穿《は》いた男性が、通りを向こうへと過ぎてゆく。いくらか早足で、世間に慣れたかのような歩き方。両手には何も持っていない。

この街では人々はまるでカードのようにシャッフルされていると、かつてぼくは考えていたことがある。切り混ぜられながらもそれはフォールスシャッフルと同じで、人々は互いにただ交差して通り過ぎる。けれども拳のような心を持つ者だけが、胸の内にあるその心と心をときにぶつけ合って、カードが引っかかるときのように乱れるのだと。

相手はただ通り過ぎていっただけだ。けれどもぼくの胸は激しく揺さぶられ、心臓の鼓動は一気に速さを増していた。

信じられない。あの男は日高だ。

6

前にも書いたように、一世紀以上前のアメリカのマジシャン、ハリー・フーディーニは、亡くなった母親と会うために当時流行だった降霊会へ何度も足を運んだ。幽霊がこの世へ合図を送ってくることなどあり得ない。しかし実際にそれらしき現象を披露する人々がいることもまた事実だった。

舞台上で心霊術を見せることが少し前から流行していた。ある男たちは椅子に身体をきつく縛られたまま舞台上の箱のなかに閉じ込められたが、手足が動かせるはずもないのに閉まった戸の向こうで楽器を鳴らしてみせた。ある少女たちは降霊会で、何かを叩くような奇妙な音を呼び出すことができた。それはラップ音と呼ばれて霊界からの通信の証拠だと大騒ぎになった。しかし後年、彼女たちは、その音が足の関節を鳴らしたものだったと告白した。箱のなかで楽器を掻き鳴らした男たちは、椅子に縛られるとき密かに縄に弛《たる》みをつくり、戸が閉まると同時に手を擦り抜けさせる技に長《た》けていた。

ぼくはアパートの部屋で姿見の前に立ち、右足を手前に向け、左のてのひらを掲げて鏡に映す。

五本の指は揃ってまっすぐに伸びている、てのひらを見せてから手を翻し、手の甲にも何もないことを示す。そして最初の姿勢に戻る。

静かにてのひらを振って上下させる。鏡のなかの手に一枚のカードが現れている。それはスペードの8で、〝ヒカル〟と油性ペンでサインが記されている。

それを手放して棚の上へと静かに落とし、空になったてのひらを映す。ぼくは再び手の甲を鏡に見せる。そこには何も映っていない。そしてもう一度手を振ると、別の新しいカードが現れている。

マジックは、見えなかったものを取り出してみせることができる。

鏡のなかで立ち位置を変え、左足を前に出す。左手の甲を見せ、カードを人差し指と中指で挟んで持つ。無造作に、ぼくはカードを投げる。実際にはカードは飛んで行かず、一瞬にしてその姿を消す。ぼくの四本の指はぴんと広げられ、指の隙間には何も見えない。もう一度投げる仕草を繰り返すと、カードは指先に戻っている。

マジックは、この世からものを消し去り、再び取り出すこともできる。

こうしたカードの捌《さば》き方の基本は練習したことがあるが、ふだんのテーブルホッピングの場ではまずほとんど使うことがない。これらの技法は観客が一方向からマジシャンを見つめるステージマジックでこそ映えるからだ。

魔法には角度を必要とする種類のものがある。ぼくは姿見の前に立っており、観客であるぼくは鏡と正対した位置からぼく自身を見ている。つまり魔法をかけられる相手は鏡の向こう側に立つ人でしかあり得ず、もしも三百六十度をぐるりと囲まれていたならば、ぼくはこの魔法を使うことができない。

ミチルが姿見のなかに入ってくるのがわかった。ぼくの仕草を見つめている。いまは深夜だ。この週末のことがあれこれ頭に蘇り、どうも落ち着けなかった。いつもと違う時間に練習をしているから、ミチルは関心を抱いたのだ。

ミチルの立っている場所からは、パームしたカードが見えていただろう。

鏡越しにぼくはいった。

「こういうカードマニピュレーションだと、〝ワン、ツー、スリー〟とはいわないね。みんなパントマイムでやっている。本当は消えていないからかもしれないな」

ぼくは抽斗《ひきだし》を開けて父からもらったカードケースを取り出し、他のカードとともに美波のカードをそのなかに戻す。抽斗にはテルさんからもらったレンズのセットが、袋に入ったまましまい込まれている。ぼくは抽斗を閉め、そのとき唐突に、いままで生きていて一度として感じたこともなかった寂しさを急に覚え、狼狽した。父と母が死んだ後でさえ、こんな孤独感を覚えたことはなかった。抽斗を閉めるときの手が震えた。

姿見の前で、ミチルとともに鏡の世界の住人となる。何も持たない両手を、あたかもハンカチーフを広げて摘まんでいるような手つきで前に掲げる。この大きさのハンカチでは、ここに映っているぼくの全身は隠れない。もっと大きな布が必要だ。そしてあの言葉を唱えて、目を開ければ——。

「ヒカルは、魔法の解き方を思い出したの？」

ミチルの声で、吸い込まれそうになる考えから戻った。ミチルは鏡越しにぼくの目を見ていた。

「ヒカルは前に教えてくれたよ。ワン、ツー、スリーで人を消した後、まだその魔法を解く呪文を見つけ出せていないいんだって。その人はヒカルが高校生のときに魔法で消えたんだね」

「そうだよ」

とぼくは応えた。いまではミチルもそこまでは事情を知っているのだ。もう美波のことを曖昧に隠す必要はない。

「でも、まだ魔法の解き方はわからないな」

「魔法が他の人に解かれてしまったかもしれないから？」

ときおりミチルはロボットと思えないほど鋭い質問をする。いったいどのようにしてそんな回路が生まれるのかわからないが、ぼくはびっくりさせられる。

厳密にいえば、それは〝魔法が解かれた〟わけではない。魔法は解かれていないはずなのに誰かが別の方法で美波を別世界へ現出させたのだ。すると今度はそれを消し去る呪文を誰も知らない。美波はずっとレンズの世界で幽霊のまま彷徨っている。

「魔法は解かれたわけじゃない。魔法はまだ……」

レンズの世界は、まるでこの世とあの世の中間のようだ。この世で亡くなって天国へ行くまでの、梯《はし》子《ご》の途中の段階。美波は魔法を解かれたわけじゃない、と心で繰り返し、ミチルにもそういいかけて、ある考えが頭のなかに広がった。

美波はまだ魔法が解かれたわけではない。ではその美波と再び会うためには、自分にも魔法をかければよいのではないか？

幽霊になりたいと願う人たちがいるとテルさんはいった。魔法をかけて下さいと望む人がいるといった。それはこの世から天国へ行く途中の段階に自分を連れて行って下さいということではないのか？ぼくはいままで美波を取り戻す魔法ばかりを考えてきた。三回忌の墓参りの帰り道で、美雪さんにもそう呟いた。だが美波を取り戻す呪文を思い出さなくても、美波と会うには別の方法がある。

自分にも魔法をかければよいのではないか？

「ミチル、もしぼくが……」

急いでその考えを払おうとした。だが——降霊術で亡くなった人をこの世に呼び出す必要はない。マジシャンのフーディーニだって自分自身が死んでしまえば、亡くなった母親とあの世で再会できたのではないか。そうであればもはや亡くなった人を呼び出すトリックを使う必要もない。いかさまやインチキを暴き立てて絶望する必要さえない。もしも自分自身に魔法をかけることができたなら——。

「いや、何でもない」

頭を振って考えを打ち消した。

「もとに戻す呪文はわからないよ。さあ、寝よう。本を読むよ」

振り返り、鏡の前から退いた。ぼくたちは『はてしない物語』のまだ途上だった。


その週末から次の週末にかけて一週間あまりの間に起こったことを、ぼくは思い出すままに書き進めてゆくつもりだ。書き終えたらこの文章を熊谷さんに送ろうと思っている。熊谷さんはぼくにものを書く行為を勧めてくれた人でもある。それはぼくの最後の一週間でもあった。

まずは日高《ひだか》のことだ。テルさんと会った日の昼、ぼくはひとりで湾岸町に行き、モノレールの駅を降りて《ハーパーズ》へ向かった。その途中であの男と擦れ違った。

結果をいえば、ぼくは彼を見失った。一井さんや美雪さんと会う時間が迫るなかで、ぼくは何度も舗道を行き来し、その姿を捜した。途中までは後を追えていると思っていた。しかし彼が脇の道へ曲がり、ひと呼吸置いてその道へ入ったとき、すでにその姿は消えていたのだ。

どこかの店内へ入ったのかもしれない。あるいは並木の陰に隠れたのかもしれない。ぼくの目がいま見えないだけで、彼はまだ何も気づかないまま雑踏を歩いているのではないか。ぼくは一軒ずつ店の入口からなかを見て進み、小走りに走り、あるいは振り返って戻り、自分がいまさっき見たものが夢や幻ではなかったことを確かめようと懸命に努力した。できることなら道行く人に、片端《かたはし》から「青いシャツの男を見ませんでしたか」と訊いて回りたかった。さほど遠くまで行っているはずはない。ここから数百メートルと離れているはずはない。だがツールで時間が刻々と過ぎてゆくのを見る度に、男との距離は二乗、三乗にも掛け合わせて遠ざかってゆく気がした。そしてついにツールが美雪さんたちとの約束の時間を示したときには、ぼくは喚《わめ》き出したい気持ちに駆られていた。

太陽は高く、舗道は陽射しで輝いていた。きびすを返して《ハーパーズ》へと早足で向かった。《ハーパーズ》の外から窓越しに美雪さんの姿が目に入ったとき、ぼくは本当に自分が《ハーパーズ》へ戻ってきたように感じた。それもぼくが勤めていたときではなくて、それさえ一気に越えて高校生のころへ、まだテルさんがテーブルを回り、ぼくたちが七並べで時間を潰していたあの夏へ。それほど窓越しに見た美雪さんは、昔と少しも変わっていなかった。

要点を述べると、ぼくは《ハーパーズ》の倉庫部屋で美雪さんとついに再会した。美雪さんは以前と同じきりりとしたショートカットで、すらりと店のエプロンを着こなし、やって来るときの足音のテンポさえ前と変わっていないように思えた。

「ホテルへ来てくれてありがとう、ヒカルくん。これでもね、ようやくあなたに会える自分になったのよ」

もちろん美雪さんは自分自身の靭《つよ》い意志で、その姿をフロアとぼくに見せていたのだった。医師の診察を受けて精神を落ち着かせる薬を服用していることを、隠さずに伝えてくれた。そして一週間前にこの湾岸町に戻り、《ハーパーズ》で昔と同じシフトで働き始めたことが、いまは自分のリズムを取り戻すよい契機になっているとも。

美雪さんはこれまで東北の被災地にいたことも語ってくれた。それは美雪さんにとってやはり自分を取り戻すための選択だったのだが、ぼくはひとつひとつ話に頷きながら、年上の美雪さんがいつも持っていた冷静でしかも他者の心を忘れない包容力を鮮やかに思い出し、そして美波に連れられて《ハーパーズ》に来て最初に会ったあの日からずっと、美雪さんはぼくにとって大人の女性だったのだと再確認させられた。

美波の話については、テルさんが語った以上のことは出なかった。あるいは美雪さんが先週ぼくにしたためてくれた手紙の内容がすべてだったといっていい。美雪さんは美波の名前を口にせず、幽霊という言葉さえ使わなかった。ずっと話しているうちにぼくはいつしか頷くばかりになり、まるでぼくは美雪さんを慰めたり支えになったりする男というよりも、むしろ気遣いを受け、心を落ち着かされている小さな相手になっていた。ようやくぼくはその情けない自分に気づいて、ひとつだけ尋ねることができた。ぼくはそれを封筒ごと持って来ていたのだった。ポケットから取り出していった。

「このハンカチが入っていたのは、なぜですか」

「あの子が最後に渡したのは、ヒカルくん、あなただもの。だからあなたが持っているのがいいと、これまでずっと思っていたのよ」

「ぼくには美波がサインしたカードがあります」

「ヒカルくん、それを渡したのはね、あなたがずっとマジシャンであってほしいからなの」

それを聞いてたくさんの思いが溢れてきて、ぼくは個々の言葉を見つけられなかった。伝えたいことはたくさんあった。話したいことは次から次へと浮かんできた。だがいうことは難しい。

ぼくはこのハンカチをいま自分が受け取ることは危険なのではないかと思った。美雪さんは明らかにぼくの心を慮《おもんぱか》り、現状からぼくをちゃんと前へ進めさせようとして、ぼくに大人になることを望んでいる。ぼくの自律心に期待している。それは美雪さん自身がテルさんや周りの人たちから温かなケアを受けてきた証拠でもある。それを通り抜けてきたからこそ美雪さんは今度はぼくをケアし、未来へ後押ししようとしてくれている。ぼくはそれに応えることができるだろうか。ぼくにはわからなかったのだ。ぼくは自分がいまも冷静でいるように感じている。けれどもそれは間違いで、本当は先が見えないほどに混乱し、我を忘れて動揺しているのではないだろうか。このハンカチを受け取ることはその動揺をかえって強め、取り返しのつかない方向へとぼくを導いてしまうのではないだろうか。

ぼくはつい先ほど日高の姿を見たことを、ついに美雪さんに伝えることができなかった。

そして次のことも訊くことはできなかった。美雪さんは、昨年の夏にカメラマンの日高を放免したことを後悔していますか？　《ハーパーズ》にやって来た日高に対して、美雪さんは最後に水を掛けようとして、それでも最後の一瞬で思い留まりました。美雪さんは彼を制裁しませんでした。あのとき彼をもっと追及した方がよかったと思いますか？　ぼくたちは彼に対して甘すぎたでしょうか？

ぼくも彼を制裁しませんでした。あのときはぼくも彼に対してプロフェッショナルであり続けようと努力しました。それは所詮、社会の現実を知らない独《ひと》りよがりのポーズだったのでしょうか？　あの行為もいまとなっては間違いだったと思いますか？


ぼくは昼の第一シフトが終わった後の大野くんとも会った。

「光栄です！」

と、彼は高校生らしいはきはきとした声で初めて会ったときと同じ言葉を繰り返し、倉庫部屋でぼくに改めて握手を求めてきた。彼は昼の第一シフトと第二シフトの間に一時間の休憩を挟む。その間ぼくたちは倉庫部屋で互いに自分の手技を見せ合って過ごした。

マジシャンがふたり集まったら自然と始まる会話のようなものだ。大野くんからデックを借りて、ぼくが《ハーパーズ》時代に披露していたルーティンを演じてみせる。大野くんは観客となってそれを見て驚き、今度は彼がテーブルマジシャンの役になって、いま客たちに見せている演目をおこなってみせる。

この倉庫部屋でカードを扱うことは、ぼくにとって本当に懐かしいことだった。しかしいまぼくはひとりではなく、これはフロアのお客様に見せるための練習ではなく大野くんひとりに見せるための再演であり、そしてぼくはいま後輩の前に立つ先輩なのだった。

「ヒカルさんはご自身で開発されたルーティンをたくさんお持ちなんですね。ぼくにはそれができません。とても新鮮で面白いです」

カードを手の特定の場所に隠すテンカイパームという技法にその名を残す有名なマジシャン、石田天海《いしだてんかい》は、自伝のなかでこう書いた。曰く、「奇術の道に志《こころざ》す人たちの傾向に二つある。一つは追随型とでもいうべき人で、先輩の型や教えを忠実に守って、そこから一歩も抜け出ようとしない人」「第二は前進型であって、単なる追随に満足せず、絶えずくふうと改良を加えて新鮮な味を生み出そうと努力する人である」と。

ぼくはかつてドクから薦められてその本を読んだ。眠りに就くのが惜しくなるほど惹き込まれて、ベッドで一気に読んだ。

追随型と前進型のどちらがいいかはわからない。きっと優劣はないのだろうし、向き不向きもあるはずだ。ぼく自身はひとりであれこれ鏡に向かって練習しながら手順を考えるのが好きだが、自分で真にオリジナルなものをつくり上げているとはまだとても思えない。

先の分類に純粋に従うなら、大野くんは追随型のマジシャンなのだろう。それでいいのだとぼくは思った。彼は本当に嬉しそうにぼくから手技を習う。新しいマジックのタネを発明したりバリエーションを工夫したりすることよりも、先人が完成させてきた手技をいかにきれいに見せるかに関心があるのだ。

彼は指も長くて器用だ。マジックに映える手を持っている。そして笑顔が眩しかった。ぼくが同じく十七歳だったころ、決して彼のように巧くは演技できなかった。だからそれは羨ましいことでもある。

彼の長所を伸ばしてあげたいと、ぼくは思った。

ぼくが再演し、大野くんが目を輝かせて見入る。ぼくが演じる時間の方が次第に多くなってゆく。決して広くはない倉庫部屋で、ぼくたちはマジシャン仲間になっていた。ぼくに続いて彼が手技を繰り返す。ぼくの口上に続いて彼が声を発する。熊谷さんがかつていったことをぼくは思い出していた。ぼくには他の人をマジシャンにする才能があるのだと。それが本当かどうかわからないが、いまぼくは大野くんを導いている。彼を引っ張り、マジシャンにしている。ぼくにはそれが嬉しかった。ぼくは昔に還りながら、新しいぼくを育てているのだ。

「もう時間です。本当にありがとうございます。厚かましいお願いですみませんが、どうかまた来ていただけませんか?」

「ぼくでよければいつでも」

「よかった!」

大野くんはジャケットの裾を直し、笑顔でフロアへと戻っていった。ぼくは友成さんや一井さんたちに挨拶し、大野くんとの約束を伝え、もしできるならまた来たいと申し出て快諾を得た。美雪さんは別れの間際に玄関口まで見送ってくれた。

「ヒカルくんは、誰か仲のいい女の子はいないの?」

不意にそう訊かれて、ぼくはうまく答えられなかった。

自分でも意外だったが、そのときぱっと頭に浮かんだのは、《ル・マニフィック》のシェフである立花さんの顔だった。横浜に移り住んでからいちばん会話をした異性は彼女かもしれない。けれども仲がいいかどうか、そんなことは考えたこともなかった。自分が立花さんに好意を持っているのかどうかさえ、ぼくにはよくわからなかった。

「ええと」

ぼくは頭を掻き、曖昧な言葉のまま《ハーパーズ》を離れた。

そのまま帰りはしなかった。実をいえばそれから日が暮れるまで、もう一度辺りを歩き回ってあの日高という男の影を捜したのだ。どんなに歩いても日高の姿は見つからなかった。だがもしも彼が毎週同じ行動を取っているなら、また来週ここへ来れば見つけることができるかもしれない。

この町に、いまこの瞬間も美波の幽霊は誰かに目撃されているかもしれない。

《ハーパーズ》に勤めていた十ヵ月前の秋を思い出す。あのころのぼくは美波の幻影から立ち直っていたはずだった。カメラマンのあの男に会っても、美波に再び会えるとは思ってさえいなかった。

だがいまはその方法があるのだ。それをぼくは知ってしまった。美雪さんはその辛さを克服しようとし、そして克服したかもしれない。多くの周囲の人がその美雪さんの決断と行動に賛同したかもしれない。今度はぼくの番だった。だが、とぼくは思うのだ。

それは本当に克服すべきものなのか？　どれだけ振り切ってもいまのぼくの胸には疑問が起ち上がる。どれだけ理性的になろうとしても、美波にもう一度会いたいという気持ちが募ってくる。

帰りのモノレールに乗っているとき、ぼくはやはり美雪さんに訊くことのできなかった質問を頭に思い描いた。

美雪さんはもしぼくが「美波に会いたい」といったら、どう思いますか？

魔法の仕組みを取り戻して美波をこの世に戻すのではなく、ぼくが美波に会うために自分にも魔法をかけるとしたらどうしますか？

やはり「目を覚まさないとね」というでしょうか？

7

翌日の日曜、ぼくは再び『マジック』のマチネに足を運んだ。今度はミチルを連れずにひとりだった。NOBUさんとキスメットの迫真のやり取りを改めて鑑賞した。一度観てストーリーが頭に入っているために、今回は細部の演出や個々のマジックパフォーマンスのつくり込みの見事さ、そしてレンズを塡めている観客の人たちの反応を、よりつぶさに観察することができた。

物語の最後に若きマジシャンは椅子に座り、上から白いシーツを被せられる。ワン、ツー、スリーの伝統的なかけ声を踏襲するタイミングで一気にシーツは取り払われ、一瞬前までそこにあった頭部の丸いかたちや肩のラインはもはや消えて、椅子にはただの空間だけが取り残される。

マジシャン自身が魔法によって舞台から去ったのだ。

フィナーレの拍手が起こると同時にぼくは席を立ち、階段へと急いで向かった。中二階で若いマジシャン役の俳優とキスメットがどのようにして観客に予言のカードを渡しているのか、今度こそ間近で見てみたかったからだ。そしてどのような観客がそれを欲しがっているのかも。

今回も大変な混雑だったが、ぼくは幸いにしてキスメットたちのすぐ近くに立つことができた。隣の女性が予言のカードを受け取った。その人は会社員のようだったが、無邪気にはしゃいでカードを友人に見せ、興奮していた。終始明るい表情で、何かを思い詰めている様子はなかった。横からカードの文面を具体的に読み取ることは叶わなかったが、ごく短い抽象的な文面が書かれているに過ぎない印象を受けた。その人以外にもさらに五、六名がカードを受け取った。全員が女性だった。キスメットのカードを操る手捌きは素晴らしく、それについては確かに精巧な機械操作によるもので、これからの未来を感じさせた。

劇場の外へ出てからも、ぼくはその場をすぐに立ち去ることはせず、観客がどのように散ってゆくのかを見た。そして予言のカードをもらった女性のふたり組が《ハーパーズ》の方角へ向かうのを認めて、彼女たちの後を追った。

予想通り、ふたりは《ハーパーズ》の扉を潜《くぐ》った。ぼくは店に入らず、街灯の陰に身を寄せ、窓越しに様子をうかがった。諏訪さんが奥の席へと案内するのが見えた。そこで窓の光の反射に隠れてふたりの姿は見えなくなったが、代わりに窓側の席で大野くんが別の客へ向けてちょうどマジックを始めようとしている様子がわかった。

彼はぼくには気づかなかった。フラッシュペーパーでそのテーブルと周囲のお客様の目を惹きつけ、コインのルーティンへと進んでゆく。彼はいま入った女性ふたりも接客するだろう。ふたりが『マジック』の観劇を終えてやって来た客だと見抜くだろうか。

ぼくは《ハーパーズ》を離れ、劇場まで戻り、そこからさらに周囲を見渡し、行き交う人たちにそれとなく目を向けて、あの日高の姿を探った。ここで彼を見つけられるとしたら奇跡に近いが、彼がこの劇場の客を標的にしているのなら可能性は高い。

ぼくは気づいた。高校生ほどに見える少女が、マチネの終わった劇場前でひとり佇《たたず》み、『ＭＡＧＩＣ』と書かれたポスターを見上げていのだ。

そしてその子もまた周りをゆっくりと見回した。誰かを捜すかのようだった。

大野くんの昼の第二シフトが終わる間際に《ハーパーズ》へ行った。一井さんの承諾を得て、ぼくはフロア手前の通路の端から大野くんの仕事ぶりを見学することができた。

彼はかつてのぼくよりも大きな声で演技をしていた。そのテーブルだけでなく、隣や周りのテーブルのお客様にも声は聞こえているだろう。かえって爽やかで元気があり、高校生らしさを演出できていてよいのかもしれない。昼の部にはふさわしいと思えた。

シフトを終えた大野くんとは再び倉庫部屋で語り合った。彼は急いで自分の用具入れを持ってきて、

「今日、買ってきたんです」

といって、ぼくに市販の教育折り紙を見せた。

「ヒカルさんの折り紙のルーティンをやってみたいんです。一井さんからうかがいました。この《ハーパーズ》でやっていらっしゃいましたよね？」

ぼくは快く受け容れ、彼に手順を教えた。

「練習して、ぼくもここでやってみます。いいでしょうか？」

「もちろん」

「よかった！　頑張ります」

ぼくはいま《ル・マニフィック》で薔薇の花のルーティンを演じているので、《ハーパーズ》時代にやっていた折り紙の演技はもう使っていない。この《ハーパーズ》にいたとき試行錯誤しながら取り入れたルーティンだが、それを後輩が受け継いでくれることに、ぼくは感慨を覚えた。歴史が次の世代へと受け渡されてゆく現場に立ち会ったかのようだった。ぼくの一部はいまもこの《ハーパーズ》に生き続けるのかもしれない。

「今日もレンズを塡めているんだね」

「はい。週末はスカイウォーカーに乗りますからね。たいていはつけています。そうですね、いまは夏で日中は眩しいので、昼用と夜用ではつけ替えるかな。いまやってみてもいいです」

彼は両眼のレンズを外して保管ケースに入れ、代わりのレンズを密封包装のなかから取り出して、ぼくの前で塡めるところをやってみせてくれた。

「設定するのは難しいの？」

「ぜんぜんそんなことはありません。いまは虹彩認証《こうさいにんしょう》でレンズが勝手に個人識別をしてくれるんです。だから目に塡めたら、後はツールでパスワードを入力するだけです」

彼は実際にツールを取り出し、ぼくの目の前で番号とアルファベットを入れた。彼の両眼がその瞬間に、すっ、と明るくなったように見えた。レンズが彼にフィットしたのだ。

「レンズを塡めているお客様が多いと、マジックもやりにくくなるんじゃないかな」

「そうでもないですね。あの『マジック』の舞台みたいに派手なステージ装置を使うなら別ですが、ここでは昔ながらのテーブルマジックです。イリュージョンを効かせるより、じっくりと手元を見ていただいた方がいいですよね。だからぼくもレンズのイリュージョンは設定していません。お客様もそれだからといって地味だとおっしゃる方はいませんね。ヒカルさんもいまお仕事をされているレストランではそうじゃないですか？」

「なるほど、そうだ」

そんなとりとめのない話もする。やはり彼はいまどきの高校生でもあるのだ。

「来週のご予定はいかがですか？　練習の成果を見ていただけませんか」

「うん。お邪魔でさえなければ。ぼくが役に立てるのなら」

「もちろん、みんな大歓迎です」

大野くんはぼくと美雪さんとの関係を、かつてのように滑らかなものに戻してくれるかもしれない。

そう思いながらぼくは一方で、これ以上何度も《ハーパーズ》に足を運ぶことが本当にぼくたちにとってよいことなのかどうか、心の隅では迷ってもいた。

店は昼の部を終えていったん扉を閉め、夜の部へ向けての準備に進みつつある。ぼくはいとまをする前にもう一度だけ一井さんに願い出て、通路からフロアを見させてもらった。

ぼくが《ハーパーズ》に出勤していたのはこの時間帯だ。あと少しで各テーブルには小さなガラス容器に入った蠟燭が置かれ、炎が点されて、天井のファンは深海生物のようにゆっくりとその影を動かすだろう。ここからの景色はあのころと何も変わっていない。

いや、ほんの少しだけ違う。ふと気がついて一井さんに尋ねた。

「コウさんはポートレイト写真を撮らなかったんですね？　だからお店にも写真は飾られていなかったんですね」

「ああ、そうだね」

「でも大野くんの写真はありますね」

「あれは彼の持ち込みなんだ」

それだけがこのホールのなかで、ぼくのいたころとはっきり変化していた部分だった。ぼくは少し考えてから思い切って尋ねた。

「ぼくが辞めるとき、カメラマンの男性が来たことを憶えていらっしゃいますか。あのカメラマンはいまでもここにやって来ますか」

「いや、一度も来ていない」

一井さんは穏やかに首を振った。

「安心しなさい。だからきみの後任者のコウくんも、ポートレイトを撮影する機会はなかったんだ。大野くんはそのことに気がついて、自分の写真を飾ってほしいと持参してきた。店で撮ったものでないのはそのためだよ」

　このような会話だけで終わっていたのなら、ぼくは決断をしなかったかもしれない。

　翌週月曜の深夜、ぼくはいつもと同じように《ル・マニフィック》で立花さんと打ち合わせをした。いまは八月に入ったばかりだが、すぐに次の季節は巡ってくる。秋の素材を使ったマジックには、まだぼくたちは取り組んだことがない。立花さんは思いつく限りの素材の名前を列挙し、それぞれについて代表的なデザートメニューの特徴を説明してゆく。ぼくはそれを受けてアイデアを練る。

　立花さんはもうフランス勤務のことはいっさい話さなかった。ぼくの頭を一瞬、美雪さんの言葉が過ぎったが、すぐにそれを払って打ち合わせを進めた。ぼくたちはいつもと同じように熱心に話し合ったが、なぜか目線を合わせる回数は少なかった。

　帰宅後はミチルと『はてしない物語』を読む毎日だった。

　ストーリーは着実に進んでいた。主人公のバスチアンはファンタージエンの王の力を発揮する度に、かつて自分が住んでいた日常世界の記憶をひとつずつ失ってしまう。もうバスチアンは自分が学校の屋根裏部屋で本を読んでいたことさえ忘れて、物事を忘れたことにさえ気づかなくなって、ファンタージエンの世界に入り込んでいる。彼は力を行使してゆく。悲劇が待ち受けていることは明らかに思えた。そしてぼくたちもまたその物語に、本当に毎晩少しずつではあるけれども、以前より遥かにのめり込んでゆきつつあった。

　だが、ぼくの認識を変える出来事もあった。水曜日に再び立花さんと打ち合わせし、それを終えて帰路に就きながらふとツールのニュース画面を見たとき、ぼくは息が詰まり、その場に立ち止まったのだった。

湾岸町で女子高校生が高層マンションから飛び降り自殺をしたとの記事だった。ぼくはその場で懸命に記憶を手繰《たぐ》った。記事にはその子の顔写真が掲載されていた。写真のなかの彼女は制服姿で、ぼくが暮らしていた地区からさほど遠くない町の高校のものだった。

自殺。あの子だ。

ぼくが劇場の前で見た高校生に間違いなかった。

そのときぼくははっきりと、今回の一連の件が人間の死と直結しているのだという実感に襲われた。身体がその場で震え出した。怒りとやるせなさと悲しみが湧き起こって、路上にもかかわらず叫びたくなった。記事には何もそれらしきことは書かれていないが、この子は明らかに美波の噂話に影響を受けていたに違いない。美波のようになるために身を投げたのだろう。ワン、ツー、スリーと自分で唱えて落ちていったのだ。

美波に会うために幽霊になろうとしている人々が実際にこの世にいるのだ。美波と同じ世界へ行くために、解法を知らない呪文を唱えて落下してゆく人たちが現実にいる。

その夜は帰宅してもミチルと『はてしない物語』を読むことができなかった。

ミチルに詫びを述べ、ダイニングテーブルにひとり座り、天井を睨《にら》んだ。頭を掻き毟《むし》り、もう少しで唸《うな》りを上げそうになった。ぼくはツールの画面を見つめ、熟考して、深夜にもかかわらず一井さんにメッセージを送った。返事をもらうのは明日でも構わない。だが書かずにはいられなかった。自殺の記事にリンクし、一気に文章を打ち込んでいった。

《どうか教えて下さい。一井さんはこの高校生に見覚えがありますか。《ハーパーズ》に来たことはあるでしょうか》

《美雪さんにはこのことは話さないで下さい》

そして大野くんにも別途メッセージを送った。もしこの高校生が《ハーパーズ》に来たのなら、彼がマジックを披露したはずだ。何かを憶えているに違いない。

さらにぼくは熊谷さんの連絡先も呼び出し、ツール画面を見つめた。助言がほしかった。だが代わりにぼくは立ち上がり、ふだんは使っていない古いノート型PCを持ち出してダイニングテーブルに置いた。起動させるのは湾岸町にいたとき以来かもしれない。ドクがまだ生きていたころにアルバイト代で購入したもので、しかし日々の生活ではほとんどすべてがツールで事足りてしまうようになったため、長い文章を作成するとき以外はめったに開かなくなったのだ。

インストールされているOSもソフトウェアも一年以上前のものだ。それでもどうやら文書作成ソフトは問題なく動く。

ミチルは何もいわずに隣の部屋からぼくを見つめていた。

「ミチル、心配しないでいい。明日の朝になったらまたマジックの練習を一緒にやろう。今夜はどうしてもうまく眠れそうにないんだ。先に休んでくれないか。『はてしない物語』のことは忘れていないよ」

ミチルが充電ドックに座り、夜の休息に入ったのを確かめてから、ぼくはダイニングキッチンの小さな照明の下で記録を打ち込み始めた。

それはぼくたちの物語だった。ぼくと、美波と、そしてミチルの物語だった。もちろんぼくは物語など書くのは初めてのことだ。ぼくにそんなことができるだろうか？　わからなかった。わからなくてもぼくは書いた。熊谷さんに大阪の夢洲でいわれたことがずっと心に残っていたのだ。ぼくに小説を書くようにと、あのとき熊谷さんは助言をしてくれた。その意味が少しわかったような気がした。

いや、厳密には熊谷さんがいっていた真意とは違うだろう。

だが書かなければおかしくなってしまいそうだったのだ。

三時間ぶっ通しで書いて、倒れるようにぼくは隣の部屋のソファベッドで寝た。翌朝は約束通りいつもと同じようにミチルと過ごした。ふたりでマジックの練習をし、そしてふたりで丘の公園へと階段を上り、交番の前で別れた。ぼくはいつも通りの時間に《ル・マニフィック》に出勤した。だがぼくは何度かツールを確認し、昼に一井さんと電話で話した。

「きみのいっている女性は、この前の日曜、店にひとりで来た人だね。はっきりと憶えているわけではないが、ひとりでいらっしゃるお客様のことは印象に残りやすい。たぶんこの人だろう」

「教えていただいてありがとうございます。すみません、それ以上のことはいまはお伝えできません」

ぼくはツール越しに頭を下げ、そしてメッセージにも書いたことを繰り返した。

「どうか美雪さんにこのことは話さないで下さい」

大野くんからもメッセージが入った。彼は自殺の意味を察したようだ。

《憶えはあります。思い詰めるような感じでした》

と書いて来ていた。

《テーブルホッピングを断ってきたので憶えているんです。だからこの高校生とはほとんど話していませんが、また犠牲者が出たと思うと怒りが収まらないです。前のマジシャンの方がまだ在籍していると思ってやって来たのだと思います》

その週末もぼくは湾岸町へひとりで行った。

ぼくは頭のなかがまだぐるぐると回っていた。ずっとこの二週間ほど、あるいは女子高生の自殺を知った後、ぼくはミチルよりも美波のことを考えていた。

そしてぼくは明らかに混乱していたのだ。

土曜日も、日曜日も、ぼくは湾岸町に行った。日高を捜すためだった。あの男を見つけて事情を問い質《ただ》すためなら何日でも通って構わない。必ずあの男はぼくたちが暮らしていたあの町にいまもいる。そして犠牲者を出し続けている。

ぼくは夜にアパートに戻ってから記録を書くことを続けた。ミチルと話す時間は減っていった。『はてしない物語』はわずかずつミチルと読み続けるよう努力したが、ほんの数ページ分の朗読で中断し、ぼくはミチルを休め、ダイニングキッチンでそのまま明け方までPCのキーボードを打ち続けた。

まだぼくのなかではっきりと決断は固まってはいなかった。だがそのかたちは見え始めていた。そしてぼくは予感していたのかもしれない。深層意識のなかでそのときが来ることを予想していたのだ。

それは当たった。

その週末に起こったことは後で書く。さらに翌週に入って最初の月曜の夜、ぼくは《ル・マニフィック》でその客を迎えた。

《ヒカル、外国の方よ》

最初の時間帯のお客様を迎え終わり、いったん下がって次の時間帯に向けて準備をしていたとき、メートル・ドテルの諏訪さんからパッチに連絡が入った。

それを受け取った瞬間は、以前に諏訪さんから聞いていた客のことに思い至らなかった。この《ル・マニフィック》にヒカルというマジシャンが働いているかと問い合わせがあった件だ。

ぼくは多くのことが同時進行していることに気づかなかった。

観光地であり、海外資本のホテルが経営するレストランだということもあって、《ル・マニフィック》には外国からのお客様も多い。ぼくは諏訪さんに返答して、デデのプログラムを確認し、すぐにフロアへと出てそのテーブルへと向かった。そしてテーブル席に座っているそのおふたりの姿を見たとき、ぼくは物事が新しい局面に入ったのだと不意に悟り、息が詰まった。

奥様の方がぼくに気づいて顔を上げた。

その席でぼくを待っていたのは、ジェフさんとルイーズさん夫妻だった。


歩きながら一瞬にして、ぼくは悟った。

——ミチルと別れるときがやって来たのだ。


「ヒカル、久しぶりだ」

「お久しぶりです。日本にいらしていたのですね」

ぼくの頭のなかはぐるぐると回っていた。おふたりと会うのは昨年の秋以来、十ヵ月ぶりのことだ。あれからぼくの人生は大きく変わった。二月にミチルがいなくなったときは、何度ジェフさんに連絡しようかと思い悩んだことだろう。そしてぼくたちはいまも一緒に暮らしている。ふたりでお客様にマジックを披露できるようにさえなった。すべては《ハーパーズ》でのジェフさんたちとの出会いから始まったのだ。

「あなたがこのお店で働いていることを新聞の紹介記事で知ったのよ。あなたと再会するのがとっても楽しみだったの」

ルイーズさんが明るい表情でいう。ジェフさんは以前と変わらず髭を蓄え、西部のガンマンのような雰囲気を醸《かも》していた。青い瞳はぼくの方を見上げていたが、その目には何も映っていないことをぼくは知っていた。

ぼくは立ったまましばらく何もできずにいたかもしれない。ぼくたちの『はてしない物語』はまだ終わっていなかった。バスチアンはファンタージエンの王となってゆくにつれて、それまで美しく嵌《は》まっていたはずの歯車はもはやはっきりと、ぎしぎしと軋《きし》みを立てるようになってきていた。ぼくがアパートで記録を書いていたために読み進めるのが遅れたのだ。いまミチルが離れていったら、ぼくたちは永遠にバスチアンの物語から取り残されてしまう。

「きみに会いに来たんだ。どうか、また私たちを楽しませてくれないか」

ジェフさんはそういって微笑み、ぼくを促した。まだぼくは何もできずに固まっていた。するとジェフさんがぼくの顔に目を向けたまま再び口を開いた。

「きみはプロフェッショナルだ。そうじゃなかったかね？」

はっとして、ぼくは雑念を振り払った。

「はい。かしこまりました」

椅子へと変形したデデに座り、ぼくはポケットからバイシクルのカードデックを取り出した。その時点でぼくの頭から通常のルーティンは吹き飛んでいた。ジェフさんは目が見えない。そのジェフさんに楽しんでもらえる演目を披露しなければならない。

昨年の秋は一週間の猶予をジェフさんから与えてもらった。しかしいまはその猶予はない。この十ヵ月間でぼくがいくらかは成長したことを、ジェフさんに感じてもらわなくてはならない。

何をすればいい？　どんなマジックを演じたら？

8

マジシャンの石田天海は著書のなかで、奇術を人に見せる際の演出要素、舞台に立つその人物の力量として「ショーマン・シップ」を挙げていた。ショーマン・シップには三つの要素があると天海は記した。彼はアメリカ生活が長かったので英語でも示している。

「第一、パーソナリティ（Personality）＝人格

第二、エジュケーション（Education）＝教養的魅力

第三、ウィット（Wit）＝機智」

たとえ自分が嫌いだと思う相手であっても、マジックを披露するときはエンターテイナーでなければならない、とぼくは思っている。どんなときでもショーマン・シップを忘れてはならない。とりわけ機智は大切だ。

あの日高というカメラマンが《ハーパーズ》にやって来たときも、ぼくはプロフェッショナルであろうとした。そのはずだった。ぼくは報復をしなかった。

だが、とぼくは美波に対して思うのだ。生涯で一度だけ、ぼくはこれらの先達《せんだつ》の教えを忘れて、美波の幸福のためにマジックを演じてもいいのではないだろうか。

美波はそんなぼくをどう思うだろうか？　美波に会いたいというぼくの気持ちは、しかしショーマン・シップを決して蔑《ないがし》ろにしてはならないという願いによって反論されるだろうか？

ぼくにはわからない。まだぼくには決意がつかない。とりわけジェフさんたちにマジックを披露した後ではなおさらだ。そのときぼくは懸命にショーマンであろうとしたのだ。

「これからジェフさんに、一枚のカードを引いてもらいます」

ぼくは努めて間を置かずにカードのシャフルを始めた。いまなお頭のなかはぐるぐると回っていた。

「そのカードを、ぼくは何度でも予言できます」

「ふむ」

と、ジェフさんは微笑んだ。

「つまり、フォースだ」

「おっしゃる通りです。しかし、ぼくはジェフさんと真剣勝負したいと思います。それがいちばんお楽しみいただける方法だと思うからです」

ぼくは充分にカードを切り混ぜてから、デックを右手に持った。そして向かいの席に座るルイーズさんにいった。

「いまジェフさんはフォースとおっしゃいました。フォースとは何かご存じですか？」

「いいえ。私はマジックのことは知らないの」

「フォースとは〝強制的に〟という意味なんです。マジシャンはよくこうやってカードをシャフルしながら、お客様に向かっていいますよね。〝お好きなところでストップとおっしゃって下さい〟と」

ぼくは両手でカードを切り混ぜ続ける。オーバーハンドシャフルの後にリフルシャフル、そして小気味よいテンポで何度かカット。

「やってみましょう。こうして混ぜていきますから、お好きなところでストップといって下さい」

再びオーバーハンドシャフルを始める。左手でパケットを持ち上げ、右手に落としてゆく。ぼくは右手でディーリングポジションを構え、左利きの手つきでシャフルを始めた。ふだんならぼくはお客様側から違和感なく見えるようにあえて右利きのポジションでカードを扱う。つまり左手でデックを持ち、右手でカードをめくる。けれどもいまはその日常を捨てたのだ。

ジェフさんの助言が頭のなかに蘇ったからだった。

——きみは左利きであることを怖れないことだ。自分に正直になることだ。もっときみ自身の身体を信頼することだ。

——きみにはそれを理解するだけの、才能も勇気もあるだろう。

「ストップ」

ルイーズさんの声を受けて動きを止める。右手側に三分の二ほどのカードが落ちており、左手側に三分の一ほどが残っている。ぼくは右手を差し出し、いちばん上のカードをルイーズさんに引かせる。

「ダイヤの1ですね」

ルイーズさんがカードの表を開く前に、ぼくは正しく宣言した。

「もう一度やりましょう。今度は片手でこのようにカードを持って、ぼくが端を指先で弾いてゆきます。お好きなところでストップといって下さい」

「ストップ」

いわれたところで弾く動作を止め、素早くカードをふたつのパケットに分ける。上の一枚を翻すと、やはりそれはダイヤの1だ。

「これらはすべてフォースと呼ばれるトリックなんです。つまり相手に自分の望むカードを〝強制的に〟引かせているんです。マジシャンならどんな切り混ぜ方でも可能です」

今度は日本人がおこなう花札切りの要領でシャフルする。ヒンズーシャフルと呼ばれる方法だ。ぼくは最初にデモンストレーションをしてみせる。何度か切ってから、途中で左手を返し、カードの表を見せる。また少し切ってから再びカードの表を見せる。

「このように切り混ぜるとカードは変わってゆきます。お好きなところでストップといって下さい」

「——ストップよ」

ぼくは左手の残りのパケットを裏返してみせる。そこにはダイヤの1がある。これはいままでとは違って、ちょっとした錯覚応用トリックだ。しかしルイーズさんにこちらの思い通りのカードを選ばせていることに変わりはない。

「まあ」

「いまお見せした方法はどれもさほど難しいものではありません。しかしフォースには、ひとつだけ、とても難しい方法があります。もっとも古典的で、しかも不確定な要素がどうしても入り込む、クラシックフォースと呼ばれるやり方です」

ぼくはジェフさんに向き直っていった。

「ジェフさんはクラシックフォースをご存じですね」

「もちろん」

「クラシックフォースは決闘のようだ、といわれることもご存じですね。マジシャンとお客様の勝負なんです。いかがでしょう、ここで一対一の決闘をしませんか」

「きみは」

ジェフさんは微笑んで応えてくれた。

「やはり、なかなか面白い人物だな」

ぼくは右手にデックを持つ。一度カットし、両手の間でカードを広げ、右から左へと流すデモンストレーションをした。

「このように広げていきますから、お好きなカードを一枚引いていただくのです」

「そして私に特定のカードを引かせるのだよ」

ジェフさんはルイーズさんに説明する。ぼくはデックを閉じて右手に持ち、いつでも始められるように構える。

「無理よ」

「無理ではないさ。方法があるんだ。たとえ裏向きに広げても、彼にはどれが相手に渡すべきカードか、これ以上ないほどはっきりと見えているんだよ。それがクラシックフォースだ。単純きわまりない方法でおこなわれる。それゆえに失敗もする。相手が思い通りのカードを引かないこともある。だからこそ、これは勝負になる」

ジェフさんがぼくを向いていった。

「私は目が見えないんだ。それは知っているな？」

「はい、存じています」

「目が見えないのだから、私は勘で手を伸ばすしかないわけだ。いつ指先がカードに触れるかわからない。私の呼吸を推し量るのは難しいぞ」

「まったくその通りです。だから決闘になるのです」

「ルイーズ」

とジェフさんはいった。

「私がダイヤの1を引くかどうか、そこで見て確かめてくれ」

「わかったわ。まったく、男の人ってこういうのが好きなのね」

「決闘は一度だけかね？　何度もやるのか？」

「お望みの数だけ、いくらでも」

「では十回勝負だ。いいか、ずるはいかんぞ」

「もちろんです。ジェフさんもどうか自然な手つきでカードをお引き下さい」

「こんなことは初めてだ、目の見えない相手にクラシックフォースか！」

「だからこそ楽しんでいただけると思うのです」

「いや、待て。きみの提案に追加しよう。もっと楽しくしてみようじゃないか」

ジェフさんが片手でぼくを制した。

「私もきみと同じようにフォーシングをしてみよう。きみは私の手元から同じようにカードを一枚引くわけだ。互いに五回ずつ、これで十回勝負だ。どうだね」

ぼくは息を呑んだ。

「しかし、ジェフさんは……」

「そうとも」

とジェフさんはいって、そして向かいの席の奥様にも説明した。

「ルイーズ、クラシックフォースというのはな、他のフォースと違って、カードを摘まみ取る相手の指先の動きがわからないとできないのさ。相手の呼吸に合わせてカードを置いてくるわけだからな。だから目が見えない者には困難な技法だ。私はこの決闘の賭け金を上げようというのだよ。私にも彼と同じようにフォースができるか？　彼に思い通りのカードを引かせられるか？　いままで私はそうした可能性について考えたこともなかった。だから――きみに感謝する。私も挑戦してみよう。さあ、まずはきみからだ」

「――かしこまりました」

ぼくは感銘を受けた。これで決闘は本物となった。

「では、行きます」

手のなかでカードをカットし、そして広げた。

その前日、すなわち日曜日にも、ぼくは諦めきれず湾岸町へひとりで行った。ミチルとの距離が遠くなってゆくのを心の隅で感じていた。

劇場の前に立ち、人々の動きを見渡し、カメラマンの日高の姿を追った。いくつかの店舗に入って思い切って尋ねた。店の宣伝を請け負うといって営業をかけてくるカメラマンに最近会ったことはないか。以前にこちらの店ではそのようなカメラマンと接触したことはないか。もし以前に会ったことがあるのなら連絡先を聞いていないか。あのころ日高は仲間とともにこの付近の店へ出向いて広告写真を撮っていたはずだ。

失礼を承知で飛び込み、何とか理由をつけながら店の人と話して、二軒の店舗で日高らしきカメラマンの情報を得た。実際に当時宣伝広告を依頼したという店舗もあり、店長からそのときの資料を見せてもらうこともできた。広告ページのレイアウト案や未使用の写真の数々。その店では広告ページの制作会社の名刺は保存していたが、カメラマンの連絡先までは聞いていない。

ここまではテルさんも調査していなかったはずだ。この制作会社を訪ねれば日高に会えるかもしれない。

そしてその会社は、モノレールで三駅の場所にあった。

結論をいえば、ぼくはその会社の前まで行った。ごく小さな印刷会社だった。間口は狭いがガラス越しに小綺麗なオフィスも見え、なかで人が働いているのも見えた。だがぼくはついに入らなかった。そこで働いているのは女性で、昨秋に《ハーパーズ》にビールを飲みに来た男たちとは違った。怪しげなところは何もなかった。客はおらず、店に入ってその女性に事の次第を尋ねる決心はつかなかった。

ぼくはわけもなく周辺をうろつき、苛立《いらだ》ちに駆られながらモノレールの駅に戻った。ぼくには行く場所がなかった。《ハーパーズ》しか行くべき場所はないのだとわかっていた。だがぼくは何のために《ハーパーズ》へ行くのか？　美雪さんやテルさんはぼくがこうなることを望んでいただろうか？

ぼくは、大野くんが昼の第二シフトを終える時間まで再び湾岸の舗道を歩き回った。

そして《ハーパーズ》に行ったとき、マネージャーの一井さんがぼくの顔を見たその瞬間、ふっとわずかに表情を曇らせるのがわかったのだった。それがぼくの胸を衝いた。一井さんは戸惑い、心配しているのに違いなかった。いつでも一井さんはぼくを歓迎してくれる。実際に微笑んで対応してくれる。だがここまで何度もぼくが《ハーパーズ》に足を運ぶとは予想していなかったはずだ。ぼくが何かに憑かれたようであることを、すでに感じているに違いない。ぼくは美雪さんとの面会をそれとなく辞退し、倉庫部屋で大野くんを待った。コックの友成さんにもはきはきとした挨拶の声を発することができなかった。倉庫部屋の椅子にぼくはひとり座り、黙っていた。口を噤んで昔のことを思い出していた。アパートに戻ったら今日書くべき記録の文章を、頭にずっと思い描いていた。

大野くんの声はいつものように朗らかだった。

「来てくださって本当にありがとうございます！　嬉しいです！」

ぼくたちは前回と同じようにとりとめのない話をした。違う、大野くんにとってはすべてが大切だった。彼は真剣にぼくの話に耳を傾け、そして前日にぼくから習い憶えた折り紙のルーティンについて、細かい点を尋ねたりした。

大野くんはぼくと話しているとき本当に嬉しそうだった。ときおり彼は学校のことも語った。美波のことではなく、ごく日常の生活や、夏期講習でのちょっとした出来事についてだ。彼は夏の終わりの文化祭には特に役目を持たないようだった。マジックを舞台で披露するわけでもない。彼は自分がマジックをやっていることを、周りの生徒には明かしていないのだろう。

いまでも文化祭の伝統は続いているのだ。役員になった生徒なら、この時期から何度も会合を重ね、知恵を絞っていることだろう。だが半数以上の生徒は積極的に何かの企画に参加するわけではなく、当日に自分の教室を飾りつけし、後は各部活動の演《だ》し物や模擬試合を見て回って楽しむに過ぎない。あのころの文化祭には情熱を賭けた部分と冷めた部分が同居していた。彼もそうした伝統に倣《なら》い、如才なく文化祭を楽しむのに違いない。

そして時間が過ぎ、大野くんは最後に握手を求めてきた。つい先ほどまでお客様にマジックを見せていたばかりの手だ。手を握り合ったとき、彼は笑みをこぼした。

その油断が、彼に小さな過ちを犯させる原因となっただろう。

ぼくたちは揃って通用口を出た。外はまだ残照で明るい。彼は自分のスカイウォーカーの置いてあるところまでゆき、そして微笑みながら振り向いていったのだ。

「ヒカルさんのお名前って、現在進行形ですよね。〝る〟で終わるのは現在進行形っぽいですね」

ぼくは足を止め、彼を見つめた。

「どうして、そう思った？」

「えっ？」

彼は微笑んだまま首を傾げた。

「さあ、どうしてかな。そう思ったんです」

彼は陽射しの影のなかで肩をすくめる。

「自分の名前が拓海ですから、現在進行形の〝る〟では終わらないんです。だからヒカルさんが少し羨ましいと思って。かっこいいじゃないですか」

ぼくは息が詰まった。

なんということだろう。

ぼくは愚か者だった。

ぼくは何もわかっていなかった。

ぼくはいまようやく、自分の目の前にいる高校生が何者なのか理解した。

「きみは」

声が震えそうになる。ぼくは懸命にそれを堪《こら》えて、彼を見つめていった。

「どうしてそんなことまで知っている？」


裏向きでカードを扇状に広げ、親指を使って右から左へと一枚ずつ素早く移動させてゆく。英語ではこの動作をランと呼ぶ。すべてのカードは裏向きだが、ぼくにはどれが相手に引かせるべきカードかはっきりとわかっている。それはこの目と手先の感覚でわかるのだ。

ジェフさんの指先が動いた。こちらに向かってくる。ジェフさんはぼくの気配を察して的確にカードの扇の中心部へと人差し指を伸ばしてくる。その手つきはさすがの間合いだった。どこにも無駄な力が入っていなかった。だからこそそれは決闘となる。ぼくもジェフさんも小細工はしない。

カードを三分の二ほどランしたとき、ジェフさんの指先が最後の動きをした。流れてゆくカードの一枚に触れる。そのままジェフさんはそのカードを引き抜く。ぼくは残りのカードを手元で纏め、判定を待つ。

「ダイヤの1よ」

ジェフさんが開いたそのカードを見て、ルイーズさんが宣言した。ジェフさんは楽しそうに微笑んだ。

「ルイーズ、彼の動作は自然だったかね？」

「私にはおかしなところは見えなかったわ。あなたは本当に偶然にその一枚を引いたように見えたわ」

「よろしい。わかってきたよ」

「次はジェフさんの番です」

ぼくはカードデックをテーブルに置き、ジェフさんの前へと差し出す。ジェフさんは自分が引いたダイヤの1をデックのトップに置き、それから無造作にシャフルしていった。もちろんぼくにはそれはフォールスシャフルであるとわかる。ジェフさんは動作を続けながらいった。

「ルイーズ、この手技は実に簡単だから方法を話そう。私たちが何をやっているのかわかったほうがいいだろう」

ジェフさんはシャフルを終えると裏向きに持ち、トップのカードを一枚取ってぼくたちに表を見せた。

「相手に引かせるのはこのカードだ」

それは確かにダイヤの1だった。これが偽《フォールス》のシャフルだ。切り混ぜたように見えて、目的のカードの位置はつねにコントロールされている。ジェフさんはそれをデックに戻すと、やはり無造作に一度カットした。上半分のパケットをデックの下へと持っていったわけだ。

「クラシックフォースは手技を説明されても決してそれだけではうまくいかないところに特徴があるんだよ。実際、私がやっているのは、この上半分と下半分の間に小指を挟んでいるだけだ。こうすれば見えるだろう」

ジェフさんは手首を返して、小指がデックの半ばにブレイクをつくっている様子を見せる。

「このまま私はカードを広げて片手から片手へと流してゆく。私の小指はダイヤの1の上で隙間をつくっている。だからわずかにその部分で、カードは動きを変えるんだ。マジシャンはそれを目と指先で感じ取って、そのカードを相手の指先に置いてくる。そのカードを引かせるように仕向けるんだ。ただそれだけの手技だからこそ難しいのさ。では私もやってみよう。来なさい」

ジェフさんはいったん小指のブレイクを外し、もう一度カットした。そしてすぐさまぼくにカードを示した。

ぼくは指先を伸ばす。ジェフさんは目的のカードが動きを変えるといった。確かにそれはその通りで、自分でこの手技をおこなうならどれがダイヤの1かぼくには目で見てわかる。だがジェフさんの手捌きは巧みだった。ぼくから見てどれがダイヤの1か見当がつかない。どれも同じ速さと間隔で流れてゆくように見える。ぼくの指がその一枚に触れる。ジェフさんが自らの手を引く。それに合わせるようにぼくは無心でカードを抜いて表を返した。

「ダイヤの1ね」

ルイーズさんが伝える。ぼくは心の底から驚いた。ジェフさんがにやりと笑うのがわかった。この決闘は互角になる。いや、目の見えないジェフさんの方が上手かもしれない。

カードを受け取り、今度はぼくがカットする。

「どうぞ」

その声とともに両手を開き、右から左へとカードをランさせてゆく。

ジェフさんはごく自然にカードを引く。ぼくは汗が出てくるのを感じた。この勝負は神経戦になる。この上なく楽しい神経戦だ。どちらも互いにフェイントをかけることはしない。間合いの呼吸だけで勝負するのだ。

「ダイヤの1よ」

ルイーズさんが宣告し、ぼくはジェフさんへとデックを差し出す。

ジェフさんは楽しそうだった。それこそぼくが求めていたことだった。ジェフさんはきっと現役マジシャン時代にほとんどクラシックフォースのような曖昧な技を使ったことがなかったに違いない。ジェフさんはそういう手技ではなく、つねにその神のような指で正確に、かつ精密にデックやパケットをコントロールし、相手の選んだカードを取り出して観客を驚かせ、喜ばせてきたはずだ。しかしいまジェフさんは自分自身に挑戦し、指先の感覚だけでぼくの間合いと対峙《たいじ》しようとしている。

「このクラシックフォースは練習することさえ難しい。誰かにカードを引いてもらわなければならないのだからな。もちろんひとりきりでは練習できない。誰か相手が必要だ。だがその相手は自分と親しすぎる者でもだめなんだ。互いに心の内がわかりすぎてしまうような相手では練習にならない。技術ではなく見知った相手の呼吸を見てカードを差し出してしまうからね」

「だったらマジシャンはどうやって練習するの？」

「実戦で練習するのさ。一枚引いて下さいというときにいつでもこの技法を使ってみる。それでうまくいけばよし、別のカードを引かれたら、そこから手順を変えるわけだ。会得するまでにどのくらい時間がかかるかな。半年や一年では無理だろう——さあ、行こうか」

ジェフさんがカードを広げる。ぼくは手を伸ばす。ふしぎだった。ぼく自身も驚き、喜んでいた。自分の指先が勝手にジェフさんの手元のカードへ吸い込まれてゆく。自分ではあのカードを引こうなどとはまったく思っていないのに、絶妙の呼吸でジェフさんはわずかにカードを差し出し、ぼくはその一枚を選択している。見るまでもなかったがぼくは降参してカードを開けた。

「ダイヤの1ね。あなたたち、どうなっているの？」

「五分の勝負だな。きみの番だ」

「負けません」

「さてどうかな。ルイーズも賭けるならいまのうちだ！」

ジェフさんは青い目でぼくの方を向いて笑顔を見せた。

彼は完璧だった。彼は完全に演じ切っていた。

いや、違うのかもしれない。彼は善人を演じていたのではなく、ある側面では本当にマジシャンだったのだ。彼は本心からぼくを好いていて、いまもそうであるのかもしれない。彼は心からぼくにマジックを習いたいと思っていたのだ。彼は自分が演じているとさえ思わず、純粋な気持ちでもってぼくを先輩と呼び、そして自分が後輩であることに、彼の言葉通り誇りと喜びを感じていたのだ。

「いつか悪についての話をしたことがあっただろう。そう、大阪でだ」

ぼくの頭のなかでぐるぐると考えが回っている。電話越しに熊谷さんがいった。

「きみはあのとき、これ以上何かがなくなってしまうのはいやですといった。ぼくがこういったのを憶えているかい。本当になくなるというのは、以前は友達だと思っていた人が、友達なんかじゃないとわかるときだ。きみはまだ何もなくしちゃいない。だがきみもいつか〝悪〟に出会うときがある。そのときが本当に、きみが何かを失うときだ、と」

ぼくは自分の考えをうまく纏められず、その夜熊谷さんに電話をしたのだった。詳しい事情は話さなかった。ただぼくは熊谷さんの思う〝悪〟について、もう一度教えて下さいと願い出たのだった。

「ぼくはいままで悪に出会ったことがありませんでした。悪というものを心から考えたことはありませんでした。ぼくの周りに悪がいなかったからです。ぼくには想像できなかったんです」

「ぼくだってそうだよ。この歳になってもいまだにぼくは悪というものの正体を知らない。だがこうして電話してきたということは、きみは友達だと思っていた人が友達ではなかったという体験をしたんだろう。本当の喪失というものを、胸に感じたんだろう」

まだ高校生の彼が何年も前の美波の言葉を知っていた。それはつまり美波が当時接していた何者かと、彼がいまも繋がっていることを意味する。

彼は日高と繋がっていたのだ。あの《ハーパーズ》に持参したポートレイトは日高が撮影したものだったかもしれない。一井さんはそれに気づかず壁に飾っていただけだ。彼は日高と通じ、利用できる客だと見抜いたときには、日高との接触を促すようマジックを装ったそれらしい予言で暗示をかけていたのだろう。たとえば「あなたは近いうちにあなたの本当の姿を残してくれる人と出会うでしょう」といっておくだけでもいい。その後、日高に連絡を取り、客を尾行してもらい、タイミングを見計らって声をかける。彼の予言を聞いた人たちはこれが運命だと驚き、感激するかもしれない。

あるいは直接その人に予言する必要さえない。こんな運勢の人は近いうちにカメラマンと出会うでしょうね、と別のテーブルで話すだけでも効果がある。彼の声は大きかった。隣のテーブルにも充分に聞こえた。引っ込み思案で警戒している相手であっても、そうして間接的にその後の行動を支配できる。

「本当の悪は、自分が悪である自覚さえないものさ。それを正義と思っている。人は正しいと思うから行動するものだ。あるいはそれがもはや個人のなかで悪や正義といったイデオロギーを越えて、常識だと思っているからこそ、それを推進するんだろう。大阪でぼくは、もしも機械が悪になるとしたら、それは機械が正義を知ったそのときだ、といったね。鉄腕アトムのような正義の味方のロボットができたなら、そのとき悪のロボットも生まれるんだと。いまは何もかもが機械になりつつある時代だ。人間だって機械のようにルーティンの繰り返しで生きているものさ。むしろあと三十年経てば、機械の方がぼくら人間より正当な正義と悪を執行できるかもしれない。常識の名の下に無意識で悪をおこなうよりよっぽどまともだと、ぼくは思うね」

ぼくはツール越しに熊谷さんの長い話を聞いていた。人が何かに悩んで知り合いに電話をかけてきたとすれば、ふつうならまず「どうしたんだい、相談に乗るよ」といって聞き役に回ることだろう。熊谷さんはそれをしない。まず自分で大量の事柄を話し、それから少しずつ相手の言葉を引き出してゆくのだ。熊谷さんが聞き上手であるのはそうした手順を踏むからだ。今回もぼくはいつものように、いくらか小難しい言葉の入り交じる熊谷さんの話に耳を傾け、それはぐるぐると回っているぼくの頭のなかで、さらにいくつもの渦をつくった。

「人間の悪を変えるよりも、機械が正義を思うときの方が、早く実現するのでしょうか」

「どうかな。だがぼくは作家として、それが未来だと思っている」

少数派がいつか多数派へと変わったとき、人は未来へ足を踏み入れたことになる——ぼくが立花さんにそういったのは、熊谷さんに影響を受けてきたからかもしれない。

「でも、〝いま〟はどうです？　いま人間の悪を変えなければならないとしたら？」

「難しい問題だ。いまを未来にするほかない」

「それは相手ではなくて、ぼく自身が変わるということでしょうか？　ぼくが未来に行かなければ、相手の悪も変わらないということですか？」

「何事も変えるには、自分を変える以外に方法はないんだ」

ぼくとジェフさんの決闘は互いに三勝一敗で最終戦を迎えた。どちらも一度だけ相手にダイヤの1を引かせることに失敗したのだ。

最初にジェフさんが一敗を喫した。ぼくはジェフさんの手元で広げられたカードに指を吸い寄せられながら、そのまま軌道を描こうとする自分の指に神経を集中し、わずか一瞬息を詰めたのだ。その間に二枚、三枚とカードがランしてゆき、そこで勝敗は決定した。ぼくがカードを引いたときには、ジェフさんはすでにわかっていた。

すぐ次の回でぼくはまったく同じことをマジシャン側として体験した。カードを広げたときダイヤの1の場所はわかっている。一定の速度でランし続け、ダイヤの1の場所へと左手は迫ってゆく。ついにダイヤの1がぼくの両手の間に来る。ぼくは心持ち両手を前に押し出し、ジェフさんの手元へそれを置いてゆこうとする。だがジェフさんはまだ動かない。ぼくの差し出した両手が虚空を切る。その瞬間に負けたとわかる。もはや勝負はついており、ジェフさんがカードに触れたときには、ぼくは敗北感でいっぱいになっている。

ルイーズさんはむしろぼくたちがダイヤの1以外のカードを引いたことに、今度は驚きを覚えている様子だった。ダイヤの1を引いたときと今回の場合で何が違うのか、見た目にはわからないはずだからだ。それよりもぼくは現役時代にもクラシックフォースを日常のものとしていなかったはずのジェフさんが、ここまでこの手技を自分のものにしていることに驚嘆した。ぼくはいまマジックについて大切なことを教わっている気がしていた。

「ふむ、摑めてきた」

「ぼくも勉強になります。本当にありがとうございます」

「だが愉快な試合だ。この場でこんなことができるとは思わなかったよ」

「最後の勝負です。行きます。〝一枚お好きなカードをお引き下さい〟」

「きみの心臓の音まで聞こえるようだ」

ジェフさんが向かってくる。ジェフさんはこれまで数え切れないほど観客にカードを引かせてきただろう。自分がカードを引くという経験はどのくらいあっただろうか？　ジェフさんは昔のことを、まだ目が見えていた時代、マジックに夢中になり始めたばかりのころのことを、いま思い出してくれているだろうか？

四勝だ。ジェフさんがカードに触れる前にぼくは確信した。果たしてジェフさんはそのカードを引いた。ジェフさんは凄腕のガンマンのように、にやりと笑った。

「ダイヤの1よ、あなた」

「きみはいい腕前だ」

「ジェフさん、最後の対決ではぼくも目を瞑《つぶ》ってみていいでしょうか」

「ふむ」

「目を閉じてカードを引いてみます。よろしいでしょうか」

「もちろん、構わないさ。では行こう」

ジェフさんがランを始める。その音にぼくは耳を澄ます。瞼《まぶた》を閉じ、耳と指先に感覚のすべてを集める。正しい位置へと、ぼくは左手を持って行く。ぼくはカードを引くのも利き手にしたのだ。ジェフさんにはそのこともわかっているはずだった。カードが片手から片手へと滑ってゆく音がはっきりと聞こえる。ぼくは十ヵ月前にジェフさんへマジックを披露したとき、レストランのスタッフに事前に願い出て、一分間だけまったく音が出ないように協力してもらったことを思い出した。あのときは魔法のかけ声ですべての音がこの世界から消え去った。いまはカードの擦れる音だけがぼくの感覚を刺激している。

一枚に触れた。そのまま中指と親指で挟んで引いた。ぼくはまだ目を開けなかった。暗闇のなかでカードの表を返し、ルイーズさんの宣告を待った。

「ダイヤの1。引き分けね」

「どうだったかな、見えずにカードを引いた感想は」

息を吐いて目を開ける。ジェフさんの青い瞳はぼくを見据えていた。正確にはぼくの座っている方角をしっかりと向いていた。

「心のなかで見えました。ジェフさんの手とカードが」

「そういうものさ。それでもダイヤの1かどうかまでは見えない。実に興味深いことじゃないか」

ジェフさんはカードデックをぼくに返すと穏やかにいった。

「きみは一年足らずでずいぶんと腕を上げたようだ。去年までならきみはこのフォースはできなかっただろう」

図星だった。あのころぼくはクラシックフォースを体得していなかった。

「はい。ぼくには練習相手ができたのです」

「ほう?」

「それは、ミチルです」

ぼくは正直にいった。

「ロボットのミチルを相手に、ぼくはこのクラシックフォースの練習を繰り返しました。ロボットのミチルは無心でカードを引いてくれます。ぼくに手加減することはありません。ぼくの気持ちを過度に慮ることもありません。ロボットだからこそいちばんうまい距離感で、決して倦《う》むことなくぼくの相手をしてくれたのです。ぼくたちはこの横浜に来てから毎朝食卓で向かい合って、互いにマジックの練習をしてきました。こんなことができるようになったのは、ジェフさん、そしてルイーズさん、おふたりが何の実績もないぼくを信頼してミチルを預けて下さったおかげです」

ジェフさんとルイーズさんがほとんど同時に笑みを浮かべた。ぼくはつけ加えた。

「ジェフさんが〝メカニック〟と呼ばれた方であったことは存じています。なぜジェフさんがロボットであるミチルを大切に思っていらっしゃったのか、ぼくにもわかるようになりました。ミチルは唯一無二の存在です。本当の〝人間らしさ〟をマジックの技術に籠めるためには、ぼくたちは人間であり、そ

して
メカニックでなければならないのです。ぼくはジェフさんと出会い、そしてミチルと暮らしたことで、本当の魔法とは何かがわかるようになった気がします」

――テーブル上の決闘は、これで終わりだった。

五分以上が過ぎていた。次のテーブルへと回るころ合いだ。ジェフさんとルイーズさんが充実の五分間を過ごしたことをぼくは願う。そしてぼく自身は充実していた。この後おふたりは《ル・マニフィック》のチーズないしデザートを堪能し、そして一枚だけテーブルクロスの上に落ちた薔薇の赤い花弁について話して、この席を立ってゆくだろう。

「さて、きみにミチルを預けたのは正解だった」

ジェフさんがいった。

その話題がいつか出ることを、ぼくは承知していた。努めて穏やかに応えた。

「ミチルを引き取りにいらっしゃったのですね」

「そのつもりだった。昨年と同じように、私たちはこれから大阪へ行く。きみはもう知っているだろうが、ミチルを共同開発した研究所があってね。そこでいろいろと積もる話がある。今後のことも含めてだ」

「ぼくも今年の春、その研究所に行きました。実はお伝えしていなかったのですが、ミチルは一度ぼくのもとから消えてしまったことがあったのです。行方を捜すためにその研究所のお世話になりました」

「そのことは聞いたよ」

すでにジェフさんの耳には届いていたのだ。あのときはジェフさんに連絡すべきかどうかあれこれ悩んだが、結果的にぼくとミチルはその後も素晴らしい日々を過ごすことができた。

「ジェフさん、今度はぼくからお願いします。あと一週間の猶予を下さい」

最後にぼくは改めて姿勢を正していった。

「ミチルとの別れを準備するためです」

「私はまだ何もいっていない。きみはミチルと別れたいのかね？」

「もちろん別れたくはありません。でもぼくは、いまの毎日がこれから未来永劫ずっと続くとも思ってはいません。この十ヵ月はぼくにとってかけがえのないものになりました。そしてそれはミチルにとってもそうだったと信じています。だからこそぼくはミチルを皆様にお返しすることができるのです」

「別れの準備とは何だね」

ぼくは言葉に詰まった。うまく考えが纏まらなかった。自分でその言葉を出しておきながら、ぼくにはまだ決断ができていなかった。

ぼくは息を飲み込んでからゆっくりと答えた。

「ミチルではなく、ぼくにやり残したことがあるのです」

9

いつ自分が決断を下したのか、実際のところよくわからない。その夜もぼくは立花さんとデザートとマジックの打ち合わせをした。アパートに戻り、ミチルにいくらか待ってもらって文章書きの続きに集中し、そして午前二時を過ぎてようやくソファベッドに入り、ミチルと『はてしない物語』を少しだけ読み進めた。ジェフさんと会ったことはミチルに話さなかった。

翌朝にカーテンを開けて陽射しを取り込み、ミチルと対面して朝食を摂り、マジックの練習をするころには、ぼくは決断していたように思う。

ぼくは美波と会うのだ。その決心はもう揺るがなかった。

それはぼくとミチルの『はてしない物語』が、本の最後まで到達しないことを意味していた。

「ミチル」

その夜、暗い部屋のなかで、ぼくはソファベッドから天井を見上げながらいった。

「昔、ぼくが『はてしない物語』の映画を観たことを、前に話したよね」

「うん、ヒカル」

ミチルは暗がりの向こうから応えた。

「あれは父さんがウェブレンタルしてくれたんだ。ぼくは小学生になったばかりで、まだ父さんと母さんが生きているころだった。前に話したね、父さんはぼくに初めてバイシクルのカードも買ってくれたんだよ。それに初めてぼくにマジックも教えてくれた」

「うん、聞いたよ」

「父さんは新しいものとか、ふしぎなものがいつも好きだった。母さんはそんな父さんが好きだった。父さんと母さんと三人で、子供のころどこかのホテルに行って、室内プラネタリウムの投映を見たことがあるのは話したかな。ぼくたちと技師さん以外はなぜか誰もいなくて、ぼくたちは試運転を見せてもらったんだと思う。灯りを消したホール一面に、天井にも壁にも床にも星が回って、それだけじゃなくてぼくや父さんや母さんの身体にも星が映って、ぼくは自分が宇宙に溶け込んだみたいに感じた。父さんはそんな場所へぼくを連れて行くのが大好きだったんだ」

ぼくは自分がいまこの夜のなかに溶け込んでゆきそうになるのを感じながら続けた。

「父さんは本も好きで、よく読んでいた。あるときぼくにいったことがある。妙にそのとき心に残って、いまでもその言葉はよく憶えている。〝ヒカル、世のなかにはこういうことをいう人がいるんだ。現実の冒険の旅は、いつだって自分の行きたくなかったところで終わってしまうものなのさ、と。だが父さんはそう思わないね。冒険とは旅立った最初の場所に帰ってきて誰かに語ってこそ、本当の冒険になるものじゃないか。ヒカル、だからおまえはいつだって帰ってこい〟

ねえ、ミチル、ぼくはきみと『指輪物語』を読んで、初めて父さんのいっていた意味がわかった気がした。父さんはきっと『指輪物語』を読んでいたんだ。それにたぶん『はてしない物語』も読んでいたと思う。ひょっとしたら母さんも読んでいたんじゃないかな。だから父さんと母さんは一緒になったんだ。だから父さんはぼくにマジックを教えてくれて、『はてしない物語』の映画も見せてくれたんだと思うんだよ」

ぼくは自分の言葉が奇妙に思えた。まるでぼくは臨終の席でミチルに最後の思い出を語っているかのようであり、それはある意味で間違っていないのだ。

「ねえ、ミチル、まだぼくたちは本を読み終わっていないだろう。少しずつ結末の行方が見えてきたけれど、まだ本当にどうなるかはわからない。このところ少しずつ〝けれどもこれはまた別の物語〟という文章が出てくるのを読んで、その度に何だか胸が詰まるような感じがするんだ。〝けれどもこれはまた別の物語、いつかまた、別のときに話すことにしよう〟って作者は書いている。ミチル、ぼくはいつかきみとぼくが、〝けれどもこれはまた別の物語〟って語られるようになる気がするんだよ。

ねえ、ミチル。そのときでもぼくたちは、互いに生きてゆくんだよ。お互い別々に、この『はてしない物語』も読んでゆくんだ」

決断してからぼくは忙しい日々を送った。一刻も無駄にはできなかった。

《ル・マニフィック》ではひとりひとりのお客様に、心から誠意を持って接し、ひとつひとつの手技を大切に演じた。この一週間のすべてを記憶に焼きつけたいとさえ思った。新婚旅行と休暇から戻ってきた岸さんとは笑顔で語り合った。立花さんとの打ち合わせの席では、秋のデザートにふさわしいマジックのアイデアが固まりつつあった。その前進はぼくたちを鼓舞してくれた。毎夜のように夏の花火の音が遠くからホールに届き、それからはっきりと遅れて小さな火の玉が空に点《とも》っては消えて、それらは遥か先にある灯台のようでもあった。二日続けて強い夕立があり、そして週末は曇りときどき晴れとの予報が出た。日中のうだるような暑さは早くも過ぎ去ろうとしていた。

ぼくはアパートで抽斗を開けて、テルさんからもらったARレンズのキットを見つめる。まだ手で触れはしない。抽斗を閉めてミチルへと振り向き、ぼくたちは一日の出来事を互いに話す。だがぼくは以前と変わっていた。すべてを包み隠さず話すことはなかった。

少年バスチアンはファンタージエンの王として権力を発揮する度に、かつて暮らしていた世界のことをひとつずつ忘れてゆく。ぼくも一日、一時間を過ぎるごとに、美波のことを考える度に、ひとつずつ他の可能性を忘れていったのではないか？　だがぼくにはそうしたことは考えられなかった。週末は着実に近づいてくる。《ル・マニフィック》での週の仕事は木曜に終わる。ぼくは大野くんに、この週末も《ハーパーズ》に行くと約束のメッセージを送った。そして夜に帰宅してミチルにいった。

「ミチル、きみは魔法の呪文をいくつ知っている？」

「ふたつだよ」

とミチルは答えてくれた。

「いってみてくれるかい」

「〝ワン、ツー、スリー〟」

そしてもうひとつ、どこへでも好きなところへ行ける呪文だと、ミチルは『美女と野獣』の台詞を唱えてくれた。《ル・マニフィック》へと続く廊下入口のところのレリーフに刻まれているフランス語の言葉だ。ミチルがぼくに代わって読み、発音してくれたあの台詞だ。

「そうだね。いいかい、もうひとつ教えたい呪文があるんだ」

「三つ目の呪文ということ？」

「そうだよ。それはね、魔法をかけて何かを消してから、もとに戻すときに必要な呪文だ。ぼくたちマジシャンは舞台で物を消すだろう。だけどもう一度出現させるときにふだんは特別な呪文をいわない。ただ黙って、お客様の方を見て、表情で〝ほら〟と示して取り出すだろう。それでも出てこないときにだけ使う特別な呪文だ」

ぼくは慎重にミチルの目を見ていった。

「逆に唱えるんだよ。〝ワン、ツー、スリー〟を後ろから反対に、カウントダウンするようにいう」

ミチルがその場で復唱しようとしたので制した。ミチルには口がない。けれどもぼくは口の位置に手を当てていった。

「この呪文はそのときが来るまで取っておかなくちゃいけない。一生に何度も使える呪文じゃない」

ミチルは少し首を傾げた。

「ヒカルは、いつその呪文を見つけたの」

その問いかけは的を射ていた。ミチルはこんな風にときにずばりと、物事の本質を衝く質問をする。ぼくは心を籠めて応じた。この部分だけは嘘やごまかしで答えたくなかった。

「実はぼくもまだ試したことはない。だからこれが本当に効く呪文だとはいえないかもしれないね。でも、これは叶う呪文だと、ようやくぼくは知ったんだ。今日かな。昨日かもしれない。いまこの瞬間かも」

「試していないのに、それが三つ目の呪文だと知ったの？」

「そうだよ」

「ヒカルではなくてぼくが使っても魔法はもとに戻るの？」

「そう。それがいちばん大切なところだ。ミチルにもこの呪文は使えるんだ」

「ぼくが使ってもいいの？」

「もちろん。きみが使っていいんだ。でも本当に必要なときだけだ、この呪文が使えるのは」

ぼくはミチルの肩に手を置いて、その機械の目を見つめて伝えた。

「ヒカルも、一生のうちで本当に大切なときだけ使うの？」

「そうだよ。だからいまは言葉に出しちゃいけないんだ」

ミチルは考えている様子だった。やがて傾げていた首を戻してぼくを見つめ返していった。

「唱えたことはないけれど、信じるってことだね。いつか唱えるときのために」

「ああ。そうだとも」

機械であるミチルが〝信じる〟という言葉を使ったことに胸を衝かれた。

これまで寝る前にふたりで朗読し合ってきた物語たちが、ぼくたちにその言葉を導いたかのようだった。

「どうしてヒカルはいまそのことをぼくに教えたの？」

「可笑《おか》しいだろう。人間ってそういうものなんだ。でも昨日より、明日より、今日のいまこの瞬間が、ぼくたちにとっていちばんいいと思ったんだ」

「ヒカル。ぼくたちがずっと一緒であるように、魔法をかけることはできる？」

ああ、とぼくは心のなかで声を上げた。それは無理なんだ、ミチル。それはもうすぐ無理になるんだ。だがぼくはその思いを振り切っていった。

「それはマジシャンのぼくにいっているんだね？」

「うん」

「マジシャンのミチルが、マジシャンのぼくにリクエストを出したんだね」

「うん」

「――かしこまりました」

と、ぼくは答えた。

「一緒に唱えよう。それが終わったら今日の『はてしない物語』を読もう」


翌日の金曜日を、ぼくはミチルとともに過ごした。ぼくたちは朝に階段を上って公園に行き、沈床花壇のベンチに座っていろいろな話をした。十ヵ月の思い出が蘇った。さまざまなマジックを一緒に練習したことを思い出した。難しかった手技、予想以上に美しく実現できることがわかった手技、ミチルによく合うルーティンとそうでないルーティン、ぼくたちが発見してきたひとつひとつの事柄は、これからの時代にますます重要になるだろう。ロボットでも人を驚かせ、楽しませるマジックをすることができる。人かロボットかという単純な区別ではない、素晴らしいエンターテインメントかどうかという基準でぼくたちは同列に語り合うことができる。ミチルもそうしたすべてのことはぼく以上に記憶してくれているだろう。いつかミチルが語り手になって、そうした知識が広まるときが来るかもしれない。

ぼくはそこで初めてミチルに、大野拓海くんとの会話で知ったことを伝えた。ぼくが高校生のころに何があったのかを初めてきちんと伝えた。あの高校の校舎がぼくにとってどんな意味を持つ場所だったのかも話した。ぼくは高校時代のこととジェフさんたちに初めて会ったときのことを、ようやくひと纏まりの文章記録として書き終えていた。それを書いたことでぼくもかつてのことを冷静に順序立ててミチルに話すことができたと思う。ミチルはそれを新しい物語のように聞いていた。だがその一部はミチル自身にも繋がっていたことだ。ミチルは美波の幽霊の存在に気づいていたのだから。

午後にぼくたちはアパートの横手の道を進み、横浜の港を散歩してから中華街まで足を伸ばした。ふたりでこれほどの距離を一緒に歩くのも久しぶりだった。

翌日の土曜日、ぼくはひとりで湾岸町へと行った。

いつもの駅を通り過ぎて、ぼくは美波の墓へと足を運んだ。お墓をきれいにし、そして献花して手を合わせた。持参してきた美波のハンカチを取り出して、美波の前で広げて見せた。辺りはとても静かだった。耳を澄ましても木立の葉擦れの音しか聞こえないように思えたが、数秒経つと車の走る音がようやく遠くから耳に届いた。

「いまなら世界を消してみせられるかな」

ぼくは美波にいった。今度こそそれは成功するように思えたのだ。

「世界を消したら戻ってきてくれるかな」

もちろん美波の返事はなかった。

舞台『マジック』の劇場前でしばし佇んで人の流れを眺め、それからぼくは入江のベンチに座って飛行機の飛んで行くのを見ながら過ごした。ぼくはもう日高を捜す必要はなかった。あの男にはかつて写真を撮ってもらったからだ。あの男はぼくの分身を持っている。

大野くんとは彼の仕事が終わってから会った。今回ぼくたちは外で立ち話をして過ごした。彼は仕事をしたばかりの充実した笑顔でもってぼくを迎え、そしてこれまでと同じように快活に受け応えをし、折り紙のルーティンを始めたことを嬉しそうにぼくに伝えた。

　最後の別れ際にぼくは決意していった。

「明日、また高校で会えないかな」

　彼はわずかに息を呑んだと思う。そして、そうか、それをいいたくて今日はここへ来たのか、とひとりで合点したかのような顔をした。ぼくは努めて感情を出さずにいった。

「きみが考えていること、思っていること、知っていることを、もう一度聞きたいんだ。もう一回だけあの教室に行かせてもらいたい。明日のきみの仕事が終わった後、校門で待っている」

　少しの間考えてから彼はいった。

「美波さんが亡くなったころの時間ですね」

「そうだ」

　彼は唇の端で笑った。

10

　――彼は翌日の夕暮れに、スカイウォーカーに乗って校門の前へとやって来た。

「ミチルさんもご一緒だったんですね」

　彼はスカイウォーカーを壁に立て掛け、鎖でロックしながらいった。ぼくは黙っていた。隣に立つミチルが何か反応するかもしれないと緊張していた。彼は構わずに校門を潜り、ぼくたちを導いていった。

　階段を上り、ぼくが高校二年の時代を過ごした教室へと向かう。校舎のなかは前に来たときと同じように人の気配がなかった。彼は無造作に廊下を進み、以前と同じように教室の後ろの扉を開けた。

ぼくの方から最初に室内へ足を踏み入れた。教室の後ろにはロッカーとの間にいくらかの空間がある。文化祭のときには机と椅子を中央に纏めて前後に空間を確保し、そこに展示物を飾りつけたのだ。いまは生徒の机がそれぞれ等間隔で整然と並んでいる。ぼくは教室後方の半ばまで進み、全体を見渡した。窓はすべて閉まっており、その向こうにはあのころとおそらくはほとんど変わらない景色が広がっていた。遠くのマンションは後方から夕陽に照らされて影をつくっていた。

「窓を開けてもいいかな」

「いいと思いますよ」

ぼくは窓のロックを外して、教室のいちばん後ろの窓を全開にした。日没前の空気はさほど不快なものではなかった。かすかに風が入り込んできてぼくの頬にも当たった。窓の前には手すりがある。これもぼくがいた時代のままだ。手すりの上部の塗装がわずかに剝げていることもあのころと変わらない。

ぼくはミチルと彼の方へと振り返った。

「思い出に心を摑まれていらっしゃるんですね」

彼は自分でも教室内を見渡しながらそんなことをいった。ミチルも続いて部屋のなかに入ってきたが、まだ何もいわなかった。ミチル、とぼくは心のなかで呼びかけていた。きみが自分の過去の物語を探したいと思ったように、ぼくにも思い出す過去がある。自分の物語が始まったと思える場所がある。それがここなんだ。それがいまぼくの立っている場所だ。

「ヒカルさんは、どんなことを思い出しますか」

彼はまるで同情するかのような口ぶりでいった。

「思い出させてしまったことをお詫びします。ぼくはヒカルさんの力になりたかったんです」

「わかるよ」

「ヒカルさんにとってこの場所がトラウマであることはよく理解しています。本当なら二度と思い出したくない、忘れ去りたい場所であることもわかっています。それでもぼくが前にここへヒカルさんを案内したのは、本当のことをお伝えできるのはぼくだけだと思ったからです」

「そうだね」

「ぼくにはよくわかっています。ヒカルさんがこの場所に囚われているのは、ご友人だった同級生がここから落ちて死んだからです。そのとき、ヒカルさんとその同級生以外に、ここには誰もいませんでした。現場をリアルタイムで見た人はひとりもいませんでした。ヒカルさんはご友人が亡くなった後、警察に事情を話されましたね。ぼくは心から申し訳ないと思います。ずっとヒカルさんが忘れようと思い、そして実際に忘れていたことを、思い出させてしまったかもしれない。でもぼくにはヒカルさんのことが誰よりもよくわかります」

「ああ」

「ヒカルさん、あなたがその人を、ここから突き落として殺したんですよね」

彼はぼくを見ていった。

「あなたは警察にまったくの嘘をついた。ご友人は自殺したのではない。あなたに殺されたのです。ねえ、そうでしょう?」

ぼくはしばし黙ってから、ゆっくりと首を振った。

「いや。それは違う」

「隠さなくてもいいです。ここにはぼくたちしかいないじゃありませんか。誰も聞いていません。ヒカルさんが今日ぼくをここへ呼んだのも、そのことを告白するためだったんでしょう? ぼくにはいまのヒカルさんのお気持ちが痛いほどわかります」

「きみは——勘違いをしている」

「ヒカルさん、あなたはその人をその窓から突き落として殺した。それを自殺に見せかけた。マジック遊びの最中に相手が勝手に飛び降りたのだとつくり話をして、当時の警察を煙《けむ》に巻いた。あなたは同情されて、完全犯罪に成功した。ぼくにはわかっています。それが事の真相でしょう。そうですよね？」

「ぼくはやっていない」

「あなたは傷ついたふりをして、そして高校在籍中はずっと無口を装って、他人からの詮索を免《まぬが》れましたね。でもその人の噂を振りまいたのは、いったい誰だったんでしょう。結局は、ヒカルさん、あなたご自身だったんじゃないでしょうか」

「違う。美波は魔法で消えた」

「魔法？　何のことです？　ヒカルさんの妄想ですか？」

あのときのことが頭のなかに蘇る。ハンカチで隠された視界。この口で唱えた呪文。ぼくの脳裏というよりも、この眼の裏側に張りついて離れようとしない光景。すべてがくっきりとしているが、同時にまるで現実的とは思えない記憶。美波の前でぼくは魔法をかけようとした。

確かにこの教室で起きた出来事は美波とぼくしか知らないことだ。美波がこの世界から消えた後、ぼくしか語れる人間はいなかった。ぼくは一昨日までに記録の文章を残したが、それも当事者としてひとりこの世に残ったこのぼくが書いたものに過ぎない。ぼくが嘘をついたとしても、記録を読む人にはそれが真実かどうかはわからない。

あの夏、十数える間にこの世界を消してみせるといって、ぼくたちは十を数えた。あとカウントひとつで世界は魔法にかかった。

本当は、あのとき十までぼくたちは数えたのかもしれない。いまもその魔法は解けずに、ぼくは夢を見ているのかもしれない。

「きみは日高というカメラマンを知っているんだね」

どこかに吸い込まれそうになる自分を押し留めていった。

「若い人たちを日高に紹介していたのはぼくの後のコウさんじゃない。きみだ。きみは前回、ここでぼくに嘘をついた」

「嘘とは心外です。ぼくはいまでもそう思っていますよ。前任者も関わっていたのだと。ぼくはそれに応えて役目を引き継いだだけです」

「自分の心のなかできみがそう思っているだけだ」

「だから何だというんです？　ぼくは心からみんなに同情しているんです」

彼は眉根で本当に人をいたわるかのような表情をつくった。それは演技ではなかった。おそらく彼は本心から人のことを思っているのだった。ただその思いが壊れていることに、気づくことができないのだった。

「ありがとう。きみの気持ちはわかるよ」

だからぼくはそういった。ぎりぎりと全身が痛むような思いだったが、彼がぼくを思いやっていることだけは確かなのだった。

「ただ、きみにはもうその思いをやめてほしいんだ。それが先輩であるぼくにとって、ただひとつ願うことなんだよ。きみにはマジシャンになってほしい。いま以上にマジシャンになって、どうかこれからもずっと《ハーパーズ》で、人をただ愉しませていってほしいんだ」

そしてぼくは最後の決心をした。最終段階に進むことを決めた。

ポケットから赤バックのバイシクルカードを取り出す。用意してきたのは三枚だ。それをミチルに差し出した。彼はそのときようやくミチルが側にいることを思い出したようだった。

「薔薇をつくってくれるかい」

「うん」

ミチルは三秒で両手をくるりと回して、その手のなかで薔薇の花のユニットを組み上げた。

「ありがとう、ミチル」

ぼくはその花を受け取り、そしてすっと下へ左手を引いた。ぼくの親指と人差し指の間から緑色の茎と、それについた一枚の葉が生まれた。どちらも紙製で、ぼくの手にすべてが紙でできた一輪の薔薇が誕生した。

もう戻ることはできない。ぼくは彼にいった。

「ぼくの演技を見たいといっていたね。いま見せてもいいかな」

ぼくは微笑みを忘れずに促した。

「ハンカチを持っていたら、出してほしい」

彼は眉根を寄せた。ぼくは彼が明確な反応をする前に自分からハンカチを取り出して、ミチルに渡した。広げて持つよう手振りで促す。ミチルの横に立った彼は、ようやく自分もポケットに手を入れた。

「ヒカルさん、これは……」

「実はもう一枚ここにある」

ぼくはそういって別のポケットから封筒を取り出し、なかから折り畳まれたハンカチを出した。美波が使っていたものだった。美波が最後の瞬間にぼくに遺し、そして美雪さんがぼくに再び託した白いハンカチだった。

「ミチル、これをぼくのハンカチに重ねて持ってくれないか」

「ヒカルさん、いったい……」

「いまからぼくたちみんなで、あのときと同じ魔法をかけようと思うんだ」

「同じ魔法を？」

ずっと黙っていたミチルが声を発した。ぼくは応えた。

「そうだよ。ミチル、一緒に呪文を唱えてほしい。ぼくはこの薔薇を持ってここに立つ。他に何も隠していないことはわかるね？」

ぼくはその場でぐるりと身体を一周させてみせる。そして彼にも目を向けていった。

「きみたちふたりにお願いしたい。いま手にしているハンカチを目の前に掲げて、ぼくの全身を視野から隠してほしい。ぼくはあのときの美波になる。魔法を見せよう」

ぼくはミチルのもとへと寄り、ハンカチをその両手に二枚重ねさせた。ぼくのハンカチは美波のハンカチと触れ合った。ぼくはミチルの腕を支えてわずかに上げさせる。マジシャンはよくこうやって相手に触れながら相手の気を逸らして、その隙にタネを仕掛けるものだが、今回はそんなことはしない。大野くんにもぼくは同じように腕を支えて、ハンカチを掲げてもらった。彼は目を開いて驚きの顔をしていたが、ぼくは大丈夫だと言葉にはせずに表情で伝えて、そしてもとの位置に戻った。

開いた窓越しに、西日がぼくの背に当たっていた。ぼくから見たふたりはその陽を浴びて、大野くんはわずかに目を細めているようにも見えた。

「これからぼくは美波を取り戻す。ミチル、魔法をかけるときの呪文は何だった？」

「第一の呪文のこと？」

「そうだよ。この世でいちばん簡単な呪文だ。いまからミチルはぼくにその呪文をかけるんだ。ここはマジックの舞台で、きみはマジシャンだ。ぼくもマジシャンで、ぼくは自分自身に魔法をかける。そうするとこの舞台にふしぎなことが起きる」

「でも」

　とミチルはいった。

「そうすると、ヒカルには魔法がかかってしまうよ」

「だから呪文を唱えるんだよ。大丈夫だ。ぼくが憶えているあの夏はいまから再現される。でも決してすべてが同じわけじゃない。なぜって、ミチル、いまのきみは他にもまだ魔法の呪文があることを知っているからなんだ。あのころのぼくは知らなかった」

「何のことをいっているんです？」

　隣で彼が戸惑って口を挟む。だがぼくはそれには応えずにミチルにいった。

「木曜の夜に教えた呪文を憶えているね？」

「うん」

「一生で何度も使ってはいけない呪文だ。ぼくはようやくそれが正しい呪文だとわかったんだよ。いまはミチルもそれを知っている。これから生きていてどうしても必要になったとき、初めてきみはそれを唱えるんだ。必ずそのとき魔法は起こる」

「ヒカル」

「うん？」

「また会えるよね？」

　ぼくは息が詰まった。

　だがミチルを見つめ、ゆっくりと頷いて見せた。

「もちろん。また必ず会える。魔法を信じるんだ」

ミチルがぼくを見つめ返し、頷いた。ぼくは心から安堵した。思い残すことはなかった。

「さあ、ふたりともハンカチを掲げて、ぼくの姿を目の前から隠してほしい」

「ヒカルさん」

彼はまだぼくの名を呼ぶ。ぼくは続ける。

「ちゃんと全身は隠れているね？　ミチル、ハンカチからぼくの姿は透けていないね？」

「うん」

「もう目の前のぼくは見えない。いいね？」

「見えないよ」

「大野くん、きみは？」

「見えません。でも――」

「いいぞ。三つ数えたらふたりで一斉にハンカチを除けるんだ」

「ヒカルさん――」

「よし。一緒に唱えよう。〝ワン〟」

「〝ツー〟」

「〝スリー〟」

11

ぼくは空を見上げた。ミチルが見た東北の青空が逆回しされてゆく。

ぼくは空へと昇ってゆく。

記憶がフラッシュバックする。ぼくは窓辺へと駆け寄り、手すりから上半身を乗り出し、目を見開いて、しかし下を見る決心ができずにいる。

風が教室のなかへと吹いてきて、ぼくの足下の花が乾いた音を立てて転がり、ぼくの足に触れる。

ぼくは心のなかで叫びを上げていた。なぜ見たくないときに世界はカーテンを閉めようとしないのか。なぜ見たいときに限ってマジシャンはハンカチやスカーフで隠し、すべてが終わった後で覆いを払うのか。ぼくはまだ下を見ることができない。どん、と鈍い音がしたその場所へ、この目を向けることができない。

だがぼくの首はそちらへと向かってゆく。ぼくの顔は校舎の下のコンクリートへと引き寄せられる。

〝ワン〟のかけ声で振り返り、手すりを乗り越える。

〝ツー〟の声で足を蹴る。

〝スリー〟の声が背後から聞こえ、その瞬間にぼくは夕暮れ時の空へと飛び立つ。

12

ミチルはハンカチを目の前から除けた。

隣にいる彼もさっと引いた。

彼の目に何もない空間が映った。いや、違う。それは正確ではない。赤バックのバイシクルカードを組み合わせてつくった人造の薔薇一輪が、教室の床に転がっていた。わずかにそれはまだ揺れていた。教室のカーテンがゆっくりと膨らんでそよいだ。

「――はっ！」

彼は短く声を上げた。半ばそれは笑い声だった。彼は実際に唇の端で笑っていた。あまりにも非現実的な光景だった。

彼はミチルへと目を向けた。そしてロボットが何も動かないのを見て取り、笑ったまま万歳のように両手を挙げ、そして再び何もなくなったその空間を見て、そこへと踏み出した。床に落ちている薔薇を避《よ》け、さらに進んで窓の前まで行った。

手すりを握り、そして身を乗り出して下を見た。

「信じられない」

彼は振り返り、ロボットに向かってさらに笑い、校舎の下のコンクリートを指差した。

「きみのお師匠も思い切ったことをしたもんだ！」

ミチルは動かなかった。彼が「見てみろよ！」と掠れた声で促すのを受けて、ようやく歩《ほ》を踏み出した。ミチルの身長では手すりを越えて窓の下を見ることができない。だが何が起こったのかはミチルも推測できていた。

彼はまだ引《ひ》き攣《つ》るように笑っていた。教室内にはもう彼とミチルのふたりしかいない。彼の声が響く。だがその笑い声は次第に、湿ったすすり泣きになっていった。

「幽霊になろうなんて、馬鹿だ」

彼は顔をしかめていった。

「ヒカルさんはそんなことをする人じゃないと思っていた。ぼくがやっているのは馬鹿な奴らをそれにふさわしい場所へ連れて行ってやることだけだ。この世のたいていの奴らは馬鹿だ。悩んだらすぐにどこかへ逃げたがる。ヒカルさんはそういう奴らのことが嫌いなんだと思っていた。そういう奴らを消し去ってしまいたかったと思っていた」

彼の顔にすすり泣きの表情は張りついており、彼自身の意思では変えることができないかのようだった。

「だからヒカルさんに賛成したんだ。後輩として尊敬していたのに」

彼はその仮面の表情で、初めて自分自身の思いをしゃべっていた。ミチルはそれを聞いていた。彼は窓から一歩退き、二歩退いて、ようやくそこにミチルがいることを再び思い出したかのようだった。彼はかぶりを振ってミチルにいった。

「やったのはぼくじゃない」

彼は強い声を取り戻した。

「そうだ。ぼくじゃない。ちゃんと証拠がある。レンズには記録機能もあるんだ。いま起こったことはレンズに記録されている。きみのお師匠のときとは違う」

彼は自分のツールを取り出した。画面を起動させ、素早い手つきで住所録を開いた。ミチルにはその画面が見えた。彼は日高の宛先を呼び出そうとしていた。

ミチルがいった。

「ヒカルを魔法で消したのはぼくだけじゃない。あなたも一緒なんだ」

彼は顔を上げて眉根を寄せた。ミチルは続けていった。

「あなたも呪文を一緒に唱えた。あなたもマジシャンだよね？　マジシャンだからヒカルに魔法をかけたんでしょう？　だったらわかるはずだよ。ヒカルは幽霊になったんじゃない。ヒカルはいま魔法で消えたんだ」

「何をいってるんだ？」

「あなたは自分でそれを信じないの？」

「窓の外を見ろ」

「ヒカルは魔法で消えようとした。でもあなたは幽霊をつくるのが目的だった。どうしてあなたはマジシャンであることを信じようとしないの？」

「おかしなロボットだな。それどころじゃない。この状況だと、やったのはぼくでないと証明しないといけない。死んだのはぼくのせいじゃない」

「ぼくも証明できるよ。あなたが『マジック』の観客の人たちを幽霊にしようとしていたことを」

ミチルは〝ぼく〟といったとき、自分の胸を指し示した。その手には二枚のハンカチがまだ優しく握られていた。

「あなたのレンズが映像を記録したように、ぼくもいまあなたの声を記録しているんだ」

13

世界が瞬《まばた》き、ぼくは別の光景を見る。気がつくとそこは校舎の階段の踊り場で、ぼくは夕暮れ時にひとりで立っているのだった。校内は静かだ。ふと一階の廊下を見下ろすと、白いシャツを着たぼくがいて、美波のつくった文化祭の飾りを修復していた。ぼくは他の生徒たちに捨てられ、しわくちゃになった美波の飾りつけを黙々と手で引き伸ばし、糊で破れたところを繕い、壁に貼り直していた。その後ろ姿は窓から射し込む光に照らされていた。

高校生のぼくはやがて作業を終えると振り返り、ぼくの脇を擦り抜けて上階へと駆けていった。一度もぼくに目を合わせることはなかった。何かしゃべる声が上から聞こえてきたが、うまく聞き取れない。ぼく自身の過去である高校生のぼくは、美波と話しているのかもしれなかった。

いま階段を上って行けば、美波に会えるかもしれない。

そう思った。

顔を上げ、足を踏み出そうとしたそのとき、ぼくは自分が飛び立ったことを思い出した。

ぼくは窓の手すりを蹴って一気に外へと飛んだ。校庭がぼくの足下にあった。その向こうには遠くマンションのかたちも見えた。ぼくは両手を大きく頭上へと掲げ、そして摑んだ。

歯を食いしばる。大きく目の前の景色が揺れる。両手に摑んだ綱は決して離してはならない。身体は振り子のように大きく揺れる。ぼくは両腕に力を込め、その姿勢のまま両足を縮め、振り戻ろうとする振り子の自分が校舎の壁にぶつかる寸前で足を伸ばす。音を立ててはいけない。がつんとぼくの足の裏が壁に接し、その衝撃を懸命に受け止め、ぼくは摑んだ綱を必死で手繰る。危うくそのままひっくり返って落ちそうになる。まだ綱を離してはいけない。目を見開き、唸り声を上げそうになるのを堪え、さらに腕に力を込める。

空が見えた。ぼくの昇ってゆく空があった。上階の窓へと辿り着くまで何秒かかっただろう？　美波と一緒に数えた十秒よりも少なかっただろうか？　ぼくは何とか上階の教室へと身を滑り込ませた。手すりを握りしめ、最後の瞬間にどすんと床に落ちて音を立ててしまわないよう全身を制した。足がゆっくりと床に触れる。ぼくの手は熱を帯び、固くなって、手すりからなかなか離れようとしなかった。

手の皮が剝けそうに腫《は》れている。じんじんと痛みが沁みてくる。だがぼくは立ち上がった。そして下階の様子をうかがった。

「信じられない」

と声が聞こえてきて、ぼくはびくりと首をすくめた。

「きみのお師匠も思い切ったことをしたもんだ！」

息が切れそうだ。胸を押さえる。誰もいない教室を見渡す。外れないよう秘かにテープで留めていたスリッパを脱ぎ、ぼくは胸に手を当てたまま歩み出した。足音を立ててはいけない。つま先で立つように歩きながら、少しずつぼくは歩を早めていった。

教室を出る。左右の廊下を見渡し、階段へと向かう。まだふたりは下階の教室にいるはずだ。ふたりの目からはぼくが完全に消えたように見えたはずだ。ぼくは自分のツールで時刻を確認する。すべてがうまくいっているならば、ふたりにはコンクリートの床に叩きつけられたぼくが見えたはずだ。

階段を半ば降りて踊り場まで来たところで立ち止まり、下階の様子をうかがう。話し合っている声が聞こえるが、何をいっているのかまではわからない。いずれにせよぼく以外にいまこの階段に人はいない。ぼくは急いでポケットを探った。それはこぼれ落ちることなくちゃんとあった。テルさんからもらったレンズのキットだ。

世界が瞬いて、ぼくは顔を上げた。

自分が水中に潜ったかに見えた。周囲には深い色のフィルタがかかり、目に入るものはゆっくりと揺れて、そして光は呼吸していた。それは美波があの文化祭のときにつくろうとした海中の光景を思い出させた。海のなかへと深く沈んでゆくと、空の太陽の陽射しは急速に届かなくなり、黄昏《たそがれ》の空間を抜けるとそこには別世界の闇が広がる。

ぼくは何度か目を瞑り、そして瞼を開いて、生まれて初めて装着したＡＲレンズの心地を確かめた。

目のなかに物体が入っているという違和感はすぐには解消されなかったが、それでもぼくの両目は馴染んでゆくと思えた。

これがレンズの世界か。これがぼくの知らなかったもうひとつのレイヤーなのか。

水中で動くときのように、最初は自分の身体が重く感じられた。それは錯覚だとわかっていたが、手足が見えない抵抗を受けてふだんよりもゆっくりと、空気を掻き分けて動いてゆくように感じられた。不意にぼくは息ができているのかどうか不安になった。大きく息を吸い込み、そして吐いた。肺のなかが水で置換されるようだった。それらはすべてレンズのなかに飛び込んだために起こる幻に違いない。

世界が瞬きをして、ぼくは自分が夕暮れ時の踊り場に立っていることに気づいた。下階を見下ろすと、そこには高校生のときの白いシャツを着たぼくが、美波のつくった文化祭の飾りを修復しているのだった。ぼくの背中はとても幼く見えた。まだ何も世間を知らない、それなのに孤独を知っているつもりのひとりの男子だった。それでも幼いぼくは懸命に美波の飾りを整え、周りを見回して新たな嫌がらせがされないか必死で見張り、美波を守ろうとしているのだった。

高校生のぼくはこちらを振り返った。自分の顔を見るのは奇妙な思いだった。まるで自分が死んで、魂だけが過去に飛び、その場で事の成り行きを見つめているかのようだった。

高校生のぼくが、ぼくの脇を通り過ぎて階段を上ってゆく。ぼくは思わずぶつからないように一歩退いたが、踊り場から動くことはできなかった。やがて上階から声が聞こえてくる気がした。高校生のぼくは美波としゃべっているのかもしれない。

いま階段を上って行けば——。

そう思ったとき、世界が再び瞬き、ぼくはレンズの本来の光景に戻った。ぼくは目眩のように幻を見ていたのだ。あれはレンズが映し出した世界ではなく、ぼくの心のなかが映し出した夢だったのだ。

上階ではなく、下階から話し声が聞こえてくる。いまぼくが脱出した教室からだ。

一歩踏み出す。先ほどまで感じていた空気の粘性は薄れているような気がした。幻の自分がぶつかることを恐れて一歩退いたときに、金縛りが解けたのかもしれない。

ぼくは階段を降りる。足音を立ててはいけない。教室にいるふたりにとって、ぼくはすでに死んだ人間であるからだ。静かに、だが素早く降りてゆく。目標はすぐそこだ。

ぼくは歩を進めながら自分に第二の呪文をかける。どこへでも好きな場所へ行ける《ル・マニフィック》のレリーフの呪文だ。

――ぼくの望むところへ連れて行け、マニフィック。

――行け、行け、行け……！

14

「声を記録した？」

彼は戸惑っていった。

「声だけじゃないよ。いまぼくが見ているものも全部記録している。あなたがヒカルを突き落とさなかったことはぼくも証明できるけれど、あなたがしゃべったこともぼくは憶えて、人に聞かせることができるんだ」

「しゃべっただけで証拠になるものか」

「でもぼくはあなたが何を考えているかわかったんだ」

ミチルは相手の顔を見上げていった。

「ぼくはあなたの心の内がわかると思う。他の誰でもない、この〝ぼく〟がわかるんだ。ヒカルにだってきっとわかる」

「ヒカル？　いま死んだじゃないか」

「魔法で消えたんだ」

ミチルは辛抱強い口調でいった。

「ぼくが呪文を唱えたら必ず帰ってくる。ヒカルとぼくはそう約束したんだよ」

「何を馬鹿な――」

そこまでいって、彼は急に狼狽の色を見せ、再び窓の手すりへと駆け寄った。下を見つめる。目を見開いて凝視する。彼はミチルが次の言葉を発するまでそのまま動くことができずにいた。

「ヒカルが最後に願ったことを、あなたは憶えているよね」

「いや、そこにあるじゃないか！　これは――」

彼は目を見開いたまま振り向いていった。そして床に落ちている薔薇に気づいて手に取り、それが幻影ではなく本物の造花であることを確かめ、それを放ってミチルに詰め寄った。

「きみらは何かトリックを仕掛けたんだな」

「トリックじゃない。ぼくは何もしていないよ。ヒカルと一緒にあなたを校門で待っていただけなんだ。ヒカルからは何も聞いていない。けれどもぼくにはヒカルが何をしてほしがっているかわかる」

「ロボットがわかるだなんて！」

「ぼくはマジシャンなんだ。ぼくはずっとヒカルと一緒に暮らしてきてマジシャンになった。だからぼくには魔法をかけることの〝意味〟がわかる。ヒカルはぼくに魔法を託したんだ。ぼくだけじゃなくてあなたにも」

ていた。

ミチルは彼の目を見据えていた。ミチルの目は機械のレンズだったが、その焦点は相手の瞳に結ばれていた。

「マジシャンであることだと、ぼくは思う」

「託すだって？　いったい何を？」

ミチルが自分のことをマジシャンだといったのは、それが初めてのことだった。ヒカルとともにいたときさえ、その言葉を発したことはなかった。しかしミチルの口調に迷いはなかった。ミチルは再び自らの胸を指していった。

「ぼくは魔法の呪文を唱えた。〝ぼく〟はマジシャンなんだ」

そしてそのハンカチを持つ手で、ゆっくりと相手の胸を指した。

「ヒカルは、あなたもマジシャンであることを願っているよ」

彼はロボットを見下ろし、言葉を失っていた。一瞬、彼には相手がロボットとは見えなくなった。人であるか、ロボットであるか、そうしたこととはまったく別に、目の前にいるのはヒカルというマジシャンの仲間であり同胞であるのだとさえ感じられたのだ。背は小さく少年のようだが、ミチルと名乗る目の前の者は、性別や年齢やそういったものを越えてひとりの若きマジシャンだった。

「ヒカルはあなたにも魔法の本当の力を取り戻してもらいたいと願ったんだ。ぼくは取り戻したいと思う。あなたは人間なのに、取り戻すことができないの？　ぼくよりもずっと簡単にできるはずじゃないか」

ミチルは静かに彼を指していた手を下げ、そしていった。

「ぼくはヒカルと別れても寂しくはないよ。今日、離ればなれになるのかもしれないとは思っていた。ぼくにできることは、だからヒカルの最後の願いを、これからも忘れずにいることなんだ。ヒカルの思いを受けて、ぼくがマジシャンであり続けることなんだ。ヒカルはきっとあなたにも、ずっとマジシャンであってほしいと願っているよ」

しばらく沈黙が続いた。

彼は生涯でロボットの発言をこれほど聞いたのは初めてのことだった。相手の声はクリアで、何ひとつ聞きづらい単語はなかった。すべてが彼の胸に入り込んできていた。それは信じがたいことだった。つい先ほど、彼は信じられないと思わず声に出した。それとはまったく異なる驚きに、彼は言葉を発することができなくなっていた。

ミチルがふと、教室の前へと顔を向けた。

彼もそちらを向いた。

ミチルは見た。

彼もまたそれが見えた。

ミチルはその白い影を目で追いながら、手のなかにあるハンカチを両手でそっと広げた。まだ皺《しわ》になってはいない。きれいに折り畳まれていたときのまま、柔らかで滑らかな感触は残っている。それはいまやヒカルからミチルに受け渡されたものだった。魔法で消えたヒカルがミチルに託した品だった。何よりも大切なものだった。

白い影は、教室の前で花束を手に取った。

15

ぼくは教室のところまで来た。

なかからふたりの声が聞こえてくる。ミチルがぼくの聞いたことのないほどのはっきりとした口調で話しかけている。それは驚きだった。もちろんぼくはそうなることを望んでおり、ミチルがぼくの後輩に語りかけることを願っていたのだが、それは想像を超えた力強さで人の心に訴えかけている。

ミチル、と心のなかで名を呼んだ。ミチル、ミチル。何とぼくは素晴らしい友達を持ったことだろう。それは人かロボットかといったことなど関係ない。ミチルはぼくにとってかけがえのない存在だった。そしてぼく自身もミチルにとってそうであることをいま心から願った。どちらが欠けてもぼくたちではないのだ。そしてどちらが欠けてもこの一世一代のイリュージョンは本当の魔法にならない。

ぼくはまだ教室のなかを見ていなかった。その一歩手前で姿を隠していた。彼らがいまのぼくを見えるわけではない。ふたりの目はぼくたちが〝ワン、ツー、スリー〟と唱えた瞬間、別のモードへと切り替わったのだ。

ぼくはこの数日間、大阪の日下部さんや、仙台の関口《せきぐち》さんと連絡を取り、その技術面について多大なる協力を得てきた。ジェフさんに願い出た一週間の猶予には、この準備も含まれていた。ぼくは今日の一連の出来事を自分のツールで日下部さんと関口さんにすべて中継していた。ミチルのモード変更は日下部先生がおこなえる。そしてもうひとりが装着しているレンズのパスワードは、ぼくが二週間前に《ハーパーズ》で見て知っていた。彼は無防備にもぼくの前でレンズを交換し、ぼくの目の前でツールにパスワードを入力したのだ。

ふたりの目にはいまのぼくは掻き消されているはずだ。それでもレンズの世界に慣れないぼくは扉の陰に身を隠し、まだなかの様子をうかがえずにいた。ぼくは教室のなかを見たいと願っていた。ここからさらに一歩踏み出し、開け放たれている扉の前に立ち、ミチルたちの姿を見たいと願っていた。

ぼくが願っていたのはそれだけではない。

目を瞑り、深呼吸をする。音を立てないように注意しながら息を吐き出す。

一生で一度の、ぼくたちの呪文だ。

ぼくは誰にも聞こえないほどの小声で呟く。

「〝スリー〟」

この教室は美波と最後に別れた場所だ。ぼくが魔法をかけて美波を消した場所だ。

「〝ツー〟」

そしてぼくはいまそれをもとに戻す呪文を知っている。ぼくはあの高校時代に戻る。

「〝ワン〟」

そしてぼくは扉の前へと踏み出した。


深海に沈んで揺れるその光景は、夜に扉を開けてお客様を招き入れる前の《ハーパーズ》のホールのようだった。あるいはぼくが子供のころ、父たちと一緒にホテルの広間で見たプラネタリウムの光に似ていた。教室のいちばん後ろの窓が開け放たれている。カーテンがわずかに揺れている。窓の向こうに見える景色はすでに薄暗い。空は濃い紫色となり、雲の端だけが地平線の向こうに隠れたばかりの太陽の陽射しを受けて、かすかに朱色に染まっている。

ぼくの前にはミチルたちふたりがいた。ふたりは互いに顔を向き合って対峙していた。だが教室にはもうひとり、白い姿があった。

ぼくは息が詰まった。

それは、美波だった。

美波は教室の前にある飾りつけから造花の束を摑み取って、片手でそれを抱えてにこにこと微笑みながら、早足で後方へとやって来る。

ぼくがいま見ている光景はあのときと同じだった。美波はぼくを手招きする。いまのぼくではない、あのとき教室にいた高校生のぼくだ。美波はきょろきょろと辺りを見回して言葉を発した。その声はぼくの耳には届かず、美波はぼくにとって姿だけの存在だったが、あのときと同じことを話したのに違いなかった。

——どこがいいかな。

美波は開け放たれた窓の前に立って、当時のぼくの方を振り返った。あのときも微風が入ってきていたのを思い出した。そうだ、美波の髪はその風を受けて、後ろからふわりとそよいでいたのだ。

——今度は私が手品を見せるっていったの、憶えてる？

美波の唇が動く。ぼくにはその声も聞こえてくる。ぼくの鼓膜の内側でその声は鮮明に蘇る。美波はうふふと笑ってポケットからハンカチを取り出した。

ミチルが顔を向けた。ぼくの後輩も気づいてそちらを向いた。彼らふたりもまた美波が見えているのだとぼくにはわかった。ぼくはいま幽霊を見ている。レンズの世界に蘇った美波を見ている。その姿はあのときから少しも変わっていない。美波の時間はあのときから止まっているのだ。美波は高校生のままで、そしていま手に持つ花束と同じように悩みをひとりで抱え、ハンカチを被せようとしてもうまくいかない。そしてわざとそんな素振りをしてみせた後、いかにもいま思いついたかのようにぱっと明るい顔をして、ぼくにハンカチを持っているかと問いかけてくる。

——では、ハンカチを目の前に翳してください。

美波はそういって、当時のぼくの立つ位置を見ていたが、すぐさま表情を変えた。

——私の全身は隠れている？　花はちゃんと隠れている？

隠れているよ、とぼくは心のなかで応える。それでもせっかちな美波は数歩前へ進んできて自分のハンカチを差し出す。

——だめ。信用できない。私のも重ねて。

それはちょうど、ミチルがいま立つ場所だった。

——それでは、もう一度前に翳して。

ぼくの心臓の鼓動が速くなる。美波はかつてのぼくを見て満足したように頷いた。その仕草はかつてのぼくが知らなかったものだった。あのときぼくはすでにハンカチを前に翳し、美波の姿は見えなくなっていたからだ。

——今度は透けてないね？　何も見えない？

あのころのぼくは応えた。美波はすぐさま念を押した。

——花束も私も隠れているね？

ぼくはぶっきらぼうに応えたはずだ。それでも美波はにこにことしていた。その最後の微笑みを、ぼくはいままで知らなかった。

——オーケー。では三つ数えて。魔法をかけて。

そして沈黙があった。ふうっ、と一度、美波が深く息をした。

その姿はギロチンや回転のこぎりで身体を切断される前の美女と同じだった。美波が瞼を閉じるのがわかった。

何と美波の声はくっきりとぼくの頭のなかに再現されたことだろう。何と美波は鮮やかにその場に立っていたことだろう。ぼくはその光景をこの目で見て初めてわかったのだった。高校生だったあのころにはわからなかったことが、いま初めてわかったのだった。

あのとき魔法の呪文をかけたのは確かにぼく自身だったかもしれない。だがそれはぼくから自発的にかけたのではなかった。

三つ数えてといったのは美波だったのだ。魔法をかけてとぼくに願ったのは美波だった。

本当に魔法をかけたのは、ぼくではなく美波の方だったのだ。

ぼくは美波に従って呪文を唱えたに過ぎなかった。美波がぼくに魔法をかけて、だからぼくは数字をカウントすることができた。あの晩夏の夕暮れ時に、ぼくを魔法使いにしたのは美波だった。

その魔法はいままでずっと続いていたのだ。

ぼくがプロフェッショナルなマジシャンになるときまで、ずっと。

それが美波の最高の魔法だった。


ワン、ツー、スリー。

と、ぼくは三つ数えた。

美波は手に持つ花束を急いで後ろに回し、自分の服の裾に差し込んで、ぼくが数え終えると同時に両手をぱっと広げて見せた。

美波は笑いを堪えていた。どう？　ちゃんと消えたでしょう？　といわんばかりに両手をさらに大きく広げて見せた。

それでもすまし顔のままでいることはできず、ついに笑みを弾けさせてお腹を抱えた。

そして美波の唇が動いていった。

「ありがとう。まだわたし、生きていける」

ぼくは涙が溢れた。

止めようがなかった。溢れて仕方がなかった。

唇を結び、歯を食いしばり、頬も拭わずに美波を見つめた。そしてそのぐしゃぐしゃになった顔で、ようやく笑った。

美波に向かって強く頷いた。洟《はな》を啜《すす》ることさえできない。音を立ててはならないからだ。けれどもぼくの願いが少しでも届いたのなら、それ以上に嬉しいことがあるだろうか。

そうだ、美波はまだ生きていけるんだ。

ぼくたちの胸のなかで、ずっと生きていけるんだ。


美波はすっと息を吸い、そしてぼくを見つめた。

かつてぼくが立っていた位置にではない。いま扉の前に立つぼくを見つめて、美波は手を差し出して促した。

ぼくには美波の思うことが聞こえた。

――さあ、もう一度ハンカチを掲げて、三つ数えて。花を取り出さないといけないでしょ？

ぼくは涙に濡れたまま笑って頷いた。美波がかつてつんつんと指した八重歯を見せて応えた。

何も持っていない両手を前に掲げる。そしてぼくは魔法を解く。

美波は花束を抱えて、笑顔でそこに立っていた。

そして消えた。

本当の魔法使いは、美波だった。

16

――ぼくが『はてしない物語』をひとりで読み終えてからもう一年以上経つ。

ぼくの物語はいまも続いている。毎日を忙しく暮らしているということだ。読書の時間は以前に比べると減ってしまった。ミチルと毎晩ふたりで朗読し合っていた習慣は、少し遠いものになっている。

ぼくはあの日、ミチルの前から消えた。以来ミチルとは会っていない。あの日はアパートにも戻らなかった。ミチルは翌日の月曜にジェフさんとルイーズさんの訪問を受け、アメリカに戻っていった。

そしてぼくもまた、この一年余りでいくらか生活の場所を変えた。

まずミチルが帰った翌日、ぼくは記録として書き上げたぼくたちの物語を熊谷さんに送った。美波とぼくの物語、そしてミチルと出会うまでの物語だ。やがて熊谷さんから読んだとの返事があり、そこには続きを期待している、と書き添えられていた。いま現在のきみまで続く別の物語があるはずだ、きみにはそれが書けると熊谷さんはいった。

ぼくは《ル・マニフィック》の諏訪さんや上田さんと話し合い、昨年の秋に店を離れた。立花さんがフランスへ行くのと時期はちょうど重なった。それは偶然とはいえないかもしれない。なぜなら立花さんからその話を聞き、そしてジェフさんたちと再会して、ミチルと別れることを受け入れたときには、そのことがすでに念頭にあったからだ。以前のぼくには思いもつかないことではあったが、ぼくはその後も立花さんと連絡を取り合っている。立花さんが《ル・マニフィック》にいたときはメッセージを送ろうと一度も考えたことはなかったのに、ぼくはフランスの立花さんに向けて送り、そしてしばらくして立花さんからも返信があった。

まるでぼくたちは船便で手紙を送り合うかのように、いまも数ヵ月に一度の頻度で近況を伝え合っている。余分なことはお互いに何も書いてはいないが、それでもぼくは立花さんのメッセージを読むと心が落ち着き、優しい気持ちになるのを感じる。

湾岸町で若い人たちの間に一時期広まった自殺は、その後減った。少なくとも舞台『マジック』を観てキスメットの予言を受けて思い詰めた後に身を投げたという事例はなくなった。そのことにぼくは深い安堵を覚えている。

またレンズの世界において美波の姿はしかるべき措置によって消去されたとの知らせを、ぼくはあるときテルさんから受け取った。もういまはこの世に折り重なるどこのレイヤーにも、かつての美波はいないのだ。ぼくもあの日以来一度もレンズを填めたことはない。ぼくはいまだに未来に乗り遅れた人間かもしれないが、それでも一歩ずつその未来へ、ぼくの心と身体は進んでいるのだと信じている。

そして――これは書く必要のないことかもしれないが、あの日の夕方、母校を出て駅へと向かう途中で、ぼくは驚いたことに、あの日高と擦れ違った。

あれほど捜し回っても見つからなかった日高は、湾岸の町をひとり歩いていた。彼は一年前と何も変わっていなかった。両手を無造作にポケットに突っ込み、何を考えているのか明後日の方向へと目を向けていた。ぼくは少し手前で彼に気づき、はっとして足を止めかけたが、そのまま擦れ違い、ぼくは歩き続け、そして後ろを振り返ることはなかった。それが彼を見た最後だ。あのときにはすでにすべては終わっていたのだ。ぼくはもう心を動かされることはなかった。

ぼくは横浜の町も離れ、新しい土地で暮らし始めた。毎日が発見に満ちている。それでもぼくの職業は前と変わらない。

ぼくはいまでもエンターテイナーという呼称が好きだ。いまでもぼくはマジックを続けている。ぼくはプロフェッショナルなマジシャンであり、いまもレストランのお客様の席を巡って歩く魔法の使い手なのだ。

ミチルと暮らしていたころからぼくは少しでも上達しただろうか？　いくらかでもさらにプロフェッショナルな人間に近づいただろうか？　もう練習相手はぼくの身近にいないが、そうであることを願う。そしてレストランで魔法を使うのは決してぼくだけではない。そこに働くすべての人が、お客様をもてなす魔法使いなのだ。そうしたすべての人たちが自らの技術を駆使することによって、レストランホールはようやく魔法の場所になる。ぼくはそこに集まった使い手のひとりに過ぎない。ぼくの繰り出す魔法はそうした多くの人々の魔法によって支えられているといっていい。同時にぼくは自分の魔法が、他の人たちの魔法に少しでも貢献できていることを願っている。

そうしてぼくは生きてきた。いまも、これからもそうして生きたいと思っている。いまはいないドクや両親の記憶と一緒に、そして美波とともに、たくさんの人たちと手を取り合いながら、ぼくはこれからもマジシャンとして生き続けよう。


もう少しであの日までの物語を書き上げる。

もうすぐだ。すべてを書き終えたら何度か読み返し、そして熊谷さんにこれまでのファイルを送るつもりだ。ぼくはミチルと別れて以来、少しずつこの文章を書き溜めてきた。ときには何週間も、何ヵ月も書けないときもあったが、それでもこの記録のことが頭から離れたことはひとときもなかった。

ぼくはミチルと別れたこの最後の物語を、それまでよりも少しばかり速く書いたつもりだ。ぼくは再びミチルと会う前に、このぼくたちの物語をすべて書き終えると心のなかで決めていたのだ。前は本当に一文ずつじっくり考えながら書き進めなければならなかった。でもこの数日はできるだけ前へ、前へと、《ル・マニフィック》のレリーフの呪文を唱えるときのように、白馬を疾駆させるつもりで手を動かしてきた。それはかすかに予感があったからだが、驚くべきことにいまはそれだけではなくなった。なぜなら今日、まさに先ほど、ぼくにはそうするべき理由ができたからだ。

それはぼくにとって大切な魔法だからだ。

それがもたらす未来と、その先の未来に向かって、ぼくは進み続けたいと思うのだ。

ぼくには自分自身の将来のことはわからない。それでもこの一年余りでさまざまなことが変化した。これからも変化してゆくだろう。だからそこからいくらかいえることはある。

今後、ぼくはまた美波に指摘されるような無口な人間に戻っているかもしれない。けれどもそれで充分だ。ぼくは言葉をなくしたわけではない。これまでのことを書いて言葉にすることを覚えたのだから。書くときぼくは心のなかで話してきたのだから。

ぼくは名前を変えているはずだ。

人間の背格好はそんなに変わりはしない。相変わらずぼくは小柄で、そのころも実年齢より若く見られているかもしれない。

それでも皆様の前へ出て行くとき、ぼくはこれからもドクが贈ってくれたベストとジャケットは身につけているだろう。ジャケットの胸元には小さく銀色の刺繍《ししゅう》が入っている。これを着ているといつも心が羽ばたく気がする。

アンビシャスカードをやるときは何度目かにカードを口に咥《くわ》えて、美波からアドバイスを受けたように、八重歯を見せているだろう。

きっとそのときもぼくはエンターテイナーという呼称が好きだろう。お客様を楽しませること、テーブルが魔法で包まれることを、いつだっていちばんに考えているに違いない。

そうでありたいと、心から思う。

そしてぼくの名前はきっと、現在進行形であるはずだ。

魔法を召し上がれ　主要参考資料一覧

【著者より】

本作には多くのマジックが登場しますが、物語上の重要な場面におけるパフォーマンス描写は、すべて著者自身の小説的な創作です。マジックをご存じの方は「このマジックは実際に可能だろうか？」「どうやったらできるだろう？」と想像しながらお読みいただければと思います。一方、登場人物たちが気軽に接するマジックの場合、既存の有名な手順が描かれています。

専門的なマジックレクチャー書籍やＤＶＤも数多く参考に致しました。しかしながらそれらで紹介されているマジックをそのまま作中で使用したのではなく、小説を書くにあたって特に雰囲気や心構えなどの観点から示唆を受けたものです。

参考資料一覧にマジックのレクチャー書籍やＤＶＤを細かく挙げることはマジック愛好家の皆様にご迷惑をお掛けするようにも思い、またかえって読者の皆様の楽しみを奪ってしまうようにも感じられましたため、以下の一覧ではとりわけ重要と思われるもの、古典的なものを挙げるに留めました。記して御礼を申し上げます。

瀬名秀明

【主要参考資料】

⊙第一話
・庄司タカヒト『接客の魔法　プロマジシャンが明かすコミュニケーションの技術』アスキー新書、2007
・ジェリー・マグレガー、ジム・ペース『レストラン・マジシャンズ・ガイドブック』滝沢敦訳、スク

リプト・マヌーヴァ、２０１４（原著１９９６、２００７）
・Kirk Charles “Manual of Restaurant Magic” Hermetic Press, 1992
・Richard Turner ホームページ（https://richardturner52.com）

⦿第二話
・ジャン・コクトー『美女と野獣』釜山健訳、創元ライブラリ、１９９５
・下野隆祥、フランス料理文化センター協力『レストラン・サービスマニュアル』河出書房新社、２０００
・アンドレ・ソレール『レストラン・サービスの哲学　メートル・ドテルという仕事』大澤隆訳、白水社、２０１２
・田崎真也『接待の一流　おもてなしは技術です』光文社新書、２００７
・ガブリエル＝シュザンヌ・ド・ヴィルヌーヴ『［オリジナル版］美女と野獣』藤原真実訳、白水社、２０１６
・ボーモン夫人『美女と野獣』鈴木豊訳、角川文庫、１９７１
・宮崎辰『世界一のおもてなし』中経の文庫、２０１５
・一般社団法人日本ホテル・レストランサービス技能協会監修『基礎からわかる レストランサービススタンダードマニュアル』職業訓練教材研究会、２０１５
・Lewis Ganson “The Dai Vernon Book of Magic” The Supreme Magic, 1957か
・映画　ジャン・コクトー監督『美女と野獣』１９４６
・映画　ゲイリー・トゥルースデイル、カーク・ワイズ監督、ディズニー『美女と野獣』１９９１
・映画　ビル・コンドン監督、ディズニー『美女と野獣』２０１７
・ＤＶＤ『ユージン・バーガー グルメ 日本語字幕版』スクリプト・マヌーヴァ、２０１０（原盤２００４）
・ＤＶＤ “World’s Greatest Magic by the World’s Greatest Magicians: The Last Word on Three Card Monte” 全三巻、L & L Publishing
・マジックキット　Benoit Campana, Julien Gritte “ORIMAGI BOX”（http://www.origami.fr/）

⦿第三話

・フェラン・アドリア他『エル・ブリの一日　アイデア　創作メソッド　創造性の秘密』清宮真理・小松伸子・斎藤唯・武部好子訳、ファイドン、２００９

・河合勝、長野栄俊、公益社団法人日本奇術協会編集『日本奇術文化史』東京堂出版、２０１７

・松旭斎すみえ『松旭斎すみえのマジックの世界』東京堂出版、２００３

・瀬名秀明「キャラメル」、今岡正治編『夏色の想像力』所収、夏色草原社、２０１４（同人誌）

・ハーラン・ターベル『ターベルコース・イン・マジック』加藤英夫訳、全八巻のうち第一巻と第二巻、テンヨー、１９７５、１９７６（原著１９３１、１９４１、１９６２）

・藤山新太郎『タネも仕掛けもございません　昭和の奇術師たち』角川選書、２０１０

・麦谷眞里『介護に役立つリハビリ・マジック』東京堂出版、２０１６

・Harlan Tarbell, "The Original Tarbell Course in Magic"

・ＤＶＤ　上口龍生解説『ターベルシステムガイドブック』／解説冊子　上口龍生著「マジシャン養成講座　ターベルシステム・ガイドブック」／ＰＤＦ「オリジナル版ターベルコース・イン・マジック」上口龍生訳　各セット既刊三巻（LESSON 1-10, 11-20, 21-30）、有限会社手品屋、２０１５、２０１６、２０１７

・映画　ジョージ・マーシャル監督『魔術の恋』１９５３

・映画　アレッサンドロ・ブラゼッティ監督『ヨーロッパの夜』の一部、１９６０

・ウェブダウンロード映像教材　Dan Harlan, " Tarbell Every Trick in the Book. Lesson 21: Magic With Wands" 全二回、２０１５か（http://www.penguinmagic.com）

・ＤＶＤ　"René Lavand in London" 全二枚、International Magic, 2010

・Mahdi Gilbert ホームページ（https://mahdithemagician.com）

⦿第四話

・石田天海『奇術五十年』日本図書センター、１９９８（原著１９６１）

・マーク・ウェイド『腹話術のテクニック 初級からプロ級まで』清水重夫訳、発売＝星雲社、発行＝アイシーメディックス、２００４（原著１９９６、２００２）
・ケン・ウエバー『マキシマム・エンターテインメント』田代茂訳、株式会社リアライズ・ユア・マジック スクリプト・マヌーヴァ、２０１５（原著２００３）
・ヴァレンタイン・ヴォックス『唇が動くのがわかるよ 腹話術の歴史と芸術』清水重夫訳、発売＝星雲社、発行＝アイシーメディックス、２００２（原著１９９３）
・ミヒャエル・エンデ『はてしない物語』全二冊、上田真而子・佐藤真理子訳、岩波少年文庫、２０００（原著１９７９）
・ウィリアム・ゴールドマン『マジック』沢川進訳、早川書房、１９７９（原著１９７６）
・ジム・ステインメイヤー『ゾウを消せ　天才マジシャンたちの黄金時代』飯泉恵美子訳、河出書房新社、２００６（原著２００３）
・花丘奈果『腹話術入門』鳥影社、２００５
・松田道弘『メンタルマジック事典』東京堂出版、１９９７
・Dean Koontz “Saint Odd” Bantam, 2015
・Georges Simenon “La Mauvaise Étoile”, Tout Simenon 第二〇巻所収、Omnibus、２００３（原著１９３８）
・映画　リチャード・アッテンボロー監督『マジック』１９７８
・映画　ウォルフガング・ペーターゼン監督『ネバーエンディング・ストーリー』１９８４
・ＤＶＤ『Paul Green Presents The Classic Force 日本語字幕版』スクリプト・マヌーヴァ、２００７（原盤２００４）
・ＤＶＤ　“Learn 40 Ways To Secretly Force A Card” Magic Makers, 2011
・舞台　オン・キャクヨウ演出『ギア―ＧＥＡＲ―』２０１１初公演

瀬名秀明（せな・ひであき）
１９６８年静岡県生まれ。東北大学大学院薬学研究科（博士課程）修了。薬学博士。95年、『パラサイト・イヴ』で第２回日本ホラー小説大賞を受賞し、デビュー。98年、『BRAIN VALLEY』で第19回日本SF大賞を受賞。SF、ホラー、ミステリーなど幅広いジャンルの小説を発表する一方で、科学書、文芸評論の執筆活動、共著・監修にも精力的に取り組んでいる。その他の著書に、『希望』『大空のドロテ』『この青い空で君をつつもう』などがある。

〈初出〉
「メフィスト」2016 VOL.2〜2017 VOL.1
※収録にあたり加筆修正がなされています。

魔法《まほう》を召《め》し上《あ》がれ

2019年5月14日　第1刷発行

[著者] 瀬《せ》名《な》秀《ひで》明《あき》
[発行者] 渡瀬昌彦
[発行所] 株式会社 講談社
〒112-8001 東京都文京区音羽2-12-21
電話 [編集] 03-5395-3506
[販売] 03-5395-5817
[業務] 03-5395-3615
[印刷所] 凸版印刷株式会社
[製本所] 株式会社若林製本工場

N.D.C.913 543p 20cm
ISBN978-4-06-515609-4